为了人与书的相遇

还乡

The Return of the Native

[英] 托马斯·哈代 著
张谷若 译

广西师范大学出版社
·桂林·

The Wessex of The Novels.
NORTH WESSEX
MID WESSEX
UPPER WESSEX
OUTER WESSEX
LOWER WESSEX
SOUTH WESSEX
BRISTOL CHANNEL
ENGLISH CHANNEL
WEST BAY
ISLE OF WIGHT
NEW FOREST
MENDIP HILLS
The Great Plain
Stonehenge
Christminster
Alfredston
Marygreen
Gaymead
Castle Royal
Aldbrickham
Quartershot
Stoke Barehills
Weydon Priors
Wintoncester
Deansleigh
SOUTHAMPTON
PORTSMOUTH
Solentsea
Melchester
Bristol
Bath
Heymore House
Falls Park
Fountall
Stancy Castle
Toneborough
Cliff Martin
Prospect Hotel
Downstaple
Exonbury
Sherton Abbas
Ivell
Shaston
Marlott
Blackmoor Vale
The Chase
Trantridge
Chaseborough
Lornton Inn
Shottsford
Flintcomb Ash
Abbots Cernel
Kingsbere
Weatherbury
Egdon Heath
Froom Vale
Casterbridge
Overcombe
Chalk Newton
Emminster
Evershead
Port Bredy
Budmouth Regis
Portland
The Beal
The Race
Wellbridge
Anglebury
Knollsea
Sandbourne
Havenpool
Warborne
Bramshurst
Lands End
Plymouth
Endelstow
St Launce's
Cliff without name
Targan Bay
Castle Boterel
Carwith Strand

目　录

原序

我们如果要替后面书里发生的事件假定一个年月，那我们不妨把它安排在一八四〇年和一八五〇年之间，那时候，那个叫做“蓓口”[1]的老浴场，仍旧保留了它在乔治时代那种歌舞风光和煊赫声势的余晖残景，足以使一个孤单寂寥、住在内地的人，在她那样耽于新异、富于想象的心灵里，感到那个地方还有令人一心迷恋的吸引力。

故事里那片郁苍凄迷的背景，我用了一个概括的名称——“爱敦荒原”[2]——来表示；这个名称，联合了或者代表了好些各有真名的荒原，算起来至少有一打之多。这些荒原，实际上本是一种风光，一副面目，不过现在，它们上面有的地方，已经垦成了一块一块丰歉不同的庄稼地，或者种成了一片一片的树林子了，因此它们原先那种完整一体的情况，或者一部分完整一体的情况，已经让这些强行侵入的田园林树，弄得有些非复旧观了。[3]

在这片广大的荒原上面——书里描写的是它的西南部——有的地方，也许就是历来相传的那位维塞斯国王李尔[4]的荒原，做这样的梦想，是动人幽情的。

托·哈

一八九五年，七月

1 “蓓口”，假名，底本为维口，英国西南海岸海口。向为重镇；但其最繁盛时期，可说是从一七八九年到一八〇五年；因其时英王乔治第三（一七六〇年即位，一八二〇年卒）每年携王后和公主们到彼避暑，做海水浴，因此维口遂成海滨胜地。一八〇五年以后，乔治因衰老，不再到维口，维口遂渐衰。

2 “爱敦荒原”，假名，底本为大荒原，在英国多塞特郡南部偏东，每一部分随其附近村镇有个别名字，如坡得勒塘荒原、埤尔荒原等。但其真正面积，并不如哈代所写之大。

3 它们原先那种完整一体的情况……弄得有些非复旧观了，哈代在他一八八八年发表的短篇小说《枯臂》里说，“那时岁月虽然已经比较晚近，但是爱敦的面目却比现在完整得多。现在荒原上的低坡，都叫或成或败的耕垦，把原先完整一体的大荒原，割裂成许多零散的小荒原了……都有围篱，把从前享受公用土地权那些人的牛羊拦挡，把从前享受泥炭采掘权那些人的车辆阻隔了……”今（1985）则原难耕垦者已为麦田或树林，旧观更渺矣。此小说几经百年，其背景亦数经沧桑，注中不一一增补。对此感兴趣者，可阅英人顿尼斯·凯伊–拉宾孙的《托马斯·哈代之风景》，一九八四年出版，为关于这方面最详尽最有权威性之作。

4 维塞斯国王李尔，维塞斯是约十世纪前英国还没统一的时候一个王国。李尔则历来像芒末斯的捷夫锐、雷阿门、郝林协得等以及莎士比亚，都把他当作不列颠的国王。唯有凯姆敦（1551—1623，英国历史兼博古家），在他的《不列颠纪拾遗》里，把李尔王的故事安插在维塞斯国王伊那（688—726）身上，为哈代所本。哈代在他的《枯臂》和《德伯家的苔丝》的序里，也有同样的说法。莎士比亚的悲剧《李尔王》第三幕第一场、第二场、第四场和第四幕第一场，都是用荒原作背景的。

我向“愁烦”，
说了一声再见，
本打算，把她远远地撇在后边；
但她情意缠绵，
热烈把我爱恋；
她对我，情那样重，心那样坚。
我很想把她欺骗，
和她割断牵连，
但是啊？她情那样重，心那样坚。[1]

1 引自济慈的《恩第敏》（*Endymion*）第四卷一七三行以下。

第一卷

三女性

一　一片苍茫万古如斯

十一月里一个星期六的后半天，越来越靠近暮色昏黄的时候了；那一大片没有垣篱界断的[1]荒山旷野，提起来都叫它是爱敦荒原的，也一阵比一阵凄迷苍茫。抬头看来，弥漫长空的灰白浮云，遮断了青天，好像一座帐篷，把整个荒原当作了地席。

天上张的既是这样灰白的帐幕，地上铺的又是一种最幽暗的灌莽，所以天边远处，天地交接的界线，分得清清楚楚。在这样的对衬之下，那片荒原看起来，就好像是夜的前驱，还没到正式入夜的时候，就走上夜的岗位了；因为大地上夜色已经很浓了，长空里却分明还是白昼。一个斫常青棘的樵夫，如果往天上看去，就还想继续工作，如果往地下看来，却又要决定束好柴捆，回家去了。那时候，天边远处，大地的轮廓和长空的轮廓，不但是物质的分界，并且是时间的分界。荒原的表面，仅仅由于颜色这一端，就给暮夜增加了半点钟。它在同样的情况下，使曙色来得迟缓，使正

1　垣篱界断的，英国习惯，田园草场，都有树篱、垣墙，界断分隔。英国插图画家兼乡土地志家哈坡在《哈代乡土志》里说："别的地方，到处都是修整的树篱和铁丝蒺藜的栅栏，把田园圈围，把游人限制。但是爱敦荒原上面，却没有分布如网的篱垣，做出炉支的形状；这里的游人，可以随意到处游荡，一直游荡到不知身在何处。"

午变得凄冷；狂风暴雨几乎还没踪影，它就变颜作色，预先显出一副阴沉面目；三更半夜，没有月光，它更加深咫尺难辨的昏暗，因而使人害怕发抖。

事实上，爱敦荒原伟大而奇特的壮观，恰恰在它每晚由明入暗的过渡点上开始，凡是没有当着那种时节在那儿待过的人，就不能说他领会这片旷野。正是它在人们眼里看着朦胧迷离，它才在人们心里显得恰到好处，因为它的全部力量和意义，就附丽在从夜色将临的现在到曙光欲来的次晨那几点钟里面；那时候，只有那时候，它才显露真面目。这块地方实在和夜是近亲属；只要夜一露面，就显然能看出来，在夜色的晦暝里和荒原的景物上，有一种互相凑合的趋势：那一大片阴森连绵的圆阜和空谷，好像以十二分的同情，起身迎接昏沉的暮色似的；因为荒原把黑暗一口呵出，天空就把黑暗一气泻下，两种动作同样迅速。这样一来，大气里的昏暝和大地上的昏暝，各走半程，中途相迎，仿佛同枝连理，结成一气氤氲。

现在这个地方，全部都显出专心致志、聚精会神的样子来了；因为别的东西，都两眼蒙眬，昏昏入睡，这片荒原，才好像慢慢醒来，悄悄静听。它那泰坦[1]一般的形体，每天夜里，老仿佛在那儿等候什么东西似的。不过它那样一动不动地等候，过了那么些世纪了，经历了那么些事物的危机了，而它仍旧在那儿等候，所以我们只能设想，它是在那儿等候最末一次的危机，等候天翻地覆

1　泰坦，古希腊神话中的巨人，其数为十二或十三，而锐阿为其中之一。此处特指锐阿而言，以其长身仰卧比荒原上之丘陵，以其乳头比丘陵上之古冢。

的末日。

原来它这个地方，能让爱它的人回忆起来，觉得它有一种不同寻常、与人无忤的温蔼面目。花艳果蕃的平川广野，笑靥向人，很难做到这样的一步，因为那种广野，只有遇到一种人生，在结局方面，不像现代这种这样惨淡[1]，才能永远两相协调。苍茫的暮色和爱敦的景物，共同联合起来，演变出一种风光，威仪俨然而不峻厉，感人深远而不炫耀，于警戒中尽其郑重，于淳朴中见其宏伟。我们都知道，牢狱的壁垒上面，往往有一种气象，能使它比起大于自己两倍的宫殿来，都森严得多；现在就是这种气象，给了荒原一种高超卓越，为世俗盛称美丽的地方所完全缺乏。明媚的景物和明媚的时光，自然能够圆满配合；但是，唉！倘若时光并不明媚，那怎么办呢？我们所以苦恼愁烦，多半是因为眼前的景物过于妍丽，情怀难胜，感到受了嘲弄，很少是因为四围的境地过于萧瑟，心绪不畅，感觉受到压抑。苍凉憔悴的爱敦荒原所打动的，是更细腻更稀少的本能，是更晚近才懂得的情绪[2]，不是只遇到柔媚艳丽之美才起感应的那一种。

实在说起来，对于这种正统的柔媚艳丽之美，我们很可以问一问，是否一向唯它独尊那种地位，快要来到末日了。因为未来

---

1 现代人生结局惨淡，为哈代主导思想之一，除见本书第三卷第一章等处及《德伯家的苔丝》《无名的裘德》而外，更见于诗中（如《偶然》《有目无珠》等）及《列王》中。

2 更晚近才懂得的情绪，哈代这儿是说，有的情绪，是古代的人所没有的。例如“悯怜之精灵”，在他的《列王》里诸精灵之中，就是年轻的。

的屯劈[1]岩壑，也许就是受力[2]上面的一片旷野；人们的心灵，和人类青年时期[3]脾胃不和的凄凉郁苍外界景物，也许会越来越协调。将来总有一天，整个的自然界里，只有山海原野那种幽淡无华的卓绝之处，才能和那些更有思想的人，在心情方面，绝对地和谐；这种时候即便还没真正来到，却也好像并不很远了。等到最后，像冰岛一类的地方，让顶普通的游人看来，也许都会变得跟他现在看待南欧的葡萄园和桃金娘圃[4]那样；而像巴敦和海得堡[5]一类的地方，在他匆匆从阿尔卑斯山往司黑芬宁痕[6]沙阜去的时候，他也许会毫不注意，从旁走过。

---

1 屯劈，谷名，在希腊北部塞沙理，夹于石岩之间，溪流曲折，草树葱茏，伟壮之中含有柔媚，古希腊罗马诗人多歌咏其地。

2 受力，古希腊人和罗马人给北大西洋最北部的地方取的名字。最初用这个名字的是公元前三世纪希腊航海家皮遂亚司，至于他究竟是指的哪个地方，却言人人殊；后来只用它表示极北荒寒的地域。

3 人类青年时期，指古希腊时代。参看本书第三卷第一章前数节。

4 十八世纪时，英国文人艾狄生已在《旁观者》中说，法国人的葡萄园即英国人的花园。至桃金娘，更为古今诗人所歌咏。

5 巴敦，德国有名的时髦避暑地，在美丽的苍林平谷里面。海得堡，德国风景优美的城市，在奈卡河南岸。

6 司黑芬宁痕，荷兰的渔港，位于海牙和它自己之间那片丛林尽头的沙阜间，为著名海滨胜地。但此处所说，并非此地本身，而为其外之沙阜。沙阜、冰岛、阿尔卑斯山，都是荒寒凄凉风景的代表。巴敦、海得堡和司黑芬宁痕等地，哈代在一八七六年五月游历过。哈代在他一八七八年四月的日记里说："两三年前，在法国展览馆里，陈列过波勒狄弥（意大利画家）的《晨间散步》一画，画的是一个少妇，站在一条丑恶大道上面一堵丑恶空墙旁边；郝毕玛（1638—1709，荷兰画家）画过一张路景，路上的树，都板板正正，秃头无枝，风物也都平淡庸俗。他们这种方法，或是把人放到赤裸裸的实物中间，借着这个人，把感情融化到那些实物上面，或是把人和实物的关连表示出来，借着这种关连，把感情融化到那些实物上面。我刚写《还乡》的时候，曾把巴敦和海得堡拿来（接下页）

一个顶不苟且的苦身修道之士，都可以觉得他应该有权利在爱敦上面游逛；因为他纵容自己去接受的影响，既然仅仅是这样的景物，那他的爱好，仍旧得算是并没超过合法的限度。享受这种淡泊的风光、幽静的物色，至少得看做是人生来就有的权利。仅仅在万物最蓬勃的夏日，爱敦才算够得上有鲜妍的情态。在爱敦上面，精远深沉意境的来临，通常凭借庄严的气象，更多于凭借辉煌的景色；而遇到严冬阴暗、风雨狂暴、迷雾四塞，这种意境才常显露。那时节，爱敦才起感应作用；因为暴雨就是它的情人，狂风就是它的朋友。那时节，荒原就成了精灵神怪的家乡了；我们有时半夜做逃难和避祸的噩梦，模模糊糊地觉得四面都是荒渺昏暗的地方，这种情况，一向找不到底本，现在在荒原上找到了；这种情况，梦过了以后就再想不起来，现在见到这样的景物，就又想起来了。

现在，这块地方[1]，和人的性情十二分融洽——既不可怕，又不可恨，也不可厌；既不凡庸，又不呆滞，也不平板；只和人一样，受了轻蔑而努力容忍；并且它那一味郁苍的面貌，更叫它显得特别神秘、特别伟大。它和有些长久独处的人一样，脸上露出寂寥的神情来。它有一副郁抑寡欢的面容，含着悲剧的种种可能。

（接上页）和司黑芬宁痕作对比；我那种方法，和他们的方法，正相符合。我以为事物联想的美，完全超过事物本体的美；一个亲人的破酒罐子，完全胜过希腊顶好的古瓶，把话说得诡奇一点，这就是所谓‘丑里寻美’”。他在一八八八年八月的日记里说，“在丑恶里寻找美，是诗人分内的事”。

1 这块地方，“和人……融洽”，这种人指前面说的更有思想的人。后面说“受了轻蔑”指受之于仍囿于世俗之美的见解那种人。

这一大片幽隐偏僻、老朽荒废的原野，在《末日裁判书》[1]上都占着一席之地。那一部文献上先说它是一片灌莽纷渺、荆棘迷漫的荒原——“布露阿瑞阿”[2]。随后用哩格[3]记载着它的广袤。古代一哩格到底多长，我们虽然不能确实断定，但是从那部文献上的数字看来，爱敦的面积，从那时到现在，并没缩小多少。采掘泥炭的权利——“涂巴瑞阿 · 布露阿瑞阿”[4]——也载在有关这块地方的特许书[5]上。利兰德[6]提到这一大片郁苍绵连的荒原，也说它“灌莽渺茫，荆榛遍地”。

这些关于风物的记载，至少都把事实明明白白地说了出来——给了我们深切著明的证据，令我们真正满意。现在爱敦这种不受锄犁、见弃人世[7]的光景，也就是它从太古以来老没改变的情况。文明就是它的对头；从有草木那天起，它的土壤就穿上了这件老旧的棕色衣服了；这本是那种特别地层上自然生成、老不

---

1 《末日裁判书》，英王威廉第一于一〇八六年顷，曾调查全国土地，载之簿册。这种簿册，叫做《末日裁判书》，以其所载，为最后定案所据，故名。此文件和欧洲中古其他文件一样，俱用拉丁文写成。这几句话，是连引带叙的概括。

2 “布露阿瑞阿”，原文 Bruaria。中古拉丁文 bruarium，为石南属植物，bruaria 则为长这种植物的地方。这是《末日裁判书》上给“大荒原”的名字。

3 哩格，英国量道路的一种单位，它的长度，古今不同，现在一般等于三英里左右。

4 “涂巴瑞阿”，原文 Turbaria，中古拉丁文。本为 turba，意即“连根带土之野草”，或“草树腐化之泥炭”，turba 变成 turbaria，意即“与地主共同采掘泥炭之权利”。

5 特许书，英国封建时代，往往由国王或封建主给城市、团体或个人特许书，载明可享受的权利。也是用拉丁文写的。

6 利兰德（1506—1552），英国博古学家，曾为王家博古士，后遍行英伦及威尔士，做考古旅行。著有《约翰 · 利兰德游记》，此处所引即出此书。

7 见弃人世，意译。原文 Ishmaelitish，像以实玛利之意。以实玛利是亚伯拉罕之子，下生时，耶和华说：“他的手要攻打人，人的手也要攻打他。”见《创世记》第 16 章第 12 节。因此以实玛利一词，遂成“社会摈弃之人”的意思。

更换的服饰[1]。它永远只穿着这样一件令人起敬的衣裳，好像对于人类在服装方面那样争妍斗俏含有讥笑的意味。一个人，穿着颜色和样式都时髦的衣服，跑到荒原上去，总显得有些不伦不类。大地的服装既是这样原始，我们仿佛也得穿顶古老、顶质朴的衣服才对。

在从下午到黑夜那段时间里，就像现在说的这样，跑到爱敦荒原的中心山谷，倚在一棵棘树的残株上面，举目看来，外面的景物，一样也看不见，只有荒丘芜阜，四面环列，同时知道，地上地下，周围一切，都像天上的星辰一样，从有史以前一直到现在，就丝毫没生变化，那时候，我们那种随着人间世事的变幻而漂泊无着的感觉、面对无法压伏的新异而骚动不宁的心情，就得到安定，有所寄托。[2]这一块没经侵扰的广大地区，有一种自古以来永久不变的性质，连大海都不能跟它相比。谁能指出一片海洋来，说它古远长久？日光把它蒸腾，月华把它荡漾，它的面貌一年一样，一天一样，一时一刻一样。沧海改易，桑田变迁，江河湖泽、村落人物，全有消长，但是爱敦荒原，却一直没有变化。它的地面，既不是峻陡得要受风吹雷震；又不是平衍得要受水冲泥淤。除去一条古老的大道，和就要提到的一座更古老的古冢——古道和古冢，也因为一直没变，差不多成了两种天然产物了——就是地面上极细

1 英国地志家塞门在《多塞特郡简志》里说："荒原的质地是沙子。长着野草、石南属灌木、凤尾草和常青棘，间乎有沮洳、低泽、池塘，点缀其间。"

2 哈坡在《哈代乡土志》里说，"一个在城市里长大的人'感情麻痹，精神迟滞，受城市嚣尘的压抑'（引哈代的《林中》），……他可以跑到爱敦荒原的农田上过一个时期的隐士生活，把已经饱尝的城市嚣尘滋味完全隔绝，然后再回到城市，那时他就精神重新振作，步履更加健捷"。此可与这一句作比较。

极小的高低凹凸，也全不是犁、耙、锹、镐的工作，都只是最近一次地质变化的抟弄揉搓，原模原样一直保留到现在。

上面提过的那条大道，在荒原比较低平的那一部分上，从天边这一头一直横贯到天边那一头。原来罗马时代的西方大道伊乞尼阿路（也叫伊铿尼勒路）[1]分出一条支路来，从附近经过；我们刚才说的那条大道，有许多部分，就铺在这条罗马支路的旧址上面。那一天黄昏的时候，虽然暮色越来越暗，把荒原上细微的地势弄得模糊不清，但是白漫漫的大道，却差不多还和先前一样地明显。

1 伊乞尼阿路，罗马人征服不列颠之后，在全国有关军事政治经济商业的地点，全修有大道，贯通联络，在西部的干路，就是伊乞尼阿路。

二　人物和愁恨在荒原上携手出现

一个老头儿顺着这条大道走来。他满头的白发，好像一座雪山，两个肩膀佝偻着，全身都显出老迈的样子来。他戴着一顶光面儿帽子，披着一件老式海员外氅，穿着一双皮鞋，他那衣服上钉的铜纽子，上面还都铸着船锚的花样。他手里拿着一根镶银把儿的手杖，简直跟他的第三条腿一样，每隔几英寸，他就非把它的下端往地上一拄不可。看他那种样子，准会有人说，他当年大概是海军军官一流人物。

那条长而走起来很吃力的大道在他面前展开：空旷、干燥、白漫漫的。大道可以畅通到荒原各处，它把那一大片昏暗的地面平分作两半，好像满头黑发中间的一道缝儿，逦迤起伏，越远越细，一直伸展到最远的天边才消失了。

老头儿时时抬头，把面前他要穿行的那片旷野使劲儿打量。打量了半天，他看出来，有一个小黑点儿，在他前面远远蠕动；再仔细一看，那个黑点儿仿佛是一辆车，也朝着他所要去的方向前进。在那样一大片景物上，只有这一点点会活动的东西，因此景物上一般的荒凉僻静，反倒叫它衬托得越发明显。大车进行得很慢，老头儿离它显而易见一步近一步。

老头儿走得更靠跟前的时候，只见那件东西原来是一辆有弹簧轮子的大篷车，样式很普通，颜色却特别，是一种令人悚然的红色。赶车的跟在车旁，也和车一样，全身红色。他的衣服、他的靴子、他头上的便帽、他的脸、他的手，一律红通通的。看他的样子，那种颜色并不是暂时涂在他的外表的，而是渗到他的皮肤里面去了。

这种情况的原因老头儿却很明白。原来这个赶车的人是一个卖红土的；他专管把红土卖给乡下人去染绵羊[1]。他这行人，在维塞斯那块地方上，眼看就要完全绝迹了；在现在的乡村里，他的地位正和一百年前的鸵鸵[2]在动物界里一样。他把过去的生活方式和现时一般流行的生活方式联系了起来，成了一种稀罕、有趣、快要绝迹的环节。

这位年老的军官，一点一点地赶上了他前面那位同路的行人，问他晚上好。红土贩子转过脸来，还礼回答；只听他的腔调，抑郁沉闷、含有心事。他的年纪很轻。他长得虽然不能说一准齐整，却也差不多够得上齐整两个字，要是说他本来生得不错，大概不会有人反对。他的眼睛，在红色的脸上闪烁，自然透着有些奇怪，但是眼睛本身却很引人注意：跟鸷鸟的眼一样锐利，像秋天的雾一样蔚蓝。他没有连鬓胡子，也没有八字须，所以他那脸的下半截都光光的，露出柔和的曲线来。他的嘴唇薄薄的，虽然那时好

---

1 英国地志家赫门·里在《哈代的维塞斯》里说："红土是一种红粉，过去有一个时期，农民曾大量用这种东西，在羊身上做记号，并一度专靠穿乡游巷的小贩供给。现在（1913）绝少看见这种人了。"红土是一种像土的红色铁矿，染绵羊是赶羊到集市出卖时，在羊身上做记号，以免和别人的羊混杂。

2 鸵鸵，鸟名，十六世纪时，发现于冒锐些司岛，形状活动，笨拙不灵，十七世纪末绝迹。

像因为有心事，紧闭在一起，但是两个嘴角，有的时候，却会做出一种可爱的抽搐动作[1]。他穿着一套紧紧合体的灯芯绒衣服，料子很好，又没穿得怎么旧，他穿着很合身分；只是叫他那种营业给弄得失去本色了。这套衣服正把他那好看的身材显示出来。从他那种生活富裕的神气上看，就可以知道，他的职业虽然不高，他的生活却并不坏。为什么像他这么一个有出息的人，却会把这样一副好看的外表，埋没在这样一种奇怪的职业里呢？凡是观察他的人，一定自然而然地会提出这样的诘问。

他和老头儿寒暄完了，就不愿意再说话，不过他们两个，仍旧并排走去，因为那位年老的旅人，好像很愿意有人做伴。那时候，只听见辚辚的车轮声，沙沙的脚步声，拉车那两匹鬣毛蓬松的矮种马[2]嘚嘚的蹄声和四围一片棕黄色野草上呼呼的风声，除此而外，再听不到别的声音了。那两匹拉车的马是身材短小、吃苦耐劳的畜牲，介乎盖娄维[3]和爱司姆[4]之间的一种，这儿都管它们叫"荒原马[5]"。

他们这样一路往前走去的时候，红土贩子有时离开他的同伴，去到篷车后面，扒着一个小窗户眼儿往车里看。看的神气老是焦

1 可爱的抽搐动作，比较哈代的《马号队长》第三十六章："哈代舰长那两个嘴角，时而幽默，时而严峻，抽搐活动。"《绿林阴下》第一部第八章："老麦克勒的嘴，这儿那儿抽搐，好像要笑却又不知道从哪儿笑起似的。"

2 矮种马，英国四英尺八英寸或四英尺四英寸以下的马。

3 盖娄维，苏格兰地名，也是该地所产马名。

4 爱司姆，英国西南部地名，大半荒凉，未经开发，野鹿野马成群。那上面产的野马，叫爱司姆马。

5 赫门·里在《哈代的维塞斯》里说："给红土贩子拉大篷车那两匹粗壮耐劳的矮种马，从前本是爱敦荒原上极普通的野马，但是现在（1913）却一个也看不见了。"

虑的。他看完了，仍旧回到老头儿身旁，老头儿跟着就又谈起乡村的种种情况，红土贩子仍旧心不在焉地回答，跟着他们两个就又都静默起来。他们两个，谁都不觉得这种静默别扭。本来在这种静僻的去处，行路的人互相寒暄以后，往往有在一块儿走好些英里地不再说一句话的；在这种地方上，相伴同行，就等于相对忘言：因为这种地方，不同于城市，那上面的相伴，只要一方面有一丁点不愿意的倾向，就马上可以终止，而不终止本身，就是愿意交接的表现。

要不是因为红土贩子屡次往车里看，那他们两个也许会一直等到分手的时候，不再说一句话的。但是在他第五次看完了回来以后，老头儿却问："你车里除了货物以外，还有别的东西吗？"

"不错。"

"是一个得你时时刻刻照料的人吧？"

"不错。"

他们说完了这句话，过了不大的一会儿，车里发出一种细弱的喊声。红土贩子听见了，又急忙走到车后，往车里看了一看，又回到了原处。

"我说，伙计，你车里是个小孩儿吧？"

"不是，老先生，是个女人。"

"怎么！会是个女人！她叫唤什么？"

"她在车里睡着了；因为她坐不惯车，所以老睡不稳，老做梦。"

"是个年轻的女人吗？"

"不错，是个年轻的女人。"

"倒退回四十年去，那我可就要觉得有意思了。她是你的太太吧？”

“她是我的太太！”那位车夫露出酸辛感慨的样子来说，“她那样的身份，我这种人哪儿高攀得上。不过，我无缘无故跟你说这种话，真是毫无道理了。”

“不错。可是也不见得你不跟我说就有道理呀！难道你对我说了，我还能对你或者她有妨碍的去处不成？”

红土贩子往老头儿的脸上瞅了一会儿，才说：“好吧，老先生，我就对你说一说吧。我认识她不止一天了；其实我要是压根儿就不认识她，也许反倒好。不过现在她是和我无干，我也和她无涉的了。今天那个地方，要是有更好一点儿的车，她也决不会跑到我这辆车里来的。”

“我可以打听打听是哪个地方吗？”

“安格堡。”[1]

“那个地方我可熟啦。她在那儿干什么来着？”

“哦，没有什么——可说的。我只知道，她现在累得要死，又不大舒服，所以她才老睡不稳。一个钟头以前她才睡着了，那倒还能叫她休息休息。”

“她一定是一个挺好看的姑娘了？”

“得这样说。”

这老头儿很感兴趣的样子，回过头去，一面把眼盯住了车上的窗户，一面嘴里说：

“放肆得很，我看看她成不成？”

1　安格堡，底本是维罗姆。

“不成，”红土贩子突然说，“天太黑了，你那双老眼未必看得清楚；再说，我也没有答应你的权利。谢谢上帝，她睡得稳沉了：我只盼望她没到家以前千万别醒才好。”

“她是谁呀？是不是住在这一带的？”

“对不起，老先生；你就不用管她是谁了，无论是谁，都没有关系。”

“莫不她就是住在布露恩的那位姑娘？人家近来对她，可很有些风言风语的。要真是她，那我可认得；我还能猜出来出了什么事哪。”

“那你就不必管了，没有关系……我说，老先生，对不起，咱们不能一块儿再往前走了。我的马乏了，我还有老远的路，我要让我的马先在这个山坡下面歇一个钟头。”

老头儿很不在意地点了点头，同时红土贩子把车和马拉到草地上，对老头儿说了一声“夜安”，老头儿还了礼，就仍旧像先前那样，自己往前走去了。

红土贩子眼看着老头儿的形体在路上越去越远，一直看到它变成一个小点儿，在渐渐昏暗的暮色里消失了，那时候，他才从拴在车下的草捆里，取出一些干草来，把一部分扔在马前面，把其余的扎成了一束，放在车旁的地上。他在这一束干草上面坐下，把背脊靠在车轮子上。车里一种低微娇细的呼吸，送到他的耳朵里面，他听起来，好像心里觉得很舒坦的样子，同时一声不响，把四周的景物观察，仿佛在那儿考虑他下一步该怎么办。

处在爱敦荒原的山谷里面，当着这种昼夜交替的时候，做事沉静迟延，好像是一种本分，因为荒原自己，好像就有迟延、停顿、犹豫、踌躇的神情。这就是荒原所特有的恬静状态。不过这种恬静状态，并不是因为荒原上面实际一切完全停滞，却是因为那上面活动非常懒慢。如果一种生命，本来健全，却看着好像恹恹一息，那当然要惹人注意的了：荒原的情况，虽然看着像沙漠那样毫无生气，实在却像草原，甚至于森林，那样生气勃勃，所以凡是琢磨它的人，总要对它特别用心，特别注意，好像我们平常听含蓄吞吐的谈话，也总特别注意、特别用心一样。

红土贩子眼前的景物，是一片重重叠叠的丘阜，一个比一个高起，从大路上平坦的地方开始，一直往后伸到荒原的腹地。只见丘阜、坑谷、坡崖、冈峦，一个跟着一个，一直簇起一座高山，界着依然明亮的天空耸立。那位旅人的目光，在这些景物上看了一时，最后落到山上一件引人注目的东西上。那是一座古冢[1]。这一个由它那天然的地平上臌起来的圆形土丘，就在这一片荒原上，占据了它那最荒僻的山上最高的地点。虽然现在从山谷里看来，这个古冢，不过像爱特拉[2]的额上长的小瘤子那样，但是它本身的体积，却的确不小。在这一片灌莽丛杂的地域上，它就是一个中心枢纽。

这位路旁休息的行人，朝着那座古冢远远地望去，只觉本来那个古冢的顶儿，就是全副景物里最高的地点的了；但是现在他却看出来，另有一件东西，比古冢还高，在古冢顶儿上出现。它从那个半圆球形的土阜上面耸起，好像一个铁盔上的尖顶一样。那

1　古冢，多塞特郡古物中最多的一种，数过一千，多见于山顶高处。有的形圆，为铜器时人葬地；有的形长，为新石器时人葬地。

2　爱特拉，希腊神话，泰坦之一，与天帝战败，被罚以背承天。

时候，那片荒原，既是古老久远，和现代一切完全分隔，因此一位富于想象的生人，刚一看见这个形影，也许会自然而然地把他看成一个经营那座古冢的凯尔特人[1]。他好像是凯尔特人里面最后的一位，在和他的同族人一同投入冥冥的长夜以前，先自己沉思一刻似的。

那个人形在那儿站定，跟下面的丘阜一样，一动也不动。那时候，只见山峦在丘原上耸起，古冢在山峦上耸起，人形在古冢上耸起，人形上面，如果还有别的什么，那也只能是在天球仪上测绘的，而不是能在别的地方上测绘的[2]。

这片郁苍重叠的丘阜，让这个人形一装点，就显得又完整又美妙，它们所以应该有那样一幅规模，显然就是因为有这个人形。要是群山之上，没有这个人形，那就好像一个圆形屋顶上没有亭形天窗[3]一样；有了这个人形，然后那一片迤逦铺张的底座，才显得没有艺术上的缺陷。那一大片景物，说起来很特别，处处都协调，那片山谷、那个山峦、那座古冢，还有古冢上那个人形，都是全部里面缺一不可的东西。要是观察这片景物，只看这一部分，或者只看那一部分，那都只能算是窥见一斑，而不能算是看见全豹。

---

1 凯尔特人，古时欧洲中部和西部的民族，包含法国地方的高卢人、英国地方的不列颠人。哈代用以泛称有史以前居于英伦之民族。

2 天球仪上测绘的，主要为星座。故此处等于说，人形之上，别无他物，只有星辰。

3 美国作家诺顿在《中古教堂建筑的历史研究》里说：“在圆形屋顶上要有一个亭形天窗；那是那整个一片的大建筑上必要的顶尖，并且圆屋顶的效用，也有一大部分依赖于它的配衬和式样。”圆屋顶是文艺复兴式建筑形式特点之一，其代表作为罗马的圣彼得大教堂、伦敦的圣保罗大教堂等。

这一个人形，和这一片静静的结构，既然好像是手臂相连，完全一体，那么要是这一体之中，忽然看见人形自己单独活动起来，那我们心里，一定要觉得是一种很奇怪的现象了。在人形只占一部分的这片景物上，既然全体里最显著的特点，就是静止固定，那么要是其中有一部分，忽然不静止、不固定起来，那当然要让人生出混乱的感觉来了。

然而当时发生的，却正是这种事实。因为那个人形，分明改变了固定的状态，挪动了一两步，并且把身子一转。它好像吃了一惊似的，急忙从古冢右面往下跑去，快得像花朵上溜下去的露水珠一般，一转眼就看不见了。它这一活动，已经足以把它的特点表示得更清楚了；只见那个形体是一个女人的。

那个女人忽然躲开的原因，现在明白了。原来她刚从古冢右边跑了下去，跟着古冢左边的天空里，就露出一个人来，肩上担着东西；那个人上了古冢，就把担的东西放在古冢顶儿上。只见他身后面还跟了一个，跟了两个，三个，四个；到后来，那座古冢上面，全叫担着东西的人占满了。

现在只看这些负天而来的哑剧演员，还看不出什么别的情况；仅仅有一样事可以猜得出来，那就是，原先那个女人，和这些把她挤走了的人，并没有什么关系。她本是小心在意躲避他们的，并且她到古冢上来的目的，也和他们的不同。那位远观景物的旅客，心里老惦着那位已经走了的女人，好像觉得她比刚来的那些人会更重要，会更有意思，会更有值得听一听的身世，因此就不知不觉地把那些刚来的人，看成了乱来硬闯。但是那一班人却在那个地方上待下了，把那个地方占据了，而那位单独行动的女人，虽然先前像女王一般，独自统领了这片荒僻的原野，现在却好像一时半刻难再回来。

三　乡间的风俗

假使有一个旁观者当时站在古冢的旁边，那他一定能看出来，来到冢上那些人，全是附近一带小村庄里的老老少少。他们每一位，上了古冢的时候，都挑着四捆很重的常青棘，用一根两端削尖了的长木棍，不用费事就把棘捆横着穿透了，挑在肩头，前面两捆，后面两捆。他们来的地方，是山后面离这儿四分之一英里的荒原；在那儿，差不多不长别的东西，只有常青棘，漫山遍野。

这种挑东西的方法，把整个的人都叫常青棘裹起来了，所以每一个人还没把棘捆放下的时候，都像一丛长腿行动的灌木。他们一路之上，按部就班地走来，好像走路的羊群；换一种说法，就是一个顶强壮的在前面领路，年幼力弱的在后面跟随。

一担一担的棘捆，全堆在一起了，一个由常青棘垒成的金字塔，周围有三十英尺，把那个古冢的顶儿占住了，四处许多英里的地方上都管那个古冢叫雨冢[1]。那时候，他们那一群人里面，有的忙着去找火柴，拣顶干的棘丛，又有的就忙着去解束棘捆的荆条。

1　雨冢，在道齐斯特东二英里，据大荒原西部的边缘。但赫门 · 里说：“在叫做雨冢的丛冢中，我们可以认为，其中最大的一个，代表了本书所写的雨冢。不过……在我们作者的心目中，它的地位，更近大荒原的中心。……显然作者为了给全局增加力量，才这样处理。”

这班人正这样忙碌的时候，又有一班人就居高临下，眺览面前那一大片让夜色笼罩得模糊溟蒙的原野。在荒原的山谷里面，一天里无论哪个时候，除了荒原自己的荒芜地面，看不见别的东西；但是在雨冢上面，却可以俯视老大一片原野，并且有许多荒原以外的地方，都可以收入眼界之中。现在原野上的细情，是一样也看不见的了，但是原野全体，却令人生出一片广漠、无限邈远的感觉。

大人和孩子们正在那儿把棘捆堆成一垛的时候，那一大片表示远方景物的苍冥夜色里发生了变化。许多火光，有的像红日一团，有的像草丛四布，一个一个陆续发出，星星点点地散布在四围的荒原上。原来旁的教区[1]和别的村落，也都正在举行同样的纪念[2]；这些亮光，就是他们那儿点起来的祝火[3]。有些祝火，离得很远，又笼罩在浓密的大气里，因此有一股一股麦秆一般的淡黄光线，在祝火周围像扇子似的往外辐射。另一些祝火大而且近，叫暝暝的夜色衬得一片猩红，看着好像黑色兽皮上的创口伤痕。又有一些，就跟蛮那狄司[4]一样，有酒泛醉颜的红脸，随风披散的头

---

1 教区，英国宗教管辖基层单位，包括一个村庄或两个村庄。

2 指纪念火药暗杀案。

3 祝火，国家庆典之日，露天点起的火。乡民于每年某日，于空旷之地点火，本是通行全欧各地的事情；其源起于太古鸿蒙之时；且于火旁环绕跳舞，或在火上跳越而过。详见英国人类学家夫锐遂的《金枝》第三卷。赫门 · 里说，这种举行庆祝的办法，现在已经不多见了。

4 蛮那狄司，希腊神话，祀奉酒神的女祭司。在庆祝酒神节的时候，跳舞，饮酒，唱歌；做出疯狂女人的姿势和动作，比较雪莱的《西风曲》第二节：“在你那轻波细浪的湛蓝水面上，展开了风雨欲来的环发，好像是蛮那狄司凶猛癫狂，头上的头发被风往上刮……”这儿是以红脸喻火，以头发喻烟。

发。最后这一种，还把它们上面云翳静静的虚胸轻轻地染了一层颜色，把云翳倏忽变化的巨洞[1]映得通红，好像它们经此一照，一下变成了烫人的鼎镬。所有全境以内，差不多能数出三十处祝火来；那时地上的景物，虽然一样也看不见，但是雨冢上的人，却能按照每个祝火的方向和角度，认出它所在的地点，仿佛看不见钟上的数码，却照旧能说出钟上的时刻来那样。

雨冢上第一个猛烈的火焰冲天而起了，跟着，所有看远处的烈火那些人都把眼光转到自己点的烈火上。只见熊熊的火光，把四面环立那一群人的里圈——那时在原先那一群人里，又添了许多男女闲人——用它自己那种金黄的颜色装点了起来，甚至于把四周黑暗的草地，也映得明亮生动，一直到圆冢的坡儿渐渐斜倾得看不见了的地方，辉煌的亮光才慢慢变暗。火光显示出来的古冢，是一个圆球的一部分，跟它初次垒起的时候，一样地完整，就是那条挖过泥土的小沟，也都照旧存在。这片顽冥的地方连一块一粒都从来没经耕犁骚扰过。正因为荒原对于庄稼人硗瘠，所以它对于历史家才丰富。因为不曾有人经营过它，所以才不曾有人毁坏过它。

当时的情况好像是：点祝火那些人，正站在一种光辉四射的上层世界，跟下面那一片混沌，分为两段，各不相属。那时候，下面的荒原，只是一片广大的深渊，跟他们站立的那块地方并不是一体，因为在强烈的火光下，他们的眼睛对于火光达不到的深坑

1 比较哈代的《远离尘嚣》第十一章："云翳弥漫的穹隆当时的样子，好像是一个巨洞的顶儿……"

低谷，一概都看不见。固然有的时候，比平常更有劲的火焰，会从柴垛上，发出箭一般的火光，像传令官[1]似的，投到坡下远处一片灌木、野塘或者白沙上，使这些东西也反映出金黄的颜色来，一直到一切又都沉入了黑暗之中。那种时候，那整个混沌窈冥的现象，就是那位超逸卓越的佛劳伦萨人，在他的幻想中，临崖俯瞰所看到的林苞[2]，而下面空谷里呜咽的风声，就是悬在林苞里面上下无着那些“品格高贵的灵魂”，抱怨呼求的声音[3]。

这些老老少少，好像一下又回到了太古时代，把这块地方上

1 传令官，从前，特别十八和十九世纪，两军交战，主帅都在军队后高地上，观察指挥，传令官都跟在主帅身边，遇有命令传送，当然要迅速，故传令官便须从高岗上急急直往山下跑去。（通译随从武官或参谋。）

2 佛劳伦萨，意大利名城，佛劳伦萨人，指但丁而言。英国翻译家卡锐（1772—1844）译他的《神曲》，就管它叫做《但丁的幻想》。在地狱最外一层的地方叫做林苞。里面所收容的，是耶稣降生以前那些善人的灵魂，和出生后没受洗礼就死去的小孩。《神曲》《地狱篇》第四章第七至第十一行说，但丁到了一个地方，睁眼一看，“只见我站在一个巨壑的边崖上，我下面是一个可怕的深渊，里面发出无数怨叹的声音，又黑又深，并且有云笼罩；我的眼睛，怎么也看不见它的底，也分不出一切别的东西”。

3 《神曲》《地狱篇》第四章第四十行（卡锐译本）以下说：“……我知道，在林苞里，拘了许多许多品格高贵的灵魂。”以后接着说，林苞里面，有希腊诗人荷马、哲学家苏格拉底、柏拉图等，罗马名人恺撒、布鲁特等。哈代这里引用的“Souls of mighty worth”是卡锐译本里《地狱篇》第四章第四十一和四十二行的译文。那一章的第二十六行以下说：“在那个地方，我只听得，叹息的声音，让永存的大气都颤动。这种声音，本不是由于酷刑，只是由于那群无数男男女女、老老少少的愁苦。”居于林苞之鬼魂，上不能享天堂之福，下不能受地狱之罚，故云“上下无着”。

从前看惯了的光景和事迹，又扮演了一番。不列颠人[1]在那个山顶上焚烧尸体的柴垛留下来的灰烬，仍旧像新的一样，一点儿都没动，埋在他们脚下的古冢里。很早以前举行葬礼的积薪发出来的火光，也和现在这些祝火一样，曾照耀到下面的低原之上。后来乌敦和叟儿[2]的节日，也在这个地点上点过祝火，并且也很兴盛过一阵。实在讲起来，我们都很知道，现在荒原居民所玩赏的这种祝火，与其说是民众对于火药暗杀案[3]的感情表现，还不如说是祖依德的仪式[4]和萨克森的典礼，混合糅杂，一直流传到现代。

1　不列颠人，在四四九年以前，现在的英国还没有被盎格鲁人、撒克逊人侵略占领的时候，住的是叫做不列颠的人民。本是凯尔特人的一支。但哈代用不列颠人概括称史前期居于现英国之民族（如他用凯尔特人一词一样）。不列颠人，据发掘之墓冢，或有骨灰，或无骨灰，而以骨骼为多。但希腊、罗马诗中，则有火葬详细之描写（如《伊里厄得》第三十三卷）。而《伊尼以得》所写则或火葬，或土葬，但以前者为多。凡火葬，骨灰盛在器皿里埋于冢中，所以下面说尸骨余烬，埋在冢里。

2　乌敦和叟儿，盎格鲁人和撒克逊人的神；也是所有日耳曼民族的神。乌敦是战神，也是道路、疆界的保护者；字是他创造的；同时每一个部落，都说他是他们王室的始祖。叟儿是雷神和雨神。盎格鲁人于四四九年开始征服不列颠，于五九七年开始传播基督教，在这期间，还信原来的神，此处所谓“兴盛过一阵”，即指此时期而言。

3　火药暗杀案，英国宗教改革后，旧教徒失势，受压迫，思报复，遂于一六〇五年，在国会议院地窖子里，藏了许多火药，想乘十一月五日国会开幕，把国工和国会一齐消灭。管火药的人，叫吉多·夫克司或盖·夫克司，被执，参与密谋的人多被处刑。英国民俗学家莱特在他的《英国民俗》里说：“自从十九世纪的头二十五年以来，从前各处都举行的节日，大大地冷落了。比方原先每年十一月五日举行的盖·夫克司节，现在只变成随便挑一天晚上，点些祝火。”

4　祖依德的仪式，祖依德，不列颠人的僧侣阶级，掌管一切宗教的事，行魔术魔法，作以生人作牺牲的仪式等。

还有一层：严冬来临，自然界里，到处都是熄火的钟声[1]，那时候点火就是人类对于这种钟声出于本能的抗拒行为。大自然老命令一年一度的冬季，叫它把冷风冻雪、惨懔阴森、凄恻死亡，带到人世。点火就是一种普罗米修斯[2]式的叛逆，及时自然而发，来反抗这种命令。晦暝的混沌来临了，下界被囚的诸神就跟着说："要有光。"[3]明亮的火光和乌黑的阴影，在四面环立那一群人的脸上和衣服上，晃来晃去，使他们的眉目和肢体，都显得像都锐[4]的画那样浓重，那样有力。但是要发现每一个人脸上表现智愚贤不肖那种生来难变的容貌却不可能。因为轻快的火光，老在四围的空中，钻天、扎猛子、点头、晃脑袋，所以一片一片的阴影，和一条一条的亮光，在那一群人的脸上，一刻不停地改变地位和形状。一切都是不稳定的，像树叶似的颤动翻转，像闪电似的倏忽明灭。阴

---

1 欧洲中古，每晚某时，鸣钟作号，令人家把火熄灭。英国此种制度，据云系征服者威廉（1066—1087）所兴。八点钟鸣钟以后，一律熄火，违者科以重罚。此法到一一〇〇年才取消。现在英国还有些地方，晚上于固定的时候鸣钟，即此制余风。此处以钟声喻风声，熄火指天地晦暗。

2 普罗米修斯，希腊神话，泰坦之一；他是文化的发起者，人类的创造者。他抵抗天帝意志，把天上的火，偷给人类，因此被囚在高加索山。但他终不肯屈服。

3 此处下界被囚的诸神，指人类，以神比人，如培根说："人并非只会直立的动物而已，人是不朽的神。"莎士比亚在《哈姆莱特》第二幕第二场第三一六行说："人……在行动方面多么像天使，在悟性方面多么像上帝。"歌德在《浮士德》天上序幕三九至四〇行："人类仍旧自寻痛苦。世上这般小神，死循从前旧路。"法国诗人拉玛丁《沉思集》第二辑："人，本性有限度而欲望无穷尽，他是一个堕落人间而仍不忘天上的神。"此处说，冬日天地晦暝，受神制宰的人偏要有光，与被神桎梏的普罗米修斯正同。"要有光"，引用《旧约·创世记》第1章第3节。原文为："上帝说，要有光，就有了光。"

4 都锐（1471—1528），德国艺术家，他的作品，特别是木刻，以精细准确的线条、轮廓著名。

暗的眼眶，先前深深陷入，好像一副骷髅，忽然又饱满明亮，成了两湾清光；瘦削的腮颊，原先黑不见底，转眼又放出光辉；脸上的皱纹，一会儿像深沟狭谷，光线一变，又完全谷满沟平。鼻孔就是黑洞洞的眢井，老人脖子上的青筋就是镀金的模镂[1]。本来不亮的东西都挂了一层釉子，本来就亮的东西，像有人拿的一把常青棘钩刀的尖儿，就好像玻璃；发红的眼珠儿就像小灯笼。本来只可以说有点奇异的东西，现在都变得光怪陆离，本来只可以说光怪陆离的东西，现在都变得不可思议了；因为一切一切，全都无所不用其极。

既然一切都是这种情况，所以那时候有一个老头儿，跟大家一样，也让火光招上山来了，但是这个老头儿脸上并不是只见鼻子和下巴[2]那种瘦瘪样子，而是人脸一片，五官俱备，其大也颇可观。那时他很坦然，站在火旁叫火烤着：他手里拿着一根木棍，把散在四外的小棘枝都拨弄到火里面，他的眼睛老盯着那一堆荆棘的正中间，他只偶尔抬起头来，打量打量火焰的高下，或者看一看随着火焰飞起、散到黑暗中去的大火星儿。那片熊熊的火光和融融的暖气，好像把他烤得越来越高兴起来了，待了一会儿，他简直就大乐起来。于是他就手里拿着手杖，一个人跳起米奴哀舞[3]

1 模镂，建筑的线脚，有种种花样。

2 老人口中无齿之貌，英语所谓坚果夹子脸。

3 米奴哀舞，庄严，稳重，文雅，一六五〇年左右起于法国，英国查理第二（1660—1685）王朝传到英国，一直兴到十九世纪。

来；他这一跳，他背心底下戴的那一串铜坠儿[1]便像钟摆一般，明晃晃地摇摆不已；他只跳舞还不过瘾，嘴里还唱起歌来，他的嗓音就像一个关在烟筒里面的蜂子一样。他唱：

一人、二人、三人，依次分队，
国王宣召满朝中的亲贵；
我要前去听王后的忏悔，
侍从大臣，你作我的伴随。

侍从大臣忙在地上跪倒，
恩典、恩典不住声地求告，
无论王后说出了什么话，
只求王上千万不要计较[2]。

老头儿接不上气儿来，才把歌声止住了；当时一位腰板笔直的中年男子，看见老头儿唱不上来了，就和他说起话来；只见那个男子，把他那月牙式的嘴，使劲往腮颊后面拉，仿佛怕别人错疑

1 一串铜坠儿，原文 seals 原是一种图章，英国人多把它们带在身上，用作装饰。比较英国小说家萨克雷的《名利场》第三章："正在那时，他们的父亲进来了，像一个真正的不列颠商人那样，把一串图章摆得咯勒咯勒地响。"哈代的短篇小说《枯臂》："他那些大个的金图章，挂着像爵爷的一样。"

2 这是英国民歌《爱琳王后的忏悔》第二、三段。全文见英国培随主教的《英国古诗歌钩沉》第二编第五卷第八首，即哈代所本。里面说爱琳王后病重，依习惯召僧人来举行忏悔。国王偕侍从大臣假扮行乞僧，王后不辨真假，尽情吐露私事，自供现在的王子，是她和侍从大臣所生，并及其他隐情。此处所引头两行，为民歌习惯说法。

惑他会有什么嬉戏的笑容似的，所以做出这种样子来竭力避免。

“好曲子，阚特大爷；可是有一样，俺恐怕你老人家那副老嗓子唱这样的曲子，有点儿够受的吧？”他朝着那位满脸皱纹的纵情歌舞者说。“俺说，阚特大爷，你想不想再往十七打八里过一回，像你刚一学着唱这个曲子那时候的样子？”

“呃？你说什么？”阚特大爷停止了跳舞说。

“俺说，你愿意不愿意返老还童？像你眼下这把年纪，你那个老气嗓仿佛有了窟窿啦。”

“嗓子只管不好，俺可有的是巧着儿。俺要是不善于运用俺这不够喘的气儿，那俺还能这么年轻，还能看起来一点儿也不像个顶老的糟老头子吗？你说，提摩太，能吗？”

“俺问你，大爷，这下面他们静女店里新成家的那两口子，这阵儿怎么样啦？”提摩太问，同时把手朝着远方大路那一方面一个黯淡的亮光指去，不过那个亮光，离红土贩子那时坐着休息的那段大路，却很不近。“他们这阵儿的真情实景是怎么个样子，像你这样一个明白晓事的人，总该知道吧？”

“明白只管明白，只是有点儿荒唐，是不是？俺也承认，有点儿荒唐。俺阚特大爷，当然是个荒唐鬼，要是他连个荒唐都够不上，那他还有什么资格哪？不过，费韦街坊，这是一桩小毛病，老了就好了。”

“俺以先只听说他们今儿晚上一块儿回来。俺想这时候，他们该已经回来了吧。还有什么别的情况没有？”

“俺想，再应该办的事，就是咱们得上他们家给他们道喜去了。”

“不吧？”

"不？俺想咱们一定得去。俺就非去不可。凭俺一有乐子就带头儿的人，要是不去，那应该吗？"

你快披上行乞僧服，
我也和你一样装束，
就像同门师兄师弟，
齐向王后参拜敬礼。[1]

"昨儿晚上，俺碰见新娘子的大妈姚伯太太来着，她告诉俺，说她儿子克林过圣诞节的时候要回来。俺敢说，她儿子真伶俐的了不得——啊，俺要是也有那个小伙子肚子里那些本事就好了。呃，接着俺就用俺那种一向大家都知道的风流腔调，跟她说话，她一听可就说啦，'唉，这样一个看样子像是年高有德的人，可满嘴说这样的浑话，真是的！'——她就这样说俺来着。俺不在乎她那个，你骂那个在乎她的，俺当时也就这样对她说来着。俺说，'你骂那个在乎你的。'俺占了她的上风了，是不是？"

"俺倒觉得是她占了你的上风了。"费韦说。

"不至于吧，"阚特大爷把脸多少一耷拉说，"俺想俺不至于那么糟吧？"

"看起来好像能那么糟；可是，俺且问你，克林在过圣诞节的时候回来，就是为了这场亲事——为了家里就剩了他妈一个人，回来安置他妈，是不是？"

1　这是《爱琳王后的忏悔》里第五节。

"是，是，正是。不过，提摩太，你听俺说，"阚特大爷恳切地说，"虽然都知道俺好打哈哈，可是俺只要一正经起来，俺就是一个很明白晓事的人了。这阵儿俺正经起来了。俺能告诉你他们新成家那两口子许多故事。今儿早起六点钟，他们就一块儿去办这件事去了，从那个时候以后，他们可就无影无踪了，不过俺想，他们今儿过晌儿已经该回来了，成了一男一女了——啊，不是，一夫一妻。这样说话，不像个人儿似的吗？姚伯太太不是冤屈了俺了吗？"

"不错，成啦。自从秋天她大娘反对了结婚通告以后，不知道他们两个多会儿又弄到一块儿去啦。赫飞，你知道不知道，他们几时又把以前的岔儿找补过来啦？"

"不错，是多会儿？"阚特大爷也朝着赫飞用轻快的口气问，"俺也打听你这件事。"

"那是她大妈回心转意，说她可以嫁他以后的事了。"赫飞说；他的眼睛仍旧没离开火焰，只嘴里这样回答。赫飞这小伙子，多少带点儿庄严的态度；他是一个斫常青棘的，所以手里拿着一把镰钩和一双皮手套，腿上还戴着两只又肥又粗的皮裹腿，好像非利士人的铜护膝[1]那么硬。"俺估摸着，他们跑到旁的教区上去行礼，就是为了这一层。你们想，姚伯太太反对了结婚通告，闹了个翻江搅海，这阵儿要再明张旗鼓地在她的眼皮子底下大办喜事，仿佛她并没反对过，那岂不就要显得姚伯太太是个傻瓜，当初不该反对来着吗？"

---

1 非利士人为古代民族，和以色列人常交战。《旧约·撒母耳记上》第17章第4、5节说，"……从非利士营中出来一个英雄，名叫歌利亚，头戴铜盔，身穿铠甲，腿上有铜护膝……"

“的确是——显得姚伯太太是个傻瓜；并且那对于那真是傻瓜的小东西儿也很不好；其实这也不过是俺这样猜就是了！”阚特大爷说，同时仍旧努力装出明白晓事的态度和神气来。

“唉，那天真是百年不遇，正碰着俺也在教堂里。”费韦说。

“要不是百年不遇，那你们就叫俺傻瓜好啦，”阚特大爷使着劲儿说，“俺今年一年，压根儿就连一回教堂也没去过，这时候冬天来了，俺更不去了。”

“俺有三年没迈教堂的门坎儿了，”赫飞说，“俺一到礼拜就困得迷迷糊糊的；道儿又远得不得了；就是你去啦，上天堂也是难上难，因为许多许多人都上不去么，所以俺干脆就老在家里待着，永远不去。”

“那天俺不但在教堂里，”费韦重新使着劲儿说，“俺还和姚伯太太坐在一条长椅子上哪。俺当时听见她一开口，俺就觉得身上一飕飕的，你们也许觉得不至于那样。不错，是有些古怪；可是俺当时可又真觉得身上一飕飕的来着。因为俺紧靠着姚伯太太么。”这位讲话的人，因为要使劲表示他并非言过其实，所以把嘴闭得比先更紧，同时把四围听话的人看了一遍；那时那些闲人，靠得更拢了，来听他的故事。

“在那种地方上，只要一出事儿，就不会小啦。”站在后面一个女人说。

“牧师说：‘你们要当众说出来，’”[1]费韦接着说，“牧师刚把

1 英国从前法律，结婚多用结婚通告，由牧师在礼拜天做早祷读完第二遍《圣经》经文时向众宣布，连宣布三个礼拜天。如有人反对，结婚通告就无效。牧师宣布

这句话说完了，跟着就有一个女人，在俺旁边站起来了，差不多都碰到俺身上了。俺就跟自己说啦：‘该死的，这不是姚伯太太站起来了才怪哪。’街坊们，不错，虽然那时俺在神圣的教堂里，俺可当真那样说来着。眼前站着这么些人，说话咒骂人，凭良心说，俺觉得不对，女人们顶好别过意才好。不过真是真，假是假，俺实在说那种话来着么，俺不认账，那岂不是撒谎了吗？”

“不错，费韦街坊。”

“‘该死的，这不是姚伯太太站起来了才怪哪，’俺说，”说故事的费韦，把前面那句话又说了一遍，说那两个咒骂字眼的时候，脸上仍旧是以前那种不动声色的严肃态度；那无非是证明，他这样说，并不是由于自己的高兴，却是由于事实的必要，“姚伯太太站起来以后，就听见她说：‘我反对这个结婚通告。’牧师一听，就说：‘做完了礼拜，我再和你讲好了。’牧师说这句话的时候，像说家常话似的，不错，那时那位牧师，一下子变得和你我一样，一点儿也不神圣了。哎呀，姚伯太太的脸真白得厉害！你们记得教堂里那个石头人儿吧——那个扭着腿、叫小学生把鼻子打掉了的石头兵[1]？姚伯太太说‘我反对这个结婚通告’的时候，她脸上的气色，就和那个石头兵一样。”

听这个故事的人，都轻轻地咳嗽，打扫清理他们的嗓子，同

（接上页注）时说：“我现在宣布某处某人和某处某人的结婚通告。如果你们之中，有知道他们两个，有什么原因，不能做这种神圣的结合的，你们要当众说出来，这是第一次〔第二次，或第三次〕我问你们。”

1 欧洲中古，封建主及其家属死后埋于教堂内部，坟上刻着石像，多作身穿铠甲的武士，故谓之兵。其像如立，则扭腿交叉，如卧，则叠腿交叉，总之都成十字形，以示死者曾参加过十字军（但亦有冒充者），即此处“扭着腿”之意。

时把几块小棘枝儿，都拨弄到火里去；他们这样做，并不是因为非这样不可，却是因为这样一来，他们就可以有工夫琢磨这段故事里的意义了。

“俺听说他们的结婚通告叫人反对了，俺就喜欢得跟有人给了俺六便士[1]一样。”只听一个女人很诚恳地说；这个女人叫奥雷·道敦，平常编石南扫帚过活，其实她这个人，本是不论对仇家，对朋友，全一样地和气；并且因为她能在世上活着，对于全世界都很感激：因为这才是她的天性。

“这阵儿这个姑娘还不是一样地嫁给他了吗？”赫飞说。

“有了那一场风波以后，姚伯太太就把气儿消啦，很能凑合了。”费韦带着不理会赫飞的神气，把旧话重新提起来，表明他这番话，并不是赫飞的马后炮，而完全是他个人琢磨出来的。

“就算是他们不好意思，俺觉得也不见得他们就不能在这个地方上办事，”一个身广体胖的女人说；只听她的胸衣，跟鞋一样，每逢她一转身或者一弯腰的时候，就吱吱地响。“过些日子，就应该把街坊邻居们招呼到一块儿，大家乐一下；过年过节的时候应该那样办，结婚的时候也应该那样办。俺就是不喜欢办事这样偷偷摸摸的。”

“啊，你们也许还不到岁数，不大知道，不过像俺这样的年

1 比较英文人卡莱尔说：“不论谁，有六便士，那他对所有的人，就有六便士那样的权利。他可以吩咐厨子给他做菜，哲人教他读书，国王做他的守卫，当然都得以六便士为度。”又哈代在《远离尘嚣》里说：“两便士听起来特别微不足道，三便士则有一定的货币价值，因为少给三便士，则一天的工资就受相当的损失。”他例不具举，于此可见六便士的价值。

纪，俺可就不愿意办喜事办得太火暴了，”提摩太·费韦一面说，一面用眼四周看了一遍，“俺说句实话，虽然朵苏·姚伯和韦狄街坊，这样偷偷地把事办了，俺可一点儿都不怪他们。在办喜事的席上，你非得一点钟一点钟地跳五对舞和六对舞[1]不可。你们想，一个过了四十岁的人，这样干起来，他那两条腿受用不受用？”

“这话一点儿不假，只要你到女方家里[2]，你就很难说不下场跳舞，因为你心里分明知道，人家老盼着你不要把人家的东西白吃了啊。”

“过圣诞节的时候，你非下场跳舞不可，因为那是一年就那么一回，结婚的时候，你也非下场跳舞不可，因为那是一辈子就那么一回。人家头生儿和二生儿命名[3]的时候，还有偷偷摸摸也来一两场跳舞的哪。不过你当只跳舞就成了吗，这还没算上你得唱的那些歌儿啦……论起俺自己来，丧事只要办得起劲儿，俺也一样地喜欢。因为丧事也跟别的宴会一样地有好吃的，好喝的，有的时候也许还更好哪。再说，你只说说死人怎么长怎么短就得啦；决不至于像跳水兵舞[4]那样，把两条腿累得跟木头棒子似的。”

“俺想，办丧事跳舞，十个人总得有九个认为太不合适吧？”

---

1 对舞，一种生动活泼之舞。一般二人对舞，此处则为五人或六人对舞。哈代的短篇小说《对舞提琴手》里说：“对舞是那时代这地方身体‘棒’的人爱跳的。五对舞是五个舞者摆成十字形，每三人一行轮舞，以次转到正中间那个人，要两面都舞。”

2 英国习惯，结婚以后，在新娘子的娘家饮宴庆贺，完了以后，新郎新娘才一同去旅行度蜜月或到新郎家。

3 命名，即行洗礼。

4 水兵舞，一种生动、有力的舞蹈，一人独舞。

阚特大爷用探问的口气说。

“懒得动的人，只有在办丧事的席上，酒碗传过几遍以后，才觉得稳当。”

“凭朵苏那样一个安顿、文静姑娘，可肯把这样一件终身大事，这么马马虎虎地办了，真叫俺不明白。”苏珊·南色说；苏珊·南色就是先前说过的那个胖女人，她喜欢谈原来那个题目，所以又把它提了起来。“这还赶不上那些顶穷的人家哪。再说，那个男的，虽然有人说他长得不错，俺可觉得不怎么样。”

“平心而论，新郎也算得是又伶俐、又有学问的了，他那份儿伶俐，和克林·姚伯向来也不差什么。他原先受的教育，本来打算要做比开静女店更高得多的事儿的。他本来是学工程的，咱们都知道，他是一个工程师。不过他不好好干，所以才当了店小二了。他那些学问全白费了。”

“这本是常有的事，”那编扫帚的女人奥雷说，“不过费心费力念书的人，还是有的是哪。从前有些人，你把他们下到第十八层地狱，都画不出个圆圈儿来，这会儿也都能写自己的名字了。写的时候，笔上一滴墨水都不往外溅，往往连半点墨水弄脏了的地方都没有[1]——哟，我说什么来着？——哟，是啦，还差不多连把肚子和胳膊往桌子上靠都不用哪。”

“实在不错；眼下这个年头儿，实在越来越花哨得不得了啦。”赫飞说。

1　因以前用鹅翎笔，故易溅。

"唉，俺在四年上[1]，还没到棒啊乡团里当兵的时候——那阵儿人家都叫俺是棒啊乡团，"阚特大爷兴高采烈地插上嘴去说，"俺还没去当兵的时候，俺也跟你们这里面顶平常的人一样，一点世路也不通。这阵儿哪，俺敢说俺没有不能行的事了。呃？"

"不错，"费韦说，"你要是能返老还童，再和一个娘儿们结为夫妻，像韦狄跟朵荪这样，那你一定会在结婚簿子上签你的名字；这是赫夫万不及你的地方，因为他那点儿学问，跟他爹一样。啊，赫夫啊，俺记得清清楚楚，俺结了婚，在结婚簿子上签名的时候，你爹画的押，在簿子上一直瞪俺。他和你妈，刚好是在俺和俺那一口子以前配成对儿的。只见你爹在簿子上面的那个十字道儿，把那一道横画儿长伸着，跟两只胳膊一样，冷一看，简直就是地里吓唬雀儿的大草人儿。那个十字道儿，黑漆漆的，真怪吓人的——活脱儿是你爹的长相。本来那阵儿，俺又要行礼，又得挽着一个娘儿们，再加上捷克·常雷和一群小伙子，都趴在教堂的窗上望着俺直咧嘴，把俺热得跟过三伏天一样了；可是俺看见了那个十字道儿，还是要了命也忍不住要笑。不过过了一会儿，一根小草棍儿就能把俺打趴下，因为俺忽然想起来了，你爹跟你妈结了婚那么几天，就已经打了二十多次架了，俺一想俺也结婚，那俺不就是第二个傻瓜，去找一样的麻烦的吗？……唉，那一天真不得了。"

"韦狄比朵荪·姚伯大好几岁，她又是一个好看的姑娘。凭

1 指一八〇四年。那时英国正和法国交战，拿破仑正计划用船载兵侵入英国。英国的多塞特郡，因在海滨，正当其冲，所以有乡团等，预备抵抗。"棒啊乡团"原文为Bang-up，英国方言，是俏皮、利落、有精神的意思。

她那样有家有业、年纪轻轻的，可会为了那样一个男的撕衣裳，揪头发，真太傻了。”

这位讲话的人，是一个掘泥炭[1]（或者说土煤）的工人，他刚刚加入这一群人丛，只见他肩头上扛着一个心形宽大的铁锹，那本是专为掘泥炭用的，它那磨得亮亮的刃儿，在火光里看来，好像一张银弓。

“只要他跟女人们一求婚，肯嫁给他的女人一百个还不止哪。”那个胖女人说。

“街坊们，你们听说过有那种没有女人肯嫁的男人没有？”赫飞问。

“俺从来没听说过。”掘泥炭的说。

“俺也没听说过。”另一个人说。

“俺也没有。”阚特大爷说。

“啊，俺倒碰见过一次，”提摩太·费韦说，同时在他的一条腿上格外加了点劲儿，“俺认得那么一个人。但是你们可要听明白了，可就有那么一个。”他把他的嗓子彻底地打扫了一遍，好像不要叫人家由于嗓音粗浊而生误会，是每一个人都应该有的责任，“不错，俺认得那么一个人。”他说。

“那么这个可怜的家伙，是怎么个丑陋不堪的长相儿哪，费韦先生？”掘泥炭的问。

“啊，他既不聋，又不哑，也不瞎。他什么长相儿，俺先不说。”

“咱们这方近左右的人，认识他不认识他哪？”奥雷·道敦问。

---

1 泥炭，一种炭化的植物，状如湿土，英国乡下用做燃料，亦译土煤，已见前。

“不大会认识吧，”提摩太说，“不过俺不说他的名儿，……小孩们，来，把这个火再弄一弄，别叫它灭啦。”

“克锐·阚特的牙，怎么一个劲儿地对打起来啦？”祝火那一面一个小孩，隔着迷离朦腾的烟气问，“你冷吗，克锐？”

只听见一个虚弱尖细的声音[1]含混急促地回答说：“不冷，一点儿也不冷。”

“克锐，你往前来，露露面儿，别这么畏畏缩缩的。俺压根儿就不知道这儿有你这么个大活人。”费韦一面嘴里说着，一面脸上带着慈祥的样子，往那面看去。

费韦这样说了以后，只见走出一个人来，身子摇摇晃晃，头发又粗又硬，肩膀窄得几乎看不见，拐肘和足踝都大部分露在衣服外面；他走来的时候，自己只自动地走了一两步，却被旁人推推搡搡地拥了六七步。他便是阚特大爷的小儿子。

“你哆嗦什么？”那个掘泥炭的很和气地问。

“俺就是那个人。”

“哪个人？”

“没有女人肯嫁的那个人。”

“你他妈就是那个人！”提摩太·费韦说，一面把眼睛睁得大大的，好像要把克锐全身和克锐身外，一下都看到眼里；同时阚特大爷也拿眼把克锐下死劲地瞪，好像一个母鸡拿眼瞪它孵出来的小鸭子那样。

1 男人带女性性征者，英文谓之 hermaphrodite，所以后面费韦用骟了的羊比方克锐·阚特。哈代在他的《苔丝》里，写过一个女人而带男性性征，嘴上长胡子。

“不错，俺就是那个人，”克锐说，“俺就是因为这个老害怕。你说这能不能把俺毁啦？俺老是说，俺不在乎这个，俺起誓赌咒地说俺不在乎，其实俺没有一时一刻不在乎的。”

“他妈的，天地间有比这个还叫人想不到的才怪哪！”费韦说。“俺原先说的并不是你。这样说起来，有两个这样的人了。你为什么把你倒霉的事告诉人，克锐？”

“俺想真是真，假是假。俺这也没有法儿，对不对？”他看着他们说，同时把他那两只眼睛睁得圆圆的，睁得好像眼眶都要疼起来的样子；眼睛周围就是一圈一圈好像枪靶子的纹道。

“不错，没有法儿。这种事真叫人难受。俺听见你那么一说，俺就觉得身上飕的一阵，发起冷来。俺从前本来只当着就有一个，谁知道这阵儿冷不防跑出两个来了哪。克锐，这真叫人心里堵得慌。你怎么知道女人都不肯嫁你？”

“俺求过她们么。”

“俺真没想到你会有那样厚的脸皮。好啦，顶末了那一个对你怎么说来着？也许没说什么真叫人过不去的话吧。”

“那个女人说，‘你给我滚开，你这个活死尸、赛瘦猴[1]的浑东西’。”

“俺说句实话，这让人听着实在堵得慌。‘你给我滚开，你这个活死尸、赛瘦猴的浑东西。’这还不及干脆说一个不字，反倒痛快些哪。不过这也不难治。只要你有耐性，能下功夫，等到那个骚老婆头上一长出几根白头发来就成了。你今年多大了，克锐？”

1　后来各版，此处增“二尾子货”。

理想家

FELLOWSHIP OF MIND

独立思考

各自感受

但我们在人海中认出彼此

这就是我们，这就是「理想家」

“到今年刨土豆儿的时候，三十一岁了，费韦先生。”

“不小啦——不小啦。不过还有指望。”

“照俺受洗的日子算，俺三十一岁，因为教堂法衣室[1]里的生死簿子上就那么写的。不过俺妈告诉过俺，说俺下生的时候，比俺受洗的时候，还早几天。”

“啊！”

“不过她只知道俺下生的那天没有月亮，除了那个，你就是要了她的命，她也说不出准日子来。”

“没有月亮？那可不吉利。俺说，街坊们，那可于他不吉利！”

“是，是不吉利。”阚特大爷摇着头说。

“俺妈知道那天没有月亮，因为她问一个有黄历的女人来着。多会儿养下小子来，她就多会儿去问人家借黄历[2]瞧，因为‘没有月亮没有人’[3]这句话，叫她多会儿养了小子就多会儿害怕。你说没有月亮真不得了吗，费韦先生？”

“真不得了，‘没有月亮没有人’。老人的古语是不会错的。月亮没露面的时候养下来的孩子，老不会有出息。你真倒霉；一个月里头这么些天，你可单拣没有月亮那一天探头探脑地出世！”

“俺想你出世的时候，月亮一定圆得不得了吧。”克锐带着对于自己绝望，对于费韦羡慕的神气说。

---

1 法衣室，附于教堂之一室，内放法衣、宗教器皿及记录簿等。此处之《生死簿》即《法衣室簿》，内记区民受洗、死亡、结婚等之年月日。

2 黄历，阳历不知何时月圆、月缺，但历书上记载着，所以要看历书才能知道。

3 英国民俗学家戴尔的《英国民俗》说：“在康沃尔郡，要是一个小孩，在没有月亮的时候下生，那么人家就说，那个小孩，活不到成人的时候就得死。因此有一句俗语，‘没有月亮没有人’。”

“啊，反正不是没有月亮的时候。”费韦先生眼神里带着毫不自私的神气回答说。

“俺豁出去过拉玛节[1]摸不着酒喝，也强似下生的时候看不见月亮，”克锐仍旧用支离破碎的宣叙调[2]那种腔调接着说，“人家都说俺就是个活死尸，对自己家里一点儿用处都不会有[3]。俺想没有月亮就是根由儿了。”

“唉，”阚特大爷说，只见他的兴头未免去了好些，“然而他是小孩子的时候，他妈还哭了不知道有多少个钟头，生怕他长过了头，一下蹿成了大汉子，当兵去哪。”

“唉，像他这样的可就多啦，”费韦说，“骟了的羊也得同别的羊一样地过呀，可怜的东西。”

“那么俺也得凑合着过，是不是？你说俺夜里该害怕不该，费韦先生？”

“你这一辈子打定了光棍儿啦。鬼要是出来，他单找那单人睡觉的，他不找那两口子睡觉的。新近还有人看见鬼来着。一个很怪的鬼。”

“别，别说吧，要是你觉得不说没有什么碍处，那你就别说吧。俺听了，一个人躺在床上想起来，身上非一霎霎地起鸡皮疙瘩不可。可是，提摩太，你一定要说，俺知道你一定要说；说了好叫俺夜里成宿做噩梦。你才说，一个很怪的鬼？你心目中那个鬼

1 拉玛节，从前拉玛节是英国的收获节。日期是旧历八月一日。

2 宣叙调，一种近于朗诵的歌唱形式，半歌半说，用于歌剧中对话或叙述部分，为歌剧四种组成成分之一。

3 指生养子女而言。克锐是一个“二尾子”，故云。

是哪一种的，你才说它是个怪鬼？哎呀，提摩太，别说，别说，还是别对俺说好。”

“俺本来不大信什么鬼呀神呀的。不过人家这回告诉俺的这个鬼，听起来可真有些阴森森的。据说是一个小孩看见的。”

“它什么样儿？——哦，别，别说——”

“是一个红鬼。不错，平常的鬼差不多都是白的[1]，不过这个鬼可跟在血里染过了的一样。”

克锐听了这句话，深深地吸了一口气，但是却没让身体膨胀；同时赫飞就问，这个鬼是在什么地方看见的。

“虽然没出这片荒原，可不在咱们这块地方。不过这件事不值得尽着谈论了。俺说，街坊们，今儿既然是朵荪·姚伯和韦狄街坊的好日子，那咱们睡觉以前，去给他们刚结婚那小两口儿唱个歌儿听听，你们觉得怎么样？”费韦接着说；他说这句话的时候，口气比以先更活泼，同时朝着大众看着，他的神气好像觉得，这个提议并不是阚特大爷首先发起的。“对于已经配成了对儿的人，顶好装出喜欢的样子来，因为你不喜欢，也不能把人家拆开呀。你们都知道，俺是不会喝酒的，所以俺并不是图酒喝；可是俺觉得，回头女人和小孩儿们都回家去了以后，咱们很可以往下面到静女店去走一趟，在他们新结婚那两口子门前，给他们来一个歌儿。那位新娘子一定喜欢这一套；俺也很愿意她喜欢；因为她和她大妈一块儿住在布露恩的时候，俺从她手里曾接过好多皮

1 鬼是白的，是英国人的概念，可能由于英人尸体都用白殓单包裹而起。

袋酒[1]。”

“好哇，咱们就这么办，”阚特大爷说，同时身子转得那么轻快，他那一串坠儿都放纵恣肆地大摆而特摆，“俺在风地里站了这半天，嘴唇干得跟柴火[2]一样了。俺自从吃了便饭[3]以后，还没闻到一滴酒味儿哪。人家都说，静女店新开桶的酒，喝着很不坏。再说，街坊们，就算咱们弄得很晚才能完事，那算得了什么？明儿是礼拜，多睡一会儿，酒还不消啊？”

“俺说，阚特大爷，凭你这样一个老头儿，老说这种话，真太随便了。”那个胖女人说。

“俺本来就什么事都随便；俺实在太随便了——俺没有那些闲工夫去讨娘们儿的欢心。喀勒喀[4]！俺只乐俺的！一个没能耐的老头子要把眼都哭肿了的时候，俺只唱俺的歌儿，唱俺的《乐呵呵的一伙》[5]，唱俺的这个，俺的那个。俺不管那一套。他妈的，俺不论干什么都行。

国王扭转头，从左往后看，
满腹的怒气，满脸的怒颜，
若非我誓言已经说在先，

---

1 这种皮袋，是整羊皮做的。英文《圣经》里的 bottle，就是这种皮袋（通译瓶，误）。酒应为蜜酒之类的家酿酒，是赠给费韦的。

2 干得跟柴火一样，意译，原文为方言。亦见《德伯家的苔丝》第十七章。

3 便饭，原文为方言，指上午或下午中间农田工人吃的便饭。

4 喀勒喀，只是一种声音，表示高兴、喜欢。也见于本书第二卷第三章及《马号队长》第二十三章。

5 《乐呵呵的一伙》，《爱琳王后的忏悔》的另一种叫法。

卿家你难免绞架身高悬。[1]”

“不错，咱们正该那么办，”费韦说，“咱们得给他们唱个歌儿，上帝听着也喜欢。朵苏的堂兄克林等到事情完了才回来，还有什么用处？要是他要拦这门亲事，想自己娶她，那他就该早回来呀。”

“也许只是因为姑娘出了门子，他妈一个人觉得孤单的慌，所以他才回来，跟他妈一块住几天吧。”

“俺要说起来，又是怪事了。俺从来就没觉得孤单过——从来也没有，一点儿也没有，”阚特大爷说，“俺到夜里，简直跟水师提督一样地勇敢。”

那时候，雨冢上的祝火已经微弱起来了，因为他们用的材料并不很坚实，所以不能耐久。同时往四外看去，所有天边以内的祝火，也都大半微弱了。要是把祝火的亮光、颜色和着的时间都仔细观察了，就能看出来烧的材料是什么性质；根据这种结果再推测下去，还能多少猜得出来点祝火那些地方都出产什么东西。大多数的祝火，都发出一种又大又亮的光辉；这是表示，那些地方，也和他们这儿一样，长的都是石南和常青棘；本来这种地方，非常广阔，有一方面，绵延到无数英里地以外；另一些地方的火，着得快，灭得也快；那是表示，那一方面的燃料，都是最不耐烧的，只是麦秆、豆秸和庄稼地里普通的废物。有些顶耐久的祝火，

1 《爱琳王后的忏悔》的末一节。末句指绞死身悬绞架。“国王扭转头”二行，亦民歌里经常说法。

都好像行星一样地稳定[1]；那是表示，他们点的，都是榛树枝子、棘树捆子和别的坚实耐烧的劈柴。这一种燃料，本来很稀罕，它们和那些不久就灭了的熊熊火光比起来，虽然显得亮光不大，但是现在因为它们能耐久，却比无论哪一种都占上风。原先着得旺、看着大的祝火，现在都已经灭了，但是这些祝火，却仍旧存在。它们占据的是北方矮树林和人植林[2]茂盛生长的地方上负天矗立的峰峦；从雨冢上看来，那算是视线以内最远的部分；那儿的土壤和这儿不同，像荒原这种情况，那儿是稀少的，看不见的。

所有的祝火全都微弱了，除了一个，而这一个离他们最近，它跟所有别的祝火比起来，就好像是众星闪烁里一轮明月。它占的方向和下面山谷里面那个小窗户恰恰相对。它和雨冢离得实在很近，所以它的本体虽然并不很大，但是它的亮光，却把雨冢上的祝火比下去了。

这个稳定的亮光，先前就已经惹得雨冢上的人时刻注意了；现在他们自己的祝火既是越来越微，越来越暗，那个亮光更惹他们注意了；就是有些烧木头的祝火，点得比较晚一会儿的，这阵儿也都光焰低微了；但是这个祝火，却始终看不出来有什么变化。

“俺说实话，那个祝火离得真近！”费韦说，“俺觉得仿佛都能看出来有人在它四围走动。那个祝火只管小，咱们可不能不说它好，实在地。”

“俺都能把石头扔到那儿。”一个小孩说。

---

1 过去以为，辨别行星和恒星的方法之一，为行星看上去不闪烁，而恒星会。

2 矮树林和人植林，前者专植小树，以时砍伐，供薪柴用。后者则由人工栽植，作建筑、家具材料之用。

“俺也能！”阚特大爷说。

“办不到，办不到，小伙子。那个祝火看着只管很近，实在可至少差不多有一英里半地远哪。”

“那个祝火倒是点在荒原上面，不过它的材料可不是常青棘。”那个掘泥炭的说。

“俺看是劈柴；不错，是劈柴，”提摩太·费韦说，“除了光滑直溜的劈柴，没有别的东西能这样耐着。它是点在迷雾岗[1]老舰长门前那个小岗子上的。那个老舰长真得算古怪；在自己的土堤和壕沟里面点祝火，叫别人一点儿也玩赏不着，一点儿也近不得！这种老头真是糊涂虫，要不，怎么会没有小孩儿，却点祝火玩儿？”

“斐伊老舰长今天出了一趟远门儿，一定很累了，”阚特大爷说，“所以这个祝火不会是他点的。”

“他也舍不得那么些好劈柴。”那个胖女人说。

“那么那就是他外孙女儿了，”费韦说，“不过像她那样年纪，应该不大爱这个调调儿了吧。”

“她的举动很古怪，自己一个人住在那儿，可喜欢这种东西。”苏珊说。

“她的模样儿可真得算够俊的，”斫常青棘的赫飞说，“特别是她把时兴的长袍穿出来的时候。”

“不错，”费韦说，“好啦，她的祝火愿意着就让它着吧。咱们的看样子可快要完了。”

---

1 赫门·里说：“迷雾岗被假设为离雨冢不远。现已无物可确证那所住宅所在。但有一野塘，与书中所写相符，可在雨冢北面看到。迷雾岗村则为荒原这块地方上几处零散房舍的假名，也已无存。”

“这个火一灭，你瞧有多黑！”克锐·阚特一面把他那双兔子眼往身后瞧去，一面嘴里说，“俺说，街坊们，咱们顶好回家去吧。俺知道这块荒原上是不闹鬼的；不过俺觉得还是回家去的好……啊，那是什么东西？”

“不过是风就是了。”那个掘泥炭的说。

“俺觉得，除去城里头，别的地方就不该晚上过十一月五号，像这样山高皇帝远、人少兔子多的地方，应该白天过才是！”

“你净胡说，克锐。壮起胆子来！你枉长了个男子汉了！苏珊，亲爱的，咱们俩跳个舞——好不好哇，俺的乖乖呀？虽说是你那个巫婆养的丈夫把你从俺手里摄走了以后，已经过了这些年了，你的小模样儿还是一样地俊哪；咱们这阵儿要是不跳，待会儿太黑了，就看不见你那个仍旧很俊的小模样儿了。”

这话是提摩太·费韦对苏珊·南色说的；他这话刚说完，一旁看的人们只觉得，一眨眼的工夫，那个女人胖大的形体就挪到刚才点祝火的那个地方上去了；原来还没等到她明白过来费韦的用意，费韦就把她拦腰抱住，把她那个人整个地举起来了。那时候，在原先点祝火的地点上，常青棘已经烧完了，只剩了一团灰烬，间或搀杂着些余火和火星。费韦挟着苏珊，刚一走到那堆残灰的圈儿里，就同她旋转着舞起来。苏珊本是一个全身都响的女人；不但她身上架着鲸骨和木条[1]，她脚上还不论冬天夏天，不论好天坏天，为省鞋起见，老穿着木头套鞋；所以费韦和她舞着的时

1 鲸骨和木条，指胸衣，妇女紧身所穿，用以支撑胸腰。普遍为两片，前面一片夹有鲸骨，或细钢条，或细木条。

候，她那木头套鞋噶嗒噶嗒地响，她的鲸骨胸衣就咯吱咯吱地响，再加上她自己大惊小怪地乱嚷，因此可以清清楚楚地听见一场合奏乐。

“我把你的脑袋瓜子给你砸碎啦，你这个大胆的混账东西，”南色太太一面毫无办法，同费韦舞着，一面嘴里骂，只见她那双脚，好像鼓槌一般，在火星中间乱起乱落，“我这两只脚脖子刚才从带刺儿的常青棘中间走过来，早就划得热拉拉的了，这阵儿你又把我拖到火星子里来，更要热炙火燎的了。”

提摩太·费韦这种荒唐的举动本是含有传染性的。因此一时之间，那掘泥炭的也把老奥雷·道敦捉住了抱在怀里，和她舞起来，不过他比费韦却多少温柔一点儿。那些年轻的小伙子，见了比他们年长的都这样，就毫不怠慢地跟他们学，把那些年轻的姑娘都搂到怀里；阚特大爷就跟他的棍子，合成了一件三条腿的东西，跟着大家一齐地舞。不过半分钟的工夫，雨冢上面就看不见别的光景了，只有一团黑影，在滚滚翻动的火星里回旋转动；那些火星围着跳舞的人迸起，都迸到他们的腰部那样高。主要的声音，是女人们尖声叫喊，男人们大声嬉笑，苏珊的胸衣咯吱咯吱、套鞋噶哒噶哒，奥雷·道敦“吓吓吓！”和风吹到常青棘丛上呼呼呼，这种种声音跟他们那种犷悍狰狞的跳踊，正作成一副和谐的音调。只有克锐远远站在一旁，一面心神不安地把身子摇晃，一面自言自语地念叨：“他们不该这样干——看那些火星那种乱飞乱迸的样子！这简直是招鬼！实在是招鬼！”

“什么东西？”忽然一个小伙子停止了跳舞问。

“啊，在哪儿？”克锐急忙凑到人群旁边问。

所有那些跳舞的人，全把脚步放慢。

“俺听着就在你后面，克锐；在那面。”

“不错——就在俺后面！”克锐说，“马太、马可、路加、约翰，祝我睡觉的床平安；四个天使把我保——”[1]“快闭上你的嘴，克锐。怎么回事？”费韦说。

“喂……！”只听黑暗里发出了一声长喊。

“喂……！”费韦也喊着应答。

“通过这上面一带，有没有往布露恩姚伯太太家去的大车道？”只听原先长声呼喊的那个声音，又问了这样一句话，同时一个又长又细的模糊人影，走近了古冢。

“俺说，街坊们，天都这时候了，咱们还不该使劲快跑，赶回家去吗？”克锐说，“你们可要听明白了，俺并不是说，东逃西散地乱跑，俺是说，大家挤在一块儿一起跑。”

“把散在一旁还没烧完的常青棘，捡几块放到一处，弄出点红火来，好照一照这个人是谁。”费韦说。

火焰亮起来以后，照出一个青年来，浑身的衣服，紧贴在身上，并且从头到脚，一色儿血红。“通过这块儿，有没有上姚伯太太那儿去的大车路？”他又问了一遍。

“有——顺着下面那条路走就是。”

“我问的是两匹马拉着一辆大篷车走得了的路。”

1　这是英国儿歌或小孩祈祷文的一部分，全文为：“马太、马可、路加、约翰，祝我睡觉的床平安。我的床有四个角，四个天使把我保，一个守护，一个祈祷，两个把我的魂儿手携怀抱。”一度流行于全英国。也见于英国诗人华兹华斯的《红胸鸟》，字句不尽同。

“是啊，俺说的也就是那样的路啊；你费点儿工夫，就能走上紧在这儿下面那个山谷了。那条路倒是不平，不过只要你有个亮儿照着，那你的马自个儿也许就会小心仔细地一直往前奔了。你把车带到上面来了吗，卖红土的朋友？”

“没有，我把它撂在山根下面，隔这儿有半英里。因为现在是晚上，我又好久没上这儿来了，所以我自己先在前面，把路探准了。”

“哦，行，你可以往上来。”费韦说。接着又对大家全体，连红土贩子也包括在内，说：“俺刚才一见他，可真把俺吓了一大跳。俺心里想，俺的老天爷，还不知道是个什么红色的怪物跑来吓咱们啦！俺说，红土贩子，俺这个话，并没有说你长得丑的意思，因为你天生的胎子本来不坏，不过以后弄得怪模怪样的了。俺说这个话，只是想要说一说俺刚才觉得很奇怪就是啦。俺还几乎把你当做了一个魔鬼，或者当做了那个小孩说的红鬼哪。”

“也把俺吓了一大跳，”苏珊·南色说，“因为俺昨儿晚上，梦见了一个骷髅蛾子[1]。”

“你们别再说啦，”克锐说，“要是他头上再扎上一条手绢，那他就活活地是《试探画》[2]里的魔鬼了。”

“好啦，多谢你们指路给我，”那位年轻的红土贩子微微笑着说，“诸位再见。”说完了就下了占冢，看不见了。

---

1 英国人怕骷髅蛾子，为一种平常事情，见英国民俗学家拉宾孙·莱特的《英国民俗》。赫门·里在《哈代的乡土》里也说过同样的故事。

2 《试探画》，画耶稣受魔鬼试探的故事。故事见《新约·马太福音》第 4 章第 1 至 11 节等处。

“俺仿佛在哪儿碰见过那小伙子似的，”赫飞说，“但是在什么地方，怎么碰见的，他叫什么，俺可想不起来了。”

红土贩子走了不到几分钟的工夫，又有一个人走近了那个一部分死灰复燃的祝火。她是住在附近的一个寡妇，大家都认识她，都恭敬她；她的身份，只有用温雅这两个字才形容得出来。她的面孔，叫四围黑暗的荒原笼罩，显得白白的，光暗分明，并无衬托，好像宝石上面鼓起的花纹。

她是一个中年妇人，生得端正匀称，看她的眉目，就知道她是个洞察事理的人。有的时候，她观察事物，仿佛带着别人所没有的一种从尼泊山上高视远瞩[1]的神情。她有些落落寡合的样子，好像荒原吐出来的寂寥，完全集中在这个从荒原上出现的脸上。从她看那些荒原居民的态度上看，就可以知道，她并没把他们看得怎么在意，并且他们对于她这样黑夜独行，不管有什么意见，她也满不在乎；这种情况表示出来，他们的身份不能和她比。原来这位中年妇人的丈夫，虽然只是一个小规模的庄稼人，她自己却是一个副牧师的女儿，从前曾一度梦想过比现在好的前程。

凡是个性强的人，都像行星一样，行动的时候，总把个人的气氛带了出来[2]；现在这位刚刚来到雨冢上的妇人，就是这样一种人，所以她和别人到了一起，通常能叫别人觉出她的气氛来，并且

1　尼泊山，见《旧约·申命记》第 32 章第 49 节。上帝吩咐摩西说：“你上尼泊山去，……观看迦南地。……你……远远观看。……”

2　哈代在短篇小说《迷信者的故事》里说：“维廉是个不爱说话的稀罕人物。不论在屋子里或者任何地方，如果他从你背后来到你跟前而你却没看见他，你就会感觉到空气里有一股湿漉漉的东西，好像紧靠你跟前，一个地窨子的门开开那样。”性格强而使人感到他的气氛，这是一个实例。行星运行时带出气氛，则指星相家

也真让别人觉出她的气氛来。她在荒原居民之中，觉得自己谈话的才能高，所以平常总保持缄默[1]。但是现时，既是她一个人在暗中走了半夜，所以她一下走到人群和亮光之中，她的态度就比平常显得亲热得多了；看她的面目，比听她的言谈，她这种态度，更觉得显然。

“哟，原来是姚伯太太呀，”费韦说，“姚伯太太，刚才还不到十分钟，有一个人上这儿打听你来着——一个红土贩子。”

“他打听我有什么事？”姚伯太太问。

“他没对俺们说有什么事。”

“俺猜也许是卖东西给你吧？你要问俺，他到底有什么事俺可就不知道了。”

“俺听说，你的少爷克林先生要回来过圣诞节，俺高兴极啦，太太，”掘泥炭的赛姆说，“他一向喜欢祝火那个劲儿，就不用提啦。”

“不错，他是要回来。我想他现在已经起了身了。”姚伯太太说。

“他眼下一定是一个漂亮的小伙儿了。”费韦说。

“他现在长成大人了。”姚伯太太安安静静地回答。

“今儿晚上，你一个人在荒原上走，不觉得孤单吗，太太？”克锐从他一向躲藏的地方跑出来说，“你可要小心，千万可别迷了

（接上页注）说的行星。星相家言，人之性格，以出生时所值之星宿而定。如值水星则性轻浮活泼等等。这些行星运行时，永带自己气氛，人生时适值哪个行星，其气氛即影响他。

1 英作家亥兹利特说：“最缄默的人，一般都是自视高于一切人的人。”又另一作家冒尔说：“缄默是最高的谈话艺术……缄默不但含有艺术，雄辩亦在其中。”

路。在爱敦荒原这个地方上，一迷起路来，可真不得了；加上今儿晚上这个风，刮的又真邪行，俺从来没听见刮过这样的风。就是那些跟荒原顶熟的人，有的时候，也会遇到鬼打墙[1]。”

“是你吗，克锐？”姚伯太太说，“你怎么躲起我来了？”

“并不是躲你，太太；因为俺在这样的黑地里，没看出来是你；加上俺这个人，又生来顶心窄，顶爱毛咕，所以有点儿害怕；这是实话，你别见怪。嗐，要是你看见俺往常那种愁眉苦脸的样子，你一定要替俺担心，怕俺早晚要自尽。”

“你可一点儿也不像你爸爸。”姚伯太太一面嘴里说，一面拿眼往祝火那面看去，只见阚特大爷，没有什么另外独出心裁的花样，正自己一个人像刚才那班人似的，在火星里跳来舞去。

“俺说，大爷，”提摩太 · 费韦说，“俺们真替你难为情。凭你那样一个年高的人，枉活了七十岁啦，自己一个人这样跳来蹦去，不害臊吗？”

“真是一个活要人命的老人家，姚伯太太，”克锐觉得没法可治的样子说，“他太好玩儿了，但凡俺能离开他，俺连一个礼拜都不愿意跟他在一块儿住。”

“阚特大爷，你应该站稳了，欢迎姚伯太太才是，你是这里顶年高的人。”那个编扫帚的女人说。

“实话，是应该，”那位作乐的老头儿停止了跳舞，露出后悔的样子来说，“你不知道，姚伯太太，俺的记性太坏了，忘了大家

---

1 鬼打墙，原文 pixie-led，pixie 为英人迷信的一种精灵，不害人，而好对人恶作剧。为 pixie 所迷者，一般在夜间自觉走出老远，而实没离原处；或迷路走进河里。这类故事乡间传说甚多。

伙儿那份仰望俺的意思了。你一定心里想，这个老头儿的兴致真好，是不是？不过俺并不是永远兴致好。一个人，老让别人像对一个领袖那样仰望，本是一种负担，俺时常觉得出来，那是一种负担。”

“我很对不起，不能和你们再多谈一会儿啦，”姚伯太太说，“因为我现在非走不可了。我本是穿过荒原，要往我侄女的新家里去的，因为她今天晚上跟她丈夫一块儿回来了；我听见奥雷的声音，才上这儿来，问问她是不是就要回家；我很愿意她能跟我做个伴儿，因为她跟我走的是一条路。”

“是，不错，太太，俺也正想要走哪。”奥雷说。

“啊，你一定会碰见俺说的那个红土贩子，”费韦说，“他刚走回去拉他的车去啦。俺们听说，你侄女跟她丈夫行完了礼就直接回来了；俺们待一会儿就到他们那儿，去唱个歌儿给他们庆贺庆贺。”

“谢谢你们。”姚伯太太说。

“不过回头俺们去的时候，要穿过常青棘，抄近路走，你穿着长衣服，不能从那样的地方走，所以请你不必麻烦，不要等俺们啦。”

“很好——你停当了吗，奥雷？”

“停当啦，太太。你看，你侄女窗里正透出亮光来。咱们看着那亮光走，就不会迷路了。”

她朝着山谷的洼处，把费韦先前指点过的那个暗淡亮光指出来，跟着这两个女人就一齐下了雨冢。

四　卡子路[1]上的停顿

她们两个，一直往下走了又走，她们每走一步，下降的距离，仿佛超过了前进的距离。她们的衣角让常青棘磨擦得窸窣有声，她们的肩膀也一路让凤尾草扫荡拂刷；原来这种东西虽然早已死去、干枯，却和活着的时候一样，仍旧直立，因为那时候，还没有十分严厉的隆冬天气把它们放倒。两个没人护送的女人，单独走过这样一片阴曹地府一般的地方，一定会有人认为心粗胆大。但是这些灌莽丛杂的幽僻去处，却是奥雷和姚伯太太天天耳濡目染的景物；而一个朋友脸上，多了一层阴沉气色，又有什么可怕的呢?

“那么朵荪到底嫁了他了。”奥雷说，那时山坡的斜度，已经不太陡，用不着专心一意地小心走路了。

姚伯太太嘴里慢慢地回答：“不错，到底嫁了他了。”

“她老跟你自己的姑娘一样，和你一块儿住了这么些年，一下子走了，你一定要觉得家里少了一个人，冷清得慌吧。”

“实在觉得冷清得慌。”

1　卡子路，英国一六六三年后在大道上，安带铁尖的栅栏门，收往来车辆行人的路税，这种路叫做卡子路。一八二七年后，栅栏门逐渐取消，卡子路变成公路，但仍有沿用旧名，称卡子路者。

奥雷这个人，虽然没有那种能看出来什么时候什么话不中听的机警，但是她的天性却很率真，所以说出话来，叫人听着不至于生气。一样的问题，别人问来惹人厌恶，她问起来却无妨碍。因为这样，所以她提起这个问题来的时候，尽管姚伯太太显然觉得伤心，却又并没觉得不高兴。

“唉，太太，俺真没想得到，你会答应了这门亲事，真没想得到。”那个编扫帚的女人接着说。

“唉，奥雷，你没想得到的，还没有去年这时候我没想得到的多哪。你不知道，这门亲事，可以从好多方面来看。就是我想要告诉你，一时也说不完。”

“俺自己觉得，他那个人难以算得安分守己，不配和你们家结亲。他不是个开店的吗？开店算得上什么大不了的事由儿哪？不过他那个人，聪明伶俐，倒还有点儿，人家都说，他从前还是一个当工程师的体面人哪，后来净顾外务，荒唐了，才落到眼下这步田地。”

“我觉得，通盘看来，还是让她嫁给她心里愿意的那个人好。”

“可怜的小东西儿，她那一定是克制不了自己的感情了。这本是天性。算了吧，不管别人怎么说，反正他在这儿，开垦了几亩荒原地，开着一个店，还养着几匹荒原马，他的样子也着实像个体面的上等人。再说，已经做过的不能变成并没做过的呀[1]。”

“当然不能，”姚伯太太说，“你看，咱们到底走到有车道的地方了。现在咱们可以走得比刚才省点劲儿了。”

1　西谚。始见于罗马喜剧家普劳特斯的《贮金盆》一剧中。

关于婚事的话，已经不再谈了；过了不大的工夫，她们走到车道分出一条微茫小岔道的地方，那时奥雷就托付姚伯太太，说韦狄原先答应过她，说他结婚的时候，要送她病着的丈夫一瓶酒，现在这瓶酒还没送到，请姚伯太太提醒韦狄一下；托付完了，她们两个就分手告别了。那个编扫帚的女人，就转身向左，朝着小山岗后面她自己住的那所房子走去；姚伯太太却顺着车道，一直往前走去，因为这条车道就一直通到静女店旁的大道。姚伯太太心里想，那时候她侄女已经在安格堡结了婚，和她丈夫韦狄一同回到店里了。

她往前走去的时候，最先走到的是人家都称为韦狄氏田的一块地方，那本是从荒原开垦出来的一块地，经过许多年，费去许多力气，才把它经营到可以耕种的程度。头一位发现这块地方可以耕种的那个人，硬累给累死了；把他的所有权继承了的那一位，因为给这块地上肥料而弄得倾家荡产。等到韦狄得到这块地的时候，他就好像亚美利勾·外司蒲奇[1]一样，安然坐享了应该属于前人的荣誉。

姚伯太太已经走近客店门前，打算迈步走进店里；正在那个时候，她看见那一面离客店有二百码左右的地方，有一辆双马拉着的大车正朝着她走来，大车旁边跟着一个人，手里提着一个灯笼。待了不大的一会儿，她就看清楚了，那正是打听她的那个红土贩子。她本来想要马上就进店里去，现在却越过店门，朝着那

1 亚美利勾·外司蒲奇（1451—1512），意大利航海家。曾于一四九九和一五〇一年两次西航。自称于一四九七年发现南美大陆，亚美利加遂因此得名。其所称并无确据，而却是哥伦布于一四九二年发现西印度群岛，于一四九八年发现美洲大陆。

辆大车走去。

大车走到她跟前了，跟在车旁的那个人本来要和她交臂而过，但是那时她却朝着那个人说："我就是布露恩的姚伯太太。刚才有人打听我，是不是你？"

红土贩子抬头一惊，连忙把手指头举到唇边。他把马止住，朝着姚伯太太打了个手势，叫她跟着他闪到旁边几码以外的地方。她见了，一面不由得心里纳闷儿，一面照着他的手势做去。

"我想您不认识我吧，太太？"那个红土贩子说。

"恕我眼拙，"姚伯太太说，"哟，是了，我想起来了！你不是小文恩吗——你父亲不是在这一块地方上开过牛奶厂吗？"

"一点儿也不错；我和您侄女朵荪小姐还有点认识哪。我正要找您，报告报告您一个不大好的消息。"

"不能是关于她的消息吧？我敢说她已经和她丈夫一块儿回来了。他们不是预先商议好了，今天下午回来——回到那个店里吗？"

"她并不在店里。"

"你怎么知道她不在店里？"

"因为她在这里。她在我的车里。"文恩慢腾腾地说。

"又出了什么岔儿啦？"姚伯太太抬手捂着前额下部，嘴里嘟囔着说。

"详情我也说不出来，太太。我只知道，我今天早上，正顺着大道，从安格堡往外走；我出了安格堡有一英里地左右的时候，我听见我身后面，好像有一只小鹿，轻轻地走来。我回头一看，原来是朵荪，脸白得好像死人一样，嘴里说：'哦，德格·文恩！我老远看着像是你，果然不错；我现在有点儿为难的事，你可以帮我点儿忙吗？’”

“她怎么知道你叫德格？”姚伯太太带出很疑惑的样子来问。

“从前我还是个小伙子，没出来干这种营生的时候，曾和她会过，所以她知道。她当时问我，她坐我的车成不成，刚问完了，就晕过去了。我跟着把她抱起来，放在车里头；她从那时候就一直在车里待到现在。她哭了很大的工夫，不过却没说什么；她只告诉我，说她今天早上，本来要结婚来着。我劝她吃点儿东西，可是她吃不下去；后来她才睡着了。”

“我马上就看她去。”姚伯太太一面嘴里说，一面急忙朝着大车走去。

红土贩子拿着灯笼，跟在后面，自己先上了车，然后把姚伯太太扶到车上，叫她站在他身旁。车门开了以后，她看见大车里面那一头放着一张临时搭的床铺，在床铺周围，红土贩子把他所有的帐子、帘子等等东西，全都挂出来了，为的是免得让他卖的那种红色货物，把床上的人沾染了。床上躺的是一个年轻的姑娘，身上盖着一件外套，正在那儿合目安睡。灯笼的亮光，射到她的面目上。

只见她的面目，姣好甜美，质朴天真，叫拳曲的栗色头发密密地覆笼，介乎美艳和娇俏之间。她的眼睛虽是紧紧地闭着，但是一个人却很容易能够想象出来，眼里的流波，一定就是光艳的脸上最妙的地方。她的眉目之间，本来含的是富于希望的神气，但是现在上面却薄薄地笼罩了一层焦灼和悲伤，那本是脸上从来没有过的。因为这种悲伤，来到脸上还不很久，所以脸上还是鲜艳丰腴，丝毫没有清减消瘦，不过比原先添了一番庄严的神情而已。她的嘴唇上那种深红的颜色，也还没到褪去的时候，现在因为没有颊上那种难以久留的颜色与它为邻，反倒显得更鲜明强烈。她的嘴唇，时开时合，发出嘟嘟囔囔的字句。她这样的人，好像按理应该是情歌里面的人物——得从和美的音节和调谐的声律里去把她观察。[1]当时至少有一件事很显而易见，那就是，老天生她并不是叫她让人家这样看的。红土贩子好像明白这种情况，所以，在姚伯太太往车里面看她的时候，他就很规矩、很体面地，把脸掉在一边。那位睡在床上的女孩子，分明也好像是这样想法，因为过了片时，她就把眼睁开了。

她对于眼前这种情况，好像预先有点儿料到，同时却又有点儿怀疑；就在这种心情之下，她把嘴唇张了一张；同时在灯笼光之下，只见她那种种心思、样样情绪，全都很细致地在脸上表现出来。这种情况，叫人一看就能知道，她这个人，纯洁天真，空灵剔透，好像她的内心活动，都能从外面看见。她对于眼前的光景，一会儿就明白了。

"哦，大妈，是我呀，"她叫，"我知道您看见我这种样子，一定奇怪，一定想不到会是我；不过话虽如此，现在这样回来的，却又不是别人，又正是我！"

"朵绥呀，朵绥呀，"姚伯太太一面嘴里说，一面伏下身子去

1 哈代在这儿用音乐或音乐效果为喻，以提高或加强动人情感之动作或形容。他说朵苏是情歌里的人物云云，就可使我们听到，在年幼女主角登场时，响起柔婉颤袅的长笛声，像在英国戏剧家利厄剖勒得·路易斯的《众钟》中，幼女主角婀奈特登场时那样。

亲那个女孩子，“我的乖乖！”

朵苏本来眼看就要呜咽啜泣，但是出人意料之外，她竭力自制，所以没有出声。她只微微地喘着把身子坐直了。

“我也跟您一样，没想到会跟您这样见面，”她急忙说，“大妈，现在我在哪儿？”

“快到家了，亲爱的。咱们在爱敦低谷。又出了什么吓人的事了？”

“我待一会儿就告诉您。咱们离家这样近了么？那么我要下车走着走啦。我想要顺着小路走回去。”

“这位好心的人，既然已经帮了这些忙了，那他一定愿意把你一直送到家吧？”这位伯母转身对红土贩子说；那时红土贩子，看见那个女孩子醒来，就从车前躲开，跑到路上站着去了。

“这还用问吗？我当然愿意。”红土贩子说。

“他的心眼儿实在好，”朵苏嘴里嘟囔着说，“大妈，我从前有过一阵儿跟他认识，所以今天我看见他，就心里想，坐他的车强似坐旁的生人的。不过现在我要走着回去。红土贩子，请你把马带住[1]了。”

红土贩子温柔地瞧着朵苏，露出犹豫的样子来，一面却把车和马带住了。

伯母和侄女于是一块儿下了大车；只听姚伯太太对大车的主人说：“我现在完全想起你来了。你为什么改了行，不干你父亲留

1 “把马带住”和前面“把马停住”，原文均为 stop。Stop 原有此二意：“停住”不必言，“带住”是马尚未启行，带着它防他抢先启行。

给你那种好营生了哪？”

“不错，我是改了行啦，”他嘴里说着，却拿眼看着朵苏。只见朵苏脸上微微一红，“那么，太太，今天晚上，您不用我再帮忙啦？”

姚伯太太听了这话，抬起头来，把苍冥的天空、重叠的丘阜、渐渐熄灭的祝火和近在面前的客店透出亮光的窗户，全都看了一看，然后说：“朵苏既是愿意走路，那么我想就不用你帮忙了。这条路我们很熟。我们一会儿就能顺着小路走到家了。”

他们又说了几句话以后，就彼此分手作别，红土贩子赶着车向前走去，两个女人留在路上站着。红土贩子的人马车辆刚一往前走到听不见她的声音那地方，姚伯太太就转身朝着她侄女很严厉地问——

“你说，朵苏，你弄出这样丢人的把戏来，是怎么回事？”

五　诚实人的惶惑

朵苏一见她伯母的态度变了，就露出万分无奈的样子来，有气无力地说："实情没有别的，也就是现在您看见的这样：我——还没结婚。弄出这件不幸的事来，让您跟着栽跟头，我只有求您原谅，大妈：我对于这件事，当然很难过。可是您叫我有什么法子哪？"

"我栽跟头？你应该先替你自己想一想吧。"

"这个谁也不能埋怨。我们到了那儿的时候，牧师说结婚许可证[1]上有点儿小问题，不能给我们行礼。"

"什么问题？"

"我也说不上来，韦狄先生知道得很清楚，您问他好了。我今儿早晨出去的时候，万没想到我会这样回来。"天色既是昏黑，朵苏就不出声暗中流泪，尽情发泄悲痛，因为那时即便泪流满面，也没有人看见。

"我差不多可以说，你这简直是自作自受——不过我仍旧觉得，你并非罪有应得。"姚伯太太接着说；只见那时，她有两种显

1　结婚许可证，英国当时法律规定，结婚除用结婚通告外，还可用许可证。但结婚的男女，一定得在行礼教堂所管辖的教区住上十五天才算合法，还有其他规定。

然不同而紧紧相连的态度：温柔和恼怒；二者连接着流露，中间丝毫没有间隔。“你要记住了，朵苏，这件事，可完全不是我给你弄出来的；从你刚一对那个人动了痴情那一天起，我就警告过你，说他那个人，不能使你快活如意。我对于这一层，看得非常清楚，因此我才在教堂里，当着大众，挺身出来反对，让大家拿着当做好些个礼拜的话把儿；本来我做梦也没想到那是我做得出来的啊。不过我既是一旦出口答应了，那我可不能净由着他这样胡天胡地的而我白白地受着。有了这番波折，你非嫁他不可。”

“您想我会有一时一刻作别的想头吗？”朵苏长叹了一声说，“我很知道，我很不应该爱他，不过，大妈，不要再说这种话了吧，越说我心里越难受。现在您决不能让我就这样跟着他去吧？能吗？只有您的家才能是我投奔的地方。他对我说过，一两天以内，我们准结婚。”

“他要是压根儿就没见过你，那有多好！”

“既是这样，那么，我情愿做一个世界上顶可怜的女人，永远不让他再见我的面。不错，就那样好啦，我不要他啦！”

“这阵儿说这种话，不是已经太晚了吗。你跟我来。我要到店里去看看他回来了没有。我当然马上就得明白明白这件事的底细。韦狄别以为我是好愚弄的，也别以为我的亲的近的，不论谁，是好愚弄的。”

“并不是这样。实在是结婚许可证弄错了，他当天又来不及再另弄一个，所以才没能把事办成。要是他回来了，他一下就可以对您把这件事说明白了。”

“为什么他不把你送回来？”

"这又得怨我！"朵荪又啜泣起来说，"因为我一看我们结不了婚了，我可就不愿意和他一块儿回来了，那时我身上又很不舒服。后来我看见德格·文恩，就觉得他合适，就让他把我送回来了。我不能把话说得更明白了，您要生我的气，那也没法子。"

"我要看看到底是怎么回事。"姚伯太太说完了，她们两个就转身朝着客店走去。这个客店因为招牌上画着一个妇人，把头挟在腋下[1]，所以附近一带的人，都管它叫静女店。店房的前脸，正对着荒原和雨冢，只见雨冢昏暗的形体，好像要从天上下倾，压在店上似的。店门上面，挂着一个没人理会的铜牌子，牌子上刻着意想不到的字样："工程师韦狄。"这个铜牌子，虽然无用，却是一个叫人舍不得丢掉的古董，当日有些期望韦狄能有大成就而后来却落得失望的人，曾把他安置在蓓口的公事房里当工程师，这块牌子就是那时候留下来的。店房后面是庭园，庭园后面是一条又深又静的河[2]，作成荒原这一方面的边界，因为河流外边就是草场地了。

但是当时既然天昏地暗，所以一切景物中，只有天边的轮廓

1 西洋的无头鬼，都把头提在手里，或挟在腋下，教会中殉教圣人都画成这样，这是表示死者是被杀头的。这个招牌，由于本地传说而来。据说，原先有一个妇人，好多言，所以把她的头割了下来，使她不能再说话。客店人多，易吵闹，所以画这样一个招牌作成警戒或讽刺。后出各本，在"把头挟在腋下"后面增有："在这个令人悚然的招牌上，写着一副联语，人家女人既然都安静，你们男人就别再闹哄。这是常到这个店里来的人都熟悉的。由于以上的情况，附近一带的人都叫这个店是静女店。"一九一二年版，哈代自注："真有这个招牌和联语的客店，是在现在所写的这个西北数英里之处。……"赫门·里说："静女店现已非客店而为牛奶厂，名'鸭子'。"

2 即夫露姆河。

还看得分明。房后面河边上，有白头的死芦苇，仿佛栅垒一般夹岸耸立；河水在芦苇中间慢慢流去，能听出来它懒洋洋地在那儿打漩涡。微风缓缓吹来的时候，芦苇就互相摩擦，发出瑟瑟的声音，仿佛做礼拜的人呼天低祝似的，听了这种声音，才知道那儿有芦苇这种东西。

那个把烛光透出、又沿着山谷把烛光射到点祝火那群人眼里的窗户，并没挂窗帘子，不过窗台太高，所以外面步行的人，不能隔着窗户看见屋子的内部。一个很大的人影，仿佛是一个男子躯体的一部分，把半个天花板都遮黑了。

“我看他好像在家。”姚伯太太说。

“我也得进去吗，大妈？”朵荪有气无力地问，“我想我不能进去吧；进去不是就不合适了吗？”

“你得进去，一定得进去——进去跟他当面对证一下，免得他有影儿没影儿地瞎说。咱们在这儿待不到五分钟，就起身回家。”

于是她们进了敞着的过道以后，姚伯太太就把私人起坐间的门敲了敲，把门扭开，往里看去。

一个男子的背脊和肩膀，正挡在姚伯太太的眼光和屋里的火光之间，那就是韦狄的形体了。他当时立刻转身站起来，往前迎接来客。

他是一个很年轻的男子；在他的形体和举动这两种属性里，举动先惹人注意。他的举动里那种温雅，很有些特别，好像是一种善迷妇女的行径，用哑剧方式表现的样子。第二步惹人注意的，才是他形体方面的特质，这里面最显著的，是他那长得丰盛的头发，在前额上掩覆，把额角弄得好像初期哥特式的高角盾牌[1]；再就是他的脖子，又圆又光，好像圆柱。他那身材的下半部，轻浮而不沉着。总而言之，他这个人，没有男人会觉得有什么可以称赞的地方，没有女人会觉得有什么可以讨厌的地方。

他看见过道里那位年轻的姑娘就说："那么朵荪已经回来了。亲爱的人儿，你怎么就能那样把我撂了？"跟着又转身朝着姚伯太太说："我无论怎么劝她，她都不听。她非走不可，还非一个人走不可。"

"不过这件事到底是怎么弄的？"姚伯太太带着高傲的样子质问。

"先坐下，"韦狄说，一面给这两个女人安好了两把椅子，"这本是一时不小心，把事弄错了，不过这种错误，有时免不了要发生。结婚许可证在安格堡不能用。因为原先弄那张许可证的时候，本来预备在蓓口用，可是因为事前我没看一下，所以不知道有这一层过节。"

"但是你前些日子不是在安格堡待着的么？"

"不是。我一向都是在蓓口待着的，一直待到大前天；因为我本来想把她带到蓓口去；可是我回来带她的时候，我们临时又决定了往安格堡去，可就忘了得另弄一张新许可证了。出了这个岔儿以后，再上蓓口去，已经来不及了。"

1　哥特式，原文 Gothic，除了其他意义及表示欧洲中古艺术，特别是建筑外，在铠甲兵器史上，则表示十五世纪后半铠甲等的风格样式。这个时期的初期，盾牌上部，由以先的方形变为两角及中部高起之形。它的后期则由尖形变为椭圆。哈代在他的诗剧《列王》第二部第六幕第一场里，说过后期哥特式盾牌。

“我想这件事多半得怨你。”姚伯太太说。

“我们不该选安格堡，那都怨我，”朵荪辩护说，“那地方本是我提议的，因为我在那儿没有熟人。”

“我很知道都得怨我，还用您提吗？”韦狄简慢粗略地回答。

“这种事不是无缘无故就发生的，”这位伯母说，“这对于我个人，对于我们一家，都得算是很严重的藐视，要是一传出去，我们总得有好些难过的日子熬。你想想，她明天还有什么脸见她的朋友？这简直是欺负人，我不能轻易地就放过了。连她的名誉都会叫这件事给带累了。”

“没有的话。”韦狄说。

姚伯太太对韦狄发话的时候，朵荪的大眼睛，往这一位脸上看一看，再往那一位脸上看一看，看到现在就焦灼地说：“大妈，您可以允许我跟戴芒两个人单独谈五分钟吗？戴芒，你说好不好？”

“只要你伯母肯给咱们一会儿的工夫，亲爱的，我当然不成问题。”韦狄嘴里说着，就把朵荪领到隔壁的房间里去了，把姚伯太太撂在火旁。

他们两个人刚一到了那个屋子，把门关上了，朵荪就把她那泪痕纵横的灰白面孔转向韦狄说：“这简直是要我的命，戴芒！我今儿早晨在安格堡的时候，并不是生着气跟你分手的，我只是吓着了，所以也不知道都说了些什么话。我还没肯告诉我大妈我今儿都受了什么样的罪哪。你想，我硬要忍住了眼泪，勉强做出笑容来，装作事情无关紧要的样子，那有多么难；不过我可尽了我的力量这样做，为的是免得使她更生你的气。不管我大妈怎么想，反正我知道你是没法子的，亲爱的。”

“她真招人不痛快。”

“不错，”朵荪嘟囔着说，“我觉得我现在也好像招人不痛快了……戴芒，你打算把我怎么安排？”

“把你怎么安排？”

“不错。因为有些和你不对付的人嘁嘁喳喳地议论你，叫我听来，有时不能不生疑心。我想，咱们当真打算结婚吧？是不是？”

“当然咱们当真打算结婚。咱们只要礼拜一再上蓓口去一趟，马上就结了婚了。”

“那么咱们一定去吧。唉，戴芒啊，你看你居然叫我说出这种话来！”她用手绢儿捂着脸说，“按理说，应该是你跪在我面前，哀求我，哀求你这位狠心的情人，千万不要拒绝你，要是拒绝了，你的心就要碎了。我往常总想，那种情况一定又美又甜，可是现在跟那种情况多不一样啊！”

“当然两样，实际的人生从来就没有那样的。”

“这件事就是永远不办，我个人也毫不在乎，”她稍微带出一点尊严的态度来说，“我不在乎；我没有你也一样地能活下去。我只是替我大妈着想。她那个人，爱面子，讲门第，要是咱们不把事办了，那么今天的笑话一传出去，就非把她窝憋坏了不可。我堂兄克林也要觉得很寒碜。”

“那样的话，那他那个人就一定很不通情理了。我说句实话，你们一家人都有点儿不通情理。”

朵荪脸上微微一红，不过却不是由于爱情。但是不管这一瞬之间让她红脸的情感是哪一种，反正它来得快，去得也快；她只仍旧低声下气地对韦狄说："我从来就没有故意那样的时候，那都是你把人逼的。我只觉得，你到底有几分能制伏我大妈了。"

"要是说公道话，这差不多得算是我应该的，"韦狄说，"你想一想我求她同意的时候，我在她手里都受了什么样的挟制；结婚通告叫人反对了，无论是谁，都要觉得栽跟头；再加上我这种人，生来就倒霉，非常地敏感，好自己难过，更加倍地觉得栽跟头。结婚通告那回风波，我到什么时候都忘不了。换一个比我更厉害的人，一定会很高兴利用我现在这种把柄，把事搁起来不往下办，好给你大妈个厉害看。"

韦狄说这些话的时候，朵荪只把她那满含愁思的眼睛如有所望地瞧着他，她的神气好像是说，在这个屋子里，还有第二个人，也可以自伤自怜，说她敏感哪。韦狄看出来她实在难过，就好像心里不安的样子，接着说："你知道，我这个话不过是我一时的感触就是了。我一点儿也没有把这件婚姻搁起来的意思，我的朵绥——我不忍得那么办。"

"我也知道你不能那么办！"这位漂亮的女孩子高兴起来说，"像你这样的人，就是看见一个受罪的小虫，听见一种难听的声音，或者闻到一种难闻的气味，都受不了，那你怎么忍得让我和我家的人长久受罪哪。"

"只要我有法子，我决不忍得。"

"你得击一下掌才算，戴芒。"

他毫不在意地把手递给了朵荪。

"啊，你听，外面是做什么的？"韦狄忽然说。

只听许多人歌唱的声音，正从门前送到他们的耳朵里。在那许多的声音之中，有两个因为很特殊，所以尤其显著：一个是粗重沉着的低音，一个是细弱尖锐的高音。朵苏辨出来，一个是提摩太·费韦的，一个是阚特大爷的。

“这是怎么回事——千万可别是司奇米特游行[1]。”朵苏惊惶无措地看着韦狄说。

“怎么会是司奇米特，不是；这是那些老乡们来给咱们道喜的。这叫人怎么受得了！”他开始在屋里走来走去，同时只听外面的人，兴高采烈地唱——

> 他对伊说，世界上只有伊能给他快乐。
> 伊要是点了头，他们就作终身的结合。
> 伊没法拒绝，两个就进教堂把礼行过。
> 小维已被忘却，小苏心满意足地快活。
> 他把伊放在膝盖上，把伊的嘴唇吻着。
> 普天下的有情人，谁还能比他情更多。

只见姚伯太太从外屋冲了进来，一面气忿忿地瞧着韦狄，一面叫：“朵苏，朵苏！这真是活现眼！咱们得马上躲开。快来！”

但是那时候，想从过道出去，已经来不及了。因为前门上已经听到嘈杂的敲门声了。韦狄那时刚刚走到窗户前面，一看这种

---

1 司奇米特游行，一种粗犷的音乐作的歌曲，对于不道德或者做丑事的男女而发。做这种举动的人们，群聚在做丑事的人房前，拿着锅、盘等物，敲打喊唱。朵苏以为是她和韦狄婚礼出了岔儿，乡人兴问罪之师，所以害怕。

情况，马上就又回来了。

“别动！”他一把抓住了姚伯太太的胳膊，命令似的说，“他们已经把咱们四面包围了。他们要是没有五十多个人才叫怪哪。你和朵荪先在这屋里坐稳了；我出去见他们去。你们看在我的面上，一定得在这儿先坐稳了，他们走了你们再动；这样就可以看着好像是没出什么事儿的样子了。朵绥，亲爱的，千万别闹别扭——有了这一番过节，咱们一定得结婚；这是你我都看得出来的。你们只坐稳了就得了，不要多说话。我出去对付他们去！这一群瞎眼乱闯的浑东西！”

他把这位惊惶失措的女孩子硬按在一把椅子上，自己走到外屋，把门开开。只见阚特大爷已经进了最外面的过道，和仍旧站在房子前面那些人一同唱和。他走进屋里，带着只顾别的事儿，视而不见眼前的样子，朝着韦狄点头，把嘴仍旧张着，脸红筋浮地使劲和大家一齐高唱。唱完了，他热热烈烈地说：“给你们新夫妻道喜，上帝给你们加福！”

“谢谢你们。”韦狄把一腔的怒气都冷冷地表现在脸上说。只见他的面色，好像雷雨阴沉的天色。

同时阚特大爷屁股后头，跟了一大群人，其中有费韦、克锐、赫飞、掘泥炭的赛姆，还有十来多个别的人，都朝着韦狄，满脸含笑；并且朝着他的桌子、他的椅子，同样地满脸含笑；因为他们爱屋及乌，愿意对于主人的东西，像对于主人自己一般，一视同仁。

“咱们到底没能走到姚伯太太前面去，”费韦说，因为他们站立的公用间，和那两个女人坐着的里屋，只隔一道玻璃隔断，所以费韦隔着这道玻璃隔断，认出姚伯太太的帽子来，“韦狄先生，你不知道，俺们本是没按道儿，一直穿过来的，姚伯太太可转弯抹角，走的是正路。”

“哟，俺都看见新娘子的小脑袋瓜儿啦，”阚特大爷说，因为他也往那一方面瞅去，看见了朵苏：那时朵苏正手足无措、满心苦恼，坐在她伯母身旁，静静等候，“看样子还没安置妥当哪，哈，哈，有的是工夫。”

韦狄并没作答；他大概觉得，他款待他们越早，他们走得也就越早，所以伸手拿出一个砂瓶来；这样一来，所有一切都马上平添了一层温暖的光辉。

“俺一看就知道这一定是好酒。”阚特大爷说；他的样子极其体面，仿佛他很讲礼貌，不能见了酒就急着要喝似的。

“不错，”韦狄说，“这是些陈蜜酒。我希望你们都爱喝。”

“哦，不错，不错！”来宾们都用热烈诚恳的口气回答；这种口气，本是客气的礼貌和真心的感激恰巧吻合的时候自然的流露。“普天之下，没有比这个再好的了。”

“俺敢起誓，没有比这个再好的，”阚特大爷又描了一句，“蜜酒唯一的毛病，就是劲头儿太大，喝了老把人醉得不容易醒过来。不过明儿是礼拜，谢谢上帝。”

“从前有一回，俺就喝了一点儿，就觉得胆子大了，和一个大兵一样。”克锐说。

“你要是再喝了，还要那样，”韦狄屈尊俯就地说，“街坊们，你们用瓷杯啊，还是用玻璃杯？”

“要是你不在乎，那俺们就用一个大杯，轮流着传好啦。那比滴滴拉拉地倒好得多了。”

"滑不叽溜的玻璃杯才该摔哪，"阚特大爷说，"一桩东西，不能放在火上温，还有什么用处？街坊们，你们说有什么用处？"

"不错。"赛姆说；跟着蜜酒就传递起来。

"俺说，韦狄先生，"提摩太·费韦觉得应该奉承几句才好，于是说，"结婚本是好事；你那位新人，又是金刚钻一般的人物，这是俺敢说的。不错，"他又朝着阚特大爷接着说，说的时候，故意把嗓音提高，好让隔壁屋里的人都听见，"新娘子她爹（说到这儿，费韦把头朝着隔壁一点）是一个再正直没有的人啦。他一听说有什么鬼鬼祟祟的勾当，就马上忍不住生起气来。"

"那很危险吗？"克锐问。

"这方近左右，没有几个能和姚伯街坊[1]的肩膀儿取齐的，"赛姆说，"只要有游行会[2]，他准在前面的音乐队里吹单簧管，吹得真起劲儿，好像是他一辈子，除了单簧管，没动过别的东西似的。刚一到了教堂门口，他就又急忙扔了单簧管，跑上楼厢，抓起低音提琴来就吱吱地拉，也是拉得顶起劲儿，好像是他除了低音提琴，从来没动过别的乐器似的。人家都说——凡是真懂得音乐的人都说：'真的，这跟刚才俺看见那个吹单簧管吹得那么好的，绝不像一个人！'"

"俺还想得起那种情况来，"那个斫常青棘的樵夫说，"一个人

---

1 《哈代前传》里说："哈代的祖父年轻的时候，喜爱音乐，为教堂乐队的低音提琴手。……哈代虽不及亲见其祖父，但《还乡》里费韦讲朵荪的父亲演奏盛况，却无疑问，是老哈代当年奏乐的传说，而出之以夸张与幽默。"

2 游行会，英国乡村的一种互助会，养老送终皆有资助。每年举行联欢会一次，绕区游行并跳舞。

能把整个的管子都把过来，指法还要不乱，真了不得。”

“还有王埤[1]教堂的故事哪。”费韦又开了头说，好像一个人掘开了一个里面蕴藏着同样趣味的新矿苗似的。

韦狄喘的气，表示他的烦躁已经到了难以忍耐的程度了，同时他从隔断上，往那一对被囚的女人看去。

“他老是每礼拜天下午上王埤去找他的老朋友安坠·布昂；安坠是那儿吹第一单簧管的，也是一个好人，不过他奏起乐来，可总有点吱呀吱呀的声音，你们还记得吧？”

“不错，是那样。”

“做礼拜的时候，姚伯街坊总要替安坠一会儿，好让安坠稍微打个盹儿，这凡是朋友都要这样做的，”

“凡是朋友都要这样做。”阚特大爷说，同时其余的听者，也都用把脑袋一点的简单方法，表示同意。

“说也奇怪，安坠刚一打盹儿，姚伯街坊刚一把他的头一口气吹到安坠的单簧管里，跟着教堂里那些人，一个一个马上就都觉出来，他们中间有了不平凡的人了。大家全体，没有一个不转过脸去看的，并且嘴里都说，‘啊，俺早就知道一定是他么。’有一个礼拜，俺记得特别清楚——那天正赶着拉低音提琴，姚伯先生就把他自己的低音提琴带去了。奏的是第一百三十三章[2]，谱子

1 王埤，底本为埤尔·锐直。

2 指《旧约·诗篇》里第一百三十三章，是每月二十八号做早祷唱的。本文为：“看哪，弟兄和睦同居，是何等的善，何等的美。这好比那贵重的油，浇在亚伦的头上，流到胡须，又流到衣襟。”本书后面引的那一句，和《公祷书》以及《钦定圣经》不一样，是退特和布锐兑改订的词句。

是《里地亚》[1]。他们唱到‘芬芳的膏油，流在他的胡须和长袍上’那一句，正是姚伯街坊奏到酣畅痛快的时候，只见他把弓子往弦上一拉，劲头那么大，连提琴都差一点儿没让他拉成两截儿。教堂里所有的窗户，全都震动起来啦，像打了个沉雷一样。忌本老牧师，穿着件神圣的大白袍[2]，却很自然地和穿着平常衣服一样，把手举起，他的神气好像是说：‘但愿我们的教区里也出这样一个人才好！’但是，所有王埤那些人，没有一个能和姚伯街坊比的。”

“窗户都震动啦？那不危险吗？”克锐说。

没有人回答他；因为所有的人，听了这番形容，都只有怔怔地坐在那儿对姚伯先生钦慕了；那位故去的姚伯先生，在那个值得纪念的下午所奏的奇技，也和法锐奈利在众公主面前的歌喉[3]，谢立丹著名的《比格姆演说》[4]以及其他情况相同的事例一样，因为幸而一去不返，难以再现于世上，它的光辉才日积月累，更加伟大；假使能用比较批评法把它批评一下，那它的光辉也许就要减少许多了。

---

1 《里地亚》，《诗篇》乐调名。《哈代前传》里，说到哈代的祖父那时候教堂唱诗的情况说：“他们唱诗的时候，完全依据退特和布锐兑的《诗篇》乐调，像《老第一百》《里地亚》……”

2 一种宽大白纱作的长袍，英国教教会的牧师作礼拜的时候穿的。

3 法锐奈利（1705—1782），意大利歌唱家，曾在西班牙腓力浦第五的宫廷里供奉过。他对国王一家演唱时，极得赏识，腓力浦要他永留西班牙。

4 谢立丹（1751—1816），英国戏剧家兼政治家。印度总督华伦·亥司廷受国会弹劾的时候，谢立丹当时是议员，有一篇演说，攻击他种种不当的措置，对于他在印度对印度的王后等勒索财物，特别攻击。那篇演说，叫做《比格姆演说》。比格姆就是印度的王后或者贵妇人的意思。

“谁也没想到，在所有的人里面，他会在正当年的时候，一病不起，大家都认为，别人都死光了，才能轮到他呢。”赫飞说。

“唉，说的是啊；姚伯街坊要伸腿以前头几个月，就病得好像土已经埋到半截儿了。那时候女人们常到绿山会上去赛跑[1]，赢了的能得女小褂和袍子料儿。俺家里的，那时候还是个长腿长脚的妞儿哪，老蹦蹦跶跶的，长的还不到一个出门子的姑娘那样高；那一次，她也和她那些街坊邻居的姐妹一块儿去啦；那时她还没胖，所以很能跑一气。她回来的时候，俺就问她——俺们那时候刚刚常在一块儿——俺问她：‘你得的是什么东西呀，俺的宝贝儿？’她说：‘俺得的是——啊，俺得的是一件袍子料儿。’说的时候，脸上一红。俺心里想，她得的绝不是袍子料儿，一定是贴身的女紧身儿；果然不错是女紧身儿[2]。唉，她这阵儿跟俺不论说什么，都一点儿也不红脸，那时候可连那么点儿小事都不肯跟俺说，俺这阵儿一想起来就觉得奇怪……不过闲话少说：跟着她就说啦——就是因为她说这个话，俺才提起这段故事来的——她说：‘不管俺得的是什么衣料，素的也罢，花的也罢，能叫人看也罢，不能叫人看也罢（她那时很会说几句谦虚话），俺豁出去把它丢了，也强似看见今天这件事。因为可怜的姚伯先生，一到会上就病啦，只得马上又回家去了。’那就是姚伯街坊最末了一次出教区了。”

---

1 这是英国从前乡间通行的，叫做 smock-race，英国博古家布兰得（1744—1806）在他的《英苏民间古风见闻录》第二卷第九页有记叙。也见于英国小说家乔治·爱略特的《亚当·比得》、哥尔斯密的《威克斐牧师传》等处。绿山的背景是乌得勃锐山，在王埤附近。从前每年九月二十一日起，有市集。

2 比较英国文人白洛姆（1788—1845）《英格兹比的传说》里：“批太太特有教养，紧身字样嘴里都不肯说。”

“从那天起，他的病就一天重似一天，以后俺们就听说他过去了。”

“你说他死的时候受罪不受罪？”克锐问。

“哦，不，不受罪。心里也不觉得苦。他的福很大，他一定上了天堂，伺候上帝去了。”

“别的人哪——你说别的人死的时候，要不要受大罪，费韦先生？”

“那得看他们害怕不害怕了。”

“俺是不害怕的，谢谢上帝！”克锐使着劲儿说，“俺很高兴，俺不害怕，因为照你这一说，俺不害怕就能不受罪了……俺想俺是不害怕的——俺要是害怕，那是俺没有法子，俺也不该受罪。但愿俺一点儿也不害怕，那就顶好了！”

跟着来了一阵庄严的静默，同时提摩太把眼睛往窗外看了一看（窗户没挂窗帘子，也没下百叶窗）说：“你们看，那个小祝火——斐伊舰长门外那个祝火，着得真有劲头儿，老不灭！它现在还是跟先前一样，真难得。”

所有的人，全往窗外望去，所以当时没人理会到，韦狄在那一瞬之间，脸上的神气露出了马脚，却又掩饰过去了。只见远上荒原的苍冥山谷，在雨冢的右面，果然有一个火光，老远照耀，虽然不大，却稳定持久，和先前一样。

“那个祝火，比咱们那个点得还早，”费韦接着说，“可是所有这方近左右的都早灭了。”

“也许这里面有用意吧！”克锐嘟囔着说。

“有什么用意？”韦狄用锋利的口气问。

克锐正东思西想，一时答不出来，提摩太就替他说：

“他的意思本来是说，先生，那儿不是住着一个黑眼珠的孤身女人，有人说她是女巫[1]的吗？——凭那么一个年轻貌美的女人，俺叫她女巫，真太不该了——她的行为总是古怪、别致的，所以这个火也许是她点的。”

“要是她肯要俺，俺一定很高兴跟她求婚，豁出去叫她那双迷人的黑眼珠儿来蛊惑[2]俺。”阚特大爷毅然地说。

“你不说这种话吧，爹爹。”克锐恳求他说。

“俺说实话，谁要是娶了这位姑娘，那他顶阔的客厅里，一定不缺美人画儿了。”费韦喝了一大口酒，把酒杯放下之后，用流利圆活的语调说。

“那他一定也不缺像北极星那么精灵[3]的伴儿了。”赛姆拿起酒杯，把剩下的那一点儿酒喝干了说。

“好啦，这阵儿俺想咱们应该活动活动了吧。”赫飞看见酒杯已经空了说。

“咱们还得给他们再唱一个歌儿吧？”阚特大爷说，“俺这阵儿和鸟儿一样，满肚子的小曲儿。”

“谢谢你，大爷，”韦狄说，“不过现在不敢再麻烦你们啦。以后再唱也一样，等我请客的时候再唱好啦。”

1　英国乡间，对于年老的女人，或者古怪的女人，往往加以女巫的徽号，从前并有种种刑罚，加到女巫身上。直到一七六三年，才由议会通过取消处女巫死罪之令。所谓女巫，都是老而丑，无妙龄而貌美者，故说“不应该”。

2　英国迷信说法，女巫能用眼蛊惑人，使人中邪。

3　“像北极星那么精灵”，英国方言，亦作“像北方那么精灵”。英人以北方人，如约克郡人，特别艾伯丁人，为狡猾。

“等你请客的时候，俺要是不再学十个新歌儿来唱，你就罚俺，”阚特大爷说，“你放心吧，韦狄先生，俺决不临阵脱逃。”

“我很信你这个话。”那位上等人说。

大众都告辞了，都祷祝招待他们的这位主人结婚后多福多寿，因此又麻麻烦烦地唠叨了半天。韦狄把他们送到门口；只见门口外面，一片深暗的荒原，渐渐高起，正在等着他们；那一片黑暗，从他们脚下开始，差不多一直到天心；到了天心，才有一样东西，可以看出来，那就是雨冢阴沉的前额了。掘泥炭的赛姆在前面领着，头一个钻到漆黑一团的夜色里，后面一行人跟着，大家一齐穿过没有人径的荒原，往各自的家里去了。

常青棘在他们的裹腿上摩擦的窸窣之声渐渐听不见了，韦狄才回到他安置朵荪和她伯母的屋子里。只见那两个女人已经走了。

她们要出这屋子，只有一条路，就是走后窗；只见后窗正开着。

韦狄不觉笑起来，跟着又琢磨了一会儿，才懒洋洋地回到前面的屋子里。在那儿，他的眼光落到了放在壁炉搁板上一个酒瓶上面，于是他嘴里就嘟囔着说：“呀——老道敦！”同时走到厨房门口，大声问：“那儿有人没有，去给老道敦送点儿东西？”

当时没人回答。原来屋里没有人，打杂的小伙计已经睡觉去了。韦狄就回到屋里，戴上帽子，拿起酒瓶，出了屋子，把门锁上；因为那天晚上，店里并没客人。他刚一上路，迷雾岗上的祝火，就又映进他的眼帘。

“我的心肝，你还在那儿等我哪，是不是？”他嘟囔着说。

但是他当时却并没一直就往那儿去；他撇开他左面那座小山，

而走上了一条崎岖不平的小路，一脚高一脚低，走到一所小房儿跟前；这所小房儿，也和荒原上那时候别的住宅一样，由于寝室的窗户里射出一道微茫的亮光来，才让人知道它的所在。原来这就是扎笤帚的奥雷·道敦住的房子；韦狄当时走了进去。

楼下一片黑暗；不过韦狄却摸索着找到了一张桌子，把酒瓶放在上面，又出了屋子；一分钟后，他又到了荒原上了。他站住了脚，朝着东北方看那不灭的小祝火，只见它远远地高在半空，不过没有雨冢那样高。

女人一旦计虑，会有什么情况发生，我们是已经听说过的了[1]。不但如此，名言警句，并不永远只说说女人，就能算可以休矣，特别是一件事情，如果有女人——并且还是漂亮女人——身在其中的时候。[2]韦狄当时站在那儿，站了又站，毫无主意，他喘气的样子都显出他心慌意乱，站到后来，才听天由命地自己对自己说——“也罢，我看我不往她那儿去就不成！”

他本来应该转身往自己的家里去，现在却顺着雨冢下面一条山路，朝着那显而易见是招呼人的号火那儿，急急忙忙地奔去。

---

1 英国文人艾狄生在他的剧本《凯伊陶》第四幕第三场第三十至三十一行说：“我们尽可自诩，女人如何正气，反正她一计虑，她就定要失足。”

2 英国诗人约翰·盖伊（1685—1732）在他的寓言诗《兔与其众友》倒数第二三至二四行说：“一件事情，如有女人身在其中，那其他一切，就都要唯命是听。”

六　人影一个界天而立

爱敦荒原上那一群男女老少都走了以后，原先点祝火那个地点，仍旧跟平素一样，静僻冷清；那时候，一个女子模样的人，身上的衣服穿得很严密，从荒原上点小祝火那块地方，慢慢走到雨冢跟前。假使那个红土贩子仍旧在他原先休息的地方看着，那他就可以认出来，现在走来的，正是先前那样独特地站在冢上、见了人来又急忙躲开了的那个女人。她又上了古冢顶上她原先站立的地方；那儿快要灭了的火剩下的红炭，好像白日的尸体，留下没闭的眼睛，来迎接她。她就在那儿站定，她身外是一片渺茫无限的夜色，不过那片夜色，昏昧之中，还透出一点儿微茫，比起下面那片荒原上混沌的窈冥，好像是轻罪和重罪[1]的不同。

那个女人，身段颀长而端直，举动高贵而文雅；不过现在一时之间能看出来的，还只有这两方面：因为她的身体，围在一件照着老式样斜摺着的宽围巾里面，她的头部也盖在一个大头巾底下；本来在这样天气里，在这种地方上，这些东西的保护并不是多余的。那时寒风正从西北吹来，她的后背正冲着西北；至于她

1　天主教把人的罪恶分为重罪和轻罪。重罪有七，像贪、妒、淫、嗔之类，犯这种罪的，灵魂永不得救。轻罪则可得救。罪恶的观念，和黑暗的观念相联，罪愈重黑暗愈甚。

究竟为什么要那样：还是因为她在这种特殊的地位上觉得寒风特别劲厉呢？还是因为她的兴趣本来就在东南方呢？最初还看不出来。

再说，她为什么要这样静静地站立，一动也不动，好像是四围那片荒原的枢纽呢？也同样叫人不明白。只见她那样异乎寻常地静定，那样界天高出地孤独，那样对于昏沉的夜色完全不理会；这些情况，除了别的事项以外，还可以表示，她是完全无所畏惧的。一片原野，惨淡阴森，很早以前曾使恺撒[1]每年不等秋分，就急急忙忙和它上面的昏暗幽暝完全脱离：而它这种惨淡阴森，直到现在，并无改变；一种景物和天气，使从南方来的旅客拿荷马的西米锐安土地比况我们这个岛国[2]：这样一片原野，这样一种景物和天气，我们只就外表肤浅地看，也可以断言，对于女人不会友爱护惜。

要是说那个女人正在那儿听风的声音，倒不算不合理的推想；因为那时夜色渐渐深起来，风也稍稍大起来，很惹人注意了。实在说起来，那样的风，好像正为那样的景物而设，也同那样的景物，正为那样的时光而设一样。风的音调，有一部分，十分特别，

---

1 恺撒征服高卢之后，率兵渡海，去打不列颠。一次在公元前五五年，一次在五四年。都是在秋天就退去的。他在他的《高卢战记》第五卷第二十三章里说“秋分已近，不急扬帆回师，恐为天气所阻”云云。

2 西米锐安，见荷马的《奥德赛》第十一卷，那里俄底修斯谈到他回国的行程说，我们走到人世的边界欧西阿厄。那里是西米锐安人的土地和城池，笼罩在雾气和云翳之中，永远见不到太阳的光线，只有昏昏的黑夜，掩盖着那一些苦恼的人们。南方，指法国等；旅客，指法国文艺批评家兼历史家戴纳（1828—1893）。戴纳在他的《旅英札记》第一章第五节以下说：“罗马人当年在此登陆时，一定要相信自己身入荷马的地狱，身临西米锐安的国土。”戴纳三次旅英。

只能在这儿听到，不能在任何别的地方上听到。连串无数的狂飙，一阵一阵从西北方一个跟着一个吹来，它们之中的每一阵在飞奔而过的时候，都在进行的过程中把声音分化成三种。低音、中音和最高音都能在那里面听出来。全体的风势，掠过坑谷，扑过冈峦，就是和鸣的众钟[1]里那个最沉浊的声音。第二种能听出来的，是冬青树飒飒作响发出来的男中音。还有一种，比这两种音量小而音调高，听起来像是变细变弱了的嗓子，而却强作粗音哑音的情况；刚才说过的那种本地特殊的声音，就是这一种。它比起前面那两种来，虽然更细弱，虽然更难以立刻就找到它的来源，但是它给人的印象却更强烈。我们可以说，荒原上由声表意那一方面的特色，就含在这种声音里。既是这种声音，除了在荒原上，在别的地方上就一概难以听到，那么那个女人所以聚精会神，也许就是由于这种风声；这种推论也许得算不离大体，因为她仍旧和先前一样地聚精会神。

那种声音，在十一月里整个的凄凉风声之中听起来，很像九旬老翁的嗓子还能唱得出来的剩歌残曲。它是一种声疲力竭的沙哑之音，给人一种干枯的印象，好像揉搓纸片的样子。它从耳边拂过，听来非常清晰，听惯了它的人，对于发音的细微来源，都能够亲切地觉出来，好像用手摸到的一样。它是细小纤微的植物共同做出来的结果。不过这些植物，并不是枝、干、果、叶，也不是

1 西洋教堂里的钟，多为一套，普通由三个到十二个，发音高下相配，击之成乐音者最低音发嗡嗡之声，故与风声相似。

草茎、棘刺、绿藓、青苔[1]。

它们是死去干枯的石南花，在夏天的时候，本来花瓣柔嫩，紫色鲜明，现在却叫米迦勒节[2]的寒雨冲得失去了颜色，又叫十月的太阳晒成一层死皮了。一个花儿所发出来的声音是非常地低微的，所以成千成万的花儿结合起来所发出来的声音，才刚刚能从静中听出；而现在坡上坡下亿兆的花所发出来的声音，送到这个女人的耳边，也不过只像嗓干失润、气虚不贯的宣叙调。但是今天晚上，在那种万籁齐鸣的声音里，却几乎没有任何别的声音，能比它更有力量，能比它更容易叫人想到声音的来源。耳朵一听这种声音，心里就出现了一片铃形花，漫山遍野，在寒风掠过中，一齐共鸣；眼睛就好像看见，烈风把每个小小的铃形花抓住了，从它那小喇叭嘴儿吹了进去，把它整个地冲刷了一遍，又从它那小喇叭嘴儿吹了出来，好像它那小喇叭嘴儿跟火山口一样大似的。

"神灵把它们感动。[3]"叫这种风声引得注意的人，心里就不能不想到这一句话里的特别意义；同时一个富于感情的听者，起初也许会认为，死物本身自有神灵[4]，但是最后却会更进一步，想到更

---

1 藓苔虽微，但也有叶状体，故亦能发声，但这类东西所发的声音，也和本书第五卷第六章里所说的"从地上的窟窿、空洞的枝梗、卷缩的枯叶……"发出来的一样。只有哈代这样体物家才能觉到。

2 米迦勒节，教会节日之一，纪念大天使米迦勒，日子是九月二十九日。

3 屡见《圣经》，像《旧约 · 士师记》第 13 章第 25 节："耶和华的灵才感动他。"又《新约 · 彼得后书》第 1 章第 21 节："预言乃是人被圣灵感动说出上帝的话来。"其语又为贵格派教徒所常用。（神灵即三位一体中之圣灵。）

4 "死物……有神灵"，是拜物观念。（哈代根据孔德作的一条笔记说："拜物主义是对物的普遍崇拜。"）"单纯浑圆人格的什么"，指"一神"而言。这里是说，由最原始的拜物观念进而为一神观念。

高的境界。因为本来不是左边那片山坡上的枯花死瓣说话，也不是右边那片山坡上和前边那片山坡上的枯花死瓣说话；而却是另外一个有单纯浑圆人格的什么，通过所有的铃形花，同时在那儿说话。

忽然之间，雨冢上面，又听到另一种声音，和这种夜的狂喊怒号混合。它和别的声音完全融洽协调，所以连它的首尾，都难以分别。危崖峭壁、灌莽荆榛，以及石南的铃形花，先前已经打破了沉寂了，最后那个女人也同样地发出了声音；这就好像，丘壑草树已经发表了长篇大论了，她现在也来掺上一言半语。她那一声，在风里发了出来，和风声混合成一体，又随着风一齐飞去[1]。

原来她发了一声长叹，那显然是对于引她到冢上来的那件心事而发的。这一声长叹里，含有心君突然失度，一时弃其所守的意味，好像是这个女人的脑府容许她发这种声音的时候，认可了它所不能节制的行动。由这里面，至少有一种情况可以显然看出，那就是，她并不是在慵懒、呆滞之中生活的，而是在压伏、抑制之下生活的。

低谷远处，客店的窗里，仍旧继续射出微弱的亮光；又稍稍停了几分钟以后，就可以看出来，她发那一声叹息，是为了这个窗户，或者是为了窗户里面的什么，并不是为了她自己的举动，也不

1 哈代的一个评论家说，荒原上的风声，是哈代所有的作品中，最令人难忘的音乐描写。风的狂号之声就是游苔莎感情的激动和要求心灵自由的象征。声疲力竭的沙哑之声，就象征她心灵上枯寂空虚，生活上孤寂无聊。外界的风声无不与她内心的活动相呼应，从本段最后一句上看，这种意义至为明显。

是为了紧在她身旁的景物。她把左手抬起来，手里拿着一个阖着的望远镜。她好像很熟练的样子，把望远镜很快地打开，把它放在眼上，往店里射出来的亮光看去。

现在她的面部多少仰起一点儿来了，所以盖在她头上的那条头巾，也微微撩开一些。于是一个面部的侧影，就让沉沉一色的云翳，衬托得轮廓显然；只见它好像是萨福[1]和西顿夫人[2]两个人从坟里爬了出来，合成了一个人形，两个人的样子都有，却一个也不全像。但是这一层，不过只是表面，因为面部的轮廓，只能表示性格的一部；面部的活动，才能表示性格的全部。这种事实，非常准确，所以要了解一个男人或者一个女人，只看他们那种所谓目听眉语的表情，比看其余各部分整个切实认真的活动，还要清楚。这样说来，那天叫夜色包围的那个女人，还不能算显出她全身上的任何东西，因为她脸上活动的部分还没能看见。

那个女人，看了半天，才停止了从望远镜里向远处眺望的姿态，阖上了望远镜，并且转到慢慢灭去的残火那儿。那时候，那些残火，已经没有看得见的光线往外四射了，仅仅偶尔来一阵异常轻忽的飘风，从残火上面掠过，才能把它们吹出一瞬的红火，不

---

1 萨福，古希腊女诗人，以美丽、诗才和情爱著。死后，莱斯博斯岛人于钱上模其像。一七二〇年发现赫邱雷尼厄姆，其壁画有萨福画像，应为其最早画像传于今者，陈于那不勒斯博物馆。哈代未见。但拉斐尔之《帕奈色斯》中之萨福，在梵蒂冈，哈代游罗马时可能见过。十九世纪荷兰画家太狄玛曾画其像，当出想象。但哈代可能只以她做一个古希腊女人的代表。

2 西顿夫人（1755—1831），英国著名女演员，被称为“英国舞台皇后”。身材高大，面目美丽。英国著名的画像家伦那尔兹曾把她的像画为《悲剧之缪斯》。此外别的人也画过她的像，都在伦敦国立名像陈列馆里面。

过这种红火，好像一个女孩子脸上的红晕一样，来得快去得也快。当时那个女人，在那一团寂静的余火上面把腰弯下，从那些化为灰炭的木块里面，捡了一段红炭最大的棘枝，把它拿到她先前站立的地方。

她把那段棘枝，冲着地面拿着，同时把棘枝上的炭火用嘴吹去，吹得炭火把地面依微照亮了，照见了地上一件小小的东西；这件东西，却让人想不到，是一个沙漏[1]，其实她身上带着怀表。她当时把炭火继续吹去，等到照见了沙漏里面的沙子都完全溜完了才罢。

“啊！”她好像吃了一惊似的说。

她所吹的那块炭火，只发出了倏忽瞬息的亮光，因此，她的容颜，也只有倏忽瞬息的显露。在那倏忽瞬息的显露里，仅仅看见她那一面脸腮和两片无与伦比的嘴唇；至于她的头部，仍旧盖在头巾底下。她当时把棘枝扔开，把沙漏拿在手里，把望远镜夹在胳膊底下，往前走去。

顺着山脊，隐隐约约有一道脚步踩的踪迹，那个女人现在就顺着这道踪迹走去。只有跟这道踪迹极熟的人，才能说那是一条路；一个偶然路过的游人，就是在白天，都会看不见它而走过去，而在荒原上游荡惯了的人，就是在半夜都不会找不到它。原来在夜色昏沉的时候，连官道大路都难辨得出来，要走这样依稀有无的小径，它的秘诀，全靠足部感觉的发达，这种本领，在人迹罕到

1 沙漏，钟表通行以前的一种计时器，两个玻璃球，以极细中腰联之，一球中实以沙，恰能于中腰一小时内流尽。流尽倒之再流，如此循环不已。

的地方上，经过多年夜间的游荡，就自然能够得到。在这种地方上有过这种训练的人，就是穿着顶厚的鞋或者靴子，也能觉出来，没受蹂躏的野草，和一条小径上经过践踏的草茎，触到脚上并不一样。

那位孤独的人一路走来的时候，对于寒风仍旧在枯死的铃形石南花上奏鸣的音调，丝毫未予注意。往前不远，在一条狭谷里，有一群黑漆漆的动物，正在那儿吃草；她沿着狭谷边儿往前走的时候，虽然那群动物，看见她来，都回身跑了，她却连头都没回。那原来是二十四左右叫做荒原马的小野马。那片丘壑起伏的爱敦荒原，本是它们自由游荡的地方，不过它们的数目太少，还不能给那片荒僻的地方增加多少生气。

那位步行的游人，当时是无论什么全不在意的，并且从一件偶然的小事上，更可以看出她心不在焉的情况。一丛荆灌把她那长袍的下摆抓住了，叫她不能再往前进。她并没把荆条摘开，作速前去，却就着荆条这一拉的劲儿，索性老老实实地站住了。后来她要解去纠缠，是身子辗转回旋，才把荆条脱开了的。原来她正满腔郁绝，一意深思。

先前已经说过，有一个小而不灭的祝火，曾引得雨冢上的人和山谷里的韦狄，都对它注意过；现在这个女人的脚步，就是朝着点祝火那方面去的。她渐渐走近那个地点的时候，只见祝火还微淡的辉光，开始把那个女人的脸照得发红，并且一会儿把自己也明明白白地显示出来；它并不是点在平地上，而是点在一个泥土垒起的突角或者凸角堡上。那是两道土堤交接的地方，土堤外面，是一道人挖的沟；沟里别的部分全都干了，只有紧靠祝火那一段，还存着一大湾水，四围有芦苇和石南环绕披拂。只见那个平静的水湾里，倒映出祝火的影子来。

凸角堡后面那两道斜连起来的土堤上，并没有篱树，只有一棵一棵的常青棘，各个孤立，不相连属，沿着堤顶顺排下去，每棵棘干上面，挂着一簇丛条，看来好像插在木桩上的人头[1]，高悬在城头上；只有这个，勉强可算仿佛树篱的影子。一个白船桅，上面装着帆桁和索缆之类，高高地耸在乌黑的云端下，只要火光一亮，射到它耸立的那地方，就把它明白显出。全体看起来，那儿的光景，很像一座城堡，正点起了烽火。

在那地方上，一个人也看不见；但是却有一个发白的东西，时时从土堤后部露出来，在堤上一动，马上又不见了。那是一只小小的人手，正在那儿把劈柴一块一块往祝火里添。不过那一只人手，尽管可以看得见，却跟搅扰伯沙撒[2]的那只手一样，是孤零零的。偶尔烧残了的炭火，从堤上滚了下去，嗞的一声掉在水湾里。

在水湾的一边，有一个土块垒成的台阶；有人要上土堤的顶上去，那就是唯一的路径；而那也就是那个女人现在所选择的。土堤里面是一块小草场，虽然看样子从前经营过，现在却仍旧好像没人经营过一样；因为石南和凤尾草，诡秘阴险、蹑迹潜踪，往这儿侵略，现在正要恢复它们旧日的优势。再往里看去，可以模

1　西方人髯须多，故丛条似之。

2　伯沙撒，巴比伦最后的国王，设盛筵，和他的一千大臣对面饮酒，忽然有一个人指头出现，在王宫和灯台相对的粉墙上写字。他看见了就变了脸色，见《旧约·但以理书》第 5 章第 1 至第 6 节。

糊地辨出一座住宅，连着庭园和群房，错落参差，排在眼前。住宅后面有一丛杉树，环拥拱抱。

当时那个年轻的女人——因为她上土堤的时候，脚步轻快矫健，叫人看出她很年轻——并没走下土堤往里面去，却顺着土堤顶儿，走到点祝火的凸角那儿。那个光焰所以能够持久的原因，现在有一部分明白了，因为它的燃料，都是极坚实的木材，劈开了，锯成一段一段的；那是两棵一堆、三棵一簇地长在山坡上那些老棘树疙疙瘩瘩的树干。只见土堤的里角上，有一堆这样的劈柴，还没烧过，放在那儿。就在这个里角上，有一个小孩儿，看见那个女人来了，仰起脸来看她。那个小孩儿，待一会儿，才迟迟延延地往火里扔一块劈柴，这桩事，他大概那天晚上已经做了不小的时候了，因为他脸上显然有些腻烦的样子。

“你来啦，游苔莎小姐，好极啦，”他喘了一口松通气说，“俺不愿意一个人待在这儿。”

“你净胡说八道。我只走了不远，去散一散步就是了。我只去了二十分钟的工夫。”

“好像不止二十分钟，”那个闷闷不乐的小孩儿嘟囔着说，“再说，你又一会儿来啦，一会儿又走啦。”

“怎么，我本来想你有祝火玩，一定喜欢。我给你点了这个祝火，难道你不该感激我吗？”

“自然感激，不过差的是这儿没人和俺一块玩儿。”

“我走了以后没有人来吧，我想？”

“除了你老爷，没有别人；你老爷到门口儿找了你一回；俺告诉他，说你到山上去看别人家的祝火去啦。”

“好孩子。”

“俺听好像你老爷又出来啦，小姐。”

正在那时，一个老头儿从住宅里面，走到那片火光所及的远处。只见他就是那天下午在路上追上了红土贩子的那个老人。他当时带着欲有所了解的追问神气，朝着站在土堤顶上那个女人看去；他那一口牙齿，整齐完全，好像帕娄[1]大理石一样，由张着的嘴里露了出来。

“游苔莎，你什么时候回家？”那个老头儿问，“睡觉的时候差不多就到了。我已经回来了两个钟头啦，累得够受的。你这个人，未免有些小孩子气，在外头弄祝火老没有够，还糟蹋了那样的好劈柴。我那些宝贵的棘子根儿，都是最难得的好劈柴，我特为留着过圣诞节用，现在差不多都叫你给我烧光啦。”

“我答应了章弥，给他点一个祝火，这阵儿他还不愿意叫它灭哪。”游苔莎说；她说话那种态度，马上就可以让人看出来，她在这儿，就是唯一的女王。“您先回家去睡吧，老爷子，我也就睡。你很喜欢这个祝火，是不是，章弥？”

只见那孩子，疑疑惑惑地仰着脸看着游苔莎，嘴里嘟囔着说：“俺这儿早就怪腻的啦。”

那时游苔莎的外祖，已经转身走了，所以并没听见小孩儿这一句回答的话。那位白发老人刚刚进了门，那个女人就带着一种受了冒犯而怒气发作的口气说：“你这个没良心的小东西，你敢不顺着我说，啊！你要是这阵儿不快快把火弄旺了，你就不要想我

1　帕娄，希腊爱琴海中随克拉地群岛之一，产大理石。著名之雕刻，多用这种石雕成。

再给你点祝火。你来，你非说你诚心乐意伺候我不可，你非那么说不可。你听见了没有？”

这个被迫无奈的小孩儿只得说：“是，俺诚心乐意伺候你，小姐。”同时继续像应付差事似的把火拨弄。

“你再在这儿多少待一会儿好了，那样的话，我就给你一个弯卷的六便士[1]，”游苔莎这次口气比较温和一点儿说，“过两三分钟，就扔一块劈柴进去，可不要一回就扔许多。我要顺着这个岗子再多少走一会儿，我一定要不断地回到这儿来。要是你听见有青蛙跳到水塘里，扑通一声，像扔进去一个石头子儿似的，那你就快快跑来告诉我，千万别忘了，因为那是要下雨的先兆。”

“是，游苔莎。”

“你叫我斐伊小姐好啦，老先生。”

“斐——苔莎小姐。”

“成啦。现在再扔一块劈柴进去好了。”

这个小奴隶，就像以先那样，慢慢地把火添着。他好像只是一个机器人，叫任情由性的游苔莎把她自己的意志贯注到他身上以后，才能活动、才能说话。人们都说，从前阿勒贝特·玛格奴[2]曾用铜做过一个机器人，只给了它活动、说话和供役使的能力；现在这个小孩儿，就和那个机器人一样了。

---

1 六便士，英国一种银币，从前做得不好，常会弯卷。这种银币，英国乡下人，多把它穿一小孔，戴在身上，算是符物，可以避邪，兼能得好运气，谓之“福币”。英国民俗学家莱特的《英国民俗》第七章里说，无论什么残缺弯曲的东西——驼背的人，凹凸的六便士以及其他，也都是给人吉利的。

2 阿勒贝特·玛格奴（1206—1280），中古时代经院哲学家，被人看做是术士，故有他做铜人的传说，据说三十年才做成。

这个年轻的女孩子这一次要去散步之前，先在堤上站住了，静静地听了一会儿。那块地方和雨冢完全一样荒僻；不过它的地势却比雨冢低一些；同时由于北面有几棵杉树，所以它可以少受一些风雨的吹打。围在住宅外面那道土堤，把堤外那种无法无天的世界给住宅隔断了，它本是用堤外那道壕沟里面掘起来的方土块微微倾斜着砌起来的；在这块地方上，因为风高地薄，树木篱围难以长起来，同时砌墙的材料又没法弄到，所以这道土堤，用处真不小。除去这道土堤以外，这地方别的方面却十分显敞，可以俯视一直通到韦狄房后那条河流的全个山谷。它右面是雨冢朦胧的山影在天空里耸立，它的地势比这儿高，并且从这儿上那儿比上静女店近得多。

游苔莎把荒凉的高坡和低狭的空谷都聚精会神地观察了一番之后，一种不耐烦的姿势不知不觉地显露出来。急躁烦怨的字句，时时从她嘴里发出，不过字句间却夹杂着叹息，叹息里又夹杂着突然的静听。她从她站的那个高地方下来，又朝着雨冢慢慢地走去，不过这次却没把全部的路走完。

她又露了两次面儿，每一次都和上一次不过隔几分钟的工夫；同时两次都问过那个小孩这句话：

“小孩儿，你听见水塘里有咕咚一下的声音没有？”

“没有，游苔莎小姐。”那小孩回答。

“好吧，”她后来说，“再待一会儿，我就进去了；那时候，我就给你一个弯卷的六便士，放你回家。”

“谢谢你啦！游苔莎小姐。”那个疲乏了的小火夫说，同时喘的气轻松了许多。跟着游苔莎又从火旁走开，不过这一次，她去的方向却不是雨冢。她只顺着土堤，绕到房子前面的小栅栏门，在那儿站住不动，看眼前的风物。

五十码外，就是两堤相遇的犄角，上面点着祝火：土堤背处，就是那小孩的形影，仍旧像先前一样，待一会儿，就拿一块劈柴往火里投去。游苔莎只懒洋洋地老远站着，看着那小孩有时从土堤背角爬上土堤外角，站在烧着的木块旁边。晚风把劈柴的烟、小孩的头发和他那个护襟的两角，都往同一方向吹去：微风息去了，襟角和头发也跟着都静止了，烟就袅袅直上。

游苔莎正在那儿老远看着的时候，只见那小孩显然吃了一惊；他急忙溜到土堤下面，朝着白色的大栅栏门跑过去。

“怎么啦？”游苔莎问。

“一个青蛙跳到水里去啦。俺听见来着。”

“那么那是要下雨了，你快快回家去好了。你不害怕吧？”游苔莎说得非常地急促，好像她听见小孩的报告，心要跳到喉头一般。

“俺不害怕。你不是要给俺一个弯卷的六便士吗？俺有了那个，还怕什么？”

“不错，这是六便士。你现在使劲快跑吧——别那么走——从庭园这边穿过去好啦。今儿荒原上这些小孩，没有一个比你看到更好的祝火的了。”

这小孩儿显而易见是美物享受太过，早已觉得腻烦了，所以当时很快地就往冥冥的夜色里走去了。他走了以后，游苔莎把沙漏和望远镜都放在大栅栏门旁边，跟着轻快敏捷地从小栅栏门那儿朝着土堤角上点祝火的地方一直走去。

她就在堤角下面，叫土堤把自己遮住，站着等候。过了不大的一会儿，只听堤外的水塘里，又扑通的一响。要是那小孩那时还在那儿，那他一定要说水里又跳进一个青蛙去了；但是那声音，据大多数的人听来，却很像一块石头落到水里。跟着游苔莎上了土堤。

“啊？”她说，跟着屏息敛气地等候。

一个男人的形影，顶着谷底的低天，应声在水塘靠外那一面，模模糊糊地出现。他绕过水塘，跳上土堤，在游苔莎身旁站定。只听那时游苔莎不觉低声一笑；这是这个女孩子今天晚上嘴里发出来的第三种声音。头一种是她在雨冢上发的，表示焦灼；第二种是她在山岗上发的，表示不耐烦；现在这第三种是表示胜利的欢悦。她一言不发，只喜眉笑眼地看着那个男人，好像他就是她从混沌之中创造出来的一件奇罕东西。

“你瞧，我到底来了。”那个男人说；只见他正是韦狄。“你就老没有让我安静的时候。你别搅我成不成？今儿一整晚上，你那祝火就老没离我的眼睛。”这些话里头，不免含着感情，并且说来的时候，好像是小心翼翼，勉强保持，才能音调平稳，没露出过分的激动。

那个女孩子，本没想到她的情人会这样强自抑制，所以她看到这样，她自己也好像强自抑制起来。“当然你看得见我的祝火，”她故意做出心情慵懒的安静态度来说，“荒原上别的人，在十一月五号都点祝火，我怎么就不该学一学他们，也点一个？”

“我知道你这是为我点的。”

“你怎么知道是为你点的？自从你——自从你选中了她，和她搞到一块儿，把我完全甩开了，好像你从前那样决无翻悔，把我当做了你的命根子，是从来没有过的事似的——自从那时候以后，我就没再跟你说过话。”

“游苔莎！去年秋天，就是今天这个日子，也就在现在这个地点上，你也点了一个跟今天一模一样的祝火做信号，约我来跟你见面，那种情况，你说我会忘记吗？要是不为同样的目的，那斐伊舰长门外头，为什么又点起同样的祝火来了？”

“不错，不错——那我承认，”游苔莎低声喊着说；只见她的态度和声音，外面好像冷淡，骨子里却很热烈，这是她个人所特有的，“不过你别一开口就对我说你刚说的这种话，戴芒；你要是老说这种话，那你可就要逼我把我自己本来不愿意说的话说出来了。我本来是不理你的了，并且下了决心，不再想你了；不过我今儿又听见了这个消息，让我觉得你对我还忠心，所以才跑出来点了这个祝火。”

“你听见什么消息了，会让你这样想？”韦狄吃了一惊问。

“我听说你没跟她结婚！”游苔莎兴高采烈地嘟囔着说。“我知道这是因为你爱我，所以才不能跟她结婚……戴芒，你的心太狠了，就能把我甩了；我曾说过，我永远也不能饶恕你——就是现在，我也不能完全饶恕你，凡是有点气性的女人，对于这种事，都不能太马虎。”

“要是我原先就知道，你叫我来，只是为的来责问我，那我就不来了。”

“不过现在我不在乎了。既然你并没跟她结婚，又回到我这儿来了，那我现在就饶恕了你了！”

“谁告诉你的，说我没跟她结婚？”

“我外祖告诉我的。他今天出了一趟远门儿，回来的时候，路上遇见了一个人，对他说有两个人要结婚没结成；他只猜想或者是你；我可知道一定是你。”

“还有别的人知道这件事吗？”

“我想没有吧。我说，戴芒，你现在看出来我点这个祝火的用意了吧？要是我认为你已经成了那个女人的丈夫了，那你就不该想我会点这个祝火。你那么想，就是侮辱我的自尊心了。”

韦狄并没回答；他显然是曾经那么想过。

“你当真以为我相信你已经结了婚了吗？”她很恳切地又问了一遍，“要是你当真那样，那你就是冤枉我了；要是你居然能把我看得那样卑鄙，那叫我怎么受得了！戴芒，你这个人，真配不上我；我明明知道你配不上我，可是我又不由得爱你！好吧，不用管啦，随它去吧，我只有尽力忍受你对我那种卑鄙的想法就是了。”说到这儿，她见韦狄还是没有什么表示，就不由得心中焦灼，难以掩饰，接着问：“我问你，你不能把我摆脱开，你还是要爱我比爱什么都厉害，是不是？”

“当然是喽；要不是，那我为什么来？”韦狄带出极易触动的样子来说，“不过你既然这样温语褒奖，说我这样不好，那样不高，那就是我对你忠心到底，也算不得什么大好处了。本来我这样一无可取，如果要说的话，应该由我来说，出自你的口中，就刺耳不受听了。不过我这个人，生来就是倒霉的脾气，点火就着，太容易动感情了，我要活着，就得听这种脾气的制伏，受女人的摧折羞辱。我从工程师降到店小二，都是这种脾气把我害的：至于后面还有什么更倒霉的步数等着我，我还不知道。”他仍旧神情郁郁地看着游苔莎。

游苔莎趁着韦狄看她那一瞬的机会，把围巾往后推开，叫火光照到她脸上和脖子上，微笑着问：“你在外面这几年，曾见过比这更好的吗？”

游苔莎那个人，自然不会没有确实把握而就置身危地的。只听韦狄安安静静地回答说：“没有。”

“就是朵荪的肩膀上也没有吗？”

“朵荪只是一个天真烂漫令人怜爱的女人。”

“那跟我这个话没有关系，”游苔莎一下就生嗔发怒，大声喊着说，“咱们要把她撂开；现在咱们心里头，只许有你我两个人。”接着她把韦狄看了老半天，才又恢复了原先那样外冷内热的态度说：“算了吧，算了吧，我这个话，本来不该说，本来是女人不能说的；不过我现在可不能自持而要对你承认了：一直到两个钟头以前，我还认为你完全把我甩了；我心里叫那种念头搅得那么烦闷，简直叫人说不出来。”

“我很对不起你，让你受了那样的痛苦。”

“不过我这种烦闷，也不一定完全为的你，”游苔莎含蓄影射，故弄狡猾，又添了一句，说，“心情郁闷，本是我的天性。我想我这是生来就这样的。”

“那就是所谓的忧郁病了。”

“再不然，就是因为住在这片荒原上。我在蓓口的时候，倒也很快活。唉，那个时光，蓓口那种日子，多么好！不过从此以后，爱敦也要稍微光明一点儿了。”

"但愿如此，"韦狄抑郁沉闷地说，"你这亲爱的旧欢，你知道你这回又把我叫回来，于我有什么影响吧？我从此以后，又要跟从前一样，仍旧到雨冢上跟你相会了。"

"你当然要那样。"

"然而我可要明明白白说一下，我今儿晚上还没到你这儿来的时候，本来打算，这回再和你见一次面，以后就永远不再和你见面了。"

"你说这个干吗？难道叫我感谢你吗？"她一面说，一面把身子转到一旁，只见她的怒气，好像地下潜伏的热力一般，散布到她的全身。"你愿意往雨冢上去吗？那你尽管去好了，但是你想在那儿遇到我，可万不能；你愿意呼唤我吗？那你尽管呼唤好啦，但是你想要让我听你，可万不能；你愿意诱惑我吗？那你尽管诱惑好了，但是你想要我再对你表示好意，可万不能。"[1]

"你从前也说过这一类的话，心肝；不过像你那种脾气，要斩钉截铁，说一不二，恐怕不容易。像我这种脾气，想要那样，也办不到。"

"这就是我费心费力得到的快乐了，"她满腹牢骚地低声说，"唉，我到底把你又叫回来了干什么？戴芒，我心里时常一阵一阵地自己交战。你把我惹得难过起来以后，等到我的心气平复，我

1 这几句是模仿《旧约·雅歌》的第 5 章第 6 节："我给我的良人开了门，我的良人却已转身走了。他说话的时候，我神不守舍。我寻找他，竟寻不见。我呼唤他，他却不回答。……"

就自己琢磨，难道‘我只是搂抱了一片平常的烟云不成？[1]’你就是一个变色龙，现在你的颜色变得顶坏。你快走吧，你不走，我就要恨你了！”

韦狄只朝着雨冢出神，待了约莫有数二十个数目的工夫，才带着好像对于刚才的一切都满不在乎的神气说：“好吧，你叫我走我就走。你还打算和我再见面不？”

“你想要和我再见面吗？那你总得对我承认，你这次是因为爱我，所以才没举行婚礼。”

“我想这种办法，于我并不很有利吧，”韦狄微笑着说，“那么一来，你对于你自己的力量究竟有多大，不就知道得太清楚了吗？”

“不过我要你告诉我！”

“你自己还不知道吗？”

“她现在在什么地方？”

“我不知道。我不想对你谈她的事。我只知道，我还没和她结婚：你召呼我，我就顺命听令，应时而来。这还不够吗？”

“我本来只是因为闷得慌，想要学隐多珥的女巫招引撒母耳那样[2]，把你招引来，对你显耀显耀，好心里兴奋兴奋，所以我才点了

---

1 希腊神话，伊克西昂（一个国王）慕天后之色，向之求爱。天帝乃以烟云，幻作天后之形，伊克西昂信以为真，遂拥抱之。此似暗用其事。艾狄生在《旁观者》第八期里说：“我误以云雾为朱诺（天后）。”

2 撒母耳是以色列人的先知。以色列的国王扫罗和非利士人交战，问耶和华，不见答。那时撒母耳已经死了。扫罗便去见了隐多珥地方招鬼的女巫，叫她把撒母耳招来，问他究竟。那个女人果然把撒母耳招来了。见《旧约 · 撒母耳记上》第 28 章第 3 节至第 24 节。

这个祝火。我原来心里想，一定非要把你引来不可，你果然就来了！这已经证明出来我很有力量了。来是一英里半，回去又是一英里半，你为我就得走三英里地的黑道儿。这难道还没证明出我有力量来吗？”

韦狄只朝着她摇头。“我了解你了解得太清楚了，我的游苔莎，我了解你了解得太清楚了。你一颦一笑，我全懂得；你那颗热烈的小心儿，就是要了命也决做不出这样冷酷的把戏来。黄昏的时候，我就看见一个女人，在雨冢上朝着我的房子直瞧了。我想先是我把你引了出来，以后才是你把我引了出来的吧。”

韦狄的神气显然是旧情复燃了；只见他往前靠去，好像正要把他自己的脸，放在游苔莎的腮上。

“哦，不成，”游苔莎说，同时带着不屈不挠的样子，往渐渐化为灰烬的祝火那一边走去，“你这是什么意思？”

“那么我吻吻你的手成吗？”

“不成。”

“那么我握握你的手吧？”

“也不成。”

“那么什么都不必，我对你告辞吧。再见，再见。”

游苔莎并没回答；同时韦狄鞠了一个跳舞师式的躬，像他来的时候那样，在水塘那一面消失了。

游苔莎长叹了一声；这声叹息，并不是处女柔弱无力的叹息，而却像是一阵冷战，把她的全身都震动了。有的时候，她的理智，会像电光似的，一瞬之间射到她的情人身上，把情人的缺陷显示出来，那时候，她就要打这样的冷战。但是那种理智，一瞬就消逝了，她仍旧又照样爱下去。她分明知道，韦狄只是跟她闹着玩儿就是了，然而她却仍旧爱下去。她那时把半成灰烬的柴火四外扬散，立刻走进屋里，暗中摸索着上了卧室。在表示她暗中解衣的窸窣声中，还时时夹杂着沉重的叹息；并且十分钟以后她入了睡乡的时候，同样的战颤还偶尔震动了她的全身。

七　夜的女王[1]

游苔莎·斐伊[2]本是一副天神胚子。她多少做些准备，就能在欧林坡山[3]上颇能称职地占一席之地。她那种天性、她那种本能，都很适于做一个堪作模范的女神；换一种说法，也就是她那种天性和本能，不大能做一个堪作模范的女人[4]。假使全世界和全人类能暂时都归到她的掌握之中，假使她能把纺线竿、纺线锤和大剪刀[5]一手自由管领，那时候，世界上很少有人能看出来，天道易主，世事变局。那时候，尘世的人类，仍旧要命运不齐，仍旧要永生永

1　罗马神话，月神为狄安娜，诗人多称之为“夜的女王”。这一章以“夜的女王”为题，一部分有以古代的神拟本书女主角的意思，但同时更着重在“夜”字，用来象征她的性格。

2　《哈代前传》里说，《还乡》里女主角的名字游苔莎，本是亨利第四时欧威·冒恩采邑主人的夫人叫的名字。那个采邑，就包括本书所写爱敦荒原的一部分。

3　欧林坡山，在希腊北部。古希腊人以为这个山通到天上，是众神居住的地方。

4　据希腊神话里所说，希腊诸神，全都感情强烈，由性任意喜怒爱恶，并无标准，嫉妒仇恨，也和人一样。那完全是异教精神的产物。至于现在世上，则为基督教文明，做一个女人，总得敬上帝，守贞操，为贤妻良母。现在游苔莎的性情，和古代希腊神话里说的那些天神的性情相近，和现在世上这种模范女人不相近，故云。

5　希腊罗马神话，司人生死的女神有三，一为克娄头，手拿纺线竿，管着人的出生；一为拉奇随，手拿纺线锤，管着把人一生的事迹织出；一为阿错婆，手拿大剪刀，管着把人的生命之线剪断。

世进退维谷，仍旧要先讲宽大，后讲公道[1]，仍旧要或受眷宠，或被谴责，仍旧要祸福无门、忧乐难测，和我们现在的遭际完全一样[2]。

她在形体方面，胫臂圆腴，丰若有余；面色之非赤红，正如其非苍白相同，身上触着，就像浮云那样轻软。看到她的头发，就会让人想到，整个一冬的阴沉晦暗，都不够做出那么一副乌云欲倾的神情。它掩映在她的前额上，好像苍冥的暮色，笼罩西方的晚霞。

即使这些头发上，也都有神经贯通；只要轻轻把她的头发抚摩，就老能使她的脾气柔和。她的头发一沾刷子，她的态度就立刻沉静起来，看着好像司芬克司[3]。她从爱敦荒原那些坡崖下面走过的时候，如果常青棘带刺儿的丛条，像有的时候那样，把她那如云的头发不定哪几绺挂住了——那时丛条就成了一把头发刷子了——她就回身再走几步，故意和丛条二番摩擦一次。

她有异教徒的眼睛，富于夜的神秘[4]。眼波去而复来、来而复去地流动，有一部分受到了厚眼皮和长眼毛的阻碍；她的下眼皮

---

1 英国谚语：“我们应该先公道而后宽大。”宽大本为美德，但与公道相比，则宽大徇私，公道从公。

2 哈代的意思是说，我们现在这个世界是非无定，祸福无门，如果有神管理一切，那么那种神应该是希腊神话里那些神的样子，不会是基督教讲的那种神的样子。游苔莎的性情，既是和希腊的神一样，那么要是叫她作神治理世界，世界当然还是要和以前一样的了。

3 司芬克司，西方古代神话中的怪物，在希腊的狮身女头，踞路旁，有人过，便问以谜，不能答者，便杀之；埃及忌兹的金字塔附近有司芬克司的大石像，人头狮身，极沉静。

4 异教徒特指古希腊人，异教则与基督教相对。英诗人兼批评家安诺德（1822—1888）在他的《异教的与中古的精神感情》一文中，以古希腊代表异教精神，而以罗马之庞贝为此精神之极度表现。游苔莎之形貌性情，既似古希腊人，则其眼

和英国一般妇女的比起来，要厚得多。因为这样，所以她能随便出神儿沉思，却叫人家看不出来：如果说，她能不闭眼睛睡觉，恐怕也会有人相信。你要是认定男女的灵魂，都是眼睛看得见的素质，那你就能想得出来，游苔莎的灵魂，是火焰的颜色。她的灵魂里发出来的火花，表现在她那双漆黑的瞳仁里面，也给人同样的印象。

她的嘴与其说为说话而生，不如说为颤动而生；与其说为颤动而生，不如说为接吻而生。也许有人还要补充一句说，与其说为接吻而生，不如说为撇嘴而生。从侧面看来，双唇相交的线道，现出了图案艺术上人所共知的胃足线或者双弧线[1]那样的曲折，精确得几乎和几何学上的图形一样。在荒寒肃杀的爱敦荒原上面，居然能见到这么姣柔妩媚的嘴唇，真得算是奇观异象出现眼前了。这样的嘴唇，叫人一见就觉出来，决不是从什来司维[2]侵入英国那一群撒克逊海盗遗传下来的，因为他们的嘴闭到一块儿的时候，都像一个小圆糕的两片半圆块[3]那样。我们总以为，这样曲折的嘴

（接上页注）睛所表现之眼神，自必属于此精神。至言其富于夜的神秘，则以其眼光湛湛深远，其目色沉沉乌黑，其眼神蒙眬欲闭，其目睫披拂欲掩，其神秘难测，诚如夜色昏沉，深远邈冥，令人难知其中所有也。

1 胃足线或者双弧线，建筑学上名词，简单言之，一种模镂，两种叫法，其形略如 S。

2 什来司维，半岛，介于德国和丹麦之间，四四九年以前本是撒克逊人和盎格鲁人所居。后来他们在海上四出劫掠，四四九年开始在不列颠上陆，打败了土著不列颠人，建立起国家来，才有现在的英国。英国人的嘴唇，多半是直的，没有曲线。

3 小圆糕为英人五时茶点所食，圆而扁，先横掰成上下两半，抹上黄油，再直切成四片半圆块。食时上下两片半圆块同用。

唇，多半见于埋在南方地下的残像剩石[1]上面。虽然双唇整个看来，圆腴、丰满，但是双唇的线道却非常纤细精致，所以两个嘴角曲折分明，和铁矛的尖端一样。只有在她忽然觉得一阵抑郁的时候，嘴角精细的曲折才显得模糊起来；那种抑郁本是感情里阴沉昏暗那方面的表现之一，以她那样的年龄而论，她可以说跟这种感情过于熟悉了。

看见她的神情，就叫人想起布邦玫瑰[2]、鲜红宝石和热带的中夜；看见她的意态，就叫人想起食莲人[3]和《亚他利》里的进行曲[4]；她的步伐就是海潮的荡漾；她的声音就是中提琴的幽婉。要是把她安置在黯淡的光线里，再把她梳的头多少变一变样式，那她全体的形态，就可以称得起是任何一个高级女神[5]的。她脑后要是有一钩新月，那她就可以说是阿提米[6]，她头上要是戴着一顶旧盔，那

1 南方指希腊及意大利。希腊和罗马的许多雕像，后多残坏，如为英国所掠夺的爱勒金大理石像，就是一例。其女神像中，如米娄的维纳斯，即缺两臂，而一所谓雅典娜，则身首分藏两地。

2 布邦玫瑰，玫瑰之一种，以产于布邦岛上得名，而布邦岛又以法国布邦王朝得名。其花以香色浓郁著称。

3 食莲人，希腊神话，莲为娄投发直人所食，他们吃了这种果子，便懒惰起来。荷马的《奥德赛》第九卷里，俄底修斯自述他回国的行程说："我们……走到食莲人的国土。我打发了三个人上岸，那些食莲人给他们莲吃。他们于是便再也不想回来了，并且一点儿回家的心也没有了。"

4 《亚他利》，法国戏剧家拉辛（1639—1699）的伟大悲剧，本事出《旧约 · 列王纪下》第 11 章。给此剧作乐曲者有数人，德国音乐家孟德尔孙（1809—1847），曾给它作过序曲等。其进行曲在末幕中，通称《僧侣战斗进行曲》，极生动激励，远非食莲人意态。盖原文 moods 为多数，言不同情态。食莲人喻其经常之娇慵，进行曲则喻其偶然之矫健。

5 希腊神话，在欧林坡山上的神为高级神，共十二，其中女神六，包括后面所举诸女神。

6 阿提米，古希腊神话中的月神及猎神，相当于罗马神话里的狄安娜，她的像一般头上总有一个月牙。

她就可以说是雅典娜[1]，她额上要是勒着一串偶然巧合的露珠作为后冕，那她就可以说是希萝[2]。她和这些古代天神相似的程度，与许多受人钦敬的画家笔下那些传真的女神不相上下[3]。

然而天神的威严、热烈、爱憎、喜怒，在爱敦荒原这种下土尘世，显然无用武之地。她的力量发挥不出来；她自己很感觉到这一点，所以她的性格就发展成激偏一路。爱敦荒原就是她的冥土[4]，自从她来到这儿，虽然她心里永远和它格格不容，但是它那种郁苍暗淡的情调，却叫她濡染吸收了不少。她那种外貌，和她那种抑郁激愤的叛逆性正调和；她的美丽所表现的那种阴幽威仪，

---

1 雅典娜，古希腊神话中的智慧女神，相当于罗马神话里的敏乃法，她的像上通常总戴着头盔。

2 希萝，古希腊的天后，相当于罗马神话里的朱诺，她的像一般总是头戴后冕，坐在宝座上。（在英文里，神话中的神名，多从罗马叫法，以拉丁文更通行。但哈代多从希腊叫法。）头戴旧盔，可以意为，脑后新月，则已须偶然巧合。至额缀露珠，适成冕形，更须偶然巧合。纵于晨光未晞，花上露泫，或夕阴久合，柳间露下之时，亦不能一遇之。盖此处哈代所表现者，为绘画上之游苔莎。故下句有“她和……画家笔下……的女神不相上下”之语。这儿的画家指维多利亚时代的画家而言。他们有时画古代天神。参看下注。

3 哈代的一个批评者说：“游苔莎之形象与其人格，颇不相称。其形象始终停留于艺术世界中——即绘画与雕刻中。无可否认，其形象源于拉斐尔前期画派。她那雕刻一般的威严仪态、她那蒙眬欲睡的深沉神情，都定不可移地令人想起罗赛提画中的女性形象，特别令人想起捷恩 · 冒锐斯。看到她那头发‘掩映在前额上，好像苍冥的暮色，笼罩西方的晚霞’；看到她那‘异教徒的眼睛，富有夜的神秘’，就可以说，她和《叙利亚的婀丝塔提》，恰恰匹敌。”（拉斐尔前期画派，为英国十九世纪中叶之画派，罗赛提为其中之一，其人后期所画多以捷恩 · 冒锐斯为模特儿。《叙利亚的婀丝塔提》即以捷恩为模特儿画的一幅油画。叙利亚的婀丝塔提为古代小亚细亚所祀之生育女神，相当于古希腊之爱神爱芙萝黛提）。

4 冥土，古希腊神话中之地狱，在地下，黑暗无光，为死者所居，其中为罪恶最大之死者所居之处为 Tartarus，此亦译作“阴曹地府”。冥后波赛弗尼本为谷神狄弥特之女，为冥王劫入冥土为冥后，居森严之冥土，自必表现森严之面目。

也就是她心里的热烈在郁结抑制之下的真正外表。她的眉目上显出一片真正属于阴曹地府的阴森峻厉，既不是乔模乔样的人工，也没有拘牵勉强的痕迹，因为这种森严峻厉，已经和她与日俱增、习与俱化了。

她在额上束着一条薄薄的黑色天鹅绒带子，把她那乌压压的厚头发束拢，因此参差的乌云在额上掩覆，叫她那种独有的威仪更加显明。锐希退[1]说过："除了一条横束额上的细带而外，没有别的东西能把美丽的面庞衬托得更好的了。"住在邻近一带的女孩子们，都用有颜色的带子把头发束拢，还在别的地方戴金银首饰；但是有人劝游苔莎·斐伊扎有颜色的带子，戴金银首饰，她就一笑走开。

为什么这样一个女人会住在爱敦荒原上呢？她的故乡本是当时那个时髦的海滨浴场蓓口。她父亲是考府[2]人，一个很好的音乐家，在驻扎蓓口的联队里当乐队长。那时她母亲还是姑娘，跟着她外祖——出身高门的老舰长，一同到蓓口旅行，在那儿和她父亲相遇。他们两个的结合，很难说可这位老人家的心，因为乐队长的钱袋，也和乐队长的职业，一样地轻简。不过这位音乐家却十分努力，就姓了他太太的姓，在英国长远落户，对他女儿的教育很尽心，不过教育费却是由她外祖出的。她父亲在当地做主要的音乐师，倒也阔了几年；不过她母亲一死，他就潦倒起来，喝上了酒，以后也死了。这女孩子于是就由她外祖抚养成人。她外祖老

---

1 锐希退（1763—1825），德国文人，以懂得妇女著名。他写到女人，一般总要写妇女的巾、带等装饰。此处所引，则可能见于他的《美学之预备课程》。

2 考府，希腊海岛之一，在爱欧尼海，为希腊诸岛中之风景最美者。

舰长，曾因为遇险船沉，折了三条肋骨；从那时以后，他就在爱敦荒原上这块高临半天的山岗上住下；因为那所房子几乎等于不花钱就到了手，同时在那所房子门前，能远远看见一片蓝色，在天边上的山间出现，历来相传，都说那就是英伦海峡：有了这两层原因，老舰长就爱上这个地方了。游苔莎对于这种变动却很痛恨；她自己觉得跟充军发配一样；不过她没有法子，非在那儿住不可。

因为有了这种情节，所以游苔莎的脑子里，就有极端不同的观念同时并存，有的由旧日而来，有的由近日而起。当她把她前后的经历一眼看去的时候，她的视野里并没有中景[1]。她只想到，从前的时候，在散步广场上，日暖天晴的午后，有悠扬雄壮的军乐，有英武矫健的军官，有殷勤体贴的情人：这种种回忆起来发人幽情的光景，和眼前四围荒原的光景一比，就是辉煌的金字，刻在昏暗的牌子上面[2]。海滨胜地上灿烂的光辉，和爱敦荒原上伟大的庄严，要是随意混合，就会生出种种离奇的景象来，现在这些景象，都能在游苔莎的脑子里找到。她现在看不到纷纭的人事了，所以她就把以前曾经看见过的人事，更加意地琢磨想象。

她那种庄严骄矜的仪态，是从哪儿来的呢？她父亲既是生在夫爱夏岛，那她的仪态，是隐隐从爱勒辛恼厄族一脉相传而来的吧[3]？——不然的话，就是因为她外祖有一位堂兄弟，是贵族籍中

1 中景，在一幅画或一片风景上，凡背景和前景之间的，叫做中景。

2 牌子，指纪念死者的铜牌或石牌而言，多嵌于教堂的墙上。

3 夫爱夏，古地名。荷马的《奥德赛》第五卷里，说俄底修斯在这个岛上把船撞沉。第六、第七、第八卷里说，那时这个岛上的国王，是爱勒辛恼厄，款待俄底修斯。历来相传，都说现在的考府岛就是古代的夫爱夏岛。

的人物，她的仪态是由德·威尔和夫在伦族[1]来的吧？也许两样都不是，她的仪态只是天赋，只是自然律的适然巧合。不说别的，她近年以来就没有沾染上粗俗鄙俚的机会，因为她老离群索居。在荒原上独处，差不多就不能让人鄙俗。让游苔莎鄙俗起来，也和让野马、蝙蝠、蛇类鄙俗起来一样地做不到。她要是老在蓓口过一种狭隘局促的生活，那她也许就变得满身小家子气了。

没有领土掌管，没有人民拥戴，却要威仪俨然，叫人看着像一个女王，那没有别的办法，只有做出领土丧失、人民离散的样子来；游苔莎就把这种样子做得很逼真。她虽然住的是老舰长的小房儿，她却使人起一种她身居从未见过的巨宅之感。这种情况，也许是因为她常常游荡的地方，是那些显敞的丘阜，是超过一切的巨宅吧。她的心情，正和她四围那些地方上的夏景一样，她可以说就是"一片孤寂中万象纷呈"[2]这句话的化身；她表面上虽然那样无情无绪，空漠寂静，实际上却尽日匆忙、满腹情思。

把人家迷得神魂颠倒，这就是她最大的愿望。对于她，爱情就是唯一的兴奋剂，能够把她的岁月里那种使人瘦损的烦恼寂寥驱走赶掉。她所渴想得到的，好像不是什么个别的具体情人，而是叫做热烈爱情的抽象意念。

有的时候，她能做出一种极生气的样子来；不过她发作的对象，与其说是人类，不如说是她想象中的某种东西，这些东西之中

---

1 德·威尔，英国的一个望族，做牛津伯爵五百五十多年；英国历史家麦考雷曾说，这一家"在英国向来所有的贵族之中，年代最久，门第最显"。夫在伦也是英国的一家贵族，做阿伦岱伯爵很久。

2 原文见拜伦的《查尔德·哈罗德》第三章第一〇一节第九行和一〇二节第一行。

的首领就是命运——她老模模糊糊地认为，由于命运的干涉，爱情才只能落到韶华不久的青年身上，她所能得到的那点爱情才要逐沙漏之沙，与同时而逝。她越把这一层琢磨，就越觉得命运残酷，因此她就有一种一意孤行、不随流俗的趋向，想要不论在什么地方，只要能够做到，就伸手把爱情攫取，至于能继续一年，继续一月，或者继续一时一刻，全都不顾。现在因为她没得到爱情，所以她就虽然高歌低唱，却不感欢乐；虽然甘芳当前，却不得享受；虽然光彩过人，却不觉得意。她的寂寥，更加深了她的欲望。在爱敦荒原上，最冷淡最鄙贱的爱情之吻，都像荒年的谷价一样地贵；并且能够和她相配的双唇，到哪儿找去呢？

她和大多数的女人不同。她只觉得，男女爱悦，为忠心而忠心，没有什么意味；倒是为了爱情强烈而自然忠心，那才有很大的意味。烈火炎炎的爱情，顷刻消灭，也胜过灯火荧荧的爱情，多年继续[1]。关于这一方面，多数的女人，都是有了经验以后，才能知道，她却全凭预知先见，领悟一切；她已经在心里周游了爱情的国度，数点了它的城楼，察看了它的宫殿了[2]；她最后的结论，认为爱情是乐中带苦的东西。然而她对于爱情，仍旧很想得到，好像在沙漠里的人，对于咸水也觉得感激似的。

她常常反复祷告；不过她做祷告，并没有一定的时刻；她只像那些真正虔诚的人一样，什么时候想起来要祷告，就什么时候祷告。她的祷告，老是自然而然地发动。她祷告的话总是说："快

1 英国谚语，热烈的爱情，很快就变冷。另一谚语，爱须如细水，爱始能长流。

2 这句模仿《旧约 · 诗篇》第 48 篇第 12 节："你们当周游锡安，四围旋绕，数点城楼，细看它的外郭，察看它的宫殿。"

把我的心灵，从这样可怕的抑郁和寂寥里救出来吧。不论从哪个地方，快快赐我一点伟大的爱情吧。不然的话，我就要死了。”

她所最崇拜的英雄，是征服者威廉[1]、司揣夫[2]和拿破仑，她对于他们的知识，只是当年她读书那个学校里女子历史教科书告诉她的那一种。要是她做了母亲，那她一定管她的男孩子们叫扫罗[3]和西西拉[4]一类的名字，而不管他们叫大卫[5]和雅各[6]，因为这两个人，没有一个她喜欢的。当年她在学校里读到非利士人打仗的时候，她总是向着他们；并且心里曾琢磨过，本丢·彼拉多[7]是很公正、坦白的，但是不知道他是不是也同样地漂亮。

由此看来，她这个女孩子，在思想方面，很算得有些先进；

---

1 征服者威廉，即威廉第一，本为法国西北部诺曼地公爵，一〇六六年率兵渡海，打死了英国国王亥洛得，做了英国国王。一〇八七年死。为人个性最强，治国严明，制伏当时诸侯，造成英国统一局面。

2 司揣夫，即托姆斯·温得华，生于一五九三年，以功封司揣夫伯爵。那时英国国王查理第一压迫国人，他帮着查理第一。为人意志刚强，一六四一年，叫国会处了死刑。

3 扫罗，以色列国王。为人生性忧郁，个性刚强。事迹见《旧约·撒母耳记上》第 9、10、14、15、16、18、20、22 及 28 各章。

4 西西拉，迦南王的将军，曾残酷地欺压以色列人。事迹见《旧约·士师记》第 4 章。扫罗和西西拉是失败惨死而富于诗歌性的典型人物。

5 大卫，以色列的国王。为人有智勇，敬上帝。事迹见《旧约·撒母耳记上》第 16 章至第 30 章，《撒母耳记下》第 1 章至第 24 章，《列王纪上》第 1、第 2 章等处。

6 雅各，《圣经》人物，为人敬信上帝。事迹见《旧约·创世记》第 25 章至第 50 章。大卫和雅各是平淡无奇而事业成功的典型人物。

7 本丢·彼拉多，罗马的犹太总督。耶稣被执，他曾审问，说耶稣无罪，又说不管耶稣的事，事迹见《新约·马太福音》第 27 章，《马可福音》第 15 章，《路加福音》第 3 章第 1 节、第 23 章，及《约翰福音》第 18、19 章等处。以上游苔莎所喜欢的人，都是意志坚强、性格严厉、感情抑郁、不信上帝的；她所不喜欢的人，都是虔诚笃实、敬信上帝的。

不但先进，从她净跟思想落伍的人相处的情况看来，实在算得有独到之处。她那种不拘世俗的天性，就是她这种思想的根源。对于假日，她的态度，就好像一匹马，自己干完了活儿，在草地上吃草，却喜欢看它的同类在大路上挣扎。别人都劳作的时候，她自己单独得到休息，她才觉得休息可贵。由于这种情况，所以她恨礼拜天，因为那天大家都得到休息；她常常说，礼拜天早晚会要了她的命。本来到了那一天，荒原上的人就都带出过礼拜的样子来，大家把手插到口袋里，穿着刚上过油的靴子，连靴带都不系（不系靴带是过礼拜天的一种特别表示），逍逍遥遥地在他们前六天斫的常青棘和铲的泥炭中间蹓跶，并且还带着批评的神气，拿脚去踢那些泥炭和常青棘，好像不知道它们好做什么用似的，这种情况，使她烦闷到可怕的程度。所以一到礼拜天，她就一面嘴里哼着乡人礼拜六晚上唱的小曲[1]，一面翻着她外祖放旧地图和破古董的柜子，好把这个讨厌的日子所给的腻烦减轻。但是礼拜六晚上，她倒常唱祈祷诗；她念《圣经》，也老是在礼拜一到礼拜六这几天以内，因为这么一来，她就不觉得她是在那儿做她职分以内一定得做的事了。

像她这样的人生观，本来多少有点是她那样天性受了环境的影响而自然产生的结果。在荒原上居住，却不研究荒原的意义，就仿佛嫁给一个外国人，却不学他的语言一样。荒原微妙的美丽，

1　英国人在清教徒及福音派的影响下，严格遵守规矩过礼拜天，除了上教堂、读《圣经》，不许做任何游戏及娱乐。故遂把礼拜六晚上作为游戏、娱乐之时。英国一个作家说：“礼拜六晚上，对英国人说来，总要生出一种纵容行乐之感。即有闲阶级，平日不须工作，也都感到那天晚上应有权利做消遣性娱乐。”

并不能被游苔莎领略，她所得到的，仅仅是荒原的凄凉郁苍。本来爱敦荒原的景物，能叫一个乐天知足的女人歌咏吟啸，能叫一个受苦受罪的女人虔心礼拜，能叫一个笃诚贞洁的女人祝颂神明，甚至于能叫一个急躁浮嚣的女人沉思深念，现在却叫一个激愤不平的女人忧郁沉闷。

游苔莎对于辉煌莫名的婚姻，早已不作幻想了，但是同时，她的情感虽然正激旺，而她却又不肯做低于那样标准的结合。因为有这一种情节，所以我们很可以看出来，她正处在一种遗世独立的奇特情况之中。一方面已经放下了行所欲为那种仿佛天神的自尊自大，另一方面却又不肯热心从事于行所能为的本分道路：这种心情，本是志高气傲的结果，在道理方面讲起来，本来未可厚非；因为从这种心情里可以看出来，失望只管失望，却仍旧不能含糊迁就。不过在道理上说起来固然是好听的了，但是对于国家社会，却容易发生危险。在现在这个世界里，有作为就是有妻子，国家社会，就是由“心”和“手”所构成[1]，在这样的世界里，她那样的心情，自然要带来危险。

因为以上种种情况，所以我们就看到我们这位游苔莎——因为她有时也并不是一点儿不可爱——正发展到开明先进、看破一

1　英文字“心”为爱之府，“手”为定婚之证物。“心和手”就是婚姻的意思。比较哈代的短篇小说《爱丽莎的日记》中“接受了亥屯的手和心”，即许婚之意。又《伊铿维夫人》里“把他的手和心献给她”，即求婚之意。罗马政治家西赛罗即有“婚姻是社会的第一种联系”之说。英诗人柯尔律治说：“婚姻与爱情，并无天然关系。婚姻……是一种社会契约。”英国主教兼作家太勒说：“结婚的人虽有负担，而独身的人则有情欲，而情欲更加危险，且往往使人陷于罪恶。婚姻含有社会之祝福，含有心与手之结合。结婚比独身，美好少而安全多，负担大而危险小。”

切的时期，觉得天地间没有一样有价值的事物。同时，因为得不到较好的人物，就在闲暇无事的时候，把理想中的美境，完全都安放到韦狄一个人身上。韦狄所以能占优势，这是唯一的原因：游苔莎也不是不知道这种情况。有的时候，她骄傲自重的心，反对她对韦狄的热恋；不但这样，她还想脱去情网的束缚。但是要把韦狄放弃，只有一种情况，那就是，得有一个比他更好的人物来临。

除了以上说过的情节而外，她还因为心绪烦闷而苦恼，所以老在荒原上漫游闲行，消愁解闷；她散步的时候，老拿着她外祖父的望远镜和她外祖母的沙漏。她拿沙漏是因为她觉得，那桩东西就是光阴渐渐过去的实物表现，叫她看着对它发生一种奇怪的爱癖。她不常用计谋，但是她一旦用起计谋来，她的策划，很像一个大将统筹全局的战略，不是所谓妇人女子的小巧。不过她不愿意直截了当的时候，她也会说像戴勒飞的谶语[1]那类模棱两可的话。在天堂上，她大概要坐在爱娄依沙[2]和克里奥佩特拉[3]之间。

1　戴勒飞，地名，在希腊的帕余色斯山里。古代那里有希腊日神阿波罗的庙，为求谶语的中心之一。谶语都是似是而非、模棱两可的。

2　爱娄依沙（1101—1164），中古法国的美女。曾和当时著名的经院哲学家阿伯拉（1079—1142）发生恋爱。为人富于理智，以学问称。她的爱是柏拉图式纯洁之爱的典型。

3　克里奥佩特拉（公元前 69—公元前 30），古代埃及女王，以美艳机警著名。曾迷过罗马大将恺撒和执政安东尼。她的爱被认为是热烈奔放肉感之爱的典型。

八　在没有人的地方上被发现的人

那位烦闷疲乏的小孩，刚一从火旁走开，就把那六便士紧紧握在手心里，好像这么一来，就可以壮胆似的，同时撒开小腿，急忙跑去。本来在爱敦荒原这一部分上面，让一个小孩自己往家里去，实在没有什么危险。因为这小孩到家的路，不过一英里的八分之三，他父亲住的那所小房儿，就是迷雾岗小村庄的一部分；原来这个村庄，只有三所房子，除了那个小孩的家以外，第二所是相隔几码的另一所小房儿，至于第三所，就是斐伊舰长和游苔莎住的那所了；斐伊舰长那所房子，和那两所小房儿，相隔还是不近，并且在那片人烟稀少的山坡上那些静僻孤寂的住宅中，它是顶静僻孤寂的了。

当时那小孩尽力往前跑去，一直跑到连气都喘不上来了，才把脚步放慢；那时他的胆子，也多少大一点儿了，所以他就用他那像老头儿的嗓子唱着小曲[1]，慢慢往前走去；曲里唱的是一个小水手和一个小美人，还有储藏的黄金。这个小曲刚唱到一半儿，小孩就突然停住，因为他看见前面山下的低坑[2]里，射出一道亮光，

1　小曲名《性子冲的水手》，头数行为："来呀，我自己的人，到这儿来，我的美人。一个水手小伙儿，刚从海上回到家门。"

2　人们挖取沙子和石头子儿，因成坑，与第二卷第二章里所写的天然坑不同。

从亮光里，发出一片飞扬的尘土和一阵劈啪的声音。

只有不同寻常的声音和光景，才能叫这小孩害怕。荒原那种萧瑟枯槁的嘘吸，并不能惊吓他，因为那本是他经惯了的，至于山径上时时出现的小棘树林子，就不能像风声那么叫他毫不在乎了；因为那些棘树，凄凉惨淡地呼啸叫嗥，加上在夜里看来，它们老现出使人毛骨悚然的样子，像跳跃的疯人，长卧的巨怪，和令人恶心的瘸子。那一天晚上，亮光并不是少见的东西，但是所有的亮光，都和这个不一样。小孩当时看见这个亮光，就躲开了它，转身又回去了，心里想要去求游苔莎·斐伊小姐，打发她的仆人送他回家；不过他这种办法，如果说他害怕，还不如说他谨慎，倒更恰当一些。

那小孩重新走到山谷上面的时候，只见原先那祝火，仍旧在土堤上着得明亮，不过不及先前那样旺了。火光旁边，本来只有游苔莎孤寂的人影，现在却变了一对，其中的一个是男性的。那小孩恐怕冒犯了游苔莎那样一位天人，当时就没敢一直往土堤上面去，只在下面慢慢爬到近处，先探一探他们两个办的是什么事，然后再决定他可以不可以因为他这点小事上去打搅。

只见那孩子，在土堤下面偷偷地把他们谈的话听了几分钟之后，脸上显出疑疑惑惑不知道怎么好的样子，和原先来的时候一样，一声不响地转身走开了。看他那样子，显而易见，他认为他要是搅扰了游苔沙和韦狄的谈话，游苔莎非对他大发雷霆不可。

那可怜的孩子，真是前又怕狼，后又怕虎了[1]。他先退到一个

---

1 前又怕狼，后又怕虎，原文是 a Scyllaeo-Chrybdean position。希腊神话，女神随拉死后化为礁石。克锐布底斯是海里的一个大漩涡，在西西里海里，和随拉礁石相对。航海的人，要从这两样危险之中渡过去，很是件难事。

没人能看见他的地方，在那儿停了一会儿，最后还是决定冒险去把洼坑试探一番；大概他觉得，二恶之中，后面这一种还小一点儿。[1]所以他就喘了一口粗气，仍旧顺着原先的来路走去。

亮光已经看不见了，飞扬的尘土也没有踪影了；他心里想，它们永远别再出现才好。他当时把心一横，一直往前走去，走到前面，也并没有什么叫他害怕的东西；等到他走得离沙坑只有几码的时候，听见前面微微有一种声音，他才站住了脚。不过他并没停很大的工夫。因为他一下就听出来，那是两匹马在那儿吃草咬得咯吱咯吱地响。

“两匹荒原马跑到这儿啦，”他当时大声喊着说，“俺以前从来还不知道它们还会跑到这儿来。”

那两匹马，正把他的去路挡住；不过那孩子对于这种情况，并不怎么理会；因为自从他在襁褓里的时候起，马蹄子周围就已经是他玩耍的地方了。不过他快走到它们跟前的时候，他看见它们并没跑开，并且每一匹马的脚上还拖着一个脚绊子，预防它们瞎跑；这种情况，才叫他多少觉得有点儿奇怪；因为从这种情况上看来，它们显然是人家养活的马了。他现在能看见洼坑的内部了，只见它在山的侧面，有一个平面的入口。在洼坑最里面的角落上，有一辆方形的大篷车，背着他放着。大车里面，射出一道亮光，把一个活动的人影，映在那正对车门的石头子儿直立面之上。

那小孩心里想，那一定是吉卜赛人的车子；他怕这种游民的程度，够不上说是疼，只可以说是痒。本来他自己以及他家里的

1　英国谚语：“二恶之中，取其小者。”

人，要不是因为有几寸厚的土墙围着，那他们和吉卜赛人也没有什么两样。他当时顺着石头子儿坑的边儿，远远地离开了车子，往前走去，上了山坡，走到坡顶，想要转到车门那边，往车里看一看，那影子的本人究竟是怎么个形象。

他一看吓了一大跳。原来车里面一个小火炉子旁边，坐着一个人形，从头到脚，一色血红；他正是朵荪的朋友，在车里自己补袜子，那只袜子，也和他全身一样，完全红色，并且就是他补袜子的时候嘴里含的那支烟袋，也是红杆儿，红锅儿。

正在这时候，只听外面黑地里那两匹吃草的矮种马，有一匹正哗啦哗啦地要把脚上的脚绊子弄掉。那红土贩子叫这种声音一惊动，就把袜子放下，把挂在身旁的灯笼点起来，拿着从车里面走出来。他把蜡往灯笼里插的时候，曾把灯笼举到面前；那时候，一道蜡光，一直射到他的白眼珠儿和白牙齿上，于是他的脸全部一片血红，却单单露着两处雪白，那种光景，叫那么一个小孩看来，真得算是一副吓人的怪样子。那孩子如今清清楚楚地知道他是踏进什么人的巢穴了，他心里再也不得安宁了。本来在荒原上走动的怪人，有时候还有比吉卜赛人更丑恶的，红土贩子就是那里面的一种。

“他要是一个吉卜赛人，俺觉着倒还好些。”小孩嘟囔着说。

那时候，红土贩子正从马旁回来。那小孩儿本来怕叫红土贩子看见，但是他这一害怕，就哆嗦起来了，更容易叫人看见了。本来沙坑顶部的边儿，有一块上为石南下为泥炭的地层，像席一样的虚悬在上面，叫人看不出来坑边在什么地方。那孩子，当时一步走到硬地以外去了；只见石南树一下子塌了下去，他也跟着滚下了灰白砂石的直竖面，一直滚到红土贩子的脚底下。

红土贩子把灯笼打开[1]，朝着长卧地上那小孩的身上照去。

“你是谁？”红土贩子问。

“俺叫章弥·南色，先生。”

“你在那上面干什么？”

“俺也说不上来。”

“想必是看我来着吧，是不是？”

“是，先生。”

“你为什么要看我？”

“因为俺从斐伊小姐的祝火那儿回来，正要回家去。”

“摔坏了没有？”

“没有。”

“啊，你瞧，可不摔坏了么：你的手都流了血啦。你上我的篷车里来，我给你裹一裹好了。”

“你先让俺找一找俺那六便士钱好不好？”

“你哪儿弄来的六便士钱？”

“斐伊小姐给俺的，因为俺给她看祝火来着。”

那六便士钱找到了，红土贩子往大车那面走去，只见那小孩儿，差不多连气都不敢喘，跟在红土贩子后面。

红土贩子从一个放针线的袋子里拿出一块和别的东西同样红色的布头，撕下一窄条来，给那小孩裹受伤的地方。

“怎么俺满眼发蒙，像下雾似的——俺在这儿坐一会儿成不

1 比较本书第三卷第八章：“他们要更亮一些，就把灯笼门儿开开了。”

成，先生？”小孩问。

“当然成，你这可怜的孩子，这一跤摔得尽够叫你发晕的了。你坐在那捆子上好啦。”

那红人给小孩把伤裹完了以后，小孩说：“先生，俺想这阵儿俺该回家去了。”

“我看你有点儿怕我的样子。你知道我是干什么的吗？”

那小孩带着疑惧的样子，把红土贩子血红的身躯，从上到下全打量了一番，才说：“知道。”

“好啦，那么你说我是干什么的？”

“你是一个卖红土的！”他嗫嚅着说。

“不错，我正是一个卖红土的。不过你要知道，卖红土的，不止我一个。你们小孩儿，总是只当杜鹃只有一个，狐狸只有一个，巨人只有一个，魔鬼只有一个，卖红土的也只有一个，是不是？其实多得很哪。”

“真的吗？先生，你不会把俺装在你的袋子里带走吧，会吗？人家可都说，卖红土的有时把小孩装走。”

“那都是胡说八道。卖红土的不干别的，就只管卖红土。你没看见我车里头那些口袋吗？那里面装的并不是小孩，只是红土粉子。”

“你生下来就是一个卖红土的吗？”

“不是，我长大了才干了这种营生。我要是不做这桩事情，也能和你一样地白——我是说，过些日子，我还能白，也许得过六个月：起先不成，因为红色都滋润到皮里去了，一下是洗不掉的。现在，你不会再怕卖红土的了吧？会吗？”

“不会了，永远也不会了。维雷·奥察说，他前几天，在这方近左右，看见了一个红鬼，那个红鬼，也许就是你吧？”

“我前些日子倒也在这方近左右待过。”

“俺刚才看见有一些暴土，那是你弄的吗？”

“啊，不错，是我弄的。刚才我正拍打口袋来着。你是不是在那面山上点了一个很好的祝火？我看见那火光了。斐伊小姐巴巴儿地花六便士钱雇你给她看祝火，她怎么就那么喜欢这个东西？”

“俺不知道。俺只知道她不管俺累不累，一个劲儿地叫俺在那儿替她添火，她自己可老往雨冢上跑。”

“你给她看了有多久？”

“一直看到一个青蛙跳到水塘里去的时候。”

红土贩子忽然停止了闲扯淡的神气，郑重起来问：“一个青蛙？这时候哪儿还有青蛙往水塘里跳？”

“它就有么，俺就听见有一个，咕咚一声，跳到水塘里去啦。”

“真的吗？”

“真的。她原先就对俺说过，说俺一会儿就能听见一个青蛙跳；待了一会儿，果然俺就听见了。别人都说她伶俐，叫人看不透，也许这是她用邪法儿把青蛙拘来的吧。”

“以后怎么样了？”

“以后俺就到这儿来啦，因为心里害怕，俺又回去啦；可是俺一看有一个男人和她站在一块儿，俺可就不愿意过去和她说话了，所以俺就又回来啦。”

“一个男人——啊！小孩，你听见那个女人都对那个男人说什么了？”

“她告诉那个男人，说她想他没和那另一个女人结婚，一定是因为他还是顶爱他的老相好；还有像这一类的话。”

“那男人对她说什么来着，我的好孩子？”

“他说他是爱她，还说他要晚上再到雨冢上去和她见面。”

“哈！”红土贩子喊了一声，同时把手往车上一拍，把车都拍得震动起来，“原来这件事的关键在这儿！”

只见那小孩吓得从凳子上一下跳开了。

“小孩，你不要害怕，”红土贩子忽然温和起来说，“我忘了你在这儿了。这不过是卖红土的一种怪样子，忽然发的一阵疯病，不会伤人的。那么以后那女人又说什么了？”

“俺不记得啦。俺说，卖红土的掌柜的，你这会儿可以放俺家去了吧？”

“啊，可以。我送送你好了。”

他把那孩子带出了沙坑，把他送到往他家里去的小路上。这小小的人形在夜色里消失了的时候，红土贩子又回到车里，重新在火旁坐下，仍旧补他的袜子。

九　爱情驱使一个精细人使用策略

老牌儿的红土贩子，现在很不容易看见了。因为自从维塞斯通了火车以后，维塞斯的牧羊人给他们的绵羊做赶市集的准备工作[1]而大量使用的那种鲜明颜料，又另有了来路，那儿的乡下人不必靠这些靡菲斯特[2]一般的行商了。即使有一些间或还仍旧存在，而他们从前那种富于诗意的生活，现在也渐渐消失了；原来他们从前做这种营生的，都得按着时候到出红土的土坑里采掘原料；除了深冬以外，还都得成年整月在野外露营，都得在成千成百的庄田上游来荡去，并且，生活虽然漂泊不定，却都能保持一种囊橐充裕的体面神气：这都是从前这种营生的特色，也是叫它富有诗意的地方。

红土这种颜料，无论落到什么东西上面，都要把它那种鲜明的颜色全部布满；无论是谁，只要把它弄上半点钟的工夫，他就

1　指用红土在羊身上做标记，以便和别人的羊区别而言，已见前。

2　靡菲斯特，欧洲旧传说，大天使变为魔鬼者有七，第一为撒旦，第二即为靡菲斯特。浮士德把灵魂卖给他。歌德的《浮士德》，马洛的《浮士德博士的悲剧》里面，都把他当做浮士德的侍随魔鬼。据传说，他的衣服全身红色。

一定要像该隐似的，身上非留下不可磨灭的记号不可[1]。

一个小孩头一回看见红土贩子那一天，就是他一生里的一个新纪元。在一般幼小的心灵里，这样一个浑身血红的人物，就是他们从有想象力那一天起所做的一切噩梦中提炼出来的精华。维塞斯一带的母亲们，用来吓唬小孩的成语，好几辈子以来，就老是“红土贩子来捉你了”这句话。本世纪初年[2]，它的地位，曾有一个时期完全叫波拿巴取而代之，但是时势变易以后，波拿巴已经陈腐失效，从前那句老话又恢复了它的旧势力。不过现在这种时候，红土贩子也和波拿巴一样地沦入了过时失效的神怪国度里，又有了近代的发明来代替了它。

红土贩子的生活和吉卜赛人仿佛；但是他们却都看不起吉卜赛人。他们的生意，和编筐编席的行贩，差不多一样地兴隆；但是他们和那些行贩，却并没有来往。他们的出身、他们的教养，比牛羊贩子的高；但是牛羊贩子，在路上和他们屡屡相逢的时候，却只对他们点一点头就完了。他们的货物，比沿街叫卖的小贩子的值钱；但是那些小贩子却不以为然，看见了他们的大车，只昂首直视地走过。他们的样子和颜色，看着非常地奇怪，所以他们同展览蜡像的和开转椅的站在一块儿，那展览蜡像的和开转椅的都会叫他们比得体面起来；但是他们却认为展览蜡像的和开转椅的

1 该隐，亚当之子，因妒杀其弟亚伯，耶和华便罚他，叫他在地上流离飘荡。耶和华对他说，凡杀该隐的必遭报七倍。耶和华就给该隐立一个记号，免得被杀。事见《旧约·创世记》第 4 章第 1 至第 5 节。

2 指十九世纪，那时英国人正同拿破仑交战，一直到一八一五年滑铁卢之役，战事才结束。

身份低下，不肯和那一类人接近。在这些路上行息的各色人等之中，红土贩子不断地出现；但是红土贩子却和那些人都没有关系。贩红土那种营生，本来就有叫他们隔绝脱离一切的趋势，而贩红土这行人，也的确往往和一切都隔绝脱离。

我们有的时候听见人说，凡是做红土贩子的，都是自己做了恶事却冤枉别人，叫别人替他们受苦，他们就是这样的罪人：但是他们虽然逃了法网的制裁，却逃不了良心的谴责，所以他们才干了这种营生，作为终身的忏悔。如果不是这样，那他们为什么单做这种事情？在现在这段故事里，这种说法，特别恰当。因为那天下午走上爱敦荒原的那个红土贩子，就是一个可爱的胎子，却牺牲在怪模怪样的职业里；本来做这种职业，丑人也一样能做得很好。这位红土贩子唯一令人生畏的地方，只是他的颜色。要是把他那种缺点去掉，他就是乡下人里面一个可爱的模范人物了。一个眼光锐敏的人看见了他，就会觉得，一定是他原来的身份使他不生兴趣，所以他才把它放弃（这种情况，实在有一部分是真的）。并且看过他以后，人们一定会冒昧地说，他生来是脾气柔和、眼光犀利的，不过那种犀利还不到狡猾的程度。

他补着袜子的时候，他的脸因为心里想事情，绷得紧紧的。待了一会儿，才有了比较温和的表情，于是那天下午他在大道上赶车趱路那时的温柔伤感又出现了。他不久就把针停住，把袜子放下，离了坐位，从篷车一个角落那儿的钩子上，取下一个皮袋来。皮袋里盛着许多东西，里面有一个牛皮纸纸包。纸包的折痕，都磨得像枢轴一般，从这一点上看，我们就可以断定，这个纸包，一定是曾经小心谨慎地打开又包起来，包起来又打开，这样许多许多次了。他拿着这个纸包，在车里唯一的坐具，一个挤牛奶用的那种三条腿的小凳子上坐下，在蜡烛光下把纸包看了一会，才从纸包里拿出一封旧信，把它展开。信上的字，本来写在白色的纸上，但是他的职业却把信纸染成了惨淡的红色了，因此黑色的笔画，看来好像冬天树篱间杈枒的寒枝，掩映在夕阳斜照的红光里。信的日期是两年以前，签的名字是“朵荪·姚伯”。只见信上写道：

亲爱的德格·文恩——

我正从滂克娄往家里去的时候，你把我追上了，对我提出了那个问题。我当时听了，觉得太突如其来，所以我恐怕当时没能让你正确地明了我的意思。那时我伯母要是没来接我，我当然立刻就可以把话都说明白了，但是既然她在跟前，我就没有机会再谈了。从那个时候起，我就一直心里不安。因为，虽然你知道，我本来决不愿意惹你难过，但是我恐怕，我却非惹你难过不可了，因为我现在要把那时候我并非真意所说的话否定了。德格，我不能嫁你，也不能让你拿我当你的情人看待。我实在不能那样，德格。我希望你不要把我这个话放在心上，更不要因为这个心里难过。但是我一想，你会难过的，所以我很惆怅；因为我很喜欢你；我心里头，除了我堂兄克林以外，再就是想着你了。我们不能结婚的原因很多，很难在一封信里说得详尽。上一回你跟着我的时候，我一点儿也没想到你会对我提那个话，因为在我这一方面，向来就丝毫没把你当做情人看待过。你对我说的时候，我曾笑过，那也请你不要生气；你以为我笑你，笑你傻，那你就错了。我是因为那个意思非常奇怪，所以才笑，我并非笑你。一个女人，答应和你好，打算做你的太太，那她心里总得有某种情感，现在我心里却并没有那种情感，因此我才不能让你对我求爱；这是我的原因，并不是像你所想的那样，我另外有意中人；因为我并没鼓励过人，向来没鼓励过人。还有一层原因，那就是我伯母了。就是我愿意嫁你，她也不会同意的。她固然很喜欢你，但是她却愿意我嫁一个身份比开小牛奶场的高一点儿的人，嫁一个有高等职业的人。我希望你不要因为我把话痛痛快快地都说了，心里就存了芥蒂；不过我知道你会设法再和我见面的，而我觉得咱们两个，还是不再见面好。我将来想起你来的时候，永远要把你看作一个好人，并且要永远关心你将来的幸福。我让真恩·奥查的小女仆把这封信带给你。

你的忠实朋友，朵苏·姚伯。

牛奶厂文恩先生收览。

这一封信，本是好几年以前，一个秋天的早上，送到文恩手里的，从那一天起，一直到今天，这个红土贩子，还没再和朵苏见过面。在这个时期，他的身份比他原来，和朵苏的离得越发远了，因为他干了卖红土这种营生；不过他的境遇仍然算很宽裕。因为他的进款，只用四分之一，就够他的用度了，所以他实在很算得是一个发财的人。

求婚的人，受了拒绝，就和无窝可归的蜜蜂一般，自然要任意游荡了；而文恩在他一阵失望而流入愤世嫉俗中所选择的职业，有许多方面都和他同气同德。但是在他漂泊的中间，因为旧情的牵引，他常向爱敦荒原上去，不过虽然是她把他吸引到那里，他却永远没冒昧地强去见她。能待在朵荪住的荒原上，和她离得很近，而不被她看见，在文恩看来，这就是他所能有的快乐里唯一的小母羊[1]了。

于是那天下午发生了那件事；那个红土贩子既是仍旧很爱朵荪，同时没想到在她紧要的关口帮了她的忙，这种情况激动了他，使他立下誓愿，要为她积极效劳，不再像以先那样，远远地躲着她而独自叹息。现在既然发生了这样的事，那么让他对于韦狄的存心是否忠实不生疑问，当然是不可能的。不过朵荪的希望却很明显，完全寄托在韦狄身上；文恩看到这里，就把自己的愁烦撂开，决定帮助朵荪，叫她在自己所选择的道路上，达到快活美满的境地。在所有的情况之中，这一种当然是最使他难堪的了，所以处理起来很讨厌；但是这位红土贩子的爱情却是开朗旷达、高尚豪迈的。

他为维护朵荪的利益而采取的第一步措施，是第二天晚上约莫七点钟的时候开始的，进行的步骤，是根据那个郁闷的小孩所说的话。他听说他们秘密相会，就立刻断定，韦狄所以对于婚姻毫不介意，游苔莎总多少有些关系。他并没想到，游苔莎表示爱

1 《旧约 · 撒母耳记下》第 12 章第 1 至第 6 节：拿单对大卫说，在一座城里有两个人，一富一贫。富人有许多牛群羊群，穷人除了所买来养活的一只小母羊羔之外，别无所有。羊羔在他家里和他儿女一同长大。在他看来同儿女一样。

情的号火，本是那个被弃的美人听见她外祖传来的消息以后才点起来的。他不知不觉地把游苔莎看成了是给朵荪破坏幸福的谋主，却没想到，她本是韦狄的旧情人，朵荪的幸福早已有了障碍了。

白天的时候，他异常焦灼地想要晓得朵荪现在的情况；但是他对于她家本是一个生人，所以他就没冒昧地到她的家里去，尤其是在她现在这种难堪的时候。他把一天的工夫，都费在搬家上面，把他的车马和货物，全都移到东面；在那块荒原上，很加意地选择了一个遮风挡雨的地点，看他的意思，好像他这次在那里的停留，要比较长久。他把这件事办完了以后，就顺着原先的来路，徒步往回走了一段，那时天已经黑了，于是他又往左边斜着岔下去，一直走到隔雨冢不到二十码的一个土坑边上，站在那儿一丛冬青后面。

他本是要在那儿等着看两个人的约会的，但是他却白等了。那天晚上，除了他自己，并没有别人走近那个地点。

但是这种白费气力的情况，对于红土贩子，并没多大影响。他步坦特勒司[1]的后尘，仿佛觉得，心愿的实现，总得先有无数次的失望作前驱，才合情理，假使没有失望而就实现了心愿，那未免是奇闻了。

第二天晚上，他又在同一个时间里，同一个地点上出现，但是他所期待的那两个订约会的人，游苔莎和韦狄，却并没来。

他把这件事又一模一样地接着做了四天，都没成功。但是紧

1　坦特勒司，是希腊神话里里地亚的国王，因为泄露天机，被天神罚他站在水里，却永远不使他的嘴能够喝到水，但他总想喝到它。

接着又一天，离他们前次相会刚一礼拜的时候，他却看见一个女子模样的人，顺着山岗飘然走动，同时一个青年男子的形体，从下面的山谷里走上山来。他们两个，在围绕着雨冢的那个小壕沟里见了面。这个小沟，就是古代不列颠人原来掘的那样，冢墓就是用它里面的土垒起来的。

那个红土贩子，只觉他们两个，又要想主意欺侮朵荪了，所以就忿怒起来，立刻心生一计。他马上离开那丛冬青，在地上爬着往前挪动。他爬到了离他们两个顶近而却可以不至于被他们发现的地方了，那时候他看出来，因为逆风的缘故，那一对情人说的话他听不见。

只见靠近他身旁那块地方，也和荒原上许多别的部分一样，有一大方一大方的泥炭[1]，布满了地面，边靠边地倒摆着，都预备在风雪未来以前，让提摩太·费韦来搬走。那个红土贩子，当时躺在地上，把那些泥炭取过两方来，一方盖住他的头部和肩膀，一方盖住他的背脊和两腿。这样一来，就是大白天里，红土贩子也很难叫人看见；因为泥炭上的石南直竖在他身上[2]，看着和长在地上一样。于是他又向前爬，同时身上的泥炭也跟着他爬。那时天色既是黄昏，就是他没有东西遮盖，大概也不会被人发现，现在加上一层保护，更像在地道里行动一般了。所以他就往前爬到离他们两个很近的地方。

“你要跟我商量商量这件事？”只听游苔莎·斐伊的声音，圆

---

1 泥炭一般铲作长方形。边靠边倒摆着，是使泥炭下面更湿之处朝上，得以晒干。

2 泥炭一般分两种，其中之一叫做黄泥炭，是从较干的地面上，连同长在上面的草根和植物一并铲起的，故上面带有石南。

润充实，急躁激愤，送到红土贩子的耳朵里。“跟我商量商量？你对我说这样的话，简直就是叫我动气：我不能再老老实实地受你这一套！”说到这里，她开始哭起来。“我已经爱了你了，并且也已经表示出来我爱你了，现在后悔也来不及了，你可居然能跑到我这儿，对我板着面孔，来跟我商量你娶朵荪是不是更好一些。是更好——当然更好。你快娶她就是了：把我和她都跟你比一下，那她跟你，身份更接近。”

“不错，不错，很好，”韦狄不容分说的样子说，“不过我们要看实在的情况。事情弄到这步田地，究竟我该担多大的错，先不必管，反正不论怎么说，朵荪现在的情况，比你的要坏得多。我这不过是把我现在进退两难的意思对你说一说就是了。”

“不过我不用你对我说！难道你不知道，你对我说，正是惹我难受吗？戴芒，你近来所作所为可很不好；我看你越来越不像话了。凭我这样一个人，这样一个一向心高志大的人，对你表示爱，这是多么大的情意，你该怎么样敬重才是：谁知道你对我这番情意，却会不重视。不过这都是叫朵荪闹的。本来是她把你从我手里抢走了；所以她现在受罪正是应该的。她现时在哪儿待着？我问这话并不是我对她关心，连我自己待在什么地方，我还都不在乎。啊，要是我这阵儿死了，那她该多么乐！我问你，她在什么地方？”

“朵荪现在还是跟着她大妈，自己躲在卧房里，一个外人也不见。”韦狄带着不在乎的神气说。

“看你的样子，就是现在，我觉得你对她也并不怎么关心，”游苔莎忽然喜欢起来说，“因为要是你对她关心，那你谈起她来，就决不会这样冷淡了。你对她谈起我来，也这样冷淡吗？啊，我想是吧！不然，你为什么原先会把我甩了？我想我是永远也不会饶恕你的，只有在一种情况之下才会，那就是：无论什么时候，你把我甩了以后，就心里难过，觉得对不起我，又回到我这儿来。”

“我永远也没想要把你甩了啊。”

“即便那样，我也并不感激你。我恨的就是顺顺利利的爱情。我实在倒很愿意你待些日子就把我甩开几天。情人太老实了，爱情就成了最使人抑郁的东西了。把话说得太明白了，未免显得不害臊，不过这却是实在的！”说到这里，她低声一笑。“我连一想到平淡的爱情，都要马上就觉得郁闷起来。你不要净给我平淡无味的爱情，你要是那样，你就请走好了！”

“我倒很愿意朵绥不是那样一个好得了不得的女人。因为那样的话，我就可以对你忠心到底，而不至于坑害一个好人了，”韦狄说，“总而言之，我是罪人；我连你们两位的小指头都配不上。”

“不过你千万可不要因为要讲公道而为她牺牲了自己，”游苔莎急忙回答说，“比方你并不爱她，那么归根到底最慈悲的办法，就是随她去，不要再理她。那永远是最好的办法。我这样说，未免有失女人的身份，我想。你离开我以后，我老因为对你说了许多不该说的话，生自己的气。”

韦狄并没回答，只在石南中间走了一两步。在他们两个都不言语的时候，只听离得不远的地方上，一棵削去树梢的棘树，正迎着风飒飒萧萧地响起来，风在它那些毫不挠折的硬枝中间刮了过去，好像通过滤器一般。那仿佛是夜神正在那儿咬牙切齿地唱挽歌。

游苔莎半杂伤感地继续说：“上次我见了你以后，我曾想过一两次，我觉得你也许并不是因为爱我，才没跟她结婚。你现在要告诉我，到底是不是，戴芒，就是不是，我也认了。我跟这件事到底有没有关系？”

“你一定非逼我告诉你不可吗？”

“一定，我非弄个明白不可。我觉得我对自己的力量，过于自信了。”

“好吧，那我就告诉你吧；直接的原因，是婚书不能在那地方用，没等到我去弄第二个来，她就跑了。一直到那个时候为止，你跟这件事并没有关系。从那个时候以后，她伯母对我说话的态度，很叫我不痛快。”

“不错，不错；我跟这件事没有关系，我跟这件事没有关系。你不过跟我开开玩笑就是了。天哪，怎么我游苔莎·斐伊，会把你看得这样高！”

“没有的话，你不必动这样的气……游苔莎，去年夏天，太阳西下，天凉快了的时候，咱们两个，在这些灌木中间逛来逛去，山影把咱们两个掩在山谷里面，差不多都叫别人看不见了，那种情况，你还记得吧！”

游苔莎仍旧闷闷不语，待了一会儿才说：“不错，记得；那时候我还因为你居然敢抬起头来用眼一直看我而常常笑你哪！但是从那个时候以后，你很叫我受了点儿罪。”

“不错，你待我太苛刻了，等到后来，我觉得我又找到了一个比你更好的人，才不难过了。游苔莎，我找到这样的人，真是我的福气。”

“你现在还觉得你找到了一个比我更好的人吗？”

“有的时候我觉得是那样，有的时候我又觉得不是那样。这两个天秤盘，一点儿也不偏，只要搁上一个羽毛，就可以把它们弄歪了。”

“不过你要说实话，你到底对于我跟你见面或者不见面，在乎不在乎？”游苔莎慢慢地问。

“我多少也在乎一点儿，不过不至于把我闹得心神不安，”那位青年男子懒洋洋地说，“也可以说不在乎，因为所有的一切都过去了。我从前以为只有一朵花，现在我却找到两朵了。也许还有三朵、四朵，或者无数朵，都跟第一朵一样地好……我的命运真得算是怪。谁想得到，这样的事情让我碰上了。”

游苔莎听了这个话，压住自己同样也能成爱也能成怒的烈火，打断了韦狄的话头问：“你现在还爱我不爱？”

“谁知道哪。”

“你得告诉我，我一定要弄个明白。”

“我也爱，也不爱，”他故布疑阵说，“换句话说，我有我的节气和时季。有的时候你太高傲，有的时候你太娇懒，有的时候你太忧郁，有的时候你又太凄楚，有的时候我也说不上来究竟你怎么样，我只知道，你已经不像从前那样，是我世上唯一的意中人了，我的亲爱的。不过你仍旧是一位小姐，和你结识，还是令人愉快，和你相会，还是使人舒适，并且把你整个看来，我敢说还是跟从前一样地甜美——差不多一样地甜美。”

游苔莎没言语，她转身离开了他，跟着口气里带出一种暂霁天威的样子来，说：“我要散一散步，我就走这条路。”

“好啦，我干别的更无聊了，所以我就跟着你吧。”

“不管你现在的态度怎么样，不管你变心不变心，反正你知道你不会有别的办法，”她带着挑战的样子回答说，“不管你嘴里怎么说，不管你心里怎么挣扎，不管你怎么想把我甩开——反正你总忘不了我。你爱我要爱一辈子。你要是能娶我，你就会乐得又蹦又跳。”

“不错，我是会那样，”韦狄说，“游苔莎，你不知道，我从前常常想的那些奇怪念头，现在我又想起来了。你现在仍旧还像从前一样，很恨这一片荒原，这一层我很知道。”

“我是很恨这片荒原，”游苔莎声沉音低地嘟囔着说，“就是这片荒原，现在使我受苦遭难，使我忍辱含垢，将来还要使我丧身送命。”

“我也很恨这片荒原，”韦狄说，“你听现在咱们四外刮的风有多凄凉！”

游苔莎并没回答。那时的风声，诚然是庄严悲壮，浸濡一切。传到他们的耳朵里的，是错综复杂的音调，附近一带的景物，仿佛用耳朵听来，就等于用眼睛看到。大地的景物，虽然昏昏沉沉，但是用耳朵听起来，却好像一幅清楚的图画；生长石南的地方，从哪里起，到哪里止；常青棘在哪个地方长得又高又壮，在哪个地点新近被人割下；杉树的丛林，长在哪一方面；长冬青的坑谷，离得有多远；所有这些情况，他们都能用耳朵辨认出来；因为这些不同的东西，不但各有各的形状和颜色，并且也各有各的声音和腔调[1]。

1　比较哈代的小说《绿林荫下》第一章：“据一个住在树林子里的人看来，差不多每一种树，不但各有各的形态，并且还各有各的音调。当轻风过处，杉树不但轻摇微晃，并且还呻吟啜泣，清晰可听；冬青就一面枝柯互斗，一面尖声呼啸；槐树就一面战抖，一面嘶喊；桦树是枝儿平着起落，萧萧作响。冬天虽然叫树叶脱尽，改变了各种树的声音，但是它却不能毁灭各种树的个性。”

“唉，天哪，这真太荒凉了！”韦狄接着说，“这些富有画意的坑谷和云雾，对于咱们这样瞧不出它们有什么特别意义的人，有什么好处？为什么咱们必得住在这儿？你和我一块儿上美国去好不好？我在威斯康星州有亲戚。”

“这我得考虑考虑。”

“一个人，要不是野鸟，也不是风景画家[1]，住在这儿，就仿佛很难有什么成就。你说你去不去？”

“你得给我点时间，”她拉着他的手温柔地说，“美国太远了。你和我一块儿走一走，好不好？”

她说完了这句话，就从古冢的基座那儿走开了，同时韦狄跟在她后面，因此红土贩子就再听不见他们说的话了。

红土贩子把那两方泥炭撂在一旁，站起身来。游苔莎和韦狄的黑影，从界着天空的地方慢慢降下而完全消失了。他们两个好像是一对触角，那片荒原好像是一个懒懒的软体动物，原先把触角伸了出来，现在又把触角缩了回去。

那时红土贩子，就从这个山谷走到他的车马所在的那个山谷，只见他的脚步，沉重迟慢，不像一个身材瘦削、年方二十四岁的青年。他刚才看到的情况，把他的心搅得痛苦起来。他一路走来，从他嘴边上吹过的微风，都带着他呼求天谴的字句一块飞去。

他当时进了篷车，车里有一个火炉，里面生着火。他连蜡都没点，一下就坐在那个三条腿的凳子上，把刚才所见所闻的种种

---

1 十九世纪英国风景画家崇拜“光”，以大自然为艺术至高表现的基础。而爱敦荒原最富于“光之变幻”的表现。

关于他仍旧爱慕那个人的情况，埋头琢磨。他发出一种声音，既非叹息，又非啜泣，然而这种声音，表示他心烦意乱，比叹息啜泣还表示得明显。

“我的朵绥，”他低声沉痛地说，“这可怎么办哪？哦，不错，我得去见一见游苔莎·斐伊。”

十　用尽方法苦口劝说

第二天早晨，红土贩子很早就从荆棘密覆的角落那儿他临时的寓所里走了出来，上了迷雾岗的山坡；那时候，太阳的高度，和雨冢的比起来，无论从荒原上哪一部分看，都还无足轻重。那时候，荒原那些较低的地方上，群山凄迷，还都像烟雾弥漫的爱琴海里的群岛。

那一片灌莽蒙茸的群山上面，外面看来虽然荒凉僻静，但是在现在这种冬天的早晨，却总有几双锐敏犀利的圆眼睛，在有人走过的时候，连忙注视。原来在这块荒原上，往往潜居着一些禽鸟，要是在别的地方看到了，一定要引起人们的惊奇。一只鸨鸟经常到这里来，这种鸟儿，不多年以前，能同时在爱敦上面找到二十五只。韦狄卜居的那个山谷，就是泽鹏[1]高飞远瞩的地方。这一个小山，从前本来有一只米色的考色鸟常来光顾；这种鸟儿非常稀罕，就是英国全国也从来没见过十二只以上；但是一个野性的人，却昼夜不息地算计这只非洲来临的鸟儿，后来到底把它打死了才算完事；不过从那时候以后，米色的考色鸟就认为最好不

1　泽鹏和前面的鸨鸟，都是根据赫秦兹的《多塞特郡历史和古迹》而写的，见到鸨鸟和打死考色鸟的，都实有其人，皆见该书中。

要再上爱敦荒原这儿来了。

要是有人在路上看见了文恩所看见的那种鸟类，那他很可以觉得他那时就跟身临不见人迹的异域一样。因为在文恩面前，就有一只野鸭，刚从朔风呼号的地方来到。这种飞禽，脑子里装了无数北极穷荒的景象，冰河引起的凶灾巨变、风雪带来的诡景谲象、极光显出的奇形殊彩、头顶上的北极星、脚底下的富兰克林[1]——这一类它所习见习闻，以为平常的光景，实在得算是了不起的。但是这只鸟儿，注视红土贩子的时候，却像许多哲学家似的，仿佛心里在那儿想，片刻现实的舒适，抵得十年旧事的回忆。

文恩在这些东西之中经过，朝着那位孤寂的美人住的地方走去；那位美人，和这样的野鸟同居山上，而却不把它们放在眼里。那一天是礼拜，不过在爱敦荒原上，除了结婚和出殡，上教堂是很少见的，所以礼拜不礼拜，并没有多大关系。文恩决定采取单刀直入的办法，直接要求和斐伊小姐见面，或用巧智，或用强袭，向她进攻，免得她再做朵荪的情敌；这种办法，特别明显地表示出某种精明机敏的人们——上自王侯，下至鄙夫——对于女人毫无侠义心肠的特性。腓特烈[2]向美丽的奥国女皇宣战，拿破仑拒绝了美

1 富兰克林（1786—1847），英国北极探险家，最后一次的探险航行是一八四五年，死于北极。

2 腓特烈，指腓特烈第二（1712—1786），普鲁士国王。一七四〇年即位。那时奥国的女王是玛利亚·苔锐莎。腓特烈垂涎奥国西里西亚的土地，向玛利亚·苔锐莎宣战，即历史上所谓七年战争。

丽的普鲁士王后要求的条件[1]，他们两个，比起红土贩子以他那种特别的办法想挤开游苔莎，在不感到性的差别这一方面，并不见得更厉害。

到斐伊舰长门上来拜访的，总差不多是荒原上身份低的人。斐伊舰长虽然有时健谈，但是他的脾气却很难捉摸，任何某时某刻，没有人猜得透，他要有什么举动。游苔莎就缄默寡言，差不多老静居独处。进他们那个门坎的，除了他们自己以外，再就几乎没有什么别的人了，只有一个村人的女儿，和一个小伙子，村人的女儿是他们的仆人，小伙子是在他们的庭园和马棚里做活儿的。在这个地方上，除了姚伯家以外，只有他们是文雅的人家，并且他们虽然离有钱还差得远，但是他们却并不觉得他们得对每一个人、每一只鸟和每一只兽，都表示友好，[2]因为只有他们那些贫穷邻居，才感到这种必要。

红土贩子走进庭园里面的时候，老头儿正拿着望远镜在那里看远方景物上那一抹蓝色的海，他那钮子上的小船锚还在日光里直眨眼。他一见就认出来，文恩就是他路上遇见的那个同伴，但是他却并没提那段事，只说："啊，卖红土的——你上这儿来啦？喝杯酒吧？"

文恩说太早，谢绝了他的好意，同时说明来意，说他有事要找斐伊小姐。舰长从他的帽子打量到他的背心，从他的背心又打

1　拿破仑拒绝了美丽的普鲁士王后要求的条件：普鲁士王后即鲁易莎王后。一八〇六年，耶那之战，拿破仑大败普鲁士。鲁易莎亲自到拿破仑营中求和，她要求拿破仑把玛得堡退还普鲁士，被拿破仑毫不客气地拒绝了。

2　穷人对鸟兽友好，前面所引《圣经》上"小母羊"的故事，即是一例。

量到他的裹腿，打量了一会儿之后，才请他进了屋里。

那时候，无论谁，还都看不到斐伊小姐；红土贩子就在厨房里的窗下凳子上坐着等候，只见他的手垂在叉开的两膝中间，帽子垂在两手下面。

“我想小姐还没起来吧？”他等了一会儿问女仆。

“还没有。哪儿有这时候拜访女士的！”

“那么我先出去等着吧，”文恩说，“要是她愿意见我，就请她传出话去，我再进来。”

红土贩子离开了这所房子，在附近的山坡上来回逛荡。长久的时间已经过去了，还是没有召见的消息。红土贩子心里琢磨，他的计划大概要失败了，正在那时候，他看见游苔莎本人，悠悠闲闲地朝着他走来。接见那个怪人本身里那种别致的感觉，就足够把她吸引出来的了。

游苔莎只看了德格·文恩一眼，就好像觉到他的来意特别，同时觉得他并不像她所想的那样鄙陋；因为她近在红土贩子跟前，并没有使红土贩子转侧不安，挪移脚步，或者不知不觉露出许多小毛病来，像平常老实乡下人看见不同寻常的女人那样。他问游苔莎，说他可不可以和她说几句话；游苔莎回答说：“可以，你就跟着我走好啦。”说完了就继续往前走去。

他们没走多远，那位眼光犀利的红土贩子就忽然想起来，他要是原先就现出自己并非完全铁面无情的样子来，那他的行动就更聪明了，因此他决定，一有机会，就立刻把以前的错误态度矫正。

“我很冒昧，小姐，自己跑到这儿来，想把我听说关于那个人的怪消息，告诉告诉你。”

“啊！什么人？”

他把胳膊肘往东南方静女店那一面一耸。

游苔莎很快地转过身来问：“你说的是韦狄先生吗？”

“不错，我说的就是他；现在有一家人，因为他，老不得安静；我跑到这儿来告诉你这个话，就是因为我相信，你也许能够叫他们得到安静。”

“我吗？有什么不得安静的？”

“这本是一件很秘密的事。她们所以不得安静，就是因为韦狄也许闹到究竟，还是不肯和朵荪·姚伯结婚。”

游苔莎听了红土贩子这个话，虽然心里扑通扑通地跳起来，但是要耍这种把戏，她的本领也不弱。所以她只冷冷淡淡地说：“我不高兴听这个话，你也不要盼望我出头干涉这件事。”

“不过，小姐，我只说一句话你肯听一听吧？”

“我不能听。我对于这件婚事，根本就没兴趣；再说，就是有兴趣，我也没有法子能叫韦狄照着我的话办。”

“你是这片荒原上独一无二的上等女人，所以我想你能，”文恩委婉含蓄地说，“这件事是这样：如果不是另外一位女人和这件事有关系，那韦狄先生早就娶了朵荪了，一切也早就没有问题了。另外那位女人，是他原先就结识的，我相信他有时跟她在荒原上见面。他是永远也不会娶那位女人的，不过因为有了那位女人，他就连真热烈地爱他的那位女人，也永远娶不成了。现在，小姐，像你这样一位对于我们男人有那样巨大力量的人，要是肯出来说一句公道话，说韦狄一定得好好地待你那位年轻的街坊朵荪，不要让她丢面子，受委屈，他一定得放弃那第二位女人，那韦狄也许就会照着你的话办，朵荪也就可以免得受许多苦恼了。”

“哟，我的天！”游苔莎大笑起来说；她这一笑，就把嘴张开了，因此日光射进她的嘴里，好像射进郁金花里一般，并且把她的嘴映得猩红，也像映在郁金花上一样。“红土贩子，你把我对男人的力量，实在估计得太高了。要是我的力量，真像你想的那样，那么，我一定马上就用我的力量，帮助一切于我有过好处的人，叫他们得到幸福。不过据我所知道的，朵荪对于我，并没有过什么特别的好处。”

“朵荪向来那样尊重你，难道你真不知道吗？”

“我从来连半句这样的话都没听见过。我们住的虽然不过只隔二英里，我可从来没到她伯母家里去过。”

游苔莎的态度里所含的傲慢成分告诉红土贩子说，他这第一步算完全失败了。他不觉暗中叹气，同时觉得得把他的第二步办法使出来。

“好啦，我们把这一层撂开好了，反正无论怎么样，斐伊小姐，你很有力量替另外一位女人谋很大的幸福，这是我敢保的。”

她摇了摇头。

“你的美貌，对于韦狄，就是律令，对于一切看见你的男人，也是律令。他们都说：‘哪儿来的这么一位漂亮小姐？她是谁？真漂亮！’比朵荪·姚伯都漂亮。”红土贩子一面嘴里这样坚持地说，一面心里又自己骂：“上帝饶恕这个说谎的浑蛋！”因为游苔莎固然实在比朵荪更漂亮，但是红土贩子却很不以为然。游苔莎的美丽里，有一层晦暗的障幕，而文恩的眼睛又没经过训练。像她现在这样穿着冬季的服装，她就好像一个金蜣螂一样，在晦暗的背景上看来，好像是素净暗淡的颜色，但是在强烈的光线里看来，却又放出闪烁耀眼的光辉来了。

游苔莎一听这话，忍不住要回答他，虽然她知道，她这一回答，不免要损害她的尊严。她说："比朵荪可爱的女人可就多着哪，所以这个话并没有多大意义。"

红土贩子忍受了这句话给他的难过，接着说："韦狄这个人，最注意女人的面貌，你可以随意揉搓他，像揉搓一根柳条一样，只要你有意那样做的话，那一定做得到。"

"老跟他在一块儿的人，都不能把他怎么样，像我这样离他老远的，更不能把他怎么样了。"

红土贩子把正面对着游苔莎，往她脸上一直地瞅着说："斐伊小姐！"

"你为什么这样跟我说话——难道你疑心我吗？"游苔莎有气无力地说，同时呼吸急促起来，"真叫人想不到，你会用这样的口气来跟我说话！"她又勉强做出傲慢的微笑来说："你心里在想什么，会叫你用这样的口气对我说话？"

"斐伊小姐，你为什么假装不认识这个人？……我知道你假装的缘故，我的确知道。他的身份比你的低，所以你害臊。"

"你错了。你这个话是什么意思？"

红土贩子决定打开窗户说亮话了。"昨天晚上在雨冢上见面的时候，我也在场，我一个字一个字全听见了，"他说，"离间韦狄和朵荪的那个女人，就是你。"

这样突然揭幕，真叫人难以保持镇静，阏道勒王后[1]的羞愤，在她心里发作起来了。就在这种时候，她的嘴唇才不由自主地颤动起来，不服她管束，她的呼吸才急遽短促，不能保持平静。

“我不舒服，”她急忙说，“不对，不是不舒服——我不高兴再听你往下说了。请你走开好了。”

“斐伊小姐，我现在也顾不得你难受不难受了，我要把话都说出来。我要跟你说的是这种情况：不管这件事原先怎么发生的——不管是她的错，还是你的错——反正一点儿不差，她的地位比你的糟。你把韦狄放弃了，实在是于你有好处的，因为你怎么能跟他结婚？但是朵荪可不能像你这么容易就摆脱开了——要是她不能把韦狄弄到手，无论谁都要说她的不是的。所以你瞧，我来求你把韦狄放弃了，并不是因为朵荪的理由最充足，却是因为她的地位最糟糕。”

“不能，我不能，我不能那么办，”游苔莎忘了她以前对红土贩子那种骄倨的态度，急促激愤地说，“从来没有人受过这个！事情本来进行得很顺利——我不能让人打倒了——不能让一个像她那样比我低的女人打倒了。你来替她辩护，当然很好，不过她这不是自作自受吗？难道我对我喜欢的人表示好意，还要先得到一群乡下人的许可吗？她曾把我的心愿给我阻挠了，现在活该她受罪了，可又找了你来替她辩护，是不是！”

“她对于这件事，实在一点也不知道，”文恩诚恳地说，“请你

1　阏道勒王后，里地亚国王的王后，很美，阏道勒叫她揭去面幕（一说，在浴室里）给他的大臣盖直司看，她很羞愤。后来竟诱盖直司杀了阏道勒。事在公元前七一八年。见古希腊历史家希罗多德的《历史》第一卷第八章。

放弃韦狄的，完全是我，这是于你于她都有好处的。要是人家知道了一个女人跟一个曾待别的女人不好的男人私下里相会，那他们就要说不好听的话了。”

“我一点儿也没损害过她；他还不是她的人那时候，就已经是我的人了。他现在因为——因为爱我，又回到我这儿来了！”她疯狂一般地说，“不过我跟你说这种话太失身份了。你看我落到哪种地步了！”

“我能保守秘密，”文恩很温柔地说，“你不要害怕。知道你跟他相会的人，只有我一个。我要跟你说的，只有一件事，说完了我就走。昨天我听见你对韦狄说，你在这个地方住，恨得什么似的，你说这片荒原就是你的牢狱。”

“不错，我是那样说过，我知道荒原的风景上有一种美丽，不过它对于我，还是牢狱。你说的那个人，虽然就住在这儿，可没有力量能使我不那么想。要是这儿有比他更好的人，我就不理他了。”

红土贩子露出觉得事情有希望的神气来：她说出了这样的话以后，他的第三步计划就好像有成功的模样了。“小姐，既然咱们现在都把心里的话说出一些来了，”他说，“那我就要告诉告诉你我替你作的打算了。自从我做了卖红土这种营生以后，我走的地方着实不少，这是你知道的。”

她微微把头一点，同时往四围一看，最后把眼光落到他们下面那个云雾弥漫的山谷里。

“我东走西走的时候，曾到过蓓口附近。我说，蓓口真是一个了不起的地方——真了不起——一片亮晶晶的海水，好像一张弓弯进了陆地——上千上万的阔人在那儿逛来逛去——音乐队奏着——海军军官和陆军军官也和众人一块儿闲逛着——你在那儿碰到的人，十个里面总有九个有情人的。”

“那地方我很熟，”她带着轻视的样子说，“我知道蓓口比你知道的还清楚哪。我就是在那儿生的。我父亲从外国到那儿做了军队的音乐师。哎呀，蓓口啊！我恨不得我现在就在那儿。”

红土贩子看出来，着得慢的火，有时也能发出火焰来，未免一惊。“要是你真心想要到蓓口去，小姐，”他回答说，“那么，只要再过一个礼拜的工夫，你心里不想韦狄，也跟你心里不想那边那些野马一样了。我现在就能设法叫你到那儿去。”

“你有什么法子能叫我到那儿去？”她那双永远蒙眬的眼睛里表示出极端注意的好奇来问。

“蓓口有一个有钱的老寡妇，我叔叔给她管事，管了二十五年了。她有一所很漂亮的房子，正冲着海。她现在老了，又是个瘸子；她想找一个年轻的女人跟她做伴儿，照顾她，念书唱歌给她听。她在报纸上登过广告，并且试用过五六个人，不过无论怎么样，可总找不到合她的心意的。她要是能得到你，那她一定要乐得跳起来。我叔叔就能把这件事顺利地办成。”

“也许我得工作吧？”

“不用，那不能算是真正的工作：你只要做点小小的事就是啦，比方念书之类。等到新年元旦才开始。”

“我知道得工作么。”她又恢复了以先的娇懒说。

“我说实话，你多少得做点引逗她乐的小事；但是虽然有些懒人说那是工作，而工作的人却只把那当做玩儿。你想一想那种生活和那些人，小姐；想一想你可以看到的那种欢乐光景，想一想你可以嫁的那种上等人。我叔叔正要到乡下去找一个年轻可靠的女人，因为那个老太太不喜欢城市里的女人。”

“这样说来，我得把我自己牺牲了，去引逗她玩儿了！那我可不干。哦，要是我真能跟一个上等女人一样住在时髦的城市里，自己愿意怎么样就怎么样，自己愿意做什么就做什么，要是我真能那样，那我把我老去的后半辈儿不要了，都甘心情愿！不错，红土贩子，我甘心情愿那样。”

“你帮助我使朵荪随心如意，小姐，我就一定帮助你抓到这个机会。”他敦促她说。

“机会！这算得了什么机会，”她骄傲地说，“像你这样一个穷人，能有什么机会？我要回去了，我没有什么话再说了。你不要给你的马上料吗，你的口袋不要连补吗，你不要找主顾卖货吗，你可跑到这儿来这样闲磨牙？”

文恩并没再说一句话。他把手背着，转身走开，为的是不要叫游苔莎看见他脸上失望的神色。实在说起来，他早就看到了这个孤寂的女人见识清楚坚强，所以他刚跟她接谈的头几分钟里，就显出觉得他难以成功的样子来。他原先以为，像她那样的年纪，像她那样的地位，她一定没有经验，一定世事隔膜，他很容易设法叫她入彀。但是他这种引诱的办法，本来可以叫一般比较没主意的乡下姑娘上圈套，现在却只把游苔莎越逼越远。平常的时候，爱敦荒原上的人一听到蓓口这个名字，就好像听见了符咒一般。因为那个日趋繁荣的港口和浴场，如果把它在荒原居民的心目中真正的反映表达出来，就是迦太基[1]的土木大兴、建造盛举，加上塔伦特[2]的奢靡侈华，彼伊[3]的清新美丽，共同结合了起来，十分美妙，难以形容。游苔莎爱慕这个地方，也不下于他们那样狂野热烈。但是她却不能因为要到那儿而牺牲了独立。

德格·文恩去了老远以后，游苔莎才上了土堤，顺着下面那片荒寒萧瑟、富有画意的山谷往太阳那边望去；那也正是韦狄住的那一方面。那时候，雾气已经大部散去了，所以韦狄店旁的乔木和灌木，都刚刚露出树梢来；那片烟雾，就好像一张巨大的灰白丝网，把树木掩覆，把白日遮断。那些树梢，就好像从网的下面钻到了网的上面。游苔莎的一颗心，自然毫无疑问，是又往那面飞去的了；那一颗心，渺邈空幻、想入非非，在韦狄身上缠了又解，解了又缠，好像在她的眼界以内，他是个唯一可以使她的梦幻变为现实的东西。其实韦狄起初只不过是游苔莎的娱乐品而已；假使他没有那种正当其时把她暂时甩弃的巧妙伎俩，那她就永远也不会把他看得比一种闲玩的爱物更高；但是现在，他却又成了她渴想的人物了。他对她的求爱一间断，她对他的恋爱就复活。游苔莎在优游悠闲中对韦狄所生出来的感情，因为有了朵荪的壅障而变成了狂澜。她从前固然常常故意逗弄戏耍韦狄，但是那是有第二个女人爱他以前的事。在本来平淡无味的情境里，加上一

---

1 迦太基，古非洲北部名城，罗马的敌城。这儿所说，指罗马诗人维吉尔的《伊尼以得》里所写而言。该诗第一卷第四一八至四四〇行说，伊尼艾斯来到山上，俯视迦太基城，见其人民正砌城墙，修堡垒，选地址，划房基……其熙攘忙碌，如初夏采蜜之蜂。特厄纳厄之《黛都建迦太基》为名画。

2 塔伦特，古代名城，在意大利南部，以风景美丽和奢华著。

3 彼伊，古代名城，在意大利西部，富于矿泉，为罗马人主要浴场，亦以奢华著。

点戏谑的成分，就往往能使情境全部变得津津有味。

“我永远也不能放弃他——永远不能！”她急躁愤怒地说。

红土贩子刚才露出来的话，说别人怎样会背地里议论游苔莎，并不能叫游苔莎永远害怕。她对于那些议论，好像女神对于无衣遮体[1]的批评一样。这并不是因为她这个人天生不知羞耻，却是因为她的生活离一般社会太远，公众的批评她感觉不到。住在沙漠里的赞诺比亚[2]，很难理会到罗马人对她的议论。游苔莎这个人，在习俗的道德一方面，很近乎野蛮，但是在个人的情感一方面，却又精致细腻。她已经进到感觉情欲的堂奥，却差不多还没跨过世俗礼仪的门坎。

1　这是指女神之雕像、绘画等而言。

2　赞诺比亚，古巴勒米拉王后，夫死子幼，代行国事，衣帝后服，自称为东方之后。巴勒米拉，在叙利亚东境叙利亚大沙漠一个绿洲上。现在只是一片废墟了。

十一　一个诚实女人的不诚实

红土贩子本来是对朵荪将来的幸福抱着灰心失望的态度离开游苔莎的；但是在他要回篷车去的时候，他在路上老远看见姚伯太太慢慢地朝着静女店走来，这种情况使他想到，还有一种没有用过的方法，可以试一下。因此他就去到姚伯太太跟前；他看姚伯太太脸上焦灼忧虑的神气，就差不多准知道姚伯太太往韦狄这儿来，和他自己往游苔莎那儿去，都为的是同样的事。

姚伯太太对于这种实情并没掩饰。“那么，姚伯太太，”红土贩子说，“您把这件事撂开手好了。”

“我自己也有时这样想，”姚伯太太说，“不过现在除了把这个问题往韦狄身上逼，再就没有别的办法了。”

“我想先说一句话，”文恩样子很坚定地说，“您要知道，对朵荪求过婚的，并不止韦狄一个人，另外那个人为什么就不能也有一个机会？姚伯太太，我就是那个求过婚的人，我就很愿意娶你侄女。我在这两年以内，就没有一时一刻不想娶她的。这是我心里的话，今天才说出来，不过从前的时候，除了她以外，我没把这个话对任何别的人说过。”

姚伯太太这个人，本来不是心里有什么脸上就立刻表示什么的，但是她当时听了文恩这番话，她的眼光，却也不知不觉地往他那天生像模像样却后来弄得怪模怪样的形体上瞧去。

“模样儿并不能算是一切，”红土贩子觉出她看这一眼的意思来说，“讲到赚钱的话，有许多别的买卖，还赶不上我这个赚钱多哪，并且我的景况也许还不像韦狄那样坏。他们那些有高等职业的人，一旦倒了霉，比谁都穷；要是您说我这身红色惹人讨厌，那您知道，我并不是生来就红的，我不过因为一阵的古怪脾气，才干了这种营生；在相当的时间以内，我可以改换别的职业。”

“你对我侄女这样关切，我很感激；不过我恐怕有困难。再说，她又一心爱这个人。”

“这话一点儿不错；要不是那样，我就不会办出今天早晨这一件事来了。”

“不然的话，这件事就没有什么叫人不好受的地方，你现在也不会看见我往他店里去了。你把你的心思对朵荪表明了以后，她怎么答复你的？”

“她写了封信给我，说您要反对，还夹着别的话。”

“她说的有一部分是对的。你不要觉得我这个话是当面给你难堪；我这只是实话实说，把真话告诉你。你一直待她很好，这一点我们老记在心里。不过既然是她自己不愿意做你的太太，那么，不管我愿意不愿意，这件事都得算是决定了。”

“不错，不过现在跟那时候不一样了，太太。她现在不是正受着熬煎吗？因此，我想，假使您现在再在她跟前把我提出来，同时您个人先认为我很令人满意，那也许可以有机会使她回心转意，使她对于韦狄耍的这种三心二意的把戏，这种连他自己都不知道到底是要她还是不要她的态度，一概都不在乎了。”

姚伯太太摇了摇头。“朵荪觉得，我也同样觉得，她要在人前出头露面而不落任何坏名声，就得和韦狄结婚。要是他们结婚结得快，那大家就都会相信，上次的确是临时出了岔儿，才把婚礼中止了；要是不快，那么那一次结婚结不成，也许会把她的品格带累了——至少会使她成了笑柄的。简单地说，假使办得到，他们现在就得结婚。”

“我半点钟以前，也那么想来着。但是，说到究竟，她不过同韦狄一块儿上安格堡去了几点钟就是了，那怎么就会叫她这个人变坏了？凡是知道她的品格那样纯洁的人，都一定要觉得这种想法很不对。我今天一早晨，曾用尽了方法，想要促成她和韦狄这段婚姻——不错，太太，我是那样办的——我相信我应该那样办，因为她跟他拆不开么。可是这阵儿我对于我到底应该不应该那样办，却发生疑问了。不过，我那番努力，并没有任何结果。因此我才自荐起来。”

姚伯太太露出不愿意把这个问题再讨论下去的样子来。“我恐怕我要走了，”她说，“我看不出来有什么别的办法。”

跟着姚伯太太就往前去了。这场谈话，虽然没把姚伯太太打算好了和韦狄会晤的原意改变，但是却使她在进行这番会晤的态度上比原先改变了许多。她因为红土贩子给了她一种武器，心里不免感谢上帝。

姚伯太太走到店里的时候，韦狄正在店里。他见了姚伯太太，一声不响地把她让进起坐间，把门关上了。姚伯太太先开口说——

“我觉得今天来这一趟，是我的责任。有人在我面前做了新的提议了，这是我有些没想到的。这对朵荪一定会发生很大的影响；所以我决定要至少来对你说一下。”

“是吗？什么新提议？”韦狄客客气气地说。

“自然是和朵荪的将来有关系的提议喽。你也许不知道，另有一个人表示很想娶朵荪。现在，我虽然还没鼓励他，但是我的良心却觉得不能再不给他机会了。我固然不愿意对你不客气；但是同时，我对那个人，对朵荪，也都要一样地公平。”

“这个人是谁？”韦狄吃了一惊问。

“这个人爱上了朵荪的日子，比朵荪爱上了你的日子还久哪。两年以前，他就对朵荪求过婚了，不过那时候朵荪没答应他。”

“啊！”

“他新近又见朵荪了，他先征求我的同意，好再跟朵荪求婚。朵荪这回也许不会再拒绝他的。”

“他叫什么名字？”

姚伯太太不肯说那个人的名字，只说：“他这个人，是朵荪喜欢的，至少他那样忠诚专一，是她佩服的。据我看来，那时她虽然拒绝了他，现在她却很愿意得到他。她对她新近这种别扭的处境，很感到不痛快。”

“她从来连一次都没对我提过，说她有过这样一个情人啊。”

“就是顶老实的女人也不能那么傻，把手里的牌全都摊给人家看哪。”

“好啦，我想既是她想要他，那她就嫁他得了。”

“这个话说说是很容易的；不过你没看出来这里面的困难。朵荪要嫁，不像那个人要娶那样急切，我得先从你这儿清清楚楚地了解一下，知道你不会出来干涉，不会把我认为属于最好因而尽力怂恿的安排破坏了，我才能开始鼓励那个人。比方说，他们订了婚，并且把结婚的一切手续都顺顺利利地安排好了，那时你可跑出来干涉，要求履行旧约，那怎么办呢？自然你不能把朵苏再弄回去，但是你那样一来，可就要弄出许多令人不快的事来了。”

“当然我不能做那样的事，”韦狄说，“不过他们还没订婚。你怎么知道朵苏会答应他？”

“这是我小心在意自己问自己的问题；通盘看起来，到时候朵苏答应他的可能性非常大。这是我奉承自己了，但我对朵苏还能发生些影响。她很柔顺，我又可以把那个人尽力称赞一番。”

“同时把我尽力毁谤一番。”

“你放心好了，我决不会奉承你的，”姚伯太太冷冰冰地说，“如果你以为这种办法，好像是耍手腕，那你不要忘记了，朵苏现在的地位很特殊，并且她被人捉弄得也够受的了。她很想洗去她现在这种地位所给她的耻辱，所以我很可以利用这一点，来促成这段婚姻。在这种事情里，一个女人的自尊心，有很大的推动力。叫她回心转意，自然多少还得使点儿手段，这个我有把握能做到，只要你答应我一个必不可少的条件——答应我，你要明明白白地声明一下，说她不要再认为你可以做她的丈夫了。这样一来，就可以激发她，叫她接受那一个人了。”

“我现在还很难说这句话，姚伯太太。这件事太突然了。”

“那么我的全盘计划都要叫你打乱了。你太不给方便了，连明明白白地声明一下，说你和我们家没有关系这么一点儿小忙都不肯帮。”

韦狄觉得很不舒服，心里直琢磨。“我承认我没提防这一着，”他说，“如果你要我放弃朵荪，如果我非放弃她不可，我当然可以照办。不过我想我还是可以做她的丈夫啊。”

“我们从前也听见过这种话。”

“现在，姚伯太太，咱们用不着闹别扭。你得给我应有的时间。我不愿意妨碍她任何更好的机会；我只觉得，你应该让我知道得早一些。我一两天以内就写信答复你，再不然就亲自拜访。这样可以吧？”

“可以，不过你得答应我，你不能不经我知道就和朵荪通消息。”她回答说。

“这个我答应。”韦狄说。他们两个的会见于是告终，姚伯太太仍旧像她原先来的时候那样，回家去了。

那一天姚伯太太那个简单的策略，却在她预想的范围以外起了最大的作用，这本是常有的事。别的且不说，由于她上韦狄那儿去了那一趟，当天晚上韦狄就上迷雾岗见游苔莎去了。

那时候，游苔莎住的那所静僻的房子里，窗帘严严地挂着，百叶窗紧紧地关着，把外面的夜色和寒气，阻挡隔绝了。韦狄和游苔莎约定的暗号，是把一个小石头子儿，从安在外面的百叶窗窗顶上投下去，叫它在窗缝儿里面，顺着百叶窗和玻璃之间轻轻地溜到下面，沙沙地发出小耗子一般的声音来。用这样小心谨慎的办法勾引游苔莎，本是为防避她外祖生疑心的。

只听游苔莎的声音轻柔地说：“我听见了，你等着吧。”韦狄就知道只她一个人在屋里了。

韦狄按着老规矩，只在土堤外面绕弯儿，或者在池塘旁边闲立，等候游苔莎，因为他那位枉屈俯就、态度高傲的女友，从来就没请他进过家里。她并没有急忙出来的模样。时光耗过去了，他等得不耐烦起来。一直待了有二十分钟的工夫，才看见她从犄角上转出来，一直往前走去，好像只是出来透透气似的。

“你要是知道了我为什么来，就不会让我等这么半天了，”韦狄满腹牢骚地说，“不过话又说回来，你这样的人，还是值得等的。”

“出了什么事了？”游苔莎说，“我哪儿知道你又有为难的事了？我这儿也够烦的。”

“我没有什么为难的事，”韦狄说，“我只是来告诉你，事情已经到了紧要关头了，我非采取明确的办法不可了。”

“你要采取什么办法？”她带着关心注意的样子问。

“你瞧，难道前几天晚上我跟你提议的，你就能这么快全都忘了吗？我要你离开这个地方，同我一块儿到外国去呀。”

“我并没有忘。不过上次你说下礼拜六才来，你为什么今天就这样忽然跑来重复这个问题？我还以为我有的是时间考虑。”

“不错，原先是这样，不过现在情况变了。”

“怎么变了，解释给我听听。”

“我不愿意解释，解释出来，又要惹你难过了。”

“不过我一定要知道知道你为什么这样急促。”

“那只是由于我的热烈劲儿，亲爱的游苔莎。现在一切都是顺顺利利的。”

“那么你为什么这样烦躁？”

“我可并没觉得烦躁。一切都是理所当然的。姚伯太太——不过她跟咱们没有关系。”

“啊，我知道她跟这件事有关系！来，快说，我就是不喜欢吞吞吐吐的。”

“没有的话，她跟这件事没有关系。她只对我说，她愿意我放弃朵荪，因为另有一个人很想娶她。这个女人，现在用不着我了，就当真趾高气扬起来了。”韦狄的烦躁，是不由自己流露出来的。

游苔莎静默了许久许久。“你这种尴尬地位，正和官吏中的额外冗员一样了。”她换了口气说。

“仿佛是这样。不过我还没见到朵荪。”

“叫你烦躁的就是这个了。戴芒，一定是你没想到那一方面会给你这么一种难堪，所以你才又羞又恼。一定是这样。”

“啊？”

“同时，因为你不能把她弄到手，所以你才跑到我这儿来。这实在跟以前大不一样了。我成了打补子的了。”

“请你不要忘记了，那一天我就对你提出要求来了。”

游苔莎又呆呆地静默起来。她心里起的是什么异样的感想呢？她对韦狄的爱，真能是完全跟人争夺的结果吗？真能是一听说跟她争夺的情敌不再要他了，光耀和梦幻也就立刻跟着离开他了吗？她现时到底能稳稳当当地把他独占了。朵荪已经不要他了。这样的胜利有多么寒碜！她想，韦狄爱她，固然不错，过于一切，但是他这个人，既然连一个比不上自己的女人都不重视，那他还有什么价值呢？她敢把这种无情无义的批评说出口来吗？甚至于敢把它轻轻地低声说出口来吗？——凡是有生之物，不论是人，也不论是畜类，都不肯要人家所抛弃的东西，这种情感，在他们心里只隐约出现，而现在在这位吹毛求疵、过于细腻的游苔莎心里，却像烈火一般地活跃起来。她的身份比韦狄高这一点，本是她从前并没怎么觉出来的，现在却老盘踞在她的心头，叫她不快活；她第一次感觉到，她爱他真是屈尊俯就了。

“好啦，可爱的人儿，你答应不答应我？”韦狄问。

“比方不是美国，比方是伦敦，或者是蓓口，我就答应你，”她慢腾腾地嘟囔着说，“好啦，我要想想看。这件事太重大了，不是仓猝之间就能决定的。我倒愿意我恨这座荒原恨得少一点儿——或者爱你爱得多一点儿。”

“你倒能很坦白地说出叫人听着难过的话来，啊！一个月以前你爱我爱得那样热烈，我到任何地方去你都肯跟着。”

“因为那时候，你一面还爱着朵荪。”

“不错，也许这就是原因所在了，”他差不多带着鄙夷的态度回答说，“我现在也并不恨她呀。”

“的确不恨她。但是有一件，你可不能再把她弄到手了。”

“算了吧，游苔莎，别净责骂我了。你老这样，咱们就要吵起来了。你要是不能答应我，不能在很短的时间以内答应我，那我就自己走了。”

“也许再去试一试朵荪吧；戴芒，真没想到，你就能这样娶她也成，娶我也成，满不在乎，而且只是因为我——顶不值钱，才跑到我这儿来！不错，不错，实在是这种样子。从前有过一个时期，我会对于这种人大声反对，并且还像疯了一样地反对哪。不过那种情况现在都过去了。”

“你去不去，最亲爱的？你和我先偷偷地一块儿到布里斯托尔[1]，和我在那个地方结了婚，然后再永远离开这个狗窝一般的英国，好不好？你说好吧，亲爱的。”

“论到离开这个地方，差不多出任何代价我都肯，只是我不愿意跟你一块儿，”她带出疲乏的样子来说，“你再多给我一些时间来做决定好了。”

“我已经给了你时间了，”韦狄说，“好吧，我再给你一礼拜的时间好了。”

“比一个礼拜再多点儿吧，那样，我就可以一言为定，告诉你了。我得考虑许多许多的事情。你想一想，要是朵荪正急于想要跟你脱离关系呢！这一层我老忘不了。”

“你就不必管那一层了。由礼拜一起再过一个礼拜怎么样？我那天一定一刻不差，仍旧在这儿等你。”

“你上雨冢上去等吧，”她说，“这儿离家太近了；我外祖父也许会出来走一走的。”

“谢谢你，亲爱的。由礼拜一起再过一个礼拜，我一定这个时候在雨冢上等你。到那时候，再见吧。”

“再见。别，现在不许你碰我，在我还没决定以前，握握手就够了。”

游苔莎看着韦狄走去，一直看到他那模糊的形体消逝了的时候。她把手放到额上，不住地叹气；跟着她那两片丰艳柔媚、动

---

1 布里斯托尔，在英伦西南部，本为英国第二大港口，十九世纪时已衰败，但从多塞特郡要坐船到美国，仍以此港为最近。

人遐想的嘴唇，受了那种粗俗不雅的冲动——呵欠[1]——上下分开。她对韦狄的热烈爱情，居然就有这样转瞬消逝的可能，虽然当时只有她个人觉得，她也不由得马上烦恼起来。她现在决不能立刻就承认她从前把韦狄看待得太高了，因为现在觉得韦狄平庸，就等于承认自己以前愚蠢了。她现在所有的心情，正和草料槽里的狗[2]所有的一样了，这种情况的发现，起初还使她觉得羞惭呢。

姚伯太太的外交策略，虽然没在她预计的那一方面收到效果，但是在另一方面，它的效果却着实不小。韦狄是已经受了它不小的影响了，但是现在它对游苔莎的影响还要更大。从前她那位情人，本是许多女人争夺的人物，本是自己得跟她们斗争才能保持的人物，所以叫人起劲，叫人兴奋。但是现在看来，他已经不是那样的人物了。他现在已经成了一个赘瘤了。

游苔莎进了家里，心中感到一种很特殊的苦恼，这种苦恼并不完全是悲痛，在一场轻率从事、难以长久的恋爱快要完结、情人开始清醒的时候，它才特别出现。原来热烈的恋爱在它起讫的过程里，有一个最使人腻烦、最令人稀奇的阶段，那就是局中人觉出梦境的终结已经快要来临而却还没完全来临的时候。

她外祖那时已经从外面回来了，正忙着把新买来的几加仑甘蔗酒，往他那方形酒橱里的方形酒瓶里倒。原来家里这种存货一

---

1 比较哈代的短篇小说《心迷意惑的青年牧师》第三部分：“‘你打呵欠——这是我跟你在一块儿你太高兴了。’他嘴里这样说，但心里实在想的却是：她这个呵欠是否可能更和她由夜间行动而引起的身体疲乏困意有关，而不是因为现在这一会儿心情烦厌慵懒？”

2 见《伊索寓言》。一只狗，卧在草料槽里，槽里的草料，它自己不能吃，它却又不让牛吃。

到喝完了的时候，他就跑到静女店里，背着壁炉站着，一面手里拿着搀水酒，一面对那些本地人，讲他当年怎样在兵船上的水线下过了七年，以及其他种种惊人的海军奇迹；那些本地人，都是急于想要沾他点儿光、喝点儿啤酒的，所以对于他讲的是否真实，从来没有露出任何怀疑。

那一天晚上，他又到静女店里去。游苔莎进来的时候，他顾不得把眼睛挪开酒瓶，只嘴里问："我想你已经听人说过爱敦荒原的新闻了吧，游苔莎？我刚才听见他们大家在静女店里，像一件军国大事那样，谈论这个新闻。"

"我没听见什么新闻。"她说。

"他们都管他叫克林·姚伯的一个青年，要在下礼拜回家和他母亲过圣诞节。现在他好像是一个漂亮的青年了。我想你还记得他吧？"

"我长了这么大，从来就没见过他。"

"啊，不错；你还没上这儿来，他就已经走啦。我可记得很清楚，那时他是一个很有出息的孩子。"

"他这些年都在什么地方待着的？"

"我想是在那销金窟、虚荣市、熙攘纷扰的巴黎吧。"

第二卷

归来

一　归客的消息

一年里头，在现在这一季里，以及这一季的前些日子里，遇到天气好的时候，往往有些朝始夕终的活动，虽然微小琐细，却也足以把爱敦荒原上那种庄严伟大的安静骚扰了。这些活动，要是和城市里或者村庄里甚至于农田上的活动比起来，只能算停潴不动中臭水的发酵，或者是半睡不睡时筋肉的蠕动。但是在这块地方上，却没有别的情况和这些活动作比较，同时它四围永远有山峦环立，把它和外界隔断。在这儿，只是闲行就都像“过彩车”一样地新鲜，任何人都可以毫不困难，自命为亚当[1]；因此这些活动，就把所有目力见得着的鸟儿，所有还没入蛰的爬虫，都引得注意起来，把所有附近一带的小兔儿，也都闹得带出莫名其妙的样子来，蹲在危险所不及的山坡上，老远瞭望。

原来前些天天气好的日子，赫飞给老舰长斫了好些捆作燃料用的常青棘，现在所说的这种活动，就是把那些捆常青棘敛到一块儿，再把它们堆成一个大柴垛。柴垛就堆在老舰长那所房子的一头，堆柴垛的人是赫飞和赛姆，老头儿在一旁看着。

那是一个晴朗平静的下午，靠近三点钟左右；但是冬至既然

1　在这儿等于说，世界上头一个并且唯一的人。

已经人不知鬼不觉地就来到了，所以低低的太阳，就把实在还早的时光弄得仿佛已经很晚；因为荒原上面，没有什么东西[1]来提醒那儿的居民，说他们夏天把天空当日晷那种经验，现在已经不适用了。好些日子、好几个星期以来，日出的方位，已经从东北进到东南，日入的方位，已经从西北退到西南了，但是爱敦荒原上的人，却简直就没理会到这种变化。

游苔莎那时正在饭厅里；只见那个饭厅实在更像一个厨房，地是石头铺的，壁炉暖位[2]张得很大。那时空气很沉静，她在那儿独自逗留那一会儿的工夫里，听见了谈话的声音，从烟囱一直传到她的耳朵里。她进了壁炉的内隅，一面听着谈话的声音，一面往上看着烟囱的四壁。只见四壁参差不齐，有许多孔穴，烟气就在四壁中间乱滚乱涌，一直往上冲到烟囱上面那块方形的天空，外面的日光，也就从那儿淡淡地射到灰网上面，那些灰网缀在烟囱的四壁上，跟海草缀在礁石的缝儿里一样。

她想起来了，柴垛隔烟囱不远，谈话的声音是由堆柴垛的工人那儿传来的。

只听她外祖也和他们一块儿说起话来："那小伙子永远不离老家才对。他父亲做的事情，他做起来，也一定最合适，他应该接着做下去。我不相信，现在这样一家子里老出新花样，会有什么好处。我父亲是当水兵的，所以我也当水兵，要是我有儿子，我也非让他去当水兵不可。"

---

1 指教堂的钟。

2 壁炉暖位，旧式的壁炉，广大宽敞，像一个小屋子。炉里火旁，可以坐人，叫做壁炉暖位。现在的壁炉，已经变得很小了。

“他过去一直都是在巴黎待着的，”赫飞说，“人家告诉俺说，就在那儿，前些年他们把个国王的头砍下来了[1]。俺妈时常对俺讲那段故事。她老说：‘赫飞，那阵儿俺还是个小姑娘哪。有一天过晌儿，俺正在家里给你姥姥熨帽子，只见牧师走进来对俺说，珍恩，他们把国王的头砍下来啦；以后还要出什么事，只有老天爷知道了。’”

“没过几时，我们中间有很多的人了，也和老天爷一样地知道，”老舰长格格地笑着说，“我那时还在童年哪，就因为那件事，在兵船的水线下过了七个年头——就在该死的凯旋兵船那个外科室里，眼看着那些折腿断胳膊的水兵，往后舱里抬……啊，这小伙子住在巴黎。他给一个钻石商人当经理，或者那一类的事儿，是不是？”

“不错，正是。他做的真是耀眼增光的大买卖，他妈对俺这么说来着——说到那些金刚钻儿，真是皇宫金銮殿一般。”

“他离家的情况，俺记得很清楚。”赛姆说。

“那小伙子做那样买卖太好了，”赫飞说，“在那儿卖金刚钻儿，比在这儿穷对付，可就天上差到地下去了。”

“在那种地方做事，花销一定少不了吧？”

“你说的是，实在少不了，”老舰长回答说，“不错，在那种地方，你花了许多许多的钱，还是也成不了酒囊，也成不了饭袋。”

---

1 指法国国王路易十六而言。一七八九年，法国第一次大革命发动，一七九三年，路易十六在断头台上处极刑。当时英国朝野上下，极为震动。

“他们都说克林·姚伯成了一个好念书的人了，对于事情总有顶别致的见解。俺想，这都是因为他上学上得早的毛病吧；那时那种学校，真不大像话！”

“他对于事情，总有顶别致的见解？真的吗？”老头儿说，“唉，现在这年头儿，把小孩上学这件事重视得太过火儿啦！净是坏处。你只要碰到栅栏门的柱子和仓房的门，你就非看见那些小流氓在那上面涂的那些不像样子的话不可：一个女人，往往都羞得不好意思从那种地方过。要是没人教给他们写字，他们怎么就会涂那些坏话哪？他们的上辈儿，都不会干这种事，而那时的国家，反倒因而比现在好得多。”

“俺觉得，舰长，游苔莎小姐脑子里从书本上学来的东西也不少吧，也赶上了这块地方上不论什么人了吧？”

“游苔莎小姐的脑子里，要是没有那么些胡思乱想的东西，也许于她倒好一些哪。”舰长简洁地说，说完了就走了。

“俺说，赛姆，”老头儿走了以后，赫飞说，“游苔莎小姐和克林·姚伯，真是再好没有的一对儿了——是不是？要不是那样，你就把俺打死！他们两个都一点儿不错，同样心地细腻，都知书识字，又都心高志大——就是老天故意要造一对儿，也不能比这一对更合适呀。克林的门户，也和游苔莎的正相当。克林的爹是个庄稼人，那不含糊；可是咱们都知道，他妈可是个上等女人啊。俺只愿意他们两个能配成夫妻，那是再好也没有的事了。”

“他要是还像从前那样漂亮，那么他们两个，手儿挽着手儿，都穿着顶好的衣裳，那一定很美，其实衣裳没有关系，好也可，不好也可。”

“不错，赫飞，一定很俊。唉，俺这些年没见他啦，俺想见他真想得不得了。俺要是知道他一准什么时候到这儿，俺能豁上跑三四英里去迎他，去给他拿东西。俺只怕他不是他小孩子的时候那样了。他们都说，他的法国话说得快极了，跟小姑娘吃黑莓一样地快。要真是那样，咱们这些没出过一天门儿的乡下人，叫他看着，可就不定多么土气啦。”

“他坐火船过海到蓓口，是不是？”

“不错，不过到了蓓口以后再坐什么回家，俺可就不知道了。”

“他堂妹朵荪闹的这档子可真糟糕。俺不知道，凭他那么一个精细人，是不是肯插上手，沾这样的齷齪事。那天晚上，咱们大家伙儿，拿着他们当了两口子，给他们唱歌，以后又听说他们并没结婚，你说咱们那一场，闹得多不是味儿！要是俺家里的人，叫人这样耍了，那俺不一头碰死才怪哪。一家子都因为这个叫人小看了。”

“不错。那个可怜的姑娘，为了这件事，可也真受了熬煎了。俺听说，她的身体都跟着弄坏啦，因为她老在家里憋着不出门儿嘛。这阵儿老也看不见她再像从前那样，两个脸蛋儿像玫瑰花似的，在荒原上跑来跑去了。”

“俺听说这阵儿就是韦狄再想娶她，她也不嫁他了。”

“你听说的吗？俺可没听说。”

那两个堆柴垛的工人，在那儿这样东一句西一句地谈论的时候，游苔莎就慢慢地在炉床上面把头低下，沉思起来，她的脚尖也不知不觉地往她面前还着着的干泥炭上轻轻拍打。

他们谈的题目，她听来特别觉得有趣。一位伶俐的青年，正要从一个和荒原完全相反的地方——巴黎，到这片荒原上来了。这真和从天上掉下一个人来一样。并且特别奇怪的是：这两个乡下人，居然会不知不觉地把她自己和那个人，看成了是天造地设的一对儿。

游苔莎听了那五分钟的话以后，心里就生出形形色色的景象来，足够把那整个空闲无聊的下午都占去。空洞的心灵本来有时会不知不觉地变得生动，像她现在这样。游苔莎在早晨的时候，怎么也想不到，她那无颜无色的内心，会在一天还不到晚上的短短时间里，并且在连一个客人都没来拜访的情况下，变得和显微镜下的水那样生动，那样骚乱。赛姆和赫飞谈论她自己跟那位素不相识的人怎样是天造地设的那番话，对于她的心灵发生的影响，和《惰堡》[1]里那个唱诗人闯进城堡后的前奏曲一样。他刚进城堡的时候，那地方好像一片空洞寂静，他一弹起前奏曲来，那地方上就有千千万万被囚的人一下出现。

游苔莎只顾作这些揣测悬想，就把时光完全忘了。等到她感觉到外界情况的时候，已经暮色苍茫了。常青棘已经堆好，工人们也都回家去了。游苔莎上了楼，因为她想要在她每天这个固定的时间出去散步一会儿，并且还决定要朝着布露恩那一面去，那就是青年姚伯从前出生的地方，也就是他母亲现在居住的地

1 《惰堡》，英国十八世纪诗人汤姆孙（1700—1748）所作的一本寓言诗，内言术士“昏惰”，造为城堡，以术招引世上惰人，使入堡中，终日昏沉。有武士名“艺术”与“勤劳”，听说这件事，就带着唱诗人一块去征服他。把“昏惰”擒了以后，武士告诉唱诗人，叫他把天神一般的灵感使出来，把潜伏在这儿的灵魂引出来。“唱诗人觉诗神来到，便双手把琴弦齐操，一支前奏曲给他的高歌作引导，一下他身边千万囚人齐涌如潮。”见那本诗第二章第四十六节后四行。

方。她往别的地方去，也同样地没有什么道理，那她为什么不可以往布露恩去一趟呢？白天美梦中向往的去处，很值得一个十九岁的女孩子像谒圣地一样朝拜一番。到姚伯的住宅前面去，看一看他宅前的篱栅，这里面含有一种尊严，和一件非做不可的事业一样，这样一番闲散的游逛，却好像是一件重大的使命，总得算怪吧。

她戴上帽子，就出了门，朝着往布露恩[1]去的那一方面下了山坡，顺着山谷，慢慢往前走去。她走了一英里半地以后，她到的那块地方，就和以前不一样了；只见山谷中间青绿的草地，比以先宽展了许多，路两旁的常青棘，也让出很大的地方来；土地越来越肥沃，常青棘也越来越稀少，到了以后，只有孤零散乱的常青棘，东一堆西一簇地长着了。在这一片参差不齐、绿草如茵的平地外面，有一溜白色的篱栅，荒原这一方面的边界，就到那儿为止。那时候，只见一片大地苍苍茫茫，一溜篱栅白色清晰，它们两相陪衬之下，好像白色的花边，镶在天鹅绒上一样。白色篱栅后面，是一个小小的庭园；庭园后面，是一所参差错落的老草房，面对一片荒原，俯视整个山谷。原来这所幽静隐僻的住宅，就是新近在时髦中心、繁华漩涡的法国京城寄寓过的那个青年就要回到的地方。

1　赫门 · 里说，布露恩是以农舍巴姆斯屯为底本的，位于荒原靠近下巴克汉姆屯那面的边缘上。

二　布露恩的人们作准备

那一天因为游苔莎所琢磨的那个对象快要到家了，所以布露恩的人们，都为了准备欢迎他而忙乱了整个一下午。朵荪的伯母对她的劝说，和她自己对她堂兄克林自然而发的友爱冲动，鼓动了她，使她为克林活动，那种起劲的情况，在她一生中最愁苦的这几天里，实在是很少见的。游苔莎正听那两个工人谈论克林要回来的时候，朵荪也正攀上了她伯母盛燃料那个屋子顶上的暗楼子，从放在那儿的苹果里，挑选顶好、顶大的，预备过就要来到的节日。

暗楼子透亮光的地方，只有一个半圆形的孔穴，住在暗楼子里的鸽子，也从那儿进进出出。那时候，朵荪正跪在暗楼子里，把露着的胳膊伸到柔软的褐色凤尾草里面（凤尾草在爱敦荒原上出产得极丰富，所以人家都用它包裹一切要收藏的东西）。一片黄色的阳光，从那个半圆形的孔穴射到朵荪身上。她头上就是许多鸽子，毫不在乎地飞来飞去；在几道偶尔透进、尘埃浮动的光线里，看见她伯母的脸，刚好露在暗楼子的地板上面，因为她站在梯子的半腰，老远瞧着她不敢上去的地方。

“朵绥，你再捡几个粗皮棕色的好了。他从前也很喜欢那一种，差不多和喜欢锐布屯[1]一样。”

朵苏听了这话，就转身把另一个角落上的凤尾草扒开，跟着就闻到更熟的苹果发出一阵香味，送到她的鼻子里。不过在她要把苹果捡出来的时候，她先停了一会儿。

“亲爱的克林，我不知道你这阵儿长得什么样儿了？”她说，同时朝着鸽子进出的孔穴出神儿；只见日光从那个孔穴，一直射到她那褐色的头发和晶莹的肌肤上，好像差不多都把她照得透明。

“要是他使你亲爱的，能是另一方面，”姚伯太太在梯子上说，“那这回就真是喜庆团圆了。”

“没有好处的事，说了有用吗，大妈？”

“有用，”她伯母多少有些激动的样子说，“把过去的不幸到处传扬开，那别的女孩子就都有所警戒，不至于再犯错误了。”

朵苏又低下头捡苹果去了。“我成了别人警戒的榜样了，和强盗、醉汉、赌鬼一样了，”她低声说，“跟这样的人一类，多好哇！我真跟他们是一类吗？简直是没有的事！但是，大妈，别人对我的态度，为什么可又老叫我觉得我跟他们是一类？人们为什么不按照我实在的行动来批评我？现在，你看，我跪在这儿挑选苹果，像是一个不能得救的女人吗？……我倒愿意所有的好女人都能像我这样！”她气忿忿地添了一句。

“外人看你不能像我这样，”姚伯太太说，“他们都是根据了靠不住的话下判断的。唉，那真是一件糊涂事，连我也得担一部分不是。”

1　锐布屯，英国一种冬苹果，因为产于约克的锐布屯，故名。

"鲁莽事做起来真不费劲儿！"那女孩子回答说。只见她的嘴唇颤动起来了，眼里满都是泪，她为了掩饰自己这种不能自持的感情而拼命地捡苹果的时候，她几乎分不出哪是凤尾草，哪是苹果来了。

"你把苹果捡完了，"她伯母一面下梯子，一面说，"马上就下来，咱们一块儿采冬青去。今天过晌儿荒原上不会有人，你用不着害怕有人拿眼瞪你。咱们一定得采些冬青的红豆回来，不然的话，克林就该说，咱们没给他预备了。"

朵荪把苹果都捡好了以后，下了暗楼子，然后她们两个穿过了白色的篱栅，往外面的荒原上走去，那时候，空旷的群山都飘渺净明，远处的大气，都像晴朗的冬天往往有的那样，显得是一层一层发光的平面，层次分明，每一层都有它独立的色调；射到近处景物上的光线，明显可辨地伸延到远处的景物上；一层橘黄，平铺在一层深蓝上面，这两种后面，又是一片更远的景物，笼罩在一片暗淡的灰色里。

她们走到长冬青的地方了，那是一个圆圆的土坑。因为冬青就长在坑里面，所以冬青树的顶儿比四围一般的平地高不了许多。朵荪攀到一丛冬青的枝杈中间（她往常快活的时候，在同样场合里，常常这样做），用她们带来的一把小剁刀，动手劈红豆累累的枝子。

"你可别划了脸。"她伯母说；那时她伯母正站在土坑边上，老远看着站在颗颗鲜红和片片鲜绿中间的女孩子。"今天傍晚，你要不要跟我一块儿去迎他？"

"我倒很想去迎他，要不去的话，那就显得好像我把他忘了似的了。”朵荪一面说，一面扔出一截枝子来。“我并不是说迎他不迎他，有什么很大的关系；我已经是有了主儿的人了；无论怎么，这是不能改变的。我为保存体面起见，非嫁那个人不可。”

“我恐怕——”姚伯太太开口说。

“啊，您的意思我明白了。您是说：‘啊，那个没能耐的女人，她倒想有人娶她，可是她有什么法儿能叫人娶她呢？’是不是？不过，大妈，您先让我说一句话好了：韦狄先生并不是一个荒唐的男人，也跟我并不是一个不正经的女人一样。他生来就是一副倒霉的样子，并且要是人家不自动地喜欢他，他也决不想法去讨人家喜欢。”

“朵荪，”姚伯太太一面把眼盯着她侄女，一面安安静静地说，“你以为你替韦狄辩护，就可以哄骗了我了吗？”

“您这话是什么意思？”

“我很早很早就有些觉出来了，自从你发现了他并不像你原先想的那样圣贤似的，你对他的爱就变了颜色了，你就老在我面前做作了。”

“他本来愿意娶我，我现在愿意嫁他呀。”

“现在，我这样问你一句话好了：要是没有上一回那件事把你和他纠缠在一起，那你现在这会儿还会答应嫁他吗？”

朵荪听了这话，显出不知所措的样子来，只一个劲儿往树上瞧。“大妈，”她跟着说，“我想我有权利拒绝回答您这个问题吧。”

“不错，你有权利。”

“您愿意怎么想就怎么想好啦。我在言谈方面，行为方面，从来都没对您露过，说我现在看他跟从前两样了，永远也不会两样。

我非嫁他不可。”

“呃，你等着他再来求婚好了。我想他会再来求婚的，因为我已经——已经透露了一点消息给他了。你一点儿不错应该嫁他：这一点我完全同意。虽然我从前十二分地不赞成他——现在我可跟你一样的看法，你相信我这个话好了。处在现在这种说不出来道不出来的地位上，这种叫人烧心的地位上，那是唯一的出路。”

“您透露什么给他了？”

“我说他正在那儿妨碍着你另一个情人。”

“大妈，”朵苏把两只眼睁得圆圆的，问，“您这话究竟是什么意思？”

“你用不着吃惊；那只是我职分以内的事，我现在对于那件事不便多说。等到事情过去了，我再把我对他说的那番话，和我说那番话的原因，确确实实地告诉你好了。”

朵苏没法儿，只好不问了。

“我上回没举行的婚礼，您要暂时保守秘密，不对克林提吧？”她接着问。

“我已经答应过你了。不过那有什么用处？早早晚晚，他还有不知道的？他只要看一看你脸上的样子，就能知道出了岔儿了。”

朵苏在树上转过身来，瞅着她伯母。“您现在听我说，”她说，只听她本来娇弱的声音，变得很坚定，但是使它坚定的力量，并不是体力，“什么话都不要对他讲。要是他自己发现了我不配做他的堂妹，那只好由他。不过，既是他从前曾爱过我，咱们顶好不要老早就把我的苦难告诉他，叫他跟着难过。我知道，现在到处没有不谈这件事的；但是头几天以内，就是好嚼舌的人，也不敢在他面前提这件事。他跟我那样亲近，正是这件事不能早就传到他的耳朵里唯一的原因。要是一个礼拜或者两个礼拜以内，我还是想不出不受人讥笑的办法来，那我就自己对他说好了。”

朵苏说这段话的时候，态度那样恳切，叫姚伯太太不能再表示反对。她伯母只说：“很好。按理说，举行婚礼以前就该告诉他。你那回背着他，他永远也不会不怪你的。”

“不过，他要是知道了，我背着他是由于我怕他难过，同时是由于我没想到他会这么早就回来，那他就不会见我的怪了。再说，您不要让我把你们圣诞节的聚会搅扰了，要是往后推延，就更不好了。”

“我自然不能那样办。我不愿意让所有爱敦荒原上的人都认为我栽了跟头了，并且栽在韦狄那么一个人手里头。我想咱们采的冬青红豆已经够了，最好现在就把它们拿回家去吧。咱们用这些红豆把屋子装饰起来，再把寄生草挂起来，就该是去迎他的时候了。”

朵苏从树杈中间出来，把掉在她头发和衣服上的零散红豆都抖掉，跟着她伯母往山下走去，每个人把采的红豆拿着一半。那时差不多已经四点钟了。太阳光正要离开山谷。在西方红霞散彩的时候，她们俩又出了大门，往荒原上走去，不过这回去的方向，却和刚才的相反，是朝着那个回来的人走的远处那条大道去的。

三　一点声音引出一场大梦

游苔莎刚好站在荒原的边界以里，朝着姚伯太太的住宅那一方面眼巴巴地看去，但是那一方面却听不见有任何声音，看不见有任何亮光，看不出有任何活动。那时候既然是黄昏料峭，那地方又昏暗荒僻，游苔莎就心里战敠，远客一定还没来到；因此她在那儿流连了十来多分钟的工夫，就转身朝着家里走去。

她回身走了还没有多远，就听见前面有声音，表示有人说着话儿，在她走的那一条小路上越来越近。待了不大的工夫，就看见他们的脑袋顶着天空出现。他们那时正慢慢地走来；虽然那时天色已经昏暗，不大能从形体方面看出他们的身份来，但是看他们走路的姿势，就知道他们不是荒原上的工人。游苔莎稍稍往小路旁边闪开一点，好把路让给他们。他们是两个女人，一个男人；而那两个女人，由她们的语声听来，是姚伯太太和朵荪。

他们打她身旁走过去了；他们正走到游苔莎跟前的时候，好像辨出了她在暗中的形体。一个男性的声音说了声“夜安！”传到她的耳朵里。

她嗫嚅着回答了一声，急忙和他们交臂而过，跟着又转过身来。她一时之间，真不能相信，机缘会这样凑巧，并没用她费什么事，她所观察的那所房子的灵魂——引动她去观察那所房子的人物，居然能在她面前出现。

她使劲睁着眼睛，想要看一看他们，但是却看不见。不过她那种聚精会神的劲儿，却叫她的耳朵变得好像不但有听的能力，并且还有看的能力。在她现在这种情况之下，感官的能力能够这样扩大，是可以叫人相信的。那位聋博士奇头[1]说过，由于他长久努力的结果，他的身体对于声波感觉得非常灵敏，所以他用身体觉到的声音和用耳朵听到的一样；他说这番话的时候，聚精会神的作用对于他，大概和它现在对于游苔莎，正发生了同样的影响。

那三个人说的话，她一字一字全听得见。他们并没谈什么秘密。他们只是一家人，形体多日隔离而心灵却息息相通，现在又聚在一起，就很起劲地闲谈起来。但是游苔莎所听到的，却不是他们说的话；过了几分钟以后，她对于他们所说的话，一点也记不起来了。她所听到的，是在他们的谈话之中仅仅占十分之一的那个应对的声音——那个对她说“夜安”的声音。有的时候，那个声音答应“是”，有的时候它答应“不是”；又有的时候听见它打听荒原上的一个老人。有一次，只听它说，四围的山峦，都有和蔼可亲的面目；这一句话让有游苔莎那样见解的人听来，吃了一惊。

他们三个人说话的声音越去越远了，后来慢慢低微，再就听不见了。游苔莎当时所得到的，只这一点点东西，其他一切她全得不着。但是天地间却没有比这一点点东西能更叫人兴奋的了。那天下午，她已经把从美丽的巴黎回来的那个人种种迷人的情况，

---

1 聋博士奇头（1804—1854），幼时耳朵摔聋，后致力学问，写了许多关于宗教的书。此处所引，见于他一本自传性的书，《失去的感官》。

琢磨了大半天了——她琢磨，他一定满身都是巴黎的气味，满肚子都是巴黎的故事。而这个人曾对她说过“夜安”。

那三个人去了以后，那两个女人喋喋不休的声音也跟着去得无影无踪了，但是那个男子的声音，却在游苔莎的脑子里萦回流连。姚伯太太的儿子——因为那个男人正是克林——说话的声音，就声音本身而论，真有叫人惊异的地方吗？没有，没有什么叫人惊异的地方；但是这个声音却能包罗一切，无所不有。感情方面的事情，在说那一声“夜安”的人身上，都有可能发生。游苔莎的想象力就补充了所有的一切；但是却有一个谜她猜不透。那一个人，既是会从这些榛莽丛杂的山上看到和蔼可亲的面目，那么他的趣味会是怎么一种样子呢？

一个满腔情绪的女人，遇到现在这样的时节，就会有千头万绪的心思，一齐涌上了她的心头；并且这些心思都在脸上表现出来；不过这种变化，虽然实际存在而却非常细微。当时游苔莎的面目，就连续不断、如合节奏地表现出来这种情绪。只见她的脸先一发红；跟着想起这种想法太不顾羞臊了，脸又一耷拉；于是心里又一高兴，脸又一发热；一热之后，跟着又冷了下去。她脸上就是这种周而复始的循环表现，因为她心里也就是一种周而复始的循环想象。

游苔莎回到自己家里了。她真高兴了。她外祖正在火旁陶然独乐，把泥炭上的灰刮去，使泥炭的红火露出，因此惨红的火焰，就把壁炉暖位映得通红，好像炼炉的颜色。

“咱们为什么从前和姚伯家老没有过来往？”游苔莎走上前去，把她那双柔嫩的小手伸到火旁烤着，问。“我很愿意咱们从前跟他们有过来往。他们一家人好像都挺好。”

“我要是知道为什么才怪哪，”老舰长说，“姚伯那老头子，虽然像树篱一样地粗，我倒很喜欢他，不过我十二分相信，就是你有机会到他们家里去，那你一定也不肯去。”

“为什么我就一定不肯？”

“像你这样在城市里住惯了的人，一定觉得他们的乡下味儿太重。他们老在厨房里闲坐，老喝蜜酒和接骨木酒，老在地上铺沙子[1]保持清洁。这自然是很合理的过法儿，不过那怎么能对你的脾胃？”

“我想姚伯太太是一位上等妇人吧？她不是一个副牧师的女儿吗？”

“不错，是；不过她得跟她丈夫一样地过法儿啊；我想，这时候，她一定也这样过惯了。啊，我想起来啦，我有一次，不知道为什么把她得罪了，从那一次以后，可就再没和她见面了。”

那天晚上，真是游苔莎的脑子里多事的一夜，真是她几乎老不能忘记的一夜。因为她做了一个梦；向来做梦的人，上自尼布甲尼撒[2]，下至司瓦庄的补锅匠[3]，很少有做的梦比她这个更奇异的。这么一个光怪陆离、兴奋错乱的梦，从前决没有像在游苔莎这种

1 英国乡间普通人家，室内无地毯，铺沙子，以时更换。

2 尼布甲尼撒，巴比伦国王，在位第二年，他做了个梦，梦见一个大象，这象甚高，极其光耀，形状甚是可怕等等。见《旧约·但以理书》第2章第1节至49节。

3 据英国一个传说，十五世纪司瓦庄一个小商贩梦见一个人告诉他，说他到伦敦去，准可以听到好消息。其人去到伦敦桥，果有一人告诉他，说他梦见属于司瓦庄一小商贩的梨树底下埋有财宝。商贩回家，果于梨树下发现财宝。司瓦庄为英国东部一市镇。此处行业不符，或出误记，或由与班扬相混。

地位上的女人曾经做过。那个梦，曲折迷离，仿佛克里特的迷宫[1]，闪烁变幻，好像灿烂的北极光，色彩缤纷，和六月里的花坛一样，人物杂沓，和行加冕礼的礼堂一般。也许让山鲁佐德王后[2]看起来，这个梦比平常的梦并不能算高出多少；也许让一个刚从欧洲各国的宫廷回来的女人看起来，这个梦只能算多少有点儿趣味。但是在游苔莎那个地位上，那种生活里，这一个梦却得算是尽了梦境迷离之能事了。

但是梦中幻境一幕一幕渐渐变换之中，却有一幕，奢豪的光景比较稍差一点。在那一幕里，一片蹁跹飘舞、辉煌缤纷的前景后面，荒原隐隐出现。那时候，她正伴着一个银盔银甲的武士，合着迥非人世的乐声跳舞。那个武士已经伴着她一同经历过所有光怪陆离的变幻了，他头盔上的护面却老没揭开过。跳舞那种错综曲折，叫人快乐得如登九天。软语情话，絮絮地从辉煌的银盔下面送到她的耳朵里；她觉得她就是乐园里面的人物了。忽然之间，他们两个转出了跳舞的人群，钻到了荒原上一个池塘里，后来不知怎么又从地下钻了出来，到了一个虹霓掩覆、五色灿烂的山坳。“一定要在这地方。”她身旁那武士说；她红着脸抬头看去的时候，只见他正在那儿要揭去头盔，好和她接吻。恰巧在那个时候，轰然地响了一声，跟着那个武士，就好像一副纸牌，散成了碎片。

游苔莎高声喊：“可惜没看见他的脸！”

游苔莎醒来了。轰然一响的，是楼下的百叶窗，女仆正把它

1 克里特，岛名，在地中海，古时为一国。迷宫相传是代达罗斯为克里特王米诺斯所修。错综迷离，曲折复杂，入其中者，即不得出。

2 山鲁佐德王后，即《天方夜谭》假定的叙说者。

开开，好放阳光进来；因为那时虽然严冬昏沉，日光暗淡，但是天色已经渐渐放亮了。“可惜没看见他的脸！”游苔莎又说了一遍，“那个人一定是姚伯先生！”

游苔莎的头脑多少清醒了一点儿的时候，她就看出来，这个梦境里，有许多情况，全是自然而然由昨天白日的幻想生出来的。但是这种情况，并不足以叫那个梦减色，因为那个梦之所以有趣，就是由于它又供给了绝妙的薪柴，燃起了新的热烈情感。那时的游苔莎，正在“有心”和“无意”之间那种起伏点上，正在所谓“逢其所好”那个阶段上。在最强烈的爱情进行的过程中，都要出现这样一个阶段，而在这一个阶段里，必然是最强烈的爱情掌握在最薄弱的意志手里。

这位感情强烈的女人，如今竟有一半和影里情郎发生恋爱了。她的热烈爱情里那种离奇诡谲的性质，在理智方面使她降低，在心灵方面使她提高。要是她的自制力再多少大一点儿，那她就能完全用理智硬把感情克制压服，因而把它斩除干净。要是她的骄傲心再多少小一点儿，那她就会牺牲了一切女孩儿家的身份，去到布露恩，在姚伯住宅的前后左右，走来走去，一直等到看见姚伯为止。但是游苔莎对于这两种事情，却一样也没做。从她受那样大的引诱那方面看来，她的行动，恐怕最可做榜样的人也不过如此；她只在爱敦的山上，一天出来透两二次空气，老用眼四外瞭望。

头一回她出来的时候，姚伯并没往她散步的那一方面去。

第二回她又在外面游荡，不过这一回还是只有她一个人在那地方上出现。

她第三次出来的时候，正碰着迷雾沉沉：她只往四外看了一看，根本就没抱多大的希望。因为就是姚伯出来了，并且走到离她二十码以内的地方，她也不会看见他。

她第四次想要和他邂逅的时候，忽然大雨倾盆，她只得转身回家。

第五次出来的时候是下午，天气很清朗，她在外面流连的工夫也很久，一直走到布露恩所在的那个山谷的上首。她看见白色的篱栅，只隔有约莫半英里的远近。但是姚伯却没有出现。这次她转身回家的时候，差不多觉得灰心至极，同时对于自己这样不能自持，也很觉得惭愧。她决定不再去寻这位巴黎归客了。

但是如果天公是不故意捉弄人的，那它就什么也不是了。游苔莎刚刚下了这种决心，机会就立刻来到，而这个机会，在有意去找的时候，却“踏破铁鞋无觅处”。

四 游苔莎走了冒险的路子

游苔莎打主意不再去访那位巴黎归客那一天，是十二月二十三号，那天晚上，只她一个人待在家里。新近有一种谣言，传到她的耳朵里，说姚伯回来看他母亲，只是短期的勾留，下礼拜不定哪一天就要走了；游苔莎在最近那一点钟里面，正因为这个消息，在那儿凄惶。“这是当然的。”她自言自语地说。一个人，在繁华的城市里，做事正做到热闹中间，当然不能在爱敦荒原上久住。她要在这样短促的假期里，和那位说话的声音曾使她兴奋鼓舞的青年见上一面，自然是没有什么机会的了；除非她像一只红胸鸟一样，老在他母亲的房前房后，房左房右，徘徊往来，流连不去，但是那样办，却又有困难，又失身份。

乡村的男女，要是遇到了这种情况，那他们平常采取的权宜之计，就是上教堂。在平常的村庄里或者市镇上，一个回家过节的本地人，只要不是因为年纪大或者心意懒而失去了看人和让人看[1]的兴趣，那我们可以稳稳当当地预先料到，他一定会在圣诞节那一天，或者紧接节后的礼拜天，穿着新衣服，带着前途光明、洋

---

1 这种观念，似初见于罗马诗人奥维德，他在《爱的艺术》第三卷第九十七行说：“他们来看人，他们也来让人看。”后屡见英诗。

洋得意的神气，在教堂的坐位上出现。因此圣诞节上午教堂里的会众，多半是生在附近一带那些跟杜莎展览所[1]里一样的著名人物。到那儿，一个叫人家整年弃在故乡的女人，能够潜行偷入，去看一看那位一年以来把她忘记而现在回到故乡的旧情人发展的情况；并且面对公祷书，目注旧情人，心里琢磨，也许新事物对他已经没有什么魔力了吧，他也许会旧情复燃而心里跳起来吧。到那儿，像游苔莎这样比较新来乍到的街坊，可以移步命驾，去仔细观察观察那位她还未来此地就已经离家远去的本地青年，看一看他的人品如何，同时琢磨琢磨，值得不值得在那青年再离家以后，和他的父母拉拢交结，好在他下次回来的时候，能够知道关于他的情况。

但是在人家零散的爱敦荒原上面，这些用情用意的办法，全不适用。名义上他们是教区的教民，实际上他们并不属于任何教区。凡是到这块地方上那些孤零分散的人家里和他们的家人亲友过圣诞节的人，都老坐在他们家人亲友的壁炉旁边，喝蜜酒和别的开怀的东西，一直喝到他们最后告别的时候。既然到处都是寒风冻雨、冰雪泥泞，所以他们不愿意跑二三英里，两脚沾湿，后脖子都溅着泥浆，去和那些虽然也算是街坊、却住在教堂近旁，能够洁净干爽上教堂的人，坐在一块儿。姚伯既是在家只待几天，所以游苔莎清楚地知道，十有八九，他不会到教堂去的；她要是坐着矮马马车，走过很坏的路，想要在那儿见他一面，那净是白费

1　杜莎展览所，在英国伦敦玛利勒贲街。所内都是古今名人的蜡像。杜莎本为瑞士人，曾以蜡捏塑法国历史人物，于巴黎展出，后迁伦敦。

力气。

那时候已经暮色苍茫了，游苔莎正在饭厅里的火旁坐着；那个饭厅也就是门厅[1]，本是他们冬天闲坐的地方，因为冬天的时候，老舰长最喜欢烧泥炭，而那个饭厅里的大炉床，又正是专为烧泥炭砌的，因此他们不愿意到起坐间里去。屋子里面能看得见的东西，只有摆在窗台上面的物件，顶着低低的天空，露出它们的形体：中间是那个旧沙漏，两旁是两个古代不列颠人的骨灰盆，那本是从附近一个古冢里掘出来的，现在当做了花盆，里面栽着长剃刀形叶子的仙人掌。房门上有人敲门。仆人没在家；老舰长也出去了。敲门的人，等了一会儿，就走了进来，敲屋子的门。

"谁呀？"游苔莎问。

"劳你的驾，斐伊舰长，你能不能让俺们——"

游苔莎起身走到门口，说："你怎么这么不懂规矩，一直就进来啦？你应该在外面等着。"

"舰长对俺说过，俺可以不必麻烦，一直进来。"一个小伙子回答；只听他说话的声音，很不讨厌。

"哦，是吗？"游苔莎稍微温和一点儿说，"你有什么事，查雷？"

"今天晚上七点钟，你老爷能不能劳驾把他盛燃料那个屋子，借给俺们排一排戏？"

1　英人住宅，进门处为门厅，设衣帽伞架等物，一般与饭厅分开。乡间的小房儿，地狭房间少，往往二者合而为一，应即所谓 hall dining room。

“怎么？今年爱敦幕面剧[1]里有你吗？”

“不错，有俺，小姐。舰长从前老让那些演戏的在这儿演习。”

“我知道。好吧，你们要用这地方，你们就来好了。”游苔莎懒洋洋地说。

原来老舰长的住宅，差不多就是荒原的中心，所以他们才老选择他那个盛燃料的屋子，作排戏的地方。那个屋子，像一个仓房一样地宽绰，所以作排戏的地方，是再好没有的了。那些扮角色的小伙子们，都分散地住在各地，他们要是在这地方聚齐，那他们每一个人所走的路，就差不多是相等的了。

游苔莎对于幕面剧和幕面剧演员，本来都顶看不起。演员们自己，对于他们的艺术却没有那种感觉，虽然同时他们也并不热心。一种世世流传的游艺，和一种绝而复兴的旧剧，不用看比后面更显著的情况，就可以区别出来；对于绝而复兴的活动，大家都热心尽力，兴高采烈；对于因袭传流的旧套，大家都冷冷淡淡，勉勉强强，看他们那种敷衍的态度，很叫人纳闷儿，为什么那么一种草草了事的具文，却非年年举行不可。他们这些演员，和巴兰[2]那一般并非出自情愿的预言家一样，本是不管他们自己愿意不愿

---

1 幕面剧，原文 mumming，英国的一种民间戏剧，起于中古，盛行英国各处，演于节日，特别是圣诞节，演员们都穿着光怪陆离的服装，面披条带，在人家房外或屋内演出。现在只有少数地方，还照旧举行。详见英国文学史家钱博斯的《英国民剧》。“幕面剧”意译兼音译，以这种戏的演员脸上垂着许多条带，像面幕。

2 摩押人因以色列人众多，大惧，他们的王遣使者召巴兰来，叫他咒诅以色列人，上帝临巴兰，告以不可。摩押王再使人请巴兰，上帝临巴兰，叫他去，但须遵行上帝对他所说的话。……巴兰见摩押王，说，我岂能擅自说什么吗？上帝将什么话传给我，我就说什么。详见《旧约 · 民数记》第 22 章以下。

意，反正内心里有一种催动的力量，逼迫他们说人家让他们说的话，做人家让他们做的事。在现在这种从事于光复旧物的时代[1]里，这种不知而为的扮演方式，就是一种真正的标志，能使僵化的旧传和徒有其名的复兴，辨明分开。

他们演的那一出戏，是人所共知的《圣乔治》[2]。所有的人，包括每个演员家里的妇女，都帮着预备。要是没有姊妹情人的帮助，戏装也许就做不成；不过反过来说，这种帮助，也并不是没有它的缺点。那些女孩子们剪裁盔甲和装饰盔甲的时候，无论怎么也不能使她们尊重古代的流传；她们一定要按照自己的心意，在这地方加一个绸结，在那地方加一朵绒花；据这些女性的眼光看来，盔甲上面的云肩、掩心镜、护领、护腕、袍袖等等部分，都是实际有用的好地方，可以在那儿缝上色彩鲜明、飘动翩翻的条带。

也许会有这种情况：在基督徒这方面扮斗士的周，有一个情人；伊斯兰教方面的战士捷姆，也有一个情人。她们做戏衣的时候，捷姆的情人，除了在盔面上加了些丝带而外，还在捷姆的战袍底襟上加了一些鲜明的丝绸海扇边（盔面的条带都是约莫半英寸宽的彩色东西，垂在面前，大半是用丝带做的）；这种情况，让周

---

1 本书事迹假定发生于一八四〇年至一八五〇年之间，其写作时期则为一八七七。总的说来，约为英国动荡变革剧烈时期，但也有些复古方面，如思想上卡莱尔之主张回到中古，宗教上之牛津运动及天主教复振等等。哈代此处所指，则似为教堂建筑之修复，其风盛于一八六〇至一八七〇年前后，哈代曾与其事，看到修复中的种种怪现象，于其小说及诗歌中时时讽刺之，表示所谓复旧，徒有其名。

2 《圣乔治》，英国民剧名，即幕面剧。圣乔治为英国护国圣人，他最有名的故事，是斩龙的传说。英国在圣诞节演的民剧幕面戏，即以《圣乔治》为主。戏词各地稍有异同，哈代所引，应即通行多塞特郡者。钱博斯的《岁时记》里有该剧全文。

的情人知道了，周的情人，马上就把周的战袍底襟海扇边那儿，加上了鲜明的丝绸，同时因为要胜过捷姆，还把肩头上也加上了带结。捷姆的情人，不甘心叫人比下去，又在捷姆的战袍上处处加上丝带花结和花朵。

这样一来，闹到末了，基督教徒军队中的勇士，和土耳其的武士，竟不能从衣服的特点上看出来有什么不同；并且还有更坏的一点：偶然一看，也许会把圣乔治看作是他的死敌萨拉森人。那些扮演角色的，虽然心里对于这种人物的搅惑，不能不觉得讨厌，但是他们却又得罪不起那些帮忙而使他们受益匪浅的人，因此这种革新就继续下去了。

不过，这种趋向于人人一律的装饰，却也有一点儿限制。戏里的郎中或者医生，还是原样不动，保存下来，他穿的是颜色较为暗淡的衣服，戴的是怪帽子，胳膊上拴的是药瓶子，他永远不会叫人认错了。那位习俗相沿的圣诞节老爹，可以说和医生一样，也没有改变；他手里老是拿着一根大棒子；他总是一个年纪较大的人，陪伴着那些演员们，晚上从这一个教区老远地走到那一个教区，他是他们的保护人，同时又是给他们管理钱财的。

他们排戏的时间——七点钟——到了，待了不久，游苔莎就听见盛燃料的屋子里有人声发出来。她想要使她那永远觉得人生暗淡的心情稍微松散一下，就走到盛燃料的屋子旁边一个盛萝卜一类东西的棚子[1]里，那棚子是一个“披厦子”，正靠在盛燃料的屋子上；棚子的泥墙上，有一个粗糙的窟窿，本来是为鸽子预备的。

1　萝卜供人食用，亦为牲口冬日饲料。此处的棚子，兼作洗衣房之用，如后文所说。

从这个窟窿里可以看到隔壁燃料屋子的内部。那时有一线亮光，正从窟窿那儿射出。游苔莎就站在一个凳子上，从窟窿眼儿往里看他们的动作。

燃料屋子里有一个搁板，上面点着三盏高高的灯心草灯，在灯光下，有七八个小伙子正在那儿走来走去，宣讲朗诵，互相混淆，硬练强学，以期演出完善。斫常青棘的赫飞和掘泥炭的赛姆，站在一旁看着。提摩太·费韦也在一旁，身子靠在墙上，哪一个小伙子忘了词儿，他就凭他记的给提一提，同时还在戏词中间插进一些闲话轶事，说当年他那一辈人像现在年轻的一辈，作爱敦中选的演员那时候更盛的境况。

“罢罢。你们这就得算是很好了，”他说，“俺们那时候，这种样子自然还不成。哈锐扮萨拉森人，还得把肚子再腆一腆，约翰不必那么使劲喊，好像要把肠子都喊出来似的。除了这两点，别的都可以凑付啦。你们的戏装都得了吗？”

“礼拜一就都得了。”

“你们头一回演出是礼拜一晚上吧，是不是？”

“是。在姚伯太太家里。”

“哦，姚伯太太。她怎么会想起看这个来啦？俺恐怕一个过了半辈子的老太太，也许看腻了幕面剧了吧。”

“她那天请了一些客人，因为这是她儿子克林多年以来头一回在家过圣诞节。”

“哦，是啦，是啦，她是请了一些客人，俺也在内。唉，真个地，俺差一点儿没把这档子事儿忘啦。”

游苔莎听到这儿，脸上嗒然若丧。姚伯家要请客了，她自己当然不在被请之列了。她对于这种当地人的集会，从来没参加过，她一向觉得，这种集会差不多完全是她范围以外的事。不过她要是能去做客，那是多好的一个机会啊！她一定能够看见现在影响她像夏天的太阳那样深切透骨的人物的。这种影响的增加，是求之不得的兴奋；把它抛开，可以使心神重归平静；就让它现在这样，可真叫人心痒难挠了。

扮戏的老老少少，全都预备要离开这所住宅了，所以游苔莎也回到火旁去了。她回到那儿，就低头沉思起来，不过却只沉思了不大一会儿的工夫。因为没过几分钟，原先来借屋子的那个小伙子查雷，就拿着钥匙往厨房里去了。游苔莎听见了他的脚步声，就开开了通到穿堂的那个门，叫道："查雷，你上这儿来。"

那小伙子吃了一惊。他走进了那个前屋的时候，脸上不免红红的；因为他也同别人一样，很感觉到这个女孩子在身材和容貌方面的力量。

她指着火旁一个座儿，让查雷坐下，自己也走进壁炉暖位的另一面。看她脸上的神气就可以知道，她叫查雷进来的动机，无论是什么，她一会儿就要表示出来的。

"你扮的是哪个角色，查雷？是不是土耳其武士？"那位美人儿，在炉火的一面，隔着缭绕的烟气，向查雷问。

"是，小姐，是土耳其武士。"那小伙子带着羞怯自馁的样子答。

"你那个角色的戏词儿很长吗？"

"大概有九段。"

"你能背给我听一听吗？你要是能的话，我很愿意听一听。"

那小伙子就朝着烧红了的泥炭微笑着，嘴里念道：

我来了，一个土耳其英雄，
我的武艺在土耳其学成。

接着一幕一幕念下去，一直到最后完场他叫圣乔治杀死了为止。

游苔莎从前有时偶然听见别人念过这几段戏词儿。那小伙子背完了以后，她就开口把完全同样的词句重念了一遍，从头到尾，一点儿也没停，一点儿也没错。和原先一样，却又多么不一样啊！形式相似，却又添了一层柔媚和完满，仿佛拉斐尔[1]模仿的培露珍诺[2]，虽然一点儿不差把原来的主题重新模出，但是在艺术性方面，却比原本强过万倍了。

查雷一听，大为惊奇，两只眼都睁得圆了起来。“哎呀，你真是一位聪明伶俐的小姐！”他带着景仰羡慕的口气说，“俺那是费了三个礼拜的工夫，才学会了的哪。”

“我从前就听人念过，”游苔莎很安静地说，“现在，查雷，你肯不肯做一件叫我喜欢的事？”

“俺很愿意做许多许多叫你喜欢的事，小姐。”

“你让我替你一晚上成不成？”

“呃，小姐；不过你那长袍怎么办？你替不了。”

---

1 拉斐尔（1483—1520），意大利画家。从培露珍诺学画，成后，游罗马，先后为教皇朱利厄司第二及利奥第十所推重，委以教皇宫内的装饰及圣彼得教堂的建筑。他最能感受别人所长而出以自己的情调，自成机杼。

2 培露珍诺（1446—1524），意大利画家，拉斐尔之师。但拉斐尔之画秀美婉丽，流利生动，培露珍诺则嫌凝重板滞、棱角质直。

“我能弄到男孩子的衣服，至少除了戏装，其他随着戏装应用的衣服，我都弄得到。比方你把你的戏装借给我，让我礼拜一晚上替你一两个钟头，同时，关于我是什么人，是怎么个人，无论对谁，都不露一个字，那我得给你什么才成哪？你当然要编出一套托词来，说你那天晚上不能出场，另一个人——斐伊小姐的一个兄弟——要来替你。其余那些扮戏的，都从来没跟我说过话，所以我一定不会露出破绽来的；就是露出来，我也不在乎。你说，你答应了我这件事，我得给你多少钱？半克朗[1]成不成？”

那小伙子摇头。

“那么五先令成了吧？”

那小伙子又把头一摇。“钱不成！”他说，同时用手掌往火狗[2]的铁头上直摸。

“那么，查雷，什么成哪？”游苔莎带着失望的口气问。

“上回过五朔节[3]，你在五朔柱子旁边没答应俺的那件事，你还记得吧，小姐？”那小伙子一面仍旧低着头用手摸火狗的头，一面嘴里嘟囔着说。

“不错，记得，”游苔莎露出一些更高傲的神气来说，“你想要和我拉着手一块儿跳环舞，对不对？”

“你要是让俺那么样半个钟头，小姐，俺就答应你。”

游苔莎一直地看着那小伙子。他比她小三岁，但是他的年纪

1 克朗，英国旧日钱币之一种，值五先令。

2 火狗，一种架薪器具，铁作，约略如狗，故名，一对，置于壁炉内，薪即架其上。

3 五朔节，即五月一日，英国一节日。在那天，立五朔柱，选五朔后，围柱跳舞。从前盛行英国乡间，现已稍杀。参看本书第六卷第一章。

虽然小，心却并不小。“怎么样半个钟头？”她问，其实她早已经猜出来了。

“把你的手握在俺的手里。”

游苔莎一时没言语。“一刻钟好啦。”她说。

“好吧，一刻钟也成，游苔莎小姐——不过你可得让俺亲它一下。好吧，你让俺握一刻钟，俺就立誓尽力让你替俺，还决不告诉别人。小姐，你不怕别人听出你的语声儿来吗？”

“那倒也可能。不过我要在嘴里放一个石头子儿，好叫别人不大会听出来是我的语声儿。好吧，你只要把戏装，还有你的刀和长枪都拿来，我就让你握我的手。你现在可以去啦。”

查雷走了，游苔莎越来越感到人生的趣味。现在有事可做了，现在有人可见了，而且是用一种迷人的冒险方法去见的。“啊，”她自言自语地说，“我的整个问题是，我得一无所为而活着！”

游苔莎的神情，平常总是蒙眬欲睡，因为她的情感本是浑厚深沉一类的，而不是轻妙鲜明一类的。但是她要是一旦兴起，那她也会勇往直前，一时之间和天性活泼的人并无两样。

关于被人认出来这一层，她并不大在乎。那些演戏的小伙子们，不大会认出来是她。至于在那些被请的客人中间，却不见得能同样稳当。不过，说到究竟，被人发觉了，又有什么可怕的呢？能被人发觉的，只有她扮戏这件事实；至于她的真正动机，那永远也没有被人发觉的一天。如果人们认出来是她，那他们一定会一下就认为，她做这样的事，只是一个先就已经被人看做行动古怪的女孩子，现在又犯了一阵乖僻就是了。本来这桩举动，要只是闹着玩儿的，才最合情理，而她做来，却是为了正经的目的：这种情况本身，就至少是秘密的保障。

第二天晚上，游苔莎一刻不差，按照约好了的时刻，站在燃料屋子门前，等候黄昏来到，因为那时查雷要来送戏装。她外祖那天正在家里，所以她不能请她的同谋者到屋里去。

查雷在荒原苍茫的山脊上出现，好像苍蝇落在黑人的头上一样，手里拿着戏装。他走到门前的时候，都走得喘不上气儿来了。

“东西全带来啦，”他把东西放在门坎上，低声说，“现在，游苔莎小姐——”

“你要你的报酬，是不是？早就预备好啦。我说到哪儿，就办到哪儿。”

她靠着门框站着，把手伸给了查雷。查雷用他那两只手把游苔莎的手握住，握的时候那样轻柔，简直都没法形容，只有用小孩儿拿刚捉到的小麻雀那样子来比方，还可以表达一二。

“哎呀，怎么还戴着手套？”查雷带着大不以为然的口气抗议说。

“我刚才在外边散步。”游苔莎说。

“不过，小姐！”

“也罢，是不大公道。”她就把手套脱去，把光着的手伸给了他。

他们两个站在一起，过了一分钟又一分钟，谁也没再说话，各人看着渐渐昏暝的景物，各人想着各人的心事。

“俺想俺今天晚上不一次都握完了，”查雷很虔诚地说，那时他已经握了有六分或者八分钟的工夫了，“下剩的那几分钟，俺留着下一回再握成不成？”

“随你的便，”她丝毫不动感情地说，“但是可得在一个礼拜以内就完结。现在，我要你做的事，只有一件；你等着我把衣服换好了，再看一看我演的对不对。我先到屋里看一看去。”

她离开了有一两分钟的工夫，往屋里去了一下。她外祖正稳稳当当地在椅子上睡着了。“现在，”她又回来了的时候说，“你先到庭园里那一面儿去等一会儿，我扮好了就叫你。”

查雷到外面等去了，只一会儿的工夫就听见一种柔和的口哨儿。他回到燃料屋子的门前问道——

“刚才是你吹口哨儿来着吗，斐伊小姐？”

“是我，你进来吧，”只听得游苔莎的语声儿在屋子的后部说，“你先把门关上，我才能点起亮儿来，要不，恐怕外面有人看见屋里发亮。你能摸索着走到那儿的话，你就先把通着洗衣房那一面儿的窟窿，用你的帽子堵上。”

查雷照着她的话办了，她点起亮儿来了，只见她已经由女变男，衣甲鲜明，全身武装了。当时查雷使劲一看她，她也许有一点畏缩，不过戏装上头有许多丝带垂在头盔前面，算是中古时代头盔上面的面甲，这些丝带把她的面部挡住了，所以她是否因为改换男装而面现羞容，竟看不出来。

她低头看着白色的罩袍说：“合适极啦，只有‘上截’上的袖子长一点儿。我管它叫‘上截’，我不知道你们怎么个叫法。罩袍的底摆我有办法，我可以从里面把它往上撩一撩。你现在看着。”

游苔莎跟着就背诵戏词，遇到夸大威吓的字句，还按着平常演幕面剧的规矩，用刀斫那长枪或者长矛，同时挺着胸脯来回地走。查雷赞美之余，仅仅加上了一点点顶温和的批评，因为游苔莎纤手的余温仍旧存在。

“现在再想一想你对他们怎么说才好，”她说，“你们往姚伯太太家去的时候，在什么地方聚齐？”

“要是你没有意见的话，俺们就打算在这儿聚齐。八点钟聚齐，好九点赶到那儿。”

“那么好啦，那天你就不用来了，我等到八点钟过五分，就都扮好了，进来对他们说，你不能来，我来替你。我已经琢磨过了，顶好我把你支使到一个地方去，以真作假才好。我们家那两匹荒原马，老往草场地那儿跑，明天晚上，你上草场地，看看它们是否又跑到那儿去了。别的事情都有我。现在你可以去啦。”

“是，小姐。不过俺想在俺剩下的那几分钟以外再多握一分钟，你答应不答应？”

游苔莎又像刚才一样，把手递给了查雷。

“一分钟了。”她说，跟着继续往下数，一直到七八分钟的时候，她就连人带手，一齐缩回好几英尺远，同时一部分恢复了以先的庄严。他们的契约已经履行终了，她就在他们之间垒起一道不能越过的界线，像一堵墙一般。

“嗐，都完啦；俺本来还打算不一下就都握完了哪。”查雷叹了一口气说。

“我给你的时间并不短。”游苔莎说，一面转身走去。

“不错，小姐。好啦，都完啦，俺也该家去啦。”

五　月下赴会

第二天晚上，幕面剧演员们又都在昨天那个地点会齐了，只等土耳其武士一个人。

“照静女店的钟，八点二十分啦，查雷还不来。”

“照布露恩的钟，八点十分啦。”

“阚特大爷的钟还差十分才八点哪。”

“老舰长的钟八点零五分。”

爱敦荒原上面，并没有绝对的钟点。无论哪一个时刻，都有各种不同的派别，每一种派别，都有不同的村庄信仰服从；这种种派别，有一些是一起头的时候就旗帜分明的，有一些本是出于一个根儿，后来宣布了独立，才分裂了的。西爱敦信奉布露恩的时刻，东爱敦就信奉静女店的时刻。阚特大爷的表，当年也有许多人服从，不过自从他上了年纪以后，别人对于他的信仰，就跟着动摇了。因为有这种情况，所以那些东西散居的演员们，都各人按着各人不同的信仰，有的来得早，有的来得晚；他们的通融办法，就是多等一些时候。

游苔莎早已隔着那“披厦子”的窟窿，看着他们在那儿聚齐了；她觉得现在是进去的时候了，所以她就出了“披厦子”，大模大样地把燃料屋子的插关儿拉开了。那时她外祖正在静女店里，决不会知道她的行动。

“查雷到底来了！查雷，你怎么来得这么晚哪！”

“我不是查雷，”那位土耳其武士隔着面甲说，“我是斐伊小姐的一个兄弟，因为好奇，来替查雷一回。查雷得上草场地去找跑到那儿的荒原马，他知道他今天晚上这时候来不及回到这儿，所以我答应了来替他。我也跟他一样地会他去的那个角色的戏词儿。”

游苔莎温馨尔雅的举动、秀美俊发的身材和一副庄重尊贵的态度，使那些演员们觉得，她替查雷，一定有益无损，所差的，就是不知道她扮那个角色，能不能演得好。

“不要紧——只要你不太年轻就得。”圣乔治说。因为游苔莎的嗓音，听着有点比查雷的还尖，还嫩。

“我告诉你们，戏词每一个字，我没有不烂熟的。”游苔莎斩钉截铁地说。因为，想让这番冒险成功，没有别的，只要敢作敢为就成。所以她就适应需要，采取敢作敢为的态度。“小伙子们，咱们马上就把戏排一下好啦。你们无论谁，有能挑出我半点儿毛病来的，我就服他。”

于是大家匆匆地把戏排了一遍，排完了，大家对于那位新土耳其武士，没有不喜欢的，八点半钟的时候，他们就把蜡熄灭了，上了荒原，朝着布露恩那儿姚伯太太的住宅走去。

那天晚上，微微结了点儿白霜。那天的月亮，虽然不过半圆，却在那一队光怪陆离的演员们身上，射上了一片生动活泼、令人神往的辉光；那一队演员们走起来的时候，他们的帽缨和丝带，还都萧瑟作响，仿佛秋天的树叶。他们这回所走的路，并不是越过雨冢的那一条，而是通过离那个古老高冢西面不远的一个山谷的那一条。山谷狭长的底部是一溜青绿的地带，有十码左右那么宽，那儿草叶上闪闪发光的霜棱，都仿佛跟着那一群人的影子向前移动。他们身左身右那些浓密丛丛的常青棘和石南，还是和从前一样地昏暗郁苍；因为仅仅半轮的月亮，没有力量能把那样一片的昏沉冥昧涂成灿烂的银色。

他们一面走，一面说笑，走了半点钟，就来到谷中那一溜狭如丝带的绿草渐渐宽展的地方了，那儿一直通到布露恩住宅的前脸。游苔莎先前和那些小伙子一路走着的时候，心里还有的时候一阵一阵地疑虑不定，但是现在看见了这所住宅，却又觉得自己冒了这一番险而高兴起来。

原来她这回出来，是要去见一位也许能把她的心灵从令人欲死的抑郁烦闷里拯救出来的人物的。韦狄是怎样一个人呢？有点意思，却仍嫌不足。今天晚上，她也许能看到一位真称得起是英雄的人物了。

那一队演员越来越近房前的时候，他们就听出来，乐声和舞声正在屋里沸腾。在那个年头里，蛇形管[1]是主要的管乐，所以就听见那种乐器一阵一阵地发出来一种长而低的声音，超过了那些细而高的声音，更远地传到荒原上，单独送到他们的耳朵里；跟着一个跳舞者特别沉重的脚步声，就从同一方向发出。他们走得更近房前的时候，就听见原先那种断断续续的声音，现在都

1 蛇形管，一种低音管乐器，和喇叭一类，全体形如蛇之蟠曲，故名。嘴如杯状，管为木制，凿有指按小孔，声音猛烈而粗野，通行于十九世纪前期，现已为最大管所代。

联成一气了，原先听到的，只是《南绥的梦幻》[1]那个舞曲里的显著部分。

他自然是在那儿的了。同他跳舞的那个女人是谁呢？也许一个她不认识的女人，文化教养远不如她自己，正在那一刹那间，通过那种最神秘难测的引诱力，就把他的运命给他决定了吧。同一个男人跳舞，就等于在几分钟、几十分钟之内，把十二个月的普通爱情，一下集中到他身上。不用经过认识的期间，就可以求婚，不用经过求婚的期间，就可以结婚，这种一跃百尺的猛进，就是走这种捷径坦途的人唯一的权利。她要把所有的女人都仔细观察一番，好看一看，他的心意究竟在谁身上。

这位冒险的女人，跟着那一群演员，穿过了白色篱栅的栅栏门，走到敞着的门廊下，在那儿站住了。只见房上蒙着层层的厚麦秆草[2]，都垂到房子的上层窗户之间；房子上叫月光一直映照的前脸本来是白色的，现在却大部分叫一棵大红豆常青棘遮暗了。

他们当时立刻就觉出来，紧在门里面，就是跳舞的场子，中间并没有别的屋子隔断。衣摆的窸窣，胳膊的摩擦，肩膀的偶然碰撞，都可以紧隔门板听得出来。游苔莎虽然住得离这所房子不过二英里，但是她却从来没看见过这所古怪老房的内部。斐伊舰长和姚伯家，向来就不大熟；因为斐伊舰长从外乡来到这儿，买了迷雾岗上那所久无人住的房子以后，不久姚伯太太的丈夫就死了。

1 《南绥的梦幻》，十九世纪英国乡间流行的舞曲名。

2 英国农村，房分两种：mansion 与 cottage，本书以小房儿译 cottage，cottage 之顶，或覆以瓦，或覆以石板，或覆以草。多塞特郡的草房，则覆以麦秆。

他这一死，再加上她儿子又离家远去，他们两家以前所有的那点友好关系，就完全断绝了。

“那么，门里面是没有过道的了，是不是？”他们就在门廊下的时候，游苔莎问。

“没有，”扮萨拉森人那个小伙子说，“开开门进去，就是房前部起坐间，就是现在作乐的地方。”

“那样的话，咱们要是一开开这个门，他们的舞就跳不成了，是不是？”

“不错，正是那样。咱们得在这儿等着，等到他们跳完了的时候才能进去，因为他们的后门，一到晚上，就上了闩了。”

“他们不用很大的工夫就跳完了。”圣诞节老爹说。

但是事实却没给这一句话作证明。乐器又奏完一个调子了，它们又开始另一个调子，奏得那样又热烈，又凄婉，仿佛那就是头一个。那时奏的，正是那没头没尾、没完没结的一种乐调；一个受了灵感的奏乐人，脑子里总有许多纷纭杂沓的舞曲，在所有这些舞曲之中，这个也许是最能传达出无穷无尽的观念来的了：原来那正是那个著名的《鬼梦》[1]。跳舞的人，受了猛烈乐声的激动，因而做出猛烈的动作；门外那些站在月光下的人，有时能听见，跳舞的人旋转得格外迅速的时候，脚趾和脚跟会偶然碰到门上，同时也就能把里面那些人的动作猛烈到什么程度，想象个大概。

外面那些演员们，听头五分钟的时候，还觉得有意思。但是

1 《鬼梦》，十九世纪英国流行乡间的六对舞舞曲。

五分钟延长到十分钟，十分钟又延长到一刻钟了；而生动活泼的《鬼梦》，还是听不出有完结的意思来。门上的碰磕声，门里的践踏声和大笑声，仍旧和从前一样地起劲；同时站在外面的乐趣，就减少许多许多了。

“姚伯太太怎么请了些这样的客人？”游苔莎听见里面的欢乐那样过火，有些惊异，所以问。

“今儿并不是她的熟人里面上得台盘的座上客。她请的都是平常的街坊和工人，并没分界限，请他们好好吃一顿晚餐什么的就是了。她自己和她儿子亲自伺候这些人。”

“是了。”游苔莎说。

“俺想这大概是顶末了的一节了吧，”圣乔治说，一面把耳朵贴到门上，“一对年轻的男人同女人，正旋到这个角落上，那个男的跟那个女的说：‘啊，糟糕，亲爱的，咱们这一场都完了。’”

“谢谢上帝。”那个土耳其武士说，同时一面把脚跺着，一面把倚在墙上那种每个演员照例必有的长矛取在手里。她的靴子比那些小伙子的薄，所以寒霜把她的脚浸湿了，冰透了。

“俺说，咱们又得等十分钟，”那位勇士听见乐声并没停止，却只从一个调子，过到另一个调子，就一面从门上的钥匙孔往里面看，一面嘴里说，“俺看见阚特大爷正站在这个旮旯儿，等他的班儿。”

“不会用很大的工夫，这回只是一场六对舞。”医生说。

“咱们为什么不能管他们跳舞不跳舞，一直走进去哪？咱们本是他们请来的呀。”那个萨拉森人说。

“一定不能那么办。”游苔莎正言堂皇地说。同时在栅栏门和房门之间，轻快劲疾地来回走着取暖。“那样一来，咱们就一定要一下拥到他们的正中间，把他们的跳舞给他们搅散了。那是很不礼貌的。”

“他因为比咱们多念了几句书，就觉得了不起了。”医生说。

“去你的！”游苔莎说。

只见演员之中，有三四个人交头接耳地谈了几句，跟着其中有一个就转身对游苔莎说：

“俺们可以问你一句话吗？你是不是斐伊小姐？俺们想你一定是。”那个人说这话的时候，态度极温蔼。

“你们愿意怎么想就怎么想好了，”游苔莎慢腾腾地说，“不过体面人不会说人家女人的短长的。”

“俺们决不对外人说，小姐。俺们准对得起你就是了。”

“谢谢你们。”她回答说。

正在这时候，小提琴吱的一声，奏到终点，同时蛇形管也发出最后的一声，差一点儿没把房顶都揭起来。外面的演员们，听见屋里比以先稍微安静一些了，就断定跳舞的人都已经坐下了，跟着圣诞节老爹就走上前去，拉开门闩，把脑袋探到屋里。

“噢，演幕面剧的，演幕面剧的！”有好几个客人一齐喊，“给演幕面剧的腾出地方来！”

那时候，驼背的圣诞节老爹才全身进了屋里。他手里摆动着大棒子，一总儿替那些正式演员打开了一个演戏的场子，同时嘴里念着轻俏的词句，说他不管人家欢迎不欢迎，只管自己来了，末了的几句是——

闪开，闪开，义侠的孩子们，
闪开地方，让我们演戏文，
我们来演这一出《圣乔治》，
在圣诞节这个吉日良辰。

客人们都在屋子的一头排开，拉小提琴的在那儿修理一根琴弦，吹蛇形管的在那儿打扫喇叭嘴子，就在那时候，幕面剧开始了。站在外面那些演员里面，头一个进来的是勇士兵，先替圣乔治打前敌——他嘴里念道——

我来了，一个勇士兵，
我的名字叫杀来凶；

他一直念下去。戏词的末尾是向异教徒挑战的话，他的话完了，就应该是游苔莎以土耳其武士的身份上场。她那时本来跟那些还没上场的演员，一同站在月光照满了的门廊下。她好像没怎么费劲儿，也没怎么迟延，就进了屋里，嘴里念着——

我来了，一个土耳其英雄，
我的武艺在土耳其学成。
我要和这人勇敢地一战，
管叫他的热血变得冰冷。

游苔莎朗诵戏词的时候，把头挺直，尽力往粗猛里喊，觉得绝没有被人看破的危险。不过她一方面要把注意力集中到戏上，以免被人看出来，一方面她又在人地两生的地方，再加上屋里的烛光又辉煌，头盔面甲、带条遮拦又把她的视线搅乱了，所以她竟一点儿也看不出来，在场的观众都是什么人。只是在点着蜡烛的桌子后面，她依稀地看出来有许多的人脸而已。

同时，扮勇士兵的捷姆·司塔，走上前来，瞪着眼睛，瞅着那土耳其武士，嘴里回答说——

> 你若就是那土耳其武士，
> 你拔出刀来，咱们比一比！

于是他们就拔刀相斗，结果简直是岂有此理，捷姆被游苔莎那样轻轻地一刺就刺死了。捷姆要把戏演得像真的一样，所以直着身子，像一块大木头一般，一直倒在石头地上，那个劲头简直都能把他的膀子跌下半边来。跟着那位土耳其武士，又念了一些戏词儿，念得未免太有气无力的，又说，他要和圣乔治自己以及圣乔治的全部人马都打一下，于是圣乔治就以人所共知的样子，挥舞兵器，很威武地走上场来，嘴里念着——

> 我来了，圣乔治，一个勇士，
> 明晃晃的刀枪拿在手里，
> 我曾斗过毒龙，使它身首分离，

赢得埃及美公主莎布拉[1]为妻。
我手里的快刀锋利无比，
谁敢前来，和我见个高低？

这小伙子就是头一个认出游苔莎来的那个人。现在扮土耳其武士的游苔莎，带着相对的反抗态度回答了他以后，两个就立刻战斗起来。那位青年，特别留神，尽量把他的刀往温柔里使。武士受伤以后，就照着排戏的规矩单腿跪下。跟着医生上场，把他带的那个瓶子里的药给武士服了下去，让他恢复了气力，于是圣乔治和武士又斗起来。这个土耳其人等到气力一点一点地使完了，才完全屈服——他在这出古老的戏里那种顽强忍死的精神，正和人家说的现代土耳其人一样[2]。

这个角色要念的戏词虽然并不短，但是他这种慢慢沉身地上的情况，实在就是游苔莎觉得她演这个角色最合适的原因。别的斗士都是直着身子，仰着脸儿，倒在地上，那让一个女孩子演来，未免不雅观、失体统。但是学土耳其人那种死法，一点一点地顽强抵抗，力竭而身陷，却不同于僵身而直倒。

游苔莎现在也在被杀的人们里面了，不过她却已经设法靠着一架钟的壳儿，斜着坐了起来，因此她的头部也就抬高了。幕面

---

1 沙布拉，埃及王之女，为圣乔治斩龙所救，并与之结婚，见英国作家理查·约翰生之《基督教国家七英雄史》，也见于倍随主教的《英国古诗歌钩沉》第三编第二卷所载民歌《圣乔治斩龙》。

2 十八世纪末，土耳其帝国，俄沙皇尼古拉第一称之为“欧洲的病夫”的，即渐渐衰老，濒于死亡，但因各强国互相猜忌，使它得苟延残喘，一直到十九世纪末（本书出版时）还没死去。所以说它“顽强忍死”。

剧接着演下去，角色是圣乔治、萨拉森人、医生和圣诞节老爹；那时游苔莎既是无事可做了，就第一次得到了闲工夫，去观察身外一切的光景，去寻找吸引她到这儿来的那个人物。

六　他们两个对面而立

屋子里的家具都是按着跳舞的目的安置的；那张大橡木桌子，早就挪到屋子的后部了，它靠壁炉放着，好像壁炉的胸墙一般。桌子两头和桌子后面，还有壁炉里面，都挤满了客人，其中有许多位还都满脸通红，气喘吁吁；游苔莎用眼一扫，认了出来有几位是住在荒原以外的小康人家。但是在那里面却看不见朵荪；这种情况，正是游苔莎预先就料到了的；游苔莎现在想起来了，刚才他们在外面的时候，曾看见楼上有一个窗户射出亮光来，那大概就是朵荪的屋子了。只见壁炉里面的坐位上，露出一个鼻子、一个下巴、两只手、两个膝盖、还有两个脚尖儿；再仔细看去，这些部分联结起来，原来是阚特大爷，因为阚特大爷有的时候给姚伯太太在庭园里帮忙，所以也在被请之列。他面前是一堆泥炭，它的烟气像爱特拿火山那样滚滚上涌，在锅钩的锯齿[1]四围缭绕，在盐匣[2]上面拂掠，在挂的许多熏肉[3]中间消失。

1　锅钩，原文 chimney-crook，系一块铁条，下端有钩，用以挂锅壶之类。上端悬于壁炉里的横梁，直悬火上。铁条上有带锯齿的装置，可以随意伸缩。英国乡间人家多见之。

2　盐匣放在壁炉里，大概因盐怕潮，炉内有火、干爽之故。

3　熏肉放在壁炉里，自因壁炉里有烟气，好把肉叫烟熏。

游苔莎的眼光，一会儿又注视到屋子的另外一部分。只见烟突的那一边，放着一把长椅子；这种家具，遇到壁炉豁敞，非有强烈的气流就难以使烟气往上冒的时候，是一件必需的辅属之具。它对于张口很大的古式壁炉，和北墙对于庭园，或者东边的林树[1]对于一无遮挡的庄田，有同样的功用。长椅子外面，蜡焰直颤动，头发直飘摆，年轻的女人们直打哆嗦，老头儿们直打喷嚏。长椅子里面，却和乐园一样[2]，连一点儿荡动空气的风丝儿都没有；坐在那儿的人，背脊和面部都同样地暖和，并且令人舒服的热气把他们烘着，使他们的歌儿和故事，都自然地就唱了出来，说了出来，好像玻璃架子[3]里的瓜类都自然就结出果实来一样。

但是游苔莎所注意的，却并不是坐在长椅子上的那些人。衬着长椅木背上部的紫黄色，清清楚楚地露出一个面目来。那副面目的本人，那时倚在长椅子靠外面那一头儿上，正是克莱门·姚伯，本地人都管他叫克林；游苔莎知道那不是别人的。那时的光景，是最高度的伦布朗[4]笔法画的一张二英尺大的画儿。那位倚靠长椅子的人，虽然全身都可以看见，但是观察他的人，却只意识到他的面目，从这一点上，就可以看出来，那个人的面貌，究竟有什

1 英国的东风，仿佛中国的西风和北风，寒冽恼人。英国的西风反像中国的东风。比较哈代的一个朋友在一八八七年四月哈代游罗马的时候写给他的一封信："我们这儿过的还是冬天：今天刮了一场大东风，把房上的瓦和烟囱都刮得到处飞。"

2 乐园温煦，见密尔顿的《失乐园》第五卷第三百行以下："那时高升天空的太阳，把热烈的光线一直下射，把地心的极深处都晒透，那种暖气，远过于亚当的需要。"

3 玻璃架子，如箱而顶斜，上覆玻璃，盖在柔荏植物上，像黄瓜之类。英国的黄瓜就是这样长的。

4 伦布朗（1607—1669），荷兰派画家之大师，被称为"阴影之王"，因为他画画儿，老是在一团阴暗里，透进一线清晰但是有限的光线。

么样特殊的力量了。

这个面孔，让一个中年人看来，是一个青年人的；但是让一个青年人看来，却又不大感到尚未成熟这种字样的需要。其实是：有一种面孔，让看了的人生出来的概念，不是日月逝去而年龄增长，却是阅历积累而经验增多：现在这个面貌就真正是这种面貌之一。只用岁月来表示雅列、玛勒列和洪水以前那些人[1]的年龄，倒还于实无亏，但是一个现代人的年龄，却得用他阅历的深浅来计算。

这一个面目，生得很平整，甚至于可以说生得很秀美。但是这个人的内心，却正把这副面目当作一方老旧作废的书写片儿[2]，把心里所有正在发展的特点，一步一步地写在上面。现在那上面还可以看得出来的秀美，不久就要叫它的寄生物——思想——毫不容情地侵蚀蹂躏了；其实这种寄生物，本来也可以在一个它无可损害、比较丑陋的面目上进行侵蚀。要是上天不叫姚伯有那种令人消瘦的思索习惯，那别人见了他，一定要说他是"一个仪容秀美的青年"。要是他的脑壳棱角更加崭然显露，那别人见了他，一定要说他是"一个思想深沉的青年"。但是在现在这种情况之下，却是心里的沉思深念，在那儿摧残外貌的端正清秀，因此一般人都把他的容貌算成奇特的一流。

因为有这种情况，所以人们以随便看他而开始的，都要以仔

1　雅列活了九百六十二岁。玛勒列活了八百九十五岁。见《旧约 · 创世记》第 5 章。洪水见《创世记》第 6、第 7、第 8 章。

2　西方（特别是罗马）古代以木料、象牙所做，用以写信、记账。上涂蜡一层，可刮去再用。近代者则用以写备忘录。"老旧作废"，应指蜡层刮去多次，不堪再用的。

细琢磨他而终结。他的面目上，满是可以看得出来的意义；他虽然还没达到由于用心思索而面目憔悴的样子，但是他那种对于环境有所认识的结果，却显然在他脸上留下了痕迹；在那班经过了平静的学徒时期、又自己努力奋勉了四五年的人们身上所常看到的情况，和他这种正是一类。从他身上已经可以看出来，思想就是肉体的病害，同时从他身上也间接地证明：感情的单方发达、事物纠缠纷淆的充分认识，都不适于理想的形体之美。要使形体发育完美，本来就已经需要生命供给膏油了，但是要使心智发挥光明，更需要生命供给膏油；现在这个面目上所表示出来的，正是两种需要，取给于一种来源的凄惨景象。

哲学家站在某一种人面前的时候，老觉得思想家只是日趋衰亡的物质所组成，因而引以为憾；但是艺术家站在某一种人面前的时候，却又老觉得，日趋衰亡的物质偏得思想，因而引以为憾。这两种人，都是由各自的观点出发而来悲伤感叹精神和肉体彼此互相灭毁的关系。这种悲伤感叹，也就是用批评的态度观察姚伯的人心里自然而然要发生的。

至于他的面部表情，那是一种天生的开豁爽朗，和自外而来的抑郁沉闷做斗争，却没十分成功。那种表情令人看到孤独寂寥，但它还表示另外的情况。就像生动活泼的天性通常那样，一股神灵之气，虽然在倏忽幻灭的肉体里，含垢忍辱，遭到幽囚，而却仍旧像一道光线一样，从他身上射出。

他对游苔莎的影响，好像都能用手摸得出来。说句实话，她事先本来就达到了一种特别兴奋的程度了，她有了这种兴奋，就是一个最平常的人都可以影响她。因此她现在在姚伯面前，更身心无处安放了[1]。

戏剧剩下的部分演完了：萨拉森人的头已经砍下来，圣乔治成了唯一的胜利者了。对于这一出戏，就仿佛对于秋天长松菌，春天开雪珠花一样，并没人加以批评。他们对于这一出戏，也和那些演员们一样，一概是拿冷静的态度看待的。那种乐事，已经理所当然地成了年年圣诞节所必有的东西了，还有什么可说的?

那些演员们，都像《半夜点兵》里拿破仑的鬼卒[2]一样，个个又都悄然无声、森然可怕地一齐站了起来，按照规矩，把戏剧末尾的悲歌一同唱起来。他们刚刚唱完，屋门就从外面开开了，只见费韦在门坎上出现，他身后面还跟着克锐和另一个人。原来先前那些演员们曾在门外面等候跳舞完结，现在他们三个人又在门外面等候幕面剧完结。

"请进，请进，"姚伯太太说，同时克林也走上前去，欢迎他们，"你怎么来得这么晚哪？阚特大爷来了这半天了，你跟他住得那么近，原先我们还想你会跟他一块儿来哪。"

"呃，俺本来应该早就来的。"费韦说，同时站住了，拿眼去看天花板上的房梁，想找一个钉子，把他的帽子挂起来。但是一看他平素挂帽子那个钉子，已经叫寄生草占去了，同时墙上所有别的钉子，也都挂着一嘟噜一嘟噜的冬青，他只得把帽子摇摇欲

1 暗用《旧约·创世记》第45章第3节约瑟的兄弟见约瑟语。他的兄弟在他面前都惊惶得"身心都无处可放"。

2 《半夜点兵》为一首诗。奥国诗人兼戏剧家蔡得利慈（1790—1862）所作。诗中说，拿破仑已死之士卒，让一个鬼鼓手，从坟里唤起。又英诗人胡得（1799—1845）有一诗叫《拿破仑半夜点兵》，与此诗类似。

坠地平放在座钟顶和蜡箱子之间，才坦然如释重负。“俺本来应该早就来的，太太，”他又接着刚才那个茬儿说，不过这回的神气，比先前自然得多了，“可是俺知道请客这种情况，总是乱哄哄的人多地狭；故此俺想，俺总得等到你这儿稍微安定了，俺才能来。”

“俺，姚伯太太，也那么想来着，”克锐很诚恳地说，“俺爹可急得不得了，也不顾合适不合适，天还没黑就跑来了。俺对他说过，一个老人家，赴会赴得太早了，简直就是不大体面；不过，俺的话都是耳旁风。”

“咯勒咯！俺不能在家里等到玩意儿都快完了的时候才来！俺一听见有什么好玩儿的，就像鹞子一样地轻快！”阚特大爷在壁炉里的坐位上，兴高采烈地大声说。

同时费韦正仔仔细细地把姚伯端相，端相完了，对屋里的客人说：“俺说，俺这个话，你们大家伙儿也许不信；俺碰见他的地方，要是不是他的故土这片荒原，要是是别的地方，那俺一定不会认得是他；他的模样大大地改变了。”

“你的模样也大大地改变了，提摩太，而且我觉得你越变越好了。”姚伯一面说，一面打量费韦站得笔直的身子。

“姚伯少爷，你也端相端相俺哪。俺也越变越好了，是不是？”阚特大爷一面说，一面站起来，把自己送到姚伯面前隔着半英尺以上的地方，好叫姚伯仔细把他品评一番。

“俺们自然要看一看你的。”费韦说，同时拿过蜡来，在阚特大爷脸上上下照去。只见阚特大爷，满面春风，满脸含笑，故意动唇挤眼，装作年轻的模样。

“你的样子并没大改变。”姚伯说。

“要是说大爷有什么跟别人不一样的地方，那就是他越活越年轻了。”费韦斩钉截铁地补充了一句。

“不过那并不是由于俺自己的能力，所以俺对于这一层并不觉得骄傲！”那位喜欢起来的老头儿说，“不过俺的荒唐病，可总没有法子治，俺承认那是俺的毛病。不错，俺阚特老头子正是那种人，那是大家都知道的。不过，姚伯少爷，俺要是跟你比起来，可就天上差到地下去了。”

“咱们这里面，谁也不能跟他比。”赫飞说，他这句赞叹，用的是充沛沉着的低音，因为他就无意于叫它传到任何别人的耳朵里。

“实在的，要不是有俺在棒啊乡团里当过兵（那时大家都因为俺们俏皮，叫俺们棒啊团），要不是有俺在那里头当过兵，那么这儿这些人，不用说比他差一层的没有，就是比他差两层的也找不出来，”阚特大爷说，“即便俺当初当过兵，咱们跟他站在一起，还是显得有些土头土脑的。但是在四年上，有一天，俺们只当鲍那已经在海角的一面登了岸了，俺就跟俺们的队伍，一齐往蓓口外面开，那时俺们从大货店的窗户前面冲过去，大家没有不说俺是所有南维塞斯[1]这块地方上头一个漂亮人物的。那时的俺，身量儿像一棵小白杨树那样直，扛着火松，带着刺刀，扎着裹腿，系着又高又硬差不多把脖子都要锯掉了的领子，浑身上下的武装，跟北斗七星一样地耀眼。不错，街坊们，俺当兵那个时候，真值得一看。你们真应该在四年上看一看俺！”

1 南维塞斯，即多塞特郡。

“唉，克林少爷的身量，像他姥姥家的人，”提摩太说，“俺跟他舅舅顶熟啦。所有南维塞斯这一郡里，从来没有人用过他那样大的棺材；可是即便那么大，据说可怜的乔治，还不得不把腿蜷着一块儿哪。”

“棺材？哪儿有棺材？”克锐往前凑了一凑问，“又有人看见鬼了吗，费韦先生？”

“哪儿有鬼，谁说有鬼？那是你心里老想鬼，所以耳朵也老听见鬼，你快别再那样啦；你要壮起胆子来。”提摩太责备克锐说。

“俺倒很愿意那样，”克锐说，“可是这阵儿俺一琢磨，俺昨儿夜里的影子，可真像一口棺材。街坊们，一个人的影子要是像一口棺材，那主着什么？俺想，那不能是叫人害怕的东西吧？”

“叫人害怕？不能！”阚特大爷说，“他妈的，俺除了鲍那以外，俺就没怕过任何别的东西，不然的话，俺就不会当那样的兵了。真的，你们四年上没看见俺，真可惜了儿的了！”

那时候，幕面剧演员正要预备告辞；但是姚伯太太却把他们都拦住了，请他们都坐下，用一点晚餐。对于这番邀请，圣诞节老爹就以全体的名义立刻接受了。

游苔莎因为有机会能再多待一会儿，觉得很快乐。外面又冷又上冻的夜，对于她加倍地凛冽。不过待在这儿，也并不是没有困难。原来大房间里地狭人多，食物间却正好通着大房间，所以姚伯太太就给演员们在食物间的门里面，放了一条长凳子，那些演员们就在那条凳子上一排儿坐下，同时食物间的门开着，这样一来，他们实在仍旧等于坐在一个大屋子里了。姚伯太太低声对她儿子说了几句话，他听了就穿过那个大屋子，往食物间去了，只见他从寄生草下面过的时候，脑袋都碰到寄生草上。他把牛肉、面包、糕点、饼饵、蜜酒和接骨木酒，都给演员们搬了出来；因为那天他们母子亲自伺候客人，为的是好让他们的小女仆也和客人们一样地高坐。跟着演员们就都摘去头盔，动手吃喝起来。

“不过你一定也得用点儿什么才好。”克林手里端着盘子，站在那位土耳其武士面前说。她已经说过不用了，只静静地坐在那儿，脸上仍旧叫条带遮着，只有她的眼光能够从挡在她面前那些条带的缝儿中间看得出来。

“谢谢你，我不用。”游苔莎回答说。

“他很年轻，”萨拉森人抱歉地说，“你不要见他的怪。他并不是俺们的旧手儿，因为有一个旧手儿不能来，他来当一回替工儿。”

“不过他得多少用点什么才好，”姚伯坚决地请求，说，“喝一杯蜜酒或者接骨木酒好吧？”

“不错，你喝一点儿酒好啦，”萨拉森人说，“回头家去的时候，省得身上发冷。”

虽然游苔莎吃东西的时候，不能不把脸露出来，但是喝东西的时候，却很可以不必动她的头盔。因此她就接受了那一杯接骨木酒，那杯酒就一下移到条带里面，看不见了。

游苔莎在那儿喝着酒的时候，时时担心害怕，唯恐自己的地位不妥；不过同时这种怕里面，还是快乐的成分居多。现在在她面前蹀躞殷勤、招呼款待的，正是她一生之中头一个愿意崇拜的人物；但是这种招待，说是对她自己，却又不是真对她自己，却又是对一个想象中的人物；这种情况，把她的情绪弄得难以形容地复杂。她所以这样爱克林，一部分是由于他在眼前这个场面上是一位特殊的人物，另一部分是因为她原先就下了决心要爱他，主要的部分是因为她厌烦了韦狄以后，万般无奈，非有另一个爱的对象不可。她坚决相信，不管她自己怎么样，她都是爱定了他的；从前那位黎特勒屯爵爷第二[1]，还有别的人，因为梦见了自己非在某一天死去不可，就痴迷执著，死乞白赖地硬往那方面琢磨，结果果然到了那一天就真死了；现在游苔莎对于她非爱姚伯不可的痴想，可以说和那一般人对自己非死不可的痴想正相同。一个女孩子，只要一旦相信，她会在某时某地和某人一见就倾倒失据，那么那件事实际上就等于已经完成了。如果当时有什么情况，叫姚伯觉出来光怪陆离的戏装下掩蔽的那个人是什么性别，那游苔莎自己所有的感觉力和她能使别人生出来的感觉力范围有多广大？她影响所及的远近，和那些演员们的比起来，超越到什么程度？当年改装凡人的爱之后在伊尼艾斯面前出现[2]的时候，她身上发出一种迥非人间的芬芳来，把她的本质泄露。一个尘世的女人，如

1 黎特勒屯爵爷第二（1744—1779），死前做了一个梦，梦见了一个鸟儿飞进了他屋里，变了一个女人，警告他，说他活不到三天了，果然第三天死了。哈代在一八八五年的日记里，记了一个关于多塞特郡术士敏屯的故事，说他预言某人须于某日死去，果然。此处所谓“还有别的人”，或即指此类人而言。

2 爱之后即罗马神话中之维纳斯，生子曰伊尼艾斯，特洛亚城破，从兵火中逃出，游行各地，欲求一栖息之处。罗马诗人维吉尔的史诗《伊尼以得》第一卷第三〇五行以下说，伊尼艾斯在树林子中间遇见了他母亲，打扮得像一个处女的女猎人，问他话。伊尼艾斯说她不是凡人，一定是神，她不肯承认，只告诉他这是什么地方等等。说完回身走去；第四〇三至四〇四行说：“那时她那天神的环发也从头上发出天上的芬芳……她的仪态完全显出来她是一个天神。”

果也曾有由于深情的激发而对她情之所钟的对象喷放过这种神秘的气味的，那现在这种气味就一定把游苔莎的本质显示给姚伯了。因为姚伯当时带着如有所追探的样子看着游苔莎，跟着又好像忘记了他所观察的是什么的样子出了一会神儿。那一瞬之间的情境过去了，他又往前去了，同时游苔莎不知其味地把酒喝着。只见她存心蓄意定要深慕热恋的那个人，进了小屋子，往小屋子远处那一头去了。

前面已经说过，演员们都坐在一条凳子上，因为大屋子里没有地方，所以凳子的一头伸到了作食物间的那个小屋子里。游苔莎一部分因为害羞的缘故，特意选了正当中间那个坐位，所以她不但能看见宾客满堂那个屋子里的一切，并且能看见食物间里的一切。克林走进食物间以后，再往前去，就是屋子的暗处了，游苔莎的眼睛也跟着在暗处看着他。屋子那一头有一个门，克林正要去开那个门的时候，门里头却有人把门开开了，同时由那儿透出一道亮光来。

那是朵荪，手里拿着蜡，脸上灰白、焦灼、惹人注意。姚伯看见了她，就露出好像很喜欢的样子来，使劲握她的手。“这才是啦，朵绥，”他很热烈诚恳地说，他仿佛看见了朵荪，才又灵魂归窍似的，“你到底想下楼来啦，这我很高兴。”

“悄悄的，不是，不是那样，”朵荪急忙说，“我只是下来同你说几句话。”

“不过你为什么不来跟我们一块儿玩玩哪？”

“我不能。至少我不大愿意。我有点儿不舒服。再说，你既是有一个很长的假期，那么咱们在一块儿的时候长着哪。”

“没有你简直就没有什么大意思。你真不舒服吗？”

“只有一点儿，我的哥哥——就在这儿。”她一面说，一面做出玩笑的样子，把手在胸前一摸。

“啊，我母亲今儿晚上也许是少请了一位客人吧？”

“呃，不是，不是。我只是下楼来问问你——”说到这儿，姚伯就跟着朵荪进了小门，走到门那面的私室里去了；他们把门随手关上了，所以游苔莎和紧挨着她坐着的那个演员（原先只有他们两个看到这种情况）就再什么也听不见，什么也看不见了。

游苔莎的头和脸都一齐发起热来。她看了刚才那种情况，马上就猜出来，因为克林刚回家三两天，还没有人告诉他朵荪由于韦狄而受的痛苦；同时他又只看见朵荪仍旧和他离家以前那样住在这儿，他自然也疑惑不到会有什么事情了。游苔莎马上就按捺不住，嫉妒起朵荪来。固然朵荪对于另外一个人也许还有温柔的情感，但是既然她和这位有意思、出过国的堂兄终日厮守，那她对于那另一个人的温柔感情，究竟能继续多久呢？他们俩既是老在一块儿，又没有别的事物分他们的心，那谁敢说，在他们两个之间，还有任何感情不能很快地发生呢。克林童年时代对于朵荪的爱，也许现在已经没有劲头了，但是也很容易复活啊。

游苔莎对于自己这种改装的办法，觉得烦恼起来。另一个女人，正在那儿放光射彩，逞艳斗丽，而自己却这样古里古怪装束打扮，这不完全是糟蹋自己吗？她要是先就知道了这番相会的全部影响，那她一定要用尽方法，就是斡天旋地，也要以本来的面目前来赴会的。像现在这种样子，她容貌方面的力量完全没法使人感到了，感情方面的缠绵完全隐藏起来了，风情方面的妍媚根本不存在了。她所剩下的，只是她的声音了；她只觉得她遭到“回声”的命运[1]了。“这儿没有人敬我，”她说。她却并没想一想，她既是扮作了男孩子，杂在男孩子中间来到这儿的，那人家就一定要拿男孩子看待她。人家对她并没另眼相看，本是她咎由自取，并且原因也不言而喻，但是她却不能认识到，人家这样做完全是出于不知而为。因为那时的情境，把她的感情弄得过于锐敏了。

女人也曾由于改穿戏装，献身氍毹，而得过很大的好处。像前一个世纪初期扮葩蕾·琵澈姆[2]的和这一个世纪初期扮丽狄·兰闺[3]的那一类漂亮人物，都不但得到爱情，并且还得到公爵夫人的尊荣，那是不用说的了；那些意向远在这般人以下的，都成群成队地曾经达到一种初步的满足，达到差不多能随心所欲、想叫谁爱她们谁就爱她们[4]的地步。但是这位土耳其武士，却因为不敢把面前那些飘摇的条带撩开，连这种好处都没有机会得到。

姚伯重新回到屋子里面的时候，却只剩了他一个人了，他的

---

1 希腊神话，“回声”本为山林女神，因好多言，为朱诺所恶，遂剥夺了她说话的能力，只许问她话时，她可以回答。她爱上了美少年纳随色斯，但以不能言，无法自通，遂日益憔悴，形销骨毁。最后只剩了回答的能力，其他一无所有了。

2 葩蕾·琵澈姆，英国十八世纪诗人该伊（1685—1732）的乐剧《丐人歌剧》里的女主角。演这个角色而做了公爵夫人的是芬顿小姐。她一七二八年初演葩蕾·琵澈姆，同年鲍勒屯公爵和她同逃，一七五一年和她结婚。

3 丽狄·兰闺，英国戏剧家谢立丹的喜剧《情敌》里的女主角。演这个角色而做了公爵夫人的是迈仑，在十九世纪初年，扮演过丽狄·兰闺，一八二七年做了圣奥尔本公爵夫人。

4 英国女演员因演戏而得到地位、爱情的，除了前面说的那两个人以外，还有许多，其中如奈勒·桂文，做了英王查理第二的情人；波罗屯小姐，做了塞尔娄夫人；司蒂芬小姐做了爱塞司伯爵夫人；玛利·罗宾孙，做了英太子（后来之乔治第四）的情人，皆是。

堂妹已经不见了。他走到游苔莎跟前两三英尺以内的地方，好像又想起一桩心事来似的，把脚站住，把眼盯在她身上。游苔莎就把脸转到另一面，心慌意乱起来，直纳闷儿，不知道这种悔惧交加的罪得受到几时。姚伯流连了几秒钟的工夫，又往前走去。

有些性情热烈的女人，通常总是为了爱情而自寻苦恼。现在爱、惧、羞、妒种种情感，混合冲突，把她弄得极端不安。逃躲是她要马上达到的最大愿望。但是别的演员，却都没有要匆匆离去的表示，所以她就低声告诉了和她同席的那个小伙子，说她愿意在外面等他们，跟着就尽力轻轻悄悄、不惊动人，走到了门前，开开了门，溜出去了。

恬静寂僻的夜景，使她疑惧冰释，心神平定。她走到白篱栅跟前，靠在那上面，观看月色。她在那儿这样靠了不大的工夫，房门又开开了。游苔莎以为是那些演员出来了，所以就回头看去；但是出来的并不是演员，却是克林·姚伯，他也像刚才她自己那样，轻轻悄悄地开了门出来，又轻轻悄悄地把门关上了。

他走上前来，站在她旁边，对她说："我有一种奇怪的想法，所以想请教你一个问题。你是不是一个女人？再不就是我看错了？"

"我是一个女人。"

姚伯的眼睛带着很感兴趣的样子在她身上流连。"现在女孩子常演幕面剧吗？从前可不。"

"现在也不。"

"那你为什么做这种事哪？"

"为的是兴奋一下，散散郁闷。"她低声说。

“什么东西让你郁闷？”

“人生。”

“这种使人郁闷的原因，本是许多许多人都得忍受的。”

“不错。”

静默了半晌。到后来克林才问：“你得到了兴奋没有哪？”

“在现在这一会儿的工夫里，也许算得到了。”

“那么现在有人认出来你是女人，你觉得讨厌吧？”

“不错；不过我原先就想到这一节了。”

“我要是早就知道你想要上这儿来赴我们这个会，那我一定很高兴请你来。我幼年是否曾跟你认识过？”

“没有。”

“你现在再请回到屋子里待一下，喜欢待到几点就待到几点，好不好？”

“我不愿意让人家再进一步认了出来。”

“呃，你可以放心，”姚伯说，跟着琢磨了一会儿，又温柔地接着说：“我现在不再打扰你了。这种会见的情况，实在得算很别致。我现在不追问你，为什么一位深有教养的女人做这类事了。”

克林好像盼望游苔莎能把原因告诉他似的，但是游苔莎却不愿意说，因此克林对游苔莎说了一声“夜安”，跟着绕到房子后面去了。他在那儿自己来回走了半天，才进了屋里。

游苔莎心里，本来就是热烈激动的，现在又经过了这一番波折，所以就不能再等她的伙伴了。她把面前的条带撩起来，开开了栅栏门，一下投到了荒原上。她走的时候并不匆忙。她外祖那时候已经睡了；同时游苔莎本来常常月夜在山上闲步，她来来去去，她外祖毫不注意，并且她外祖自己随便惯了，对于他外孙女儿也同样地放任。所以现在蟠踞游苔莎心头的，并不是怎样回家的问题，却是另一个更重要的问题。只要姚伯有一丁点好奇心，那他一定非访查出她的名字来不可，那时候应该是怎样一种情况呢？她起初想起这番冒险有这样一种收场，只觉不胜欢跃，虽然欢跃之中有时候她又有一些羞臊而面红耳热。但是她又一想，就不觉心灰意冷。因为她想到，她这番冒险到底有什么用处呢？她现在对于姚伯家，还完全是一个生人呢。她无端在那个人身上罩了一层缠绵悱恻的光环，这种感情也许会使她苦恼。她怎么就能叫自己被一个生人迷住了呢？并且把她的愁烦之杯[1]注满了的，还有一个朵荪哪，跟克林一天一天地在接近得一触就着的情况下住着。因为她刚刚知道了，克林并不像她以前所信的那样，在家里只待几天，却和那个正相反，要在家里做不少日子的勾留。

她走到迷雾岗上的小栅栏门跟前了，不过开门之先，却转身把荒原又看了一看。只见那时，雨冢在群山上耸立，明月在雨冢上高悬。万籁俱寂，满天霜气。这种光景，让游苔莎想起一件以前忘得干干净净的事来了。她曾答应过韦狄，说今天晚上八点钟，和他在雨冢上见面，好对于跟他同逃的要求，作最后的回答。

这个日子，这个时间，本来都是游苔莎亲自定的。韦狄这时候大概已经上了雨冢，在寒夜里等候而大大地失望了。

“哼，这样倒更好；这并冻不坏他。”游苔莎丝毫无动于衷地

1 愁烦之杯，杯喻命运，愁烦之杯，即命中应受之愁烦。《旧约·诗篇》第 75 章第 7 至 8 节：“唯有神司判断，能使人尊崇，使人卑贱。耶和华手中有杯，其中之酒起沫。”亦见其他各处。

说。现在的韦狄，和戴着墨晶眼镜看来的太阳一样，毫无光芒四射了，所以游苔莎能随随便便冲口说出这种话来。

游苔莎站在那儿，出神儿琢磨。朵荪对于她堂兄那种招人爱的模样，又蓦地上了她的心头。

“唉，她早就嫁了戴芒有多好哇！”游苔莎说，“要不是有我从中作梗，那她也许早就嫁了他了！我要是早就知道了是这样——我要是早就知道了，那有多好！”

游苔莎又用她那两湾含嗔凝怨的湛湛秋波，朝着月亮看了一下，跟着非常像打了一个寒噤似的，很伤心地叹了一口气，走到房檐下面的阴影里去了。她在“披厦子”里把戏装卸下，把它卷在一起，然后进了屋子，上了自己的内室。

七　美人和怪人的联盟

老舰长平常对于他外孙女的行动，总是毫不注意，所以把她惯得和小鸟一般，任意自来自去。但是第二天早晨，他老先生却不知怎么，对于她那样晚还在外面的原因，又冒昧地查问起来。

“我那不过是出去寻找寻找有什么新鲜事儿就是了，老爷子。”游苔莎一面说，一面往窗户外面看去，看的态度好像是娇慵懒惰，其实一按起机栝来，却会发现，这种态度里，藏着很大的力量。

“寻找寻找有什么新鲜事儿！别人一定会觉得，你就是我二十一岁上认识的那些放荡公子哥儿哪！”

“这地方太寂寞了。”

“越寂寞才越好。要是我住在城里头，那我整天整夜，看管你就够我忙的了。我昨儿满想我从静女店里回来的时候，你早就回了家了。”

“也罢，我也不必瞒着您啦。我因为很想做一番冒险的事，所以跟着那些幕面剧演员们去走了一趟，我扮的是土耳其武士。”

“是吗？真的吗？哈，哈！我的上帝！我决没想到你会做那种事，游苔莎！”

“那是我头一次出场，也一定是我末一次。我现在已经对您说了——您可要记住了，不要再对别人说。”

“当然我不会再对别人说。不过，游苔莎，这可是你从来没有的事。哈！哈！他妈，倒退回四十年去，我遇到这种事，一定会喜欢得了不得。不过，你要记住了，孩子，千万可不要再来第二回。你可以白日黑夜，随便在荒原上逛，那我都不管，只要你不来麻烦我就成；但是你千万可不要再去女扮男装。”

“您放心吧，老爷子，没有错儿。”

他们两个人的话，说到这儿就打住了：游苔莎向来所受的道德教训，最严厉的也不过是这次这样一番谈话，这种谈话，如果会产生什么有益的效果，那效果也实在来得太容易了。但是游苔莎的心思，不久就把自己完全抛开，又想到别的地方上去了。她对于那位连她的姓名都还不知道的人，抱着满腔热烈、不可言喻的悬念，所以在家里待不住，就往外边那一片棕黄郁苍的荒原上跑去了，她那种心神不定的样子，简直和那个犹太人厄亥修以罗[1]一样。她离开自己的家大约有半英里的时候，看见面前不远的深谷里，现出了一片森然可怕的红色——沉郁、阴惨，好像太阳光下的火焰；她就猜出来，那一定是红土贩子德格·文恩。

在前一个月里，想要趸进新红土的牧人打听在哪儿可以找到文恩的时候，人家的回答总是说：“在爱敦荒原上。”一天一天过去了，人家的回答老是这一句话。我们都晓得，荒原上面，兽类

---

1 犹太人厄亥修以罗，传说中的一个漂流的犹太人。据说，当年基督扛着十字架往前走时，中途倚在那个犹太人的门上，那犹太人叱责他，叫他快走，他便对那犹太人说：“不错，我走，并且快走；可是你不要走，你得等到我二次下界的时候你才能走。”因此那犹太人便永远不得安定地在世上到处漂泊。

多半是荒原马，不是绵羊，居民多半是斫常青棘的樵夫，不是牧人，而绵羊和牧人的居处，有的是在荒原西面的原野上，有的是在荒原北面的原野上；既是这样，那么文恩所以像以色列人驻扎在寻[1]那样的荒原上，用意很不明显。固然不错，这块地方，地点很适中，所以有的时候很合人意。但是德格驻扎荒原的本意，并不是因为要出卖红土，特别是那个时节已经是一年快要完了的时候，所有他那一般的行商，都大半已经进入冬居了。

游苔莎把眼光转到这个孤独无侣的人身上。她上次和韦狄见面的时候，韦狄告诉过她，说姚伯太太曾把文恩抛出来，说他既便于又急于要取得韦狄的地位，做朵荪的未婚夫。文恩的身段是完美的，他的面貌是又年轻又齐整的，他的目光是明锐的，他的心机是灵敏的，他的地位，只要他一有意，是马上就可以改变的。不过虽然他有种种可能，而朵荪跟前既是有了姚伯那么一位堂兄，同时韦狄又不是对她完全无意，那她仿佛是不会选择这样一位以实玛利似的人物做丈夫的。游苔莎一会儿就猜出来了，一定是因为可怜的姚伯太太关心她侄女的前途，所以才提出了这样一位新的情人，好刺激那一位旧的情人对她起热烈的感情。现在游苔莎成了姚伯家一方面的人了，和朵荪的伯母是一样的心思了。

"您早晨好哇，小姐！"红土贩子把他的兔皮帽子摘下来说；看他那样子，他显然对于上次的会晤，并没有记仇怀恨的意思。

"红土贩子，你早晨好，"游苔莎说，说的时候，几乎连她那

1　寻，地名，是一片旷野。《旧约·民数记》第 13 章第 21 节里说："……寻的旷野……"；同书第 20 章第 1 节里说："正月间以色列全会众，到了寻的旷野。"又见其他各处。当时摩西带领的人，都不明白摩西为什么把他们带到这样荒凉的地方。

双睫毛深掩的眼睛都没肯抬起来看他，“我不知道你就在这块地方上，你的车也在这一带吗？”

红土贩子把他的胳膊肘往一个山洼那面一耸，那儿有一丛枝茎紫色的荆棘，长得又密又厚，占的地方，非常宽广，差不多成了个树木披拂的小山谷。荆棘这一类东西，虽然拿的时候有刺扎手，但是在初冬的时候，它却是一桩挡风御寒的屏蔽，因为在所有的落叶植物之中，它的叶子落得最晚。只见红土贩子的篷车顶和烟囱，在纷乱纠缠的棘丛后面高高耸起。

“你就待在这块地方吗？”游苔莎带出更感兴趣的样子来问。

“不错，我在这一带有点事儿。”

“不完全是关于卖红土的事吧？”

“我这件事跟卖红土没有关系。”

“跟姚伯小姐可有关系，是不是？”

游苔莎脸上，仿佛带出一种要求武装和平的神气，所以红土贩子坦白直率地答：“正是，小姐，正是为的她。”

“因为你快要跟她结婚了，是不是？”

文恩当时一听这话，红色的脸上透出害羞的颜色来。“斐伊小姐，您别跟我开玩笑了。”

“那么那个话并不真了？”

“当然不真。”

游苔莎一听，就深信不疑，文恩不过是姚伯太太心里头最后的一个“着数”罢了；并且文恩本人，连他被人提到并不算高的地位上这种情况，还蒙在鼓里。所以她就不动声色地接着说：“那不过是我个人的一种想法就是了。”她说完了这句话，本来打算不再说别的，就一直往前走去。但是恰巧在那时候，她往右边一转脸，看见了一个和她熟得使她见了而不胜苦恼的人，正在她下面一条小路上，朝着她所在的那个小山头，拐弯抹角地走来。因为路径曲折，所以那时候，他的后背正冲着他们。游苔莎急忙往四周看了一眼；想要躲开那人，只有一种办法。她转身对文恩说："你可以让我在你的车里歇几分钟吗？山坡上太潮了，坐不得。"

"当然可以，小姐；我先给你收拾出一个地儿来好啦。"

她跟着文恩，走到荆棘丛后他的轮上行营那儿，文恩先进了车，把一个三条腿的凳子给她恰好放在车门里面。

"我能给你预备的地儿，这就得算是顶好的了。"文恩说，同时下了车，又回到小路上，一面抽着烟袋，一面来回蹓跶。

游苔莎跳到车里面，在小凳子上坐下，让车把自己挡住了，免得小路上的人看见她。待了不大的工夫，她就听见红土贩子的轻快脚步声之外，又来了另一个人的轻快脚步声，于是又听见有两个人交臂而过，同声说了一句都不大亲热的"日安"，跟着那另一个人的脚步声就渐渐地在上山的路上越去越远了。游苔莎把头伸出来，使劲看去，看到越去越远那个人的肩膀和背脊；她觉得一阵苦恼，给了她锥刺一般的疼痛，至于为什么那样，她自己也不明白。那是一种使人心头作恶的感觉，一个变了心的人，如果性情里还有一丁点儿慷慨宽宏，那他忽然见了昔日所爱今日所弃的情人，就要有这样的感觉。

游苔莎下了车要往前走去的时候，红土贩子走近前来。"刚才是韦狄先生过去了，小姐。"他慢慢地说，同时脸上露出来的神气好像是说，他觉得游苔莎一定会因为坐在车里没叫韦狄看见，心里烦恼。

“不错，我看见他往山上走来，”游苔莎答，“你为什么告诉我这个话？”红土贩子既然是知道她和韦狄的恋爱史的，那么这一问未免太大胆了；不过她那种不露声色的态度里，有一种力量，能使她认为不可与同群的人，不敢把意见表示出来。

“我一听你问这个话，我很高兴，”红土贩子粗率直截地说，“现在我一琢磨，对啦，您这话跟我昨天晚上看见的情况正相合。”

“啊？——你昨天晚上看见什么了？”游苔莎本来想要离开红土贩子，同时却又很想知道知道究竟是怎么回事。

“昨天晚下，韦狄先生在雨冢上等一个女人来着，等了老半天，那个女人可总也没去。”

“这样说来，好像你也在那儿等了？”

“不错，等人是我的经常工作。我看见他失望，我很高兴。他今天晚上还要到那个地方去等的。”

“还要再一次失望。我对你说实话吧，红土贩子，现在那个女人，不但不想阻碍韦狄和朵荪的婚姻，反倒很愿意帮助他们成功。”

文恩听了这种自白，大大吃了一惊，不过他没明明白白地露出他的惊异来。惊异的表现，本是遇到听见的言语和预先料到的只差一步才显露；要是在复杂的情况中，差到两步以上，惊讶的样子总是不表示出来的。“是，是，小姐。”红土贩子答。

“你怎么知道韦狄先生今天晚上还要到雨冢上去？”游苔莎问。

“我听见他自言自语地那么说来着嘛。他并没露出生气的样子来。”

游苔莎一时之间，把她心里所感觉的在脸上表示出来了。她抬起她那双又深又黑的眼睛，很焦灼地往红土贩子脸上看去，嘴里嘟囔着说："我很想能有个办法。我不愿意对他不客气，可是我又不想再跟他见面；我还有几件小东西要还他。"

"小姐，要是您肯把那些东西交给我，再写一封短信，告诉他您不愿意再跟他往来，那我就能悄悄地把东西和信，一齐替您交给他。您要让他知道您的真心，这是最直截了当的办法。"

"很好，"游苔莎说，"你到我家里来好啦，我好把东西交给你。"

跟着游苔莎就往前走去，那段路本是荒原上荆榛蒙茸、如发鬖鬖的一条顶窄的小径，所以红土贩子走的时候，只能紧跟在游苔莎的身后，完全和她走一道线。她老远看去，看见老舰长正站在土堤上拿着望远镜四外看远处的风景；她见了这种情况，就告诉红土贩子，叫他在远处等着，只她自己进了家里。

待了十分钟的工夫，她又出来了，手里拿着一个包裹和一封信：她把东西和信全都交到了红土贩子的手里，同时问："你为什么这样高兴替我做这件事？"

"您会问我这个话？"

"我想你以为你这样做，就可以帮朵荪的忙了，是不是？你现在还和从前一样，急于要促成朵荪的婚姻吗？"

文恩听了这话，心里未免有些激动。"我本来愿意自己娶她，"他低声说，"不过我总觉得，要是她非那个人就不能快活，那我就很愿意尽我的职分，帮助她嫁那个人；这样才是大丈夫应做的事。"

游苔莎带着好奇的样子，看这位说这种话的怪人。平常的时候，自私往往是爱情的主要成分，并且有时还是爱情的唯一成分；但是现在这个人的爱情，却丝毫不含自私的意味，这真得算是异样的爱情了！这位红土贩子，毫不自私自利，本来应该受人尊敬，但是他太不自私自利了，到了不能被人了解的程度了，所以反倒不能得到人的尊敬了；据游苔莎看来，还差不多显得荒谬呢。

“那么咱们两个人到底是一条心了。”游苔莎说。

“不错，”文恩抑郁地说，“不过，小姐，要是您肯告诉我，您为什么对她这样关切起来，那我心里就更坦然了。您这回这种情况，太突兀，太奇怪了。”

游苔莎一时好像不知所答，只冷冷淡淡地说：“那我不能告诉你，红土贩子。”

文恩没再说别的话。他只把信装在口袋里，对游苔莎鞠了一躬，转身走了。

雨冢又和夜色混成一体了，只见韦狄又上了雨冢基座下面那片连亘的山坡。他走到了山坡顶上的时候，紧在他身后的地上出现了一个人形。那就是游苔莎的使者。他往韦狄肩上一拍。那位性躁心悸的青年店主兼工程师惊得一跳，仿佛撒旦让伊受锐尔的枪尖触了一下的样子[1]。

---

1 伊受锐尔，天使之一。撒旦从地狱跑到乐园，想要诱惑亚当和夏娃，破坏上帝的工作。那时伊受锐尔奉命和另一个天使到乐园里去搜查他。见英国诗人密尔顿的《失乐园》第四卷第七八八行以下：“……他们在那儿找到了他，像一个虾蟆，蹲伏在夏娃的耳朵旁。他正在那儿聚精会神，伊受锐尔用枪把他轻轻一触；那枪本是天上打造，假东西敌不住它一挑，要让它一挑，立刻就非现原形不可。所以撒旦当时唬了一跳，现了原形。好像星星之火，点在一堆火药上面……一下便火光烛天，当时那恶魔就那样把本相露出。……”

“咱们老是八点钟在这儿见面，”文恩说，“现在咱们三个又到了一块儿了。”

“咱们三个？”韦狄一面说，一面急忙转身看去。

“不错，咱们三个；你，我，还有她，这就是她。”他把包裹和信一齐举了起来。

韦狄莫名其妙地把包裹和信接在手里，嘴里说：“我不大明白你这是什么意思。你怎么上这儿来的？你一定是弄错了吧。”

“你看一看那封信就明白了。我给你来一个灯笼吧。”红土贩子划了一枝火柴，把他带来的一块一英寸长的脂油蜡头点起来，用帽子把光罩住。

“你是谁？”韦狄在烛光下，模模糊糊地看见了他这位满身红色的同伴，跟着问，“你就是我今天早晨在山上看见的那个红土贩子——哟，你也就是那——”

“请你看信好啦。”

“要是你是那一位打发来的，那我就不会觉得奇怪了。”韦狄一面把信拆开，一面嘟囔着说。只见他脸上郑重起来。

韦狄先生，

我仔细想了一番以后，就一劳永逸，决定不再和你往来了。我越把这件事琢磨，我就越深信不疑，我们应该断绝关系。要是这两年以来，你对我始终忠诚如一，那你现在也许可以有说我全无心肝的余地。但是如果你平心静气地考虑一下，我在你弃我而去的期间，怎样忍尤含垢，你向别人求婚的时候，我又怎样包涵忍受，连一次都没加以干涉：你如果对这种种都想过了，那你就一定会承认，你再回到我这儿来的时候，我很有权利查问一下我自己的感情。现在我对你的感情，已经不像从前那样了，这也许得算是我的缺点，但是如果你把你舍我而就朵苏的情况想想，那你就无颜责问我了。

我们初期相交的时候，你给了我一些小小的礼物，现在这些小礼物，我都叫捎信的人一齐奉还。按道理讲，我听见了你和朵苏订了婚的时候，就该把这些东西还你的。

游苔莎

韦狄看到这封信的前半，脸上还是莫名其妙的神气，等到他看到游苔莎的签字，他原先莫名其妙的神气就变成了失望受侮的神气了。“我这真闹了个里外不是人了，”他气忿忿地说，“你知道信里写的是什么话不知道？”

红土贩子哼起小曲儿来。

“你没有嘴说话吗？”韦狄忿然地问。

“啦——啦——啦——”红土贩子唱。

韦狄在那儿，先把眼睛看着红土贩子脚旁那块地方，后来把眼睛慢慢往上，看着烛光下红土贩子的身体，一直看到他的脸和他的头。“哈，哈！我一想把她们两个人都要了，我觉得我该受这种报应，”韦狄后来说，说给自己听，也说给文恩听，“不过世界之上所有我晓得的怪事之中，没有比你这件再怪的了；你送这封信给我，正是你跟你自己过不去呀。”

“我跟我自己过不去？”

“当然是跟你自己过不去。现在既然朵苏已经接受你了，或者说快要接受你了，那你要是跟自己过得去，你当然顶好不要让我再去跟朵荪求婚才对呀。姚伯太太说你快要娶朵荪了。难道是假话不成？”

“我的天！我以前也听说过这种话，不过我不肯信。她是几时说的？”

韦狄学刚才红土贩子那样，也开口哼起小调来。

“我现在还是不肯信。”文恩说。

“啦——啦——啦——”韦狄唱。

“哦，天啊，人真有模仿性啊！”文恩带着鄙视的样子喊着说，“我要把这件事弄一个水落石出！我马上就去见她去。”

德格步履健捷地退身走去，韦狄以恨不得使他遭瘟中恶的揶揄轻蔑之色，用眼睛把他的全身横扫一过，仿佛他只不过是一匹荒原野马。红土贩子的形体去得看不见了的时候，韦狄自己也走到下面昏暗的山谷。

要是把两个女人全丢了——他本是她们两个亲爱的情人——这样一个结局，实在揶揄太甚，叫人无法忍受。他唯一保存体面的办法，只有把朵荪抓到手里这一条路；他一旦做了朵荪的丈夫，游苔莎一定有一个很长的时期要深深地后悔，痛痛地后悔。因为韦狄不知道幕后来了一个新人，所以无怪他又以为这是游苔莎故意作态了。要是相信她写这封信并不是由于一时的恩怨喜怒，要是断定她真把韦狄放弃了，真把他让给朵荪了：要这样想，要这样信，那总得先知道她受了另外那个人的影响而完全变了心才成。她本是对于新的热恋贪婪无厌，所以才对于旧的热爱一尘不染；本是要把一位堂兄紧抓不放，所以才对一位堂妹慷慨大方，本是欲取，却反先与，本是欲擒，却反先纵，这是她的真心；但是她这种真心，有谁知道呢？

韦狄当时，决定要快快和朵荪结婚，好让那个骄傲的女孩子揪心难过，所以他就急忙往前走去。

同时德格回到自己的大车里，站在火炉旁边，满腔心事地往火炉里瞧。新的前程在他面前展开了。不过，在姚伯太太眼里，虽然觉得他很有资格做朵荪的候补丈夫，而要想让朵荪喜欢他，却有一样万般要紧的条件，那就是他得放弃了他现在这种野人一般的生活。关于这一点，他觉得并没有什么困难。

文恩当时，恨不得马上就见了朵荪，去把他的计划详详细细地对她陈述出来，所以连第二天都等不得，就急急忙忙地动手梳妆打扮起来；他从箱子里拉出一套呢子衣服来；过了约莫二十分钟的工夫，只见大车里灯笼光下的文恩，除了脸上的红色而外，再就看不出他是一个红土贩子来了（因为脸上的红色不是一下就能去掉的）。他把车门关上，用挂锁锁起来，就拔步往布露恩走去。

他走到白篱栅旁边，伸手去开栅栏门，那时候，只见屋门一开，跟着又一下关上了，同时一个女孩子模样的人，悄悄地溜进屋里去了。于是一个男人，先前显然是和那个女人一同站在门廊下的，现在走上前来，和文恩碰了个对面。这回这个人又是韦狄。

“哎呀，你真来了个快当啊。”德格带着讥讽的意味说。

“你却来晚了，你一会儿就知道了，”韦狄说，跟着又把声音放低了说，“你最好回去，不必多此一举了。我已经要求了她，得到她了。再见吧，红土贩子！”说完了就迈步走了。

文恩的心冷了一半，其实原先他心里本来就没抱什么非分的希望。他依在篱栅上面，犹豫不决地站了差不多有一刻钟的工夫，才走上园径去敲门，说要见姚伯太太。

姚伯太太没请他进家，只到门廊下和他见了一见。他们两个，嘴里掂算着低声谈了有十分钟或者十分钟以上的话。谈完了，姚伯太太进了屋子里面，红土贩子很悲伤地顺着原路，回到荒原去了。他进了大车的时候，把灯笼点起来，无情无绪地把刚穿好了的衣服全都换了下去，不到几分钟的工夫，他依然是以前那个好像患有痼习沉疴而回春无术的红土贩子了。

八　在温软的心里发现了坚定

那一天晚上，布露恩那所住宅的里面，虽然温暖舒服，却未免有些寂静。克林·姚伯并没在家。自从圣诞节请客那天以后，他就拜访一位朋友去了，那位朋友住得隔布露恩有十英里左右，姚伯在那儿要勾留几天。

前面已经说过，文恩刚一走到布露恩门前，就看见一个人影，在门廊下和韦狄分了手，匆匆地进了屋里；那正是朵荪。她进了屋里，就把原先随便披在身上的斗篷撩开，往前走到有蜡光的地方；姚伯太太正在蜡光下的针线桌旁边坐着做活儿，因为桌子拉到了长椅子里面，所以桌子的一部分都伸到壁炉暖位的内部去了。

"天黑了以后，你别再自己一个人出门，朵绥，我不愿意你那样。"她伯母仍旧低着头做活儿，只嘴里安安静静地说。

"我并没有远去，就在门口那儿待了一会儿。"

"啊？"姚伯太太一听朵荪说话的声音有点儿改变，觉得奇怪，就一面抬起头来看她，一面嘴里这样问她。朵荪的脸腮通红通红，比她还没受罪以前都红得多，两只眼睛也放出光芒来。

"刚才打门的原来是他。"朵荪说。

"我也想到了是他。"

"他说他要马上就跟我结婚。"

“真的吗！怎么？他着起急来了？”姚伯太太仔细把她侄女打量了一番问道，“韦狄先生怎么不进来？”

“他不愿意进来。他说，他总不入您的眼。他愿意后天就举行婚礼，一概不让别人知道，在他那教区的教堂里，不在咱们这个。”

“哦！你怎么答复他的？”

“他的话我都应了，”朵荪很坚定的样子答，“我现在是一个讲实际的女人了。我完全不信感情那一套了。既然克林写了那封信，我无论怎么样，都非嫁他不可。”

一封信正放在姚伯太太的针线筐箩上。朵荪现在一提，她伯母就又把那封信拆开了，默默地看去；今天她看那封信已经是第十次了；只见信上写道——

> 人们关于朵荪和韦狄先生正流传着一些胡言乱语，到底是怎么回事？像这样的诽谤，只要有一丁点可能是真实的，我就得认为令人可耻。这样一种臭恶昭彰的荒诞虚妄，究竟是怎么发生的呢？俗话说，要听家里新闻，总得离开家门，我现在好像就是这样了。我当然到处都把这番瞎话加以驳斥；不过那总是非常令人可恼的。我不知道，它到底是从哪儿来的。凭朵荪那样一个女孩子，竟会在结婚那一天，叫人家甩了，叫我们跟着受寒碜、栽跟头，真太滑稽了。她到底怎么了？

“不错，”姚伯太太把信放下，闷闷不乐地说，“要是你以为你能嫁他，那你就嫁他好了。韦狄愿意完全不拘形式，那也由着他，就那么办好了。我是一无所能的。现在都看你一个人的了。自从你上次离开这儿，跟他一块儿上了安格堡那一趟，我对于你的幸福就算不能再为力了。”说到这儿，她又有些牢骚地接着说：“我差不多很可以问一问：你何必跟我来商量这件事呢？就是你一个字都不对我提，悄悄地跟着他去了，和他结了婚，我也决不会生你的气的——因为，可怜的孩子，你没有任何更好的办法呀。”

“请您不要说这种话，叫我灰心吧。”

“你这话很对，我不说了。”

“大妈，我并不是替他辩白。世界上本来就没有完全的人。要是我非说他是个完全的人不可，那我不成了瞎子了吗？我从前倒是觉得，他是个完全的人，现在我可不那么想了。不过我是知道我应当走的路的，您也明白我知道。我老是往顶好的地方奔。”

“我也是那样啊；并且以后咱们永远要那样。”姚伯太太站起来，亲了朵荪一下，说：“那么，这次的婚礼，要是真能举行，就正是克林回来那一天的早晨了？”

“不错。我们要在他回来以前就把事办完了，这是我的主意。因为那样一来，您和我才可以有脸见他，咱们以先对他的遮掩，才可以没有关系。”

姚伯太太带着沉思的样子把头点了一下，跟着又问：“你愿意我给你主婚吗？你要是愿意，我还是跟上回一样，很高兴去。既是我反对过一回结婚通告，我觉得我应该替你做这件事。”

“我不想请您去，”朵荪说，说的时候，虽然口气是非心所愿，但是态度仍坚定不移，“要是有您在那儿，我总觉得有些别扭。顶好自己的亲人都不要去，只叫一些素不相识的人在那儿好啦。我很愿意能够那样。我决不愿意做任何把您的声名带累坏了的事，经过这些波折以后，您要是在那儿，我一定觉得不痛快。我不过是您的侄女罢了，您再为我操心，是用不着的。”

“也罢，咱们总得算没斗得过他，”她伯母说，“这件事实在好像是他故意跟你耍着玩儿似的，好报一报我站起来反对他那一回的仇。”

“哦，不是这样，大妈。”朵苏嘟囔着说。

说到这儿，她们对于这个问题就不再谈了。过了不久，就听见德格·文恩敲门。姚伯太太在门廊下和他见了面以后，回到屋里，满不在意地说：“又来了一个跟你求婚的。”

“不会吧？”

“是真的；那个怪青年文恩。”

“来跟我求婚？”

“正是；我已经告诉他，说他来晚了。”

朵苏默默地看着蜡烛的火焰，说了一声“可怜的德格”！跟着就把注意力转到别的事情上去了。

第二天的时间，都花在预备结婚的板刻事情上，因为这两个女人，都想把心思贯注到这上面，好躲开当时的情况里动人感情的那一方面。若干衣饰之类，又重新给朵苏收拾到一块儿；同时关于家务琐事的指导，也时时提及，这样，她们心里头对这次朵苏做韦狄的太太所存的疑虑，就掩饰了。

预定结婚的那一天来到了。朵苏先跟韦狄约好了，说叫韦狄到了教堂再和她见面；因为要是他们按照乡间普通的习惯，一同上教堂去，那别人也许会由于好奇而做出使他们感到不快的事来了。

伯母和侄女一块儿站在卧室里，新娘子正在那儿梳妆打扮。太阳的光线把朵荪的头发照得到的地方都映成一面镜子。她平常的时候，总是把头发编成好几股的。股数的多少，看日子的重要和不重要而定，日子越重要，股数也越多。平常的日子，她只编三股，星期日编四股；过五朔节、吉卜赛之类的时候，编五股。好几年以前，她曾说过，说她结婚的时候，要编七股。她那天就编了七股。

"我已经琢磨了半天了，我还是穿那件蓝绸袍子，"她说，"即便是这次时光有些凄楚，今天却无论怎么样，是我结婚的日子。"她说到这儿恐怕生误会，又急忙改嘴说："我并不是说，时光本身凄楚，我是说，有了那么些失望、苦恼，才到了今天，这里面有些凄楚。"

姚伯太太喘气的样子，简直可以说就是叹息。"我真想克林在家才好，"她说，"当然，你挑这个时候，就是为的他不在家。"

"有一部分是这样。我觉得我没把一切的情况都告诉他，很对不起他；不过，我不告诉他，既然是为了不让他难过，那么，我想我还是把这种办法实行到底，等到满天的云雾都散了，再把这件事的始末根由都告诉他也不晚。"

"你真是一个讲实际的小妇人了，"姚伯太太微微一笑说，"我愿意你跟他——也罢，我没有什么愿意的。现在已经九点啦。"她打断了话头说，因为她听见楼下的钟正沙沙地响起来。

“我告诉戴芒，说我九点钟起身。”朵荪说，一面急忙走出屋外。

她伯母跟在后面。朵荪从房门沿着小径朝着小栅栏院门走去的时候，姚伯太太无可奈何看着她说：“让你自己一个人去，太不对了。”

“我非自己一个人去不可。”朵荪说。

“不管怎么样，”她伯母勉强做出高兴的样子来说，“我今天下午就去看你，同时把喜糕[1]给你带去。要是那时候克林回得来，他也许也去。我很愿意对韦狄表示一下，我并不记他的仇。过去的事一概都忘了好啦。好吧，上帝加福给你：我本来不信服那老一套的迷信的，不过我还是要那么办。”她朝着那位步步离去的女孩子扔了一只便鞋[2]，那女孩子回过头来，笑了一笑，又转身走去。

她往前走了几步，又回头看。“您叫我来着吗，大妈？”她的声音战抖着问，“再见吧！”

她看见姚伯太太老瘦的脸上泪痕纵横，就忍不住，回身跑了过来，同时她伯母也迎上前去，于是她们两个又到了一起。“唉，朵绥呀，”伯母哭着说，“我真不愿意叫你走。”

“我——我——”朵荪刚说出两个字来，也忍不住哭了起来。不过，她把悲痛压下去，又说了一声再见，转身走去。

1　喜糕，英国习惯，结婚席上最重要的食物为喜糕。须新娘亲切，在座的都要吃一块，不能到场的亲友，要寄一块给他们。

2　英国习惯，结婚礼成席散，新郎新娘要走的时候，亲友们都跑到门口，朝着他们两个扔旧鞋或便鞋，以及米和纸屑等物。便鞋是取吉利的意思。

跟着姚伯太太，就眼看着她那小小的形体，在披拂行人的常青棘中间，越远越小，往山谷上坡那一头去了，那个小小的形体，只是一片黯淡的褐色大地上一个浅蓝色的小点儿，孤孤单单，赤手空拳，除了自己那点勇气，那点希望，再没有别的护卫和保障了。

但是这件事情里叫人最难堪的情景，却不是在这片景物上看得到的；这种情景，却是那个男人。

原来朵荪的堂兄克林，预先就订好了那天上午回来；所以朵荪和韦狄，特为选了那一天结婚，为的是免得朵荪见了克林，难以为情。要是原先那种让人寒碜的境况仍旧没有什么改进，那么对克林就是把他所听到的那些谣言承认一部分，也都很够叫人难受的了。只有再次去到教堂，完成婚礼，她才能抬头见人，才能证明头一次婚礼中止，完全是因为临时的意外。

朵荪离了布露恩还不过半点钟，姚伯就在同一条路上从对面走来，进了那所住宅。

他问了他母亲安好以后，接着说："妈，我今天很早就吃了一顿早餐。现在我还能再吃一点儿。"

他们一同坐下，用起第二遍早餐来，同时姚伯很焦灼地低声说（那显然是由于他认为朵荪还在楼上）："我听人说的关于朵荪和韦狄先生那些话，到底是怎么回事？"

"那些话有许多地方都不假，"姚伯太太安安静静地说，"不过现在我想一切都没有问题了。"说到这儿，她看了一看钟。

"不假？"

"朵荪今天往他那儿去了。"

克林把早餐推开。"那么那些可耻的话，有些是真的了，朵荪难过也就是由于这个了。她先前不舒服，是不是也就是由于这件事？”

“是，不过这并不能算是可耻；这只能算是不幸。克林，我现在都对你说一说吧。你千万可不要生气，你先听一听。你听完了，就能看出来，我们所做的，全是为了大家好。”

于是姚伯太太就把一切细情，全对他说了一遍。克林还没从巴黎回来的时候，仅仅知道，朵荪和韦狄之间，已经有了感情，他母亲最初不赞成他们那样，后来因为朵荪的解释，他母亲才回心转意，对韦狄多少有点儿青眼相看的意思。因此，现在他一听他母亲这一番话，就又非常地惊异，又非常地难过。

“并且她打定主意，要趁着你还没回来的时候，就完成婚礼，”姚伯太太说，“省得她还得见你的面，受一番很大的痛苦。她到他那儿去，就是为了这个缘故；他们已经安排好了，今天上午结婚。”

姚伯听了，站起来说：“不过我还是不明白。这完全不像她的为人。她不幸没能结婚，又回到这儿，那次您没写信告诉我，我能明白您的意思。不过她要结婚的时候——起初的时候，你怎么不告诉我？”

“啊，那时候我正对她不高兴呢。我那时觉得她很固执；再说，我既然看出来她心里一点儿也没有你，我也决定不让你心里有她。我总觉得，说到究竟，她不过是我的侄女罢了；我对她说，她要结婚就结吧；不过我是不管的，我也不能为那件事惹你跟着烦恼。”

“那并不能惹我什么烦恼；妈，您错了。”

"我恐怕你听见那个消息以后，就不能安心做事了；你由于那个，也许放弃了你的地位，也许毁了你的前途，都说不定，所以我就没对你说什么。自然他们那一次要是正式结了婚，那我早就立刻写信告诉你了。"

"咱们在这儿坐着的时候，朵苏就当真结了婚了！"

"当然结了婚了；除非这一回又像头一回那样，又有什么意外。那也保不定，因为韦狄还是韦狄呀。"

"不错，我相信那会发生的。让她去了，对不对呢？假如韦狄真是一个坏人呢？"

"那样的话，他就该又不到场，朵苏就该仍旧又要回到这儿来了。"

"您本来应该把这件事更仔细考虑一下才是。"

"你说这个话，有什么用处？"他母亲带出不耐烦的愁容来回答说。"克林，你不知道，我们这些个星期，都受了什么样的罪。你不知道，这种事情，一个女人觉得有多寒碜。你不知道，我们在这所房子里，有多少夜没睡着觉。你也不知道，十一月五号以后，我们两个都说过什么差一点就是令人难堪的话。我只希望，我将来永远也别再过那样七个星期才好。朵苏一直连门都没出；我无论见了谁，脸上都老觉得热辣辣的；而你现在却来埋怨我，说我不该让她去做那件唯一能叫我们抬得起头来的事。"

"我并不是埋怨您，"克林慢慢地说，"就着事情的全体而论，我并不埋怨您。不过您要想一想，这件事，在我这一方面，有多么突如其来。我刚回来的时候，什么也不知道，忽然之间，您告诉我，说朵苏结婚去了，那我心里是什么滋味？也罢，我也觉得没有什么别的好法子。妈，您知道不知道，”他停了一会儿，又接着说，这回说的时候，忽然带出对于他自己的往日发生兴趣的样子，“我从前有过一个时期，曾把朵荪当做情人看待？不错，我曾经是那样的。小孩子真怪。这回我回来，见了她，我觉得她比以先还亲热，所以我又想起那个时候来了，特别是圣诞节请客那一次，她说她不舒服的时候。咱们却一点儿也没理会她，照旧请咱们的客，那对她是不是有些狠心哪？”

“那并没有什么关系。我先就打算好了要请客，要是格外自己找些烦恼，就更不值得了。比方你刚一回来，我们就把门紧紧地关起来，告诉你朵荪的愁肠，那种欢迎，未免太冷清可怜了吧。”

克林琢磨了一会儿说：“我倒有些后悔不该请那回客，不过这是为了别的原因。我过一两天再告诉您好啦。现在咱们只能想着朵荪。”

他们都静默起来。一会儿姚伯又开了口，他的声音里，仍旧含着不断的旧情。“我对您说吧，我觉得让朵绥就这样去结婚，咱们两个人，一个都不到场去给她打气，去表示对她还关心，这对她太冷淡了。她并没做过寒碜自己或者什么别的事，至于讨咱们这样啊。这样匆忙草率的婚礼，本来就够坏的了，何况再加上一个亲近人儿都不到场。我说实在话，这差不多就是丢脸的事。我要去一趟。”

“这时候婚礼应该已经完了，”他母亲叹了一口气说，“除非他们去晚了，或者他——”

“那么我总可以赶得上看一看他们出教堂啊。说到究竟，妈，您这样不让我知道，我真不乐意。真的，我倒有点儿盼望这回又出了岔儿才好！”

“好把她的人格毁了？”

“没有的话；那并不能毁朵苏的人格。”

他拿起帽子来，匆匆地出了门。姚伯太太未免露出有些不痛快的样子来，只静静地坐在那儿出神琢磨。不过她自己待的工夫并不很大。因为过了几分钟以后，克林又回来了，跟他一块儿来的，还有德格·文恩。

“我看我是来不及赶到那儿的了。”克林说。

“她已经行了礼了吗？”姚伯太太转身问红土贩子，只见她脸上，两种互相冲突的愿望，又愿意，又不愿意，明显地露出。

文恩鞠了一躬，说：“行了礼了，太太。”

“这话听着真有点儿刺耳。”克林嘟囔着说。

“这一回韦狄没叫她失望？”姚伯太太问。

“这回没有。现在她的名声上，没有什么污点了。我看见您没在那儿，所以立刻跑来告诉告诉您。”

“你怎么会在那儿的？你怎么知道的？”姚伯太太问。

“我先就在那一块儿待了一些时候了，我眼看着他们两个进了教堂，”红土贩子说，“韦狄走到教堂门口的时候，时刻一点儿也不差。我真没想到他会那样。”红土贩子还有一句话，本来可以说的，但是他却没说，那就是，他待在那块地方上，并不是出于偶然；他从韦狄重新要求朵苏履行婚约那时起，就本着他天生做事彻底的脾气，拿定主意要促成这件事，不到最后一幕不止。

“都是谁在教堂里？”姚伯太太问。

“几乎没有什么人。我只站在一个不碍事的地方，她并没看见我。”红土贩子哑着嗓子说，同时把眼睛看着庭园。

“谁给她主的婚？”

“斐伊小姐。”

“可了不得！斐伊小姐！我想这得算是一种体面吧。”

“斐伊小姐是谁？”克林问。

“斐伊老舰长的外孙女儿，住在迷雾岗。”

“本是从蓓口来的，是一个骄傲的女人，”姚伯太太说，“我不大喜欢她那种人。别人都说她是一个女巫。不过那个话当然不值一笑。”

红土贩子没提他跟那位漂亮女人认识的话，也没提游苔莎到教堂，本是他亲身把她约了去的，因为他事先答应过她，说他只要听说他们举行婚礼，他就去约她来。他只接着说这件事——

“他们来的时候，我正坐在教堂坟地的垣墙上。他们一个从这面来，一个从那面来，斐伊小姐那时正在教堂坟地里散步，看坟上的碑碣。他们进教堂的门，我也走到门口，心里想，我跟她那么熟，我得看一看她的婚礼。我因为靴子有声儿，就把靴子脱下来，光着脚上了楼厢。只见那时候，牧师和助手，都已经在那儿了。”

“既然斐伊小姐只是随便到那儿散散步，那她怎么会成了参与婚礼的人了？”

“因为那地方再没有别人了。她刚好是在我前面进了教堂的。不过她没上楼厢。要行礼的时候，牧师往四下一看，只有她在跟前，就扬手招呼她[1]，她就走到栏杆[2]那儿去了。行完了礼，要往簿子上签名的时候，她把面幕揭开，在簿子上签了名；朵荪好像对她这样帮忙，很感激似的。”红土贩子说这段故事的时候，都是满腹心事的样子，因为，游苔莎把一直遮掩着她那真面目的厚面幕揭起来，曾安安静静地往韦狄脸上看，那时候，韦狄的脸色一变，那种情况，还在红土贩子心里流连未去。“于是，”德格很惆怅地说，“我就走了，因为她做朵荪·姚伯的时期已经完了。”

“我本来对她说我要去的，”姚伯太太带着后悔的样子说，“不过她说没有必要。”

“啊，那并没有什么关系，”红土贩子说，“现在这件事，到底总算是按照原来的意思办了。但愿上帝给她幸福。现在我告辞了。”

他戴上帽子，出门而去。

自从那天红土贩子离了姚伯的门口以后，有好几个月，爱敦上面和爱敦附近，再也看不见他了。他去得完全无影无踪了。第二天早晨，他放大车那个荆棘丛杂的角落，又和先前一样，阒然无人了，除了几根干草，和草地上一点红色，几乎没有半点踪迹，表示他曾在那里待过，而那几根干草和那一点红色，也让后来的头一场暴雨，冲洗得净尽无余。

红土贩子所报告的结婚情况，自然都是真相，不过却漏掉了一段很重要的情节，那是因为他站在教堂后部，离得太远，没有看见，但是那却不能不算是一个缺点。朵荪手哆嗦着往簿子上签名

1 牧英国习惯，结婚时须有证人。没有正式证人，随便路过的人都可以临时捉来作证人。

2 教堂圣案前，有栏一道，为举行婚礼之处。

的时候，韦狄朝着游苔莎瞥了一眼，那一眼的意思极其明显，那就等于说："我现在惩罚了你了。"游苔莎却低声回答说："你错了；今天我亲眼看到她做了你的太太，我心里再快活也没有了。"这两句话，韦狄一点儿也没想到，会完全是真的。

第三卷

迷恋

一　“吾心于我即一王国”[1]

在克林·姚伯脸上，能隐隐约约看出将来的典型面容。如果此后艺术上有一个古典时期[2]，那这种面容，就是那个时期里的飞地阿思[3]所要表现的。因为现在这个时代，对于人生，不像古代文明时期那样，以极大的热诚欢迎享受[4]，而只是把它看作一种得勉强容忍的东西。这种人生观，最后一定要完全融化到进步人类的体格里，因此他们那时候面部的表情，就要被人认作是艺术上推陈出新的基础。即便现在，如果一个人，活在世上，而脸上的纹道，却一点儿也没有骚乱的样子，或者全身各处，一点儿也看不出

1　“吾心于我即一王国”，引用戴尔诗句。戴尔，英国女王伊丽莎白第一时外交家兼朝臣，当时诗名甚著，不过遗稿所存无多，现在为人所传诵者，仅《吾心于我即一王国》一首而已。这诗咏“自足”；共十一段。兹译其第一段于后以见大意。“吾心于我即一王国，一切快乐于斯求得，上帝所赐人世福泽，我心比之无不远过；我固多欲，我固多求，我心制之，因以忘忧。”

2　古典时期，西方人论文学、艺术及文化，总把古希腊、罗马算作古典时期，以别于中古、文艺复兴及近代各时期。而罗马又多承袭模仿希腊。此处哈代特别指希腊而言，尤其特别指的是希腊的古典时期（公元前480—公元前323），为希腊艺术（特别是雕刻）之最高时期。

3　飞地阿思，古希腊雅典的著名雕刻家，此处泛指一个时代里的代表艺术家。

4　古代时期，指希腊罗马文化盛时而言。希腊罗马为异教的，主现世享乐。因此每年有种种的节日，做盛大的欢乐。他们所鉴赏的，也是身体的健强和美丽，所以有种种运动会。

有用心用脑子的痕迹，那大家就已经觉得，他那个人，离近代那种感觉灵敏的情况太远了，难以算作一个近代的典型。形体美的男人——世界年轻的时候人类的光荣——现在差不多已经是一桩不合时宜的古董了；我们还可以追问一下，形体美的女人，是否在将来某一个时期里，也要同样成为一桩不合时宜的古董。

真实的情况仿佛是：多少世纪以来破除虚幻的结果，把那种希腊人生观（我们也可以给它任何别的名字）永久扫荡了。希腊人仅仅稍微猜测出来的事物，我们都知道得很清楚；他们的埃斯库罗斯想象的事物[1]，我们在襁褓中的孩子们都感觉到。既是我们把自然律的缺陷揭穿了，把自然律的运用给人类的窘迫看明白了，那么从前那种对于一般人生的欢欣鼓舞，当然就越来越不可能了。

将来以这种新认识为基础的理想里所体现的那种面目，大概和姚伯的面目是一类的。观察姚伯的人，眼光都要被他吸住，不过却不是因为他的面目像一幅画，却是因为他的面目像一页书；不是因为面目的本身，却是因为面目上的记录。他的眉目，当做象征看来，就有了引诱力，好像本来平常的声音，在语言里就有了引诱力，本来简单的形状，在文字里就有了趣味。

他在孩童时代，人家曾对他有所期待。但是除了这一点而外，其他一切，完全都在混乱之中。他也许会独创一种花样而成功，也许会独创一种花样而失败：这两方面好像有同样的可能。关于他，唯一可以绝对确定的只有一点，那就是：他决不会在他生来的环境里站住不动。

1　特指他在悲剧里所表现的命运宰割一切的思想。

因为这样，所以附近一带的农民们偶尔提起他的名字来的时候，听见的人就要问：“啊，克林·姚伯么，他现在正在那儿做什么哪？”要是我们对于一个人自然而然要问的是“他正在那儿做什么哪？”，那我们总觉得，他这个人，决不能像我们中间大多数的人那样，并没在那儿做什么特别的事情。我们总模模糊糊地觉得，他一定正在侵入一种奇特古怪的境地，至于是好是坏，却不一定。虔诚的希望自然是说，他正在那儿往好处做了。秘密的信心却总说，他正在那儿把事情弄得一团糟。有五六位过得很舒服、在市集上做买卖的人，每次坐着大车到集上去的时候，总要在静女店里歇脚。他们就特别好谈这个题目。事实上，他们虽然不是荒原上的居民，但是他们嘴里含着泥做的长管旱烟袋，从窗里往外看着荒原的时候，就不由得要谈这个题目，因为克林的童年是完全和荒原联在一起的，所以凡是看见荒原的人，就难以不联想到克林。因此这个题目谈了又谈；要是他正在那儿名利兼收，那于他个人当然很好；要是他正在那儿做人世的悲剧角色，那于说故事的当然很好。

当时的实情是：姚伯还没离家以前，他的声名就已经传扬到很不适宜的范围了。西班牙的耶稣会教徒格锐辛[1]曾说过：“名过其实并非福。”姚伯六岁的时候，曾问过一个《圣经》上的难题，

1 格锐辛（1601—1658），西班牙作家，辑斯多噶式格言为《处世术》。其论名誉见于英译本《全才绅士》。哈代曾从《双周评论》抄录了他七十五句格言。

说："我们知道头一个穿裤子的人是谁？"[1]这话一传出去，连荒原的边鄙上，都交口称扬，赞声四起。他七岁的时候，因为没有彩色，曾用卷丹的花粉和黑覆盆子的果汁，画过一张滑铁卢战迹图。他十二岁的时候，至少在周围二英里地以内的人，没有不知道他是一个艺术家兼学者的了。在同样的时间以内，普通的人只能把名声传到六百或者八百码，而另外一位和那些人地位相同的人，却能把名声传到三千或者四千码，那他这个人，一定得有点儿特别的地方。也许克林的名誉，和荷马的一样，都有点儿是由于地位上偶然的事项吧[2]；不过不论如何，他却是很出名的。

后来他长大成人，有人帮忙，做起事来。命运总是恶作剧的：所以才会叫克莱弗[3]一起头做文书，叫盖伊[4]一起头做布商，叫济慈[5]一起头做外科医生，叫别的上千上万的人一起头做种种的怪

1 《圣经》里头两个人，亚当和夏娃，最初是裸体的，后来吃了知识之果，才穿起树叶儿来，并没提裤子的话。后来《出埃及记》第 28 章第 42 节耶和华晓谕摩西，叫他告诉以色列人，做种种东西的法子，才提到裤子，说"要给他们做细麻布裤子……"那时隔亚当夏娃已经过了许多辈了，究竟谁是头一个穿裤子的，《圣经》里并没明言。所以这个问题，让一个小孩问来，很算细心。

2 英诗人杨（1682—1765），在他的诗《好名》第二章第二十八行说："还有什么比爱好偶然的名誉还愚蠢？"是名誉本有偶然的性质。至于荷马，其人之有无即成问题。有七个城都争称自己那个地方是他的出生地。其目盲则为后人根据古代吟唱诗人情况而捏造的。其诗则有人认为，系前后积累，以渐而成，非出一手，而别人则默默无闻，而荷马之名独盛，其非出偶然而何？

3 克莱弗（1725—1774），英国驻印度的长官，封男爵。幼时，曾在东印度公司当过文书。

4 盖伊（1685—1732），英国诗人，幼时曾做过布店学徒。

5 济慈（1795—1820），英国诗人，十五岁时，曾跟外科医生当过学徒。

事[1]；现在就是这种命运，把这位荒原上隐逸狂野的青年，发落到以满足特别表现自炫和虚荣为唯一专务的职业里。

关于给他这样选择职业的详细情况，用不着叙说。他父亲死的时候，一位住在邻近的绅士，热心好义想提拔他，于是就采取了把他打发到蓓口去的办法。姚伯本来不愿意到那儿去，不过那是他唯一有出息的路子，所以他只得去了。他从蓓口又上了伦敦，在伦敦待了不久，又去到巴黎，在巴黎一直待到现在。

既是大家对于姚伯都总是觉得他好别生花样，所以他回家还没过多少日子，荒原上就有人对于他在家待这样久，生出很大的好奇心来。休假的期限，按情理说已经过去了，他却还在家里流连。朵荪结婚后第一个礼拜天上午，大家都在费韦门前剪发的时候，这个问题就成了他们谈论的资料。原来本地人老是在礼拜天这个时候这个地方理发，理完了发，到了中午了，才进行礼拜天的大事梳洗，再过一个钟头，才是礼拜天的大事穿戴。在爱敦荒原上面，正式的礼拜日，不到正餐的时候[2]不算开始；而且就是到了正餐的时候，也还只能算是一个残缺不全的礼拜日。

礼拜上午这种剪发的工作，都归提摩太·费韦一手承办；遭殃的人，把褂子脱了，坐在房子前面一个大剁墩上，一些街坊们，就在一旁，嘴里东家长西家短地闲谈着，眼里把剪下来那一撮一撮的头发，逍逍遥遥地看着，看它们在风地里飞，看它们在空中四

1 我们可随便从近世文人中举出几例；哈代自己最初是做建筑师的，小说家威尔斯最初是布店学徒，诗人兼桂冠诗人梅斯菲尔德最初做过水手，诗人布里奇斯学过医生，小说家本纳特最初做过律师的书记。

2 在下午一两点钟。

面八方地散得无影无踪。无论冬天，无论夏天，这番光景，总是一样；只有遇到风力特别猛烈的时候，他们把座儿移动几英尺，挪到房子的角落那一面，才算是情况稍稍有点儿变动。费韦一面拿剪子铰着头发，一面说着真实的故事，那时候，要是理发的人，因为没穿褂子，没戴帽子，坐在屋子外面的风地里，怕冷抱怨，那他就等于马上宣布，他自己不是男子汉大丈夫了。他要是因为耳朵下面叫剪子微微扎了几下，或者脖子叫梳子划了几下，就退缩叫喊，或者歪嘴挤眼，那别人一定要认为他太不懂礼貌了，因为他不想一想，费韦干这种事，完全是白尽义务。因此，凡是礼拜天下午有人脑袋瓜子上流血的，那他不用费别的话，只要一说“俺剪发来着”，别人就完全明白了。

那时候，姚伯正在他们面前那一片荒原上面闲逛；他们老远看见了他，就把他当了题目谈论起来。

“一个人，在别的地方做事做得轰轰烈烈的，决不能无缘无故就在这儿两三个礼拜地待下去，”费韦说，“你们听俺这句话好啦——他准是又想出新主意来了。”

“啊，不管怎么样，反正他不能在这儿开钻石店。”赛姆说。

“俺觉得，他要是不打算在家里待，那他就不能把他那两个大箱子也带回来了；至于他在这儿到底要干什么，只有老天爷知道罢了。”

他们东猜一会儿，西猜一会儿，不过没等到他们猜多大的工夫，姚伯就走到离他们很近的地方了；他看见他们在那儿剪发，就要和他们凑到一块儿，所以就朝着他们走来。他走到他们跟前，往他们脸上仔细看了一会儿，没说别的“开场词”，就说：“我说，街坊们，我能猜出来你们刚才谈什么话。”

“是，是；你要猜那你就猜吧。”赛姆说。

“你们谈的是我。”

“哟，这话要不是你猜出来了，俺自己是怎么也不肯说的，”费韦带着忠实正直的口气说，“现在既是你先猜出来了，姚伯少爷，那俺只好承认了，俺们是谈你来着。俺们正在这儿纳闷儿，不明白为什么你做那样华丽的买卖，在全世界都出了名了，这阵儿可跑到家里闲待着。这就是俺们谈的。”

“我很愿意告诉你们，”姚伯说，说的时候，带出叫人意想不到的诚恳态度，“我很高兴今天有这个机会。我所以回到家里来，因为我前思后想，总觉得我在这儿，不至于像我在别处那样没有用处。不过这是我近来才看出来的。头一回离家的时候，我觉得这个地方并不值得措意。我觉得咱们这儿的生活可笑。那时候我总说，不用黑油擦靴子，而用油油靴子，不用刷子刷衣服，而用树枝子撢衣服，还有比这种情况更可笑的啦吗？”

“不错，可笑，可笑。”

“不对，不对，你们错了；一点儿也没有什么可笑的。”

“对不起，俺们本来还只当你的意思是说那真可笑哪。”

“唉，这种情况，过了一些时候，使我非常消沉。后来我明白了；我那是想要跟那些和我自己几乎毫不相同的人学得一样。我那是想要脱离一种生活，改换另一种生活，但是我所换到的生活，比先那一种，并不见得好。那只跟原先那一种不一样就是了。”

“不错：大大地不一样。”费韦说。

"正是，巴黎定然是个迷人的地方，"赫飞说，"又是华丽天堂的大货窗，又是铜鼓铜号吹吹打打的；再看俺们，不论冬夏，不管好天坏天，都在露天底下——"

"不过你这话是误会了我了，"姚伯分辩说，"所有那些情况，都正是使我意气非常消沉的地方。但是后来又有一种情况，叫我更觉得消沉；因为我那时候明白了，我做的那种事，正是一个男子汉做起来最无聊、最没有用处、最缺少丈夫气的事。我想到这一层，可就拿定主意了：我决定不做那种事了，我要在我认识得最清楚的人们中间，在我能发挥最大作用的人们中间，做一种合理的事业。我现在已经回来了，我现在告诉你们我怎么样来实行我的计划吧。我先在顶靠近爱敦荒原的地方上，办一个学校，同时在我母亲家里，办一个夜校，我得能两下里都照顾得来才成。不过我得先念一点书，好取得应有的资格。好啦，街坊们，我得走啦。"

于是克林又往荒原上散步去了。

"他无论怎么也不能把他那种计划实现，"费韦说，"过几个礼拜，他看事就不那样看法了。"

"这小伙子倒好心眼儿，"另一个人说，"不过俺看他还是少管闲事好。"

二　新路线引起了失望

姚伯是爱他的同类的。他有一种坚定的信心：总认为大多数人所需要的知识，是能给人智慧那一类的，而不是能使人致富那一类的。他宁肯把一些个人牺牲了，而为一班人谋福利，而不愿意牺牲了一班人，而为一些个人谋福利。并且还更进一步：他很愿意马上把自己做首先牺牲的一个。

从务农的生活变到求智的生活，中间经过的阶段，通常至少得有两个，往往还超过两个；而其中之一差不多一定得是世路的腾达。我们很难想象出来，由农田的恬静生活，不通过世路腾达的目的做过渡的阶段，一下就能转变到努力学问的目的上去。现在姚伯个人的特点是：他虽然要努力于高远的思想，却仍旧坚守着朴素的生活[1]——不但那样，在许多方面，简直就是狂放简陋的生活，并且和村夫俗子们称兄道弟。

他就是一个施洗的约翰[2]，不过他讲的主题，不是劝人悔改，

1　见于英国诗人华兹华斯（1770—1850）的诗《伦敦，一八〇二》："朴素的生活和高远的思想已经无存……"

2　施洗的约翰，《圣经》人物，在犹太的旷野传道，说天国近了，大家应当悔改。他身穿骆驼毛的衣服，吃的是蝗虫野蜜。那时耶路撒冷和犹太全地并约旦河一带地方的人，都出去到约翰那里，承认他们的罪，在约旦河里受他的洗。见《新约·马太福音》第3、第14章，《马可福音》第1、第6章等处。

而是劝人高尚。在思想方面，他是站在乡村的先锋里的；这就是说，在许多方面，他跟和他同时那些主要都市里的思想家看齐。这种思想的发展，大半可以归功于他在巴黎的勤学；他就是在那儿认识了当时流行的伦理体系[1]。

因为姚伯有了这种比较先进的情况，就可以说他是不幸的了。乡村的人还没成熟到能接受他那种程度。一个人只应该部分地先进；要是他的希望心愿，完全站在时代的先锋，那于他的声名就是致命伤了。如果飞利浦那位好战的儿子[2]，已经在思想方面进化到企图不流血而宣扬文化的程度，那他这个当年仿佛天神的英雄，更要加倍地像天神，但是却不会有人听到有一位亚历山大大帝了。

为个人的声名打算，应该在处世接物的能力方面比别人先进。有些成功的宣传家所以成功，就是因为他们所宣传的主义，本是听他的人已经感觉了些时候而却不能形之言词的。要是有那个人，只赞成高雅清逸，不赞成功名利禄，那他的话大概只有那班在名利场中打过跟斗的人才听得懂。对于乡村的农人们说，文化先于享受是可能的，也许能够算是真理；但是那种说法，却总是把一向人所习惯的事序物理加以颠倒了的。现在姚伯对爱敦荒原上那些质朴浑厚的乡下人说，他们可以不必经过自富的程序，就可以

1 按本书故事，假设发生于一八四〇年到一八五〇年之间，其时稍前，法国圣西门及傅利叶诸人的学说，皆流行，皆以改良社会，谋人类幸福为目的。但此处更特指孔德的实证主义而言。他以理智教人以求社会之进步。

2 即亚历山大大帝。“飞利浦好战的儿子”一语出于英诗人德莱敦的诗《亚历山大的宴会》第二行。亚历山大东征到埃及时，谒阿门神庙，庙中僧侣称之为阿门神之子。

达到静观万理的智慧，也就仿佛跟古代的迦勒底人[1]说，从地上升到天最高处的纯光层，不必经过横阻中间的以太层一样。

姚伯的性情能算是中正平易的吗？不能。中正平易的性情是不露特别的乖僻的；我们敢说，一个有这种性情的人，决不会叫人家当做疯子，把他拘禁，认为异端，把他用酷刑拷打[2]，看成亵渎神明，把他在十字架上钉死[3]。反过来讲，他也决不会让人家赞扬得像先知[4]，尊敬得像祭司[5]，推崇得像国王。这种性情通常给人的幸福是知足和平庸[6]。露治[7]的诗歌，维特[8]的绘画，呶司[9]的政治手腕，索

---

1 迦勒底人，古代的一种民族，其国为迦勒底，在幼发拉底河和底格里斯河之间，都城为巴比伦。人民以观星象著名。迦勒底人等民族，认为地是宇宙中心，地上罩着实体透明之半圆壳，最近地面者为月壳，其外为星壳，亦即以太层，最外者为纯光或纯火层。为后来陶勒米天体论之所本。

2 异端，基督教得势以后，凡有意见思想经教会当局认为错误或冲突者，谓之异端。犯此罪者，施以种种刑罚。罗马皇帝蒂欧道修斯的时候（335—395），犯这种罪的处以极刑。十一世纪以后，对异端治罪更严厉，除了褫夺公权、流放、没收财产而外，教堂还可以施以破门罪，后来还可以施以烧死的刑罚。

3 英国法律，对上帝、《圣经》、教堂或基督教用言语或文字毁谤污辱者犯罪，从前得以枷号示众或流放。在苏格兰一直到一八一三年，还处以死刑。钉十字架则为古代希腊、特别是古代罗马的刑罚。

4 先知，为受上帝灵感而预言将来的人物，他们在原始社会或古代社会中，占有很大的势力。希伯来人的先知，都自以为是替耶和华上帝说话，都自认上帝启示将来给他们，为人民所信仰。

5 祭司，在古代社会中，是人与上帝的媒介，他的职务是为一般人做祭神，为一般人祝福，祈祷。古代埃及、印度、犹太、希腊等国，都有他们的祭司。

6 比较英国戏剧家夫莱齐在《考林斯王后》第三幕第一场里说：“哦，平庸啊，你这无价之宝！”又英国小说家萨克雷在《名利场》第九章里说：“平庸，应该保证任何人都成功。”

7 露治（1763—1855），英国诗人，他当时在文人中，得到很高地位。

8 维特（1738—1820），美国画家而居于英国。他的画儿，极平常庸俗。

9 呶司（1732—1792），英国政治家，并非大政治家，也非大演说家，只性情平易，脾气温和。

内[1]的宗教指示，都是这种性情的产物；有这种性情的人，都能致富，都能有好下场，都能冠冕堂皇地抽身下台，都能舒舒服服地老死床上，都能得到体面荣耀的丰碑贞石，本来这种东西，加到他们身上，倒也并不全不应该。要是姚伯有这种性情，那他就决不会做这种可笑的事来，一心想把自己的事业抛开，而为他的同胞谋求福利。

他那天下午往家里走去的时候，连路径都不看。如果有人真和荒原熟悉，那就是克林了。本来荒原的风景、荒原的物质以及荒原的气味，都把他浸润透了。他可以说就是荒原的产物。他的眼睛，就是在那上面头一次睁开的；他的记忆里最初的形象，全和它的状貌混合；他对于人生的估价，都染了它的色彩；他的玩具，就是他在那上面所找到的石刀和石镞，当初找到的时候，还心里纳闷儿，不懂得为什么石头会天生“长成”那种怪样子；他的花儿，就是那上面紫色的石南花和黄色的常青棘花；他的动物世界，就是那上面的长虫和野马；他的社会，就是那上面常来常往的人。要是把游苔莎对于荒原的种种恨拿过来化成了爱，那你就抓到了克林的心灵了。他当时走去的时候，往那一片邈远的景物上看着，觉得欣然。

据许多人看来，这片爱敦荒原，本是好几辈子以前，偷偷地离开了它自己那个世纪，以蠢笨粗拙的怪相，闯进了现在这个世纪。它本是一件老朽陈旧的废物，很少有人肯对它用心留意。本

1　索内（1780—1862），英国坎特伯雷的大主教，发表了许多神学的书，极流行一时，因为他的说法，极合于英国国教里福音派的主义。

来现在这种年头，田地都是方方正正的，树篱都是编联盘结的，草场都是沟渠纵横、方整得晴天看来像银子做的炉支一般的，在这种年头里，这片荒原怎么会不叫人讨厌呢？一个骑马巡视的农夫，本是见了人工种植的草会含笑，见了将要成熟的麦子会担心，见了蝇虫啮食的萝卜会叹息的，对于这片邈远苍茫的高原，只有报之以皱眉蹙额而已。然而姚伯呢，他一路从高处看着的时候，他就琢磨，在一些开垦荒原的企图中，耕种的地方只支持了一两年，就在绝望中缩小退却，凤尾草和常青棘就又顽梗倔强地恢复了旧势力，那时候，他就不禁感觉到还没开化的人所有的那种满意。[1]他下了山谷，不久就走到布露恩的家了。他母亲正在窗下，修剪窗台上那些花儿的枝叶。她抬起头来看他，仿佛不明白他长久家居的意思；好几天以来，她脸上就带出那种神气了。姚伯能看出来，那些剪发的人所表示的只是好奇，那在他母亲这方面却成了焦虑。不过她始终没开口问过他；连他的箱子到家表示他打算在家久住的时候，她都没问过。但是她的静默要求他做解释的情况，比她的话还要清楚。

“妈，我不回巴黎了，”姚伯说，“至少我不回去再干我从前那种事了。我已经把那个事儿辞掉了。”

姚伯太太满脸含着痛苦的惊异，转过身来。“我看见那几个箱子，就知道必是出了什么毛病了。你怎么不早对我说啊？”

“我本来应该早就对您说的。不过我不知道您是否赞成我的计划。再说，我自己也还有几点没弄清楚。我要走一条完全新的

1 即英语所谓 the call of the wild，中国隐士所爱好的长林丰草。

道路了。”

“克林，你这个话我听了太奇怪了。你还能想出比现在这个更好的事儿来吗？”

“那很容易。不过我说的这个更好，不是您说的那个；我想您要说我这是往更坏的地方做吧。但是我讨厌我现在做的这种事情，我要在我死以前，做点儿有价值的事。我打算当教员，来实现我这种心愿——当一个穷人和愚人的教员，教给他们向来没有别人肯教他们的东西。”

“费了那么些事，好容易才把你培植起来了，现在你只要一直往前走，就可以发财了；你却说你要做一个穷人的教员！我说，克林，你这种狂思妄想，非把你毁了不可。”

姚伯太太这些话，是安安静静地说的，但是她的话里面所含的感情有多深厚，像她儿子那样知道她的人，自然是看得很清楚的。姚伯当时并没回答。他那时脸上带出一种没有希望被人了解的神气来，仿佛提出反对意见来的那个人，根本不是逻辑所能影响的。本来逻辑这种东西，就是在有利的情况里，都差不多是一种太粗陋的工具，对于辩论里的细致地方，能有什么用处呢？

关于这个问题，他们没再说什么，一直等到吃完了中饭的时候，才又提起来。那时候是他母亲先开口的，说的神气，好像从早晨到那时，中间并没有间断。“克林，我现在知道了你是打了这样的主意才回到家里来的，我心里很乱。我一点儿也没想到，你竟会自己诚心乐意在世路上往后退。我一向当然只认为你也跟别的人——跟配叫男子汉的人——一样，在有机会往好里做的时候，一直上进。”

“我这是没有法子，”克林口气错乱地说，“妈，我讨厌那种鄙俗无聊的买卖。您刚才说到配叫男子汉的人。您说，一个人，眼睁睁地看着世界上的人，有一半因为没有人扶助教导他们去抵抗他们生来受的苦难，都快要完全毁灭了，却把自己的时光都消磨在妇人女子的事情上，那他配叫男子汉吗？我天天早晨起来，都看见一切受造之物，呻吟劳苦，像圣保罗说的那样[1]；然而我可又在那儿，把耀眼的装饰，卖给阔女人和有名爵的浪子，低三下四地去满足那种顶卑鄙的虚荣——其实凭我这种体格气力，无论做什么都够哇。我心里没有一时一刻不因为这种情况觉得难过的。闹到最后，我实在不能再做下去了。”

“别人都能做，你为什么就不能跟他们一样？”

“我也不明白为什么，我只觉得，有些一般人很在意的事物，我却一点儿也不在意；这也就是我觉得我应该做现在我要做的这种事的一部分原因。举一个例子来说吧：我在物质方面，就没有许多需要。我不能享受精美的东西；好东西给我用了，都等于白费。我应该把我这种缺点变为优点，既然别人所需要的东西我没有也照样可以过，那我就能够把这些东西费的钱省下来，用在别人身上。”

姚伯的本能既然有一部分就是从他面前那个女人身上继承来的，那么，他这一番话，即使在道理方面不能说服他母亲，而在感情方面却不会不引起她的共鸣，不管他母亲当时为了他的前途，怎样把这种同感掩饰，她说的话不像刚才那么斩钉截铁的了。“不

1 见《新约·罗马书》第 8 章第 22 节。

过你想，只要你有恒心继续下去，你就可以成为一个有钱的人了。一个大钻石店的经理呀——还有比那个更好的吗？那是一个多么受人信赖、受人敬重的地位呀！我恐怕你这是像你爸爸——像他那样，懒得往有出息的地方做吧。”

“不是，”她儿子说，“我并不是懒得往有出息的地方做，我懒得做的，只是您所说的那种有出息的事罢了；妈，究竟怎么才算有出息？”

姚伯太太本是一个很有思想的女人，不以现成的定义为满足，因此姚伯这个可以引起激烈辩论的问题，也同柏拉图的苏格拉底问的“什么是智慧”[1]，本丢·彼拉多问的“什么是真理”[2]一样，并没有答案。

他们的静默，被庭园栅栏门的碰磕、屋门的敲打和屋门的开开打破了。只见阚特·克锐，穿着过礼拜的衣服，走进了屋里。

原来爱敦荒原上有一种规矩：到别人家里去报告消息的时候，总要在还没完全进门之先，就把消息的“开场词”说出来，为的是进门以后，宾主对面的时候，好说消息的本身。因为有这种规矩，所以当时克锐拉着门闩儿的时候，嘴里就对他们说：“没想到像俺这样一个轻易不出门儿的人，今儿早晨碰巧也在那儿！”

“那么，克锐，你这一定是有新闻来报告我们了？”姚伯太

1 见柏拉图的《太艾推陶斯》。该书为对话集，太艾推陶斯和苏格拉底，都是对话的人。他们讨论知识之性质，在讨论中，苏格拉底问过这句话。

2 本丢·彼拉多审问耶稣，耶稣说，他特为给真理做见证。凡属真理的人，都听他的话，彼拉多说：“什么是真理？”说了这话，就出去了。见《新约·约翰福音》第18章第37、38节。

太说。

“可不是，有新闻，一个女巫的新闻；你们可别嫌俺来的时候不对；因为俺对自己说过：‘尽管他们的饭刚吃完了一半，俺还是要早早儿地去告诉告诉他们。’俺对你们实说吧，俺叫这档子事唬得浑身哆嗦，像风地里的树叶儿一样。你们说这能不能把俺吓出个毛病来？”

“你说，到底是怎么回事？”

“今儿早起，俺们都正在教堂里站着哪，牧师说：‘我们要祈祷。’俺一听这话，就心里战掇啦：‘一个人跪着和站着还不是一样吗？’所以俺就跪下啦[1]，不止俺跪下啦，所有的人也都服服帖帖地听了他的话跪下了。俺大家伙儿跪下了还不过一分钟的工夫，忽然教堂里尖声叫起来，叫得真吓人，像一个人把心揪出来了一样。俺大家伙儿都一齐跳起来啦，一看，原来是苏珊·南色，用了一个大织补针，把斐伊小姐扎了一下；从前苏珊早就说过，说她只要在教堂里遇到斐伊小姐，就非扎她不可，可是那位小姐不常上教堂。苏珊瞅空儿瞅了好些个礼拜了，一心只想把斐伊小姐的血扎出一点儿来，苏珊那个老叫邪术制伏得害病的孩子就会好了[2]。今儿苏珊跟在斐伊小姐后面，进了教堂，挨着她坐下，瞅好了空子，就哎地一下把大织补针扎到那位小姐的膀子里去了。”

“哎呀，了不得，真吓人！”姚伯太太说。

“苏珊扎得狠极了，把那位小姐都扎得晕过去了；俺害怕要

1　英国国教本为天主教及新教派的折衷仪式，所以祈祷时须跪。

2　英国乡下人的一种迷信，扎女巫使出血，其术即解。莎士比亚《亨利六世》第一部一幕五场里说：“我要扎你出血，因你是女巫。”

出乱子，就躲在低音提琴后头，没敢露面儿，所以没看见以后怎么样。俺听见他们说，他们把斐伊小姐抬到外面去了；他们回头去找苏珊的时候，她已经不见了。唉，你们是没听见那位小姐喊的那个声啊，真可怜！牧师穿着白法衣——张着一只手，只顾说：'坐下，坐下！我的好人们，坐下！'他只管说他的，有他妈一个坐下的才怪哪。哦，姚伯太太，你猜俺看出什么事儿来啦？牧师张着手的时候，俺看见他里面穿着一套平常的衣裳。[1]"

"这太残忍了。"姚伯说。

"是太残忍了。"他母亲说。

"政府得管一管这件事，"克锐说，"俺想八成是赫飞来了吧。"

果然是赫飞走进来了。"你们已经听说过这桩新闻了吧？俺看你们的神气，就知道你们已经听说过了。真是怪事，多会儿爱敦的人上教堂，多会儿教堂里就出事儿。咱们这儿的人上一次上教堂的时候，就是去年秋天费韦去的那一次，就正碰着你——姚伯太太，反对结婚通告。"

"这位受了暗算的小姐以后能走回家去了吗？"克林问。

"他们都说她好一些了，好好儿地回了家了。俺已经把消息报告完啦，俺该走啦。"

"俺也走啦，"赫飞说，"现在咱们该看一看，别人讲她的那些话是不是有些真的了。"

他们两个走上了荒原以后，姚伯安安静静地对他母亲说："您

1 白法衣本为牧师讲道或做礼拜时所穿，含有神圣之意，在克锐简单的头脑看来，觉得不能和平常穿的衣服穿在一块，所以才见而惊奇。

觉得我改行做教员改得太快了吗？”

“有教员、牧师以及那一类的人，那本来是应当的，”他母亲答，“但是我想法子把你从那种生活提到阔一点的生活里，那也是应当的；而你又回到旧路，好像我一点儿也没给你想法子似的，那是不应当的。”

那天下午，掘泥炭的赛姆走来。“姚伯太太，俺来跟你借点儿东西。俺想你已经听说过住在山上那位美人儿出的事儿了吧？”

“不错，赛姆，听说过了；已经有五六位来告诉了我们了。”

“美人儿？”姚伯问。

“不错，长得够好看的，”赛姆答，“天哪！所有这块地方上的人没有不说的：凭那么个人，会在这么个荒山上住，真是天地间大大的怪事了。”

“皮肤是深色的，还是淡色的？”[1]

“哦，俺固然不错见过她多少回了，但是俺可记不起她的皮肤是深色的，还是淡色的来了。”

“比朵绥的略深点儿。”姚伯太太嘟囔着说。

“一个好像什么都不在意的女人，你可以这么说。”

“那么她是闷闷不乐的了？”克林问。

“她老一个人瞎逛荡，不跟别人合群儿。”

“她是不是一个喜欢冒险的年轻小姐？”

“据俺知道的，并不那样。”

---

1 意译，原文“dark or fair”，为白种人的两种肤色。Dark 也叫做 brunette，fair 也叫做 blonde（皆阴性字）。前者面色深，眼睛头发都黑。后者肤色淡，眼睛蓝或灰，头发黄或灰。

“不参加小伙子们的游戏，好在这个僻静的地方上得到一点兴奋？”

“不。”

“像演幕面剧一类的事儿？”

“没有，她的心思跟别人两样。俺可以说，她的心离这儿可就远啦，她琢磨的老是她永远不会认得的那种爵爷、夫人，和她永远不会再看到的那种宅第。”

姚伯太太看出来，姚伯对于这位女人好像注意得有点特殊，就有些不安地对赛姆说：“你对她的看法比我们大多数的人都更深刻。我觉得斐伊小姐太懒，不能叫人喜欢。我从来没听说她对于自己或者对于别人有过什么用处。好女孩子，就是在爱敦荒原上面，也不会叫人家拿着当女巫看待。”

“这话没有意义，证明不出好坏来。”姚伯说。

“啊，俺自然是不懂得这些细微的地方的，”赛姆怕争辩起来闹得不合适，就摆脱自己说，“至于她究竟是怎么一个人，咱们只好等着瞧吧。俺今天上这儿来，是要跟你借一条顶长、顶坚实的绳子用一用。斐伊舰长的水桶掉到井里去啦；他们等水吃；因为今儿俺大家伙儿都在家里，俺们要替他去把水桶打捞上来。俺们已经有了三条大车上用的绳子了，可是还够不到井底儿。”

姚伯太太告诉赛姆，说他把棚子里能找到的绳子都拿去好了。赛姆就出去找去了。他从房门前面走过的时候，克林跟着他，同他一块儿走到栅栏门。

“这位年轻的女巫小姐将来要长久在迷雾岗上住吗？”克林问。

“俺想是吧。”

“这样害她，多残酷可耻！她一定感到了很大的痛苦——精神上的痛苦还要过于身体上的痛苦。”

“那本是一桩顶下流无耻的勾当——又偏偏让她那么一个好看的人碰上了。姚伯先生，像你这样出过远门的青年人，尽管还年轻，可比俺们这些人都更有值得显弄的，很该去见一见她。”

“你说她会不会喜欢教小孩儿？”克林问。

赛姆摇头。“俺觉着她完全不是做那样事的材料。”

“哦，这不过是我一时心里想起来的话就是了。自然我得先见见她，和她谈一谈才成哪——不过，恐怕见她不容易吧，因为她家里跟我家里没有什么来往。”

“姚伯先生，俺给你出个主意，你就见得着她了，”赛姆说，“俺大家伙儿今儿晚上六点钟，要上她家给她打捞水桶，你去帮个忙好啦。俺已经有了五六个人了，不过井很深，再去一个人也不多余；可是有一件，你得不在乎那么个去法儿才行。她一定会出来蹓跶的。”

“我要想一想看。”姚伯说，说完了，他们两个就分了手了。

他把这件事想了许久许久；但是那时在那所房子里面却没有人再提到关于游苔莎什么别的话。这个富于梦幻、耽于新异的迷信牺牲者，和他在月光半轮下交谈的那个抑郁寡欢的幕面剧演员，是一是二，还仍旧是一个谜。

三　一出旧戏的第一幕

那天下午天气清朗，姚伯跟他母亲在荒原上一块儿闲走了有一个钟头的工夫。他们走到那个把布露恩谷和邻谷分开了的高岭，就站住了，往四外看。只见一面是静女店，在荒原低平的边境上出现，另一面是迷雾岗，在荒原那一边远远地高耸。

"您打算去看朵荪吗？"姚伯问。

"不错。不过这一次你先不必去。"他母亲说。

"那样的话，妈，我就往这岔道上走了。我要往迷雾岗去走一趟。"

姚伯太太一听这话，就带着追问的神气朝着克林看。

"我要去帮他们打捞老舰长掉在井里的水桶，"克林接着说，"据说那眼井很深，所以我去可以帮一点儿忙。同时我想见一见这位斐伊小姐——我并不是因为她长得好看要见她，我有别的原因。"

"你一定非去不可吗？"他母亲问。

"我先就想去了。"

说到这里，他们分了手。姚伯离开了他母亲以后，他母亲就闷闷不乐地嘟囔着说："唉，这真叫我没办法。看样子，他们两个是非见面不可的了。也不知道赛姆无缘无故地跑到我家里说那些话干吗！”

姚伯走去的身躯，在一片丘阜上一路时起时伏，越去越小了，姚伯太太一面看着它，一面自言自语地说：“他的心肠太软了；不然的话，那就没有大关系了。你瞧他走路那种样子！”

那时姚伯，实在地，正坚决矫健地走过那片常青棘，一直走去，直得像一条线，仿佛走路就是他的命似的。他母亲喘了一口粗气，转身顺着来路回去了。那时苍茫的暮色，已经开始把那些山谷染成一片烟霭凄迷的图画了，不过较高的地方上，仍旧有冬日的残照淡淡映射；克林往前走去的时候，那种残照就斜映到他身上，把他身前映出一条长长的人影，惹得四围所有的小兔和灰头画眉都看他。

他快走到护守舰长住宅那段荆棘掩覆的土堤和壕沟了，那时候，就听见里面说话的声音，表示打捞水桶的工作已经开始。他走到栅栏旁门外面，站住了脚往里面张望。

只见六个身强力壮的大汉，正一字排开站在井口上，手里把着一条绳子，穿过了井上的辘轳，垂到井里面。提摩太·费韦正趴在井口上，腰间拴着一条短一些的绳子，系在辘轳的一根柱子上，防避意外的危险，右手把着那条一直垂到井里的长绳子。

“俺说，伙计们，都别说话啦。”费韦说。

谈话停止了，费韦把绳子旋转搅动，好像他正在那儿调和面粉鸡蛋一般。过了一分钟的工夫，只听一种沉闷的泼剌声，从井底上发出回响，原来他对那条长绳子所加的回旋动作，已经传达到绳子头儿上的小锚钩了。

“拉！”费韦说，跟着手握绳子的那些人，就把绳子往辘轳上绞。

“俺觉得咱们好像挂着了一点儿什么的样子。”绞绳子的人里面有一位说。

“那么稳住了，往上拉。”费韦说。

他们绞上来的绳子越来越多了，绞到后来，就听得一种不紧不慢的滴答声，从井里送到他们的耳朵里。水桶绞得越高，滴答的声音也越清脆；只见一转眼的工夫，已经绞上来有一百五十英尺长的绳子。

于是费韦点起一个灯笼来，把它系在另一条绳子上，挨着头一条绳子，顺到井里。克林走上前来，往井里看去。只见灯笼垂到井里以后，井的四边就显出一片不辨四季为何物的黏性、奇形叶子和由于自然而生来的稀奇怪异藓苔；到了后来，只见灯笼光里，有一团绳子和一只水桶乱绞在一起，悬在又湿又暗的井筒子里。

“原来只挂着水桶箍儿上的一点边儿——这可得稳住了拉，俺的老天爷！”费韦说。

他们就用最柔和的劲儿把绳子往上拉，拉到后来，那只水桶离井口只有两码左右了，好像一个由水里打捞到陆地上的朋友一般。正在那个时候，伸出三四只手来，都想去抓它，于是绳子一颤抖，辘轳一吱吅，最前面那两个拉绳子的人往后一晃摇，跟着看见一桩下落的物体，顺着井边越去越远，发出扑拉拉的声音，于是井底上打了一个沉雷。原来水桶又掉到井里去了。

“该死的水桶！”费韦说。

“再顺绳子吧。”赛姆说。

“俺的腰躬了这半天，跟公羊的犄角一样的硬了。”费韦说，一面站起来伸腰伸腿，伸得骨头节儿都响起来。

“你歇一歇吧，提摩太，”姚伯说，“我来替你好了。”

小锚钩又垂到井里去了。它跟深处的水面接触的清脆声音，好像接吻一样传到耳朵里。跟着姚伯就跪了下去，倚在井边上，开始像费韦刚才那样，把锚钩旋转搅动。

“快拿一根绳子来把他的腰拴上——这样危险！”一个又柔和又焦灼的声音，在他们上面一个地方喊。

所有的人都把头抬了起来。只见说话的是一个女人，从一个楼上的窗户里看着那一群人，窗上的玻璃，正叫西方的霞光映得通红。那位女人把嘴张着，仿佛一时之间忘记了自己身在何处似的。

大家跟着就在姚伯腰间给他系了一根绳子，打捞水桶的工作又进行下去。他们这一次又把绳子往上绞动的时候，只觉得绳子并不很重，后来一看，原来锚钩上挂的，只是水桶上掉下来的一团乱绳子。他们把那一团乱绳子扔到一边儿，赫飞来替代了姚伯，小锚钩又垂到井里。

姚伯带着寻思琢磨的样子，退到刚才打捞上来的那一团乱绳子那儿。这个女人的声音，和那个抑郁的幕面剧演员的，完全是一个人的，他对于这一点，连一时一刻的怀疑都没有。“她待人多周到！”他自言自语地说。

游苔莎刚才喊了那一声，曾惹得底下那些人都仰起脸来看她，把她弄得脸上一红，所以她就离开窗前，躲到别处去了，不过姚伯还是如有所求的样子，仔细往窗户那儿瞧。他在那儿站着的时候，井上的人们就没再发生什么波折把水桶打捞上来了，跟着他们里面就有一位去找斐伊舰长，问他对于修理汲绠有什么话没有。斐伊舰长并没在家；游苔莎在门口出现，走了过来。她那时候已经恢复了平静庄重的态度，和刚才为克林的安全而焦虑呼喊的紧张情况，完全不一样了。

“今天晚上，这井能打水吗？”游苔莎问。

“不能，小姐：水桶底一古脑儿都磕掉啦。因为俺们这阵儿做不了什么啦，俺们先回去，明儿一早再来。”

“没有水吃了。”游苔莎转身嘴里嘟囔着说。

“我可以从布露恩给您送些来。”别的人都走了的时候，姚伯走上前去把帽子一摘说。

姚伯和游苔莎互相看了一刻的工夫，仿佛两个人心里，全都想起了他们一同在月下领略过的那几分钟的光景。游苔莎的眼波这一转，她原先平静安定的面目，就一变而为娴雅热烈的表情了，那好像晶明当空的午日，在两秒钟之间变成了灿烂庄严的夕阳一般。

“谢谢您，不一定非那样不可。”游苔莎回答说。

“不过您没有水吃怎么办？”

“哦，这不过是我说没有水吃罢了。”她说，脸上一红，同时把她那有长眼毛的眼皮抬了起来，抬的时候带着仿佛这种动作需要考虑的样子。“我外祖可认为有的是水。我的意思就是这样。”

游苔莎往前走了几码，姚伯跟在后面。她走到围堤的犄角跟前，要往环绕宅外的土堤上面去，那儿就是台阶；她一跃上了台阶，那种轻捷，和她原先往井旁去的时候那种无精打采的行动一比，让人起一种奇怪的感觉。这附带地表示出来，她外表上那种娇慵，并不是由于缺乏体力。

克林在她后面，上了土堤，并且看见土堤上面有一圈烧过的地方。“这是灰吗？”他问。

“是，”游苔莎说，“十一月五号那一天，我们在这儿点了一个小小的祝火，这就是那个祝火留下来的痕迹。”

她吸引韦狄的祝火，原先就点在那个地点上。

“我们现在所有的水就是那个了。”游苔莎接着说，同时拾起一个小石头子儿来，往池塘里扔去。只见那个池塘，在土堤外面，好像一个没有瞳仁的白眼珠一般。那个石头子儿，扑了一下，落到水里去了，但是池塘外面，却不像上回那样，有韦狄出现。“我外祖说，他在船上过了二十多年。吃的水连这个一半还赶不上哪，”她接着说，“所以这种水，据他看来，在青黄不接的时候，也得算是够好的了。”

“呃，按着实在的情况说，一年里面这种时候，池塘的水里，并没有不干净的东西。因为那些水都是一直从天上落到那里面去的。”

游苔莎把头一摇。“我这固然不错，是在荒山上勉强过活，但是我可不能喝野塘里的水。”她说。

克林往井上看去，那时井上已经没有人了，因为工人们都早已经回家去了。“弄泉水还有老远，”姚伯静默了一会儿说，“不过既然您不愿意用池塘里的水，那我想法子给您弄点井水好了。”他走到井旁。“不错，我想我把这个小桶绑在绳子上就成。”

“不过我连那些工人都不肯麻烦，我更不好意思麻烦您了。”

“这在我一点儿也不觉得麻烦。”

他跟着就把小水桶系在那一团长绳子的头儿上，把绳子穿过了辘轳，让它一点一点儿地从手里顺到井里，不过绳子还没放得很长，他就把它勒住了。

“我得先把绳子这一头拴住了才好，不然的话，也许整个的绳子就都要溜到井里去了，”他对游苔莎说，那时游苔莎已经走到跟前来了，“我拴绳子的时候，你能不能把绳子把住了？再不我就叫你们的用人吧？”

“我可以把绳子把住了。”游苔莎说，跟着姚伯就把绳子放到她手里，自己去找绳子的头儿。

“我想我可以让绳子往下溜吧？”她问。

“我想您还是不要叫它溜得太多了，”克林说，“溜得太多了，您就要觉得劲头大了。”

话虽如此，游苔莎却开始让绳子溜下去了。克林正在那儿系绳子头，只听游苔莎喊着说：“不成了，我把不住了！”

姚伯急忙跑到她身旁一看，只好把绳子还松着的那一部分缠在柱子上，它才颤抖了一下，算是打住了。

“没把您的手擦破了吧？”

“擦破了。”她说。

“破了一大块吗？”

“不大，我想不大。”她把两只手伸开一看，只见有一只正流血；因为绳子把皮蹭去了一块。游苔莎用手绢把它裹了起来。

“您本来应该撒开手，”姚伯说，“您怎么不呢？”

“您不是叫我把住了吗？——这是我今天第二次受伤了。”

"啊，不错；我已经听说过了。我真替我们爱敦惭愧。斐伊小姐，您在教堂里受的伤重吗？"

克林这句话的音调里含着无限的怜惜，所以游苔莎慢慢地把衣袖卷起，把她那只圆润丰满的白胳膊露了出来。只见胳膊光滑的肉皮儿上，有一个鲜明的红点，好像一块鲜红色的宝石放在帕娄大理石上一样。

"就是这儿。"她把手指头放在受伤的地方说。

"那个女人真太阴了，"克林说，"斐伊舰长要去告她，把她惩治惩治吧？"

"他就是为这件事出了门的。我真不知道我有那样会巫术的名声。"

"我听说您都晕过去啦？"克林说，同时看着游苔莎胳膊上叫针扎的那个小红眼儿，仿佛很想吻它一下，把它治好了[1]似的。

"不错，真把我吓坏了。我很久很久没上教堂了。现在我更要很久很久不去了——也许就永远不去了。经过这回事，我还有什么脸见人。您说这不得把人寒碜死吗？事情刚过了以后，我有好几点钟的工夫老想，不及死了好，不过现在我不在乎了。"

"我到这儿来，就是要把这种积尘蛛网，清除一下，"姚伯说，"您愿意帮我的忙吗——帮我教给他们高级的知识？咱们可以给他们很大的好处。"

"我并不觉得很想那样。我对于跟我一样的人类没有多大感情。有时候我还很恨他们哪。"

1　通行习语，源于从前为毒箭所中或被毒蛇所咬、以口吮伤把毒嘬出的医疗法。

"不过我想您要是肯听一听我的计划，那您也许会觉得有意思的。恨人类并没有用处——您如果要恨的话，您就该恨那造人的。"

"您这是说的自然吗？我早就恨它了。不过您的计划，不拘什么时候，我都是很愿意听一听。"

他们那时的光景已经到了不能继续的时候了，第二步自然就是得分手告别了。克林对于这种情况知道得很清楚，游苔莎也做出告一段落的表示来；但是姚伯却看着游苔莎，仿佛他还有一句话要说似的。如果他没在巴黎待过，他那句话就永远也不会说出来的。

"咱们两个从前会过。"他说，同时看着游苔莎，看的样子未免带出超过必要的兴趣。

"那我不承认。"游苔莎带出尽力抑制的安静样子来说。

"不过我可以想我所愿意想的。"

"当然了。"

"你在这儿很觉得寂寞吧。"

"这片荒原，除了它紫色鲜明的时候，就让我受不了。它对我就是一个毫不留情的督工的[1]。"

"能这么说吗？"他问，"在我这一方面，我却觉得这片荒原顶能叫人陶醉，顶能使人提神，顶能给人安慰了。住在这片山里比住在全世界无论哪儿都好。"

"这对于艺术家自然是很好的了；不过我可不想学画儿。"

---

1 《旧约 · 出埃及记》第 1 章第 11 节，"埃及人派督工的辖制以色列人，加重担苦害他们"。

“那一面儿还有一块很稀奇的祖依德石[1]，”他顺着他指的方向扔了一个石头子儿，“你常到那儿去吗？”

“那儿有那样一块稀奇的祖依德石？我连知道还不知道哪。我只知道巴黎有树荫路[2]。”

姚伯沉思着往地上看去。“这话里含的意思可就多啦。”他说。

“实在含的意思很多。”游苔莎说。

“我记得，从前我也有一个时期，渴想城市的繁华热闹。但是在一个大城市里住上五年，就会把那种毛病完全治好。”

“但愿老天也那样给我治一治才好！现在，姚伯先生，我要进屋子给我受伤的手上点药膏去了。”

他们分了手，游苔莎在渐渐黑暗的暮色里消失了。她仿佛心里有许多心思似的。她的以往只是一片空洞，她的生命现在才开始。至于这番会面对于克林所生的影响，是过了一些时候他才完全觉到的。他朝着家里走去的时候，他感觉得最清楚的是：他的计划不知怎样光彩起来了，因为一个美丽的女人跟它联在一起了。

他到了家，就进了他要用作书房的屋子，从箱子里把书取出来，把它们摆在书架上，一直忙了一晚上的工夫。他又从另一个箱子里，拿出一盏油灯和一罐煤油来。他把灯收拾好了，把桌子整理完了，说：“现在，我都准备好了，可以开始工作了。”

---

1 祖依德石，英国多塞特郡和威尔特郡有的地方，散布有大块砂石，据说为第三纪砂石地层之残余。英国史前期残存的圆列石坛，多为这种大石所建，而这种石坛又多被认为是祖依德的祭坛，故此种石遂有祖依德石之称。此种石多棱角参差。

2 树荫路，法国国王路易十四，命毁巴黎城垒，而代之以树荫路，经荒凉而变为繁华侈靡之区，为时髦消遣之地。

第二天早晨，姚伯起得很早，没吃早饭，就点着他那盏油灯，念了两点钟的书，以后又念了整整的一上午和整整的一下午。恰好念到太阳西下的时候，他觉得他那两只眼睛疲倦起来了，就把身子往后靠在椅背上。

他那个屋子，本来俯视这所房子的前部和房外荒原的山谷。冬日的斜阳正在最低的时候，把那所房子的影子，投到白色篱栅的外面，越过荒原边界上的草地，远远伸到山谷的里面；房上的烟囱和房子四围的树梢，在那里映出来的影子，都黑乌乌的，像长杈子似的。他坐在屋里念了整整一天书了，他决定趁着夜色还没来临以前，往山上去散一会儿步。他想到这里，就出了门，穿过了荒原，朝着迷雾岗走去。

他回到庭园栅栏门前的时候，一个半钟头已经过去了。那时候，窗上的百叶窗已经都关上了，在庭园里运了一天粪的克锐·阚特也已经回家去了。他进了屋子以后，只见他母亲因为等了他半天不回来，已经自己先把饭吃了。

“克林，你上哪儿去了？”他母亲马上说，“你怎么这时候出门也不告诉我一声？”

“我到荒原上去了。”

“你到荒原上去，就非碰见斐伊小姐不可。”

克林停了一会儿。“不错，我今天晚上就碰见她了。”他说，说的时候，好像只是因为要保持诚实，迫不得已才说的。

“我早就料到这一场了。”

“我们这并不是预先约好了的。”

“当然不是；这种会晤向来就没有预先约好了的。”

“妈，您不是生我的气吧？”

“我很难说不生你的气。生气？不是。不是生气。我只是在这儿琢磨，有许多有出息的人，受了诱惑，走上了没出息的路子，我想到这里，正心里不安。”

“妈您有这种想法，正是您好的地方。不过您放心好啦，不必为我担忧。”

“我想到你现在这种情况和新近这种离奇念头，”他母亲用沉重一些的语气说，“我自然不能像一年以前心里那样坦然。我真不明白，凭你那么一个在巴黎和别处见过许多漂亮女人的人，却会叫一个荒原上的女孩子那么容易就迷住了。你往别的地方去散步不也是一样吗？”

“我念了一天书了。”

“啊，不错，”他母亲带出觉得多少有些希望的神气来说，“我已经琢磨过了，你既然恨你现在做的这种事，一心非要当教员不可，那你做教员也许做得好，也许在那方面成了名。”

姚伯不愿意把他母亲那样的想法搅乱了，虽然他的计划，绝对不是想把教育青年当作自己进身的阶梯。他一点儿也没有那样的心。他现在已经到了一个青年头一回看清楚了一般人生的峻厉严肃那种年龄[1]了；而看清了这种情况的人，是要把野心暂时压伏

1 比较《裘德》第一部第二章：“他看出来，到你大了，已经走到一生的中心，而不像小时候那样，以为自己还站在生命轨道中一个点儿上，那时你就不禁要打寒噤。在你四围，好像有些东西，又扎眼，又晃眼，又刺耳。”又《急而走险》：“他年约二十六岁。按照通常的情况而言，他抒情怀为诗歌的时期已经过去了。像他这样的人，抒情怀为诗歌，是他的生命中必须经过的一个阶段，也就像刮胡须，觉得人世对他冷酷不公，或者认为世事无一值得为之而活，都是他的生命中必须经过的一个阶段一样。”

下去的。在法国，一个人到了这种时期，自杀并不是不习见的；在英国，一个人到了这种时期，比法国人也许好得多，也许坏得多，那得看情况。

这位青年和他母亲之间的爱，在现在这个时候，外面看不出来，这是令人觉得很特别的。关于爱，我们可以说，越纯洁，越含蓄。爱到了绝对不能毁灭的时候，它就达到了一种深远的程度，那时候，一切外面的表示，都是令人觉得痛苦的。现在姚伯和他母亲之间，就是这种情况。要是有人听见了他们两个的谈话，那他一定要说："他们母子之间怎么那么冷淡哪！"

姚伯要舍身教育的理论和志愿，已经给了姚伯太太一个深刻的印象了。实在说起来，姚伯太太本来就不能不生深刻的印象，因为他本来是她的一部分，他们两个的谈话，也就像一个身体上左右两手的谈话。他本来已经认为跟她辩论是没有希望的了，现在他忽然发现，用感动的力量却可以成功，因为感动的力量，远远胜过语言的力量，也就好像语言的力量，远远胜过喧嚷的力量一样。

说也奇怪，姚伯现在开始觉得，要把和他最亲密、对他最关心的母亲劝得也信他的话，劝得也认为，比较贫穷的境遇，对于他却根本上是更高尚的道路，并不是什么难事，但是要使他自己对于这种劝说能觉得慊然自足，反倒是难事。本来么，为他个人的前途打算，无论从哪一方面来看，他母亲的看法都毫无疑问是正确的；他现在一旦看出自己能把她的心说活了，反倒有些难过起来。

姚伯太太既然没在人生里经验过，那她对于人生总得算是有明洞的了解。原来有的人，批评起事物来，虽然对于事物的本身没有明了的观念，而对于事物的关系却看得很清楚。布来克洛[1]本是一位生来就瞎眼的诗人，却能把用眼看的东西描写得精细准确。山德孙教授[2]也是个瞎子，却能讲色彩学讲得很好，并且教给别人他自己所无而别人所有的各种观念的理论。在世事人情的范围以内，禀有这种天赋的，大半是女人；她们能琢磨她们自己向来没有见过的世界，能估量她们仅仅听人说过的力量。我们叫这种天赋是直觉。

对于姚伯太太，世界是怎么一回事呢。只是一大群人，他们的趋向能够看得出来，他们的素质却难辨得清楚。人类的社会，在她眼里，仿佛由远处看的一桩景物；她看它，仿佛我们看沙雷、范·阿勒司露[3]以及他们那一派画家的画儿一样，只见人群杂沓，摩肩接踵、曲折蜿蜒，都朝着固定的方向走去，不过因为画上包罗的人太多了，所以每一个人的面目就分辨不出来了。

我们可以看出来，她的生活，在思考一方面，可以说没有什么缺陷，当然这并不是说，她那一方面没有它的局限性。她天生

---

1 布来克洛（1721—1791），英国诗人，幼因患天花失明。他的朋友读诗给他听。十二岁便试作诗。一七四六年出版一本诗集。约翰生说，布来克洛成功了人所不能成的事，眼看不见而却能描写出用眼看的东西。

2 山德孙教授（1682—1739），他幼年以天花失明。然仍能研究古文及数学不懈。触觉及听觉极强。吉士特斐爵爷曾听过他的演讲，说他是一个自己没有眼睛而却能教别人用眼睛的教授。

3 沙雷，比利时画家，约于一五九〇年生于布鲁塞尔，约死于一六四八年以后，为佛兰德派，画有《布鲁塞尔商会游行》。此处所谓“人群杂沓”，即指这一类画而言。范·阿勒司露，约生于一五五〇年以前，死于十七世纪的前期，也为佛兰德派画家，画有同名画。

的思考能力，和这种能力所受的环境限制，差不多都在她的动作上表现了出来。她的动作，虽然离庄严伟大还很远，却含有庄严伟大的本色；虽然并不坚强自信，却有坚强自信的基础。她当年那种轻快的步履，既然因为上了年纪而变成迟缓，同时她盛年的神采也因为叫境遇所限而没得到发展。

克林的命运逐渐成形中，第二步的轻渲淡染，是没过几天发生的。原来荒原上掘开了一个古冢，发掘的时候姚伯荒废了好几点钟读书的光阴，在一旁看。那天下午，克锐也到冢上去了，他回到姚伯家的时候，姚伯太太就跟他问长问短。

“他们刨了一个坑，姚伯太太，从坑里刨出一些东西来，像倒放着的花盆儿似的，里面装着地地道道的死人头骨。他们把那些死人头骨都拿到人家住的地方去了；叫俺上那种地方去睡觉俺可不干。死人显魂把他们自己的东西又要回去了的，不是常有的事么？姚伯先生本来也弄了一盆那样的骨头——地地道道的死人骨头——正想把它带回家来，可没想到老天爷出头儿不要他那样办，因为他又想了一想，就把它给了别人了。你听了这个话一定放了心吧。你只要一琢磨夜里的风那个刮劲儿，那你就知道他把那些东西给了别人是你的福气了。”

“给了别人啦？”

“可不是么，给了斐伊小姐啦。她对于这种教堂坟地的摆设，好像吃人肉一样地爱好。”

“斐伊小姐也在那儿吗？”

“可不，没有错儿，她在那儿。”

姚伯待了不大一会儿也回来了，他回来的时候，他母亲用一种稀奇的口气对她说："你本来打算给我弄的那个骨灰盆，你给了别人啦？"

姚伯并没回答；她的脾气要怎样发作，太容易看出来了，所以她儿子不敢承认那件事。

那一年的头几个礼拜过去了。姚伯一点儿不错老在家里读书，但是同时他在外面闲行的时候却也不少，而他闲行的方向，总是离不开迷雾岗和雨冢之间那一条线上的地点。

三月来到了，荒原微微露出冬眠渐醒的初步情态。这种醒觉，简直和猫的脚步一样地轻悄。一个人，观察游苔莎的住宅跟前土堤下面那个水塘的时候，如果不安安静静的而弄出声音来，那它就会仍旧和从前一样地死气沉沉，荒凉寂静，不过要是他在它旁边静悄悄地不声不响守视一会儿，他就会慢慢地发现，那里面是一片的生动扰攘。因为一个胆小怕人的动物世界，已经应时出现了。小小的蝌蚪和水蜥蜴，都开始在水面上冒泡儿，在水里面角逐；虾蟆也像小鸭子一般咽咽地叫，同时两两三三地往岸上爬；天空里嗡蜂也在渐渐强烈的阳光里到处飞动，它们的嗡嗡声时闻时寂，听着仿佛打锣的声音。

有一次，就在这样一个黄昏时候，姚伯离开了那个水塘旁边，走到了下面的布露恩山谷；他跟另一个人一块儿站在那个水塘旁边；站得很静，站得很久，所以他本来很可以听见自然界里生命复活那种细小轻微的骚动；但是他却并没听见。他往山下走去的时候，速度很快，脚步很轻捷。他进他母亲的家以前，先站住了脚喘气。窗户里的亮光射到他身上，照见他脸上发红，眼里放光。不过有一桩情况，亮光却没照出来，那就是他嘴唇上留下的那一点东西，仿佛印在那儿似的。这个印痕的存在，清楚明显得叫他几乎不敢进屋里，因为仿佛他母亲会问他：“你嘴上那块那样鲜明的红点儿是什么东西？”

但是他待了一会儿还是进了屋里，茶点已经预备好了，他就对着他母亲坐下。他母亲没说许多话。至于他呢，因为刚才他在山上做了一些事，说了一些话，叫他不能开始优逸的闲谈。他母亲那种默不作声的态度里，本是含有不祥的预兆的，但是姚伯对于那种态度却好像并不理会。他知道她跟他不多说话的原因，但是他却不能消灭她对他这种态度的原因。现在他们母子这样不大说话而对坐已经很不稀罕了。他们母子当时对坐了半天以后，姚伯才开了口，他说的话是他认为可以把问题根本解决一下的。

“您跟我这样不言不语地吃饭已经有五天了。妈，这样有什么用处？”

“用处是没有的，”她说，音调里含着满腔的情绪，“但是原因可有。”

“不过要是您把这件事的前前后后都明白了，那就没有什么原因可谈了。我早就想跟您谈一谈了，我很高兴今天这话已经提起头儿来了。您说的原因自然是游苔莎·斐伊了。呃，我承认我近来见过她，并且还见过她许多次。”

“不错，不错；我还知道这会有什么结果。我为这件事很心烦，克林。你这完全是在这儿浪费你的光阴；而你这种浪费又完全是为的她。要不是因为那个女人，你决不会想出那种教书的计划来的。”

克林使劲看着他母亲。“您分明知道并不是那样。”他说。

“我倒是知道，你没见她以前，就决定要试一试这种计划了；不过那时那种计划，本来可以是以愿望始，以愿望终的。那种计划，说着很好听，实行起来可很可笑。我满想，过了一两个月以后，你自己就该看出来这种自我牺牲的愚蠢了，就该这阵儿又回到巴黎做事去了。我很能明白你反对钻石买卖的心理，我本来也实在想到了，那种事对于你这样的人也许不合适，固然它也许能叫你做一个百万富翁。但是现在我看你对这个女人这样看不清楚，那我就很怀疑你对别的事是否能看清楚了。”

“我怎么对她看不清楚？”

“她又懒，又老不遂心。不过这还不要紧。她就不是一个好女人，即便她是的话，那你也不应该现在这时候做结婚的打算。”

“我有实际的理由。”克林说，但是说到这里，差不多又停顿起来，因为他感觉到了自己的理由很不充足，一下就可以叫人驳倒。“既是我要办学校，那么一个受过教育的女人，会于我有莫大的帮助。”

“怎么！你真打算娶她吗？”

“现在说一定娶她的话，还嫌太早。不过我们先看一看娶她有多少显而易见的好处。她——”

“你不要认为她有钱。她连一个子儿都没有。”

“她受过很好的教育，在一个寄宿学校里一定能做一个很好的女学监。我很坦白地承认，我为尊重您起见，已经把我的计划多少改变了一点儿了；我想您该不会再不满意了吧。我现在已经不像从前那样，非要亲口教给最低班初步知识不可了。我可以做高一点儿的工作。我可以办一个好的私立学校，专教农人的子弟，再一方面设法去应考。用这种办法，再能得到她那样一位太太的帮助——”

“哎呀，克林哪！”

“我希望，我到最后，就可以在这一郡里最优秀的学校之中，居领先的地位了。”

姚伯说“她”字的时候，带出了一种很热烈的情感，在一个做母亲的面前那样说话，就得说是很荒谬地不谨慎了。四海之内，几乎没有一个做母亲的，在这种情况之下，听到她儿子对于新交的另一个女人，流露出这样不合宜的感情而能不心烦的。

“克林，你这是眼睛让人蒙起来了，”她激烈地说，“你头一次看见她那一天，就是你不幸的日子。你的计划，只是一种诚心建造起来的空中楼阁，好给你这种摆脱不了的痴愚找理由，好给你因为陷入这种毫无理性的地位而良心不安找安慰。”

“妈，这并不是实情。”他坚定地答。

“怎么，我这儿一心一意要把你从烦恼里救出来，你可能认为我说的都是假话？真不害臊！不过这都是叫那个女人闹的——不知羞臊的东西！”

克林脸上像火一样地红，站起身来。他把手放在他母亲的肩膀上，用一半恳求，一半命令的奇怪口气说：“我不听您这一套。您老这样，我也许会忍不住要说出您和我过后都要后悔的话来了。”

他母亲已经把嘴张开了，想要再说几句厉害的实话，但是她看他的时候，他脸上的样子使她把要说的话咽住了。姚伯在屋子里来回走了一两趟，忽然走出屋子往外去了。他又回到屋里的时候，已经是夜里十一点钟了，不过他始终没出庭园的边界。他母亲已经上床睡去了。桌子上有一个亮儿，晚餐也摆在上面。他没吃饭，就把门闩好，上楼去了。

四　一点钟的乐好几点钟的愁

第二天，布露恩里很够沉闷的。姚伯固然在书房里，对着展开的书本坐着，但是他那些点钟里的工作却少得可怜。既然他决定对他母亲，在行动方面，不露任何近于怨怒的神色，所以就有时同她谈一谈眼前过去的琐事，即便他母亲的回答非常简短，他也装作不理会。那天晚上七点钟左右，他以同样的决心做出有说有笑的态度，对他母亲说："今天晚上月蚀，我要到外面去看一看。"说完了，就穿上大衣，离开了她。

那时候，还没高升的月亮，从房子前面还看不见；姚伯往山谷外面走去，一直走到他站在月光普照的地方上。但是即便到了那儿，他还是往前走，而他的脚步是朝着雨冢那方面去的。

过了半点钟的工夫，姚伯就站在雨冢的顶上了。天空里，从天边这一头到天边那一头，完全澄澈晶明，月亮把它的光辉倾泻到整个的荒原上，但是却没能把那一片大地显然分明地照得发亮，仅仅路径上和河槽里有露着白色棱石和闪烁明灭石英沙子的地方上，才看着好像是一片昏暗上的几条线道。姚伯在雨冢上站了一会儿，就俯下身子，用手把石南灌木摸了一摸。石南灌木很干爽，他就把脸冲着月亮，在雨冢上面一下坐了下去，他每一只眼睛里，都映出一个小小的月亮来。

从前姚伯已经上这儿来过多少次了，都没把他的目的告诉他母亲；他告诉他母亲今天是头一次，而他告诉的时候，外表上装作很坦白的样子，骨子里却是要掩饰真正的意思。他现在居然会撒起谎来了。这真是三个月以前他自己决想不到会做得出来的事。他回到这块僻静的地方上来工作，本来期望可以逃开尘网中名缰利锁的烦恼，但是你看，那种种缰锁，在这块地方上也一样存在。他现在比以前更想要逃开这个只承认个人野心是唯一进步方式[1]的世界，而逃到另一个不是这样的世界上去了——现时在他头上照耀着的那个银月球上，从前某一个时期里，也许曾经是那样的一个世界。他的眼光，就在那个遥远的世界上纵横观览起来——看那上面的虹湾[2]，那上面苍茫的危机海，那上面的风雨洋，梦湖，广漠的垣原，和奇特的环山——一直看到后来，他差不多觉得自己就好像亲身在它那些荒凉的景物中间游逛，在它那些宛如空壳的山[3]上站立，在它那些荒漠上穿行，降到它那些山谷和古老的海底，登上它那些火山山口的边儿一样了。

1 英国经济学家亚当·斯密在《原富》里说过，个人利益为经济活动之准的。同时他认为，普遍追求个人利益，可以促进公众利益。这儿的说法，即受此影响而来。英国文艺批评家约翰·罗斯钦晚年致力社会改革，反对以"经济人"为基础的经济，所谓"经济人"即指专以赢利为动机而发展经济之人。美国经济论文家亨利·乔治（1839—1897）在他的《进步与贫穷》导言里则说："如果近代进步所带来的累增财富，只能成为个人私产，增加个人奢侈，加剧贫富竞争，那不能算真正的进步。"

2 月球地面，自从伽利略以来，就有人仔细用望远镜研究，画成地图，每一个地形和地区，都用地理上的或者古代神话里的名字表示。本来都是拉丁文。这里所写都是译成英文的，如危机海，原来是"Mare Cri-sium"，梦湖原来是"Lacus Somniorum"，风雨洋原来是"Oceanus Procella-rum"之类。

3 月球上的山为熄灭的火山，山口大而圆，自外视之，洞穴很深，如空壳然。

他正看着这个远离我们的景物，只见一层黄黑色的阴影，在月亮的下边出现；原来月蚀已经开始了。这种光景，表示了一个预先约好了的时刻；因为远处天空的现象，已经被尘世的情人用作相会的暗号了。姚伯看见了这种光景，他的心就飞回地上来了；他站起身来，把身上抖了一抖，静静地听去。一分钟一分钟地过去了，也许十分钟都过去了，月亮上的阴影也显然增大了。他听见左面有一种萧屑的声音，跟着一个围在斗篷里的人形，仰着脸在雨冢的基座那儿出现，姚伯就下了雨冢。一会儿的工夫，那个人形就已经在他的怀里了，他的嘴唇也贴到她的嘴唇上了。

"我的游苔莎！"

"克林，最亲爱的！"

还不到三个月的工夫，他们两个就已经到了这种地步了。

他们两个，都许久许久一个字没说；因为他们那时的心情不是言语所能传达的：言语好像只是野蛮时期生了锈的器具，仅仅能偶尔勉强用一用就是了。

"我正这儿开始纳闷，不知道你怎么还不来。"游苔莎从姚伯怀里稍稍离开一点儿的时候，姚伯说。

"你不是说月亮边儿上有黑影以后十分钟吗？现在正是这样啊。"

"不要管那个啦，咱们只想这儿咱们两个好啦。"

于是他们两个互相握着手，又静默起来，同时月亮圆盘上的黑影，比以先又增大了一点儿。

"自从上回咱们分别了以后，你不觉得很久吗？"游苔莎问。

"我只觉得愁闷。"

“并不觉得很久？那是因为你老忙着做事，所以就忘了我不在跟前了。像我这样什么事也不能做的人，就觉得跟生活在停蓄不动的死水里一样。”

“不过我倒宁肯忍受腻烦，也强似用我现在这种办法来消磨时光。”

“你用的是什么方法啊？你一定是在那儿琢磨不该爱我了。”

“一个人怎么能一面那样想，可一面还照旧爱下去？没有那样的事，游苔莎。”

“男人能那样，女人可不能。”

“好吧，不管我一向琢磨的是什么，反正有一样事我敢担保——那就是，我的的确确地爱你，都爱得超过一切范围，绝对没法形容了。我爱你都爱得心迷意惑、丢魂失魄的了——我这个人，本来对于我看见过的女人，不论哪一个，都顶多不过一时之间感到快意就完了。现在你让我一直看着你那有月光照着的面孔吧，仔仔细细地看一看那上面的每一种曲折、每一条线道吧！这个面孔，和我没有见你以前常常看到的那些面孔，只有毫发的差别；然而这毫发的差别，又是多大差别啊——就是具备一切和一无所有的差别。我再吻吻你吧，一下、两下、三下。游苔莎，你的眼睛好像睡意蒙眬了。”

“不是，我的眼神儿看起东西来老是那样。我想那是由于我有时因为下世为人觉得苦恼，才有那种眼神儿吧。”

“你现在不觉得那样了吧？”

“不啦，但是我可知道咱们两个将来不能老这样相爱，没有东西能担保爱情地久天长。它将来总会像幽灵一样化成云烟所以我满怀的恐惧。”

“你用不着那样。”

“啊，你是不知道。固然你比我经得多，见得广，又亲身在我仅仅听说过的城市里住过，亲身跟我从来没见过的人接触过，比我又大几岁。但是在这一方面，我可比你老练。我从前曾爱过另一个人，现在又爱了你了。”

“看着上帝的仁慈，别说这种话了吧，游苔莎！”

“不过我想我不会是头一个先变心的。咱两个这番爱情我恐怕要落这么一种结果：你母亲要发现你跟我会晤，跟着就要影响你，叫你反对我。”

“那是永远不会有的。她已经知道咱两个的会晤了。”

“并且说过我不好的话了，是不是？”

“我不想说。”

“那么，你请走吧！你听她的话好了。我要把你毁了。你这样和我会晤，太糊涂了，你现在吻我一下，就从此永远撂开手好啦。永远撂开手——你听见了没有？——永远撂开手！”

“我不。”

“这是你唯一的机会。以往因为恋爱而倒了霉的人可就多着哪。”

“你这是不顾轻重，想入非非，任意瞎说，并且你误会了。我今天晚上来见你，除了为爱你而外，还有别的缘故。因为虽然我跟你不一样，觉得咱们的爱能够天长地久，我可又跟你一样，觉得咱们不能老像现在这样过下去。”

“哦，这都是你母亲闹的！不错，一定是！我知道！”

“你不要管是什么了。你只信我这句话好了：我决不能没有你。我一定要你永远在我跟前。就是今天晚上，我都舍不得叫你离开我。这种焦虑，我的最亲爱的，只有一种治法——那就是你得做我的太太。”

她惊了一下，跟着勉强做出安静的态度来说：“愤世嫉俗的人说，结婚治好了相思，也就治好了焦虑了。”

“不过你一定得答复我。是不是还得等几天，你再答复我？我并不是说马上就得答复。”

“我得想一想，”游苔莎嘟囔着说，“现在你跟我谈一谈巴黎吧。世界上还有像巴黎那样的地方吗？”

“巴黎很美。不过你愿意不愿意做我的人呢？”

“反正在全世界所有的人里面，我不愿意做任何别人的人——这你可满意了吧？”

“满意啦，暂时满意啦。”

“你现在对我讲一讲都伊勒锐[1]和卢浮宫[2]吧。”她故作遁词说。

“我不愿意谈巴黎！哦，我想起卢浮宫里你住着顶合适的一个阳光满室的屋子来了——那个阿帕龙陈列馆[3]。它的窗户，主要都是朝东开的；早晨太阳明朗的时候，整个屋子都照得一片灿烂辉煌。

---

1 都伊勒锐，从前法国皇宫，在巴黎塞纳河右岸，始建于一五六五年。革命前，为法王居处，革命时为重要背景，一八七一年毁于火。都伊勒锐公园，前身即宫中花园，后为公园，并扩充到几全占王宫旧址。

2 卢浮宫，巴黎宫殿，在巴黎中心。始建于一二〇四年，本为法王居处，一七九三年设为博物馆。

3 阿帕龙陈列馆，卢浮宫博物馆陈列室之一。占卢浮宫之西面，为珍宝馆，陈列者为所写各物。百宝箱亦为艺术品。

阳光从金碧辉煌的藻井墙壁上，光芒四射地射到装饰富丽、镶嵌精工的百宝箱上，从百宝箱上射到金银器皿和陈设上，从器皿陈设上射到珠宝玉器上，从珠宝玉器上又射到珐琅上，射来射去，满屋子里都成了光芒织成的网了，看着确实晃眼。不过关于我们的婚姻问题——”

“还有凡尔赛[1]哪——国王的陈列宫也是那样一个光辉灿烂的屋子，是不是？”

“是倒是。不过净谈辉煌灿烂的宫殿有什么用处？哦，我想起来了，小特利亚农[2]咱们住着可就合适极了。月亮地里你在那儿的花园里散步，就和在英国的灌木园林里一样了；因为那儿都是按着英国的样式修建的。”

“我那么想就不喜欢了！”

“那么你可以永远不离开大宫[3]前面那一片青草地。所有那块地方上的一切，都可以叫你觉得好像回到发人幽情的古老世界里一般。”

---

1 凡尔赛，法国城市，在巴黎西南十二英里。其西北有皇宫，为路易十四所增建。于一八三三至一八三七年，改为法国历史博物馆，其中之王宫馆或路易十四寝宫、会议室等，陈设装修，一如当日。

2 小特利亚农，在凡尔赛的公园里，建于一七六六年，为路易十六和王后玛利·安都奈喜好之地，全为英国式，有乡村式别墅，宫女们在内过乡妇生活。英国样式是不规则的，富于画意的，不像法国园囿那样拘于形式，板刻方正。

3 大宫，巴黎大建筑之一，每年在那里开名画展览会，但建于一八九七至一九〇〇年，在写此书之后。此处所写，或为后增。

他接着往下讲，给她形容枫丹白露[1]，形容圣克露[2]，形容布哇[3]，形容其他巴黎人常游逛的地方，因为那些地方，她听起来，都很新奇；讲到后来她说：

“你都是什么时候到这些地方去？”

“礼拜天。”

“啊，对啦。我就是讨厌英国的礼拜天。我要是能到巴黎，那我跟他们的过法可就太能合拍了。亲爱的克林，你还要回巴黎去吧？”

克林摇头，看着月蚀。

“你要是还回巴黎去，那我就——做那个，”她很温柔地把头靠近他的胸前说，“你要是答应我，那我也立刻就答应你，一分钟都不用你等。”

“你跟我母亲，对于这件事，怎么会这么巧，都是一样的心，真怪啦！”姚伯说，“我已经立誓不回去了，游苔莎。我并不是讨厌那个地方，我是讨厌我那种职业。”

“那么你可以做别的事儿啊。”

“不能。并且那就要把我的计划打乱了。你不要逼我，要我回巴黎，游苔莎。你先说你嫁我不嫁我好啦。”

---

1 枫丹白露，法国城镇，在巴黎东南三十七英里。镇西北有皇宫，于大革命后改为博物馆。镇北面及西面为枫丹白露林，号为法国最美之林，为近代法国风景画家常去之地。

2 圣克露，法国市镇，在巴黎西五英里，有公园一，占地约一千亩，以美丽著，中有丘阜，可俯视巴黎全城。

3 布哇，原文“Bois”，法文，本树林之意。法国地名叫“Bois”的有好几个，此处指 Bois de Boulognes（布洛涅树林）而言，在巴黎西郊，为巴黎有名的美丽公园。

“我说不出来。”

“我说——不要管巴黎啦；巴黎也并不一定比别的地方好。答应我吧，甜蜜的！”

“我十分敢保，你将来决不会守定了你的教育计划的。所以将来对我一切不会成问题的。因此我答应你，永远永远做你的人。”

姚伯把她的脸轻轻用手捧到他的脸前去吻她。

“啊！可是你还不知道我究竟是怎么样的一个人哪，”她说，“我有的时候，老觉得我游苔莎·斐伊这个人，不能做一个朴朴实实的贤良妻子。也罢，随它去吧——你瞧咱们的时光是怎样地溜哇，溜哇，溜哇！”她说着，用手往半蚀的月亮上指去。

“你太伤感了。”

“不是。我这不过是怕想现在以外的事就是了。现在怎么样，咱们知道。现在咱们是在一块儿的了，至于咱们这样能够多久，就不知道了；不知道的事，叫我永远想起令人可怕的种种可能，就是我可以很有理由预料将来快乐的时候，都是这样……克林，现在这种半蚀的月亮，有一种奇怪的外来颜色照到你脸上，把你的脸映得好像是金子铸的[1]似的。那是表示，你应该做些比这个更好的事啊。”

“你这是有野心了，游苔莎——不，不一定是野心，只是想享

1　比较英诗人胡得的《奇曼塞格小姐及其金腿》第三二〇行以下：“雅各爵士滚钱堆就像猪滚烂泥塘。……他的血管都注满了铜液金浆。因此他脸上的颜色绝对地不健康，而却和金镑一样地黄澄澄，澄澄黄，证明了面带福相这句话一点不虚妄。”又英戏剧家鲍门特等的《骄倨夫人》第三幕：“你的脸聚宝蓄财，你的脸富胎福相。”

福吧。我想我也应该跟你一样的想法，好让你快活。然而我不但绝不那样想，我还能在这儿过一辈子隐士的生活，只要有合适的工作就成。”

他这番话的口气里，隐含着一种情况，那就是，担心自己作为一个急于求成的情人，地位是否稳当，疑心对一个只在稀有、少遇的方面才和自己脾胃偶合的人，所作是否公平。她看出他的意思来，就以表示急于使人相信的低重语声对他说：“克林，你别误会我；我虽然喜欢巴黎，我爱你可完全是因为你本人。做了你的太太再住在巴黎，那在我看来，就是上了天堂了；不过我宁愿跟着你在这儿过隐士的生活，也强似做不了你的人。无论上不上巴黎去，反正于我都是收获，并且是很大的收获。这是我未免过于坦白的自供了。”

“说得像一个女人。我说，我一会儿就要离开你了。我同你一块儿往你的家那儿走吧。”

“不过你现在非得就回家不可吗？”她问，“不错，你瞧沙子都快溜完了；月蚀也越来越大了。不过你先留一步！先等一等，等到这一个时辰都溜完了，我就不再强留你了。你回去安安稳稳地睡觉吧；我可睡着都不住地叹气。你曾梦见过我吗？”

“我想不起来我曾清清楚楚地梦见过你。”

“我做梦的时候，都没有一时一刻不看见你的模样的，都没有一时一刻不听见你的声音的。我愿意我不那样才好。我的感情太强烈了。别人都说，这样的爱从来不会长久。不过它可一定非长久不可！我记得，我有一次在蓓口看见一个轻骑兵[1]军官，骑着马从街上过；虽然我并不认识他，他跟我也没说过一句话，我可爱他爱得后来只觉得我非为他送了命不可——不过我可并没为他送了命，并且以后慢慢地也就不去想他了。哎呀，我的克林，要是真有那么一个我不能爱你的时候，那多可怕！”

“请你不要说这种不顾轻重的话了吧。要是咱们看见那种时候来到跟前了，那咱们就得说，‘我现在过的已经是忠尽志竭的残年剩日了，’不要再活下去好啦。你瞧，时刻已经过完了；咱们往前走吧。”

他们手拉着手，顺着小径，朝着迷雾岗走去。走到靠近房子的时候，他说：“今天太晚了，我不能见你外祖了，你想他会不会反对？”

“我跟他说好啦。我老自作主张惯了，所以我竟没想到咱们还得问他呢。”

于是他们恋恋不舍地分别了，姚伯下了山往布露恩走去。

他和他那位跟欧林坡山上天神一般的女孩子分别了，他离开了她那种迷人的气氛越去越远了，那时候，一种新的愁烦使他脸上添了新的愁容。他现在又满心感觉到他由于恋爱而陷入的那种左右为难的境地了。虽然游苔莎外面上愿意在一个没什么前途的订婚时期里等待，等待到他在他的新事业里能站稳了脚的时候，但是他却免不了有的时候看得出来，她所以爱他，并不是因为他对于他新近还过着的那种叫她极感兴趣的生活，诚心反对，却是

1　轻骑兵，马队之一种，以军服炫耀著。

因为他在按理应该属于她的那个繁华世界里，曾经待过。他们两个会晤的时候，她往往不知不觉地或者露出一言半语，或者发出一声叹息。那就等于说：她虽然并没拿他再回法国的都城作结婚的条件，而她只要结了婚，到法国的都城去却是她心里憧憬的；这种情况，把姚伯本来应该快乐的时光，剥夺了不少。和这件事一块儿来的，还有他和他母亲之间那种越来越大的裂痕。无论什么时候，只要有任何小事使他比平常更明显地看到他母亲对他的失望来，他就非一个人很郁闷地去散步不可；又有的时候，对这种情况的认识，引起了他精神上的骚动，使他大半夜睡不着觉。要是能叫姚伯太太看出来，他这种目的是一种非常稳妥、非常有价值的目的，并且看出来，他这种目的一点儿也没受他热爱游苔莎的影响，那她看待他就要和以前毫不相同了！

所以，姚伯的眼光在爱和美放射出来的那种起初看着晃眼的辉光里习惯了，他就开始看出来，他的地位有多窘了。有的时候，他后悔当初不该和游苔莎遇见，跟着却又认为这种想法太狠心，马上就又把它否定了。三种互相冲突的情况——如何取得他母亲对他的信任，如何实行他做教员的计划，如何使游苔莎快乐——都得维持下去。虽然这三种里，维持两种就够他办的了，而他那种热烈的天性，却让他连一种都不肯放弃。他对游苔莎的爱，虽然像佩脱拉克对劳拉的爱[1]一样地纯洁，但是那番爱，却使以前简单

1 佩脱拉克（1304—1374），意大利诗人，于阿弗农见劳拉，为她写了许多情诗。评者谓，诗中多怨劳拉之狠心，不使得至欢极乐。其对劳拉之爱并非柏拉图式的。但或又曰，他实未与劳拉通一语。吉本在其《罗马衰亡史》第十七章则说：“佩脱拉克对劳拉之爱，是一空幻悠渺的热烈恋爱，对一虚无缥缈的仙女而发。”

的困难变成摆脱不开的枷锁。那种地位，在他专诚一志、心无所恋的时候，已经就不简单了，现在加上一个游苔莎，更复杂得难以形容。恰好在他母亲要容忍他头一种打算的时候，他却又弄来了比头一种还要令人难堪的第二种，这两种合起来，可就超过了他母亲所能忍受的范围了。

五　激言出口危机来到

要是姚伯不跟游苔莎在一块儿，他就在家里，像一个奴隶一般对着书苦读；要是他不在家里念书，他就在外面和游苔莎会晤。他们的会晤都进行得极秘密。

有一天下午，姚伯的母亲去探望了朵荪一趟，回来的时候，只见她脸上到处都显出错乱的样子来，姚伯就知道一定发生了事故了。

“有人告诉了我一件我不明白的事，”他母亲伤感地说，“老舰长在静女店里，对大家透露出来，说你和游苔莎·斐伊订了婚了。”

“不错，我们是订了婚了，”姚伯说，“不过我们结婚，可还得过好些日子。”

“我可觉得不大能过好些日子。我想你要把她带到巴黎去吧，是不是？”他母亲问。看她说话的神气，她是认为事情毫无希望，所以索性懒得去管。

“我不回巴黎去了。”

“那么你弄一个太太，打算怎么办哪？”

“按照我对您讲过的那样，在蓓口办一个学校。”

“这可真荒唐！那地方遍地都是教员。你又没有什么特别的资格。像你这样，到那地方去，能有机会吗？”

“发财的机会是没有的。不过我用我这种又真实、又新颖的教育方法，那我一定可以给我的同胞们造很大的幸福。”

“做梦啊，做梦！要是真有什么还没发明出来的新方法，人家大学里那些人，应该早就发明出来了，还等你发明吗？”

“那永远不能，妈。我这种方法，他们发明不出来，因为他们那些教授们，接触不到需要这种方法的那一班人——那也就是没受过初步训练的那一班人。平常的时候，一般的教员们，总是先灌输给人一种无用的知识，其实要灌输真知识的时候，还得先把这些无用的知识抛开，那不是多此一举吗？我的计划，是要把高等的知识灌输到空洞的心灵里，不用先灌输给他们那种无用的知识。”

“要是你没闹这么些纠葛不清的事，那我也许就会相信你这种计划了，不过现在这个女人——就是她是一个好女孩子，也就够糟的了；何况她——”

“她是一个好女孩子。”

“这只是你认为那样。一个外国音乐师的女儿！她都是什么样的身世？连她的姓都不是她的真姓。”

“她是斐伊舰长的外孙女儿，她父亲跟着她外祖家姓就是了。再说，她的天性，生来就是一个上等女人。”

“不错，他们都管他叫‘舰长’，不过无论谁都可以叫舰长啊。”

“他实在是皇家海军里的人么！”

“他不定坐了个什么小船儿，在海上漂荡过，那自然没有疑问。不过他为什么不管教他外孙女儿哪？上等女人，有像她那样，白天晚上，没有一时一刻，不在荒原上瞎逛的吗？不过这还不是她整个儿的故事哪。从前有过一个时期，她和朵荪的丈夫，还有些离奇的事——我的的确确知道，也跟我的的确确站在这儿一样。”

“游苔莎都已经告诉我了。他一年以前，的确曾经对她陪过一点点殷勤；不过那并没有碍处呀。我反倒因而更喜欢她。”

“克林，”他母亲带着坚定的样子说，“不幸我手里没拿到她的真凭实据。不过她要是能给你做一个好太太，那世界上就从来没有过坏太太了。”

“我说，您这简直是成心怄人，”姚伯感情激烈地说，“我本来还想就在今天让您和她见见面。不过您却老没有让我安心的时候，我的愿望，您就没有不阻挠的。”

“一想到自己的儿子娶坏媳妇我就恨。我不及死了好，免得看见那种事；那是我受不了的——是我做梦也没想得到的！”说到这儿，她就转到窗户那一面去了。只见她的呼吸都急促起来了，她的嘴唇也变白了，分开了，并且颤抖起来了。

“妈，”克林说，“我不管您对我怎么样，反正我总要把您永远当我亲爱的人看待——这是您知道的。不过有一样事，我可有权利说一说：像我现在这样的年龄，我已经能够分辨出来什么是于我最好的了。”

姚伯太太很激动地半天没说话，仿佛她再说不出话来了似的。过了那一会儿她才说：“知道什么是于你最好的？那么你为那样一个净图享乐的懒惰女人，把自己的前途毁了，是于你最好的吗？难道你看不出来，你看中了她，正是证明你不知道什么是于你最好的吗？你把你整个的心思——你整个的灵魂——都用在讨一个女人的欢心上。”

“不错，我是那样。那个女人就是您。”

“你怎么就能对我这样轻薄！”他母亲满眼含泪，转身对他说，“你太违反常情了，克林；我没想到你会这样。”

“本来应该想不到，”姚伯郁郁地说，“因为您不知道您要用什么量器量给我，所以您也不知道我要用什么量器量给您。[1]”

“你嘴里和我说话；心里却净想的是她。你什么事都护着她。”

“这正证明她好。我从来还没拥护过什么坏人坏事。我不但爱护她，我还爱护您，爱护我自己，爱护一切好人和好事。一个女人，一旦恨起另一个女人来，就毫无慈悲了！”

“哦，克林哪，我请你不要再把你自己这种死不回头的顽梗固执，硬算作我的毛病了吧。你既是愿意和没有价值的女人结合，你为什么偏跑回家来干这种事？你为什么不在巴黎干这种事？在那儿那本是更时髦的啊。你这是回家折磨我这个苦老婆子，叫我早早地闭眼哪！我愿意你爱谁就跟着谁去！”

姚伯哑着嗓子说：“您是我妈。我不说别的了——我只说，我很对不起您，把您的家当做了我的家。我决不再硬要您跟着我受罪了，我走好了。”于是他就满眼含泪，离开了屋子。

那是初夏一个日光晶明的下午，荒原上湿润的壑谷，都已经由棕黄时期转入青绿时期了。姚伯走到迷雾岗和雨冢伸延出来的

1　暗用《新约 · 马太福音》第 7 章第 2 节及《马可福音》第 4 章第 24 节等处文句。“你们用什么量器量给人，人也必用什么量器量给你们。”

那个山谷的边上。那时候，他已经心平气和了，正把面前的风景眺览。只见分布在这个山谷里的有丘阜，丘阜之间是小谷，小谷里面新鲜柔嫩的凤尾草正畅茂生长，到后来，都要长到五六英尺高。姚伯往下走了一点，在一条通到一个小谷的小径旁边躺下，静静等候。原来就是在这个地点，他答应了游苔莎，说那天下午要把他母亲带来，好叫她们两个见见面，亲热亲热。他那种打算，现在已经完全失败了。

他躺的地方是一片绿色鲜明的莽丛。他四围那些凤尾草类植物，虽然丰茂，样子却非常一律：一片小树林子，树上只有大叶子，整齐得跟机器做的一样——一片带锯齿边的绿色三角形，连半朵花儿都没有。空气润湿而暖和，一片寂静，没有什么来打破。蜥蜴、蚂蚱和蚂蚁就是一切能看得见的活东西。那片光景，仿佛是属于古代石炭时期的世界——那时候，植物的形状，只有很少的几种，并且还都是凤尾草一类的；那时候，也没有开放的花儿，也没有含苞的朵儿，什么都没有，只有一片万千一律的绿叶子，叶子中间也没有鸟儿叫。

姚伯在那儿很郁闷地琢磨着歃了很大的工夫以后，才在一片凤尾草上看见一顶打折的白绸女帽，从左面移动，越来越近，他知道那顶帽子底下，一定就是他所爱的那个人了。他的心就从无情无绪的状态中，一变而热烈兴奋，同时一跳而起，高声说："我早就知道她一定会来么。"

她有一刻的工夫，走到低坳里，暂时看不见了，过了那一刻，才见她的全身，从凤尾草丛里面完全出现。

"就你一个人吗？"她喊着说，喊的时候，带出一种失望的神气，但是她脸上一红，同时有点亏心地低声一笑，证明了她那种神气是虚伪的。“姚伯太太呢？”

“她没来。”姚伯屏声敛气地回答说。

“我要是早就知道只你一个人在这儿，早就知道咱们两个又可以有现在这样一阵清闲甜美的时光，那有多好，”她郑重地说，“一种快乐没能预先知道，就等于白糟蹋了一半；预先盼望它，就等于把它加倍。我今天连一次都没想到，今天下午能单独跟你在一块儿，而事情真正存在的那一会儿，又很快很快地就过去了。”

“实在是这样。”

“可怜的克林！”她很温柔地看着他的脸说，“我看你闷闷的，你家里一定发生了什么事儿了吧。不要管事物的实情——咱们只看事物的外表好了。”

“不过，亲爱的人，咱们以后怎么样啊？”他问。

“仍旧照着咱们现在这种样子过呀——不管将来，只会晤了一次再会晤一次，就这样过呀。啊，我知道，你老想那个——我能看出来你老想那个。可是我叫你不要想——成吗，亲爱的克林？”

“你也正跟所有的女人一样。她们立身处世，总是不论碰到什么地位，都能随遇而安；男人们却总想创造一个世界，来顺应他们自己。你听我说，游苔莎。有一样事我决定不想再迟延了。你那种把‘攫取现在’[1]当做就是智慧的态度，我今天不感到什么兴

1 “攫取现在”，原文是拉丁文，“Carpe diem”，出于罗马诗人贺拉斯（公元前65—公元前8）的诗句“Carpe diem，quam minimum credula postero”，意思是：攫取现在，尽力少信明天的事物。

趣了。咱们现在这种生活状态，一定要很快就结束。”

“这都是你母亲闹的！”

“不错，但是并不能因为我告诉了你这个话，我对你的爱就差了；本来你应该知道。”

“我早就替我的幸福担心了，”她只把嘴唇微微一动说，“我的幸福太浓烈了，消耗得太猛了。”

“还有希望。我还有四十年的工作能力，你怎么这么早就绝望了？我现在不过是转折不利就是了。我愿意一般人不要那么容易就承认，没有平稳顺利，就没有进步发展。”

“啊，你这是想到哲理一方面去了。不过话又说回来，这些叫人愁闷、叫人绝望的种种波折，从某一种意义来看，也叫人欢迎，因为有了它们，咱们就可以把命运所喜欢拨弄的残酷揶揄，看得无足轻重了。我曾听说过，有些一下得到幸福的人，一心只怕不能活着享受，焦虑而死。我近来觉得，我就有那种焦虑不安的奇怪心情；不过现在可以不必那样焦虑了。咱们往前走一走吧。”

游苔莎的手，早已经为克林把手套脱下去了，克林就把它握在他自己手里——他们就喜欢这样光手握着光手散步——领着她走出了那一片凤尾草。他们那天傍晚顺着山谷走去的时候，就是一幅爱潮高涨的美丽画图，太阳从他们的右方斜照着，把他们那憧憧瘦细、高得像白杨似的一双人影儿，远远地投到常青棘和凤尾草上面。游苔莎走来的时候，满怀幻想地把头往后仰着，满眼含着欢悦、佚乐的凯旋神气，表示她自己个人，没有借别的帮助，就把这样一位在造诣、容貌、年龄各方面都完全和自己是一对儿的人物拢到手里。至于那位青年那一方面，他在巴黎带回来的那种灰白气色，和他那体验世故、思索一切的初步痕迹，现在已经不像他刚回来的时候儿那样明显了。因为他生来就健康、精壮的坚强体魄，已经有一部分恢复到原有的程度了。他们当时往前走去，一直走到荒原低地的边界，荒原到了那儿，就变成了沮洳的湿地，和沙泽地混合为一了。

“克林，我得跟你在这儿分手了。”游苔莎说。

他们于是站住了，预备互相告别。他们眼前，一切一切，都在绝对的平面上。夕阳正落在地平线上，从平铺在淡碧柔和的天空下面那些一层一层红铜色和紫丁香色的云彩之间，散出了光线。所有地上那些背着太阳、露着阴面发暗的东西，全有一种紫色的暮霭笼罩，同时一群一群嘤嘤啜泣的蠓虫，衬着暮霭，放出亮光，像火星儿一般，往上飞起，各处翻舞。

“哦，跟你分离，真太叫人难受了！”游苔莎忽然很痛苦地低声说，“你母亲对你的影响恐怕太大了；我要得不到公正的批评了，人家要说我是一个坏女孩子，那个女巫的故事，更要把我显得坏上加坏了！”

“没有的事。没有人敢说你不好听的话，也没有人敢说我。”

“哦，我多么想能够保证，你永远为我所有啊——能叫你无论如何也不会舍我而去！”

克林站在那儿静默了一会儿。他的情感是高涨的，那个时间是热烈的，于是他用快刀斩断了乱麻。

“可爱的人儿，我有法子可以保证我是你的人，”他把她搂在怀里说，“咱们马上就结婚好啦。”

“哦，克林啊！”

“你同意吧？”

“要是——要是咱们办得到的话。”

“咱们既然都是成年人了[1]，当然办得到。再说，我做了这几年事，也并不是没攒下钱；要是你能答应我在荒原上不论哪儿先找一所小小的房儿和我住着，住到我能在蓓口找到办学校的房子，那咱们花很少的钱就可以把事办了。”

“咱们住小房儿要住多久，克林？”

“大概要住六个月。六个月以后，我就念完了我要念的书了——不错，咱们就这么办吧，这样咱们就不用再像现在这样心疼了。当然，咱们先要过一种完全隐居的生活。咱们的夫妻生活，只有等到咱们搬到蓓口以后，才能对外开始。至于在蓓口找房子，我已经写信接洽去了。你外祖能让你这样办吗？”

“我想能吧——可是我得告诉他，住小房儿不会过六个月。”

“要是没有什么不幸的事发生么，那我可以担保。”

“要是没有什么不幸的事发生么。”她慢慢地重念了一遍。

“当然不会有。最亲爱的，咱们把日子定了吧。”

跟着他们两个就商议这个问题，选定了一个日子。那是从那一天起过两个礼拜。

他们的话到这儿就说完了，游苔莎离开姚伯了。他老远看着她朝着有太阳的那一方面走去了。她去得渐渐远了以后，明晃晃的光线就把她笼罩起来了，同时她的衣服触在发芽的蒲苇和野草

1　英国法律，二十一岁，男女才算成年；成年以后，才有种种法律上的权利。

上面的窸窣声音也消失了。他看着她的时候，那一片板滞沉静的平芜把他克服了，虽然同时他对于那即便最可怜的叶子上当时都带着的那种还没变暗的初夏新绿，完全觉到美丽。因为那一片光景里那种咄咄逼人的平衍，太容易叫他想到生命的战场了；那片光景叫他感到，人跟日光之下任何有生之物比起来，都完全平等，一点也不优越。[1]现在的游苔莎，对于他已经不是一个女神，而只是一个女人了——只是一个他得维护，他得帮助的人了，只是一个他得跟人争夺，他得为她受人诽谤的人了。现在他的头脑既是比较冷静一点儿了，他倒后悔不该那样匆忙就想结婚；不过牌已经摆好，他就决定要打到完场。至于游苔莎是否也是那些爱得太热烈不能持久的人们之中的一个呢，那从就要来到的事里，当然很容易看出分晓来。

1 这是说，克林也有他的优越感，但这片平芜使他感到自己一点也不优越，这种感觉使他觉得窒息。

六　姚伯离去裂痕完成

那天一整晚上，老听到有起劲儿收拾行李的声音，从姚伯的屋子里，送到楼下他母亲的耳朵里。

第二天早晨，姚伯离了那所住宅，又往荒原上去了。一整天的跋涉正在等着他；他的目的，是想要找到一所住处，好在游苔莎做了他太太的时候，他可以有地方安置她。一个月以前，他无意中，曾在离布露恩约莫五英里的一个村庄附近，看见过这样一所房子——房间不多，地点幽静，房子的窗户都用板子钉着；他今天的脚步就是朝着那儿去的。

那一天的天气，和头天晚上大不相同了。头天晚上，在黄色的夕阳中，曾有湿润的烟霭围在游苔莎身旁，把他流连依恋的视线给他隔断了，那就是表示天气要变。那是那种并非少见的英国六月里的天气，跟十一月的天气一样地潮湿，一样地猛暴。一块一块的冷云，仿佛画在一张映演幻灯的活动滑片上一样，整片的急忙前进。远洲异国的水汽，乘风来到这里，姚伯往前走去的时候，都围着他缭绕分散。

克林后来走到杉榉交杂的一片人造林的边缘上了；这是他出生那一年从荒原上圈出来的。只见那些树上密密层层地长着柔嫩肥泽的新叶子，现在受的损害，比冬天风力最猛的时候还要厉害；

因为那时候，树枝都把树叶完全脱掉，可以一身毫无累赘，跟风雪交战。但是现在，那些含着水分的小榉树，却正在那儿受种种斩削、蹂躏、斫伐和酷烈的分劈；这种种酷刑，都要叫那横遭蹂躏的树汁流好些好些天，这种种摧残，都要一直到树木当了薪柴的时候还留着疤痕。每一个树干都从根儿上摇撼，好像骨头在骨槽里活动一样；只要来一阵狂风，树枝就发出一种颤抖拘挛的声音，仿佛觉得疼痛一般。附近的一丛棘树上，有一只交喙，本来正要开口叫；但是风从它的羽毛下面把它的羽毛都吹得直竖起来，把它的小尾巴也吹得倒转，它只好不开口了。

不过在姚伯左边不多几码以外那一片旷敞的荒原上面，狂风虽然咬牙切齿，却丝毫都不发生效力！只见那般拔树折木的大风，只是轻轻抚摩的样子，在常青棘和石南上荡漾。原来爱敦荒原就是为这种时光而设。

靠近正午的时候，姚伯走到了那所空房了，那儿差不多和游苔莎的外祖住的那所一样地僻静。但是房子周围，却叫一片杉树差不多完全围起来了，因此它靠近荒原的情况，就叫人看不出来了。姚伯到了空房以后，又往前走了有一英里左右，去到房东住的那个村庄，见了房东，和他一块儿又回到空房那儿，才同他把一切都商议停当了，房东还答应了姚伯，说第二天至少有一个屋子可以给他收拾好了能够住。克林打算先自己一个人在那儿住着，住到结婚那天，再把游苔莎也安置到那儿。

跟着姚伯就回头在蒙蒙细雨中往家里走去；只见那时，细雨使一片景物大大改了样儿。昨天的时候，姚伯曾在凤尾草中间舒舒服服地躺过，但是现在，那些凤尾草却没有一个叶子上不往下滴水珠的，他从它们中间走过的时候，它们都把他的裤腿湿透了；同时在他四围跳来蹦去的小山兔，也都叫同样湿淋淋的水珠把毛打成了一片一片的黑毡。

他到了家的时候，那十英里的路程，已经把他弄得又湿又疲乏了。这种情况，很难说是一个吉利的开端，但是他已经选定了他的道路，他就不想再三心二意。那天晚上和第二天早晨，他就把他搬家的种种事情都弄妥当了。他觉得，他既然决定要离开他母亲，那么他在这儿要是不必要地多待上一分钟，他就不免会在举动、神气或者言语方面，使他母亲生出新的痛苦来。

他雇了一辆车，在那天下午两点钟的时候，把东西先送走了，第二步就是得买些家具，这些家具，在那所小房儿里作了临时的陈设以后，再添上一批好的，还可以在蓓口用。离他赁的那所住宅几英里远的安格堡，就是一个很够达到这样目的的市场；所以他就决定那天晚上在那儿过夜。

现在只剩下同他母亲告别了。他下楼的时候，他母亲正像平常日子那样，坐在窗前。

“妈，我要走啦。”他说，一面把手伸出来。

“我看你收拾行李，就知道你要走了。”他母亲说，说的口气里，把一切感情全都隐忍不露。

“我走了，您不怪我吧，妈？”

“当然不怪你，克林。”

“我这个月二十五号结婚。”

“我想到你要结婚了。”

“那时候——那时候，您一定得去看我们。那样您就会更了解我，咱们的情况也就不会像现在这样使人难过了。”

“我恐怕我不能去看你们。”

“那样的话，那就不能怪我了，也不能怪游苔莎了。再见吧，妈！”

他在她脸上亲了一下，很难过地走了，那种难过，一直到好几点钟以后，才减到可以制伏的程度。当时的情况是：不先清除一层障碍，就不能再说任何话，而这种障碍又是不能清除的。

姚伯刚刚离开了他母亲的屋子，她脸上就由毫不通融的生硬模样，变为无情无绪的绝望神情。过了一会儿，她哭起来，她的眼泪让她心里轻松了一些。那一天里，她什么也没有做，只在庭园的甬道上来往瞎走，她的心情，近于昏沉麻木。夜晚来到了，但是却没给她带来什么安定。第二天起来，她本能地想做件什么事，好把这种麻木减成伤感，所以她就到她儿子屋里，亲手把屋子收拾好了，给她心里想象的那个他回来的日子做准备。她又把她的花儿多少修理了一下，不过那却完全是敷衍了事，因为那些花儿对于她，已经没有什么可爱的了。

那天过午不久，没想到朵荪来看她，这叫她觉得轻松了许多。朵荪结了婚以后，跟她伯母见面，这已经不是头一次了；并且过去的错误，也都大体上纠正过来了，所以她们娘儿两个，很能快活自然地互相问候了。

跟着她射进门里的那道斜阳，和这位年轻的新妇正相配合。它让她生出光辉，也和她的出现让荒原生出光辉一样。在她的举动里，在她的眼神里，她都让看她的人想起住在她周围那些长翎毛的动物。要比仿她，要模拟她，总得以鸟类始，还得以鸟类终。

她的举动有种种形态，也和鸟儿的飞翔有种种姿势一样。她沉思的时候，她就是一只看着好像并不扑打翅膀而就能停在空里的小鹞鹰。她在大风地里的时候，她那轻细的身材，就像一只叫风吹向树木或者山坡的苍鹭。她受惊的时候，就像一只一声不响地急投疾抢的翠鸟。她沉静的时候，就像一只轻掠迅飞的燕子。她现在就正是那样行动的。

“我说，朵绥，看你的样子，你很快活，”姚伯太太苦笑着说，“戴芒好吗？”

“他很好。”

“他待你好吗，朵荪？”姚伯太太说，同时把朵荪仔细端相。

“还算不错。”

“这话不是屈着心说的吧？”

“不是，大妈，是真话。他要是待我不好，我就对您说了。”说到这儿，她脸上一红，接着吞吞吐吐地说：“他——我不知道我该不该对您抱怨他这件事，不过我不知道该怎么好。大妈，您知道，我有时要用几个钱——用几个钱自己买点零碎东西——他可一个也不给我。我不愿意张嘴跟他要；可是他不给我，也许是因为他不知道我要用钱吧。您说，大妈，这件事我应该不应该跟他提呢？”

“当然应该。你从来没对他提过吗？”

“您晓得，我原先自己有几个钱，”朵荪言辞闪烁地说，“我想跟他要钱，是最近的事。我上礼拜跟他提了一提；不过他可好像——忘了似的。”

“你一定得叫他别忘了才成。我手里有一个小匣子，里头满装着铁锹基尼[1]，那是你知道的；那些基尼，本是你大伯父交给我的，说叫我哪时候合适，哪时候就给你跟克林两个人分了。我想我分那项钱的时候现在大概到了。那些钱，随便什么时候，都可以换成金镑。”

“我愿意您把我那份儿给我——我这是说，您没有什么意见的话。”

“到了必要的时候，我一定给你。不过你头一步得先清清楚楚地对你丈夫说，你一个钱没有，看他怎么办。”

“好吧，我对他说就是了——大妈，我已经听说过关于克林的话了，我知道您为他心烦，所以今天才特意来看您。”

姚伯太太把身子转到另一面，同时脸上显出想要抑制感情的样子来，但是却又实在抑制不了，所以她索性哭着说：“哦，朵荪，你想他恨我吗？我所有这些年，都是为他才活着的，他怎么就忍得叫我这样伤心？”

“他恨您？不能，”朵荪安慰她伯母说，“只是他爱那个女人爱得太厉害了就是了。请您平心静气地把这件事看一看好了，您千万要平心静气地把这件事看一看。他不能算是不得了地坏。我对您说吧，我认为他搞的这段婚姻，并不能算是顶坏的。斐伊小姐的外祖家是个体面人家；她父亲是一个富于故事性的漫游者——

1 基尼，英国从前货币名。铁锹基尼是英王乔治第三（1760—1820）的时候铸的基尼，因背面花样上的盾牌，很像纸牌上面的铁锹（一般叫黑桃），故名。

像希腊俄底修斯[1]一流人物。”

“你这话并没有用处，朵荪；并没有用处。你的用意自然是好的；不过我想你不必来替他辩护。我已经把两方面的理由都完完全全地琢磨过了，琢磨过许多次。克林跟我，并不是生着气分离的，我们分离的情况，比生气还坏。让我的心都碎了的，并不是那种大发脾气的吵闹，而是他表示出来的那种一个劲儿别扭着非要往坏处走不可的态度。哦，朵荪，他小时候有多好——心又软又慈！”

“我知道，他从前是那样。”

“我真没想到，我自己养的，长大了会这样待我。听他说的那些话，仿佛我反对他都是要害他似的，仿佛我会诚心愿意他倒霉似的！”

“世界上的女人，还不如游苔莎·斐伊的，可就多着了。”

“可是比她好的也很多很多呀；这就是让人难受的地方了。朵荪哪，原先你丈夫所以做出那些事来，也是她闹的，一点儿不错是她闹的，我敢起誓是她！”

“不是，”朵荪急急地说，“他跟她有意的时候，还没认识我，并且他那也不过是跟她闹着玩儿就是了。”

“很好；你说是那样就那样吧。现在翻腾那件事没有什么用处。儿子自己要瞎眼，当妈的有什么办法！为什么一个女人站在远处都看得见的情况，一个男人却近在眼前都看不见？克林要怎

---

1 俄底修斯，古希腊伊沙卡的国王，随征特洛亚，特洛亚攻下之后，乘船回国，遇风，漂流各地，十年之久才得回到祖国。希腊诗人荷马的史诗《奥德赛》叙说他种种经历。

么办就怎么办好啦——他跟我是再没有关系的了。唉，做妈的就得这样——把她最好的时光都牺牲了，把她最纯洁的爱都献出来，好保证受人鄙视！”

“您也太不肯将就了。您先想一想那些真正犯了罪的儿子们，叫母亲跟着在大众面前出丑的情况，您再为现在这件事难过好啦。”

“朵荪，你不要教训我了，我不能听你教训。事情的结果超过了预先的料想，它的打击才严重；在他们遭到的事情里，这种结果超过预料的打击不见得比我遭到的更厉害：他们也许早就看到了最坏的情况了……我这个人，朵荪，天生的就不对头，”她带着悲惨的笑容接着说，“有些寡妇，防备前夫的子女，招他们生气，惹她们伤心，能把情爱转向另一个丈夫，再从头过起日子来。但是我这个人，可萎靡不振，轻弱无能，老一个心眼儿——从来没拿爱情当罗盘，也没有冒风冲浪的勇气，所以不会那样做。我一直就跟你大伯父刚一断气的时候那样，孤孤单单、怔了一般坐在这儿——从来就一点儿也没想把事态改善改善。其实那时候我还比较年轻，我要嫁了人，那我现在也许就又子女成行，可以从他们那儿得到安慰，这一个儿子不听话，也就不必在乎了。”

“您没那么办，那正是您更高尚的地方。”

“越高尚才越傻。”

“亲爱的大妈，您把这件事撂开，把心放宽好了。我不会长久叫您一个人孤单的。我要天天来看您。”

朵荪果真照着她这番话实行了一个礼拜。她总设法把这件婚事看得没有什么关系，告诉她伯母他们预备结婚的情况，并且说她曾被请参加婚礼。第二个礼拜，她有点儿不大舒服，就没能来。至于那些基尼，却还没做任何措置；因为朵荪总不敢再对她丈夫提用钱的话，而她伯母却又非让她提不可。

刚好在这时候以前有一天，韦狄正站在静女店的门前。原来除了那一条穿过石南、通到雨冢和迷雾岗的陡峻小路而外，还有一条比较纡回、比较平坦的路，在静女店前不远的地方，由官道岔出。在这一方面，只有这一条走得车辆的路，通到舰长那所偏僻的住宅。韦狄站在门前的时候，只见靠这儿最近的市镇上的一辆轻便小马车，正从山上沿路往下跑来，到了店门前面的时候，赶车的小伙子把车停在门前买酒喝。

"你是从迷雾岗来的吧？"韦狄问。

"不错，他们岗子上正往上运花花丽丽的东西哪。有人要办喜事。"赶车的说，说完了，就捧着酒碗，埋头痛饮起来。

韦狄以前连这件事的影儿都不知道；现在忽然听见了这个话，他整个的脸上立刻就现出痛苦的样子来。他转身走进过道，在那儿待了一会儿，才又走了出来。

"你说的是斐伊小姐吗？"他说，"怎么回事——她能这么快就结婚？"

"俺想是老天爷叫这样，再加上有一个合适的小伙子吧。"

"你说的是姚伯先生吗？"

"正是他。他跟她已经磨了一春的工夫了。"

"我想——她叫他迷得很厉害吧？"

"他们的管家告诉俺，说她叫他迷得要疯了。给他们看马的那个小伙子查雷，也叫这件事闹得昏头昏脑的。那傻东西就叫她迷得要疯了。”

“她活泼吗？她快乐吗？这么快就结婚？——呃！”

“也并不见得太快吧。”

“不错；不见得太快。”

韦狄进到里面那个空屋子里去了，心里痛得很异样。他把一只胳膊肘支在壁炉搁板上，用手捂着脸。朵苏进了那个屋子的时候，他并没告诉她刚才他听到的新闻。他对游苔莎的旧情又燃烧起来了；而这种情况的主要原因，就是由于他发现，另外有一个人，要把她据为己有。

渴望难得的，腻烦现成的；稀罕远的，讨厌近的；这就是韦狄的天性。这本是富于伤感的人真正的标志。韦狄热烈的感情，虽然还没发展到真正有诗意的程度，却是够得上标准的。他可以说就是爱敦荒原上的卢梭[1]。

---

1 卢梭，他的生活性格，见他的《忏悔录》。为人缺乏坚定意志和道德原则，和女人都无正式结合，且后来都不欢而散。有人说他有近于疯狂的敏感，自相矛盾的道德，永远渴想不可得到的那种满足感官的美和善。

七　一日的晨和昏

举行婚礼的上午[1]来到了。从外表上看来，没有人想得到那一天布露恩里会有人对迷雾岗关心。因为克林的母亲住的那所房子，不但周围是一片严肃的寂静，里面也丝毫没有什么生气。姚伯太太本来谢绝了参加婚礼，所以那时候，她在紧通门廊那个老屋子里，对着早饭桌子坐着，眼睛无精打采地往敞着的门那儿看。原来六个月以前，过圣诞节请客欢乐，就在这个屋子里，游苔莎乔扮男子，以生客的资格前来赴会，也就在这个屋子里。现在，唯一进这个屋子里面的活东西，却只有一只小麻雀了；它进了屋子以后，觉得没有什么叫它害怕的活动，就在屋里各处大胆地跳起来，硬要从窗户里往外飞，飞不出去，就在窗台上那些花盆里种的花儿中间乱扑打翅膀。这样一来，可就把那位孤独静坐的人惊动了；她站起来，把小鸟放出去，并且走到了门口。原来她正在那儿盼朵荪来，因为头天晚上，朵荪来过一封信，说已经到了她想要拿那些基尼的时候了，她今天要是有工夫，要亲自来一趟。

但是当姚伯太太抬头往荒原上那一片山谷——那一片到处蝴

1　英国现在的习惯，婚礼普通多在上午十一点钟和十二点钟之间举行，贵族人家多在一点半钟举行，不过在下午三点钟以前也可以。在一八八六年以前，却总得正午以前就完成了的婚礼才算有效。

蝶翩跹、各地蚂蚱低声沙沙和鸣的山谷——看去的时候，她的心思却只让朵荪占去小而又小的一部分。一出家庭戏剧，虽然在一二英里以外预备扮演，而在姚伯太太眼里，却跟就在她面前扮演差不多一样地清楚。她想把那种景象从她心里摆脱掉，就在园子里来回蹓跶，但是她的眼睛，却不由得要时时往迷雾岗所属的那个教区的教堂那方面看，同时她那种兴奋的想象，好像把介在教堂和她的眼睛之间那些岗峦都穿透了。上午慢慢地过去了，钟声打了十一下了：那时婚礼果然正在进行中吗？当然了。她接着就把教堂内外的光景琢磨：克林如何这时候带着新娘走向教堂；他们如何坐矮种马马车（以前朵荪告诉过她，说他们要坐那种车走那短短的路）；他们到了栅栏门把车停下来的时候，门口如何有一群小孩子。于是她看见他们进了教堂，走到圣坛所，跪在圣坛前；婚礼就同在她眼前举行的一样了。

她用手捂着脸，呻吟着说："这真是大错！他将来非后悔不可，那时他就该想起我来了！"

她正在那儿由于预见凶兆而难过，只听得屋里的老钟响了十二下。过了不大的一会儿，悠渺的声音，隔着重叠的岗峦，送到她的耳朵里。原来微风正从那方面吹来，把远方和鸣的钟声[1]带到，悠扬起伏，一声，两声，三声，四声，又五声。东爱敦村[2]的喜钟，正在那儿宣布游苔莎和她儿子的婚礼告成。

---

1 英国习惯，结婚时教堂所撞的是许多钟，音阶高低不一，撞起来是调和的。钟的多少，各地不一。在比利时，一套总是从二十或者三十到六十或者七十。英国则很少多过十二的。

2 赫门·里说："我们可以假定，此村为爱夫坡得村。"

“那么他们的事已经完了，”她嘟囔着说，“很好，很好；生命本来也是不久就要完的。那么我何必再泪痕满脸？在生命里，一事伤心，就事事伤心：因为一条线贯串着整个的事体么。然而我们却还说，‘有笑的时候’[1]哪！”

傍晚的时候，韦狄来了。自从朵苏结婚以后，姚伯太太对于韦狄总是表示一种冷峻的友谊；这种态度，在一切那种非心所愿的结合里，日久天长总要自然发生。本来梦想中合意的事情，既然老没有办法，把人弄得心灰意懒，只好置之一旁；受了挫折的人们，只有就着现状，勉勉强强、无精打采，努力往好处做去。说公道话，韦狄对于他太太的伯母，总得算是很客气的；所以现在姚伯太太看见他走来，并没露出惊讶的样子。

姚伯太太很焦灼地问韦狄怎么朵苏没来，因为她知道她侄女很等钱用。韦狄答道：“朵苏本来答应您说要来，可是她不能来了，因为昨天晚上，老舰长亲自下山劝驾，叫她今天千万到场，她不好意思驳他的面子，就答应了。他们一早就用矮马马车把她接走了，回头还要把她送回来。”

“那么事情已经办完了，”姚伯太太说，“他们已经到了他们的新房子里去了吗？”

“我不知道，自从朵苏去了以后，我就再没听到迷雾岗的消息。”

“你没同她一块儿去？”姚伯太太问，问的口气仿佛是，他不去也许有很好的理由似的。

---

1 《旧约 · 传道书》第 3 章说：“凡事都有定期，天下万物都有定时。……哭有时，笑有时……”

"我没有工夫去，"韦狄脸上微微一红说，"我们两个，不能一齐都把家撂了；今天是安格堡赶大集的日子，所以早晨未免有点儿忙。我听说您要给朵荪点儿东西？您愿意的话，我可以替她带回去。"

姚伯太太犹豫起来；她断不定韦狄知道不知道是什么东西，所以她问："她对你提这件事了吗？"

"她并没特意对我提。她只是随便说话的时候提起来的，说要到这儿来拿点儿东西。"

"那些东西，不值得麻烦别人；她高兴来的时候，她自己带去好了。"

"她一半天是来不了的。照她现在身体方面的情况看，她不能像从前那样走那么些路了。"说到这儿，他又微微含着讥讽的意思，添了一句说："究竟是什么了不得的东西，您不敢交给我？"

"不是什么值得麻烦你的东西。"

"您这样一来，叫人觉得好像您信不过我了。"韦狄说，说的时候，虽然笑了一声，却因为心里一阵愤怒，脸都红起来；这种立刻爆发愤怒，本是他的常态。

"你用不着往那方面琢磨，"姚伯太太冷冷淡淡地说，"这没有别的，只是因为我觉得，某些事情，让某人办，比让别人办，更好一些就是了。这本是普通人的常情啊。"

"随您的便好了，随您的便好了，"韦狄简洁地答，"这不值得辩论。好了，我想我现在该回去了，因为店里的事情，不能老靠小伙计和小女仆。"

韦狄走了，他告别的态度，却没有他刚见面的态度那样客气了。但是姚伯太太现在对于他的为人，已经知道得很透彻了，所以对于他的态度，不管好坏，一概不去在乎。

韦狄走了以后，姚伯太太就自己站着琢磨起来：那些基尼，既然她没肯交给韦狄，那么到底怎么处置，才算顶妥当呢？既然朵荪本是因为从韦狄手里要不出钱来才受了窘，那么她自然是不会叫韦狄来拿这笔钱的了。同时，朵荪又真等钱用，而至少一个礼拜以内，她自己也许不能亲自到布露恩来。把钱给朵荪带到店里或者派人送到店里，当然不是好办法，因为韦狄差不多准会在店里的，就是不在店里，他也会发现这件事的；并且，韦狄如果真像她伯母疑心的那样，待朵荪不能像他应该待她那样，那韦狄也许会从柔和驯服的朵荪手里，把这些钱全都弄到他自己手里去的。但是今天晚上这个特别的日子，朵荪却在迷雾岗，无论送什么东西给她，她丈夫都不会知道。所以通盘看起来，这个机会很值得利用一下。

再说，她儿子克林，今天晚上，也正在那儿，并且现在结了婚了。要把他那一份儿钱也给他，没有比现在这个机会再合适的了。而且她趁这个机会，把钱给她儿子，很可以表示表示，她对于她儿子并不怀恨；那位郁闷的母亲，想到这儿，不由得高兴起来。

她上了楼，从一个锁着的抽屉里拿出一个匣子，从匣子里把多年以来就藏在那儿那些没有用旧的大个基尼[1]全倒了出来。这些基尼，一共是一百个，她把它们分成两堆，一堆五十，把它们装在

1　基尼的大小比金镑大，故云“大个”。

两个小帆布袋子里，捆好了，就走到庭园，去唤克锐·阚特，因为那时候，克锐·阚特正在庭园里徘徊，希望吃到一顿并非真该他吃的晚饭。姚伯太太把那两个钱袋交给了他，吩咐他送到迷雾岗，千万要亲手一个交给朵莯，一个交给她儿子。她又一想，认为克锐要是知道了里面是什么东西以后，他就更可以完全认识到它们的重要性了，所以就把它们的内容对他说了。克锐把钱袋往口袋儿里装好，答应了要极端小心在意，就拔步往前走去。

"你不必忙，"姚伯太太说，"你要是等到黄昏以后没有人能看见你的时候再到那儿，那就更好了。要是还不太晚的话，你回来上我这儿来吃晚饭好啦。"

克锐开始在山谷中由低而高往迷雾岗走去，那时候，已经差不多九点钟了；但是那时既然正是夏天最长的日子，所以黄昏的初步苍茫，只刚刚把一片景物染了一层褐色。他走到他的路程里这一段的时候，听见有人说话的声音；再一看，这种人声，是从一群男女那里来的，他们正走到他面前一个山坳里，那时只有他们的头顶，能够看得出来。

克锐站住了脚，琢磨起他带的那些钱来。那时天色还早，所以即便克锐，也差不多不会当真认为会有路劫。虽然如此，他却要采取预防的准备；原来自从他小的时候，一遇到他身上带的钱超过两个或者三个先令，他就要这样——那种小心，简直和皮特钻石[1]的所有者在同样疑惧的时候所采取的办法相似。他把靴子脱下

1　皮特钻石，重一百三十六又四分之三克拉，原先属于英人皮特，故名。据说，皮特得到这颗钻石要把它带到英国时，是把钻石藏在他儿子的鞋跟里的。

来，把装基尼的口袋解开，在左脚的靴子里倒进五十，在右脚的靴子里也倒进五十，都把它们在靴子底上极力摊平了（他那两只靴子，实在是两只箱子，尺寸的大小，一点儿也没受脚的限制）。都装好了以后，他又把靴子穿上，把靴带全系好了，然后才起身上了路；那时他脚下虽然沉重，心里却轻松了。

他再往前走去的时候，他的路线就要和他前面那一队吵闹喧嚷的行人合而为一了；他走近他们的时候，只见他们几个全是爱敦荒原上他很熟悉的人，里面还有布露恩的费韦；他见是这样，才把心放下。

“怎么，克锐也去吗？”费韦刚一认出这位新来者的时候就说，“俺敢说，你名下并没有情人，也没有太太，你赢了袍子料儿给谁呀？”

“你这说的是什么话呀？”克锐问。

“噢，俺说的是抓彩会呀。俺们一年一次，年年都去。你也跟俺们一样，是去赴抓彩会的吗？”

“俺压根儿就不懂那是怎么回事。那也和斗棒子[1]，或者别的动凶流血的玩意儿一样吧？对不起，俺不去，费韦先生，你可别见怪。”

“克锐还不知道这个乐子哪，那他看了，一定觉得有意思，”一个胖女人说，“一点儿乱子也没有，克锐。一个人出一个先令，抓着了的，得一件袍子料儿，有太太的，可以送给他太太。有情

1 斗棒子，二人用粗棒互斗的游戏。别的流血的玩意儿，指斗拳、摔跤等而言。这些本为英国十八世纪乡村游戏，至十九世纪末绝。

人的可以送给他的情人。”

“啊，像俺这样倒霉的人，这种事哪有俺的份儿呀。可是俺倒很想看一看这个乐子，可得没有什么邪魔外道的，这得看的时候不用花钱，也不会有打架动凶的事儿才行。”

“一点儿吵闹都不会有，”提摩太说，“一定的，克锐，你要愿意去看一看，俺敢保决没有乱子。”

“俺想没有不干不净的热闹儿吧？你们想，街坊们，要是有，那俺爹就非跟着学坏了不可，因为他那个人，就是不讲规矩体面。可是一先令就能得一件袍子料儿，还没有邪魔外道的，那可真值得看一看，俺想耽误不了半个钟头吧。街坊们，比方回头天黑了，你们这些人要是没有往迷雾岗那条路去的，那你们可得往那面送俺一送，那样的话，俺就去看一看。”

有一两个人答应了回头送他，于是克锐便离开了自己的正路；跟着他那些伙伴，转向右方，往静女店走去。

他们进了静女店以后，只见店里公用的大屋子里，已经差不多有十个左右邻近一带的街坊，聚在那儿了，加上新来的这一伙人，人数就有以先的两倍了。大部分的人，都坐在屋子四围的坐位上，坐位之间，都有扶手，把每一个坐位隔断，同粗陋的教会职司座[1]仿佛，上头还刻着许多旧日那些著名酒鬼们名字的字头；那些酒鬼从前的时候，本是日夜不离这地方的，现在却都成了酒糟透了的灰烬，躺在邻近的教堂坟地里面了。坐客面前的长桌子上许多酒杯中间，有一块薄薄的布，原先包着的，现在已经解开了，

1　教会职司座安于教堂或大教堂东部。通常雕镂，故此处以粗陋形容之。

放在那儿，那就是他们所说的袍子料儿，要抓的彩就是那个。韦狄正嘴里含着雪茄，背脊朝着壁炉站着；同时抓彩会的发起人，从远处市镇上来的一个小贩子，正在那儿滔滔不绝地讲那块布作夏天的衣服料有什么什么好处。

"我说，众位，"新来的那一群人走近桌子前面的时候，他接着说，"咱们本来只要四位，就凑足了数儿了，现在可来了五位。我看刚进来的这几位脸上的神气，就知道他们一定很精明，很能利用这个难以碰到的机会，只花一点点儿钱，就可以把他们的太太和情人们打扮打扮。"

有三个人——费韦、赛姆，还有另一个，把他们的先令放在桌子上，跟着那小贩子就去劝克锐。

"俺不来，先生，"克锐往后一退，同时急忙一瞅，表示怀疑，嘴里说，"俺是个穷小子，只来看一看就是了，你可别怪俺。俺连你们怎么个抓法儿还不知道哪，要是敢保那件袍子料准能到俺手里，那俺就花一个先令，不是那样，俺就不干。"

"我想差不多可以敢保，"那个小贩子说，"说实在的，我现在看你脸上的气色，虽然不敢说你一准能得，我可敢说，我这些年，从来没看见过比你更像有能得彩的气色的。"

"无论怎么样，反正你和俺们有同样的机会啊。"赛姆说。

"不但有同样的机会，还格外有最后来的好运气[1]哪。"另一个人说。

1　英国谚语："最后的有运气，脏土里捡便士。"

“俺是戴着白帽子[1]下生的，水里淹不死俺，大约别的法子也毁不了俺吧？”克锐开始心活起来，补充了一句说。

弄到后来，克锐到底放下了一个先令；抓彩就开了头，骰子就轮流起来。轮到克锐的时候，他用一只颤抖的手把骰子盒儿拿起来，战战兢兢、小心翼翼地一摇，放下一看，却掷出一副“大对子”来。别的人有三个摇出了平常的“小对子”，其余的人摇的都是“点儿”。

“我早就说这位看着就像一个赢家么，”那位小贩子恭敬有礼地说，“拿去吧，先生，这件袍子料儿是您的了。”

“哈，哈，哈！”费韦笑着说，“这真是他妈俺头一回看见的怪事！”

“是俺的啦？”克锐怔怔地瞪着他那双枪靶式的眼睛说，“俺——俺也没有大闺女，也没有小媳妇儿，俺连个寡妇老婆还没有哪，俺弄了这个去，别人不要笑话俺吗，老先生？俺起先只顾凑个趣儿，哪里想到这一层。俺一个正经人，怎么好把女人的衣裳放在俺睡觉的屋子里哪？”

“拿去吧，别嘀咕啦，”费韦说，“不为别的，只为取个吉利儿也好。你那副瘦样子，手里空着的时候没有女人喜欢，现在有了东西了，也许就有女人喜欢了。”

“收起来吧，应当的。”韦狄说，原先他悠闲地老远站着看他们。

---

1 白帽子，一种白色的薄膜，有的小孩出生的时候，长在头上。英国人以为戴这东西下生的小孩有好运气，并且认为它有一种永淹不死的魔力，所以从前做水手的，往往买来带在身上。

于是那件衣料就从桌子上拿开，大家就开始喝起酒来。

“哈，真是的！”克锐一半自言自语地说，“真没想到俺生来就有这样的好运气，可一直等到这阵儿才知道！这些骰子真是奇怪的东西——大家都叫它管着，它自己可又叫俺管着！经过这一回，俺敢保再什么也不用怕啦。”他把骰子很爱护的样子一个一个地玩弄。“俺说，先生，”他像对韦狄说体己话的样子低声说，那时韦狄正站在他左边，“你不知道，俺这儿正给你的一个亲人带了一些好东西哪，俺要是能把俺这赢钱的好运气利用一下，俺就能给她弄许多许多钱。”他一面说，一面把一只装基尼的靴子轻轻地跺了跺。

“你这话怎么讲？”韦狄说。

“俺这是件不能乱说的事儿。啊，俺这阵儿该走啦。”他很焦灼的样子，朝着费韦看去。

“你要上哪儿去？”韦狄问。

“俺要上迷雾岗去。俺要上那儿去见朵荪太太——没有别的。”

“我也要上迷雾岗去接韦狄太太。咱们可以一块儿走。”

韦狄于是沉思起来，跟着脸上就露出若有所悟的神气。原来姚伯太太不肯交给他的东西，是给他太太的钱哪。“然而她却肯信这小子，”他自己对自己说。“为什么太太的东西就不能也是丈夫的？”

他叫店里的小伙计把他的帽子给他拿来了以后，就对克锐说：“现在，克锐，我已经停当了。”

克锐转身要离开那个屋子的时候，带着胆小含羞的样子对韦狄说：“韦狄先生，你把里面藏着俺的运气那些小怪东西借给俺自己练一练好不好？”同时带出欲有所求的样子来，往放在壁炉搁板上的骰子和骰子盒看去。

“当然没有什么不好，”韦狄满不在乎地说，“那不过是一个小伙子用刀子一刻就成的东西，一个钱都不值的。”于是克锐就走回去，偷偷摸摸地把骰子装在口袋儿里。

韦狄把门开开，往外看去。那天夜里，地上暖洋洋，天上云漫漫。“哎呀！这么黑，”他接着说，“不过我想咱们还能看得见路吧。”

“咱们要是走迷糊了，可就糟糕了，”克锐说，“只有点一个灯笼，才能敢保不出岔儿。”

“那么咱们就来一个灯笼好啦。”于是他们就把马棚里用的灯笼拿来点着了。克锐拿起他的衣服料儿，两个一齐起身往山上走去。

屋里那些人，都说起闲话来，说了一会儿，他们的注意一时忽然转到壁炉的暖位里。原来那个壁炉很大，并且像爱敦荒原上许多壁炉那样，除了它本来应有的空地方以外，炉柱之间，还有一个坐位，缩进墙壁里面，可以容纳一个人坐在里面而完全叫别人看不见，不过那得像现在以及整个的夏天那样，炉里没有火照着才成。那时只见那个墙洞里，有一件孤零零的东西，伸到桌子上烛光所及的地方。那是一个泥烟袋，它的颜色有点儿发红。屋里那些人，本是听见烟袋后面那个人发出借火的声音来，才看见那儿有这么一件东西。

“哎呀，那个人一说话，真把俺唬了一小跳！”费韦递过一支蜡去说，“哦——原来是红土贩子啊！咱说，朋友，你就老没开口，啊！”

“不错，我没有什么可说的么。”文恩说。说完了，没待几分钟，他就站起身来，和那些人告别了。

同时韦狄和克锐正走到荒原的深处。

那天晚上，又暖又闷，又有雾，并且到处都是那种还没被毒热的太阳晒干了的新生植物发出来的浓香，其中特别是凤尾草，气味更浓。在克锐手里摇摆的灯笼，一路之上，经过有凤尾草的地方，都摩擦在凤尾草那些鸟翎一般的大叶子上，把蛾子和别的长翅儿的昆虫都搅起来，往灯笼的小牛角门儿上落。

“那么你这是给韦狄太太送钱去的了，是不是？”沉静了一会儿之后，克锐的同伴问，“这个钱可会不交给我，你也认为是很怪的吧？”

“俺说，既然夫妻本是一体[1]，俺也觉得交给你跟交给她一样，”克锐说，“不过人家嘱咐过俺，叫俺务必把钱亲手交到韦狄太太手里：俺想俺应该照着那个话办吧。”

“自然应该。”韦狄说。韦狄原先在布露恩的时候，本来以为传递的东西，只是她们两个女人觉得有意思的小玩意儿，现在他发现了传递的不是那种东西，而却是钱，那韦狄觉得受了寒碜的心情，凡是知道那种细情的人，都可以看得出来的。本来么，姚伯太太不肯把这笔钱交给他，那就是暗中认为他的品格不够好，不能妥妥当当地传递他太太的财产了。

“克锐，今天晚上怎么这么热！”韦狄喘着说，那时他们已经

---

1 夫妻一体，见《创世记》第2章第21节至第24节。

快要走到雨冢下面了。“咱们坐下歇几分钟吧，累死我了。”

说完了，韦狄就在柔软的凤尾草上面咕咚一下坐下，克锐也把灯笼和包裹放在地上，蹲着身子，蜷着腿，膝盖几乎触到下巴的样子，坐在一旁。他刚坐下不久，就把一只手伸到褂子上的口袋儿里，开始把口袋儿乱揪乱抖。

“你在那儿摆弄什么东西呀，噶啦噶啦的？”韦狄问。

“就是那些骰子呀，先生，”克锐说，同时急忙把手从口袋儿里拿了出来，“韦狄先生，这些小东西，真是了不得的神物儿！这玩意儿，俺耍起来，不论耍到多会儿，都没有耍得够的时候。俺把它拿出来，看上一会儿，看一看它到底是怎么做的，你不怪俺吧？刚才在那一大群人面前，俺不好意思仔仔细细地看，恐怕他们要怪俺是个不懂规矩的野小子。”克锐说到这儿，把骰子掏出来放在手心里，借着灯笼的亮光，仔细把它们看着，“俺一辈子没看见过，也没听见过，这么小的东西，可藏着这么大的运气，有这么大的神通，这么大的魔力。”他接着说，同时入了迷的样子直眉瞪眼地看着那副骰子。那副骰子是木头做的，每个面上的点儿，都是用铁丝的头儿烧的；在乡下地方，骰子往往就是那种样子。

“你觉得，那些东西虽然很小，它们所包含的可很大，是不是？”

“对啦。韦狄先生，你说这东西，真是魔鬼的玩物吗？要真是那样，那俺有这样的好运气，反倒不好了。”

“你现在既然把这些东西带在身上了，那你就应该赢点儿钱。有了钱，就无论什么女人都肯嫁你了。现在正是你走运的时候，我劝你不要让这个机会错过了才好。有的人生来就运气好，有的人生来就运气坏。我是生来就运气坏的。”

“除了俺，你还知道有别人生来就运气好的吗？”

“哦，有。我听说过，从前有一个意大利人去赌钱，刚一坐下的时候，口袋儿里只有一个路易[1]（路易就是外国的金镑）。他一直赌了二十四个钟头的工夫，赢了一万镑钱，把庄家都赢光了。又有一个人，赌钱输了一千镑；第二天他往股票经纪人那儿去卖股票还赌债的时候，他雇了一辆马车，赢钱那个人也坐在车里和他一块儿去。他们在车里没事做，就拿钱猜字猜漫儿解闷儿，谁输了谁就给车钱。没想到那位倾家破产的人倒赢了，那位债主不服气，就又接着赌下去，一直赌了一路。到了经纪人门口，车夫把车停住了的时候，他们告诉车夫，说叫他把他们照直儿再拉回去；原来那位要卖股票的人，已经把他欠人的那一千镑又赢回去了。”

“哈，哈——妙啊！”克锐喊着说，“再说一个——再说一个！”

“还有一个伦敦人，本来不过是个在怀特俱乐部[2]里当茶房的，他刚一开头儿赌钱的时候，只下半个克朗的注儿，以后慢慢地就下大注儿了，越赌下的注儿越大，后来成了一个大财主，在印度弄了份差事，一直升到马得拉[3]的行政长官。他女儿嫁了一位议员，卡莱的主教给他们的一个孩子做了教父。”

“了不得！了不得！”

“还有一次，美国有一个小伙子，赌钱的时候，输了个精光。

---

1 即金路易，法国金币。法王路易十三时所铸。

2 怀特俱乐部，在伦敦圣捷姆司街，本为巧克力馆，始于一六九七年，后易主人，变为俱乐部，成了一个赌场。

3 马得拉，印度地名。

他就把他的表和表链子当注儿，表和表链子也输了；他就把他的伞当注儿，又输了；他把他的帽子当注儿，也输了；以后他把他的褂子当注儿，只穿着衬衫，谁知道褂子也输了。于是他就动手要脱裤子；那时候，恰好有一个旁观的人，佩服他的勇气，就给了他一点儿钱。他借着这点儿钱可就赢起来了。把他的褂子赢回去了，把他的帽子赢回去了，把他的伞赢回去了，把他的表，他的钱，全赢回去了。他出赌场的时候，已经是一个阔人了。”

“哦，太好啦——把俺听得都喘不上气儿来啦！韦狄先生，俺想俺既然也是那样的人，俺和你再耍一个先令试试看，好不好？这不能有什么乱子，你又不是输不起。”

“很好。”韦狄说，一面站了起来，拿着灯笼，四外找去，找到了一块平面石头；他把这块石头放在他和克锐之间，重新坐下。他们要更亮一点，就把灯笼门儿开开了，跟着蜡光就一直射到石头上。克锐放下了一个先令，韦狄也放下一个，两个就掷起骰子来。克锐赢了。他们又赌两个先令的，克锐又赢了。

“咱们赌四个先令的试一试吧。”韦狄说。于是他们就赌四个先令的，这一回，却是韦狄赢了。

“这种小小的过节，当然有的时候会落到运气顶好的人身上。”韦狄说。

“你看俺的钱都光啦！”克锐很兴奋地喊，“可是要是俺还能再赌下去，俺就一定能把俺的钱都赢回来，俺还能格外再赢哪。这些钱也是俺的就好啦。”他一面说，一面把靴子往地上跺去，把靴子里的基尼跺得铮铮地响。

“啊！莫不是你把韦狄太太的钱放在那里面了吧？”

“可不是吗，为的是稳当。俺说，俺先用一个结了婚的女人所有的钱当赌本，要是俺赢了，俺只把俺赢的留下，把她的还她，要是对家赢了，她那些钱正归了该有那些钱的主儿，你说这样的话，算不算不对？”

“一点儿也不能算不对。”

自从他们两个起身以后，韦狄就琢磨他太太那一方面的人认为他卑鄙下作的情况，心里觉得像戳了一刀似的。在时光慢慢过去的中间，他的心思就渐渐转到一种复仇的念头，却不知道这种念头究竟是在哪一分钟、哪一秒钟起的。这种报复，他琢磨着，是要给姚伯太太一种教训的；换一种说法，就是要叫她看一看，要是他办得到的话，她侄女的丈夫就是给她侄女保管钱财的正当人物。

“那么俺这就那么办啦！”克锐说，同时动手去解一只靴子的带儿，“俺恐怕俺天天夜里做梦都要梦见这个啦：可是俺老要起誓，俺想起它来，不会吓得起鸡皮疙瘩。”

他把手插到靴子里，把应该属于可怜的朵荪那些宝贵基尼掏出一个来，那个基尼，还好像冒热气儿呢。韦狄呢，早就把他的金镑在平面石头上放下一个了。赌局又重新干起来。头一次韦狄赢了。克锐猛着胆子又下了另一个，这回却是他赢了。以后的输赢起落不定，但是平均算起来，还是韦狄赢的多。他们两个，全都聚精会神，一切不顾，眼光的注意点，只是眼前那些微小的东西，那一块平面的石头，那一盏敞着门儿的灯笼，那一副骰子，还有灯笼光下照亮了的几棵凤尾草叶子，所有这一切就是他们两个整个的世界。

赌到后来，克锐就输得快起来了；待了不大的工夫，只见属于朵荪的那五十个基尼，已经全到了他对家的手里去了，他一见这样，唬的不得了。

“俺顾不得啦，顾不得啦！”他呻吟着说，同时孤注一掷的样子，动手去解他左脚的靴子，要去拿另外那五十个基尼。“俺知道，魔鬼因为俺今儿夜里这件事，非用三股儿的叉子把俺叉到火里去不可！可是也许俺还能赢哪，赢了钱，俺就娶一个媳妇，夜里和俺坐着做伴儿，那俺就不害怕了，俺不害怕！朋友，来吧，俺又下了一个了！”他又把一个基尼摔到石头上，跟着骰子盒儿又响起来。

时光渐渐过去。韦狄也和克锐一样地兴奋起来。他刚和克锐赌的时候，还没有别的心思，只想狠狠地耍戏耍戏姚伯太太就是了。那时他的目的，还模模糊糊地只想先用方法，不管正当不正当，把钱赢到手，然后再当着姚伯太太的面儿，鄙夷地把这笔钱交给朵荪，寒碜姚伯太太一下。但是一个人，就是在把他的心意实行出来的过程中，都会抛开那种心意的；所以在韦狄赢到第二十个基尼的时候，他除了为赢钱而赌钱以外，是否还觉出来有什么别的心意，是极端令人怀疑的。再说，他现在所赢的钱，已经不是他太太的了，已经是姚伯的了，不过这种事实，因为克锐正满心害怕，当时并没告诉韦狄，那是以后才说出来的。

克锐差不多尖声喊着把姚伯最后一个发亮的基尼放在石头上那时候，已经快要半夜十一点钟了。这一个基尼，不过三十秒钟的工夫，也跟着它的同伴一路去了。

克锐转过身去，后悔难过地打着拘挛扑到凤尾草上。“喂呀，俺这不成材的东西呀，可怎么好哇？”他呻吟着说，“俺可怎么好哇？老天还能慈悲俺这样的坏人吗？”

“怎么好？跟以前一样地活着呀。”

“俺不能跟以前一样地活着啦！俺要死啦！俺说，你真是一个——一个——”

“一个比别人精的人，是不是？”

“是啦，是一个比别人精的人，一个坏透了的骗人精！”

“你这小猴儿崽子，你太不懂礼貌了！”

“俺还不知道谁不懂礼貌哪，依俺说你才不懂礼貌哪！你把别人的钱都算作你自己的啦；那里头本来有一半儿是可怜的克林先生的。”

“怎么他会有一半儿？”

“姚伯太太亲自嘱咐俺，叫俺给他五十么！”

“哦？……哼，她要是把这笔钱给克林的媳妇游苔莎，岂不更体面好看？不过不管她要给谁，现在这笔钱却在我手里了。”

克锐把靴子蹬上，喘着老远都能听得见的粗气，把两条腿拉到一块儿，站了起来，摇摇晃晃地不知道走到哪儿去了。韦狄认为那个时候，上迷雾岗去接他太太已经太晚了，她本是要坐舰长的四轮马车回家的，所以就动手把灯笼关上，想回家去。但是他正在那儿关那个小牛角门儿的时候，只见从附近一丛灌木后面站起一个人来，往前走到有蜡光的地方。那正是红土贩子。

八　一股新力量惹起了波澜

韦狄瞪着眼睛看去。只见文恩冷静地往他那面儿瞧，一言不发，在克锐刚才坐的地方上从从容容地坐下，把手插到口袋里，掏出一个金镑来，放在石头上。

“你刚才在那丛灌木后面老远看我们，是不是？”韦狄问。

红土贩子点了点头。“把你的注儿下上吧，”他说，“要不，那就是你没有胆量再干了。”

原来赌钱这种玩意儿，口袋儿里有钱的时候，干起来很容易，撒手不干却很难；虽然韦狄头脑冷静的时候，本来可以小心持重，拒绝红土贩子的要求，但是他刚才那种赢钱的情况，却叫他兴奋得完全失去了自制力。所以他就在石头上文恩放的那个金镑旁边放下了一个基尼。“我这是一个基尼[1]。”他说。

“基尼倒是基尼，可不是你自己的。”文恩讽刺他说。

“我偏说是我自己的，”韦狄很骄傲地说，“那是我太太的，是我太太的也就是我的。”

“很好；咱们来吧。”红土贩子把盒子摇晃，掷出了八点，十点，九点；三下统共是二十七点。

1　一基尼值二十一先令，一镑则值二十先令。

韦狄一看，胆子就壮起来。他拿起骰盒儿来，掷的那三下一共是四十五点。

红土贩子又把他的一个金镑放在韦狄赢他的那个金镑旁边。这一回，韦狄掷的一共是五十一点，但是却没有对子。红土贩子面带狠气，掷出三个“幺”来，把钱收了起来。

“再来吧，”韦狄带着鄙夷的样子说，“把注儿加倍好啦。”他把朵荪的基尼放下了两个，红土贩子也放下了两个金镑，文恩又赢了。新注儿又在石头上放下了，两个人照旧赌下去。

韦狄这个人，本来是沉不住气、容易兴奋的；所以这种赌博的局面，开始把他的脾气激起来了。只见他又扭身子，又吐沫子，又挪动坐位；同时他的心都跳得差不多能听得出声音来。文恩坐在那儿，却把两片嘴唇冷静地闭着，把两只眼睛眯得只剩了两点极小的亮光忽悠忽悠地闪着，看着好像他几乎连气都不喘似的。他很可以说是一个阿拉伯人[1]，或者是一个机器人；要不是他的胳膊摇骰盒儿活动，那我们就可以说他是一个红色的沙石作的雕像了。

赌局的赢输起落不定，有时这一家赢，有时那一家赢，但是两家却都没有大赢输，差不多赌了二十分钟了，总是这种样子。那时候，灯笼的亮光把荒原蝇、灯蛾和其他有翼而夜出的虫类都引来了，它们有的围着灯笼飞，有的往火焰里投，有的往两个赌鬼的脸上扑。

但是那两个赌钱的却一个也没有对于这些东西怎么注意的；

1　因阿拉伯人最善静坐不动。

因为他们的眼光，都完全集中在那一块小小的平面石头上，在他们看来，那块石头，就跟生死攸关的战场一样广大，一样重要。到了那时候，赌局已经变了形势，红土贩子老接续不断地是赢家了。后来，六十个基尼——朵苏的五十个，克林的十个——都到了他的手里了。韦狄又烦躁，又激怒，不顾一切，拼命乱来起来。

"'把他的褂子赢回去了。'"文恩讽刺着说。

又掷了一次，钱又叫文恩赢去了。

"'把他的帽子赢回去了。'"文恩接着说。

"哦，哦！"韦狄说。

"'把他的表赢回去了，把他的钱赢回去了。他走出赌场的时候成了一个阔人了。'"每次文恩一注儿一注儿地把钱拿去的时候，他就一句一句地这样念叨。

"再下五个！"韦狄把钱摔在石头上喊着说，"咱们别他妈掷三下啦——一下就算。"

他对面那个红色的机器人，只一言不发地点了点头，照着韦狄的样子办去。韦狄把盒子拿起来摇了一摇。掷出两个六点，一个五点来。他拍着手说："这回可弄着啦，妙哇！"

"咱们两个人赌，才你一个人掷过，你忙什么？"红土贩子安安静静地把盒子放下说。他们两个，当时的眼光，完全聚在那块石头上，那种神气，让人觉得，仿佛他们的眼光，都像雾里的太阳射出的光线一般，分分明明地能看得出来。

文恩把盒子举了起来一瞧，石头上是三个六点。

韦狄一见，怒不可遏。文恩敛钱的时候，他就把骰子抓在手里，连骰子带骰子盒儿，一齐扔到暗地里去了，嘴里还恶狠狠地骂了一句。他扔完了就站起来，像疯子一般，开始把脚轮流乱跺。

“那么，这就算完了吗？”文恩问。

“不算，不算！”韦狄喊，“我还想再试一下哪！我一定要再试一下！”

“不过，好朋友，你把骰子弄到哪儿去了哪？”

“我把骰子扔了——那是我一阵的暴躁。我实在太糊涂了！来，你来帮我找一找好啦，咱们一定得把骰子找着了才成。”

韦狄把灯笼抓在手里，开始在常青棘和凤尾草中间焦灼地来回寻找起来。

“你在那儿大概不会找得着吧，”文恩跟在他后面说，“你干那种疯狂事有什么用处？盒子在这儿啦。那么骰子也不会远去了。”

韦狄急切地把烛光转到文恩找到盒子的地方，把左右的野草都揉折踏平了。找了几分钟的工夫，找到了一个骰子。他们接着又找了一会儿，不过那两个骰子却找不着了。

“没有关系，”韦狄说，“咱们就用一个骰子来好了。”

“好吧。”文恩说。

他们又坐下，开始下一个基尼的注儿，重新赌起来；赌局进行得很起劲。但是那天晚上，命运之神却毫无疑问是爱上了红土贩子的了。他一个劲儿地老赢，到了后来，十四个金煌煌的基尼又都归了他了。那一百个基尼里面，有七十九个已经属了他了，韦狄只剩下二十一个了。他们那两个对家的形象，那时真是奇妙了。除了动作而外，赌局赢输的全副光景，都能在他们的眼睛里看得出来。他们那四个瞳仁里面，每一个都映出一个烛光的缩影；

抱有希望的神气和拼却一切的神气，都能在那里分辨出来，连红土贩子都是那样，虽然他脸上的筋肉丝毫都没有表示。韦狄是绝望之余，拼命乱来。

“什么东西？”韦狄听见一种沙沙的声音以后，忽然嘴里喊，跟着他们两个一齐抬起头来看去。

只见他们周围，有一些模糊不清的形体，有四五英尺那样高，站在灯笼的光线以外几步远的地方。稍稍仔细一看，就看出来，那些周围环立的形体，原来是一群荒原野马，它们都把头冲着那两个赌鬼，在那儿聚精会神地瞪着眼睛看他们。

“咄！”韦狄说，跟着那四五十匹野马就立刻都转身跑开了。他们两个又接着赌下去。

又过了十分钟。一个很大的骷髅蛾子，从外面昏暗的地方上飞了过来，围着灯笼转了两圈，一直冲着火焰扑去，一下就把灯笼扑灭了。韦狄刚刚掷完了，不过还没等得把盒子举起看是几点；现在灯笼灭了，再看是不成的了。

“真他妈该死的！”他尖声喊，“咱们怎么办哪？我掷的也许是六点呀！你有火柴没有？”

“没有。”文恩说。

“克锐倒有几根——我不知道他还在这儿不在。克锐！”

没有人对他的喊叫回答。只有栖息在下面谷里的苍鹭，很凄惨地长鸣了一声。两个人全都坐在原来的地方上没动，往四围茫然地看去。待了一会儿，他们的眼睛在暗中既是习惯了，他们就看见野草和凤尾草中间，有些带绿色的微茫亮光，点染在山坡上面，好像是光度微弱的星星。

“啊——萤火虫，”韦狄说，“别忙，好啦。咱们又赌得成了。”

文恩只坐着不动，他那位赌友却东一头西一头地去捉了十三个萤火虫——在四五分钟以内，他所能找到的——放在特地揪下来的一块毛地黄叶子上。红土贩子看见了他那位同伴拿着这些东西走回来的时候，不觉幽默地低声一笑。“那么，你这是打定主意非干不可的了？”他不动声色地问。

“我老是非干不可的！”韦狄怒气勃勃地说。他把萤火虫从毛地黄叶子上抖擞下来，用哆嗦着的手把它们在石头上摆成了一个圆圈。在中间留了一个空地方，预备放骰子盒儿，就在那上面，这十三盏小灯笼，发出一种磷火一般的淡光。他们两个重新干起来。原来一年之中在那一季里，萤火虫的亮光正是最强的时候，所以当时它们射出来的亮光，给他们用，可以说十分有余；因为在那样的夜里，有两三个萤火虫，就够照见信上的字迹的了。

那时他们两个的动作，和他们两个的环境，可以说是矛盾极了。在他们所坐的山坳里长的那些柔嫩多汁的植物中间，在渺无人烟的清净世界里面，却发出了金钱的琤琤声，骰子的琅琅声，和赌鬼不顾死活的叫骂声。

韦狄刚把萤火虫摆好，就把骰子盒举起来，但是一看，那一个孤零零的骰子，却仍旧表示他是输家。

“我不来啦；这副骰子准是你使了诡儿了。”他嚷着说。

“这副骰子本是你自己的，那我怎么能给它们使诡儿哪？”红土贩子说。

“咱们换一种玩法吧，点儿小的算是赢家，好不好？这样一来，我也许可以转一转运气。你反对吗？”

“好吧，就依着你，来吧。”文恩说。

“哦，它们又来了——该死的东西！”韦狄抬起头来一看喊着说。原来那些野马，又悄然无声地跑回来了，正和刚才一样，在那儿仰着头，瞪着畏怯害怕的眼睛，看着他们两个，好像不明白，在这种时候，在这种地方，人类和烛光会有什么名堂。

“这些东西真可恨，这样直眉瞪眼的！”韦狄说，跟着扔了一个石头子，把它们惊散了；于是他们两个又照旧赌起来。

韦狄现在剩了十个基尼了；每人下了五个基尼的注儿。韦狄掷了个三点，文恩掷了个两点，把钱揣起来了。韦狄气得把骰子抓起来，放在嘴里使劲一咬，仿佛要把骰子咬成了几瓣儿似的。“我不能这样就算了——我这儿还剩了五个！”他喊，同时把钱一摔放下。“这些萤火虫真可恨——它们要不放光了。你们怎么不亮啦，你们这些小傻货？用一根棘子把它们拨一拨好啦。”

他用一根棘棍儿把萤火虫拨弄、翻转，叫它们尾巴上发亮的地方朝着上面。

“够亮的啦，掷吧。”文恩说。

韦狄把骰子盒在亮地方里放下，急躁地一看，只见他掷了一个“幺”点。“好！我说我的运气要转了么，果然就转啦。”文恩没说什么；但是他的手却有一点儿哆嗦。

他也掷了一个“幺”点。

“哦！”韦狄说，“真活该啦！”

骰子又在石头上掷下了。又是一个“幺”点。文恩脸上带着沉闷的样子掷了一下；只见骰子变成两瓣，破碴儿朝上。

“我一个点儿都没掷出来。”他说。

"我真活该——这都是我咬骰子咬的——你把钱拿去吧。没有点儿比'幺'点儿还小。"

"我不愿意要你这个钱。"

"拿去吧，我说——这是你赢的！"韦狄把钱往红土贩子胸口上一扔。文恩把钱收好了，站起来，从山坳里走开。韦狄却坐在那儿愣住了。

等到他清醒过来以后，他也站起身来，并且提着已经灭了的灯笼，往大道上走去；他到了大道上以后，就在那儿静静站住。只见夜的寂静，弥漫了整个的荒原，只有一方面是例外，那就是迷雾岗了。因为在那儿他起先能听出来有轻车辚辚的声音，跟着就看见有两盏车灯，从山上往山下移动。韦狄当时就躲在一丛灌木后面，在那儿等候。

车到了跟前了，从他面前过去了。那是一辆雇来的马车，车夫身后面是两个他很熟的人。原来坐在车里的正是游苔莎和姚伯，姚伯的胳膊还搂着游苔莎的腰。马车走到山下，就拐了一个大弯儿，朝着往东三英里左右克林赁来并且陈设好了的临时住宅走去。

韦狄一见了他失去的那位爱人，就忘了他失去的那些金钱了；原来每逢有新事故发生，来提醒韦狄，说他和游苔莎两个那种破裂没有希望能够重圆，那时候，他那位情人值得宝贵的程度，在他眼里，就按着几何级数增长起来。因此当时他心里就充溢着他所能感到的那种恋爱之中钻心刺骨的苦辣酸甜，朝着相反的方向往静女店走去。

差不多在韦狄走到大道上面的同时，文恩也走到了前面相隔一百码那段大道上；并且他听见了同样的车轮声以后，也和韦狄一样，站住了等那辆车过来。不过在他看出车里坐的都是什么人的时候，他好像露出失望的样子来。跟着他就琢磨了一两分钟的工夫，在这一两分钟里面，那辆马车已经走过去了；所以他琢磨完了，就越过大道，穿过常青棘和石南，走了一条捷径，往前走到官道上山拐弯儿的地方。现在他又走到马车前面去了，所以一会儿的工夫，只见马车又缓缓地走到他跟前了。他就走上前去，显出自己来。

灯光照到他身上的时候，游苔莎吃了一惊；克林的胳膊也不知不觉地从她腰上拿了下去。只听他说："哦，德格吗？你这自己一个人走路，可很孤单啊。"

"不错——很对不起，耽误你走路，"文恩说，"我正在这一带等韦狄太太。老姚伯太太托我带了些东西给她。请你告诉我，她是不是已经坐完席回家去了？"

"还没有。不过她一会儿就要回去了。你也许可以在拐弯儿那地方等得着她。"

文恩行了一个告别礼，就走回他原先站的那个地点儿上去了，那是迷雾岗的支路和大道相交的地方。他在那儿，静静地等了差不多有半个钟头的工夫，才看见又有一对灯，从山上下来。那就是老舰长那辆无类可归的老古董车了，只有朵荪一个人坐在车里，赶车的是查雷。

那辆车慢慢拐过弯儿来的时候，文恩走上前去，嘴里说："对不起，韦狄太太，耽误你走路。不过我这儿有些东西，是老姚伯太太托我亲自交到你手里的。"他递过一个小包裹去，包裹里面就是他刚才赢的那一百个基尼，用纸草草地包着。

朵苏定了定神儿，把那个包裹从他手里接了过去。“就是这件事，太太，夜安！”文恩说，说完了，就走去不见了。

因为文恩过分想要纠正事态，所以他不但把朵苏理当应得的那五十基尼交到她手里去了，同时把应该归她堂兄克林的那五十基尼，也交到她手里去了。本来刚一开始赌钱的时候，韦狄曾很愤怒地不承认这些钱不是他自己的，现在文恩这种错误，就是根据韦狄那句话来的。那个红土贩子万没料到，赌钱赌到半途的时候，那些钱就已经是另一个人的了。这种错误，以后引起了一场很大的不幸，比那些钱三倍的损失还要大。

现在已经有点夜深了；文恩往荒原更深的地方上走去，一直走到他停车的那个狭谷——那地方离他们刚才呼卢喝雉的地点，不过二百码。他进了他那个行宫，点起灯笼来，在关门睡觉以前，先站着把刚才那几点钟里的光景琢磨了一番。他站在那儿的时候，东北面的天上已经露出曙色来了，那时既是云散天开，所以在那种中夏的时候，能看出来有一种微茫的熹微，其实那时还不过一点钟和两点钟之间。文恩那时疲乏至极，他把车门关上，倒身睡下。

第四卷

闭门羹

一　野塘畔的冲突

七月的太阳在爱敦荒原上照耀，把那上面紫红色的石南映得鲜红。原来一年之中，只有在这一季里，而在这一季之中，又只有在这一种天气里，荒原才璀璨鲜明。在只是荒原才能有的这种表面循环变化中，现在开花的这一季是第二期，好像一天的正午；这一季前面是青绿时期或者幼嫩凤尾草时期，好像一天的早晨；这一季后面是棕黄时期，那时石南花和凤尾草，都带出微红的褐色，好像一天的黄昏；棕黄时期后面就是冬季了，一片昏沉，好像黑夜。

克林和游苔莎两个人，在东爱敦往外去的爱得韦他们那所小小的房子里，正过着他们觉得快乐的单调生活。现在，荒原和天气的变化完全是他们眼里看不见的东西。一片带有辉光的雾气把他们笼罩，把四围任何颜色不调和的景物给他们遮断，使一切东西都含上了辉光。天下雨他们乐，因为他们成天在屋里厮守就有了看起来是强有力的借口了；天气好他们也乐，因为他们能够在山上一同并坐了。他们两个，好像就是天上那种互相绕行的双星[1]，老远看来，只是一体。他们的生活里那种绝对的孤寂，使他们

1　双星，恒星的一种，肉眼看来只一个，在天文镜中看来是两个。

互相琢磨得更深刻；不过有人也许会说，这种情况也有坏处，因为这就是他们以令人可怕的浪费速度，把他们互相的爱消耗。姚伯对于自己那一方面，并没有什么疑惧；但是他想起从前游苔莎说过的爱情逝水那种话（眼下她显然忘记了），就有时要对自己提出一个问题；而他想到一切都有完结，连乐园里都免不了[1]，就怕得不敢再往那一方面想。

他们在这种情况之下过了三四个礼拜以后，姚伯又开始切实认真念起书来。他要把以前荒废的时光补上，就时刻不懈地念；因为他很想要早早开始他的新职业。

我们知道，游苔莎一向的梦想是：她和克林一旦结了婚，她就可以有力量劝诱克林再回巴黎去。克林固然是很小心，永远没答应过她这件事，但是他抵得住她力诤强辩和甜言蜜语吗？她把成功看得非常有把握，所以她对她外祖简直就说他们将来十有八九要往巴黎去住，连蓓口的话都没提。她的希望完全寄托在这种梦想上。在他们结婚以后的清闲日月里，连克林把她的唇边嘴角、眉目容颜仔细端相的时候，她都把这件事琢磨了又琢磨，连她回报他那端相的时候都是那样。因此她见了眼前这些和她梦想中的将来完全冲突的书本，心里就起了一种极端痛苦的龃龉之感。她正在那儿希望，将来有一天，在一个靠近巴黎树荫路的美丽家庭里（不管多么小）做一个主妇，那时她就至少能在繁华世界的边界上过日子，沾丐一点她很配享受的那种城市侈靡的残膏剩馥。

1　上帝造亚当、夏娃之后，把他们安置到乐园里，后因二人违背上帝，被驱出乐园，见《旧约·创世记》第 2 章第 7 节至第 3 章第 24 节。

但是姚伯却坚决拿定了跟这个相反的主意，好像是结婚不但没能叫这个青年慈悲家把妄想扫荡，反倒帮助他把妄想发展。

游苔莎的焦灼达到很大的程度；但是克林那种坚决不移的态度，使她不好直截了当地探测他对这件事的意见。他们正在这种情况之下，发生了一件事，帮了游苔莎一下忙。那件事发生的时候，是他们结婚以后大约六个礼拜有一天的傍晚。事情的起因，完全是文恩无心之中把姚伯那五十个基尼分派错了。

原来朵荪收到那些基尼以后，过了一两天，就写了一封短信去谢她伯母。朵荪没想到钱会那么多；不过既是以前她伯母并没告诉过她到底是多少，她就认为那是她故去那位伯父的慷慨了。她伯母曾再三嘱咐过她，叫他在韦狄面前对于这桩礼物不要提起一字；韦狄那方面，也没肯对她太太露过半点他那天半夜在荒原上干的勾当，这本是很自然的；同样，克锐因为害怕，对于他自己参与的那回事，更缄口不谈；他只希望，那些钱反正不论怎么样，已经物归本主了，所以他也只那样一说就完了，并没说详细的情况。

因为这种样子，所以一两个礼拜过去了以后，姚伯太太就纳起闷儿来，不明白为什么她儿子那方面老没有收到礼物的消息；她琢磨，也许是她儿子还恨她，所以才不写信给她吧；这样一想，她老人家就在疑虑之中更加上了一层愁闷。她本来觉得她儿子还不至于坏到那步田地，但是他为什么却不写信来呢？姚伯太太就盘问克锐，克锐回答的时候语无伦次，这种情况本身就可以使她立刻相信，事情一定是出了岔儿的了，何况又有朵荪的信，给他的话证实了一半呢。

姚伯太太正这样疑惑不解的时候，有一天早晨，有人告诉她，说她儿媳妇正回迷雾岗看她外祖去了。她一听这话，就决定往迷雾岗走一趟，去见一见游苔莎，从她嘴里探一探，是否那些传家的基尼，并没交到受款人的手里；因为姚伯太太看待那些基尼，就跟比她更有钱的寡妇们看待她们的珠宝一样啊。

克锐知道姚伯太太要到哪儿去以后，他的焦灼可就达到了极点。到了姚伯太太正要动身的时候，他再也不能用含糊话搪塞了，就承认了赌钱那件事，把那天夜里的情况，根据他所知道的，和盘托出，说那些钱都叫韦狄赢了去了。

“怎么，他打算把那些钱自己留下吗？”姚伯太太喊着说。

“俺只盼望他不会留下，俺也相信他不会留下！”克锐呻吟着说，“他是个好人，大概做不出不对的事情来吧。他说你应该把克林先生那一份儿给游苔莎才对，他自己也许就那么办了吧。”

等到姚伯太太稍微心平气和一点儿的时候，她一琢磨，这种办法很有可能。因为她觉得韦狄仿佛不至于会当真把她儿子的钱自己搂起来。把钱给游苔莎这种折衷办法，正合韦狄的脾气。但是这位当母亲的想到这儿，还是一样地生气。这些钱到底叫韦狄弄到手里去了，并且因为游苔莎从前是他的情人，也许现在还是他的情人，所以他要把钱重新分配，把克林那一份给游苔莎：这种情况，给姚伯太太一种愤火中烧的痛苦，其剧烈的程度，也不下于她从来所受过的任何哪一种。

她因为可怜又可恨的克锐把事办坏了，就立刻下了他的工；不过，觉得离了他还真不成，所以待了一会儿，又告诉他，说他愿意的话，还可以在这儿再多待些时候。跟着她就急急忙忙地往游苔莎那儿去了，那时她对于她儿媳妇的心情，可就不像半点钟以前她刚一打算去看她的时候那样，很有可能产生良好的结果了。她刚一打算去看她儿媳妇的时候，本是想要以友好的态度，问问她儿媳妇是否遭了什么意外的损失；现在她的心情却是要明明白白地问一问她儿媳妇，是否韦狄把她自己打算给克林做神圣礼物的钱，私下里给了她儿媳妇了。

她两点钟起的身，到了迷雾岗的时候，游苔莎正站在她外祖房外的土堤和水塘旁边，瞭望景物，也许还在琢磨这片景物往日亲见的那种投石、燃烽，密约私会的表演呢。所以她跟她儿媳妇一下就碰到了。姚伯太太走上前去的时候，游苔莎完全以生人安静的眼光把她打量。

婆母是头一个开口的。她说："我是到这儿来看你的。"

"真的！"游苔莎吃了一惊说，因为姚伯太太在结婚那天都没肯到场，当时还惹得游苔莎很不痛快。"我一点儿也没想到你会到这儿来。"

"我仅仅是因为有事才到这儿来的，"那位来客说，说得比开始的时候还冷淡，"我很冒昧，问你一句话——你曾从朵荪的丈夫手里接过什么礼物没有？"

"礼物？"

"我的意思实在就说的是钱！"

"什么？我自己亲手？"

"不错，我的意思就是要问一下你私下亲手从他那儿接过钱没有——不过我刚才没想把话那样说出来就是了。"

"从韦狄先生手里接过钱？没有——从来也没有。太太，你问我这个话是什么用意？”游苔莎的火儿来得实在太急了，因为她和韦狄过去的关系，她意识得太强烈了，所以她一下就认为，姚伯太太一定也知道那种关系，大概这是跑来诬罔她，说她现在还从韦狄手里接受不名誉的礼物了。

“我只问一问就是了，”姚伯太太说，“我曾——”

“你应该把我这个人看得高一点儿——哦，我恐怕你一开头就老反对我！”游苔莎大声说。

“不错。我那都是为克林打算，”姚伯太太说，说的时候，因为认真，口气未免太重了，“保护自己的儿女，本是人人都有的本能。”

“你这是说他得有人保护，才能免得我害他了。你怎么居然能露出这种意思来？”游苔莎满眼含着急泪大声喊。“我嫁了他并没害他呀！我做了什么坏事了，至于叫你这样来小看我？既是我从来没对你做过错事，那你就不应该在他面前毁坏我。”

“我所做的，都是在这种情况之下应当做的，”姚伯太太比较温和一点儿说，“这个话，我本来不愿意现在深谈，不过既是你这样硬来逼我，那我只好说一说了。我现在老老实实地把真话对你说了，我觉得没有什么惭愧的。我本来很坚决地认为他不应该娶你——所以我才用尽了我力所能及的种种方法去劝他。不过现在事情既然已经办完了，我就不想再抱怨。我还准备欢迎你哪。”

“啊，不错，用这种纯讲实际的眼光来看一切，好极了，”游苔莎压住了火儿嘟囔着说，“不过为什么你非把我跟韦狄先生拉扯到一块儿不可？我跟你一样，也有气性啊！我很气愤；凡是女人都要气愤的。你要明白，我嫁克林，本是俯就他，我并不是用什么计谋把他骗到手的；所以我决不愿意叫人家当做一个用计谋欺骗人的人看待。只有那样的人，因为强钻到人家家里，才让人家不得不勉强凑合。”

“哦！”姚伯太太怒不可遏地说，“我从来没听说过我儿子的门第赶不上你们斐伊家——也许比你们还高哪。听你说俯就这种话，真叫人好笑。”

“无论怎么说，是俯就，”游苔莎感情激烈地说，“而且要是那时候我就知道会是现在这种样子——知道我结了婚以后一个月，还得在这片荒原上住，那我——我答应他以前，总要再思再想的。”

“你顶好不要说这种话了吧；这些话叫人听来觉得不大可信。我知道他决没用过什么欺诈的手段——反正他那一方面，我确实知道一点儿欺诈的手段也没用过，无论对方怎么样。”

“这太叫人压不住火儿啦！”那位年轻的新娘子嗓子都哑了说，同时满脸通红，两只眼睛射出了光芒，“你竟好意思对我说这种话？我非把我那句话重复一遍不可了：我要是早就知道，我结婚到现在，我的生活会是这种样子，那我当时一定拒绝他。我并不抱怨。我在他面前，对于这种情况，连半个字都没露过；不过这却是实在的情况。所以，我希望，你以后不要再说我急于要嫁他那种话才好。你现在毁坏我，就等于毁坏你自己。”

“我毁坏你？你认为我是一个专会使坏的小人吗？”

“我没结婚以前，你就毁坏我，现在又来疑惑我，说我为了钱私下里跟别的男人好！”

“我没有法子不那么想。不过我在家门以外，从来没说过你什么话。”

“你在家里，可老对克林说我不好，还能有比那个再坏的了吗？”

“我那是做我分内应做的事啊。”

“那我也要做我分内应做的事啊。”

“你分内应做的事，有一部分大概就是挑唆他不孝顺他妈吧。这向来就是这样的。可是我为什么就不能跟从前受过这种气的那些人一样地忍受！”

“我明白你了，”游苔莎气得连气儿都喘不上来的样子说，“你把我看成了一个任何坏事都做得出来的女人了。你想，一个女人，背地里跟别的男人好，又挑唆她丈夫不孝顺她婆婆，世界上还有比这种女人再坏的了吗？然而你现在可就把我看成了那样的女人了。你别把他从我手里拽走了成不成？”

姚伯太太也针锋相对一阵比一阵紧地回答。

“你不要跟我生这么大的气，少奶奶！你瞧你的小模样儿都要气坏了；凭你，叫我这样的人气坏了，太不值当了！我不过是一个把儿子丢了的苦老婆子就是了。”

“你要是厮抬厮敬地待我，那你的儿子还仍旧可以是你的儿子，”游苔莎说，同时滚热的泪从眼里流下，“都是你糊涂油蒙了心，自讨无趣；都是你造成了一个永远也不能再合起来的裂痕！”

“什么都赖我呀！你这样一个小小年纪的人，对我这样放肆无礼，这叫人怎么受！”

“这都是你自己讨的：来疑惑我的是你，来惹我说了我丈夫这么些我自己本来说不出来的话的也是你！你这又该告诉我丈夫我都说了他些什么话，好教我们两个闹别扭，不得清净日子过了，是不是？你离开我成不成？你老是我的对头！”

“我再说一句话就走。要是有人说，我今天上你这儿来问你问的没有道理，那就是那个人撒谎。要是有人说，我劝我儿子不要娶你的时候用的方法都是不正当的，那也是那个人撒谎。我这是到了倒霉的时候了；上帝叫你这样的人来欺负我，对我太不公道了。大概我儿子这一辈子是不用打算得到幸福的了，因为他是个糊涂人，不听他母亲的好话。你，游苔莎，你这是站在危崖上面，自己还不觉得。你只要把你今天对我发的脾气对我儿子发出一半来——我想你不久也许就会发的——那你就会看出来，他现在对你虽然像一个小孩子一样地柔顺，可是他也能像钢铁一样地坚硬！”

说到这儿，那位激动的母亲就起身走了，同时游苔莎喘息不止地站在那儿往池塘里看。

二　逆境袭击他却歌唱

那天游苔莎本来打算和她外祖待一下午，但是有了那一场不吉利的会晤，结果她就匆匆回到爱得韦去了，她到那儿的时候，比克林预先盼望的早三个钟头。

她进了门，脸上通红，眼里还带着刚才那种激动的余波。姚伯抬头一看，吓了一跳。他从前永远也没看到她有过任何近于这种样子的时候。她从克林身旁走过去，本来想可以不惊动他，就一直上楼，但是克林却关心得立刻跟在她后面。

“怎么啦，游苔莎？”他问。那时游苔莎正站在卧室的炉前地毯上，眼睛往地上瞅着，两只手在胸前握着，帽子还没摘下来。他问她那句话，她并没立刻就回答，停了一会儿才低声说——

“我见你母亲了；我永远也不想再见她了！”

克林听了这话，心里头仿佛压上一块像石头似的重东西。就是那天早晨，游苔莎预备去看她外祖的时候，克林还对她表示过，说他很愿意她能坐车到布露恩去看她婆婆一趟，再不就用她认为合适的其他方式，去跟她婆婆言归于好。出发的时候，她很高兴；他也抱了很大的希望。

“怎么弄的？”克林问。

“我没法儿说——我都忘了。我只知道，我刚才见你母亲了，而以后永远也不想再见她。”

“为什么？”

“我现在跟韦狄先生还有什么关系？无论是谁，我都不许往坏里琢磨我。哦！那真太寒碜了，让人问我从他手里接过钱没有，或者鼓励过他没有——我也记不清楚她究竟怎么说的，反正是这一类的话吧！”

“她怎么会问起你这种话来了？”

“她可真那么问了。”

“那么这里头一定有缘故了。我母亲还说什么别的话没有？”

“我不知道她都说了些什么，我只知道，我们两个都说了一些叫人一辈子都要嫉恨的话！”

“哦，这一定有误会的地方。她的意思没弄清楚，是谁的错儿哪？”

“那我倒没法说。也许是环境的错吧，反正环境至少得算是很别扭的。哦，克林——我现在不能再不说了——这种使人不快的事态都是你给我弄出来的，不过你一定得改善这种事态才成——一定得改善，你得说你要改善这种事态——因为现在我恨透了这种事态了！克林，你把我带到巴黎，再做你从前的事好了！咱们在那儿一起头，无论过得多么简陋，都没有关系，只要能是巴黎，不是爱敦荒原就成。”

“不过我现在一点儿也没有再回巴黎去的意思了，”姚伯吃了一惊说，“我确实敢保，我从来没有叫你往那方面想的时候啊。”

“我也承认，没有。不过一个人，总有些摆脱不掉的念头。那个念头就是我摆脱不掉的。现在，我既是你的太太，和你有福同享，有罪同遭了，难道我对于这件事就不能表示一点意见吗？”

“呃，有些事情是不在讨论的范围以内的；我认为现在这个问题，就特别是这样，我并且认为，这是咱们两个都同意的。”

“克林，我听了这种话很不痛快。”她低声说，同时眼光下垂，转身走开了。

没想到游苔莎心里会藏着这种希望，现在一旦表示出来，她丈夫就心烦意乱起来。女人用婉转曲折的办法，以求达到她的愿望，他这还是头一次遇到。但是他虽然很爱游苔莎，他的心意却没动摇。她跟他说的那番话对他没发生别的影响，只是叫他下决心比以先更亲密地抱定书本，为的是好能更早一些，在这种新道路一方面获得切实的成就，来驳她那任意由性的想法。

第二天，基尼的哑谜解开了。朵荪匆匆地来看了他们一趟，亲手把克林那五十基尼交给了他。那时游苔莎并没在跟前。

“那么我母亲说的就是这个了，”克林喊着说，“朵荪，你知道她们两个曾很凶地拌过一回嘴吗？”

现在朵荪对她堂兄的态度，比以前缄默一些了。原来结婚的结果是，把从前的默默无言，在一方面变而为呶呶多言，在另一些方面又变而为呐呐寡言。“大妈已经告诉我了，”她安安静静地说，“她从迷雾岗就一直上了我那儿。”

“我所担心那种最坏的情况已经发生了。朵荪，我母亲到你那儿的时候，神气很不好吗？”

“不错。”

“实在很不好吗？”

“不错。”

克林把胳膊肘支在庭园栅栏门的柱子上，用手捂着眼。

“你不要为这个心烦，克林。她们也许早晚有和好的一天。”

他摇头。“像她们两个那种火性都很大的人，不会。也罢，注定了的事是没法儿改的。”

“有一样还算好——这些基尼到底没丢。”

“我宁愿把它们再丢两次，也强似有这种事。”

在这种龃龉之中，克林觉得有一样事非办不可——那就是，他得快快使他办学校的计划显然有所进展。抱定这种目的，他就有许多晚上读书都读到半夜以后一两点钟。

有一天夜里，他用功用得比别的日子都更厉害，第二天早晨起来的时候，他觉得他的眼睛有一种异样的感觉。那时日光正一直射在窗帘子上，他往那一方面看头一眼的时候，觉得眼睛一阵剧痛，只得急忙把眼睛又闭上了。他每一次试着往四围看的时候，都有眼睛见光发痛的感觉，同时烫得肌肉发痛的眼泪就往脸上流。他梳洗的时候，没有法子，只好在额上裹了一块绷布当眼罩；那一天里面，那个眼罩就没能去掉。游苔莎见了这样，十分惊慌。第二天早晨，觉得情况还不见好，他们就决定打发人上安格堡去请医生。

傍晚的时候，医生来了，说这是暴发火眼，本来前几天克林曾经受凉，目力一时变弱，但他仍旧夜夜读书，所以才引起了这种病痛。

克林一面因为急欲进行的事业受到阻挠而烦躁焦灼，另一面却又变成一个失了自由的病人。他关在一个半点亮光都透不进去的屋子里；要是没有游苔莎在一盏带罩油灯的微光下念书给他听，那他的光景就可以说是绝对苦恼了。他希望，最坏的情况不久就可以过去；但是医生第三次来的时候却说，再过一个月，虽然可以冒险戴着眼罩出门，而继续他那种工作或者看任何印刷品的念头，却很久很久不用打算。他听了这话大吃一惊。

一礼拜一礼拜过去了，好像没有什么东西能给这一对年轻夫妇消愁解闷。游苔莎时常想到令人可怕的情况，不过她老小心在意不在她丈夫面前露出来。比方他真把眼瞎了，或者，就是不至于瞎，他的目力永远不能恢复到能再做合乎她的心愿那种职业，好叫她搬出这所荒山里的偏僻住宅，那怎么好呢？在这种不幸的情况下，到美丽的巴黎去的梦想，恐怕是很难成为事实的了。既然一天一天过去了，他的病仍旧不见好，她就越来越往这种悲惨的地方想，并且还要跑到庭园里，背着她丈夫，抱着满腔失望的愁绪，痛哭一番。

姚伯想去请他母亲来，又想还是不请好。她母亲知道了他这种情况，只有更加愁烦了；而他们的生活那样静僻，要不是特别打发人去告诉她，她自己就不会听到他们的消息。他尽力把这种烦恼用哲学家沉静的态度忍受，一直等到第三个礼拜；那时他病后才头一次出房门。在这个阶段里，医生又来过一次，克林硬逼医生把意见清清楚楚地告诉他。他不听医生的话还好，他听了，更添了惊慌；因为医生说，他什么时候可以再做从前的事，还是和以前一样地难以说定；他的眼睛正在一种特别的情况里，虽然可以给他够走路用的目力，但是要用力瞅任何固定的东西，却难保不引起再发急性火眼的危险。

克林听了这个消息，一时沉吟不语，不过却没绝望。一种恬然的坚忍之气，甚至于一种怡然的知足之感，控制了他。他的眼并不至于瞎，那就够了。命中注定了得在无限的时期里戴着墨晶眼镜看天地万物，那得算是很坏的情况的了，并且得算是任何上进的致命伤的了；但是克林这个人，在面临只影响到他个人社会地位那种噩运的时候，却是一个不折不扣的斯多噶派[1]；并且，要不是为游苔莎，无论怎么卑贱的行业，都能使他满意，如果那种行业能够在不论哪一方面合于他的文化计划。开一个乡村夜校就是其中的一种；他的苦难并没能把他的精神制伏，就是由于这一点，如果不是这样，他就难以支撑了。

有一天，他在暖洋洋的太阳地里，往西走到了爱敦荒原上他顶熟的那一部分，因为那块荒原离他的老家很近。他看见在他面前那些山谷之一里面，有一种磨光了的铁器发出闪烁的亮光；他走到跟前，模模糊糊地看出来，那种亮光，是从正在那儿斫常青棘的一个樵夫用的器具上发出来的。那樵夫认出来他是克林，克林却是听见了那樵夫的声音，才辨出来他是赫飞。

赫飞先对克林的苦恼表示了难过，接着说："俺说，你干的活儿要是也像俺这个这样粗笨，那你就能跟从前一样地干下去了。"

"不错，那我就能了，"姚伯一面琢磨，一面说，"你斫这些捆柴，能卖多少钱？"

"一百捆[2]卖半克朗；像这样大长天，俺挣的钱很够俺过的了。"

姚伯回爱得韦去的时候，一路上净盘算，盘算着还很得意。

---

1 斯多噶派，古希腊哲学之一派，以坚忍刻苦为务。

2 英国习惯，草、木等物束成捆子时，以体积论，而不以分量论。一般标准，一捆高三英尺，周围二十四英寸。

他走到房前的时候，游苔莎从一个开着的窗户里跟他搭话，他听了就走上前去。

“可爱的人儿，”他说，“我现在比以前快乐了。要是我母亲再能跟你、跟我都和好了，那我就十分快乐了。”

“我恐怕那永远也不会吧，”游苔莎把她那双含嗔凝怨的美丽眼睛往远处看着说，“现在一切都没变样，你这个快乐从哪儿说起？”

“因为在这种不幸的时光里，我到底找到了一样我做得来、并且能维持生活的工作了。”

“是吗？”

“我要做一个斫常青棘的和掘泥炭的工人了。”

“别，克林！”游苔莎说，她刚才露在脸上那一点点希望，马上又消失了，她比以先更难过起来。

“我一定要那样做。现在我既是能做点儿规规矩矩的事情来补助日用，而可不做，却老花咱们攒的那一点儿钱，那岂不很不明智吗？这种户外运动，于我的身体很有益；再说，谁敢保过几个月，我不能照样再念起书来呢？”

“不过咱们要是需要人帮忙，我外祖就说过，他可以帮咱们。”

“咱们不需要人帮忙。要是我去斫常青棘，咱们的日子就能过得不错了。”

“跟奴隶、埃及的以色列人[1]以及那一类的人一样啊！”一颗

1　见《旧约 · 出埃及记》第 1 章。以色列的众子，各带家眷……一同来到埃及。……埃及人派督工的辖制他们，加重担苦害他们……严严地使以色列人做工，使他们因做苦工觉得命苦。

痛泪从游苔莎脸上流下，不过克林却没看见。他的口气里，含着一种满不在乎的意思，这就表明，一种结局，在她看来绝对可怕，而他却连可惨都感觉不出来。

跟着第二天他就跑到赫飞的小房儿里，跟他借了裹腿、手套、磨刀石和钩刀，预备用到他能自己买这些东西的时候。于是他就跟他这位旧相识兼新同行一齐出发，拣了一个常青棘长得最密的地方，给他这种新职业行了开幕礼。他的目力，跟《拉绥拉》里那种翅膀[1]一样，虽然对于他那种伟大的计划没有用处，而做这种苦活儿却很够用。并且他看出来，过几天，他的手磨硬了不怕起泡的时候，他的工作还能进行得很不费力。

他天天跟太阳一块儿起来，扎上裹腿，就到跟赫飞约好了的地方上去。他的习惯是从早晨四点钟一直工作到正午；到了那时，天气正热，他就回家睡一两个钟头的觉，再出去工作到九点钟暮色苍茫的时候。

现在这位巴黎归客，叫他身上的皮装束和眼上非戴不可的眼罩装扮得连他顶亲密的朋友都会不认得他，而从他面前走过去了；他只是一大片橄榄绿常青棘中间一个褐色小点儿。他不工作的时候，虽然因为想起游苔莎所处的地位和他跟他母亲的疏远，时常觉得烦闷，但是他一到工作得顶起劲的时候，他就怡然自得起来。

他每天过的是一种很像只在显微镜下才能看到的稀奇生活，

---

1 《拉绥拉》，十八世纪英国文学家约翰生作的一本教训传奇，那本书的第六章里，说到一个巧匠，能做各种巧机，曾对阿比西尼亚的王子说，他能做翅膀，使人飞。做成之后，从高崖上跳入空中，不想坠入湖中。不过他的翅膀，虽然在空中不能使他飞起，在水里却能使他浮起，故得救不死。

他整个的世界只限于他四围几英尺以内的地带。他的熟朋友，只是在地上爬的和在空中飞的小动物，那些小动物也好像把他收容在它们的队伍以内。蜜蜂带着跟他很亲密的神气，在他耳边上嗡嗡地鸣，并且往他身旁那些石南花和常青棘花上爬，多得都把那些花儿拖到地上去了。琥珀色的怪蝴蝶，爱敦所独有而别处永远见不到的，都随着他的呼吸而蹁跹，往他弯着的腰上落，并且跟他那上下挥动的钩刀上发亮的尖儿逗着玩儿。翡翠绿的蚂蚱，成群结队地往他的脚上跳，落下来的时候，好像笨拙的翻跟头的，有的头朝下，有的背朝下，有的屁股朝下，看当时碰到的情况；还有一些，就在凤尾草的大叶子底下沙沙地叫着，跟那些颜色素净不做一声的蚂蚱调情。大个的苍蝇，都从来没见过伙食房和铁丝网[1]，并且还完全在野蛮的状态里，就在他四围嗡嗡乱鸣，并不知道他是个人。凤尾草丛中间进进出出的长虫，都穿着最华丽的黄蓝服装蜿蜒滑动，因为那个时季，它们刚蜕了皮，颜色正最鲜明。一窝一窝的小兔，都从窝里出来，蹲在小山岗上晒太阳，猛烈的日光把它们薄薄的耳朵上那种柔细的肉皮儿都映透了，照成一种血红的透明体，里面的血管都看得出来。

他的职业里那种单调，使他觉得舒服，同时单调本身就是一种快乐。一个没有野心的人，在力量没受阻碍的时候，良心上也许要觉得安于卑陋是不对的，但是一旦力量被迫受限，那他就要认为走平凡的路，是可以理直气壮的了。因为这样，所以姚伯就有时自己给自己唱个歌儿听，有时跟赫飞一同找荆条做捆绳的时

1 铁丝网，蒙于食物橱上者。

候，还把巴黎的生活和情况讲给赫飞听，这样来消磨时光。

在这种温暖的日子里，有一天下午，游苔莎出来散步，一个人朝着克林工作的地方走去。他正在那儿一时不停地斫常青棘，一长溜棘捆，从他身旁挨着次序排列下去，表示他那天工作的成绩。他并没看见游苔莎走近前来，所以游苔莎就站在他跟前，听见了他轻声低唱，有似涧底鸣泉。这使她心惊气结。她刚一看见他在那儿，一个可怜的苦人，靠自己的血汗赚钱，曾难过得流下泪来；但是她听见了他唱，感到了他对于他那种职业（不管他自己觉得怎么满意，在她那样一个受过教育的上等女人看来，却很寒碜）一点反感都没有，她就连内心都伤透了。克林并不知道游苔莎在他跟前，所以仍旧接着唱：

　破晓的时光，
把丛林装点得灿烂又辉煌。东方
刚透亮，花神就掩映出丰姿万状；
轻柔的鸟声也重把情歌婉转唱：
天地之间所有一切，莫不欢欣喜悦，
　来赞扬破晓的时光。

　破晓的时光，
有时候也令人感到十二分凄惶，
原来是，愁闷盼夜短，欢娱喜更长：
情肠热的牧羊人，听漏尽，倍怅惘，
只为他和他的心上人，硬要两拆散，

在这个破晓的时光。”[1]

这种情况使游苔莎辛酸悲苦地认识到，分分明明，克林对于他在世路上的失败是不在意的了；那位心高志大的漂亮女人，想到自己的身世要被克林这种态度和境况完全摧毁，就在神魄丧失的绝望中，把头低垂，痛哭起来。哭了一会儿，她走上前去，激昂地说：

“我这儿觉得豁着死了也不肯做这种事，你可在那儿唱歌儿！我要回娘家，再跟着我外祖过去了！”

“游苔莎！我只觉得有什么在那儿动，可没看见是你。”他温柔地说；跟着走上前去，把他那大皮手套脱下去，握住了游苔莎的手。“你怎么说起这种离奇的话来啦？这不过是一个小小的旧歌儿，我在巴黎的时候，碰巧投了我的所好，现在用来形容我和你的生活，正好恰当。我说，是不是因为我的仪表已经不是优游娴雅、上流社会中人的了，你对我的爱已经完全消逝了？”

“最亲爱的，你不要用这种叫人听着不痛快的话来盘问我了，你要再那样，也许我就要不爱你了。”

“你以为我会冒那样的险，做那样的事吗？”

“我说，你只一意孤行，我劝你不要做这样的寒碜活儿，你一概不理。莫非你跟我有什么过不去的吧，才跟我这样别扭？我是你的太太呀，你怎么不听我的话？不错，我一点儿不错是你的太

1 原文为法文，引自法国作家艾提恩（1778—1845）的滑稽歌剧《居利斯当》第二幕第八场。从公元前三世纪希腊诗人太奥克利涂斯的牧歌起，牧羊人就是典型的情人。

太么！”

“我知道你这种口气是什么意思。”

“什么口气？”

“你说‘我一点儿不错是你的太太么’那句话的口气。那里面含的意思是，‘做你的太太，真倒霉死了’。”

“你的心也真够硬的，抓住了那句话来挑剔我。一个女人，也可以有理性啊（当然不是说，有了理性就没有感情了）；要是我感觉到‘倒霉死了’，那也算不了卑鄙可耻的感觉啊——那只是非常在情在理的啊。这你可以看出来，至少我并没想说谎。咱们还没结婚以前，我不是曾警告过你，说我没有做贤良妻子的品性么？你总该记得吧？”

“你现在再说那种话，就是嘲笑我了。至少关于那一方面，你闭口不提，才是唯一高尚的风概；因为，游苔莎，你在我眼里，仍旧还是我的王后，虽然我在你眼里，也许已经不是你的国王了。”

“但是你可是我的丈夫啊。难道这还不能叫你满足吗？”

“总得你做我的太太，一点儿也没有悔恨的意思，我才能满足。”

“你这个话叫我没法回答。我只记得，我曾对你说过，我会是你的沉重负担。”

“不错，那我当时就看出来了。”

“那么你看出来看得太快了！一个真正的恋人，根本不会看出这种情况来的[1]；克林，你对我太薄情了，对我说这样的话，我听着真不高兴。”

---

1 比较英国格言：“爱看不见毛病。”又：“爱情一去，疵瑕百出。”

“不过，呃，尽管我看了出来，我还不是一样地娶了你，并且娶了还一点儿都不后悔么！你今天下午的态度，怎么这样冷淡！我还总以为，没有比你那颗心再热烈的了。”

“不错——我恐怕咱们是冷淡起来了——我也跟你一样，看出这一点来了。”她很伤感地叹了口气。“两个月以前，咱们两个那种相爱的劲儿，简直疯了似的；你看我老没有看得够的时候，我看你也老没有看得够的时候。那时候，谁想得到，现在我的眼睛，你看着已经不那么亮了，你的嘴唇，我觉着也不那样甜了？前后还不到两个月，就能真是这样吗？但是可又不错，真是这样！一点儿不错真是这样！”

“亲爱的，你在那儿叹气，仿佛对于这种情况难过似的；那就是一种有希望的表示。”

“才不哪。我并不是为那个叹气。让我叹气的还有别的情况；那也是任何女人，凡是处在我这种地位上的女人，都要叹气的。”

“你叹的是，你一生里一切的机会，都因为匆匆跟一个倒霉的人结婚而毁了，是不是？”

“克林，你怎么老逼我说伤心难过的话？我也跟你一样，应该受人怜悯才是啊。跟你一样？我想我比你更该受人怜悯吧。因为你还能歌唱啊！能听到我过这种苦日子却歌唱的，只有太阳从西出来那种时候！你相信我吧，亲爱的，我很想大哭一场，哭得叫你这样一个属猴皮筋的人都惊慌起来，不知所措。就是你对你自己的苦不觉得怎么样，你为可怜我，也大可以不必唱啊！天哪！我要是像你这样，那我宁肯咒骂，也不肯歌唱。”

姚伯把手放在游苔莎的肩上说：“我说，你这个没有经验的女孩子，你不要认为，我不能像你那样，以高度普罗米修斯精神反抗命运和上帝。我在那一方面曾有过的力量，比你从来听说过的，可就大得多了。不过我见的世面越多，就越觉得世界上最伟大的事业，并没有什么特别可算伟大的地方，因此我这种樵夫生活，也没有什么特别可算卑鄙的地方。既是我觉得上帝赐给我们的最大幸福并没有很大的价值，那么幸福离去了，当然我也不觉有什么不得了的苦难了。所以我才唱歌消磨时光。难道你真对我一丁点儿柔情都没有了吗，才连这几分钟的快乐都不让我享受？”

“我对你还有一些柔情。”

“你说的话，已经没有从前那种味道了。因此可以说，爱情跟着幸运一齐消灭[1]了！”

“我不能听你说这种话，克林——这样说下去，不痛吵起来就没有完，”她呜呜咽咽几不成声地说，“我要回家了。”

1　比较英国谚语：“贫穷从门进，爱情从窗遁。”

三　她出门和愁烦作斗争

几天以后，八月还没完的时候，有一天游苔莎和姚伯一同坐着吃他们的午正餐[1]。

游苔莎近来差不多老是无情无绪的。她那双美丽的眼睛，露出一种动人怜悯的神情，无论谁，凡是知道她对克林爱情强烈那个时候的情况的，看了都要可怜她，不管她到底应该不应该被人可怜。他们两个的心情，有一点儿和他们的地位正成反比例。克林本是受苦的人，而却永远兴致勃勃；游苔莎本是一生之中，身体方面一时一刻也没受过苦，而却要克林来安慰。

“我说，最亲爱的，打起精神来吧；咱们将来一定会好起来的。我的目力也许说不定哪一天就恢复原状了。我现在郑重地答应你，只要我做得了比较好一点儿的工作，那我马上就不斫常青棘了。我想你不至于诚心愿意叫我整天在家里闲待着吧？”

“不过那太可怕了——一个斫常青棘的！而你本是见过世面，能说法语和德语，能做比这高得多的事啊！”

“我想，你头一回看见我，头一回听见人说我，你眼里的我，

1　“正餐”，译“dinner”，为一日中之主餐；有钱的人家，除了礼拜天以外，平常日子，都在晚上六点半钟到八点钟的时候用“dinner”，这叫做“晚正餐”；简单的人家，在白天一两点钟的时候用“dinner”，这就叫做“午正餐”。

是笼罩在金色祥光里的——是一个见过灿烂事物、见过辉煌世面的人物——简单言之，一个使人崇拜、使人爱慕、使人心醉的英雄，是不是？”

“不错。”她啜泣着说。

“现在可变成了一个束着棕色皮裹腿的可怜虫了。”

“得了，别挖苦我了。这就够瞧的了。我今后不再愁眉苦脸的了。你要是不十分反对，我今天下午就出一趟门儿。东爱敦有一个乡村行乐会——他们管它叫吉卜赛[1]——我要到那儿去一趟。”

“去跳舞吗？”

“为什么不？你都能唱啊。”

“好，好，随你的意好了。用我去接你回来吗？”

“要是你的工作完得快，回来得早，那你就去接我好了。不过你要是因为那个添麻烦，就不必了。我回来的时候自己认得路，荒原上又没有什么叫我害怕的。”

“你就能这样一心无二，追欢寻乐，一路步行，到一个村野行乐会，去凑这个热闹？”

“你瞧，你这是不愿意我自己一个人去了！克林，你不是嫉妒吧？”

“不是。不过我很想和你一块儿去，要是那样能给你任何快乐的话；其实按事实看来，你也许早就跟我过腻了。不过，我还是有些不愿意你去。不错，我这也许是嫉妒；像我这么一个半拉瞎子，有你这么一位太太，还有比我更该嫉妒的吗？”

---

1 吉卜赛，原文“gipsying”，多塞特郡一带方言，行乐会之意。

"你别那么想了。你让我去吧，别把我的兴致都打消了！"

"我宁愿把我所有的一切全都不要了，也决不肯那样，我甜美的太太。你去吧，你愿意怎么样就怎么样好了。谁能拦阻你，不叫你随心所欲哪？我相信，我整个的心还都在你身上；再说，你有我这么一个丈夫，实在是你的拖累，而你却还将就我，我实在应当感激你才对。不错，你自己去出出风头吧。至于我，我是认了命的了。在那种集会里，人家一定都要躲着我这样的人的。我的钩刀和手套，就跟癞子拿的圣拉撒路铃铛[1]一样，本是用来警告大家，叫他们躲开那种令人凄惨的光景的。"他吻了她一下，扎上裹腿，就出去了。

他走了以后，她用手捧着头自言自语地说："两个白白废掉了的生命[2]——他的和我的。我竟落到了这步田地！这岂不要叫人发疯吗？"

她左思右想，想找一找任何可以把现状改善一点的办法，但是并没找到。她自己就琢磨，那些碚口人，要是知道她现在的情况，一定要说："你们瞧一瞧那位没人配得上的女孩子吧！"据游苔莎看来，她现在的地位对她的希望所开的玩笑，只叫她觉得，老天爷要是再和她玩笑下去，那她只有一死，才能得到解脱。

---

1 《路加福音》第16章第20节，"……有一个讨饭的，名叫拉撒路，浑身生疮……"因为有"浑身生疮"一句话，所以从前都认为他是癞子。欧洲中古时代，癞子都隔离起来，出门时拿着一个铃铛，叫人老远就知道他们来了，好及时躲开，因为癞是传染的。习俗认为癞子受圣拉撒路的保护。

2 比较英小说家奇浦令的《山中平常故事》里《奔去》中所说："他写到某些他无法忍受的耻辱——'洗不干净的羞愧'——'犯罪性的愚蠢'——'白白废掉了的生命'等等。"

于是她蹶然奋起，大声喊道：“但是我要振作起来，排遣愁烦。不错，我要振作起来，排遣愁烦！我不能叫别人看出来我在这儿受苦。我要皱着眉偏行乐，含着泪反寻欢，我要白眼看世人，以取快而开颜！我今天上青草地跳舞就是开端。”

她上了卧室，开始精心细意梳妆打扮起来。一个旁观的人，看了她那样美貌，差不多就要觉得她那种心情是合理的。她陷到这种阴惨的角落里，固然是由于自己的不小心，却也是由于出乎意料的事故。看到这一点，就是并非热烈拥护她的人，也要觉得她有很充足的理由，去问苍天，问它有什么权力，把她这样一个精美的人物，弄到这样一种环境里——竟至于使她的美貌，不但不是福，而反倒成了祸。她从家里出来，准备好了要出这趟门，那时候，已经是下午五点钟了。在这幅画图里，就凭她这副胎子，再使人倾倒二十次，都有余裕。在屋里不戴帽子，她那种怨天尤人的郁闷，就未免太明显了；但是她出门的服装，却能把她这种郁闷掩饰，使它变得柔和，因为出门的服装，总有一种暖暖的情态，像雾蒙蒙、云霭霭，无论哪一部分，棱角都不十分明显；因此，她的面目，从那样一簇衣饰里露着，就仿佛从云雾里露着一样，分不大清楚哪是肉皮儿，哪是衣服。那时白天的热气，还没怎么低减，她顺着那些日光暖暖的小山，慢慢往前走去，因为她有的是工夫，做这一趟悠闲的远征。一遇到她的路径要经过凤尾草中间，那些草就把她埋到万丛绿叶里面；因为那时那些凤尾草，简直就是一些小型的森林，虽然它们里面，没有一枝一干，明年能再发芽。

选作乡村舞会的地点，是一块沙漠田一般的浅草地，那本是只能在这片荒原的高亢地方上偶尔遇到，而不能常常遇到。丛生的常青棘和凤尾草，到了这块地方的四周，就都突然中止，而一片绿草，却平铺芊绵。一条青绿牲口路径[1]，在这块地方的边界上通过，不过却没离开凤尾草的障蔽。游苔莎想要先观察观察场里都是些什么人然后再加入，所以她就顺着这条路径走去。东爱敦的乐队那种生动起劲的声音，早已毫无错误地给她指引了方向了；现在她看见那些奏乐的本人了，他们坐在一辆蓝色大车上，车轮子是红的，擦得跟新的一样，他们上面架着一些杆子，杆子上绑着花朵和树枝。大车前面是十五对到二十对舞伴的中心大跳舞，他们两旁，是一些次等人物的小跳舞，这一般人旋转的节奏，老不大和乐声相合。

青年男子们，都戴着蓝色和白色的绸花儿，满脸通红，和那些女孩子们一同舞着；那些女孩子们，也都因为兴奋、用力，脸腮比她们戴的那些无数的红绸带子还红。有长鬟发的漂亮女孩子，有短鬟发的漂亮女孩子，留着“垂鬟发”的漂亮女孩子，编着发辫的漂亮女孩子，都在那儿舞来旋去。既是附近只有一两个村庄供人选择，那么一个旁观的人，很可以觉得纳闷儿，怎么会有这么些姣俏动人的年轻女子，在身材年龄和性格各方面都相似，聚在一起。人群后面有一个怡然自得的男人，自己单人在那儿跳，他把眼睛闭着，把其余的人完全忘掉。几步以外，有一棵秃头的棘树，树下面正生着火，火上有三把水壶并排挂着。紧靠火旁，有一张桌子，几个快要上年纪的女人在那儿预备茶水。但是游苔莎往那一群人里面看的时候，却不见那个牛贩子的老婆，因为就是那个

1 牲口路径，只为赶牛羊等赴“庙会”时所走，平日无人走，故长草而青绿。

人的老婆叫她去的，并且说要叫人客气地欢迎她。

她本来打算，要在那天下午，拼命乐一下，现在没想到她唯一认识的那个本地人并不在那儿，这对她的打算，是很大的挫折。参加跳舞如今成了一桩难事了，虽然她要是走上前去，一定会有满脸含笑的女人，手里拿着茶杯，迎上前来，同时把她看做是一个仪态和文化都比她们高超的生客那样尊敬。她站在一旁，瞅着他们跳过两套之后，就决定再往前走一走，去到一个住小房的人家，在那儿弄点东西吃了，然后再趁着暮色苍茫，走回家去。

她就那么办了，等到她第二次朝着跳舞场走去的时候（回到爱得韦非重经此地不可），太阳已经快要西下了。那时的空气非常沉静，她老远就能听见乐队的声音，好像比她离开那儿的时候，奏得更起劲儿（如果还能更起劲儿的话）。她走到那座小山的时候，太阳已经完全看不见了；不过那于游苔莎和跳舞的人，并没有什么关系，因为一轮黄色的圆月，正从她背后升起，虽然它的亮光，还压不下西方太阳的余辉。跳舞仍旧跟以前一样地进行；不过那时却来了许多生人，围成一圈，站在舞场外面；因此游苔莎就也能站在这些人之中，而不至于有被人认出来的可能。

整个村子的官感情绪，本来四处分散了整整一年了，现在在这儿聚成了一个焦点，汹涌洄漩了一个钟头。那婆娑舞侣的四十颗心那样跳动，是从去年今日他们聚到一块同样欢乐以后，一直没再有过的。异教的精神，一时又在他们心里复活了，以有生自豪，就是一切一切了，他们除了自己，一概无所崇拜了。

这些热烈而暂时的拥抱，有多少命中注定，能变成永久的呢？那大概是有些身在局中的人和身在局外的游苔莎，同样要问的问题吧。她开始嫉妒起那些跳舞的人来，开始渴想他们心里那种好像由于跳舞的魔力而生出来的希望和快乐。游苔莎本是爱跳舞爱得要命的，她想要到巴黎去的原因之一，就是她认为，巴黎能给她机会，使她尽量满足她对于这种娱乐的爱好。不幸得很，那种盼望，她现在是已经永远不能再存之于心的了。

她看着那些舞侣在越来越亮的月光下回旋舞动，正看得出神，忽然听见肩后有人低声叫她的名字。她吃了一惊转身看去。一个人正紧靠她身旁站着，叫她一见立刻连腮带耳都红起来。

那个人正是韦狄。他结婚那天上午，她在教堂里面徘徊，以后又揭去面幕，让他吃了一惊，跟着走上前去，在簿子上签名做了证人，从那时一直到现在，游苔莎没再跟韦狄见过面。但是为什么她一看见他，她的血液就立刻沸腾到那种样子呢，她却说不出来。

还没等到游苔莎说话，韦狄就先开口低声说："你还是跟从前一样地喜欢跳舞吗？"

"我想还是吧。"她低声答。

"你愿意跟我跳吗？"

"那于我很可以新鲜一下。不过别人看着不觉得怪吗？"

"亲戚们一块儿跳舞有什么可怪的？"

"啊——不错，亲戚。也许没有什么可怪的。"

"不过，你要是不愿意别人看见，那你就把面幕放下来好啦；其实在这样的月亮地里，没有什么让人认出来的危险。这儿生人可多着哪。"

她照着他的话办了；这样一来，就等于她默认了他的要求了。

韦狄把胳膊伸给游苔莎挽着，领着她从围着看跳舞那一圈人外面，走到舞场的下手儿，在那儿加到舞队里。两分钟以后，他们两个就已经卷进了舞队，慢慢朝着上手儿转去了。他们到了往上手儿去的前半途了，那时候，游苔莎心里还后悔过好几次，认为原先不该答应他的要求；从后半途到上手儿的时候，她就转念道，既然她出来是为的找快乐，那么，她现在做的正是取得快乐的自然行动。他们旋到上手儿了，当了第一对舞伴了，在那种新地位上，他们就得一时不停地回旋滑动，所以游苔莎的脉搏也开始加快了速度，叫她没有工夫再做任何比较长久的思索。

他们穿过二十五对舞伴，天旋地转地舞去，那时游苔莎的形体上，可就露出一种新的生动活泼来了。黄昏时候那种淡淡的光线，给了这样的经验一种魔力。光线之中，本来就具有某种程度和色调，能叫人失去感官的平衡，危险地惹动较温柔的感情；这种光线再加上动作，就使感情变得猖獗狂野，同时理智就在相反的比例下，变得朦朦昏沉，什么也看不见了；而那时候，就是这种光线，由月亮的银盘上，射到他们两个人身上。所有在那儿跳舞的女孩子，没有不感到这种征候的，但是游苔莎感觉得比谁都更厉害。他们脚下的青草，都叫他们踩光了；草地被践踏而变硬了的地面，冲着月光斜着看去，都像光滑的桌子一样地亮。空气变得十分沉静，奏乐的人待的那辆大车上挂的旗子，都贴在旗杆上；奏乐的人，都仅仅有一个轮廓，界着天空黑乌乌地出现，只有长号、弯号和法国号的圆嘴子，从奏乐的人背着光线的黑暗人影中，像巨大的眼睛一样闪烁发亮。那些女孩子们漂亮的衣服，都失去了白天能辨出来的细致颜色，而或多或少地显出一片迷迷蒙蒙的白色。游苔莎挎在韦狄的胳膊上，轻飘飘地转了又转，她脸上是忘掉了一切的神气，像雕像一样；她的灵魂，早已离开了并且忘记了她的躯壳了，所以她的面目上，只剩下了空虚和沉静，凡是感情超过了表情所能表达的程度，面目就要那样。

她跟韦狄有多近哪！想到这一点，真令人可怕。她都能感觉到他的喘息；他呢，自然也能感觉到她的喘息了。她从前待他多不好啊！然而现在，他们两个，却在这儿对面同舞。她真没想到，跳舞有这样大的魔力。她参加这种错综复杂的动作以前，和参加以后，中间有一个十分清楚的界线，像摸得出来的界墙一样，把她的感受给她分开。她一开始跳舞，就好像是大气都为之改变；现在她在场里，有热带的感觉，这和原先她在场外的情况比起来，原先在场外就是浸在南北冰洋的冷气里了。经过了她近来那种烦恼的生活而投到舞队里，就很像一个人，在树林子里走了一夜之后而进了辉煌的室内。仅仅韦狄自己，也只能使人怦然心动就是了；韦狄再加上跳舞，加上月光，加上怕人看见，可就开始使人感到狂欢极乐了。对于这种甜美的复杂感情，是韦狄供给的成分多呢，还是跳舞和当时的光景供给的成分多呢？这却是一个细致情况，游苔莎是忽忽悠悠，弄不清楚的。

别人都开始说："他们是谁呀？"不过却没有人查问他们，使他们不快。要是游苔莎在那些女孩子的日常生活里和她们杂在一起，情况就要不一样了；但是在这儿，却没有过分仔细的观察，让她感到什么不方便，因为当时的情境，把所有那些女孩子的仪容姿态，都提到最漂亮的程度了。游苔莎所永久有的那种漂亮，混合在当时的光景下所暂有的那种辉煌里，就像金星围在夕阳的余辉里一样，不大看得出来。

至于韦狄呢，他的感情却容易猜想。困难阻碍，本来就是使他的爱成熟的日光；他那时正被一种切肤之痛的苦恼陶醉了。把整年都在别人怀里的女人，有五分钟的工夫据为己有，抱在怀里，这一种滋味，在所有的人里面，韦狄最能领略。他早就又开始想游苔莎了；实在我们可以不必犹豫就说，他和朵荪在结婚簿上签名的动作，就是指引他的心，叫它重新回到他的初次恋人那儿的一种自然信号，而游苔莎也结了婚这种格外的错综关系，就是一种唯一需要的助动力，使他非回到他的初次恋人那儿不可。

因此，由于不同的原因，对于别人只是一种快乐的活动，对于他们却就是凌空御风一样。跳舞好像对他们两个所有的那点儿社会道德意识，做了不可抵抗的进攻，使他们走上了现在加倍不受羁勒的旧路。他们一连在三场跳舞里不停地穿来穿去；三场完了，游苔莎因为老没休息，感到疲乏，就转身退出她已经在里面待得太久了的人群。韦狄把她领到几码以外一个草阜上面，她在那儿坐下，她的舞伴站在她旁边。自从跳舞以前他对她说了那句话以后，一直到现在，他们两个还没再交谈一语。

“又跳舞，又走路，你一定很累了吧？”韦狄很温柔地说。

“不累，不太累。”

“咱们两个这么些日子没见面，没想到会在这地方碰见。”

“咱们不见面，我想是咱们不想见吧？”

“不错。不过是你起的头——头一次失约的是你！”

“现在那不值得再谈了。从那一次以后，咱们各人都另有了结合了——你也跟我一样。”

“我听说你丈夫病了，我很难过。”

“他并不是病了——他仅仅是失去了工作的能力就是了。”

“是啦，我的意思也就是要那么说。我对于你的苦恼，十二分替你难过。命运待你太残酷了。”

她静默了一会儿。“你听说他已经做了斫常青棘的了吗？”她伤感地低声说。

“有人对我提过，”韦狄迟迟延延地答，“不过我不大相信。”

“是真的。我现在成了一个常青棘樵夫的老婆了，你对我怎么个看法啊？”

“还是跟从前一样的看法啊，游苔莎。那种事并不足以减低你的身份；你只会叫你丈夫的职业变得高尚。”

“我倒愿意我自己也能觉得那样。”

“姚伯先生是否还会好起来呢？”

“他说会，我可怀疑。”

“我听说他在这儿租了小房儿，我就觉得很奇怪。我还和别人一样地想，以为他娶了你以后，一定马上就把你带到巴黎去。我那时心里想：‘她的前途多光明，多灿烂哪！’我想他的目力好了一点儿的时候，他就要带你回巴黎去吧？”

他一看游苔莎并不回答，就更注意看她。她差不多都哭起来了。她想起她永远享受不到的那种前途来了，她重新想起自己辛酸的失望来了，她从韦狄的话里想起邻居们暂时含忍不发的嘲笑讥讪来了。这种种情况，太令人伤心了，使骄傲的游苔莎没法保持平静。

韦狄看见她默不作声的激动，几乎控制不住他自己那种太容易激动的感情。不过他却假装没看见这种情况。她一会儿就恢复了平静了。

“你不打算自己一个人走回家去吧？”他问。

“哦，打算自己一个人走回家去，”游苔莎说，“像我这样什么都没有的人，荒原上有什么叫我害怕的呢？”

“我回家的时候，多少绕一点弯儿，就可以和你走一条路。我很愿意陪着你走到刺露蒲角[1]。”说到这儿，他看见游苔莎仍旧坐着犹豫，他又说：“你也许以为，有了今年夏天发生的事儿，现在叫人看见跟你一块儿走，不合适，是不是？”

“我实在并没想到那一方面，”她骄傲地说，“我不管那些可怜的爱敦人说什么闲话，我愿意同谁一块儿走，我就同谁一块儿走。”

“那么咱们往前走吧——你停当了吗？你看，那面有一丛黑乌乌的冬青，咱们顶近的路，就是朝着那丛树走。”

游苔莎站了起来，朝着他指的那个方向，在他身边跟着他走去，一路之上，衫边衣角，都擦着带有露水的石南和凤尾草而过，同时给继续跳舞的舞众伴奏的乐声，仍旧在身后连续不断。那时的月亮，已经变得烂银一般地亮了，但是荒原对于这种亮光却不接受。在那儿正可以看见那种堪以注目的景色：一片黑暗无光的土地，上面的空气，却上自天心，外至天边，都充满了最白的光。要是有人从空中看他们，那他们两个的脸，在那一片昏暗的地面

---

1 赫门·里说：“舞会的确实地点不能指出，但却能找到刺露蒲角。那是十字路交叉的地方，往北通到刺露蒲村。”

上，就好像是两颗珠子，放在一张乌木桌子上一般。

因为这种原因，所以路径的高下可就看不见了，韦狄可就有的时候会绊一跤了；同时，遇到有小丛的石南或者凤尾草的根子，从窄路上的青草下面伸出来，把她的脚绊住了，她就得显一显她那婀娜的身段，努力摆正了身躯。一路上遇到这种情况，一定有一只手伸出来，牢牢地扶着她，叫她走稳了；一直扶到平坦的地方，那只手才又缩到相当的距离。

他们一路走来，大部分都静默无言，快走近刺露蒲角了，隔那儿几百码远，有一条短短的支路，通到游苔莎的住处。他们慢慢看见他们前面，有两个人朝着他们走来，并且显而易见是两个男性。

他们两个人又往前走了一点儿的时候，游苔莎就打破了沉寂说："那两个人里面，有一个就是我丈夫。他答应我说要来接我。"

"另外那一个就是我最大的对头。"韦狄说。

"看着好像是德格·文恩。"

"不错，正是他。"

"这次碰到一块很别扭，"她说，"不过我的运命就是这样。他对于我的事，知道得太清楚了，除非他能再多知道些，把他现在知道的比得算不了什么。好吧，事情既是这样，那就这样好了；你一定得把我带到他们跟前。"

"你先别忙。你得先想一想这样办妥当不妥当。现在这里面有一个人，对于咱们两个雨冢上的会晤，一丝一毫都没忘；他正跟你丈夫在一块儿。他们两个见了咱们俩在一块儿，谁肯相信，说咱们在村野舞会上会晤跳舞，只是偶然碰上的？"

“好吧，”她低声闷闷地说，“那么趁着他们还没走到跟前，你离开我好了。”

韦狄对她说了一声温柔的告别，投进一片常青棘和凤尾草里去了，同时游苔莎慢慢往前走去。走了两三分钟的工夫，她丈夫和他的同伴就跟她遇上了。

“红土贩子，我今天晚上的路就到这儿为止，”姚伯刚一看出是游苔莎来就说，“我现在和这位女人一块儿回头走了。再见吧。”

“再见，姚伯先生，”文恩说，“我希望你过几天就好了。”

文恩说话的时候，月光一直照到他脸上，把他脸上的线道全都对游苔莎显示了。他正带出疑心的神气看着她。那么要是说，文恩犀利的眼光，已经看见了姚伯微弱的目力所没看见的——看见了一个人从游苔莎身旁走开了——是很在情理之中的。

如果当时游苔莎能跟着红土贩子走去，那她不久就一定能证明出来，她所猜想的完全不错。姚伯刚把胳膊伸给游苔莎，领着她离开了那个地方，红土贩子就转身离开了往东爱敦去的路径，本来他往那边走，只是陪伴克林，他的大车现在又在荒原这一块地方上驻扎了。他迈开长腿，往荒原上没有路径的部分上，大致朝着韦狄去的方向走去。一个人，要在这个时候像文恩这么快走下这样灌莽丛杂的山坡，而不至于一头跌在山坑里，或者把脚陷在兔子窝里拧折了，那个人一定得惯于夜行才成。但是文恩一路走来，却并没出什么闪失；只见他匆匆而去的方向，正是静女店。他走了大约有半点钟，就到了那儿了。他很知道，如果他起身的时候，另一个人还在刺露蒲附近，那么那个人就决难走到他前面。

这个偏僻的客店，主要是和路过此地的长途旅客打些交道，现在那些旅客都早已经上路去了，所以店里很冷清，几乎连一个人都没有，但是店门却还没关。文恩进了客人公用的大屋子，叫了一大碗酒，假装着随随便便的口气，问小女仆韦狄先生在家不在家。

朵苏正坐在屋里，听见了文恩说话的声音。平常店里有主顾的时候，她总不大露面儿，因为她根本就不喜欢当一个店主妇；但是她看今天晚上并没有别人，就出来了。

“他还没回来哪，德格，”她使人愉快地说，“不过我想他早就该回来了。他上东爱敦买马去了。”

“他戴了一顶轻便警醒帽，是不是？”

“不错。”

“那么我在刺露蒲看见他带着一匹回来了，”文恩冷冷静静地说，“可以说是一美，白白的脸，鬣像夜一样地黑。他一定一会儿就来了。”说到那儿，他站起来，往朵苏甜美纯洁的脸上看了一会儿（自从他上次见过她以后，那副脸上添了一层愁闷的神情了），就不顾冒昧，又添了一句说：“韦狄先生仿佛每天这个时候常不在家吧？”

“哦，正是，”朵苏装出轻快的口气来喊着说，“你晓得做丈夫的往往旷工。我很愿意你能告诉我一个秘密的方法，能帮助我，叫他随我的心意，晚上不要出门。”

“我想想看我知道不知道。”文恩答，他的口气，虽然也是故作轻快，而实际上却很沉重。他说完了，就用他自己发明的那种鞠躬方式鞠了一躬，动身要走。朵苏伸手和他握了一握；红土贩子虽然一声也没叹息，却咽住了无数声的叹息走出去了。

一刻钟以后韦狄回来的时候，朵苏羞羞怯怯地（羞羞怯怯，现在成了她的常态了）对韦狄简单地问：“戴芒，你买的马在哪儿哪？”

“哦，闹了半天还是没买成。那个人要的价钱太大了。”

“可是有人在刺露蒲看见你来着，说你带着一匹往家里走来——可以说是一美，白白的脸，鬣像夜一样地黑。”

“啊！”韦狄把眼下死劲盯住了朵荪说，“这话是谁告诉你的？”

“红土贩子文恩。”

韦狄的脸由于表情的关系，很稀奇的样子紧紧揪到一块儿。“他那是错了——他那一定是看见别人了。”他慢慢地并且烦恼地说，因为他看出来，文恩对他的破坏工作又开始了。

四 使用粗野的强迫手段

朵苏那句话，听起来好像并没有什么，它含的意义却非常重大，所以老留在德格·文恩的耳边上："帮助我，叫他晚上不要出门。"

这一次文恩到爱敦荒原上，本是要往荒原那一面去从这儿路过，他对于姚伯家的事，已经没有什么关联了，再说他还有他自己的事要做。但是他忽然之间，却开始觉得，他又不禁不由地重新回到为朵苏而使用计谋的旧路子上去了。

他坐在车里琢磨。从朵苏的言谈和态度里，分明看得出来，韦狄是不大理会朵苏的。他要不是为游苔莎才不理会朵苏，那他还能为谁呢？但是说，事情居然已经到了游苔莎成心鼓励韦狄的地步，还真叫人难以相信。文恩决定把从韦狄的客店顺着山谷通到克林在爱得韦的寓宅那条静僻小路，先多多少少地仔细侦查一番。

在那时候，韦狄还一点儿没有任何预先计划好了的诡秘约会，并且游苔莎结了婚以后，除了青草地上跳舞那一次，他就没再跟她见过面。这是前面已经说过了的。但是他有诡秘约会的倾向，却可以从他近来一种牵愁惹恨的习惯上看得出来；原来他近来总要在天黑了以后，出门儿蹓跶到爱得韦，在那儿看星星，看月亮，看游苔莎的房子，然后再蹓蹓跶跶地走回去。

既然韦狄有这种情况，所以跳舞第二天晚上，红土贩子暗中窥查韦狄有什么行动的时候，他就看见韦狄顺着小路上了山，到了克林的庭园前面那个栅栏门，在门上靠着，长声短气地叹了一会儿，又转身走回去了。看这种情况，显然易见，韦狄的幽期密约，还只是存于意念，并没付诸实行。文恩当时就在韦狄前面下了山，走到了路径只是两片石南之间一个深槽的地方，他在那儿，很神秘地弯着腰待了几分钟，才起身走开。过了一会儿，韦狄走到那块地方的时候，有一桩东西，把他的脚脖子绊住了，把他摔了一个倒栽葱。

他刚一恢复了喘气的能力，就坐在地上仔细听去。除了夏天的风那种微弱无力的活动而外，一片夜色里，再就听不到别的声音。他伸手去摸那个把他绊倒了的东西。他发现，那是两丛石南，连在一起，结成了一个扣儿，横在路上，这种情况，叫走路的人碰上，当然非跌倒不可。韦狄把绑这两丛石南的绳子揪了下来，往前相当快地走去。他回到家里一看，绳子带点红色。那正不出他的所料。

对于这种近乎残伤肢体的行动，韦狄虽然并不特别害怕，但是他所十分熟悉的那个人所作出来的这种意外出奇制胜的打击，却叫他心里不能坦然。但是他却并没因此而改变了他的行动。过了一两天，他晚上又沿着山谷到了爱得韦；不过这回事先却采取了预防的办法，不取道于任何路径。现在他知道有人暗中看着他了，知道有人用计阻挠他那种越轨违俗的癖性嗜好了，这种情况，对于他那种完全牵惹风情的夜行，更增加了刺激的滋味，如果对方的暗算还不到叫人害怕的程度。他琢磨，文恩和姚伯太太一定是联合起来了，他觉得，他和这样一种联盟决一胜负是应该的。

那天晚上荒原上好像一个人都没有；韦狄嘴里含着雪茄烟，在游苔莎的庭园栅栏门上往里看了一会儿，就身不由己，往窗户那儿走去。因为他那个人，生性里感到，私传柔情，偷递密意，有无法压制的魔力。他来到窗外，只见窗户并没全关，窗帘子只拉下一部分来。他能看见屋子的内部，并且看见只游苔莎一个人坐在屋里。韦狄把她端详了一会儿，遂即退到荒原，把凤尾草轻轻拍打，把许多蛾子都惊得飞了起来。他捉住了一个蛾子，拿着回到窗外，把蛾子朝着窗缝撒开。蛾子一直往游苔莎身旁桌子上点的蜡飞去，围着蜡扑打了两三个圈儿，投到火焰里去了。

游苔莎吃了一惊。这本是韦狄从前到迷雾岗秘密跟她求爱的时候惯用的暗号。她当时马上就知道韦狄在窗户外面了；不过还没等到她琢磨一下怎么办，她丈夫就下了楼，进了屋里了。这两样事，出乎意料，同时并来，把游苔莎闹得脸上火红，给她脸上平添了平素绝不常有的生动。

“最亲爱的，你脸上红得很，”姚伯走进前来，能看得见的时候，说，“你的气色要老是这样就好了。”

“我有点热得慌，”游苔莎说，“我想要到外面去几分钟。”

“用我跟你一块儿去吗？”

“哦，不用。我只到栅栏门那儿。”

她站起来了，但是还没等到她出屋子，就听见前门上啪啪地大声响起来。

“我去好啦，我去好啦。”游苔莎说，按游苔莎说话的习惯，说得未免太快了；同时她很焦灼地往蛾子飞进来的窗户那儿看去，不过那一方面并没有什么动静。

“晚上这时候，你最好还是不要出去。”克林说。他抢在她前面走进了过道，游苔莎只好等着。她那种沉静朦胧的外表，把她心里的焦灼和激动掩饰了。

她仔细听去，听见克林把门开开了。但是却没听见门外有说话的声音，跟着克林把门关上，又回来了，嘴里说：“怎么没有人？这真叫人莫名其妙了。”

他那天打了一整晚上闷雷，因为他始终找不出任何可以解释那番敲门的原因；游苔莎也什么话没说，她所知道的那件事，只把那番敲门的行动，弄得更加神秘。

同时，屋子外面已经演了一出小戏，至少那一天晚上，把游苔莎从所有落嫌疑的可能里救出来了。原来韦狄正在那儿准备飞蛾暗号的时候，另外有一个人跟在他后面，一直跟到栅栏门。那一个人，手里拿着猎枪，老远把韦狄在窗外的举动看了一会儿，跟着就一直走到房前，在门上敲了几下，又转过房角，跳过树篱去了。

“该死！”韦狄说，“他又跟着我了。”

韦狄的暗号既是叫这一阵响亮高噪的敲门声弄得失去效力了，他就抽身退回，出了栅栏门，急忙顺着山径往山下走去，一心只想躲开，不叫别人看见。他走到半山的时候，那条山道附近，有一丛发育不全的冬青，像一只黑眼睛的瞳仁一般，长在一片黑暗的荒山上。韦狄走到这个地点，只听砰然一声，传入他的耳朵里，使他吃了一惊，同时几粒已成强弩之末的铁砂子，落到他近旁的树叶子中间。

毫无疑问，他自己就是放这一枪的目的了，他冲到冬青丛里，用手杖把那些灌木凶猛地敲打，不过那儿并没有人。这次的攻击，比上一次的严重得多了；韦狄过了半天，神魂才安定下来。另外一种极端令人不快的威吓办法已经开始了，它的目的好像是要给韦狄的肢体重大的残害。韦狄对于文恩头一次的把戏，认为只是一种野蛮的恶作剧，因为红土贩子不知轻重，所以才那样胡闹；但是现在这种举动，却已经越过了讨厌的界线，而达到了危险的程度了。

要是韦狄知道文恩有多么认真，那他就更得害怕了。原来那个红土贩子看见韦狄跑到克林的房子外面，就几乎怒不可遏，预备不管用什么方法，都要把这个青年店主那种顽梗难化、任性而发的行动吓回去，只要不真把他打死就成。至于这种野蛮的强迫手段，在法律方面合与不合，文恩是满不理会的。像他那样的人，处在那样的情况里，很少有理会到这一点的；而有的时候，这种态度也不算不对。从司揣夫的弹劾案[1]起，到农夫林齐[2]处理弗吉尼亚的恶徒那种简截的办法止，对法律是讽刺而对公道却是胜利的事例，可就多得很呢。

离克林那所孤独僻静的寓所下面半英里，有一个小小的村庄，

---

1 司揣夫，因助英王查理第一为虐，为国会所弹劾，因无实证，不能判以大逆罪，然国会终以变通办法，处之死刑。

2 英文中有“Lych law”，即对于犯罪之人，不经正式法庭之审判，而处以私刑之办法。这个名词的来源，说者不一。其中的一种说，美国弗吉尼亚州，有查勒·林齐者，曾私惩罪人，因此有“Lynch law”之名。

维持爱得韦区治安的那两个警察，有一个就住在那儿。现在韦狄就一直往那个警察住的那所小房儿走去。他把警察家里的门开开的时候，差不多头一样看见的东西，就是那个警察的警棍，挂在一个钉子上，那好像对他担保，说这儿就是要达到他那种目的的手段。但是他一问警察的太太，才知道警察并没在家。韦狄说他要等候。

一分钟一分钟滴答滴答地过去了，警察还没回来。韦狄原先那种极端愤怒的心情冷静下去了，变成一种对于自己、对于那片景物、对于警察太太、对于环境全体都不满意的浮躁心情了。跟着他就站起来，离开了那所房子。总而言之，韦狄那天晚上的经验，对于他那种用得不当的柔情，即便不能说是给了一桶冰块，却也得说是浇了一盆冷水；从此韦狄再也不想天黑以后，跑到爱得韦，希望游苔莎会偶然或者蓦地，对他眼角留情了。

红土贩子要把韦狄喜欢夜里漫游那种趋向压伏下去的粗鲁办法，直到那时，可以说成绩很不坏。那天晚上，游苔莎跟她的旧日情人可能的会晤，刚一发芽，就让他掐掉了。但是红土贩子却没料得到，他的行动，并没能使韦狄的活动完全停止，而只使它变更了方向。由于赌基尼那回事，克林固然是不见得欢迎韦狄的了，不过韦狄去拜访他太太的亲戚，却是人情之常，而他又是决心要见游苔莎的。躲开夜里十点那种不妙的时间，一定是必要的。“既是晚上去有危险，”他说，“那我就白天去。”

同时，文恩已经离开了荒原，拜访姚伯太太去了；自从姚伯太太知道了那笔传家的基尼能够物归原主，是由于文恩那番如有天意的帮助以后，他们两个就一直是很好的朋友了。姚伯太太对于他那样晚来拜访觉得纳闷，但是却并没不见他。

红土贩子把克林的苦难和他现在的生活情况，完完全全地对姚伯太太说了一遍；接着提到朵荪，把她过的那种显然愁闷的日子，也稍微说了一说。“现在，太太，您听我这句话好了，”他说，“您对于他们两个要帮忙的话，最好就是您把他们的家当做您自己的家一样，即便刚一开始的时候有点儿别扭，也不要紧。”

“朵荪和我儿子，关于婚事，都没听我的话；所以我对于他们的家务并不发生什么兴趣。他们的麻烦，都是他们自己找的。”姚伯太太外面装作态度严厉，其实她叫儿子的苦难惹起来的愁闷，比她肯表示出来的可就多得多了。

“您去看他们，就能叫韦狄不再任性胡来，走得正一点儿了，同时还可以叫他们住在荒原那面边儿上的人，免去许多苦恼。”

“你这话是什么意思？”

“我今天晚上在那儿看见了一种光景，让我非常地厌恶。我愿意你儿子住的地方和韦狄住的，不要只隔二三英里，而是能隔上百八十英里才好。”

“这样说来，他捉弄朵荪那一次，是和克林的媳妇先有了默契的了！”

“我们只希望，现在他们没有什么默契。”

“我们的希望恐怕要毫无用处。哦克林哪！哦朵荪哪！”

“现在还没真弄出事来。说实在的，我已经劝韦狄，叫他别再招惹别人了。”

“怎么劝的？”

“哦，不是用嘴——是用我自己想的一种办法，叫做不开口的说服法。”

“我希望你能成功。”

“要是您帮我点忙，去看你儿子，跟他和好，那我就能成功了。那时你就有用眼睛的机会了。”

“好吧，既是事情已经到了这步田地了，”姚伯太太愁闷地说，“那我就对你实说了吧，红土贩子，我早就想去看他了。要是我跟他能和好，那我一定能快活得多。婚姻是没法更改的了；我也许没有几天的活头了，我死的时候，不愿意落一个后悔。他是我的独子；不过既然儿子都是他这种材料，那我虽然没有第二个，我也并不难过。至于朵荪，我向来就没盼望她怎么样，因此她也并没叫我失望。不过我早就不见她的怪了；现在我也不见我儿子的怪了；我去看他好了。”

红土贩子正在布露恩和姚伯太太谈这一番话的时候，在爱得韦也有一番谈话懒懒地进行，谈的也是同样的题目。

白天一整天，克林的神气好像老是满腹心事，不顾得理会外界的事物；现在他的谈话，把盘据他心头的心事表示出来了。他开始这个题目的时候，正在那番神秘的敲门以后。他说：“我今天出了门以后，游苔莎，就一直琢磨，我一定得想法子把我跟我亲爱的母亲之间这种可怕的裂痕弥补起来。那件事老在我心里作怪。”

“那么你打算怎么办？”游苔莎神不守舍的样子说，因为韦狄刚才使用诡秘手段，以图和她一晤，使她兴奋起来以后，她还始终没能摆脱掉那种兴奋劲儿。

“我提的事，不论轻重，你都好像不大理会似的。”克林说，说的时候，微露愠色。

“你错怪了我了，”她叫他这样一责问，又提起精神来回答说，“我不过是正在这儿琢磨就是了。”

“琢磨什么？”

“有一部分是琢磨现在蜡芯儿上那个尸体快要烧完了的蛾子，”她慢慢地说，“不过你知道，无论你说什么，我没有不注意听的。”

“很好，亲爱的。那么我想我得去看一看我母亲。”他接着带着温柔的感情说：“我耽搁了这些天，老没去，绝不是因为我拿架子，不肯去，我是恐怕我去了，会惹得她不耐烦。不过我一定得有点儿表示才成。我老让现在这种情况拖下去，就不对了。”

“难道你还有什么错处不成？”

“她一年老似一年了，她的生活又很寂寞，我又是她的独子。”

“她还有朵荪。”

“朵荪并不是她的亲女儿呀，就算朵荪是她的亲女儿，我也不能就一干二净的呀。不过这不是我现在要说的话。我已经打定了主意去看她了，我现在要问你的是，你肯不肯尽力帮我的忙——你肯不肯不记从前——要是她表示愿意和好，你肯不肯两凑合，请她到咱们家里来，或者接受她的邀请，到她那儿去？”

起初的时候，游苔莎把嘴闭得紧紧的，仿佛世界之上，无论什么别的事她都肯做，唯有做他提议的这件不成。但是她想了一会儿，她嘴上的线道就变柔和了，虽然还不到十二分柔和的程度；同时她说：“我决不给你增加困难；不过有了那回事，叫我去迁就她，可就太难了。”

“你从来也没清清楚楚告诉过我，你们两个到底是怎么回事。”

“那时候我不能说，现在还是不能说。有的时候，五分钟结下的怨恨，一辈子都解不开。现在这件事也许就是那样的了。”她停了一会儿，又接着说：“克林，你要是不回老家，那是你多大的福气！……你这一回来可不要紧，好几个人的命运都改变了。”

“三个人的命运。”

“五个。”游苔莎想，不过她没把这话说出来。

五 穿过荒原的旅程

一年之中，有那么几天，舒适严密的房子都闷得透不过气来；阵阵的凉风都是难得的美快；黏土性的庭园都裂了口子，招得乖觉的孩子们说“地震了”；大车的马车轮子的轮梃儿有的拔了缝；咬人的昆虫，都飞集在空中、地上和所有能找得到的每一滴水里：八月三十一日，星期四，就是这种日子里的一天。

在姚伯太太的庭园里，长着大叶子的柔嫩植物，午前十点钟就都软了；大黄十一点钟也都搭拉了；连挺硬的卷心菜，正午也都蔫了。

姚伯太太按照她对红土贩子说的那番话，想要尽力去跟她儿子和儿媳妇言归于好，所以就在那一天上午十一点钟左右起了身，穿过荒原，朝着她儿子的住宅走去。她本来想，到了一天的热度最高的时候，她就该走完了路程的大半了，但是她起身以后，才看出来，那是办不到的。太阳把整个的荒原都打上了它的烙印，连紫色的石南花，都叫前几天那种燥热的烈火，晒得带上了棕黄的颜色。每一个山谷里面，都满是瓦窑里一样的空气；冬日潺潺、夏天成路的小河沟里的洁净石英沙子，自从旱季开始以来，也都经了一番焚化过程。

天气凉爽的时候，姚伯太太徒步走到爱得韦去，本来没有什么不方便的；但是现在这样喷火一般的袭击，却叫她那样一位过了中年的女人，走来非常吃力；所以她走完了三英里地的时候，就后悔不该没雇费韦的车，至少送她一段路也好。但是从她现在走到的地方去克林的住宅，和往回走到布露恩，费的气力正一样，所以她就还是往前走去。那时候，四周的大气，静静地搏动，懒懒地压在大地上。往天上看去，只见头上春天和初夏那种蓝宝石颜色，已经变成了金属的紫色了。

在她经过的那些地方上，有时有些朝生暮死的小动物，自成一个世界，在那儿疯狂一般地喧闹扰攘，有的在空中，有的在发热的地上和植物上，有的在又热又黏、快要干了的水坑里。所有那些比较浅一些的野塘，全都干得只剩了一湾冒气的烂泥。在那里面能模模糊糊地看出来有无数肮脏龌龊的动物，它们那蛆形的身体，都在那里面快活欢乐地上下翻滚。姚伯太太既是一个好作哲理思索的女人，所以她就有时坐在伞下，一面休息，一面看着它们作乐，因为她对于这次看望儿子，觉得结果一定有些希望，所以心里轻松，在琢磨大事的中间，时常能有余闲去琢磨她所看见的任何微小东西。

姚伯太太向来没到过她儿子的家，所以那所房子的确实地点她并不知道。她走完了一条上山的小路，又是一条上山的小路，走来走去，可就走迷了路了。她顺着原路回去，就又走到一块空旷的平地，在那上面，她老远看见有一个人正在那儿工作。她走到那个人跟前，跟他问路。

那个工人把她儿子住的那所房子的方向指点出来，同时对姚伯太太说："太太，前面有一个斫常青棘的，正在那面那条小路上走，你看见了没有？”

姚伯太太用力看去，半天才说，她看见了。

“好啦，你跟着那个人走就没有错儿。他也是正往你要去的那个地方去的，太太。”

于是她就跟着刚才指点出来的那个人走去。只见那个人全身褐色，他和他周围的景物很难分别，仿佛一条青虫爬在它所吃的树叶子上一样。要是真正走起来，他的速度比姚伯太太的快；不过那个人遇到有荆丛的时候，总要站住了停一会儿，因此姚伯太太才能永远和他前后保持同等的距离。到了姚伯太太也走到那些荆丛跟前的时候，她就看见了有五六条软软的荆条，一直地放在路旁，那就是他刚才割下来放在那儿的。这些荆条，显而易见是要作捆常青棘的绳子用的，他先把它们放在那儿，等到一会儿回来的时候，再把它们一齐收起来。

那个不言不语地这样从事工作的人，好像在生命上比一个昆虫并不更重要。他好像只是荒原的一个寄生物，像蛾子侵蚀衣服一般，在他每天的劳动里侵蚀荒原，一心一意，只琢磨荒原的出产，除了凤尾草、常青棘、石南、绿藓和青苔，其余的东西他一概不知道。

那位斫常青棘的只顾聚精会神地一面走，一面做活儿，连一次头都没回；等到后来，他那种扎着皮裹腿戴着大手套的形体，在姚伯太太眼里，只成了一个给她指路的活动路标了。她看到了他走路的特别样子，忽然注意到他这个人本身。他那种姿势，她仿佛从前看见过。他那种姿势，让姚伯太太认出他来，就好像亚希玛斯[1]在远处平原上的姿势让国王的守兵认出来一样。“他走路的样子，和当初我丈夫的完全一样。”她说；于是她一下想起来，那个斫常青棘的正是她儿子。

要使她自己对这种奇怪的现实不觉奇怪，几乎有些做不到。从前倒是有人告诉过她，说克林常常斫常青棘；但是她总以为，他斫常青棘只是偶一为之，把它当做一种有用的消遣就是了；然而现在，她却亲眼看见，他真是一个斫常青棘的，完全是一个斫常青棘的——穿的是那种人通常的服装，从他的动作上看，想的也正是那种人通常的思想。她急忙想好了许多计划，好叫克林和游苔莎立刻可以不再过这种生活，一面心里怦怦地跳着往前走去，看见克林进了自己的家。

在克林那所房子的一面有一个小圆丘，圆丘顶上有一丛杉树，都高得耸到云霄里，老远看来，它们那一片绿叶好像只是圆丘顶上天空里一个黑点儿。姚伯太太走到这个地方的时候，觉得很难过，由于难过，心里就激动，身上就疲乏，全身都觉得不舒服。她上了圆丘，在树荫下面坐着恢复气力，同时心里琢磨，怎么和游苔莎开始才是最好的办法，因为游苔莎外面虽然沉静，她的感情却比自己还强烈，还活跃，所以总不要刺激她才好。

覆在她头上的那一丛树，异样地褴褛、粗糙、犷野；所以姚伯太太就暂时把自己那种饱经风霜、心疲神劳的情况抛开，而琢磨起那些杉树来。那一丛树，一共九棵，它们里面没有一个枝子

1 《旧约 · 撒母耳记下》第 18 章第 27 节：“……守望的人说，我看前头人的跑法好像撒督的儿子亚希玛斯的跑法一样。”

没受过狂暴天气的摧折、砍削、扭捩的；因为只要一有坏天气，它们就毫无办法，只有俯首帖耳，忍受蹂躏。它们之中，有一些已经枯萎、劈开，好像叫雷殛了一般，因为它们的侧面还留有像火烧了的黑色斑痕；同时树底下，就到处是历年让狂风吹下来的死针叶和一堆一堆的杉笼。那个地方叫魔鬼的煽火管[1]；想要发现这个名字的强大理由，只要三月或者十一月晚上到那儿去一下就得。就像今天这样热气蒸腾的下午，本来一点风丝儿都觉不出来，但是那些树却也老在那儿呜呜咽咽地响，没有间断的时候，那简直叫人不大相信那会是让空气激动的。

姚伯太太在那儿坐了二十分钟或者二十分钟以上的工夫，才有了往门前走去的决心，因为她身体方面的疲乏，已经把她的勇气低减到零度了。她们婆媳之间，她本是年长的，而却要先来俯就；这种情况，除了一个当母亲的，无论谁，都要觉得有些寒碜。但是姚伯太太已经把这些情况全琢磨过了，她只想，怎么才是最好的方法，能让游苔莎认为她这次的访问令人可佩，而不令人可鄙。

现在这位疲乏的女人，在她那种居高临下的地势上，能看见下面那所小房儿的后檐、房前的庭园和房子围篱以内的一切。她正站起身来的时候，她看见又来了一个男人走近房前。他的神气很特别，游游移移，不像是有事而来的，也不像是被请而来的。他先很感兴趣地看那所房子，然后又绕着庭园走，看庭园的四围。

1 赫门·里说：“写书时很可能有此丘，但其地点已无从确指。”

假使那地方是莎士比亚的出生地，或者玛利·斯图亚特的囚所[1]，或者是乌苟孟的邸堡[2]，那么一个人也许要像他那样看法。他从房后绕过来，又到了栅栏门前，才进去了。姚伯太太见了这种情况，心里烦起来；因为她原先心里打算的，只是按照她儿子和她儿媳两个人在家的情况；不过她又想了一下，就觉得有个熟人在那儿也好，因为那样，大家就可以先谈些平常的事儿，她慢慢地就可以跟他们随便起来，她刚一进门就不至于觉得别扭了。于是她下了小丘，走到栅栏门外，往热气腾腾的庭园里看去。

有一只猫正在铺甬路的光石子儿上睡着了，仿佛是床铺、大地毯和小地毯，都没法儿受似的。蜀葵的叶子都像半闭着的伞似的垂着，茎里的水汁都差不多在那里面沸腾；表面光滑的叶子，也都好像金属的镜子一样地发亮。有一棵小苹果树，属于早熟一类的，正长在栅栏门里，因为土地硗瘠，所以只有这一棵长得旺；在掉到地上的那些苹果中间，聚了许多马蜂，有的让苹果汁灌醉了，都在那儿滚，有的还没让它的甜汁灌醉，就都往每个苹果上它们吃空了的窟窿里面爬。门旁放着克林的镰刀和她看见他最后采的一把荆条；那显然是他进门的时候扔在那儿的了。

1 玛利·斯图亚特，苏格兰女王，为国人所逐，逃往英国，为英女王伊丽莎白所囚，前后共十九年，后终于一五八七年被杀。她的囚所，曾迁移数次，最后者为北安普敦的法塞凌基堡。

2 乌苟孟堡，滑铁卢战场的一部分，为英军右翼，是英法军攻守之剧烈战地。

六　一番巧合和巧合对于行人的影响

韦狄晚上去看游苔莎那种行动，既然叫红土贩子侦查出来并且破坏了，他就像前面已经说过的那样，决定公然无所顾忌，在白天以一个亲戚随便往来那种方式去拜访她。本来，像他那样一个没有道德修养的人，一旦受了那一次游苔莎在月下跳舞给他的那种蛊惑，想要他完全和她斩断关系，就是不可能的。他只打算，像平常那样去见一见游苔莎和她丈夫，跟他们闲谈一会儿，然后再告别走开。一切外表，都要合于世俗的常规；不过这里头也就有了使他满足的主要事实了：因为他能够看见她了。连克林不在家那种情况都不是他愿意的，因为，不管游苔莎心里对他怎么样，反正一切于她做妻子的尊严有损害的情况，很可能她都憎恶。女人往往那样。

他就那样办了；事有凑巧，他到房前，和姚伯太太在房后小丘上休息，恰好同时。他像姚伯太太看见的那样，把房子周围看了以后，就走到门前敲门。过了几分钟的工夫，才听见一把钥匙在锁里一转，跟着门就开开了，和他对面而立的，正是游苔莎自己。

没有人能从游苔莎现在的态度上想象出来，她就是前一个礼拜跟韦狄一同参加那个热烈舞会的女人，除非他的眼光真能透过表面，把那一湾静水的确实深度，测量一下。

“我想你那一天平平安安地回来了吧？”韦狄说。

“哦，不错。”她随随便便地答。

“你第二天没觉得累吗？我恐怕要累的。”

“倒有一点儿。你用不着低声说话——没有人能听见咱们。我们那个小女仆上村子里办事去了。”

“那么克林没在家了？”

“在，在家。”

“哦！我还只当是，你因为就一个人在家，怕有什么无业游民，才把门锁着。”

“不是——我丈夫就在这儿。”

他们本来站在门口。现在她把前门关好，又像以前那样把它锁上，跟着把紧通过道那个屋子的门推开了，往屋子里让韦狄。屋子里好像没有人的样子，所以韦狄就进去了；不过他刚往前走了几步，就吓了一跳。原来炉毯上正是克林，在那儿躺着睡着了。他身旁还放着他工作的时候穿戴的皮裹腿、厚靴子、皮手套和带袖子的背心[1]。

“你进去吧，不要紧；你惊动不了他，”游苔莎跟在后面说，“我把门锁着，本是因为恐怕我在庭园里或者楼上的时候，会有想不到的人闯进他躺的这个屋子里搅扰他。”

“他怎么在那儿睡起来了？”韦狄低声问。

1　带袖子的背心，为马夫、脚夫等人所穿。劳动时脱去外褂，有袖子的背心可免把衬衫袖子弄脏。

“他很累。他今天早晨四点半钟就出去了，从那时候起就一直没停地工作。他斫常青棘，因为只有那种工作他做起来，他那可怜的眼睛才不至于吃力。”那时候，睡觉那个人和韦狄，在外表上的对比特别明显，让游苔莎看着，都感到痛苦起来；因为韦狄正很雅致地穿着一套簇新的夏季服装，戴着一顶轻凉帽子；所以她跟着说：“唉，从我头一回见他到现在，日子虽然并不很多，可是他现在的样子你可不知道跟那时多不一样了。那时他的手跟我的一样，又白又嫩，现在你再看，多粗多黑呀！他脸上生得也很白净，现在可跟他的皮服装一样，像铁锈的颜色了。那都是叫毒太阳晒的。”

“他为什么一定非出去不可？”韦狄打着喳喳儿问。

“因为他不愿意闲待着；其实他赚的那点儿钱，于我们的日用也并没有多大的补助。不过他可老说，一个人坐吃山空的时候，为了节省日用，如果有机会，就是一个钱也得挣。”

“命运待你可真不算好，游苔莎·姚伯。”

“反正我没什么可感谢命运的。”

“他哪，也没什么可感谢的——除了感谢命运赠给他的这件珍宝。”

“什么珍宝？”

韦狄往她眼里一直地瞅去。

于是游苔莎那天头一次把脸一红。“呃，我是不是他的珍宝是很成问题的，”她安安静静地说，“我还以为，你说的是他知足那种可贵的品质是珍宝——那是他有而我可没有的。”

“在他这种情况里感到知足，我倒能明白——不过，身外荣辱，怎么样才能打动他，我就莫测高深了。”

“那是因为你不了解他。他是只热心空想而完全不注意身外事物的。他时常让我想起使徒保罗[1]来。”

“他有那样高尚的品格，我听着很高兴。”

“不错；不过这里面顶糟的地方是：虽然保罗在《圣经》里是完美的人物，而在实际生活里可行不通。”

他们刚一说话的时候，本来没特别注意会不会把克林聒醒，但是说着说着，却不免自然而然地把声音低下去了。“呃，要是你这个话里的意思是说，你的婚姻于你是一种不幸，那你知道应该受埋怨的是谁。”韦狄说。

“婚姻本身并不是什么不幸。”游苔莎说。那时她表示出来的情感，比以前露出来的多一些了。“结婚以后发生的意外，才是毁我的原因。就世路方面来说，我这实在得说是想得无花果，却得到蒺藜了[2]。不过，时光要产生什么，我怎么能知道？”

“游苔莎，有的时候，我觉得这就是上天对你的惩罚。按理你应该是我的人，那你是知道的；我并没想到我会失去你。”

“不对，那并不是我的错。不能两个人都归你一个人；再说，你不要忘了，你还没让我知道，就转到另一个女人那儿去了。那本是你狠心轻薄的行为。我这方面做梦也没想到耍那样的把戏。那是由你那方面开始的。”

“我并没有把耍把戏看得有什么意义，”韦狄回答说，“那不过

1　保罗，在耶稣死后信基督之信徒，基督教最初之传播，多是他的力量。事迹见《新约·使徒行传》等处。

2　比较《新约·马太福音》第7章第16节：“蒺藜里岂能摘无花果呢？”

是一出插剧。男人都喜欢在永久的爱中间，玩一玩跟另一个女人暂时好那种花招儿，但是时过境迁，永久的爱就恢复了势力，跟以前一样了。我当时因为你对我那样倔强拿大，可就神差鬼使，做得超过了我应该做的程度了；在你仍旧要继续闻香不到口那种把戏的时候，我可就更进一步，竟跟她结了婚了。”说到这儿，他转身又往克林无知无觉的形体那儿看了一眼，嘴里嘟囔着说：“我说，克林，我恐怕你对于你这桩竞赛所得，并不珍重吧……他至少有一方面应该比我快活。他固然也许知道世路上的蹭蹬，身世的潦倒，是什么滋味；但是他大概不知道一个人失去了他所爱的女人，是什么滋味吧。”

“他赢得了那个女人，也并不是不知道感激，”游苔莎低声说，“所以就那一方面讲，他不失为一个好人。不怕费力想得到他这样一个丈夫的女人，可就多着哪。但是我想享受到所谓的人生——音乐、诗歌、千回万转的情肠、千军万马的战局、世界大动脉里一切跳荡和搏动——那我能算是要求得无理地过分吗？我青春时期的梦想，就是这样的人生，不过我没享到。然而我还认为，我可以从我的克林身上享到呢。”

“你就是为了这个，才嫁了他的吧？”

“那你把我看错了。我是因为爱他，才嫁了他的，不过我也承认，我所以爱他，有一部分是由于我原先认为，我在他身上，看到实现那种人生的可能。”

“你又谈起你那悲伤的老调来了。”

“不过以后我可要振作起精神来，”她很兴奋地[1]嚷着说，“我那回去跳舞，就是给我的新办法开个头，那套办法我要坚持不放。克林能够快快乐乐地歌唱，我为什么就不能？”

韦狄满怀心思地看着她说：“说说容易，真唱起来可就难了；不过要是我能办得到的话，我一定鼓励你，要你唱。但是我既然少了一样现在不可能得到的什么，人生对我没有意义了，那我就只好请你恕我不能鼓励你了。”

“戴芒，你这是怎么了，说这种话？”她说，同时把她那双光深远、睫蒙眬的眼睛抬起来，看着韦狄的眼睛。

“我怎么了是我永远也不能明明白白地对你说的；我要是用谜语的形式来告诉你，我恐怕你也不肯去猜。”

游苔莎静默了半晌才开口说：“咱们今天的关系是很特别的。你委婉含蓄，把话都说得出乎寻常地微妙了。你的意思是说，戴芒，你还爱我。唉，这种情况让我很难过，因为我听到你说这种话的时候，本来应该把你踢出去的；而我的婚姻又没能使我快活到了我能那样办的程度。不过我们这种话谈得太多了。你想要等我丈夫醒来吗？”

“我本来想跟他谈一谈；不过并不一定非跟他谈不可。游苔莎，你要是因为我对你不能忘情而生气，你对我说好了，那是你应当说的，不过你可不要谈什么踢我出去的话。”

她没回答；他们两个只站在那儿含着心事瞧着克林，那时克林正沉沉酣睡。原来在不必心惊肉跳、惴惴不安的情况下，从事

1 “很兴奋地”，后出各版改为“任自己性之所至”。

体力劳动，结果就是那样的酣睡。

“天啊，我真嫉妒他那样甜美的酣睡，”韦狄说，“我许多许多年以来，自从我还是小孩子的时候起，就没睡过那样甜美的觉。”

他们正在这样看着克林的时候，只听得栅栏门噶嗒一响，跟着房门上有敲门的声音。游苔莎走到一个窗户前面，探头往外看去。

她脸上的颜色变了，起先是满脸通红，后来红色慢慢褪去，一直褪到连嘴唇都有些变白了。

“要不要我走？”韦狄站起来说。

“我也说不上来。”

“谁？”

“姚伯太太。哦，她那天对我说的那些话啊！我不明白她这回来要做什么——她是什么意思？她还对咱们两个过去那一段心存疑惑。”

“我是听你的吩咐的。你要是认为顶好不要叫她看见我在这儿，那我就上隔壁屋里去好了。”

“好吧，不错；你去吧。”

韦狄马上退到隔壁屋里去了；不过还没等到他在隔壁屋里待上半分钟，游苔莎也跟进去了。

“不对，”她说，“咱们一概不要来这一套。她要是进来了，就得让她见你——我没做什么怕人的事[1]。不过她既然不喜欢我，那她

1　“我并没做什么怕人的事”，此句后出各版改为：“见了还就得让她说短道长，因为那是她的高兴。”

不会是来看我的，她只是来看她儿子的，那我怎么能给她开门？我不能给她开这个门！”

姚伯太太又在门上敲，敲得比以先更响。

“她这么敲，一定能把克林聒醒了，”游苔莎接着说，“那么克林自己就会开门让她进来。啊——你听。”

他们能听见克林在隔壁转动，好像叫敲门的声音聒醒了似的，同时听见他嘴里说：“妈。”

“不错——他醒啦——他要去开门的，”她喘了一口松通气说，“你这儿来好了。我在她那方面既是有一个不好的名声，那你就不要见她了。我不得不这样鬼鬼祟祟的，并不是因为我真做了什么不光明的事，却是因为别人硬要说我那样。”

这时候，游苔莎已经把韦狄领到后门了，只见后门正敞着，门外就是一条穿过庭园的甬路。“现在，戴芒，我有一句话，”韦狄迈步向前的时候她说，“这是你头一次到这儿来；也得是末一次。咱们从前，不错，曾经是很热的情人，但是现在那可不成了。再见吧。”

“再见，”韦狄说，“我上这儿来的目的，已经完全达到了，我很满足了。”

“你的目的是什么？”

“看一看你。我以我永久的名誉为质，我来并不为别的。”

韦狄冲着他致辞告别那个美丽的女孩子，把他自己的手吻了一下，就往庭园里走去了；游苔莎在那儿看着他走过甬路，迈过路端的篱阶[1]，走进外面的凤尾草丛里（凤尾草都摩擦到他的大腿上），在草丛中间消失了。他完全去得无影无踪的时候，她才慢慢回身，把心思转到房子的内部。

克林和他母亲这番头一回见面，可能她在面前是他们不愿意的，也可能她在面前是多余的。总而言之，她并不急于跟姚伯太太见面。她决定等克林来找她，因此她就又回到庭园里去了。她在那儿闲待了有几分钟的工夫，还是没有人来找她，她就又回来，走到前门的门口那儿，想要听一听起坐间里说话的声音。但是她听不见有人说话，就把门开开，进了屋里。她进屋里一看，不觉大惊，只见克林还照旧躺在那儿，跟她自己和韦狄离开他的时候一模一样；这样看来，他显然是并没醒来的了。原来先前敲门的声音，倒是把他的觉一度搅扰了，叫他身入梦境，口说梦话，但是却并没把他聒醒。游苔莎急忙跑到门口，也顾不得给曾经那样诽谤诬蔑她的那个人开门有多难堪了，把门开开，往外看去。一个人影儿都没有。只有刮泥板[2]旁边，放着克林的钩刀和他带回家来那一把荆条；她面前只是那条空空的园径和那个半开着的栅栏门；再往外是一片覆盖着紫色石南的大山谷，在太阳地里静悄悄地搏动。姚伯太太已经去了。

那时候克林的母亲，正往前走到山肩把路径给游苔莎遮断了的一块地方。她从庭园的栅栏门往那儿走的时候，脚步匆忙坚决，好像她现在要急忙躲开那地方，正和她先前要急忙走到那地方一

1　篱阶，用木板等做成阶形，安于树篱或栅篱两边，可使人过去而不使牲畜过去，以免开关栅栏门之烦。

2　刮泥板，金属所做，安在门外，用来刮鞋、靴底子上的泥。

样。她的眼睛一直往地上瞅着；她心里印了两种光景——门外克林的钩刀和荆条，窗户里一个女人的脸。她一面走，一面嘟囔着说："这太难了——克林啊，他怎么就这么狠心哪！他分明在家，却叫他媳妇把我关在门外头！"只见她嘟囔的时候，两唇颤抖，并且变得很不自然地薄起来。

她刚才只想要急忙躲开那所房子，所以急不择路，走的可就不是她回家最直捷的路径了；现在她四面看去，想要再回到那样的路上，那时候，她遇到一个小孩，正在一个山坳里采越橘，那小孩就是从前给游苔莎当火夫看祝火的章弥·南色。既是小东西都有被大东西吸引的趋势，因此他一看见姚伯太太，就老在她左右追随，不知不觉地跟着她往前走起来。

姚伯太太仿佛入了催眠状态似的跟他说："小孩，回家的路远极了，咱们不到天黑是到不了的。"

"俺到得了，"她那个小同伴说，"俺吃晚饭以前还要玩玛奈勒[1]哪，俺家六点钟吃晚饭，因为俺爹六点钟回来。你爹也六点钟回来吗？"

"不；他永远不回来了；我儿子也永远不回来了；我那儿什么人都不回来了。"

"你怎么这样垂头丧气的呀？你看见吓人面具[2]了吗？"

---

1 玛奈勒，原文"marnal"，也作"marnull"或"marnhull"，多塞特郡方言，一种村野人家小孩子的游戏，用九个黑色的石子和九个白色的石子或者九块粉块和九个煤块为之。详细见英国语言学家莱特的《英国方言字典》里所引。

2 吓人面具，原文"ooser"，多塞特郡方言，一种怪面具，用木头做成，下颏处可以开阖，以线扯之，上部为牛角状。恶作剧者，做而戴之以吓人。

“我看见的比那个还坏，我看见一个女人的脸，从玻璃窗里往外看。”

“那是不好的光景吗？”

“是不好的光景。你要是看见一个女人从窗户里眼看着一个人走路走得很累，可不让她进去，那总是很不好的光景。”

“有一次俺上刺露蒲大野塘里去捉水蜥蜴，俺看见俺自己在水里对着俺看，把俺吓了一跳，吓得什么似的，急忙跳开了。”

“……只要他们对我这种殷勤表示半路相就的意思，那这件事就可以有非常美满的结果的！不过现在可什么都完了！叫人关在门外了！这一定是她挑唆的。世界上真能有长得那么好看可一点人心都没有的人吗？我想能有。在这样火一般的毒太阳地里，我待我的街坊养的猫都不能像她待我那样啊。”

“你这都说的是什么话呀？”

“再也不来了，再也不来了！就是他们请我，我也不来了！”

“你这个老婆子一定是个怪人，才净这样说话。”

“哦，不怪，一点儿也不怪，”她转到小孩那儿，应答起他的孩子话来，“大多数上了年纪、有儿有女的人，都要像我这样说的，等到你长大了，你妈也要像我这样说的。”

“俺倒愿意她不那样；因为瞎说八道不好。”

“不错，小孩儿，也许我这是瞎说八道。你热得还有气力走路吗？”

“没有啦，可还不像你那样厉害。”

“你怎么知道的？”

“你脸上又白又满是汗，你的头也耷拉下来啦。”

“啊，我这个疲乏是打心里头来的。”

“你怎么每一步都这样走法？”那小孩子一面说，一面做出病人颤抖蹒跚的样子来。

“这是因为有一种我负不起来的重担子把我压的。”

小孩子静了一会儿，在那儿琢磨，同时他们两个并排往前摇摇晃晃地走去，一直走了一刻多钟的工夫。那时候，姚伯太太的疲乏显然比以前更厉害了，所以她就对小孩说：“我得在这儿坐下休息一下。”

她坐下以后，他往她脸上看了半天才说：“你看你喘气的样子多好笑——就跟一个小羊叫人追得快要死了似的。你从前也这样喘气吗？”

“不这样。”那时姚伯太太的声音非常低微，比耳语高不了多少。

“俺恐怕你要在这儿睡起来了，会不会？你看你的眼睛都闭上了。”

“不会。我没有多少觉好睡了——除非到了那一天，那时我希望我好好地睡一觉——大大地睡一觉。你知道今年底塘干了没有？”

“底塘干了；冒夫塘可没干，因为冒夫塘很深，永远不干——那儿就是。”

“塘里的水还清吗？”

“不错，还凑合——可是野马走进去的地方可浑啦。”

“那么，你拿这个，使劲儿跑到那儿，给我舀一点顶清的水来好了。我这儿直发晕。”

她从她提的一个小柳条提包里，拿出一个旧式没把儿的瓷茶杯来；原来她今天在提包里，带了六个这样的茶杯，本是她还是小孩那时候就保存起来的，今天带来，算是给克林和游苔莎的一种小小的礼物；现在这个茶杯就是那六个里面的一个。

小孩子起身取水去了，待了一会儿就端着水回来了，虽然那水实在不怎么样。姚伯太太本想把水喝下去，但是水太热了，叫她恶心起来，因此她把水泼了。以后她还是坐在那儿，把眼闭着。

那个小孩在旁边等了一会儿，就在她身边玩耍起来，捉了好几个那种到处都是的棕色小蝴蝶；他第二次又站住等候的时候。他说："俺觉着往前走比待在这儿好多啦。你待一会儿就走吗？"

"我不知道。"

"俺愿意俺能自己先走，"他说，他的意思显然是害怕那个老太太再逼他做什么讨厌的事情，"你还用俺不用俺啦？"

姚伯太太并没回答。

"俺跟俺妈怎么说哪？"小孩接着说。

"你告诉她，就说你看见了一个心碎了的老太太，叫她儿子赶出来了。"

小孩还没完全离开她以前，在她脸上若有所思地看了一眼，仿佛怀疑，把她这样扔在那儿，自己是不是心眼儿不好。他往她脸上看的时候，带出茫然、疑惑的态度来，好像一个人要考察一篇奇异的古代手稿而却找不出诀窍来译释那上面的文字似的。他的年龄并不太小，因为他已经懂得同情心的需要了；但是另一方面，却也不太大，因为他仍旧像一个小孩那样，看到他一向认为万能的大人受了苦恼的时候，就害起怕来。现在姚伯太太是要叫自己受麻烦，还是要惹别人受麻烦呢；她本人和她的痛苦是应该叫人害怕，还是应该叫人怜悯呢，这都超出了他所能断定的范围。他只把眼光低下去，一言不发地往前走去。还没走到半英里，他就把姚伯太太的一切全忘了，只记得她是一个老太太，在那儿坐着休息就是了。

姚伯太太在体力和心力两方面既是那样吃劲，结果她几乎要趴下了；但是她还是走一小段歇一大阵地磨蹭着往前走。那时太阳已经转到大西南上去了，正一直往她脸上射，仿佛一个毫无慈悲的放火恶人，手里拿着一头点着了的大木块，要把她焚化了一般。自从那个小孩一去，一片大地上再没有任何看得见的活动现象了；不过每一丛凤尾草里，都有雄蚱蜢沙沙的鸣声，时断时续地发出来，这可以表示，在比较大的动物疲敝委顿了的时候，却有一个看不见的昆虫世界，充满蓬蓬勃勃的生气，忙忙碌碌地活动。

她到底蹭到一个小山坡了，那儿正占从爱得韦到布露恩全部路程的四分之三；那儿有一小片百里香，伸展到小路上；她就在那片发香味的茵席上坐下，她面前一群聚居的蚂蚁，正横着穿过小路，开辟出来一条通衢，在那儿拖着重负，永不休止地劳作。低头看它们，仿佛在高塔的顶上看城市的街道一样。她记得，这个地方上，多年以前就有蚂蚁在那儿扰攘了——从前那些蚂蚁一定就是现在这儿往来扰攘的这一群的祖先。她倒身欹下，好更彻底地休息休息。东方柔和的天空，使她的眼睛松快，同时柔软的百里香，就使她的头部松快。她正看着的时候，一只苍鹭，从东面的天空飞起，头朝着太阳飞去。它是从谷里的野塘飞起来的，身上还有水往下滴答。它飞的时候，它那翅膀的两边儿和背面、它那大腿、它那胸膛，都叫辉煌的日光一直映得好像是亮晶晶的银子做的一般。苍鹭飞翔的天心，好像是自由、快乐的地方，和她所摆脱不掉的这个土石圆球，完全没有接触；她心里想，顶好她也能无阻无碍地从地面飞到天空，和苍鹭一样地在那儿翱翔。

但是既然她是一个做母亲的，那她无可避免地一会儿就不往自己身上琢磨了。要是把她下一步的心思用一道线在空中划出来，像一道流星的光似的，那就要表示出来，它的方向，和苍鹭飞的相反，是往东落到克林的房子上去的。

七　两个至亲人悲惨的邂逅

同时，克林已经从梦中醒来，翻身坐起，往四围看。游苔莎正在他膀边一把椅子上坐着，手里虽然拿着一本书，却已经有一些时候，没往书里看了。

“啊，真是的！”克林用手揉着眼睛说，“我这一觉可真睡了个香甜！我还做了一个了不得的梦；一个老叫人忘不了的梦。”

“我早就觉得你在那儿做梦了。”游苔莎说。

“不错。我梦见我妈了。我在梦里，领着你到她家里去跟她和好；咱们到了她那儿的时候，虽然老听见她对咱们大呼求救，但是咱们怎么也没法儿能进去。不过做梦只是做梦罢了。几点钟了，游苔莎？”

“两点半。”

“怎么，这么晚了吗？我本来没打算在家里等这么久。这样一来，等到我弄东西吃了的时候，就该三点多钟了。”

“安上村子里去啦，还没回来，所以我原先打算等她回来的时候，再叫你。”

克林走到窗户前面，往外面看去，跟着就一面琢磨一面说：“一个礼拜一个礼拜地过去了，妈可老也没来。我想我早就该从她那边听到什么消息了。”

只见游苔莎漆黑的眼珠里，疑虑、后悔、恐惧、决心，一样跟着一样，很快地依次出现。她现在真是面临大大的难题了，而她决定用延宕的办法把难题摆脱开。

“我一定得早早地上布露恩去一趟，”克林接着说，“并且我想最好我一个人去。”说到这儿，他把裹腿和手套拿起来，跟着又把它们放下去，接着说，“今天的中饭既是要晚了，那我就不回荒原去了；我先在园里工作，工作到黄昏，那时天气就凉快一点儿了，我再往布露恩去走一趟。我一定敢保，只要我多少一凑合，我妈就会一切都不计较的。我回来的时候，天一定要晚了，因为一来一去，都得一点半钟的工夫。不过，亲爱的，只这一晚上要你一个人待着，你不会有什么不肯的吧？你在那儿琢磨什么，那样出神？”

“我不能告诉你，”她昏沉地说，“我只想咱们不住在这儿才好，克林。在这个地方住，就仿佛无论什么，没有不别扭的。”

“呃——咱们要是找别扭，当然一切都别扭了。我不知道近来朵荪到布露恩去过没有。我很希望她已经去过。不过我可相信她大概没有去过，因为她一个月左右，就要坐月子了。我怎么早没想到这一层。唶，可怜的母亲一定很寂寞的。”

“我不愿意你今天晚上去。”

“为什么不愿意？”

“因为我恐怕她要说什么把我糟蹋得不像样子的话。”

“我母亲并不是嫉恨人的人。”克林脸上微微一红，说。

“不过我还是不愿意你去，”游苔莎低声重复说，“你要是答应我，你今天晚上不去，那我就答应你，我明天早晨先自己去跟她和好了，然后再等你去领我回来。”

“我从前每次叫你去，你都不去，怎么这一次忽然又要去？”

“我想先自己跟她见一见面，然后你再去，我现在的话就能说到这儿。”她说，说的时候，把头不耐烦地动了一下，同时带着那种常见于多血质的人而少见于她这样的人那种焦灼看着克林。

“我早就跟你提议过这件事了，你都不肯做，可恰好在我决定自己要去的时候，才想要做，这真奇怪了。要是我等到明天你去过了我再去，那就又要耽误一天的工夫了；我现在要是不去，晚上的觉就不用打算睡得稳了。我想把这件事弄出个结果来。我得这么办。你以后再去看她吧：那也一样。”

“我现在就能跟你一块儿去。”

“那你一去一来都走着，你休息的工夫就得比我的大了。不成，你今天晚上不要去吧，游苔莎。”

“那么就依着你好了。”她说，说的态度，安安静静，表示她这种人，虽然在不用费大气力的时候，愿意想法把坏结果免除，但是在要费大气力的时候，却宁可听其自然，而不去管它。

克林跟着就上了庭园。在那天下午余下的时间里，老有一种含有心事的慵懒，暗中袭击游苔莎，她丈夫只说，那是天热的缘故。

傍晚的时候，克林起身上了路。那时的夏天虽然仍旧很热，但是白天却已经短了许多，所以他走了还不到一英里地，所有荒原上那些紫、棕和青绿，就都混成颜色一律的服饰，看不出有远近浓淡或者轻渲重染来了，仅仅有一小堆一小堆洁净的石英沙子，表示兔子洞口所在的地方，或者小径上面的白色棱石，像线一般地穿过山坡的地方，才显得有点儿白色，把荒原那种服色一律的情况点破。那些孤零、矮小的棘树，都长得东一棵西一棵的，差不多每一棵上面都有一个蚊母鸟，好像磨石击撞的声音一般地叫，有多大的气力，就叫多大的工夫，叫完了，就扑打着翅膀，在丛灌上面飞翔一周，再落下来，静静地听一会儿，又开口叫起来。克林的脚每次一摩擦，都有白色的粉翅蛾子飞到空中，飞的高低，恰好能叫西方温柔的亮光射到它们尘粉浓厚的翅膀上；那时西方的亮光，只在低洼和平坦的地上平着掠过，却没有落到那上面把它们照亮。

姚伯就在这样一片静悄的景物上走去，一面心里盼望，一切不久就都圆满了。走到后来，他到了一个地方，只闻得柔和的香味，随风喷散到他走的那条小路上；他站了一会儿，把这种旧日闻惯了的香味深深地吸入鼻中。原来这个地方，就是四点钟以前他母亲筋疲力尽坐下休息的那个百里香铺缀着的小山坡。克林站在那儿的时候，忽然有一种声音，一半像喘息，一半像呻吟，送到他的耳朵里。

他朝着那个声音出发的地点看去；但是除了小山的山脊顶着天空连绵不断地出现而外，再就看不到别的东西。他朝着那面走了几步，就看见一个蜷伏一团的人形，差不多就紧靠在他的脚底下。

这个人是谁，本来有好些可能，但是在所有的可能之中，姚伯却连一时一刻也没想到，会是他自己家里的人。在这种时季里，有的时候，斫常青棘的为了免去回家来去的麻烦，在野地里睡觉，本是常有的事；但是克林却记得那种呻吟的声音，所以他就更仔细地看去。只见躺着的那个人，是个女人的模样；跟着他就觉得一阵苦痛，仿佛山洞里的一阵冷风吹到他身上一样。但是一直等到他俯下身去，看见了那个人灰白的脸和闭着的眼睛，他才完全确实认出来，那个人就是他自己的母亲。

他当时简直就可以说连气儿都没有了，同时本来要自然出口的痛苦叫喊，也在他唇边上死去了。在他觉出来一定得想办法之前那一刹那里，他对于空间和时间完全失去了知觉；他觉得，这又仿佛是多年以前他还在童年，在跟现在同样的时光里，他跟他母亲一同在荒原上的情况。那一刹那的时间过去了，他才醒过来，想起作救护的活动；他把身子俯得更低下去，只见他母亲还会喘气，并且喘的气，虽然细弱，却还匀和，不过偶尔有捯气儿的情况。

“哦，这是怎么了！妈，您得了重病了吗？——您不是要有个好歹了吧？”他把嘴唇贴到她脸上，嘴里喊，“我是您儿子克林哪。您怎么跑到这儿来了？这是怎么回事啊？”

那时候，克林已经把他由于爱游苔莎而跟他母亲生出来的裂痕完全忘了；在他心里，现在的时光，和他还没跟他母亲生分以前的亲爱时光，弥合为一了。

他母亲只把嘴唇活动，看样子好像还认得他是克林，不过却说不出话来了；跟着克林就努力琢磨，看有什么顶好的办法，可以把她挪动，因为在露水还不很重以前，一定要把她挪开那个地方才成。他本是年轻力壮，他母亲又不胖，所以他就把他母亲拦腰抱住，把她多少抱起一点儿来，问道：“这样您觉得有什么不舒服没有？”

她把头摇了一摇，跟着他就把她抱了起来，慢慢地一步一步往前走去。那时空气已经完全凉爽了；不过每逢他走到那种没有草木铺缀的沙石地方，那上面日间吸收的热气，就反射到他脸上。他刚一把他母亲抱起来的时候，他并没顾到得走多远的路，才能从这儿走到布露恩；但是走了不久，虽然他那天下午已经睡了一觉，他却也觉到他那种担负很沉重。当时克林像伊尼艾斯[1]背着他父亲那样，往前走去，那时只有蝙蝠在他头上回旋，只有蚊母鸟在他面前不到一码的地方上扑打翅膀，但是喊声所及的地方以内，却一个人都没有。

他走到离住宅还差不多有一英里的时候，他母亲因为他那两只胳膊抱着她勒得慌，就露出转侧不安的样子来，仿佛觉得他的胳膊勒得她不好受似的。他把她放在膝盖上，往四围看去。他们现在所到的地点，虽然离无论哪条路都很远，但是离费韦、赛姆、赫飞、阚特父子那些人所住的那一部分布露恩，却不过一英里。并且五十码以外，就有一个小土房，墙是土块打的，房顶是草皮做的，现在完全空着，没有人住。那一个孤独土房的简单轮廓现在可以看得出来；他就决定先往那儿去。他刚一到了那儿，就把他母亲轻轻地放在门口，跟着跑出去，用小刀割了一抱最干爽的凤尾草，铺在小土房里面（那个小土房有一面是完全敞着的），然后把他母亲放在草上，跟着往费韦的家尽力跑去。

---

1 特洛亚被陷，伊尼艾斯负父携子从城内逃出，见维吉尔的史诗《伊尼以得》第二卷第七〇五行以下。

差不多一刻钟过去了，只听见病人断断续续的喘息声。过了那个时间，才看见天边和荒原之间有人影儿活动。几分钟以内，就看见克林同着费韦、赫飞和苏珊·南色来了，奥雷·道敦碰巧在费韦家里，还有克锐和阚特大爷，都拖拖拉拉地跟在后面。他们带了来的有一个灯笼、一些火柴、一些水、一个枕头，还有一些别的他们匆忙之间想得起来的东西。跟着他们又打发赛姆回去取白兰地。一个小孩儿把费韦的矮种马拉出来，骑着去请那个住得最近的医生；同时他们吩咐他，叫他顺路到韦狄店里，告诉朵荪，说她伯母病重。

赛姆和白兰地不久都来了，就在灯笼的亮光下把白兰地给病人喝了下去；喝下去以后，病人才有了知觉，能够比划着表示脚上有毛病了。奥雷·道敦看了半天，才明白了病人的意思，就把她比划的那只脚检查了一下。只见那只脚又红又肿，就在他们看着的时候，红色都慢慢地青紫起来。在红肿那块地方的正中间，有一个深红色的小点儿，比豌豆粒儿还小，仔细一看，是一滴血，在她的脚脖子上面鼓起，成了一个半圆球形。

“俺明白了这是怎么啦，”赛姆说，“她这是叫蝮蛇咬啦！”

“不错，”克林也马上跟着说，“我想起来了，我小时候曾看见一个叫蝮蛇咬了的，跟这个一样。哎呀，妈呀！”

“那回叫蝮蛇咬了的就是俺爹，”赛姆说，“这就有一个方儿能治。你非得用别的蝮蛇身上的油擦在咬的那块地方上不可；要弄蝮蛇油，只有把蝮蛇放到锅里煎才成，他们给俺爹治的时候，就用的是那种法子。”

“那是很老的法子了，”克林不知所措地说，“我有点儿怀疑它。不过医生不来，咱们是没有别的办法的。”

“那个方儿灵极了，”奥雷·道敦强调地说，“俺往常出去给人家伺候病人的时候，就用过那个方儿。”

“那么咱们只好祷告天快快亮了，好去捉蝮蛇。”克林很沉郁地说。

“俺试一试，看行不行。”赛姆说。

他拿起一根他曾用作手杖的绿色榛树杆，把它的一头劈了个杈儿，在里头夹了一个小石子，然后手里抓过灯笼来，照着往荒原上去了。克林那时已经生起一个小火，并且打发苏珊·南色去取煎锅。还没等到苏珊回来，赛姆就带了三条蝮蛇进来了，有一条正在棍子劈岔里宛转蜿蜒，那两条都已经死了，在棍子上搭拉着。

“俺只能捉到一条能杀鲜肉的活的，”赛姆说，“这两条耷拉着的是俺白天做活儿的时候弄死了的；不过落太阳以前它们还没死，所以它们的肉还不会很陈。”

那一条活蝮蛇，用它那含着恶意的小黑眼珠儿，看着聚在那儿的那一群人，同时它背上棕黑相间的美丽花纹，也好像都气得更鼓起来了一些似的。姚伯太太看见了那条蝮蛇，那条蝮蛇也看见了姚伯太太；只见姚伯太太浑身颤抖，把头转到一边儿去了。

“你们看这条蝮蛇，”克锐嘟囔着说，“街坊们，谁敢说原先上帝的花园里那条老蛇，把苹果给身上一丝不挂的年轻女人吃了的那条老蛇[1]，谁敢说它没把它的坏处传给蝮蛇和别的蛇哪？你们看

1 《旧约·创世记》第 3 章以下说，上帝所创造的，唯有蛇比一切活物都狡猾。它劝夏娃把知识之果吃了，因而违背了上帝的命令。

这条蝮蛇的眼睛——一点不错，和带着凶煞的黑覆盆子一样。俺只盼着它别祟咱们才好，荒原上叫凶煞眼睛[1]祟了的人可就多着啦。俺这一辈子是永远也不敢把蝮蛇弄死了的。”

“啊，要是一个人没有法子不害怕，那也只好害怕了，”阚特大爷说，“俺当年要是知道害怕，那就免得俺做了那么些天不怕地不怕的险事了。”

“俺听着外面好像有什么动静似的，”克锐说，“俺愿意白天出事儿，因为白天的时候，就是碰见了顶邪道的老婆子[2]，你也可以有机会显一显胆量，不大用得着哀求她发慈悲，不过那可得你有胆量，跑得快，能躲得开那个老婆子才成。”

“连俺这样一个什么都不懂的人，都不会那么糟。”赛姆说。

“啊，不管怎么样，反正祸事要来，是你一点儿都想不到的。街坊们，要是姚伯太太把命送了，官厅里是不是要把咱们捉了去，治咱们误害人命的罪？”

“不能，他们不能那么办，”赛姆说，“不过要是他们能证明咱们偷过人家的野味[3]，那可就难说了。不过姚伯太太还会醒过来呀。”

“俺就是叫十条蝮蛇咬了，俺也不会耽误一天的工作，”阚特大爷说，“俺只要心绪好，就有那样大的精气神儿。不过一个学过打仗的人有那种精气神儿，也并不算稀奇。不错，俺经过许多许

1　英国迷信之一种，邪恶或会巫术的人，眼睛能放毒蛊惑人，被看的人可以中邪。

2　指巫婆。

3　一八八八年前，英国地主兼为乡村治安法官，乡下穷人偷打野味者，犯狩猎法，极为地主所恶，故遇有它隙可乘者，更重治之。

多的事儿了；但是自从俺四年上在乡团里当过兵以后，俺就永远没再有过一次闪失。”他说到这儿，一面摇头，一面微笑，仿佛心里看见自己穿着军装的模样似的。“俺当年年轻的时候，不管有什么冒险的事，俺老是带头儿的！”

“俺想那大概是因为他们老叫那顶傻的大傻子去挡头阵[1]吧？”费韦从火旁说，他正跪在那儿吹火。

“你那么想吗，提摩太？”阚特大爷脸上的神气忽然变得懊丧起来，走到费韦旁边说，“要照你这样一说，那么一个人会多少年以来，老觉得自己好，可实在并不好了，是这样吗？”

“别净扯闲盘儿啦，大爷。你把你那两条老腿活动活动，再去捡些劈柴来好啦。人家这儿挣命哪，你这老头子还净说这些鸡毛蒜皮的，真太难了。”

“是，是，是，”阚特大爷说，同时带出对这番话深信不疑而感到郁闷的样子，“唉，总而言之，就是平常很能干的人，今儿晚上也都得抓瞎。即便俺是一个吹双簧管的或是拉中音提琴的好手，俺这阵儿也不会有吹吹拉拉的心肠了。”

那时苏珊已经拿着煎锅来了，跟着他们就把那条活蝮蛇宰了，把死活通共三条的三个头一齐割下，把身子割成一段一段的，把每段都剖开了，然后把它们扔到煎锅里面。锅里面跟着就在火上开始发出澌澌和爆裂的声音。过了不久，蝮蛇肉上就有清油流了出来；克林就把他的手巾角在油里蘸过，然后往伤处擦去。

1 比较英国格言：“一个傻子永远冲到前头。”

八　听说人家的福看见自己的祸

同时，游苔莎一个人被撂在爱得韦那所小房儿里，叫事态弄得十分郁闷。她那天把克林的母亲关在门外，这件事克林自然会发现的，发现了以后，结果不论怎么样，反正总不会是令人快意的；她对于这种令人不快的情况，也和令人可怕的情况一样地憎恶。

晚上一个人待着，本是她无论什么时候都觉得烦闷厌倦的，而今天晚上因为先前那几点钟的兴奋，叫她一个人待着，她觉得比平常更烦闷厌倦。那两番来客，早就把她搅得心神不定了。克林和他母亲谈起她来，大概总要说她不好的，这种可能虽然并没把她搅得怎么不安，却也把她搅得非常烦恼；因此到后来，连她那种睡梦昏沉的心情也都激动起来了，后悔不该不给她婆婆开门。她原先倒是确实认为，克林是醒过来了的，所以她要是替她自己那样辩护，还可以说得过去；但是她婆婆头一次敲门的时候她没去开门，她却没有理由能免于责难。不过她却不埋怨自己，而却把这种过失放在一个模糊不清、巨大无比的世事之王的肩头上，说她的地位是他安排的，她的命运是他掌握的。

在一年这一季里，晚上走路比白天凉爽得多；所以克林走了一个钟头左右以后，她忽然决定，她也出门往布露恩那面儿走一趟，心里想，她丈夫回来的时候，她可以碰到他。她刚走到庭园的栅栏门跟前，听见有车轮辚辚的声音，抬头一看，她外祖坐在马车里走近前来。

“谢谢你，我一分钟都待不下，”她外祖回答她的问候说，“我正要往东爱敦去，顺路到这儿来告诉你一件新闻。也许你已经听说了吧——关于韦狄先生继承产业的新闻？”

“没有。”游苔莎茫然地说。

“他得了一万一千镑的产业——原来他叔父打发家眷回国来着，可是走到半路上，家眷都跟着卡随欧皮阿船沉到海底去了，他听到这个消息以后，也跟着死在加拿大。所以韦狄一点儿也没料到，就把全部财产都继承了。”

游苔莎站在那儿，一时一动也不动。“他得到这个消息有多久了？”她问。

“呃，他今儿一早儿就知道了。因为十点钟查雷回来的时候，我也知道了。他真得说是走红运的人了。你呀，游苔莎呀，有多傻！”

“我怎么傻？”她说，同时把眼睛一抬，外表好像安静的样子。

“怎么傻？当初他跟你好的时候，你怎么不摽住了他呀？”

“他跟我好倒不错！”

“我这是新近才知道，你们两个从前曾有过些意思；哼哼，当初我要是早就知道了，那我不极力反对才怪哪；不过既然你们两个有了些意思，那你怎么可不摽住了他哪？”

游苔莎并没回答，不过她的神气却看着好像是，她对于这件事，要是愿意说一说的话，她也能一样地振振有词。

“你那个可怜的丈夫，那个半拉瞎子，这几天怎么样啦？”老头子接着说，“其实他那个为人，说起来也很不错。”

“他身体很好。”

“他那位堂妹——她叫什么名字来着？——倒交了好运了。他妈，那条船儿[1]本来应该是你坐的呀，孩子！我现在得走啦。你们用不用我帮忙？我的也就是你们的，这是你知道的。”

“谢谢您，老爷子，我们现在还不缺钱花，”她冷冷淡淡地说，“克林倒是斫常青棘，不过那是因为他做不了别的事，所以才斫常青棘，又锻炼，又消遣。”

“他这种消遣可以赚钱，是不是？我听说一百捆卖三先令。”

“克林本来有钱，”她说，脸上一红，“不过他愿意再多赚一点儿。”

“很好；再见吧。”于是老舰长就赶着车走了。

游苔莎的外祖去了以后，她就机械地往前走去；但是她的心思，却已经不在她婆婆和克林身上了。韦狄虽然老抱怨他的运气不好，现在却好运照命，走上了光明的前途了。一万一千镑啊！在爱敦荒原上，无论从哪方面看，韦狄都得算是一个有钱的人了。在游苔莎眼里，那也是一笔很大的财产——很够供给她那种被克林在态度较严厉的时候贬为虚荣和奢侈的要求的了。游苔莎虽然不是爱金钱的人，她却爱金钱所能供给的东西；所以她想起韦狄新得到的那种意外之财的时候，韦狄本人也变得其味无穷了。她

1　那条船儿，原文“galley”，用在此处，即“那个地位”之意，因斐伊舰长当过水兵，故好用“船”等字眼。

现在想起他今天早晨穿得有多雅致体面来了：他那大概是不怕野玫瑰和荆棘划破了，把他顶新的一套衣服穿出来了吧。于是她又想起他对待她的态度来。

“噢，我明白了，我明白了，”她说，“他现在有多么愿意我是他的人，好满足我一切的愿望啊！”

她把他眼神和言谈里的细处都回忆起来的时候——在当时却几乎一点儿都没注意到——她就分分明明地看了出来，他那种眼神和言谈，都正是他知道了这件事以后才表示的，才吐露的。“他要是对一个先鼓励、后抛弃他的女人记仇怀恨，那他就该趾高气扬，告诉我他这种好运气了；他不但没那样，反倒因为我的运气不好，怕我难受，对于这件事一个字都没提，只透露出一点儿意思来，说我比他高，他仍旧还爱我。”

韦狄那天对于他自己的事一字没提，这种办法正是他认为恰好足以打动游苔莎那种女人的心的。实在说起来，这种细腻的体贴，本是韦狄对待女性的一种特长。原来他这个人特别的地方是：他对于女人，有的时候盛气相向，责问非难，憎恶嫌厌；另一个时候，却又体贴温存，无人能及，竟能使他以前的怠慢显得并非失礼，以前的损害显得并非侮辱，以前的干涉显得只是细腻的殷勤，以前名节的败坏显得只是过分的侠义。就是这个人，今天曾对游苔莎表示过爱慕，而她却没理会，曾对她表示过好意，而她却几乎没屈尊接受；曾专诚来拜访过她，而她却把他从后门打发走了；而这个人却正是一万一千镑的所有者——一位受过优良高等职业教育的人，一个跟着土木工程师学习期满的人。

游苔莎当时只顾聚精会神地琢磨韦狄的运气了，因此她就忘了和她自己的前途关系更密切的那个克林的运气了。她当时没马上就往前去迎克林，却在一块石头上坐下了。她正坐在那儿，只听身后一个人声把她的思路给打断了；她回头一看，只见她那位旧情人而兼幸运的巨产继承者，紧站在她身旁。

她仍旧坐着没动，不过看她的神气那样起伏波动，无论谁，凡是像韦狄知道她那样清楚的，都会看出来，她正在那儿琢磨他。

“你怎么上这儿来了？”她用她那种历历可听的低沉音调说，“我还以为你在家里。”

“我从你的庭园里走了以后，就上了村子里去了，现在我又从村子里回来了：没有别的。我可以问一问，你要往哪儿去吗？”

她把手往布露恩那方面一挥。“我这正要去迎我丈夫。我恐怕今天你和我在一块儿的时候，说不定我惹出什么麻烦来了。”

“怎么会惹出麻烦来了？”

“因为我没给姚伯太太开门。”

“我只希望我看你那一趟，没给你惹出什么娄子来。”

“没有的话。惹娄子的并不是你。”她安安静静地说。

这时她已经站起来了；跟着他们两个就不由自主地一块儿往前漫无目的地走去，有两三分钟的工夫都没说话；两三分钟过去了，游苔莎才打破沉寂说：“我想我应该给你道喜吧。”

“道什么喜？哦，是了！因为我得了那一万一千镑，是不是？啊，我既是另外别无所得，那我得到那个，也就得知足了。”

“你好像把那份财产看得并不在意似的。你今天在我那儿，怎么没告诉我？”她带出一种被人忽视了的口气来说，“我完全是无意中听人说的。”

“我本来想要告诉你的，”韦狄说，“不过我——呃，我打开窗户说亮话好了——我一看，游苔莎，你的星宿并不利，我可就不愿意说了。眼看着一个人做苦活累得那样疲乏，像你丈夫躺在那儿那样，同时，可对你夸我的财富，那我觉得完全不合适。然而那时我看着你站在他旁边，我可又不由要觉得，他在许多方面，是一位比我富的人。”

听到这儿，游苔莎带出含隐不露、怄人逗趣的意味说：“怎么，难道你肯跟他交换吗——肯把你的财产来换我吗？”

“我一定肯。”韦狄说。

“咱们净想这些办不到的荒唐事儿干什么？咱们换个题目谈谈吧。”

“很好；那么，要是你愿意听的话，我就把我将来的计划对你说一说吧。我要提出九千镑来，做永久投资，再提出一千镑来做现款，用下剩的那一千镑，去游历一年左右的工夫。”

“游历？这种打算多么光明开朗！你都要到什么地方去？”

“从这儿先到巴黎，在巴黎住一冬一春。再从巴黎到意大利、希腊、埃及和巴勒斯坦，这些地方都要在天气还没热以前就走遍了。夏天我要到美国去；从美国到澳大利亚，再绕到印度，不过这步计划还没确定。到了印度以后，我的游历瘾就该过足了。那时我也许再回到巴黎，在那儿一直待到住不起的时候完事。”

“再回到巴黎。”她嘟囔着说，只听嘟囔的声音差不多就等于叹息。克林当初对她讲巴黎的时候在她心里给她种下的那种想到巴黎去的愿望，她从前连一次都没对韦狄说过；而他现在，不用特意去做，却就正有可以满足她那种愿望的能力。“你心里老念念不忘巴黎，是不是？”她接着说。

“不错，我认为巴黎是全世界美丽的中心。”

“我也是那样的看法！朵苏要跟你一块儿去了？”

“她要是愿意去，那是自然的。不过她也许愿意在家里待着。”

“这样说起来，你要到处游逛，我可得一直在这儿死守了！”

“我想是吧。不过这该怨谁，还用我说吗？”

“我并没怨你。”她急忙说。

“哦，我还以为你怨我。要是你果真有怨我的意思，那你就想一想，有一天晚上，你答应了我在雨冢上等我却没去那一回好了。你给我写的那封信，叫我看着的时候心疼极了，我只希望你永远不会那么心疼才好。咱们就是那一回才分道扬镳的。跟着我办了一件事，办得未免有些匆忙……不过她这个人很好，所以我没有什么话可说的。”

“我也知道，那一次得怨我，”游苔莎说，“但也并不是每一次都怨我。不过话又说回来，谁叫我生来不幸，容易过于突然就动感情？哦，戴芒，你不要再责问我了——我受不了。”

他们两个默无一言地往前走了有一英里多地以后，游苔莎忽然说：“你往这儿走，不是越走越远了吗，韦狄先生？”

“我今天晚上不管往哪儿去都成。我陪着你往前走到那个能看得见布露恩的小山那儿吧。天太晚了，你一个人走叫人不放心。”

“你不要麻烦。我这绝不是非得出来不可。我想最好你还是不要再陪着我往前走了。这种事情，人家知道了，一定又要认为奇怪了。”

“很好，那么我离开你好了。”他冷不防把她的手抓住了吻了一下——这是她结婚以后第一次。“那个山上是什么东西的亮光？”他接着说，好像是掩饰他那一吻似的。

她往那儿看去，只见一个颤抖不定的火光，从他们前面不远的一个小土房敞着的那一面射了出来。那个小土房，以前她看见老是空着的，现在好像有人在里面住了。

“你既是已经走了这么远了，”游苔莎说，“那你看着我平平安安地走过那个小土房，可以不可以？我以为在这一左一右，应该和克林碰见。不过现在既然还看不见他，那我就走得快一点儿，不等他离开布露恩，我就赶到那儿好了。”

他们朝着那个草皮盖的房子走去，走到靠近的时候，只见里面的火光和灯笼光，清清楚楚地照出一个女人模样的人来，躺在一堆凤尾草上面，一群荒原上的男男女女，围着她站在那儿。游苔莎没看出来那个躺着的人就是姚伯太太，也没看出来站着的那些人里面就有克林。她走到近前，才看了出来，跟着就急忙用手把韦狄的膀子一摁，同时打手势，叫他从草皮房子敞着的那一面躲到暗地里去。

“那是我丈夫和他妈，”她声音错乱地轻声说，“这是怎么回事啊？你能上前去看一看再告诉我吗？”

韦狄从她身旁走开，往草皮房子后面去了，待了不大的工夫，游苔莎就看见他打手势招呼她，她就也往他站的那儿去了。

“原来是病得很厉害。”韦狄说。

从他们的地位上，他们能听见草皮房子里的动静。

“我想不出来她究竟是要上哪儿去的，”只听克林对另一个人说，“她显而易见是走了很远的路，不过就是刚才她能够说话的时候，她也不肯告诉我，她是要往哪儿去的。你看她究竟有没有大碍？”

“我看危险的成分很大。”只听一个声音沉吟郑重地回答，游苔莎听出来，那是本地那个唯一的医生。“蝮蛇咬了固然厉害，不过这是极度的疲乏把她弄趴下的。我的印象总觉得，她走的路一定了不得地远。”

“我老告诉她，叫她在这样的天气里，不要走路走得过多了，”克林痛苦地说，“你说，我们用的这种蝮蛇油有效吗？”

“呃，那是一种很老的法子了——我想是从前捉蝮蛇的人用的法子，”医生回答说，“霍夫曼[1]和米得[2]都说那种油极有效，凤达纳修士[3]，我想，也那么说过。毫无疑问，在你们现在做得到的办法里，那不失为一种好办法。不过，有些别的油，也许和它一样地有效。”

“快来呀，快来！”只听一个女人柔和的声音急急地说；跟着就能听见克林和医生，从草皮房子后部他们刚才站立的地方，冲到前面去了。

“哦，这是怎么啦？”游苔莎低声问。

“刚才说话的是朵荪，”韦狄说，“那一定是他们把她叫来了。

---

1 霍夫曼（1809—1874），德国医学家。

2 米得（1673—1754），英国医学家。

3 凤达纳修士（1730—1805），意大利医学家。Abbe（修士），法文称呼，相当于英文之“abbot”，不过亦可推广而用之于教授，教员等。凤达纳曾为比萨大学教授，故以是称之。以上三人，皆有医学名著，特别讲中毒医法。

我想我好像应该进去看一看——不过我又恐怕有碍处。”

待了许久，草皮房子里那一群人都鸦雀无声；后来只听克林用痛苦难过的声音问：“哦，大夫，这是怎么啦？”

医生并没马上就回答；停了半天才说：“她眼看就要不行了。先是她精神上受了一番影响，再加上体力上的疲劳，可就给了致命的一击。”

于是就听见有女人们的哭声，后来是静静的等候，又后来是不敢出声儿的喊叫，又后来是奇怪的掬气声，又后来是痛苦的肃静。

“都结束了。”医生说。

只听草皮房子后部远一点儿的地方，那几个乡下人喊喊喳喳地说：“姚伯太太过去了。”

差不多就在那时候，那两个暗中瞧着的人，看见一个衣饰古板的小孩儿，从草皮房子敞着的那一面进去了，那正是苏珊·南色的孩子，所以苏珊就往前走到草皮房子的敞口，悄悄地摆手叫他回去。

“妈，俺有一样事告诉你，”他尖声喊着说，“在那儿睡着了的那个老婆子，今儿跟俺在路上一块儿走来着；她嘱咐俺，说叫俺告诉你，就说俺看见她来着，说她是一个心碎了的老婆子，叫她儿子赶出来了。以后俺就回了家了。”

一种错乱的啜泣，像一个男人的声音，从里面发出，游苔莎听见了，微弱地倒抽了一口气说：“这是克林——我一定得看他去——不过我敢去吗？不敢；走吧！”

他们两个从草皮房子左近走开了以后，游苔莎哑着嗓子说：“这可得怨我了。我的灾难还多着哪。”

“那么你到底没让她进门了？”韦狄问。

“没有；所以才出了所有这些娄子！哦，我怎么办哪！我别往他们中间乱掺啦；我要直接回家了。戴芒，再见吧！我现在不能再跟你说话了。”

他们分了手；游苔莎走到前面第二个小山上的时候，回头看去。只见一个凄楚的行列，正在一个灯笼的亮光下，从草皮房子往布露恩进发。但是却哪儿也看不见韦狄的形影了。

第五卷

发现

一 “为何有光赐给受苦的人呢？”[1]

姚伯太太出了殡约莫三个礼拜以后，有一天晚上，烂银的月亮正把光芒一直射到克林在爱得韦住宅的地上，把满室照得皎洁起来，那时候，从屋里走出一个女人来。她靠在庭园的栅栏门上，好像要清凉一会儿似的。那种淡白的月光，本来能叫老丑的妇人变为美人，现在把这副原来就姣丽的面孔，更映照得天神一般了。

她在那儿没待多久，就有一个人从路上走来，带着点儿迟疑的神气问她：“俺问你一声儿，太太，他今儿晚上怎么样啦？”

“多少好了一点儿了，赫飞，不过还是不大好。”游苔莎答。

“还是胡天胡地的吗，太太？”

“不啦，他现在很清醒了。”

“还像从前那样痴说乱道地说他妈吗，可怜的人？”赫飞接着问。

“还是说，不过不那么狂乱了。”她低声说。

“太太，太不幸了，章弥那孩子，必得把他妈临死的话告诉他——说她怎么心碎了，又怎么叫她儿子赶出来了。那些话，无论谁听见了，都得折腾一阵的。”

1 引《旧约·约伯记》第 3 章第 20 节。

游苔莎并没回答，只微微地显出一种张口结舌的样子，好像想要说话却说不出口来似的。赫飞看她不愿意再多谈了，就回家去了。

游苔莎转身进了屋子里面，上了前面的寝室，那儿正点着一盏带罩儿的油灯。躺在床上的是克林，脸色灰白、面目憔悴、双目炯炯，在床上翻来覆去，眼里发出来一股热光，好像瞳仁里正有一团烈火，要把眼球的水晶体烧干似的。

“是你吗，游苔莎？”游苔莎坐下的时候他说。

“是我，克林，我刚才在栅栏门那儿站了一会儿；月亮正很美丽地照耀着，并且连一个树叶儿都不动。”

“月亮照耀？月亮对于我这种人有什么关系呢？它照耀就让它照耀吧——一切东西愿意怎么样，就都怎么样吧，只要别让我再活到明天就得了……游苔莎，我都不知道往哪儿看好；我心里的心事，像刀子一样，直扎我的心。哦呀，要是有人想画一张受苦图而垂名千古，那叫他到我这儿来好了！”

“你怎么说这种话？”

“我总不由要觉得，是我想尽了方法把她害死的。”

“不是那样，克林。”

“是那样，我说是；你替我辩也没有用处！我对她的行为太恶了——我没去就她；所以她也没法子来恕我。现在她死了！假如我能早一点儿去跟她和好，把以前的事都弥补起来，那时她再闭眼，我就不至于像现在这样难受了。但是我总也没往她那儿去过，所以她也就总没到我这儿来过，因此她可就不知道我多么欢迎她了——这就是我最痛心的地方。她并不知道，我就在那天晚上要到她那儿去，因为她那时候已经失去知觉了，不能明白我的话了。只要她来看我一趟，就什么都没有问题了。我老盼望她会来的。但是她可始终没来。”

游苔莎不觉发出了一声颤抖的叹息，这种叹息，总是像致人死命的恶风毒气那样，使她全身颤抖。她还没把她做的事说出来。

但是姚伯由于一意痛悔，只顾胡说乱道，所以就不顾得对游苔莎的情况留意了。他在病中，老继续不断地说这种话。他本来就很悲痛，不幸那个小孩子又把姚伯太太最后告诉他的那些话——那些在误会中说得过于辛酸激愤的话——泄露给他了，因此他在原来的悲痛之上，更添了一层绝望。这样一来，他的痛苦就叫他没法忍受了；他只盼望死，就好像农田工人盼望阴凉的地方一样。一个人正站在愁苦的焦点上，就是他这种可怜的景象。他老不断地悲怨自己迟缓迁延，没早早地去探望他母亲，因为那种错误永远也纠正不过来了；他老说，他那一定是令人可怕地受了魔鬼的指使了，所以才没能早早想到，她既然不上他这儿来，他就应该到她那儿去。他老要游苔莎对他自己所下的这种裁判表示同意。游苔莎本来有不敢告人的秘密，心里怀着鬼胎，所以就说她不能表示意见。遇到那种时候，他就说：“那是因为你不懂得我母亲的脾气。她那个人，只要你求她，她就痛痛快快地恕你；但是我对她却像是一个倔强的孩子，所以她才毫不将就。然而她又并不是不肯将就；她不过是脾气傲，有分寸就是了，没有别的……不错，我明白了她为什么对我坚持那么久了。她那是正在那儿等我去哪。我敢说，她在愁闷之中，至少也说了一百遍：‘我为他牺牲了一切，这就是他对我的报答了。’我老也没上她那儿去看她！等到我起身要去看她的时候，可又已经太晚了。我想到这儿，简直没法承受！”

有的时候，他完全是悔恨的态度，连一滴纯粹是悲伤的眼泪都不掉，本来要是掉几滴这样的眼泪，还可以使他的悔恨减轻一些。那时他就躺在床上，辗转反侧，心里的思想使他发烧、发热，远过于身体上的疾病。“只要我能得到一点儿保证，能知道她死的时候并没认为我恨她，”有一天，他的心情是这种样子的时候他说，“那让我想起来，就比想起上天堂来还好过。但是那个可是我得不到的了。”

“你这样没完没结地悔恨悲痛，实在太过度了，”游苔莎说，“难道别人就没有母亲过世的不成？”

“但是不能因为那样，我对我母亲的死就不难过了。不过死的本身还没有死的情节那样更让我难过。我对她犯下大罪了，所以我是得不到光明的了。”

“我想是她对你犯了罪了吧？”

“不对；她没有，罪是我犯的；老天尽量罚我一个人好了。”

“我想你应该好好地想一想，再说这种话，”游苔莎回答说，“独身的人，自然有随便咒骂自己的权力；但是一个有了太太的人，呼求上天惩罚他的时候，可关系着两个人。”

“我现在太难过了，不懂得你说的这些细致地方，”那位受罪的人说，“‘是你把她送上了死路的。’这句话白天黑夜，老在我的耳边上喧嚷。不过我也承认，我净这样自己恨自己，也许有些地方可就冤枉了你了，我这可怜的太太。请你原谅我这一点吧，游苔莎，因为我自己差不多就不知道我在这儿做什么。”

游苔莎老是很焦灼地想躲开她丈夫这种光景，因为这种光景她看来的时候，那种可怕，就和犹大·依司卡锐欧看见审判耶稣那一场[1]一样。她看见了这种光景，眼前就出现了一个疲乏女人的鬼魂，在门上敲，而她却不肯给她开门，所以她对于这种光景，畏避退缩，不敢涉想。但是为姚伯打算，他把他那种刺心的悔恨，明明地说出来，于他反倒比较好些；因为他悄悄不响，那他就不但要受更没有限度的痛苦，并且他还会有的时候，长久在紧张、苦思的状态中，熬煎折腾；因此使他大声谈话，成了必不可少的办法，为的是他说话一使劲，他的悲哀就可以多少减轻一些。

游苔莎看了月色回到屋子里以后，没待多久，就听见一阵轻柔的脚步声，走到了房子跟前，跟着楼下的女仆就报道，朵荪来了。

“啊，朵荪！谢谢你今天晚上到这儿来，”朵荪进了屋里，克林说，“你瞧，我这儿这种样子，我这儿这种狼狈不堪的样子，把我弄得所有的朋友我都不敢见了。就是你，我差不多也要不敢见了。”

“你千万可别不敢见我，亲爱的克林。”朵荪诚恳地说，说的时候，用的是她那种甜美的声音，叫受苦的人听来，跟吹进黑洞[2]

---

1 犹大是耶稣门徒，把耶稣出卖给犹太人。后见耶稣定罪，很后悔，自己吊死。见《新约·马太福音》第 26 章第 14 节至第 16 节及第 27 章第 2 节到第 5 节以及其他各处。

2 黑洞，印度加尔各答狱里一间狱房，宽十四英尺，长十八英尺。一七五六年六月，有一百四十六个英国人，被关在里面，因缺少空气，天气又热，一夜在那里窒死一百二十三人。

里的一阵清风一样。“你没有什么叫我害怕的，也没有什么叫我躲着你的。我以前也到这儿来过，不过你不记得了。”

“哦，记得；我现在并没神志不清，朵荪；就是以前，我也并没神志不清。要是他们说我神志不清，你不要信他们。我这只是因为我做了那样的事，心里非常难受就是了；心里难受，再加上身体虚弱，可就把我弄得好像神经失常似的。其实我的神志并没昏乱。要是我真精神失常了，那你想，我还能记得我母亲去世的时候一切的情况吗？不会有那么好的事。朵荪，我母亲最后那些天，两个半月的工夫，都是一个人孤孤单单地住着的，为了我，烦恼、伤心；然而我一直没去看她，虽然我住的离她不过五英里。两个半月——七十五天的工夫，每天太阳出来、落下，都照见她那种没人理的凄凉情况，连狗都不应该有的凄凉情况。穷人们和她一点儿关系都没有的，要是知道她病了，知道她孤单，都会关心她的，都会去看她的；然而我，本来应该是她唯一的依靠，可像猪狗一样，老远躲着她。要是上帝真公道，那就让他现在把我置之死地好了。他差一点儿就把我的眼给我弄瞎了，不过那还不够厉害的。要是他能给我更厉害的痛苦，我就永远信服他了！”

“悄悄的，悄悄的吧，克林，别，别，快别说这种话了！”朵荪吓得出涕啜泣地央告他说。同时坐在屋子那一边儿的游苔莎，虽然灰白的脸上还安静，身子却在椅子上转侧扭捩起来。克林不理他堂妹，仍旧接着说：

“不过像我这样的人，连让上帝更进一步来惩罚我都不配。你说，朵荪，她最后会知道我的真心吗——她死的时候，最后会不再有我仍旧还跟她别扭着那种令人可怕的误会吗？至于她怎么会有那种误会，我是说不出来的。你要是能叫我相信她最后了解了我了，那就好了！你说是不是，游苔莎？你倒是告诉我呀。”

“我想我敢对你担保，她最后一定明白了。”朵荪说。至于脸色灰白的游苔莎，却一个字没说。

“她为什么不到我这儿来？只要她到我这儿来了，那我一定请她进来，那我一定对她表示，不管以前的种种，我仍旧还是非常地爱她。但是她可老也没上我这儿来，我也老没到她那儿去。于是她就像一条叫人踢出去的狗一样，死在荒原上了，跟前一个救她的人都没有，等到有人去救她的时候，已经来不及了。朵荪，要是你像我那样，看见了她当时那种情况——一个可怜的女人，眼看要死了，却在黑夜里躺在荒野的光地上，嘴里呻吟着，跟前一个人都没有，自己认为全世界没有一个人理她，你要是看见了那种情况，一定会难过到极点的，如果一个野兽看见了那种情况，也一定要受感动的。而那个可怜的女人，可正是我母亲！无怪她跟那个小孩儿说：‘你看见了一个心碎了的女人了。’她心里该怎么难过，才能说出那样的话来！除了我，还有谁能叫她那样难过？那太可怕了，不敢叫人想；我愿意我受的惩罚能比现在更重。他们说我精神错乱有多久的时间了？”

“我想有一个礼拜吧。”

“以后我就安静了。”

“不错，安静了四天。”

“现在我又不安静了。”

“不过你要想法安静才好；就请你想法安静好了，那样的话，你的身体不久就能强壮起来了。要是你能把你心里那种印象去掉——”

“不错，不错，”他不耐烦地说，“但是我不要再强壮起来。我强壮起来有什么好处？我死了才于我最好，也一定于游苔莎最好。游苔莎在这儿吗？”

“在这儿。”

“游苔莎，如果我死了，于你也最好，是不是？”

“你别拿这种话来逼问人了，亲爱的克林。”

“呃，其实这不过是一种望风捉影的悬想，因为不幸，我还死不了。我自己觉得好起来了。朵荪，现在你丈夫得了这笔财产，那你们还要在店里住多久？”

“也许再住一两个月吧，住到我的事儿过了的时候。我们总得等到那时候才能搬家。我想还得一个月或者一个多月吧。”

“是，是。当然。啊，朵荪妹妹，你的麻烦事都要完了——只过短短的一个月——你的麻烦事就都完了，并且你也有了安慰你的小宝宝了；可是我的麻烦可老没有完的时候，我也不会有安慰我的什么出现！”

“克林，你这是自己冤枉自己了。你放心吧，大妈决没往坏里想你。我知道，她要是还活着，那你早就跟她和好了。”

“我结婚以前，曾问过她，问她是否肯来看我，但是她可始终没来。要是她到我这儿来过，或是我到她那儿去过，那她临死的时候，就决不会说，她是一个心碎了的女人，是一个叫儿子赶出去的女人了。我这儿老是开着门等她来，我这儿是老等着欢迎她。但是她可老也没来看一看我这番意思。”

“你现在不要再谈了吧，克林。”游苔莎从屋子那一头有气无力地说，因为那种光景越来越叫她受不了了。

“我在这儿还能待一会儿，我来跟你谈一谈好了，”朵荪安慰他说，“克林，你想一想，你看这件事有多么偏于一面啊。她对那个小孩子说那些话的时候，你还没看见她，还没把她抱起来哪；再说，那些话也许只是一阵伤心的时候说出来的。大妈说话总爱急躁。她对我说话，有时就急躁。她虽然没来看你，我可十二分地相信，她一定是想来看你的。你想，一个当妈的，能耗两三个月的工夫，还连一点儿宽恕的意思都没有吗？她早已不见我的怪了，为什么她就不能也不见你的怪？”

“你用尽了办法，使她回心转意；我可什么也没做。我这个人，本是想要把深奥的秘诀，教给人家，去寻求快乐的；然而教育程度最低的人都知道躲避的惨剧，我自己却不知道躲避。”

“你今天晚上怎么来的，朵荪？”游苔莎问。

“戴芒把我送到篱路的头儿上。他又赶着车到村子里办事去了，他一会儿就回来接我回去。”

果然不错，一会儿他们就听见车轮子辚辚的声音了。韦狄已经来了，正带住了马和双轮小车在外面等候。

“请你打发人出去说一声，说我再过两分钟就下去。”朵荪说。

“我自己下去说吧。”游苔莎说。

她下了楼。韦狄已经下了车，游苔莎把门开开的时候，他正站在马头前面。起先那一会儿他没转脸，因为他以为是朵荪出来了。后来他抬头一看，才微微一惊，说了一声“唉”？

“我还没对他说。”游苔莎低声回答了他那一声“唉”，说。

“那你这阵儿就先别说了。等他好了再说吧。说出来可要命。你自己也病着啊。”

“我苦恼极了……哦，戴芒啊，”她说，一下哭了出来，“我——我说不出来我有多难过！我简直受不了。我的难处，我对任何人都不能说——除了你，没有任何别的人知道。”

“可怜的孩子！”韦狄说，显然被她的痛苦感动了，并且以后竟拉住了她的手，“你并没做任何事去招谁惹谁，可也卷在这样的一团乱丝里头，真太冤枉了。这种凄苦的日子，不是你这样的人受得了的。这都该怨我。我要是能把你从这一切的苦难里救出来，那就好了！”

“不过，戴芒，请你告诉我，我该怎么办？一点钟一点钟地坐在他旁边，听着他责骂自己，说自己是把她害死了的罪人，而同时又知道，实在的罪人正是我（如果任何普通的人能成罪人的话），这种情况使我陷入艮苦冰凉的绝望之中。我不知道怎么办才好。我应该告诉他呢，还是不应该告诉他呢？我老自己问自己这个问题。哦，我又想告诉他，我又怕告诉他。他要是知道了，他非把我置之死地不可，因为没有别的办法，能抵得过他现在这种情感。‘谨防能忍的人，一旦大发雷霆’[1]，我看着他的时候，这句话一天一天，老在我耳边上喧嚷。”

“唉，等着吧。等到他好一点儿的时候，再看机会吧。要是你告诉他的时候，你只可以告诉一部分——这是为他自己着想。”

“不要提哪一部分？”

---

1 引用英诗人德莱顿讽刺诗《阿布塞拉姆与阿奇陶飞尔》第一部第一〇〇行。

韦狄迟疑了半晌。“那时候我也在这儿那一部分。”他低声说。

“不错；既然人家都喊喊喳喳地说咱们两个了，那么那一部分应该保守秘密。不留神的事，做的时候很容易，做了再替它洗刷，可就难了。”

“要是他能死了么——”韦狄嘟囔着说。

“不要那么想！我就是恨他，也不能那样卑怯地企图免罪。现在我要回到楼上他那儿去了。朵荪让我告诉你，说她过几分钟就下来。再见吧。”

她回去了，朵荪一会儿就出现了。她同她丈夫坐到小马车上，勒转马头开始前行的时候，韦狄抬头往寝室的窗户上看去。他能辨出一个灰白悲戚的面孔，从一个窗户里往外瞧着他驱车离去。那正是游苔莎的。

二　一片昏昧的理性上透进一线森然的亮光

克林的悲痛慢慢地自熬自煎而减轻了。他的体力恢复了。朵荪探问了他以后，过了一个月，就能看见他在庭园里散步了。忍耐和绝望、平静和沉郁、健康的气色和濒死的灰白，在他脸上离奇地混合出现。他现在对于一切和他母亲有关联的往事，很不自然地一概不提了；游苔莎虽然知道他心里头仍旧跟从前一样地在那儿琢磨，但是她现在正乐得可以躲开这个题目，哪儿还肯把它重新提起？当初他理智微弱的时候，他的情感就支使他，使他把心思随口说了出来；现在他的理性有些恢复了，他就缄默起来了。

有一天晚上，他正站在庭园里，心不在焉地用手杖锄一棵荒草，那时候，只见一个骨瘦如柴的人，转过了房角，走到了他跟前。

"你是克锐吧？"克林问，"我很高兴，你找着了我了。我过几天，要请你上布露恩去帮着我把房子收拾收拾。我想那儿仍旧还是我离开它的时候那样锁着的吧？"

"是，克林先生。"

"你把土豆跟别的根菜都刨了吗？"

"刨啦，谢谢上帝，一滴雨都没下。俺今儿是来告诉你一桩跟新近咱们这儿出的事翻了一个过儿的。静女店里俺们从前都叫他店东的那位有钱的先生，打发俺来，叫俺告诉你，说韦狄太太平平安安地添了一个小女孩儿，刚好是午时一点钟添的，也许早晚差几分钟；他们都说，就是因为等着添这一口人，所以他们得了钱以后，才仍旧还在那儿住着。”

“你说大人很平安，是不是？”

“是，先生。可是韦狄先生因为不是个小子，闹脾气。这是他们在厨房里说的；他们说的时候，还只当俺没听见哪。”

“克锐，我有话跟你说。”

“是，是，姚伯先生。”

“我妈死的头一天，你可曾见过她？”

“没有，俺没见她。”

姚伯脸上露出失望的样子来。

“可是她死的那天早晨，俺可见她来着。”

克林脸上又明朗起来。“这比我要问的还更近。”他说，

“不错，俺知道那是她死的那一天；因为她对俺说：‘我要看他去了，克锐，回头我不用你给我拿做饭用的菜了。’”

“看谁？”

“看你呀。你不知道吗，她那是正要往你这儿来的呀。”

姚伯带着高度的惊异瞅着克锐。“你怎么从前没提过这个话？”他说，“你敢说一定，她那是正要往我这儿来的吗？”

“敢说一定。俺没对你提那个话，因为俺新近就老没看见你呀。再说，她不是没走到你这儿吗，那么那还有什么关系，还有什么可提的哪！”

“我这儿还老纳闷儿，不明白那样的大热天儿，她跑到荒原上

去干什么！好啦，她没说她要来做什么吗？克锐，这是我很想知道的一件事。”

“是，克林先生。她没对俺说她要来做什么，不过俺想她可不定在哪儿对别的人说过。”

“你知道她都对谁说过？”

“俺知道有一个人，先生，不过你可别在他面前提俺的名字，因为俺老在怪地方看见他，尤其是在梦里。今年伏里，有一天晚上，他像个凶神恶鬼[1]一样直来瞅俺，把俺闹得很丧气的，有两天的工夫，连俺那几根头发都没顾得梳。他好像是，姚伯先生，正在往迷雾岗去的小路中间站着的，你妈走到那儿了，脸上傻白傻白，像——”

“啊，那是什么时候的事？”

“今年夏天，俺做梦的时候。”

“你只说这个人是谁吧？”

“就是那个卖红土的德格，他在你妈来看你的头一天晚上到你妈那儿去，跟你妈说了半宿话儿。他走到栅栏门跟前的时候，俺还没完工回家。”

“我一定得见见文恩去——我早知道这件事就好了，”克林焦灼地说，“他怎么没来告诉我？”

“他第二天就从爱敦荒原上走了，所以大概不知道你要见他吧。”

1 凶神恶鬼，意译。原作“刀剑、饥荒”。《旧约 · 耶利米书》第 42 章第 16 节：“你们所惧怕的刀剑，在埃及必追上你们；你们所惧怕的饥荒，在埃及要紧紧追随你们。你们必死在那里。”

"克锐，"克林说，"你得找找文恩去。我还有别的事，不然，我就自己去找他了。你马上就去把他找着了，告诉他我有话跟他说。"

"白天找人俺倒是好手，"克锐说，一面迟疑地四围看着那渐渐昏暗的阳光，"不过黑夜，姚伯先生，可就没有比俺再不行的了。"

"你什么时候高兴就什么时候上荒原上去找一找好了，反正越快越好。最好明天就能把他找来。"

跟着克锐就走了。第二天来临了，但是文恩却没来。晚上克锐来了，样子很疲乏。原来他找了一整天，可没打听出红土贩子的消息来。

"你明天不要耽误工作，抽空再访一访好了，"姚伯说，"要是找不着，就不用来告诉我了。"

第二天，姚伯起身往布露恩那所老房子那儿去了；那所房子，连带庭园，现在都是他的了。他前些天因为病重，没能做搬到那儿的准备；但是现在他却非去查看查看房子的内部不可了；因为他是他母亲那点小小遗产的管理人；他为做这件事，决定当天晚上在那所房子里过夜。

他往前走去，不快也不坚决，只像一个刚从昏沉的睡梦里醒来而慢慢走路的人那样。他走到了山谷的时候，还是下午的前半。只见那个地方的神气，那个时光的情调，都和过去的日子里有这种场合的时候完全一样；这种跟以前相同的光景，使他幻想，已经不复存在的她，会出来欢迎他。庭园的栅栏门锁着，百叶窗关着，都正和出完了殡那天晚上他离开它们那时候一样。他把栅栏门开开了；只见一个蜘蛛，已经在那儿结了一个大网，把门封到横框上去了，它大概是以为这个门永远不会再开的了。他进了屋子，把百叶窗拉开，跟着就动手把碗橱和壁橱搜查，把废纸烧掉，同时琢磨，怎么才是最好的安排，可以把游苔莎接到这儿来住，因为他打算在那儿先住到他那耽搁已久的教育计划能够实行的时候，如果那种时候有来到的一天。

他把每一个屋子观察的时候，他觉得很不愿意把他的父母和祖父母那种古老长久流传下来的陈设，重新加以安排，去适合游苔莎现代的观念。那些古老尊严的家具里，有一架身瘦个儿高、带橡木壳的立钟，钟门上画着升天图[1]，钟座上画着捕鱼奇迹[2]，有他祖母留下来的那个带玻璃门的三角柜，隔着玻璃门就能看见柜里带花点儿的瓷器，有一个送食架，有几个木茶盘，有一个挂在墙上带铜龙头的贮水柜——所有这些东西都往哪儿放才好?

他看窗台上的花儿，都已经因为断了水而死了，他把它们拿到外面的窗台上，预备把它们挪走。他正在那儿这样忙碌的时候，他听见外面石头子儿路上有脚步声，跟着就有人敲门。

姚伯把门开开了的时候，文恩站在他面前。

"早上好，"红土贩子说，"姚伯太太在家吗？"

姚伯把眼睛往地上瞧。"那么你没看见克锐或者荒原上别的人了？"他说。

---

1 耶稣被钉死之后，七日复活，复活后四十日升天。见《新约·使徒行传》第1章第9节。

2 《新约·约翰福音》第21章里说，耶稣死后，曾在提比哩亚海边，向门徒显圣。那时有几个门徒打鱼，一夜并没打着。耶稣便出现，告诉他们往哪儿撒网，果得满网的鱼，门徒知道他是主。共打鱼一百五十三条，网却没破。

“没有。我在别处待了一个很长的时期，新近才回来。我上一次离开这块地方的头一天，到这儿来过。”

“你还没听说发生的事儿吧？”

“没有。”

“我母亲——不在了。”

“不在了！”文恩机械地说。

“她现在待的地方，本来也正是我要去的。”

文恩把眼盯着他，跟着说：“我要是不看你的脸，我永远也不会信你这个话。你病了吧？”

“我病了一场。”

“唉，这真是人事无常了！一个月以前，我跟她分手的时候，一切还都好像是说，她要开始一个新生命。”

“好像的事变成了真的了。”

“你说的不错。苦难教育了你，教你说话意义比我更深刻。我的意思只是说，她在这个世界上的生命[1]。她死得太快了。”

“那大概是由于我活得太久了吧。德格，我这一个月，为了我母亲的死，很受了一番痛苦。你请进来吧；我这儿正想要找你。”

他把红土贩子领到了上一个圣诞节开跳舞会那个大屋子里，两人一块儿在长椅子上坐下。“你瞧，”克林说，“这个壁炉现在是炉冷无烟的了。可是当初那块只烧完了一半的木头和那些灰烬都还熊熊发光的时候，她还活着。这儿的一切，还都没有什么变更。我现在是什么事也做不了的了。我的生命只是像一个蜗牛那样慢

1　克林把文恩前面说的“开始新生命”了解为死后的生命，故文恩有此解释。

慢往前爬就是了。”

“她怎么会死了？”文恩说。

姚伯就把她生病和死去的详情说了几点，又接着说：“经过这一场灾难以后，任何别的痛苦，都算不得什么了，都只能让我感到有些不舒服就是了——我原先本来要问你话，现在却好像醉人一样，离开本题，瞎说起来了。我很想要知道，我母亲跟你最后见面那一次，都跟你说什么话了。我想你跟她谈了很久吧？”

“我跟她谈了半点多钟。”

“谈我吧？”

“不错。那一定是因为我跟她谈了那一番话，她才往荒原上去的。毫无疑问她那是正要去看你的。”

“不过她既然那样恨我，那她为什么还会来看我？这就让人不明白了。”

“不过我知道，她那时不生你的气了。”

“但是，德格，一个当母亲的，如果不生儿子的气了，那她去看她儿子的时候，在路上病了，她还能说因为儿子可恶，她是一个心碎了的女人吗？永远也不能吧。”

“我只知道，她一点儿都没责备你。她只为了过去的事埋怨自己，只埋怨自己，丝毫没埋怨别人。这是我听见她亲口对我说的。”

“你听见她亲口对你说，我并没待她不好，而同时可又有一个人，听见她亲口对他说，我待她不好，这真怪了。我母亲并不是那种没有准脾气的女人，毫无缘故就一时一改变意见啊。文恩，你说，她居然能把这样矛盾的话紧接着说出来，到底是怎么回事？”

“我说不上来。她宽恕了你，宽恕了你太太，正要往你家里去跟你和好。在这个时候，可竟会说出这种话来，那自然是奇怪的了。”

“假使世界上有一件事，能把我弄糊涂了，那就是这件令人莫名其妙的事了……德格，假使我们活着的人能跟死去的人谈话——只谈一次，只谈一分钟的工夫，即便隔着铁栅栏，像跟牢狱里的人谈话那样——那我们能知道的事该有多少！现在满脸欢笑的人，那时该有多少得埋头深藏，不敢露面！并且这一段不可解的事——那时是不是我也会立刻就知道了它的内幕了？但是坟墓可一闭千年永不开了，有什么法子能发现这件事的底细呢？”

他的同伴并没回答，因为本来没有什么可以回答的。待了几分钟文恩走了以后，克林本来因为愁苦而沉闷，现在却变得因为烦恼疑虑而心神不定了。

他那天整个一下午都是那样的心情。一个街坊，在那所房子里给他搭了一个床铺，免得他第二天还得来回地跑。他在这所寂寞冷静的房子里上了床安歇下了以后，一点钟一点钟地醒着，老琢磨这种心思。他当时只觉得，想法子把这个死人的哑谜解开，比解决生人最深奥的问题还重要。在他的脑子里藏着一幅很清晰的图画：那就是，走进他母亲躺着的小土房里那个小孩儿的脸。他那圆圆的眼睛、急切的注视和他说话的时候尖锐的声音，都曾经像小刀子一般在他的脑子上乱扎乱刺。

他忽然觉得，去见这小孩儿一面，虽然也许没有什么大的收获，却也可能得到一些前此未经发现的零星残余。本来，事情已经过去六个礼拜了，再去搜探一个小孩儿的记忆，并且搜探的又并不是小孩儿看见了就懂得的事情，而却是他根本不能领会的那自然不会有多大希望的了；然而当一切明白显著的途径都堵住了的时候，我们就只有往那狭小黑暗的途径上摸索了。现在没有别的事可做了；搜探了小孩儿以后，他只好让这个哑谜沉到事物一去不返的深渊里去了。

他是约莫到了破晓的时候，才做出这种决定的，跟着他立刻就起来了。他把门锁好，往前面一片绿草地上走去，再往前去，绿草地就和石南混合成一片了。白色的篱桩前面，一条小路分成了三股，好像一枝宽箭[1]一样。右边那一股通到静女店和静女店邻近的地方；中间那一股通到迷雾岗；左边那一股越过山丘通到迷雾岗的另一部分，那就是那小孩儿住的地方了。姚伯走上最后这一股路的时候，他感觉到一股冷气袭人肌肤，使人起一种起鸡皮疙瘩之感。这种寒气本是大多数的人都熟悉的，并且大概是因为早晨的空气还没有太阳晒到的缘故。但是日后他想起来的时候，他认为那含有奇特的意义。

姚伯走到苏珊 · 南色住的那所小房儿的时候（苏珊 · 南色就是他所要找的那个小孩儿的母亲），屋里的人还都没起来。不过住在荒山上三家村里的人，从床上到门外，本是快而容易得令人可惊的转变。那儿并没有呵欠和梳妆，把夜间的生活和日间的生活隔断。姚伯当时用手杖敲楼上的窗台，因为那用手杖就可以够得着。过了三四分钟的工夫，那个女人就下楼来了。

一直到那时候，姚伯才认出来，这就是从前对游苔莎做过那

1　宽箭，一种符号，印在政府的物资上，如邮局信袋等，以为标志。

样野蛮行动的女人。她招呼姚伯的时候不大和气，那也一部分可以用这种原因来解释。还有一层，她那个小孩儿又害起病来；苏珊现在，又把他的病归到游苔莎会巫术的影响上，自从那个孩子被逼替游苔莎看祝火以后，她就老是这种看法。她这种看法，外表上虽然看不出来，却好像鼹鼠一般潜伏在心里；并且在她扎游苔莎的时候，老舰长曾要告她，因为游苔莎的请求才作罢论，也许这种善罢甘休，就是让她这种看法一直存在的原因。

姚伯战胜了他的厌恶心理，因为苏珊至少对于他母亲并没有恶意。他很和蔼地表示要和她的小孩儿见见面儿；但是她的态度却仍旧没有什么改善。

"我要见一见他，"姚伯带点儿迟疑的样子说，"问问他，他跟我妈一块儿走路的时候，除了他从前说过的话以外，还记得不记得别的情况。"

那女人用一种奇异的批评态度看着他。那种态度，除了一个半拉瞎子而外，别人都能看出来。它的意思就等于说："你这是又来寻找那种已经把你打趴下了的打击了。"

她把那小孩儿叫下楼来，请姚伯在一个凳子上坐下，嘴里接着说："现在，章弥，你把你还记得的事，都告诉告诉姚伯先生。"

"你那一天天很热的时候，跟那个可怜的老太太一块儿走路，你还没忘吧？"克林问。

"没忘。"小孩儿说。

"她都跟你说什么话了？"

那小孩把他进小土房那时候所说的话一字不差地又说了一遍。姚伯把胳膊肘儿支在桌子上，用手捂着脸；小孩儿的妈在旁边看着，她的样子好像觉得奇怪：为什么一个人会把已经毒害过自己的东西到处寻找。

“你刚一碰见她的时候，她正要往爱得韦去吗？”

“不是，她那是正从爱得韦往回走。”

“不能是那样吧？”

“是那样；她跟俺走的是一条路。俺那也是往回走。”

“那么最初你在哪儿看见她的？”

“在你住的那所房子那儿。”

“你可要留心，不许撒谎！”克林很严厉地说。

“俺没撒谎，先生；俺一打头儿就是在你住的那所房子那儿碰见她的。”

克林大惊，苏珊却仿佛有所预料似的，在那儿微笑，她那一笑，也并没让她脸上好看了；她那种态度好像是说：“凶恶的事就要来了。”

“她在我住的那所房子那儿都做什么了？”

“她走到魔鬼的煽火管那儿，坐在树下歇息。”

“天哪！这可真是我闻所未闻了！”

“你从前可没告诉我这个话呀？”苏珊说。

“俺是没告诉你，妈；那是因为俺不愿意叫你知道俺出去的那么远，所以俺才没告诉你。俺正在那儿采悬枸子哪，近处不长。”

“以后她又做什么了？”姚伯问。

“以后她看着一个人，走到你的房子那儿，进去了。”

“那是我自己——一个斫常青棘的，手里拿着一把荆条。”

“不是，不是你。那是一个体面人。你以前就进去了。”

“那是谁？”

“俺不认得。”

“你现在告诉我以后又怎么样了？”

“那个可怜的老婆子走到你的房子前面敲门，一个黑头发的女人从旁边的窗户里往外看她。”

那小孩儿的母亲转身向克林问：“这是你没想到的吧？”

克林好像一块石头一样，对于她的话一点儿也没理会。“往下讲，往下讲。”他哑着嗓子对小孩儿说。

“那个老婆子看见那个女人从窗户里往外看，就又去敲门，敲了半天还是没有人出来，她就把镰钩拿起来看了一看，看完了放下了，又把荆条看了一看；以后她就走了，走到我那儿去了，使劲儿地喘气，就像这样。俺们就一块儿往前走，她跟俺；俺跟她说话，她也跟俺说话，可没说好些话，因为她连气儿都喘不上来了。”

“哦！”克林嘟囔着低声说，同时他的头耷拉下去了，“再讲。”他说。

“她话也说不了啦，路也走不了啦；她的脸，哎呀，真怪！”

“她的脸怎么了？”

“跟你的脸这阵儿一样。”

小孩的妈往姚伯脸上看去，只见他满脸灰白，满头冷汗。“这里面不是含着意义吗？”她偷偷地说，“你现在对她怎么个看法呀？”

“悄悄地！”克林很凶恶地说。跟着又转过脸去对小孩儿说，“那么你就把她撂在那儿叫她自己去死了？”

“没有，”那个女人很快地而且含着怒意说，“他并没把她撂在那儿叫她自己去死！那是她把这孩子打发走了的。有人说他把她撂了，那就是说瞎话[1]。”

“这一层不必麻烦了，”克林嘴唇颤抖着说，“他所做的，比起他所看见的来，只算小事一端。你才说门老关着，是不是？门老关着，她可从窗户里往外看？慈悲的天哪，这怎么讲？”

小孩儿看那个问话的人那样用眼看他，吓得退缩起来。

“他从前也是这么说来着，”小孩儿的妈说，“章弥是一个敬畏上帝的孩子，从来不撒谎。”

“‘叫我儿子赶出去了！’不对，亲爱的妈呀，我拿我的命打赌，决不是那样！不是你儿子，是你儿子的，你儿子的——但愿所有的女凶手都受到她们应该受的地狱惩罚之苦！”

姚伯一边嘴里这样说，一边走出了那所小房儿。只见他的瞳仁，愣了一般地往前死盯着，忽忽悠悠地含着冰冷的闪光；他的嘴变成了要给俄狄浦斯打稿的[2]时候或多或少所要想象的那种样子。在他那种心情里，再奇异的事迹他都做得出来，但是在他那种地位上，那种事迹却不可能。因为在他面前的，并不是游苔莎的灰白面孔，和他不知名的那个男人的形体，而却是荒原那副丝毫不受扰乱的面目。那副面目，曾把好几千年掀天动地的进攻，都看得如同无物，所以一个人最狂乱的激动，在它那满是皱纹的古老面庞跟前，更显得丝毫无足轻重。

1　英国法律，把患难中或病危中的人故意撂了的是犯罪，所以这儿苏珊极力辩白。

2　指要画他而言。在索福克勒斯的伟大悲剧《国王俄狄浦斯》中，俄狄浦斯发现自己弑父妻母后，紧咬牙关，自抉其目，血流满面。这儿的“打稿”是以给俄狄浦斯画像为喻。

三　游苔莎在一个阴沉的早晨梳妆

姚伯往爱得韦走去的时候，虽然感情那样狂乱强烈，而四围的景物上那种一片广漠、泰然自若的状态，却也牢牢地盘踞在他的心头。他从前也曾有过一次，亲身感觉到热烈的情感被沉静的状态压伏下去的情况，不过那时候，沉静的状态所压伏的，却是比他现在所有的这种感情远较甜蜜的一种，是强烈的爱情。那就是他站在山外面恬静潮湿的平地上，跟游苔莎分手告别那一次。

不过他当时把这些思想一概撂开了，仍然往前走去，一直走到他的房前。游苔莎寝室里的窗帘子，仍旧是严密地遮着的，因为她并不是爱起早的人。所有能看得见的活动，只是一只孤独的画眉，在门外的台阶儿上，磕一个小蜗牛，当它的早饭，它那种嘴啄的声音，在那样一片寂静的空气里听起来，好像很响亮；不过克林走到门前的时候，前门并没闩。原来伺候游苔莎的小女仆，已经在房子的后部活动起来了。姚伯进了门，一直往他太太的卧室里走去。

游苔莎一定是叫姚伯到家的声音聒醒了，因为他把门开开的时候，她正穿着睡衣站在镜子前面，一只手还挽着头发的末端，把头发往头上盘，准备开始晨装。原来她这个人，见面的时候总不爱先说话，所以她当时就连头都没回，让克林悄悄地走了进来。他走到她身后了，她从镜子里看见了他的脸了。只见他的脸灰白、犷野、狰狞可怕。游苔莎虽然是一个不喜欢在人前对丈夫问寒问暖的太太，但是在往日她心里没有秘密这种负担的时候，即使她也要满心失惊，双眉顿锁，急急忙忙迎上前去的。但是现在她却站在那儿动也不动，只从镜子里看着他。而在她看着那一会儿的工夫里，暖气和酣睡散布到她脸上和脖子上的红晕就都消逝了，克林脸上那种死一般的灰白，一下飞渡到她脸上去了。他靠她很近，所以看见了这种光景，而这种光景就把他的舌头给他激动起来了。

“你知道是怎么回事了，”他哑着嗓子说，“我看你的脸就看出来了。”

她把手里挽着的一大绺厚头发撒开了，把手垂到身旁；那一大绺头发既然没有东西拢着了，就从头上披散到肩膀和白寝衣上。他的话她没回答。

“你倒是跟我说话呀。”姚伯用不容分说的口气说。

她脸上由红变白的程序仍旧还没停止，所以跟着她的嘴唇也跟她的脸一样地白了。她转身朝着克林说：“不错，克林，我正要跟你说话。你怎么这么早就回来了？有什么要我做的事吗？”

“有，我要你听我说话。我的太太好像不大舒服吧？”

“怎么了？”

“你瞧你的脸，亲爱的，你瞧你的脸。再不也许是灰淡的晨光叫你脸上的红晕消失了吧？我现在正要告诉你一样秘密。哈哈！”

“哎呀，这真吓人。”

“什么？”

“你的笑法。”

“自然有吓人的缘故。游苔莎，你把我的幸福握在你的手心里，而又像魔鬼一样，把它狠狠地摔了！”

她惊得从梳妆台那儿一躲，往后退了几步，眼睛直往他脸上瞅。“啊！你这是要吓唬我，”她微微地笑了一笑说，“这值得吗？我并没有人护卫我，我就我自己。”

“这真怪啦！”

“你这是什么意思？”

“既然有的是工夫，那我就对你说一说好了，其实你自己早就知道得很清楚了。我的意思只是要说，我不在家的时候，你会只有你一个人待着，那才怪哪。现在，你告诉我，八月三十一号下午跟你在一块儿的那个人，现在在什么地方？在床底下吗？还是在烟囱里？”

她听了这话，不由得打了一个寒噤，同时她那件质料轻松的寝衣，也整个儿地一哆嗦。“我记日子没有那么准，”她说，“除了你以外，我不记得我曾跟别人在一块儿待过。”

“我说的那一天，”他把声音提高放粗了说，“就是你把我母亲关在门外头把她害死了的那一天。哦，那真太难了——那真太坏了！”他把背朝着她，在床的下首靠了一会儿；跟着站起来大声说：“你说，你说，你说呀——你听见了没有？”同时冲到她跟前，拉住了她那寝衣袖子上松着的褶儿。

游苔莎那样心里勇敢倔强的人往往在外表上所显出来的怯懦，

已经来而复去了，她真正的勇敢品质出现了。她脸上以前虽然那样灰白，现在却注满了红色的血液了。

“你这是要做什么？”她高傲不屈地微微含笑看着他低声说，“你这样揪住了我，并吓不着我；不过你要是把我的袖子揪破了，可未免可惜了。”

他不但没撒手，反倒把她更拉到他跟前一些。“你说一说——我母亲死的细情好了，”他气促呼呼、几难成声地低语道，“你要是不说——那我就——那我就——”

“克林，”她慢慢地回答说，“你真认为你敢对我做出我不敢承受的事来吗？不过你动手之先，让我说一句话好了。你打我是打不出什么结果来的。就是你把我打死了，也没有用处。我看你的神气，大概你是要把我打死的。不过也许你根本就没想叫我说话——也许你只想叫我死吧？”

“叫你死！这是在你的意料之中的吗？”

“是。”

“为什么？”

“照你从前对她那样的悲痛看起来，只有我一死，才能平息你现在这样的愤怒。”

“呸——我不叫你死，”他好像忽然变更了目的似的鄙夷地说，“我刚才倒是想叫你死；但是——现在不了。我要是把你打死了，那你就成了殉道的人了，就要到她所在的地方去了；我要是办得到，我要叫你永远跟她分开，一直到宇宙完了的时候。”

“我倒愿意你把我置之死地，”她阴郁沉闷、辛酸激愤地说，“我实对你说吧，我对于我近来在这个世界上扮的这个角色，并没有强烈的愿望。你，我的丈夫，并不是我的福星。”

“你把门关着——你从窗户里看着她——你家里有一个男人跟你在一块儿——你把她赶走了叫她死。这样毒辣，这样凶狠，这样险诈！我不愿意碰你——你离我远一点儿站着——一个字一个字都给我坦白出来！”

“绝不能！我要像我所不怕遭到的死那样，永远不开口；纵然我把话说出来，可以把你认为我犯的罪开脱一半，我也不说。不错，我绝不能开口！凡是讲点儿体面的人，听了你说的这种话以后，谁还自找麻烦，去清理一个狂人脑子里的蛛丝积尘？没有那样的人。让他浑来吧，让他想那些促狭的念头吧，让他往泥坑里钻去吧。我还有别的事。”

“这太难了——不过我还是一定饶恕你。”

“可怜的慈悲。”

“好哇，游苔莎，我指着我这可怜的灵魂赌誓，你这是扎我的心。不要紧，我能坚持；而且还强烈地坚持！现在，夫人，你说那个人是谁吧！”

“我永远也不说，我是拿定了主意的。”

“他给你写过多少回信？他都把他的信放在什么地方？他都什么时候跟你见面？啊，他的信！你告诉不告诉我他的姓名？”

“我不。”

“那我就自己来找好了。”他的眼光早已经落到一个放在附近的小书桌上了，她往常老在那上面写信。他走到桌子前面。只见桌子锁着。

“开开。”

“你没有说这个话的权利。那是我的。”

克林没再说别的话，只把桌子抓起来往地上一磕。桌子的活页磕开了，有好些信从里面滚了出来。

“住手！”游苔莎比以前兴奋一些的样子，走到他前面挡着，嘴里说。

“哼，哼！躲开！我一定要看。”

游苔莎眼里看着散在地上那些信，压住了心里的感情，带着不在意的样子往旁边躲开；同时克林就把那些信拾起来，仔细检查。

看这些封信，就是要故意曲解，也没有一封可以看出有任何不适当的情况来的。唯一孤独的例外，只是一个空信封，上面写着她的名字，笔迹是韦狄的。姚伯把那个信封举了起来。游苔莎就倔强地一声不响。

“你不识字吗，夫人？你看一看这个信封好了。一会儿一定还能再找出更多的来，并且还能找出信里面的东西来。我现在能及时地知道了我的夫人对于某一门行业这么精通，这么纯熟，真太高兴了。”

“你这是对我说的吗——是对我说的吗？”她气结声促地喘着说。

克林又搜起来，但是却并没再搜出什么来。“这封信上都说的是什么话？”他说。

“你问那写信的人好了。我是你的狗吗，你对我这样说话？”

“你这是和我挑战吗，你这是和我逞强吗，夫人？你回答我。你不要用你那双眼睛那样来看我，好像想要再来迷惑我似的！我不用你迷惑就要死了。你不回答我吗？”

“你这样对待我，那我就是和天堂上最甜美的婴孩一样地清白，我也不能再跟你说什么。”

“可是你并不清白。”

“自然我并不绝对清白，”她回答说，“但是我却并没做你猜度的那种事；不过假使只有连一丝一毫有害的事都没做过，才算清白，那我自然是罪无可恕的了。但是我并不求你良心上的帮助。”

“你倒能抵抗，并且抵抗了又抵抗，啊！要是你能表示后悔，并且把一切的情况都坦白出来，那我想我不但可以不恨你，我还可以为你伤心，为你流泪。要我饶恕你可永远办不到。我这个不能饶恕你，并不是说的你和你的情人那一节——关于那一节，我愿意姑且认为你是清白的，因为那不过只影响到我个人就是了。但是关于另一方面，我可万难饶恕你：比方你把我自己差一点儿害死，比方你成心把我这两只几乎瞎了的眼睛完全给我弄瞎了，那我都能饶恕你。但是关于另一方面，我要是饶恕了你，那我还能算个人吗？”

“你不要再说了。我不要你这种怜悯。不过我倒愿意能使你不要说你以后要后悔的话。”

“我现在要走了。我要离开你。”

“你不必走，因为我自己要走。你就在这儿待着，也一样能离我远远地。”

“你想一想她——你琢磨琢磨她——她有多么善良；她脸上每一道线条都带出她的善良来。大多数的女人，即便稍微有些烦恼的时候，都要撇一撇嘴，或是皱一皱眉，露出一星星的歹意来；但是她，就是她顶生气的时候，脸上都从来没露出过任何恶意。她，不错，容易生气，但是她也一样地很容易饶恕人。她外表上虽然很高傲，她心里却跟小孩子一样地柔顺。但是结果怎么样？——你是完全不管那一套的！她正想跟你亲近的时候，你倒恨起她来。哦！难道说，你除了做那件残酷的事好叫我遭殃，好叫她受苦、送命，你再就不知道什么才于你最好了吗？那个跟你在一块儿的魔鬼，叫你做了对不起我的事还不够，又叫你对她做了那件残酷事，他到底是谁？是不是韦狄？是不是可怜的朵荪她丈夫？天哪，太坏了！太恶了！你哑巴了吧，是不是？顶高尚的把戏叫人发现了以后，哑巴是很自然的结果呀……游苔莎，难道说，你对你自己的母亲那种温柔心肠，就没能叫你想一想，在我母亲那样疲乏的时候，应该待她温和一点儿吗？难道说，你把她逼走了，你心里就没觉得有一丁点儿的恻隐之心吗？你想一想，要往宽恕忠诚的道路上走，那是多么好的一个机会！你可把这个机会完全扔掉了！为什么你不把那个浑蛋踢出去，把我母亲放进来，并且说，从此以后，你要做一个高尚的女人，忠实的妻子？就是我告诉过你，说叫你把咱们在这个世界上所剩下的那一丁点儿快乐机会，完全毁灭了，永远毁灭了，那你也不能做得比这个更彻底。好啦，她现在已经长眠了；你就是有一百个情人，你和他们也都没有法子能再侮辱她了。”

“你这话夸大得太过分了，”她声音微弱、低沉地说，“不过我还是不替自己辩护——那是不值得的。你将来既是跟我没有关系了，那已往的事也就不必提了。我由于你，把所有的一切全都丧失了，但是我可没抱怨过。你自己犯了错误，遭了不幸，你难过是应该的，但是叫我也跟着受罪，那我可就冤枉了。自从我落到了结婚的泥坑里以后，所有的体面人见了我，都吓得老远地躲着。你把我安置在这样一所小土房里，把我当做了一个乡下佬的老婆看待，难道这就是你爱护我吗？你骗了我了——不是用言语骗的，而是用外貌骗的，其实外貌比言语更难叫人看得透。不过这个地方也跟别的地方一样地好——哪儿都可以把我葬送到坟地里。”她的话在她的嗓子里咽住了，她的头也垂下去了。

“我不懂你这个话是什么意思。难道说，你是由于我，才犯的罪吗？”（他说到这儿，只见游苔莎哆嗦着朝他伸出手来。）“怎么，你还会落泪，还会伸手给我，啊！天哪，你还能这样，啊！不能，我不能，我不能犯这个跟你握手的罪。”（游苔莎伸出来的手又软弱无力地垂下去了，但是眼泪还是不断地往下流。）“好吧，既是从前因为我糊里糊涂不明白我爱的究竟是怎么一种人，所以和你接过那么些吻，那么，我现在看着那时候接的那些吻，握一握你的手吧。那时候我叫你迷惑到什么程度了！一个人人都说坏的女人，能有什么好处？”

“哦，哦，哦，”游苔莎到底忍不住，哭出来了，并且一面哽哽咽咽、一抽一抖地哭着，一面便挺立不住，两膝落到地上，“哦，你有完的时候没有！哦，你太残酷无情了——就是野蛮人的残酷也有个限度！我咬着牙挺了这半天了，但是你可到底把我压倒了。我求你发点慈悲吧——我可不能再受了——再这样下去就不人道了。就是我亲手——把你——母亲杀了——我也不应该受这样痛彻骨髓的鞭打。哦，哦！上帝对一个可怜的女人发点慈悲吧！……

在这一场竞赛里，你总算把我打败了——我请你高抬贵手吧……我承认，她第一次敲门的时候，我是——有意没去开门——但是——第二次我要是没认为你会去开门——那——我自己就去开了。我以后知道了你没去，我就去把门开开了，可是那时候，她已经走了。这就是我犯的罪——我对她犯的罪。顶好的人，有时也会犯大错的。不会吗？——我想会的。现在我要离开你了——永远永远离开你了！”

“你把话都告诉了我，那我就一定会可怜你的。跟你一块儿在屋里那个人是韦狄吧？”

“我不能说，”她拼却一切，呜咽着说，“你不必硬追问了——我是不能说的。我要离开这地方了。咱们不能两个都待在这儿。”

“你不必走：我走好了。你可以在这儿待着。”

“我不，我要去换衣服了，换好了我就走。”

“上哪儿？”

“上我来的地方去，或者别的地方。”

游苔莎匆匆忙忙地穿戴去了，姚伯就满腔深愁幽怨，一直在屋里来回瞎走。她穿戴了半天，到底都穿戴齐全了。她把两只小手伸到颏下去系帽带的时候，手颤抖得非常厉害，帽带老系不上，系了好几分钟，她终于放弃了那种企图。克林见了，走向前去说：“我给你系上吧。”

她悄然应许了，把下颏仰了起来。她有生以来，至少这一次把自己姿态上的美丽完全忘了。但是克林却没忘，所以他就把两眼转到一旁，免得受了引诱而惹起温柔的情感。

帽带系好了；她转身离开了他。“你仍旧还是觉得你自己走开比我离开你好吗？”他又问了一遍。

“不错。”

“很好——就这样吧。你说出来那个人是谁，我就可以可怜你了。”

她披上了披肩，下楼去了，把克林扔在屋子里站着。

游苔莎走了不大的工夫，只听寝室外面有人敲门；姚伯说：“啊？”

原来是女仆；她回答说：“刚才韦狄太太那儿，打发人来告诉你，说太太和小孩儿都很平安，小孩的名字要叫游苔莎·克伦门第恩。”说完了女仆就退出去了。

“这个玩笑开得可真不小！”克林说，“我这场不幸的婚姻，竟要在那小孩的名字上继续下去！”

四　半被忘记的人的殷勤

游苔莎起初的路程，跟风里的蓟絮一样，是没有准方向的。她不知道怎么样才好。她恨不得那时候是晚上而不是早晨，因为那样，她就至少可以忍受痛苦而没有让人看见的可能了。她在那快要死去的凤尾草和带露水的灰白蜘蛛网中间，忽忽悠悠地走了一会儿，最后到底把脚步转向了她外祖的住宅。她走到那儿的时候，只见前门紧闭，并且还锁着。她就机械地转到住宅马棚所在的那一头。她从马棚的门口往里看的时候，看见查雷站在里面。

“斐伊舰长不在家吗？”她问。

“不在家，小姐，”那小伙子心里怦怦地跳着说，“他上了天气堡了，总得天黑了才能回来。女仆放了一天工回家去了，所以把门锁起来了。”

游苔莎本是背着亮光站在门口的，同时马棚里的光线又不很充足，所以查雷看不见她的脸；但是她那狂野的态度，却惹起了他的注意。她当时转身穿过庭园，往栅栏门那儿去了，并且一会儿就叫土堤遮住了。

她走了以后，查雷眼里含着疑虑的神气，慢慢地出了马棚，走到土堤的另一个地点儿上往外看去。只见游苔莎正把身子靠在土堤外面，把脸用手捂着，把头靠在蒙茸堤外满含露水的石南上面。这种泥污、寒侵的枕头上凝聚的露水，把她的帽子、头发、衣服，都给她浸湿弄乱了，但是她却仿佛一点儿都不理会。这显然是有了难题的了。

查雷心目中的游苔莎，向来是跟游苔莎最初看见克林那时候她心目中的克林一样——觉得她只是一种邈若仙人的甜蜜幻影，几乎难以想象她会有肉体。她的态度那样尊严，她的言语那样骄傲，除了她让他握手那几分钟的幸福时光以外，他再就没有跟她接近的机会，所以他几乎就没把她看做是一个普通的女人那样：没长翅膀，属于尘世，在繁琐的俗务和家庭的龃龉中间生活。至于她那内心生活的细情，他只能猜想测度。在他看来，她只是一个可爱的奇珍异物，命中注定要有绕天周行那样大的活动范围，而他自己的全部活动范围，却只能是那个范围里面的一个小点儿。现在她这样像一个无依无靠、灰心绝望的人一样，在一块荒凉、潮湿的土堤上靠着，叫他见了，又惊又怕。他再不能站在原处不动了。他跳过了土堤，走到她前面，用手指头去触她，同时温柔地说："你不舒服吧，小姐。俺有能帮忙的地方没有？"

游苔莎抬头一惊说："啊，查雷吗——你这是跟在我后面了。我今年夏天离家的时候，你没想到我会这样回来吧！"

"俺没想到，小姐。俺这阵儿能帮你点儿忙吗？"

"我恐怕不能吧。我只想能进屋里就好了。我就觉得头晕——没有别的。"

"你靠着俺的胳膊好啦，小姐；俺把你搀到门廊下面，再想法子把门弄开。"

他把她扶到门廊下面，把她安置到一个坐的地方上，就匆匆跑到房子后面，从梯子爬上了一个后窗，进了屋里，把门开开了。跟着他又把她扶到屋子里。只见屋里有一个旧式的马鬃长椅子，像驴车一样大。游苔莎就在那上面躺下。查雷在门厅里找了一件外套，替她盖在身上。

“你要什么吃的喝的不，俺去弄？”他说。

“你高兴的话，查雷，就去弄点儿。不过恐怕没有火吧？”

“俺会生火，小姐。”

查雷出去了，游苔莎能听见劈木柴、吹吹火管的声音。跟着他回来了，说：“俺在厨房里生起火来了，俺把这儿的火也生起来吧。”

查雷把火生起来了，游苔莎在临时的床上躺着，像在梦里一样看着他。火着起火苗来的时候，查雷说：“今儿早起凉森森的，俺把你推到火旁边吧？”

“好吧，又麻烦你了。”

“俺这阵儿去把早饭拿到这儿来，好不好？”

“好吧，你去拿吧。”她懒洋洋地嘟囔着说。

查雷去了以后，他在厨房里活动发出来的沉闷声音，有时传到她的耳朵里。那时她竟忘记了她在什么地方，有一刹那的工夫，得用力琢磨，才能明白那种声音究竟是怎么回事。她因为心在别处，所以觉得时间过得很快。过了不大的一会儿，查雷就又进来了，手里拿着一个盘子，上面盛着冒热气的茶和烤面包。

“放在桌子上吧，”她说，“我一会儿就去吃。”

他照着办了，退到门口那儿，但是他看她仍旧在那儿躺着没动，他又往前走了几步。

“要是你不愿意起来，俺拿给你吧。”查雷说。跟着他就把盘子拿到小榻前面，在那儿跪下，说：“俺给你端着吧。”

游苔莎坐起身来，倒出一杯茶来。“你待我太好了，查雷。”她喝着茶的时候嘟嘟囔囔地说。

“啊，这是应当的，”他很谦虚地说，同时努力把自己的眼睛躲着游苔莎，虽然这是他们唯一自然的地位，因为游苔莎紧坐在他面前，“你从前也待俺好过呀。”

“我怎么待你好过？”游苔莎问。

“你还是姑娘没结婚的时候，你让俺握你的手了。”

“啊，不错，我让你握过。我那是为什么让你握我的手？这会儿怎么想不起来了？——哦，是啦，那是因为我要去演幕面剧吧，是不是？”

“是，你要扮俺那个角色。”

“我想起来了。一点儿不错想起来了——太清楚地想起来了！”

她就立时又满心抑郁起来。查雷看她不想再吃再喝了，就把盘子拿开了。

以后查雷有的时候进来一下，看看火是否还着，问她要不要什么东西，告诉她南风转了西风，问她是否愿意叫他采些黑莓给她。对于这些问题，她的回答一概是反面的，或者是不在意的。

游苔莎在长椅子上又躺了些时候以后，就从昏沉中挣扎着醒来，上楼去了。她从前睡觉那个屋子，还跟她离开它那时候差不多一样，这让她想起她现在这种逆来而难顺受的地位，比起从前来，变化很大，坏得无限，跟着她刚到这儿的时候脸上带的那种模糊不清、形体难定的苦恼，就又在脸上出现。她往她外祖的屋子里窥视。那儿清凉的秋风，正从敞着的窗户吹了进来。当时她的眼睛叫一件东西吸引住了。那件东西本来很熟悉，很平常，但是现在在她眼里，却含有新的意义。

那原来是一对手枪[1]，正靠着她外祖的床头挂着。本来她外祖因为那所房子非常偏僻，所以老把手枪装好了子弹挂在那儿，预防会有什么夜入人家的盗贼。游苔莎把眼盯在那一对手枪上，盯了老半天，好像它们是一页书，她在那儿读到了一篇新鲜奇异的东西似的。于是她很快地好像一个人自己怕自己似的，回到了楼下，站在那儿使劲儿琢磨。

"只要我能那么一办么，"她说，"那于我自己，于所有跟我有关系的人，都有很大的好处，而又连一个人都连累不着。"

这种想法好像在她心里越来越有力量，她在那儿一动也不动地站了差不多有十分钟的工夫，跟着她的眼神儿里露出一种下了最后决心的样子来，不像以先那种茫然、犹豫了。

她再次转身上了楼——这次是轻轻地，偷偷地——进了她外祖的屋子，那时她的眼睛马上就往床头上看去。手枪已经不在那儿了。

手枪不见使她的目的马上受到阻挠这种情况对于她的脑子发生的影响，好像突然的真空对于身体发生的影响一样；她差不多晕过去了。这是谁干的事儿？这所房子里，除了她自己，另外就只有一个人。游苔莎不知不觉地走到那个开着的窗户跟前，往外看去，因为那个窗户俯视庭园的全部，能一直看到房外的土堤。

1 决斗时所用，故为一对。十九世纪中叶，英国决斗之风仍流行。

只见土堤顶上站着查雷，因为土堤高，所以他站在堤上就能够看到屋子里面。他的眼光，急切、焦灼，直对着游苔莎。

游苔莎下了楼，走到门口跟他打手势。

“是你把它们拿走了的吧？”

“是，小姐。”

“你为什么把它们拿走了？”

“俺看你瞅它们瞅的工夫太大了。”

“那有什么关系？”

“你一早起老伤心，好像不想活的样子。”

“啊？”

“所以俺不能叫它们落到你手里。你瞅它们的神气里含着意思。”

“它们现在哪儿去了？”

“锁起来了。”

“锁在哪儿？”

“马棚里。”

“你把它们给我。”

“不能，小姐。”

“你不给吗？”

“俺不给。俺太爱护你了，俺不能把那种东西给你。”

她转到一边儿去了，她脸上那天头一次由早晨那种石头一般的死板样子，变得温和起来，她嘴角上那种绝望的时候就消失了的细致曲线，也有些恢复了。后来她才转过身来，对着查雷，声音颤抖着说：

“既是我自己愿意死，那为什么就不可以死？我和人生打交道，处处都吃了亏；我活够了——活够了。你这是阻挠我，不叫我得到解脱。哦，你何必阻挠我，查雷？死并没有痛苦，只有活着的人，悲痛死者，才可以算是死的痛苦，而我连那种情况都没有，因为我死了，连一声为我而发的叹息都不会听到！”

“啊，这都是有了为难的事，才闹到这步田地！俺打心眼儿里说，俺恨不得那个把你弄到这步田地的人死了烂了才好，就是说这种话犯充军的罪，俺也要这么说。[1]”

“查雷，这个话不要再提了。你打算把你刚才看见的这件事怎么办？”

“要是你答应俺不再往那件事上想，那俺就像夜一样地保守秘密。”

“你用不着不放心。那股子劲头已经过去了。我答应你不再往那方面想。”于是她就走开，进屋里躺下了。

下午很晚的时候，她外祖才回来了。他本来要照直地问一问她；但是一看她脸上那种神气，可就把话咽住了。“不错，太糟了，不值得说，”游苔莎看出她外祖瞅她的意思来，慢慢地说，“老爷子，今天晚上我从前住的那个屋子可以收拾妥当了吗？我又要在那儿住了。”

他并没问这都是怎么回事，也没问她为什么离开她丈夫的，只吩咐人把屋子收拾了。

1　英国从前的法律，咒骂者犯罪。英国“充军”，一八六二年始废，故其影响仍在民间保留，所以查雷才这样说。

五　旧日的把戏无意中重复演出

查雷对于他从前这位小姐的关切，真是没有止境。他努力想法给她解除烦恼，因为那就是他自己的烦恼里唯一的安慰。他没有一时一刻不留神她所需要的事物的；她能待在这里这件事本身，就使他非常感激，所以他就一面咒骂使她愁苦的原因，另一面却又有点赞颂现在这样的结果。他心里想，她也许要永远在这儿住下。果真那样，那他就又能跟从前一样地快活了。他怕的是，她会想起来再回爱得韦去，因此他的眼睛时常在她不注意他的时候，带着爱护关切的神气，去看她的脸色，看的时候，就跟他注视一个斑鸠的头，看它是否打算要飞一样。既是他真救了她一次，并且也许把她的性命从最鲁莽的行为里给她保全了，所以他就一心自命，认为他对于她的幸福，还有监护的责任。

因为这种缘故，所以他老忙忙碌碌地想种种方法给她解闷。他在荒原上找到了的奇异东西，像喇叭形的白色藓苔，红头的地衣，爱敦上面古代的部落人所用的石头箭头，棱石窟穴里所找到的多面结晶石之类，他都给她带回家来。他往宅里放这些东西的时候，总是选择一种地方，能叫她看见它们的时候，好像只是偶然的。

在头一个礼拜以内，游苔莎永远也没出这所房子的门。一个礼拜过去了，她才有时到土堤里面的空地上，拿着她外祖的望远镜，往四面观望，像她结婚以前时常做的那样。有一天，她看见横穿远处山谷那条大道上，有一辆满载着东西的大车，正打那儿过。车上载的都是家具。她看了又看，认出来那些家具就是她自己的。晚上她外祖回来的时候告诉她，他听人说，姚伯那天已经从爱得韦搬到布露恩的老房子里去了。

又有一次，她又这样侦查的时候，看见有两个女子模样的人，在山谷里走。那天的天气又晴爽、又明朗；那两个人离她又不过半英里，所以她能从望远镜里看见她们的详细情况。前面走的那个女人，怀里抱着一个白包卷，包卷的一头儿垂着一叠很长的布。等到那两个人转了一个弯儿，日光更直接地射到她们身上的时候，游苔莎就看出来，那件东西，是一个小婴孩。她叫查雷，问他是否认出来她们是谁，其实她自己早就猜出来了。

“那是韦狄太太和保姆。”查雷说。

“保姆抱着小孩儿吗？”游苔莎说。

“不是，韦狄太太抱着，”查雷答，“保姆跟在后面，空着手儿。”

那小伙子那一天很高兴，因为十一月五号又来到了，他正在那儿想什么新方法，要叫她松散松散脑筋，不要过于聚精会神地琢磨思索。一连两年，他的小姐好像都喜欢在俯视山谷的土堤上点祝火；但是今年，她却显然把这个日子和这个老规矩完全忘了。他小心在意不去提醒她，只自己暗地里进行准备，为的是好叫她临时来一个惊喜交集。并且因为去年此日，他没能在场帮忙，所以今年他做准备的时候，就越发尽心。他每逢遇到有一分钟的空闲时间，都跑到附近的山坡上，把常青棘的残株、棘树的根子和其它耐烧的东西，忙忙地捡到一块儿，把它们藏到匆匆一过就难看到的地方。

那一个晚上来到了，游苔莎却仍旧好像不知道那天是这个周年纪念日似的。她在望远镜里看了一会儿，就进了家，从那时以后，就没再出现。天色刚一完全黑了的时候，查雷就动手堆积点祝火的材料，他选择的地点，一点儿不差，就是游苔莎从前在土堤上点祝火那个地方。

在四围所有那些祝火都着起来了的时候，查雷把他自己的也点了起来，同时把烧的材料想法布置了一下，叫它可以有一会儿的工夫不用人管。跟着他就回到住宅，在门外待了一会儿，又在窗下待了一会儿，心里想，反正不管怎么样，游苔莎总会知道他这种成绩的，知道了总会出来看的。但是所有的百叶窗都关得严严的，门也老关得紧紧的，好像他那种动作，任何人都没理会似的。他不愿意去招呼她，所以他又去到火旁，往火里续燃料，这样一直过了有半点多钟的工夫。那时候他看他积攒的那些燃料已经烧去一大部分了，才走到后门传进话去，说请姚伯太太开开百叶窗，看看外面的光景。

游苔莎那时正无精打采地坐在起坐间。她听见这个话，当时一惊，把百叶窗拉开了，往外看去。只见在土堤上正对着她，有一片火光晃眼地亮，一下就把她所待的那个屋子照得通红，把蜡光都压下去了。

“弄得好，查雷！”斐伊舰长从壁炉暖位里说，“不过我希望他烧的不是我的劈柴才好……啊，去年也就是今天这个时候，我碰见了那个红土贩子文恩，赶着车送朵荪·姚伯回来——一点儿不错就是今天！唉，谁想得到，那孩子那阵儿那么不遂心，这阵儿可又会这么遂心哪？你那件事做得多傻呀，游苔莎！你丈夫还没给你来信吗？”

“没有。”游苔莎忽忽悠悠地隔着窗户看着祝火说，那时祝火正把她的全部心思吸住了，所以她对于她外祖那种直率粗鲁的意见，也不顾得生气了。她能看见查雷的形体，在堤上把祝火拨弄聚拢；同时另一个人的形体，可以让祝火引到这儿来的那个人的形体，在她的脑子里一闪。

她离开了屋子，戴上了出门儿戴的帽子，披上了斗篷，来到了外面。她走到了土堤跟前的时候，带着焦灼的好奇和疑虑，往堤外看去，同时查雷对她自形得意地说：“俺这是特意为你点的，小姐。”

“谢谢你，”她急忙说，“不过我愿意你现在把它扑灭了才好。”

“它自个儿一会就着完了，”查雷未免有些失望的样子说，“把它扑灭了，不太可惜了吗？”

“我不知道。”游苔莎沉思的样子回答。

他们两个默默地站在那儿，只有祝火哔剥的声音打破了沉寂。这样站了一会儿，查雷看出来她不想和他说话，就无可奈何地走开了。

游苔莎还留在堤里看着祝火，心里想往屋里去，脚底下却又不愿意动。要不是她现在这种地位，使她对于人间天上一切所谓的光彩荣耀，全都有些看得无足轻重，那她也许就走开了。但是她的身世里那种丝毫没有希望的情况，都到了教她可以玩弄身世的程度了。干脆输了，就不会像心里嘀咕、不知输赢那样使人心烦意乱；所以现实的游苔莎，就像别的人在输得精光那种阶段上一样，很能够跳出圈外，以一个毫无利害关系的旁观者所有的身份，一面观察自己，一面琢磨游苔莎这个女人，真是天公的绝妙开心之物。

她站在那儿的时候，听见了一个声音。那是池塘里投进一个石头去嘭咚的一响。

就是当时那块石头整个落在游苔莎的心窝里，那她的心也不会跳得更厉害。她虽然已经想到了查雷无意中作出来的那种信号，有引出这一种信号来的可能，但是她却没料到，这一种信号会在那个时候就出现。韦狄有多快呀！但是如果他认为她现在会成心故意想把旧盟重申，那他却很不应该。离开那个地点的冲动，和留在那儿的愿望，在她心里斗争起来；留在那儿的愿望始终坚守阵地。但是它可没有更进一步的表现。因为连上土堤往外看那种行动，她都没采取。她只静静地站在那儿，眼睛也不抬，脸上的筋肉一丝也不动。因为她要是一仰起脸来，堤上的火光就要一直射到她脸上，而韦狄那时也许正在那儿往下看着她。

池塘里又嘭咚一响。

他为什么在那儿待这么久，老不上堤来，老不往堤里看哪？好奇心得行其道了；她往土台阶儿上上了一两蹬儿，往堤外看去。

韦狄正在她面前。原来他扔完了第二个石头子儿以后，就走上前来了，现在土堤正介于他们两个之间，高到他们的胸膛那儿，火光正从土堤上射到他们两个的脸上。

“这并不是我点的！”游苔莎急忙喊着说，“那是没经我知道，别人点的。你不要，不要走过我这边来。”

“你怎么在这儿住了这么些天，却不通知我？你早已经不在你自己家里住了。我恐怕这里面有我的干系吧？”

“我没给他母亲开门，所以才闹到现在这一步！”

“游苔莎，你落到这一步，太不应该了。你受了大罪了；我看你的眼、你的嘴和你的全身，都可以看出来，你在这儿受罪！你这可怜、可怜的女孩子！”他说到这儿，迈过了土堤，“天地间没有比你再不快活的了。”

“并不，并不一定是——”

“这太过分了——这简直是要你的命：我真觉得是这样！”

游苔莎听到韦狄这几句话，她平常那种安静的呼吸，变得急促起来。“我——我——”她刚说了这两个字，就抽抽搭搭地呜咽起来；因为她意想不到，还能听见这样的怜惜之音，真是“五内”都激动了。本来她差不多都忘记了怜惜这种情感对于她还存在了。

这样暴发的哭泣，既是完全出乎游苔莎的意料，所以就不是她能控制得住的了；她有些惭愧，转到了一旁，其实转到一旁，并不能在韦狄那方面遮掩什么。她拼命地啜泣了一阵，跟着滔滔的泪减少了，她稍微安静一点儿了。韦狄努力制住了想要抱她的冲动，只一言不发地站在一旁。

“凭我这样一个从来不爱哭的人，你不替我害臊吗？”她擦着眼泪微弱无力地低声说，“你为什么不走开？我不愿意叫你都看见了；太出丑了。”

“你不愿意我看见，倒很有理由，因为我看见了你这样，我也跟你一样地伤心，”他激动而恭敬地说，“至于出丑的话——咱们两个之间，哪能那么说？”

“这可并不是我叫你来的——你不要忘了这一点，戴芒；我，倒是不错，在这儿受罪，但是我可并没叫你来！至少我做太太做得正派。”

“不要管那个了——反正我来了。哦，游苔莎，我这两年以来做了这么些害你的事，只有请你饶恕了！我越来越觉得是我把你毁了。”

“不是你。是我住的这个地方。”

“啊，你既是那样海量，那你自然要这样说的了。但是我可实在是犯罪的人。我以前应该做得更多一些，或者一点儿都不做。”

“这怎么讲？”

“我压根儿就不该把你搜寻出来；后来已经把你搜寻出来了，那我就该一死儿地不放你。不过这阵儿我当然没有再说这种话的权利了。我这阵儿只想问你这样一句话：我有能帮忙的地方没有？普天之下，有没有任何人力能做得到的事，可以让你比现在快活一点儿？要是有，我一定替你做。游苔莎，你尽着我的力量吩咐我好啦；你不要忘了，我现在比以前有钱了。我想一定有法子可以把你从现在这种泥坑里救出来！这样一棵稀奇名贵的花儿，可长在这样一片荒山野地上，叫我看着难受极了！你要买什么东西不要？你要上什么地方去不要？你要完全逃开这个地方不要？只要你说出来，无论什么，我都去办去，好叫你把眼泪止住了；那些眼泪，要不是因为我，还不至于流。”

“咱们两个，都是跟另一个人结了婚的了，”她有气无力地说，“你帮我的忙，说起来很不好听——因为——因为——”

“呃，无论什么时候，总有人诬蔑诽谤，你永远也没有法子堵得住他们的嘴，不让他们尽量说；不过你用不着疑惧。我以人格对你担保，不管我心里的感情是什么样子，反正我得不到你的许可，我决不说那句话，也决不做那件事。我固然知道我对你这样一个遇人不淑的女人该尽什么责任，可是同时我也不是不知道我对朵荪该尽什么责任。我到底可以帮你什么忙？”

“帮助我离开这个地方好了。”

“你要往什么地方去？”

“我心里头有一个地方。只有你能帮助我到蓓口，别的事我就一概可以自己办了。那儿有过海峡的轮船，我能从那儿上巴黎，巴黎就是我想要去的地方。不错，”她情辞恳切地说，“只用你背着我外祖父和我丈夫，帮助我到蓓口，其余的事我自己就都可以办了。”

“把你一个人撂在那儿妥当吗？”

“妥当。蓓口我很熟。”

“用我跟你一块儿去吗？我现在有钱了。”

她不言语。

“你说用吧，甜蜜的！”

她仍旧不言语。

“好啦，你什么时候想要走，你就什么时候通知我好了。我们还要在现在的房子里住到十二月，过了那个时候，我们就要搬到卡斯特桥去了。在那个时候以前，你不论有什么事，都可以吩咐我。”

“这我还得想一想，”她急忙说，“我是可以规规矩矩地拿你当朋友请你帮忙，还是不得不同意作你的情人——这是我得考虑的问题。要是我想要走，同时决定要你跟我一块儿走，那我一定一刻不差在晚上八点钟给你信号。你看见了信号，务必当天晚上十二点钟就把单马小马车预备好了，把我送到蓓口港去赶早班轮船。”

“那我一定每天晚上八点钟都出来看你的信号。你的信号决逃不出我的眼睛。”

“现在请你走吧。要是我决定逃走，那我跟你只能再见一次面儿，除非——我不跟你一块儿就走不了的时候。你走吧——我受不了啦。你走吧——你走吧。”

韦狄慢慢上了台阶，走到土堤那一面的暗地里去了；他一面走，一面回头看，一直看到土堤把他继续看游苔莎的眼光遮断了的时候。

六　朵苏跟他堂兄辩论之后他写了一封信

姚伯那时已经在布露恩住着了，正盼望游苔莎会回到他那儿。他虽然刚刚在那一天才把家具搬完，他却已经在那所老房子里住了一个多礼拜了。他把光阴都消磨在收拾那所房子上头——把庭园路径上的树叶扫除，把花池子里的枯枝剪去，把秋风刮下来的常春藤钉在墙上。他对于这些事情并非特别感到兴趣，但是这些事情却使他和“绝望”暂时隔开。还有一层，把他母亲留给他的一切手泽，永远好好保存，他认为是一种天经地义。

在他做这些事情的时候，就没有一时一刻不在那儿盼望游苔莎回来。他叫人做了一个告示牌，钉在爱得韦的庭园栅栏门上，牌上用白字写着他迁移的地址，好让她准知道往哪儿找他。一片树叶飘然落到地上，他就回头看，以为那是她的脚步声。一个小鸟在花池子的泥土里寻找小虫，他就以为那是她的手在栅栏门上拉门闩；而在暮色苍茫里，轻微奇异的声音从地上的窟窿、空洞的枝梗、卷缩的枯叶以及从别的微风、蚓类和昆虫能够任意活动的孔穴里发出来的时候，他就以为，那都是游苔莎正站在外面，轻声低语，说她想要和好。

一直到那时候，他仍旧坚持从前的决心，没去请她回来。同时，他那样严厉地对待了她之后，他疼他母亲的心，可就不像以前那样厉害了，他对于那个把他母亲排挤掉了的人，就又生出旧日的一些系念来了。本来，严厉的感情，生出了严厉的待遇，而那种待遇，由于反应作用，又把生出那种待遇的情感消灭了。他越琢磨，他就越柔和。不过他对他太太，虽然自己要问自己是否给了她充足的时间——是否他在那阴沉的早晨，有点太没给她防备，但是要把他太太看成了一个完全无辜而冤枉受罪的人，却是不可能的。

现在他的气头既是已经过去了，他可就不愿意说游苔莎和韦狄的关系超过了不谨慎的友谊了，因为在游苔莎的态度上，看不出她有什么不名誉的形迹来。他一旦承认了这一点，他就不至于非要说她对他母亲的行为是绝对万恶不可的了。

十一月五号那天晚上，他想游苔莎想得厉害。他们从前交换的甜言蜜语，整天絮絮不断，和由背后许多英里外的海滩上发出来的那种弥漫各处的涛声一样。“实在她早就该自己劝自己，写信给我，老老实实地说明她和韦狄的关系了。”他说。

他那天晚上，在家里待不住了，所以就决定去访朵荪和她丈夫一趟。要是他能得到机会，他就把他和游苔莎分离的原因提一提，不过关于他母亲被关在门外面的时候屋里还有第三个人的话，却要绝口不谈。要是韦狄那天到那儿去那一趟，一点儿也没安什么坏心，那他毫无疑问，会坦白地自己把他到那儿去过的话说出来的。要是他那天到那儿去是安着不正当的心的，那么，像韦狄那样急躁的人，也许会不定说出什么话来，从那种话里，就可以听出来游苔莎受了多大的连累了。

但是他到了他堂妹家里的时候，却只有朵荪一个人在家，原来韦狄那时正往迷雾岗上查雷无心点起来的祝火那儿去了。朵荪那时，也跟平时一样，见了她堂兄很喜欢，并且叫他进去看她那睡着了的婴孩，看的时候，还小心在意地用手把蜡光遮着了，不让它照到婴孩的眼睛上。

“朵绥，游苔莎现在不和我在一块儿了，你没听说吗？”他们坐下了以后，克林说。

“没有。”朵荪吓了一跳，说。

“我不在爱得韦住了，你也没听说吗？”

“也没有。除非你亲自来告诉我，我就老听不见爱得韦的消息。你们是怎么回事？”

克林就用一种激动骚乱的声音，对她说，他怎样去见了苏珊·南色的孩子，那孩子怎样把当日的情况都和盘托出，他又怎样责问游苔莎，说她成心惨无人道地做出那种事来，那番责问又有怎样的结果。至于韦狄和游苔莎在一块儿的话，他却一概没提。

“有这些事，而我可一点儿都不知道！”朵荪用一种又惊又怕的口气嘟囔着说，“可怕！怎么她会——哦，游苔莎呀！你知道了这件事以后，就立刻冒冒失失地跑回去质问她？那还是你太残酷了，还是她实在真是像她表现的那样坏呢？”

“一个人对待他母亲的仇人，还会太残酷了吗？”

“我想会的。”

“很好，那我就承认会那样好了。不过，现在这件事怎么办好呢？”

“你们这场争吵既是这样厉害，那么想要言归于好，自然很难，不过只要有一线的希望，那自然还是能言归于好才好。我倒愿意你没来告诉我这番话。不过你一定要想法子和好。要是你们两个都愿意，法子一定有。”

“我不知道是否我们两个都愿意和好，”克林说，“如果她愿意和好，那么过了这些日子，她还不该给我信吗？”

“你好像愿意，可是你也没给她信哪。”

“倒也是；不过我这是觉得，她惹我生了那么大的气，这会儿我可给她写信，这应该不应该？这个我老拿不定，所以老踌躇。你看我现在的样子，朵荪，是看不出我前些日子的情况来的；只这几天的工夫，我可就不知道掉到多么深的泥坑里去了。哦，把我母亲那样关在门外头，是一种令人痛心的耻辱！你说我还能饶恕她吗？我是不是连她的面都不该再见？”

“也许她就没想到会因此惹起这么严重的后果来，也许她根本就没有把大妈关在门外面的意思。”

“她自己说她没有那种意思。但是她把我母亲关在门外面，可又事实俱在呀。”

“你就相信她后悔难过，叫她回来好了。”

“要是我叫她回来，她可不回来，该怎么办？”

“那样的话，那就表示，她这个人，一直就爱记仇怀恨，因此就可以证明，她是做得出坏事来的了。不过我想她决不会那样。”

“那么我就这么办吧。我想再等一天或者两天好了——反正至多不能过两天；要是那时候她还不写信给我，我就一定写信给她。我本来想要今天晚上见一见韦狄，他出了门了吗？”

朵荪脸上一红。“没有，”她说，“他只是出去散散步就是了。”

“他怎么不带着你去？晚上天气很好，你也跟他一样地需要新鲜空气呀。”

“哦，我是哪儿都不愿意去的；再说，家里还有孩子。”

“对，对。呃，我原先想过，不知道问了你的意见以后，是否还得问问你丈夫的。”克林不紧不慢地说。

“我想要是我，我就不问他，”她急忙答，“问他也没有什么好处。”

她堂兄往她脸上一直地瞅，毫无疑问，朵荪是一点儿也不知道，在那个悲惨的下午发生的事情里，她丈夫也是有份儿的了；但是她脸上的神气却露出来，她心里正在那儿猜测或者寻思往日人人传说的韦狄和游苔莎那种温柔关系，而表面上却加以遮掩。

不过克林从那上面是揣测不出什么来的，所以他就起身预备要走，那时候，他比他刚来的时候，更疑难不决了。

“你真肯一两天以内就写信给她吗？”那位年轻的女人恳切地问，“我十二分地希望，现在这样不幸的分离，不要再继续下去才好。”

“真肯，”克林说，“我现在这种情况，绝对不是我感到快活的。”

跟着他向她告辞，攀过山丘，往布露恩去了。他临睡以前，坐下写了下面这一封信：——

我亲爱的游苔莎——我一定不要过分听从我的理智了，我一定得服从我的感情了。你要不要回到我这儿来？你回来吧，你要是回来，那过去的事就永远不要再提了。我待你太严厉了；不过，哦，游苔莎，当时那一阵的激怒，有多难控制啊！你现在不知道，将来也永远不会知道，你惹我说了你那些气愤话，我都出了什么代价。凡是一个正直诚实人所能答应你的一切，我现在全答应了，那就是说，从此以后，你决不会从我这方面为了那件事再受任何苦恼。游苔莎，咱们两个既然说了那么些海誓山盟，那我想，咱们就得在咱们这一辈子余下的全部岁月里，尽力不渝那些誓盟才好。话既说到这儿，那你即便还责问我，你也回来好了。我和你分离的那天早晨，就想到你受的痛苦了；我知道那番痛苦是你发之于中的，并且对你也真够受的了。咱们的爱一定得继续下去。咱们两个，要不是为了互相缠绵，就决不会有咱们这样两副心肠。起初的时候，游苔莎，我不能请你回来，那是因为我没法儿使我自己相信，跟你在一块儿的那个人，并不是以情人的身份出现的。不过，如果你回来，把当时使人迷惑的事态解释一下，那我毫不怀疑，你要对我开诚畅谈。你为什么不早回来呢？你以为我会不听你吗？你想一想咱们两个夏夜月下的那些吻和那些誓，你就一定知道我不会不听你了。你回来吧，我这儿热烈地欢迎你。我决不能再往有损你的名誉那方面琢磨你了——我这儿一心为你呼冤叫屈还怕来不及呢——你这跟一向一样的丈夫，克林。

“唉，”他把信放到书桌里说，“这总算办完了一件好事。要是到明天晚上她还不回来，我就把这封信送给她。”

同时，他刚才离开了的那所房子里，朵荪正坐在那儿，不安地唉声叹气。她要对她丈夫忠心，所以那天晚上，她虽然疑惑韦狄对游苔莎的关切并没有因为结婚而中止，她却把这种情况完全掩盖起来。但是她并不知道有什么确凿可据的事实；并且虽然克林是她亲近的堂兄，但是她还有一个比他更亲近的人。

待了一会儿，韦狄从迷雾岗回来了的时候，朵荪跟他说："戴芒，你上哪儿去了？我在这儿害怕，只怕你失脚掉到河里。我不愿意一个人在这房子里待着。"

"害怕？"他说，同时用手去摸她的脸腮，好像她是一个家畜一样。"呃，我想不出来有什么可以叫你害怕的。我知道你这是因为咱们得到了那份产业，娇贵起来，不愿意再在这儿开店了吧。嗐，真麻烦——找新房子真麻烦；不过除非咱们这一万镑能变成十万镑，那咱们花钱就不能不仔细点儿，我就不能马马虎虎的。"

"不是那样——我并不是不能等——我宁肯再在这儿住上十二个月，也不肯叫孩子跟着担风险。但是我可不喜欢你这样一到晚上就不见了。你一定有心思——我知道你有心思，戴芒。你走来走去，老是非常抑郁，并且你看这座荒原的神气，好像它不是一片可以供人散步的旷敞山野，而是什么人的牢狱似的。"

他带着可怜她的惊讶态度看着她。"怎么，你喜欢爱敦荒原吗？"他说。

"凡是我生下来就跟我近的东西我都喜欢。我爱它那郁苍古老的面目。"

"别说啦，亲爱的。你这是不懂得你喜欢的究竟是什么。"

"我敢保我懂得。爱敦荒原上只有一样叫人不喜欢。"

"什么？"

“就是你在荒原上逛却老不带着我。既然你不喜欢那片荒原，那你为什么却老一个人在那上面逛？”

这一句话，虽然很简单，却显而易见叫韦狄不知所答，所以他先坐下去然后才说：“我想你不会看见我常在那上面逛吧。你举一个例子看。”

“好啦，那我就举一个例子，”她有如凯旋胜利地答，“今儿晚上你出去的时候，我心里想，孩子既然睡了，那我就看一看你到底要上哪儿去，会那样神秘，一声儿也不告诉我。所以我就跑出去，跟在你后头。我看你走到大道分岔那儿站住了，把四围的祝火看了一看，跟着说：‘他妈的，我非去不可！’说完了，你就急忙地往左面那条路上去了。那时我就站住了脚，老远看着你。”

韦狄把眉头一皱，过了一会儿才勉强作出笑容来说：“那么你发现了什么奇异的事了？”

“你瞧——你这是生起气来了不是，那咱们不要再谈这个了。”她走到他那儿，坐在一个脚踏子上，仰着头往韦狄脸上看。

“胡说！”韦狄说，“你老是这样半路抽梯。咱们既然开了头，那咱们就得说完了。你以后又看见什么了？我特别想要知道。”

“你不要做出这种样子来，戴芒！”她嘟囔着说，“我什么也没看见。你走到了暗处看不见了的时候，我往四围看了一看祝火，就回了家了。”

“也许这不是你头一次跟着我吧。你这是想要侦探侦探我有什么秘密吧？”

“一点也不是！我从前一次也没跟过你，并且现在要是我没时常听到关于你那些风言风语，那我现在也不会跟着你的。”

“你这话什么意思？”他烦躁不耐地说。

“人家都说——人家都说，你晚上常常上爱得韦去，这让我想起我听见别人说过的——”

韦狄气忿忿地对着朵荪站了起来，把手在空中挥动，说：“你说，你说出来，太太！我非要知道知道你都听见别人说过我什么话不可。”

“呃，我听见人说你往常是很爱游苔莎的——除了那个话，我没听见过别的。即便那个话，也还是我零零碎碎地听见人说的哪。你这又何必动气！”

他看见她眼里泪都满了。“得了，得了，”他说，“这并没有什么新奇的，再说我也并不是成心对你鲁莽，所以你也不必伤心。现在咱们不要再提这个话了。”

于是再也没说别的话。朵荪心里，还以为她有理由可以不把克林那天晚上的拜访和他的故事告诉韦狄，觉得高兴哪。

七　十一月六日的夜晚

游苔莎打定主意想要逃走以后，有的时候，却又好像很焦灼地盼望会出什么事故，把她的意图给阻挠了才好。现在唯一能够把她的情况真正改变了的，只有克林的出现。他做她的情人那时候所有的光辉，现在已经不再存在了，但是他所有的那种单纯质朴的优良品质，却有时会叫她想起来，使她一时之间，心里怦怦，希望他会惠然肯来，翩然莅临。不过平心静气地想来，他们两个之间现在存在的裂痕，是不大会有再合起来的那一天；她一定得永远做一个受罪的可怜虫，孤独伶仃、处处别扭地活在世上。她本来只把荒原看做一个不是和蔼近人、可以居住的地方；现在她把整个的世界也用那样的态度看待了。

六号那天傍晚，她要逃走的决心又活了。靠近四点钟她把几件零星东西，有的是她离开爱得韦那时候带回来的，有的是属于她而撂在这儿的，又都收拾起来，捆成一个不很大的包裹，她能够提着走一英里二英里的。外面的景物更昏暗了；烂泥色的乌云臌膨膨地从天空下垂，仿佛硕大无朋的帆布床横吊在空中一样。狂风也跟着越来越黑的夜色刮了起来，不过直到那时候，却还没下雨。

游苔莎既然没有什么事情可做，在家里就待不住了，她出去在离她将要别去的那所房子不远的小山上来回瞎走。在她这种毫无目的的游荡中，她从苏珊·南色住的那所小房儿前面经过。那所小房儿，比她外祖那所房子更在下面一点。只见它的门微微开着，门里一道明亮的火光一直射到门外的地上。游苔莎从那片火光的光线里经过的时候，一瞬之间，她清清楚楚显了出来，跟幻灯里的人形一样——中间一个明亮的人形，四面包围着一片黑暗；那一瞬的时间过去了，她又被吸收到夜色里去了。

在她让那一瞬的亮光照出来的时候，她可就让那时正坐在屋里的一个女人看见了而且认出来了，那个女人正是苏珊自己，她正在那儿忙忙碌碌地给她的小孩儿调制酒乳，她那个孩子本来就时常不舒服，现在又闹起重病来。苏珊看见了游苔莎的时候，就把匙子放下去，把拳头照着那个消失了的人形比划，跟着脸上带着出神琢磨的样子，又调制起酒乳来。

晚上八点钟，游苔莎原先答应给韦狄作信号的时候（如果她一旦决定作信号的话），她把房子四围看了一遍，看准了没有人，就走到常青棘垛跟前，把那种燃料的一根长枝抽了出来。她拿着那根常青棘，走到土堤的犄角上，回头看了看百叶窗都紧紧地关着，就划了一根火柴，把常青棘点着了。它完全着出火苗来的时候，她就把它在头上挥动，一直挥到它着完了的时候。

一两分钟以后，她看见韦狄的房子附近，也有同样的火光，她心里就满意了，这是说，如果在她那样的心绪里，还有什么满意可言的话。韦狄先前答应了每天晚上这个时候守候着，恐怕她一旦需要他帮忙，现在他应答得这样迅速，那很可以表示出来，他是多么谨守前约的了。从这时候起，再过四个钟头——那就是说，半夜的时候——他就得像原先预定的那样，把车和马都预备好了，送她到蓓口去。

游苔莎又回到屋里。吃过晚饭以后，她早早地就回到寝室，坐在那儿，只等起身的时刻来到。夜色既然非常昏暗，狂风暴雨又好像就要来临，所以斐伊舰长可就没像他现在在这种秋凉夜长有的时候那样，上任何邻家去闲谈，或者到客店去买醉；他只坐在楼下，慢慢地把搀水烈酒独酌。靠近十点钟左右，外面有人敲门。女仆把门开开的时候，蜡光落到费韦身上。

"俺今儿晚上本来有事到下迷雾岗去，"他说，"姚伯先生叫俺顺路把这个带到这儿，可是俺把这件东西放在帽缘子里头以后，可就把它忘了个无影无踪了，一直等到俺回了家要闩上栅栏门去睡觉的时候，俺才又想了起来。所以俺马上就又拿着这件东西回到这儿来了。"

他递过一封信来就走了。女仆把信交给老舰长。老舰长一看，信是写给游苔莎的。他把那封信翻来覆去看了一会儿，觉得笔迹好像是她丈夫的，不过不能说一定。但是他却决定，如果可能，就立刻把信交给她。为达到这种目的，他就拿着信上了楼；但是他走到她那个屋子的门口那儿，从门上的钥匙孔往里瞧的时候，屋子里黑洞洞的。原来那时游苔莎正和衣躺在床上休息，预备养养精神，好做未来的旅行。她外祖一看那种情况，就觉得还是不去打搅她好，所以跟着就又下了楼，上了起坐间。他把那封信放在壁炉搁板上，打算第二天早晨再交给她。

十一点钟的时候，他自己也预备要睡觉了。他在他的寝室里先吸了一会儿烟，到了十一点半钟的时候，把蜡熄灭了，跟着就按照他永远不变的老规矩，在就枕之前，把窗帘子拉开，为的是他第二天早晨一睁开眼，就能知道是什么风向。因为他那寝室里的窗户，正俯视全个的旗杆和风信旗。他刚躺下，只见外面那个白旗杆，忽地一下亮了起来，好像一道磷火在外面那一片夜色里，从天上落了下来一般。他吃了一惊。这种情况，只有一种解释——那一定是房子这面忽然发出了一道亮光，射到柱子上面，才能那样。那时一家人既然已经都安歇下了，老头儿就觉得他有查看查看的必要。因此他就从床上起来，轻轻地把窗户打开，往左右看去。只见游苔莎的寝室亮起来了。把杆子照亮了的就是那儿发出来的亮光。老头儿既是不知道是什么事把她搅醒了，就疑惑不定地在窗户那儿琢磨，打算把那封信从她的门槛底下给她塞进去。正在那时候，他听见有衣服轻微地在那个把过道和他的寝室分开了的隔断上摩擦的声音。

老舰长心里只想，这是游苔莎睡不着觉，起来想找书看哪。要不是他听见了她分明是在那儿一面走一面啜泣，那他还要认为这只是小事一端，把它随便撂开了呢。

“她这又是想起她那个丈夫来了，”他自言自语地说，“唉，这个傻孩子！她不该嫁他。我到底不知道这封信究竟是不是他写的。”

他于是起身离窗，把他那件海员外氅披在身上，开开门，叫道，“游苔莎！”没有人答应。“游苔莎！”他把声音放高了又叫了一声，“壁炉搁板上有你一封信。”

但是他这句话，除了风声和雨声中想象的回答而外，再就没有别的回答了，因为那时狂风正好像把房子的四角嚼啮，几个雨点儿也正往窗上打。

他走到梯子口那儿，站着等了差不多有五分钟的工夫。游苔莎仍旧没回来。他回去取蜡，预备跟着她；不过他先往她的寝室里看了一看。只见那儿，被上面印着她的形体，表示被、毯并没打开。并且还有一种更重要的情况：她下楼并没拿蜡。老头儿这才完全惊惶起来。他急急忙忙穿好衣服，下了楼，走到前门那儿。前门本是他亲自上闩锁起的。现在却下了闩，开了锁了。毫无疑问，游苔莎是三更半夜离开这所房子了。她到底能跑上哪儿去了哪？追她几乎是不可能的。假使这所住宅坐落在平常的大道旁边，那么去两个人，一个往左，一个往右，也许就一定可以追上了她。但是在荒原上面，夜里追人简直是没有希望的难事，因为从任何一个点儿上，穿过荒原逃走的实际方向，都跟从两极分出来的经线一样地多。老头儿既是不知道怎么办好，就往起坐间看去。只见那封信仍旧一点儿没动放在那儿，他心里不由得烦躁起来。

原来十一点半钟的时候，游苔莎看到一家人都安息下了，就点起蜡来，身上又添了几件暖和的衣巾，跟着手里提起那个小包裹，把蜡熄灭了，动身下了楼。她来到外面，才看出来，已经下起雨来。她在门外停了一会儿；在她这一停的工夫里，雨可就大起来了，好像要倾盆而来似的。但是她既然已经箭离弦上了，那就不能由于天气不好而退回。因为她已经通知韦狄了，他也许已经在那儿等着了。夜色昏沉黑暗，和举行葬礼的时候一样地凄惨。整个的自然界都好像穿着丧服。房子后面那些杉树上窄下宽的树梢，高耸在云端，跟一个寺院里的尖顶高阁一样。天边以内，除了苏珊·南色那所小房儿里仍旧还亮着的蜡光而外，再就无论什么都看不见了。

游苔莎把雨伞打开，通过土堤上的台阶，走到了土堤的外面，到了那儿，她就没有再让人看见的危险了。她顺着野塘的边儿，朝着往雨冢去的那条路往前走去。有的时候，盘错的常青棘根或者丛生的蒲苇，会把她绊一跤；又粘又湿、一团一团的肥菌蕈会使她滑一下，因为到了这一季，荒原上就到处都长着菌蕈，好像硕大无朋的野兽腐烂了的肝肺。月亮和星星，都叫乌云和密雨遮得一点儿也不露，好像它们都完全消灭了一般。原来就是这样的夜，才叫夜行的人自然而然地想到人类的记载里发生过灾变的夜景，想到所有的历史里和传说里那些阴暗、可怕的事迹——诸如埃及最后的大灾[1]，西拿基立军队的毁灭[2]，和客西马尼的愁苦[3]。

游苔莎到底走到雨冢了，并且在那儿站住了琢磨起来。她心里的混乱和外界的混乱那种协调的情况，是在任何别的场合里找不到的。她忽然想起一件事来：她的钱不够作长途旅行用的。白天的时候，她心里让种种情绪弄得七上八下，起伏不定，顾不到实际的问题上，所以就没想到行囊必须充足这一点。现在她完全认清了自己的境地以后，就辛酸悲痛地叹起气来，身子就站不住，慢

---

1 《出埃及记》第 12 章第 26 节说："于是在半夜的时候，耶和华把埃及人所有的长子，从坐在宝座上的法老的长子……等都击死。"

2 《列王纪下》第 18 章第 13 节以下说，亚述王西拿基立攻犹太各城，第 19 章第 36 节说："当夜耶和华的使者出去，在亚述营中杀了十八万五千人……"又见《历代志下》第 32 章第 21 节以下。

3 《马太福音》第 26 章第 36 节以下说，耶稣被捉拿以前，夜间同门徒来到一个地方，名叫客西马尼，就对他们说，等我到那边去祷告。于是带着彼得等同去，就忧愁起来，极其难过。耶稣祷告了三次之后，便有人来把他捉住了，以后受审被钉死。

慢在伞下蹲了下去，好像她身下的古冢里伸出一只手来把她拖了下去似的。她这不是仍旧得做奴隶吗？金钱，她从前永远也没感到它的价值。即便要使自己的踪影在本国完全消灭了，金钱都是必要的。要是只让韦狄给她金钱上的援助却不叫他和她一块儿去，那是只要多少还有一点自尊心的女人都不肯做的：要是做他的情妇和他一块儿逃走——她知道他爱她——那又属于卑鄙可耻的了。

无论谁，现在站在她的身旁，都要可怜她——可怜她倒不是因为她受了这样狂风骤雨的摧残；也不是因为她除了冢里的枯骨，完全和世人隔绝；可怜她却是因为她显出来的另一种苦恼，一种从她的身体受感情的激动而轻微摇撼的动作上看得出来的苦恼。极端的不幸分明易见地压在她身上。只听淅淅沥沥的雨点儿，从她的雨伞上滴到她的斗篷上，从她的斗篷上滴到石南灌木上，从石南灌木上又滴到地面上，在这种淅沥的声音之中，能听见跟它很类似的另一种声音，从她的嘴里发了出来。外界泪痕淋漓的景象，在她的脸上重复出现。她的魂灵依以翱翔的羽翼，都让她四围到处都是的残酷障碍和阻拦，给触伤撞折了；即便她自己能看出来，她很有希望到蓓口、上轮船、驶到对岸的口岸，那她也不会露出任何比较轻快松泛的意思来的，因为其余的一切，还都是毒恶得令人可怕的呀。她高声自己说起话来。我们想，一个女人，既不老，又不聋，既不痴，又不癫，却竟会呜咽啜泣，高声自说自道起来，那情况一定是沉痛的了。

“我走得了吗？我走得了吗？”她呻吟着说，“要我委身于他，他并不够那么伟大啊！要他满足我的愿望，他并不够那么崇高啊！……假使他是叟勒，或是拿破仑么，啊！——但是为了他而破坏了我的结婚誓言——那这种奢侈可就太可怜了！……然而我又没有钱，自己又走不了！就是我走得了，那我这样的人又有什么幸福可言？我明年仍旧得跟今年一样，勉强一天一天地捱下去，明年以后，仍旧又得跟以前一样。我都怎么要强啊，可是命运又怎么老是跟我作对啊！……我就不应该有这样的遭遇！”她在一阵悲愤的反抗中，癫狂昏乱地说。“哦，把我弄到这样一个恶劣的世界上来，有多残酷！我本来是能够做好多事情的啊，可是一些我控制不了的事物却把我损害了，摧残了，压碎了！嗳呀，老天哪，我对你一丁点儿坏事都没做过，那你想出这么些残酷的刑罚来叫我受，你有多残忍！”

游苔莎仓促离家那时候，老远偶然看见的那点亮光，是从苏珊·南色家的窗里发出来的，那本是游苔莎原先想到了的。但是屋子里那个女人那时候正在那儿做什么，她却没想到。原来苏珊那天晚上头一次看见游苔莎走过去以前还不到五分钟，她那病着的孩子曾喊过：“妈呀，真难受哇！”因此那位当妈的就又认为，一定是游苔莎近在跟前，又在那儿施行邪术魔法了。

因为这种情况，所以苏珊做完了夜工以后，并没按照平常的习惯，跟着就去睡觉。她一心想要把她想象中那位可怜的游苔莎正在施行的邪术镇压下去，就忙着去行一种令人毛骨悚然的迷信法术去了。那种法术，无论对谁一用，都能把他治得丝毫无力，形销骨毁，并且化为乌有。那种办法是那个时候爱敦荒原上人所共知的，到现在还没完全绝迹。

只见她拿着蜡走进一个里屋，那儿除了别的烹饪家具以外，还有两口棕色的大个浅锅，盛着一共也许有一百多磅的稀蜂蜜，本是那年夏天蜜蜂的出产。锅上面搁板架子上是一堆又光滑又坚实的半圆形黄东西，全是蜂蜡，也是那年夏天蜂窝里的出产。苏珊把这一大块东西拿起来，先从它上面切下薄薄的几片，然后把这几片都乱堆在一个铁勺子里。她拿着那铁勺子又回到起坐间，把铁勺子放到壁炉里发热的残火上。刚一等到蜂蜡化到湿面那样软硬的时候，她就把那些薄片捏到了一起。她的面目现在显得更聚精会神了。她开始把蜂蜡捏塑抟弄；从她那种捏塑抟弄的态度上看来，显而易见是她心里已经有一个样子在那儿，她现在正想要把蜡捏成那种样子。只见那样子是一个人形。

她把那个略具规模的人形，融化捏弄，这儿掐一下，那儿扭一下，有的地方去掉一块，又有的地方又联上一块，约莫一刻钟的工夫，就做出一个大约六英寸高下、约略像个女人的蜡像来，她把它放在桌子上，让它变冷变硬了。同时她拿着蜡烛去到楼上她那孩子躺着的地方。

“乖乖，今儿过晌，游苔莎太太身上穿的，除了那件黑长袍，你还看见有别的东西没有？”

“她的脖子上围着一条红带子。”

“还有别的没有？”

“没有了——哦，脚上穿着一双绊带鞋。”

“一条红带子和一双绊带鞋。”她自言自语地说。

南色太太就搜索去了，搜索了半天，找出一块顶窄的红带子头儿来；她把它拿到楼下，系在蜡人的脖子上。跟着她又从窗下那张东倒西歪的写字台里，找出一些墨水和一枝羽毛笔来，用它们把蜡人的足部涂黑了，涂到她认为是鞋装着脚的部分，又按着当时的绊带鞋上的鞋带那样，在脚背上画了个十字道。最后她在蜡人脑袋上部，绑了一段黑线，算是约束头发的结发带。

苏珊把那个蜡人拿在手里，远远擎着，仔细端详，她脸上显出一种不带笑容的得意神气。凡是和爱敦荒原上住的人熟悉的，无论谁，都会认为那个蜡人像游苔莎·姚伯。

她从窗下坐位上的针线笸箩里取出一包绷针来，都是又长又黄的老式绷针[1]，针头儿在头一回用的时候就会掉下来的。她把这些绷针，四面八方地往蜡人上插去，插的时候显然是使劲儿叫蜡人儿疼痛的样子。大概有五十个针都这样插上去了，有的插到蜡人的头里去的，有的插到它的肩膀里去的，有的插到它的身子里去的，有的从它的脚底下往上插进去的，插到后来，那个蜡人全身都叫针插满了。

她又转到壁炉那儿。壁炉里烧的本是泥炭，所以它那高高的一大堆灰烬，虽然看着未免好像有些发黑、要灭的样子，但是用铲子把灰烬往四外拨开，它里面却露出通红的热火来。她现在又从壁炉暖位那儿拿过几块没烧过的泥炭，把它们放在红火上面，跟着那火就着得亮了起来。于是她就用一个火钳，把她给游苔莎塑的那个蜡人夹着，擎在火上，看着它慢慢都化完了。她站在那儿这样做的时候，只听她嘴里还嘟嘟囔囔地念念有词。

1 从前这种针是用铜做的，故黄而易折。

她嘟念的是一种奇怪的言语，是倒着念的《主祷文》[1]那是请求妖魔的援助来消灭仇人的普通咒语。苏珊把这套令人悚然的咒语慢慢地念了三遍，三遍念完了，蜡人也化了大半。蜂蜡落到火里的时候，一个长长的火苗就在蜂蜡滴下的地点儿上飞起来，火苗围着蜡人缠绕吞吐，跟着把蜡质又化了若干。有时一个绷针会和蜂蜡一块儿落到火里，在火里让火炭烧得通红。

---

1 《马太福音》第 6 章第 9 节至第 13 节所记，即《主祷文》：“我们在天上的父，愿人都尊你的名为圣。愿你的国降临。愿你的旨意行在地上如同行在天上。我们日用的饮食，今日赐给我们。免我们的债，如同我们免了人的债。不叫我们遇见试探。救我们脱离凶恶。阿门。”

八　风雨晦暝和焦灼的行人

游苔莎的模型正在那儿融化得无影无踪的时候，那个美丽的女人自己也正一个人站在雨冢上，她的灵魂正陷进了一种孤独凄苦的深渊里，那是从来很少有像她那样年轻的人曾经陷入过的；同一时候，姚伯也冷冷清清地坐在布露恩。他已经把他对朵荪说的那番话实行了，打发费韦把信送给他太太了，现在正在那儿越来越焦灼地等她回来的踪影或者声音。要是游苔莎还在迷雾岗的话，那么至少可以盼望她会当夜叫送信的人带回一封回信来的；不过姚伯却曾嘱咐过费韦，叫他不要要回信，为的是一切都由着她的意向。要是有口信儿，或者有回信，那费韦马上就回来交代一下；要是什么都没有，那他就直接回家好了，那天晚上不必再麻麻烦烦地回布露恩一趟了。

但是姚伯却暗中抱着一种更令人愉快的希望。游苔莎也许不愿意用笔墨回答他——她的脾气往往喜欢不声不响地行动——而叫他惊喜交集地亲身在门前出现。

让克林怨恨的是：夜色渐渐深了的时候，下起大雨、刮起狂风来。只见狂风把房子的四角蹭磨、擦刮，把檐溜吹得像豆粒一般往窗上打。他坐不安立不稳地在那些没人居住的屋子里到处地走，把小木片塞到窗缝和门缝里，好把门窗发出来的奇怪声音止住，把从玻璃上分离了的铅框子再安到一起。就在这样的晚上，古老的教堂里墙上的缝子才裂得更大，老朽的宅第里天花板上的旧污渍才重新出现，从手掌那么大扩展到好几英尺。他的房子外面篱栅上那个小栅栏门，开开了又噶嗒地关上了，但是他急切地往外看去的时候，那儿却又并没有人；那种情况，仿佛是死人无影无踪的形体，经过栅栏门，来拜访他似的。

到了十点钟和十一点钟之间，他见费韦既然没来，别人也没有来，就躺下休息去了，并且虽然心里焦灼，却一会儿就睡着了。但是既然他曾那样急切地期待过，所以他的觉并没睡得稳，约莫一个钟头以后，他很容易地就让敲门的声音聒醒了。他从床上起来，从窗户往外看去。雨仍旧倾盆地下，他面前那一大片荒原，叫大雨泼得整个儿地发出一片沉闷的嗞嗞之声。一片黑暗，无论什么都一点儿也看不见。

“谁？”他大声问。

只听轻碎的脚步声在门廊下移动，同时他刚刚能辨出一个女人凄婉的声音说的这几个字：“哦，克林，你下来给我开开门吧！”

克林兴奋得脸上又红又热。“这一定是游苔莎！”他嘟囔着说。要真是她，那她真是出其不意地回到他这儿来了。

他急急忙忙点起蜡来，穿上衣服，跑到楼下。他把门一下拉开的时候，只见蜡光照出来的，是一个身上叫斗篷严密地围着的女人。她立刻往前走来。

“朵荪！”只听克林用一种没法儿形容的失望口气喊。“原来是朵荪，半夜里，又赶着这样的天气！哦，游苔莎在哪儿？”

那个女人正是朵荪，身上湿淋淋的，面上一片惊慌，嘴里喘息不止。

“游苔莎？我不知道，克林；可是我能猜出来，”她极度心慌意乱地说，“你先让我进去歇息歇息——我就给你讲。有人正憋着要闹大乱子——我丈夫和游苔莎！”

“什么，什么？”

“我想我丈夫要离开我，或者做什么可怕的事了——我也说不清楚究竟是什么——克林，你能去看看吗？除了你，没有别人帮助我！游苔莎还没回来吗？”

“没有。”

她一口气接下去说：“那么那是他们要一块儿逃走了！今天快八点钟的时候，他进屋里脱口跟我说：‘朵绥，我刚看出来，我得出一趟远门。’‘什么时候？’我说。‘今天晚上，’他说。‘上哪儿去？’我问他。‘我现在不能告诉你，我明天就回来了。’他把话说完了，就去检点他的东西去了，对于我一点儿也不理会。我等着看他起身，但是他可不起身，跟着天就十点钟了，那时他说：‘你顶好睡觉去吧。’我不知道怎么办好，所以就躺下了。我相信他以为我睡着了，因为我躺下了半点钟以后，他就上了楼，把一个橡木箱子开开了；我们往常家里的钱存得多的时候，就把钱放在那个箱子里；他开开了那个箱子以后，从那里面拿出一卷东西来，像是钞票。虽然我不知道什么时候他把钞票放在那儿的，但我知道那一定是钞票。那一定是前几天他到银行去的时候，从银行里提出来的。既然他就出去一天，那他干吗用那么些钞票呢？他下了楼的时候，我可就想起游苔莎来了，想起他怎么前一天晚上跟她见面了——我知道他跟她见面了，克林，因为我跟了他半路；不过你上我那儿去的时候，我可没告诉你，怕的是你要往坏里琢磨他，那时候我也没想得到事情会闹得这么大。我当时想到了游苔莎，可就躺不住了；就起来把衣服穿好了。我听见他上了马棚的时候，我就想到得来告诉你。所以我就悄悄地一声不响下了楼，溜出来了。”

“那么你来的时候他还没真走哪？”

“没有。亲爱的克林哥哥呀，你能去劝一劝他，叫他不要走吗？我说的话他是满不理会的，他老拿他出一趟门，明天就回来那一套话来对付我；可是我不信那一套话。我想你劝他，他也许还能听一点儿。”

“那我就去好了，”克林说，“哦，游苔莎！”

朵苏怀里抱着一个大包卷儿；现在她已经坐下了，就把那包卷打开，跟着一个小婴孩就在里面出现，好像果壳里的果仁儿一样——干爽，暖和，丝毫没感到行路的颠簸和风雨的吹淋。朵苏把那小婴孩急急地亲了一亲，才有了哭的工夫，一面哭，一面说：“我把孩子也带来了，因为我怕不定有什么事会落到她身上，我想，我把她抱出来这一趟，也许能要了她的小命儿，但是让我把她撂给拉齐勒，我可不肯！”

克林急忙把木头块儿放到炉壁的炉床上，把还没完全灭的残火拨开，用吹火管儿把火吹出火苗来。

“你在这儿烤一烤好了，”他说，“我再去弄些木头。”

“别弄了，别为木头耽搁工夫了。我自己添火好了。你马上就去吧——请你马上就去吧！”

姚伯跑到楼上，去把衣服穿齐。他去这一会儿的工夫里，外面又有人敲门。不过这一次却决不会叫人幻想那是游苔莎了；因为敲门以前的脚步是迟缓而沉重的。姚伯一面心里想，这也许是费韦拿着回信来了吧，一面下了楼，把门开开。

“斐伊舰长啊？”他对一个身上滴水的人形说。

“我外孙女儿在这儿吗？”舰长问。

“没在这儿。”

“那么她哪儿去了？”

“我不知道。”

“可是你应该知道哇——你是她丈夫啊。”

“显然只是名义上的丈夫罢了，”克林愤慨激昂起来，说，“我只知道，她今儿晚上打算跟韦狄一块儿逃走。我这正要去看一看。”

“呃，她已经离开我的家了；她大概是半点钟以前离开的。那儿坐着的是谁？”

“我堂妹朵荪。”

舰长带着满腹心思的样子对她鞠了一躬。“我只希望不要比逃跑更坏就得了。”他说。

“更坏？一个做太太的跟人家逃跑，还有比那个更坏的了吗？”

“哼，有人告诉过我一段奇闻。我刚才还没起身追她的时候，我把我的马夫查雷叫起来了。我前几天把手枪丢了。”

“手枪？”

“那时查雷说，手枪是他拿走擦去了。刚才他又承认，说他把手枪拿走，是因为他曾看见游苔莎很特别地瞅手枪来着，并且她以后对查雷承认过，说她是想要自杀，不过她叫查雷对那件事严守秘密，还答应过查雷，不再想那样的事。我不大相信她有用那桩家伙的胆量，不过那很可以看出来，她心里都有什么念头了；凡是一次想过那种事的人，他们会想第二次的。”

“手枪哪儿去了？”

“稳稳当当地锁起来了。哦，她是不会再摸到手枪的了。可是除了枪子儿打一个窟窿以外，想要送命，还有的是别的办法。你到底为什么跟她吵架吵得那么厉害，把她挤对到这步田地？你一定待她很坏很坏。哼，我本来老是反对这段婚姻的，我对了。”

“你要跟我一块儿去吗？”姚伯没理会舰长刚才说的那句话，只问他，“要是你去，那咱们走着的时候，我就可以告诉你我们两个为什么吵架了。”

“上哪儿去？”

“上韦狄家里去呀——那就是她的目的地，决没有错儿。”

朵荪听到这儿，就一面仍旧哭着，一面插上嘴去说：“他只说，他忽然有事，要做一趟短旅行；可是果真那样，那他为什么要那么多的钱哪？哦，克林，你想事情会闹到哪步田地？我恐怕，你呀，我这个可怜的小乖乖呀，一会儿就快没有爸爸了！”

“我现在走了。”姚伯说，一面走到门廊下面。

“我倒是想跟你一块儿去，”老头儿疑疑惑惑地说，“不过我恐怕我这两条老腿，在这样的黑夜里，很难走得到那儿。我已经不像从前那样年轻了。他们逃跑的时候要是让人截住了，那她一定会回到我那儿去的，我应该在家里等着迎接她。不过不管怎么样，要叫我走到静女店，可办不到，所以也就不用费话了。我要直接回家了。”

“这也许是最妥当的办法，”克林说，“朵荪，你把自己烤干了，在这儿越随便越好。”

他说了这句话，就把门带上，和斐伊舰长一块儿走出去了；斐伊舰长走到栅栏门外头，就和克林分了手，往中间那条通到迷雾岗的路上走去。克林就斜穿到右边，走上了通到客店的那条路。

他们都走了以后，朵荪就把几件湿衣脱了下来。把婴孩抱到楼上克林的床上安置好了，又下了楼，上了起坐间，在那儿弄了一个大一点儿的火，开始在火旁烤起来。火焰一会儿就顺着烟囱升起来了，使得满屋子都显出一团舒服的样子来；屋子里那种情况，和门外面雨打风吹的天气比起来，加倍地显得舒服，因为那时门外的风雨，正在那儿往窗户上狠扑猛击，在烟囱里吹出一种奇怪的低沉声音，好像一部悲剧的序幕一样。

但是朵荪在这所房子里的，却是她最小最小的一部分，因为那时小娃娃既然已经安安稳稳地睡在楼上，不用她牵挂了，她的心可就飞到路上，跟着克林一块儿去了。她把克林的行程琢磨了又琢磨，琢磨了相当大的工夫以后，就觉得时光慢得令人不耐了。不过她还是坐着没动。又坐了一会儿，她可就差不多觉得不能再坐下去了；其实那时候，克林还难走到客店呢；想到这一点，那就好像实际的情况，对她的耐性，故意开玩笑一样。后来她到底往婴孩的床旁边去了。只见婴孩正睡得稳稳沉沉的；但是她心里老嘀咕，不知道家里会发生什么凶灾大祸，同时在她心里，看不见的事比看得见的更占上风：这种情况叫她兴奋得不能再忍下去。她忍不住不下楼去开门。只见外面的雨仍旧下着，蜡光射到最近处的雨点儿上的时候，就把雨点儿照得好像发亮的标枪，在这些雨点儿的后面是一片看不见的雨点儿。走到这种雨地里面去，就跟走到稍稍有空气弄稀淡了的水里一样。但是现在这种回家的困难却更激动了她想要回去的心思，因为无论什么，都没有疑虑不决那样令人难受。“我能好好地到这儿来，”她说，“为什么我就不能好好地从这儿回去？我躲着就错了。”

她急急忙忙地把小孩儿抱起来，把她裹好了，自己又像先前那样披上了斗篷，又铲了些灰盖在火上，防备意外：跟着她就走到外面的露天之下。她只停了一下，把钥匙放到百叶窗后的老地方，跟着就毫不犹豫，转身冲着篱栅外面面对着她的那一片漫天匝地的黑暗，一直地走到它的中间。但是朵荪的想象，既是正在忙忙碌碌地让别的事物吸引住了，所以那种昏夜和天气，除了叫她走起来困难，受着不舒服而外，并没有什么叫她害怕的。

她一会儿就从布露恩山谷里往上面走，在起伏的山坡上横着穿行了。吹过荒原的狂风，声音那样尖锐，好像它碰到这样一种同气同德的昏夜，乐得呼啸起来了一般。有的时候，路径把她引到的地方，会是雨水淋漓的高大凤尾草丛中间的一块洼地，因为那些凤尾草，虽然已经死了，却还并没倒下，所以那时就会像一个野塘一般把她围住。遇到凤尾草特别高的时候，她就把小婴孩举到头顶上，好别叫滴答水的凤尾草叶子触到她身上。在比较高一点儿的地方上，风势猛烈，呼呼不停，雨点儿都横空飞奔，看不出往地上落的样子来，因此想要琢磨出来雨点儿究竟是从哪一块云彩那儿降下来的，那块云彩究竟远到什么程度，简直出乎想象力以外。在那种地方上，自卫是完全不可能的，一个一个打到她身上的雨点儿，都像射到圣遂巴提[1]身上的箭一般。遇到泥塘，她倒还能够躲开，因为泥塘有一种朦胧的灰色，表示它的所在。其实那种灰色要不是有荒原那种昏黑比着，那它本身就可以说是黑色的了。

但是虽然有这一切的困难，朵苏却并没后悔不该出来。她并不像游苔莎那样，认为空气里有魔鬼，认为每一丛灌木、每一个树枝，都含着恶意。打到她脸上的雨点儿并不是蝎子[2]，只是平平常常的雨点儿就是了；爱敦荒原的全体，也并不是什么大怪物，只是一片沉静死板的空旷大地就是了。她对这块地方所有的恐惧，都是近情的，她对它那最坏的景象所有的厌恶，也都是合理的。在现在这时候，那片荒原，据她看来，不过是一片刮着风下着雨的地方，会叫人感到很不舒服，会叫人不小心就迷了路，并且也许会叫人伤风感冒就是了。

要是走路的人，对于路径知道得很熟，那么遇到现在这种光景，要老不离路径，并没有很大的困难，因为路径给了行路人的足部一种他所极熟悉的感觉；但是一下走离了路径，那可就万难再找到它了。现在朵苏因为抱着个娃娃，有些挡住了她往前看的眼光，又分了她的心，所以她走到后来，可就到底走离了路径了。这种不幸发生的时候，是她在回家的路上走了约莫有三分之二的地方，那时她正在一个空旷的山坡上往下走。她当时并没东一头西

1 圣遂巴提，传说中的殉道者。本为罗马军官，因热心基督教，罗马皇帝恶之，命人缚之柱上，把他用箭射死。

2 《旧约 · 列王纪上》第 12 章第 11 节："我父亲用鞭笞惩治你们，我要用蝎子惩治你们。"

一头地想办法去寻找路径，因为路径只是一道细线，即便找也毫无希望。她只一直往前走，完全用她对于那块地方一般形势所有的一般知识做她的向导，本来她那样和荒原熟悉，差不多连克林或者荒原野马都难以胜得过她。

走了半天，朵荪到底走到了一块洼地了，并且从雨点儿里开始辨出一片模糊微茫的亮光来；稍待了一会儿就看出来，那片亮光是长方形的，像从开着的门里射出来的亮光那样。她知道这一带地方上并没有房子。又待了一会儿，她看那个门高出地面，就分辨出那个门的性质来了。

“哦，这是德格·文恩的大车，一定是！”她说。

原来雨冢近旁有一个隐僻的去处，往往是文恩驻扎在这一带的时候选作中心的地点，这本是朵荪知道的。所以她一下就猜了出来，她现在所踏进的一定就是那个神秘的窟穴。她那时心里生出一个疑问来：她是否可以请文恩把她领到正路上去呢？她想回家的心很急，就不顾得她在这个时候和这个地方去见他叫他看着有多怪了，就决定去求他帮忙。但是她本着这种目的，走到大车门前，往车里看去的时候，车里却并没有人。而那辆车却又毫无疑问，是那个红土贩子的。只见炉子里的火正烧着，钉子上挂着灯笼。车里面靠车门那块地方上，仅仅有撒了几个雨点儿的痕迹，还没叫雨水湿透，所以她就看出来，那个门一定是开了不大的一会儿。

朵荪正站在那儿疑惑不定往车里看着的时候，她听见身后面的黑暗中，有脚步声朝着她走来；她转身看去，只见走到她跟前的，正是她熟悉的那个人，穿着灯芯绒衣服，从头到脚都令人悚然；车里灯笼的亮光，隔着帘纤的雨丝，正落到他身上。

“我还只当是你下了山坡了，”文恩并没理会是谁站在那儿，只嘴里说，“你是怎么又回到这儿来的？”

“德格吗？”朵荪有气无力地说。

“你是谁？”文恩问，仍旧没看见站在他面前的是什么人，“刚才你为什么哭得那么厉害？”

“哦，德格！难道你不认得我了吗？”朵荪问，“哦，是了，我现在叫衣服裹得这么严密，你自然是认不出我来的了。你刚才的话是什么意思？我并没在这儿哭，刚才也没到这儿来呀。”

文恩这才往前又走近了一些，走到他能看见朵荪叫灯笼光照了出来的那一面。

“韦狄太太啊！”他吃了一惊喊着说，“咱们会在这时候碰到一块儿！连小娃娃也来了！你这样深更半夜跑到这儿来，出了什么令人可怕的事了？”

朵荪没能马上就回答他；他没等请求她的允许，就自己先跳到车上，然后抓住了她的胳膊，把她也拖到车上。

“怎么回事啊？”他们已经站在车里面的时候他接着问。

“我这是从布露恩来，走迷了路了，我要快快赶回家去。请你快快指给我路吧！我太傻了，对于爱敦荒原知道得没更清楚一些，我真不知道我怎么会迷起路来。你快快指给我吧，德格。”

“那没有问题。我送你去好了。可是，韦狄太太，你刚才就已经到这儿来过一次吗？”

“我就是现在这一会儿才刚刚到这儿来的。”

“那可怪了。约莫五分钟以前，我这儿正关着门挡住了风雨，躺着睡哪，忽然紧在外面的石南丛上，有女人的衣服摩擦的声音，把我聒醒了（因为我睡觉的时候，非常地警醒），同时我还听见那个女人又像呜咽又像号啕地哭。我把门开开，把灯笼举到外面，看见在灯笼光刚刚照得到的地方上，有一个女人：她叫灯笼光一照，曾把头转过来一看，跟着就急急忙忙往山坡下面去了。我把灯笼挂了起来，心里觉得很奇怪，所以就急忙把衣服披在身上，去跟了她几步，可是我再也看不见她的踪影了。你刚才到这儿的时候，我正去追她；我刚一看见你的时候，我还只当你就是那个女人哪。”

“也许是荒原上的人回家去的吧？”

“不是，不能。这时候天太晚了。再说，她的衣服在石南上摩擦，那样又高又尖的飕飕声，只有绸子才能那样。”

“那么那决不是我了。你看，我的衣服并不是绸子的……咱们现在所在的这个地点，是不是在迷雾岗通到静女店那条线上？”

“啊，不错，可以说是，这儿离那条线并不远。”

“啊，我不知道会不会是她！德格，我一定得马上就走！”

他都没来得及领会她的话，她就从车上跳下去了。跟着文恩摘下灯笼，也跟在她后面从车上跳了下去。“我给你抱着小孩儿好了，太太，”他说，“你一定累得慌了。”

朵荪先迟疑了一会儿，才把小孩儿交到文恩手里。“可别挤着她，德格！”她说，“也别把她的小胳膊窝了；你就这样把斗篷罩着她，好别叫雨点儿打到她脸上。”

“好啦，你放心吧，”文恩诚恳地说，“照你这样一说，那就仿佛是，我不管属于你的什么，都能粗心大意，给你损伤毁坏的了！”

“我这不过是说恐怕你偶然不留神损伤了就是了。”朵荪说。

“小娃娃倒是没淋着，你可淋得够受的了。”红土贩子说，因为他去关车门加挂锁的时候，看见车里她站的那块地方上，都叫她的斗篷上滴下来的水珠湿了一圈儿。

朵荪跟着文恩，一左一右曲曲折折地躲着大一些的灌木丛，往前走去，文恩有的时候还站住了脚，把灯笼用手挡住了，回过头去，看一看他们走到的地方在雨冢哪一面。因为他们要保住了正当的方向，就得正背着雨冢走才成。

“你敢保雨点打不到孩子身上吗？”

“完全敢保。我可以问一问，你这个小小子儿有多大了吗，太太？”

“小小子儿！”朵荪含着责问的意思说，“无论谁都能只要一看就比你明白。人家是姑娘，差不多快两个月了。现在离客店还有多远？”

“一英里的四分之一多点儿。”

“你可以走得再快一点儿吗？”

“我怕你跟不上。”

“我恨不得一步就到了才好。啊，看见客店的窗户里射出来的亮光了！”

“那不是从客店的窗户里射出来的。据我的拙见，那是一盏小马车的车灯。”

“哦，”朵荪带着绝望的样子说，“我恨不得我早就到了那儿才好——你把孩子给我吧，德格——你现在可以回去了。”

“我一定得把你一直送到家，”文恩说，“在那个亮光和咱们中间，有一块烂泥塘，要是我不带着你绕过那儿，那你会陷到那里面去的，一直陷到脖子那么深。”

“可是那个亮光是从客店里发出来的，客店前面又并没有烂泥塘啊。”

“不对，那个亮光在客店下面二三百码。”

“不要管啦，”朵荪慌慌张张地说，“朝着亮光走好了，不要朝着客店走。”

“好吧。”文恩回答说，同时按照她的话，翻身朝着亮光走去。他过了一会儿才又说：“我很愿意你告诉告诉我，究竟出了什么乱子了。我想你已经看了出来，我这人还可靠吧。”

“有些事情不能——不能说给——”说到这儿，她的心就跑到嗓子眼儿那儿去了，她就再说不出话来了。

九　光景和声音把行人引到一起

韦狄八点钟看见了游苔莎在山上发出来的信号以后，就马上准备帮助她逃走，还满心盼望能和她一块儿去。他当时未免有点儿心慌意乱；他对朵荪说要出一趟门儿的态度，本身就很足以叫她发生疑心。朵荪上床躺下以后，他把几件应用的东西收拾起来，上了楼，开开了钱箱子，从那里面拿出一大宗钞票来：那本是他把将要到手的遗产从银行里抵押来的款子，预备作搬家的费用。

跟着他上了马棚和车房，把车、马和驾具都检查了一遍，看它们都适于做长途旅行，才放了心。他做这些事，差不多花费了半点多钟的工夫。等到他回到屋里的时候，他还以为朵荪已经在床上睡着了，并没想到她会跑到别的地方去。他叫马夫不必醒着等候，只说他要在凌晨三四点钟起身；因为三四点钟虽然有些出乎寻常，但是比起他们两个实际决定的半夜，还不至于那么不近情理；蓓口的邮船在一点和两点之间开，所以要午夜就赶到那儿。

后来到底一切都安静了，他除去等候时刻而外，就没有别的事了。自从他上一次跟游苔莎见了面以后，他心里的郁结就一直无论怎样都疏散不开，但是他希望，他现在所处的情况里总可以有用金钱救治得来的地方。把家产的一半拨归朵荪一生使用，这样不算不慷慨地对待了他那温柔的太太，同时跟另一个比较伟大的女人同其运命，对她献出他的侠义忠心，他自己已经使自己相信这种办法是可能的。他本来倒是很想一字不苟地牢牢遵守游苔莎的吩咐，把她送到她所要去的地方，就按照她的意思离开了她（如果那是她的意思的话）；可是她对他的魔力越来越强烈；他预先想到，这种吩咐面对他们彼此渴想一同逃走的愿望会变成无用，他的心就怦怦地跳起来。

他并没有工夫把这些测度、理论和希望长久琢磨。到了十一点四十分钟的时候，他就又轻轻悄悄地上了马棚，驾好了马，点好了灯，跟着带着马头，领着它把带篷的车拉出了场院，到客店下面约莫四分之一英里的路旁那儿去了。

韦狄就在那儿等候，那地方筑着的一道高高的土堤，把横飞疾走的急雨给他稍稍挡住了一点儿。只见前面路上灯光射到的地面上，松开了的石子儿和小石头，都在风前掠过地面，互相撞击，那风把它们都吹成了一堆一堆以后，就自己冲上了荒原，呜呜地掠过灌丛，飞到暗中去了。只有一种声音，高出这种风雨的哄闹，那就是几码以外那个安着十个水门的水堰发出来的吼鸣了，就在那儿，大路走近了作成荒原这一方面的界线那道河流。

韦狄一动也不动地等了又等，等到后来，他开始觉得，半夜的钟点一定已经打过了。他心里就发生了一种强烈的疑问，不知道游苔莎会不会在这样天气里冒险下山；不过他既是知道她的脾气，所以他就认为她会下山。“可怜的孩子！她的运气老这样坏。”他嘟囔着说。

等到后来，韦狄转到车灯旁边，掏出表来看。他一看吃了一惊，原来已经差不多午夜过了一刻了。他现在后悔不该没把车从纡回的路赶到迷雾岗去；他原先并没采取那种办法，因为那股道，比起空旷的山坡上那股步行的小路来，远得太多了，要是把车赶到那儿，那匹马当然要格外费许多力气了。

正在那时，一个脚步走近前来；但是因为灯光是朝着另一个方向射出去的，所以看不见来的人是谁。那个脚步停了一下，跟着又往前走来。

“游苔莎吗？”韦狄问。

那个人走到跟前了，叫灯光一照，原来是克林，全身淋得明晃晃的；韦狄一看，马上就认出是姚伯来，但是因为韦狄正站在灯后面，所以姚伯却没马上就认出韦狄来。

姚伯停住了脚，好像疑惑，不知道这辆等人的马车跟他太太的逃走有没有关系。韦狄看见姚伯，清醒的感情一下就离开了他，他又看见他的死对头了，他得冒一切的险，使游苔莎跟这个人隔开。因为这种情况，所以韦狄并没开口，希望姚伯不会详细追问他而从他旁边走过去。

他们两个正在这样犹豫的时候，一个沉闷的声音，高出风声和雨声之上，传到他们的耳朵里。声音的来源不会叫人认错了——那是一个人落到附近那条河里的，显然还是在靠近水堰那儿。

他们两个都吃了一惊。“哎呀，天啊！这可不知道是不是她？”克林说。

“怎么会是她？”韦狄说，因为他在吃惊之下，忘了他以先是在那儿躲着的了。

“啊！——是你呀，你这个浑蛋！”姚伯喊着说，“怎么会是她？因为上一个礼拜，她要是没受到阻拦，就自杀了。本来应该有人看着她的！你快拿一盏车灯，跟我来。”

姚伯把靠他那一面的灯抓在手里，急急忙忙地往前走去。韦狄等不到摘他那面那盏灯，就立刻顺着草场地上往水堰那儿去的路，离克林稍后一点，跟在后面。

沙得洼水堰[1]下面，有一个圆形的大水湾，直径五十英尺，上面的水从十个很大的水门流到那儿，水门的起落，像通常那样，有绞盘和齿轮控制。水湾的周围都是石头砌的，为的是怕水把两岸冲坏。但是冬天的时候，水流的力量有时猛得把护岸墙的墙根都冲空了，叫墙塌到下面的洞里。克林到了水门那儿了，水门的架子，叫水流的猛力震得从根儿上摇动起来。下面的水湾里，除了浪沫以外，看不出别的东西来。他上了激流上面的板桥，用手把着桥栏杆，才没至于让风吹到水里，然后过到河的那一面。他在那儿把身子横倚在护岸墙上，把灯顺下去，却只能看见逆流回浪反复旋转的漩涡。

同时韦狄也来到了克林先前达到的那一边；克林那面的灯光，射到堰里的水湾上，现出一种斑驳翻滚的亮光，在那位曾任工程师的人面前，照出从上面水门那儿落下来的一道一道喷涌急流。就在这样一面翻绞涌滚的镜子上，有一个黑漆漆的人身子，缓缓在一道回流上漂动。

“哦，我的心肝！”韦狄用一种极端痛苦的声音喊着说；同时一点儿镇静都没有了的样子，连大衣也没顾得脱，就立刻跳到那

1　赫门·里说：“在乌得夫堡后面。”

一片沸腾翻滚的水涡里去了。

姚伯现在也能看出那个漂在水上的人身子来了，不过他却看不大清楚；他看韦狄跳到水里，只当还有活命可救，所以也想要跟着跳进去。但是他又一想，可就想出一个比较妥当的办法来；他把灯靠着一根柱子放着，叫它直立不倒，他自己跑到水湾下手没有护岸墙那一头，从那儿跳到了水里，逆着水流勇猛地往深水那儿涉。到了深水那儿，他的身子就漂起来了，一面泅着水，一面就被水冲到水湾的中心了，只见韦狄正在那儿挣扎。

这种急忙匆迫的动作正在这儿进行的时候，文恩和朵荪也正穿过荒原低下的那一角朝着灯光使劲走来。他们本来离那条河还远，所以没听见有人投到水里的声音，但是车灯的移动，他们却看见了，并且还眼看着灯光挪到草场地那儿去了。他们刚一走到车和马跟前，文恩就心里估摸，一定又出了什么新岔子了，就急忙跟着那个挪动的灯光走去。文恩走得比朵荪快，所以他是一人来到堰上的。

克林靠着柱子放的那盏灯，依旧有亮光照到水面上，所以红土贩子看出来，有一个不会动的东西，在水面上漂浮。他因为有小孩儿带累住了，就急忙又跑回去迎朵荪。

“请你抱着小孩儿吧，韦狄太太，”他急忙说，“你快快抱着她跑回家去，把马夫叫起来，叫他告诉所有近处他能找到的人，叫他们都上这儿来。有人掉到堰里去了。”

朵荪把小孩儿接过去拔步急跑。她跑到带篷的马车跟前，只见那匹马虽然是刚从马棚里出来的，精神旺盛，却站在那儿一动也不动，好像觉出来有什么不幸的事情似的。她那时才看出来那匹马是谁的。她一见这样，差不多就要晕倒了，要不是因为害怕小孩儿会有什么伤损，叫她生出一种令人可惊的自制力来，那她就该一步也不能再往前走了。她就在这种疑虑焦灼的痛苦中，进了那所房子，把小孩儿放到了一个稳当的地方，跟着把马夫和女仆叫醒了，又跑到外面顶近的小房儿那儿去叫别人。

德格又回到了那一湾激湍的岸上以后，他看见上部那些小水门都拿开了，其中有一个正放在草地上，他就把这一个小水门夹在胳膊底下，手里拿着灯，从水湾的下流，像克林刚才那样，进了水湾。他刚一到了深水的地方，就把身子伏在那个小水门上，水门就把他载了起来，这样他就愿意在水里泆多久就泆多久了，同时他用那只空着的手把灯高举。他用脚往前推行，在水湾里来来去去地泆，每次都是随着回流上水，再随着顺流下水。

起先他什么东西都看不见。待了一会儿，他就在漩涡的闪耀和水沫子的凝聚里，看出一个女人的帽子在那儿孤零零地漂动。他那时正在左面的护岸墙下面搜索，搜着搜着，只见有一件东西，差不多紧靠他身旁，从水底下浮到水面儿上。但是那件东西，却不像他所预料的那样；它不是一个女人，却是一个男人。红土贩子用牙咬住了灯环儿，抓住了浮在水上那个人的领子，另一只胳膊夹住了小水门儿，泆到最猛烈的水溜里，于是那个没有知觉的男人、小水门和他自己，就都叫水溜冲到了下流。文恩刚一觉得他的脚已经触到下面浅水里的石头子儿上的时候，就马上站起身子来，往岸上走去。他走到水深到腰的地方，就把小水门扔了，往上拖那个人。拖着的时候，觉得很费劲，仔细一看，原来是那个不幸的人那两条腿，叫另一个人的胳臂紧紧地抱住了，所以拖着才那么重；那第二个人，一直到那时候，都完全没在水面以下。

正在那时，他听见有脚步声朝着他跑过来，他的心一跳，跟着就看见两个人，都是被朵苏唤起来的，在岸上出现。他们跑到文恩那儿，帮着他把那两个外面看着好像已经淹死了的人拖上来，把他们拆开，然后把他们都平放在草地上。文恩把灯光往他们两个脸上照去。只见原先在上面的那一个是姚伯，完全没在水里面的那一个是韦狄。

“现在咱们还得把那个洞搜一搜，”文恩说，“那儿不定什么地方，还有一个女人。先找一根竿子来。”

那两个人之中，有一个去到步行桥那儿，把桥上的栏杆揪下一根来。跟着红土贩子就和那两个人，又一齐像以前那样，从浅地方下了水，合力往前搜索，一直到水湾向中心深处斜倾的地方。文恩原先那种猜测，说在水里一沉不起的人，一定要被冲到现在这个地点，本是不错的，因为他们搜索过去，搜到靠近中途的时候，就有一样东西，把他们插下去的竿子挡住了。

“往这面拖。”文恩说。跟着他们就用竿子把那东西往他们那面拨动，一直把它拨到他们的脚旁。

文恩扎到水里去了，跟着从水里上来，怀里抱着一团湿衣服，衣服里面裹着一个女人冰冷的尸体。那就是拼却一切的游苔莎现在所剩下的一切了。

他们到了岸上的时候，朵苏在那儿站着，悲痛至极地俯着身子，看着已经放在那儿那两个没有知觉的形体。他们把车和马拉到了大道离这儿最近的地方，没过几分钟，就把三个尸体都放到了车里。文恩带着马，扶着朵苏，那两个人跟在后面，一直走到了客店。

朵荪推醒了的那个睡梦中的女仆，已经匆匆地穿好了衣服，生起一个火来了，还有一个仆人，没去惊动她，让她在房子后部呼呼地稳睡去了。游苔莎、克林和韦狄三个毫无知觉的尸体都抬进屋子里，脚冲着火放在地毯上，所有那种一时想得起来的救急办法马上都采用了，同时打发马夫去请医生。但是在这三个尸体上，好像一丝儿的生命都不存留了。那时的朵荪，只顾拼命地救治，把由悲痛而引起的昏沉迷惘一时暂忘；她先把一瓶子鹿角精在韦狄和游苔莎的鼻子上熏了一会儿，毫无效力，就又去熏克林。只听克林叹了一口气。

“克林活了！”朵荪大声喊。

他一会儿就清清楚楚地喘起气来；跟着朵荪又把同样的方法，在她丈夫身上试了又试；但是韦狄却毫无表示。那时如果有人认为他和游苔莎，永远永远不是有刺激性的香气所能影响的，那是很有理由的。但是他们的努力还是毫不停止，一直到医生来了，那时候，把他们三个没有知觉的人都一个一个抬到楼上，放在暖和的床铺上。

文恩一会儿觉得没有什么再用他帮忙的事了，就走到门口那儿，心里对于他所极关切的这一家子里发生的这一场奇怪惨剧，还有些恍恍惚惚的。在这样突如其来、压倒一切的事件下，朵荪一定不能支持。现在没有主意坚定、见事明白的姚伯太太来扶助着她渡过这种惨境了；再说，不管一个不动感情的旁观者对朵荪失去了韦狄那样一个丈夫会作什么感想，反正朵荪自己当时一定是被这样的打击弄得精神错乱，口呆目怔。至于他自己，既然他没有走到她跟前去安慰她的权利，那他觉得他没有在自己还是生人的一个人家再待下去的必要。

所以他就穿过荒原，又回到他的大车那儿去了。只见车里的火还没灭，并且一切一切，还都是他刚离大车那时候的样子。文恩现在才想到他身上的衣服，只见衣服已经叫水浸得像铅一样地重了。他把衣服换了下来，把它们放在火炉旁边晾着，自己就躺下睡觉去了。但是他刚才离开的那个人家里的混乱情况，却清清楚楚地在他眼前出现，叫他兴奋得没有法子能在车里睡得着，并且不但没法儿睡，他还自己责问自己，不该离开那一家，因此他换了一套衣服，把门锁上，又匆匆地穿过荒原，往客店里走去。他进厨房的时候，大雨仍旧倾盆地下。只见炉里的火正融融发亮，两个女人正在那儿忙，其中有一个是奥雷·道敦。

“我说，他们这阵儿怎么样啦？”文恩低声问。

“姚伯先生好一点儿了，姚伯太太和韦狄先生可冰凉冰凉地一点气儿都没有了。大夫说，他们两个，还没出水，就早已经不行了。”

“啊！我把他们拖出水来的时候，也料到这种情况了。韦狄太太怎么样了？”

“她那也就得算是很不错的了。大夫叫给她用毯子裹起来，因为她差不多也跟从水里捞上来的人一样湿淋淋的了，可怜的孩子。你身上好像也不很干哪，红土贩子。”

“哦，并不太湿。我已经把衣服全换下去了。这不过是我刚才从雨地回来，又多少淋着了一点儿就是了。”

“你上炉火那儿站着好了。太太吩咐了，说你要怎么着就怎么着好了，她刚才听说你走了，很不高兴哪。”

文恩走到壁炉旁边去了，带着出神的样子看着壁炉里的火焰。只见蒸气从他的裹腿上发出来，跟着烟气往上升到烟囱里，他自己却在那儿把楼上的人琢磨。他们里面有两位已经成了死尸了，另一位差一点儿就没能从死神的手里逃出来，还有一位就正病着而且成了寡妇了。上一次他在那个炉旁流连的时候，正是大家抓彩那一回；那时候，韦狄还好好地活着；朵荪还在隔壁的屋子里活泼泼、笑嘻嘻的；姚伯和游苔莎还刚刚做了夫妻；姚伯太太也好好地住在布露恩。那时看来，好像一切的情况，至少二十年可以不变。然而这一群人里，却只有他自己的地位，还算没有实际的变动。

他在那儿沉思的时候，一个脚步声从楼上下来了。只见保姆手里拿着一大卷湿了的纸。那个女人只顾聚精会神地去办她的事，几乎都没看见文恩。她从一个碗橱里找出一些细绳来，又把壁炉里的火狗往外拉了一拉，跟着把细绳的头儿系在火狗上，把它们在壁炉里抻直了，然后把那些湿纸展开，照着往绳子上晒衣服那样，把湿纸一张一张都用别针别到细绳上。

“那是什么东西。”文恩问。

“我那苦命主人的钞票啊，”她回答，“他们给他脱衣服的时候在他的口袋里找到的。”

“那么他当时出去是预备一时不回来的了？”文恩说。

“那是咱们永远也不能知道的。”她说。

文恩很不乐意走，因为世界上唯一使他关心的人就在这所房子里。既是那天晚上，除了那两个一睡不起的人而外，这一家里无论谁都没有要再睡的，那他何必走开？因此他就跑到他往常待的老地方——壁炉里的壁龛那儿，坐着去了，一面看着那两行钞票叫烟囱里的气流吹得前后摇晃，发出蒸气来，一直看到它们由湿而干，由软而脆。那时候那个女人就来把它们一张一张都解下来，叠到一块儿，拿上楼去了。跟着医生脸上带着无能为力的神气，从楼上下来，戴上手套走了，他骑的那匹马在路上嘚嘚的蹄声越去越远，一会儿就听不见了。

四点钟的时候，外面有人轻轻地敲门。那是查雷，斐伊舰长打发他来，问一问有没有关于游苔莎的消息。给他开门的那个小女仆只直眉瞪眼地看着他，好像不知道怎么回答他才好似的。她把他领到了文恩坐的那个地方，对文恩说："请你告诉告诉他吧。"

文恩把事情的经过说了一遍。查雷听了以后，只发出一种微弱不清的声音来。他非常静地站在那儿，待了一会儿才颤动战抖着迸出这样一句话来："我可以再见她一面吗？"

"我敢说可以，"文恩庄严地说，"不过你快快跑回去告诉斐伊舰长一声儿，不更好吗？"

"是，是，不错，不过我非常地希望能再见她一次。"

"你去好了。"一个低微的声音在他们后面说；他们一惊之下急忙回头看去的时候，只见暗淡的亮光里，有一个瘦削、灰白、差不多像鬼一般的人，身上用毯子裹着，和从坟里刚出来的拉撒路[1]一样。

---

1 拉撒路，《约翰福音》第 11 章说，有一个患病的人，名叫拉撒路，死了四天，耶稣使之复活。

那是姚伯。文恩和查雷都没说话，只克林接着说："你去看看她好了。天亮了的时候，有的是时间去告诉老舰长。你也许也愿意看看她吧——是不是，德格？她现在看着非常地美丽。"

文恩站了起来，表示同意去看，于是他和查雷，就跟着克林走去，到了楼梯下面，他把靴子脱了下来，查雷把靴子也脱了下来。他们跟着姚伯上了楼梯的上口，那儿点着一支蜡，姚伯把那支蜡拿在手里，把他们领到隔壁的一个屋子里。他在那儿，走到一张床旁边，把床单子卷了起来。

他们一声不响地站在那儿看着游苔莎。只见她静静地躺在那儿，虽然一息无存，却反倒比她生前无论哪个时候还更美丽。她的颜色并不是灰白二字所能全部包括的，因为它不仅发白，差不多还放光。她那两片精致曲折的嘴唇儿有很美的表情，好像是一种尊严心，刚刚使她闭上嘴不说话的样子。原先她由激烈怨愤转变到听天由命，就在那一刹那的转变中，她的嘴唇一下固定，永远不动了。她的黑头发，比他们两个从前无论什么时候所看见过的都更蓬松，好像丛林一般，覆在她的额上。她的仪态上那种尊严，在一个住在田庄村舍的人脸上出现，本来使人觉得显眼过分，有些不称，现在有她这样的脸作地子，却到底配合恰当，从艺术观点来看，没有缺陷了。

当时没有人说话，一直到克林把她又盖上了而转到一旁的时候。"现在再到这儿来。"他说。

他们又转到那个屋子的一个壁龛前面，只见那儿有一张小一点的床，床上放着另一个尸体——那就是韦狄了。他脸上不及游苔莎那样宁静，但是却也同样带出了一种富于青春的焕发气概，并且就是对他最不同情的人现在看见了他，也都会觉得，他下世为人，绝不应该落这样一个结果。他刚才挣扎性命所留下来的唯一痕迹，仅仅能在他的指头尖儿上看出一点儿来，因为他临死的时候，拼命地想要抓住水堰的护岸墙，把指头尖儿都抓破了。

姚伯的态度看着那样安静，他露了面以后，他说的话那样简短，因此文恩以为他是认了命的了。等到他们出了屋子，走到梯子口上，他的真实心情才分明露了出来。因为他站在那儿，一面把头朝着游苔莎躺的那个屋子一点，一面带着犷野的微笑，说："她是我今年害死的第二个女人。我母亲死，大部分由于我，她死，主要由于我。"

"怎么讲？"文恩问。

"我对她说了些残酷无情的话，她就从我家里走了。等到我想起来去请她回来的时候，已经来不及了。本来我自己应该投水自尽才对。要是当时河里的水把我压了下去，把她漂了起来，那对于活着的人，就真是大慈大悲了。但是我可没能死。这些应该活着的可都死了，我这个应该死的可还活着！"

"不过你不能这样给自己加罪名，"文恩说，"照你这样一说，子女犯了杀人罪，父母就是祸根了，因为没有父母，就永远不会有子女。"

"不错，文恩，这个话很对；不过你是不知道一切详细情况的。要是上帝让我死了，那于所有的人都好。我在世上作了这些孽，太可怕了，但是我对于这种恐惧，可越来越不在乎了。人家说，和苦恼熟悉了，就会有嘲笑苦恼的时候。我嘲笑苦恼的时候一定会不久就来到的。"

“你的目标永远是高尚的，”文恩说，“干吗说这种不顾一切的话？”

“不是这样，并不是一切不顾，而实在是一切无望。我做了这种事，可没有人，没有法律，能来惩罚我，这就是叫我顶痛恨的地方。”

第六卷

后事

一　无法避免的事序推移

游苔莎和韦狄水堰丧命的故事，有好些礼拜、好几个月，在爱敦荒原全境，以及荒原以外，各处传布。所有他们的恋爱里经人知道了的那些故事，都让喧杂的众口，铺张、改造，渲染、增减了；因此到了后来，原先的真情和虚构的传说，只剩了很少相似的地方了。不过，前前后后地看起来，那个男人和那个女人，谁都没有因为遭到惨死而失去了尊严。这番不幸，虽然把他们那种荒唐不羁的生命，很悲惨地给他们划然割断了，但是他们却也不至于像许多人那样，得过许多皱纹满脸、受人冷落、凋残衰老的岁月，把生命逐渐消耗到味同嚼蜡的枯干境地，所以这番不幸反倒得说是来得洒脱利落。

对于那些最有关系的人，影响当然有些不一样了。不相干的人本来从前屡次听人说过这种事情，现在不过又多听说一次就是了；但是直接受到打击的人，即便事先有所揣测，也决难达到充分有备的程度。这番丧事的突如其来，把朵荪的情感弄得有些麻木了；然而，说起来仿佛很不合理似的，虽然她也觉得，她所失去的这位丈夫应该是一个更好一些的人，而她这种感觉，却仍旧一点也没减少她的悲伤。她丈夫并不够好这一事实，不但没减少她的悲伤，反倒好像把这位死去的丈夫在他那年轻的妻子眼里更提高了，反倒好像是彩虹出现，必有云翳作背景。

但后事难知的恐惧现在已经过去了。将来做弃妇的恍惚疑虑，现在没有了。从前最坏的情况，本来是使人揣测起来就要发抖的，现在那种情况，却是可以理喻的——只是一种有限度的坏了。她的主要兴趣——小游苔莎——仍旧还在。她的悲哀里，都含着老实的成分，她的态度里，并没有愤怒的意味；一个精神受了刺激的人，有了这种情况，那她就能很容易地安定下来。

要是我们能把朵荪现时的悲伤和游苔莎生前的平静，用同样的标准量一下，那我们就可以看出来，她们那两种态度，差不多是同样的高下。但是她现在的态度，虽然在忧郁沉闷的空气里得算是光明，而和她原先那种明朗一比，却就是阴沉的了。

春天来了，使她安顿；夏天来了，使她宁静；秋天来了，她开始觉到安慰，因为她的小游苔莎，已经又健壮，又快活，一天比一天大，一天比一天懂事了。外界的事物，给朵荪的满足并不算小。韦狄死的时候没有遗嘱，而朵荪和他们的小女孩又是他唯一的亲属。因此朵荪把她丈夫的财产管理权接到了手、把所有的欠账都还清了以后，她叔公的遗产能归到她和她女孩子名下等着投资生利的，差一点儿就是一万镑了。

她应该到哪儿住？那显然是布露恩了。那些老屋子，固然不错，比小兵船上的房舱高不多少，连她从客店里带来的那架大钟，都得把地挖去一块，把钟顶上好看的铜花儿弄掉了，才勉强搁得下；但是屋子虽然很矮，房间却有的是，并且一切幼年的回忆，都使她觉得那地方可亲可爱。克林很欢迎她到那儿去住；他自己只占用了楼上两个房间，由后楼梯上去，一个人安安静静在那儿住着，和朵荪一家主仆隔断（朵荪现在既是一个有钱的人了，所以雇了三个仆人），做自己的事，想自己的心事。

克林的悲愁，把他的外貌改变了不少；但是他的改变，多半还是内心的。我们可以说，他的心长了皱纹了。他没有仇人，他找不到别人来责问他，因为如此，所以他才那样严厉地自己责问自己。

有的时候，他倒也觉到命运待他不好——甚至于说，叫人出生，就是把人放到显然进退维谷的地位里——我们不能打算怎样能光辉荣耀地在人生的舞台上前进，而只能打算怎样能不丢脸，从人生的舞台上退出。不过他却没长久认为，老天把这样苦难的烙印，硬给他和他的亲人打在灵魂上，是揶揄太过，手段太毒。他这种态度，除了顶严厉的人，本是一般常情。人类总想大大方方尽力做不辱创世者的假设，所以总不肯想象一个比他们自己的道德还低的宰治者；就是他们在巴比伦的水边坐下啼哭[1]的时候，他们也总要捏造出一些理由来，替那让他们流泪的压迫者辩护。

因为有这种情况，所以虽然别人在他面前劝他的话都不中用，但是他自己待着的时候，却自有一番自己选择的道路来安慰自己。像他那样习惯的人，有了他母亲留给他的那一所房子，和一年一百二十镑的收入，就很够作他的衣食用度的了。富足本来并不在数量的本身，而在取和与的比例。

1　公元前五八六年，犹太为巴比伦王尼布甲尼撒所灭，百姓被掳到巴比伦当奴婢。《旧约·诗篇》第 137 章头一句说：“我们曾在巴比伦的河边坐下，一追想到锡安就哭了。”即指被掳后而言。犹太的先知和历史家，说到犹太的灭亡，都说那是犹太人民悖逆上帝，所以得到这种惩罚。

他往往一个人在荒原上散步，那时候，过去就用它那朦胧模糊的手把他抓住，不放他走，让他听它的故事。于是他的想象，就给那个地方安插上它的古代居民；那久已被忘的开勒特部落，就好像离他不远，在他们那种狭路上走动，他差不多就好像在他们中间生活，瞅着他们的脸，看见他们站在到处皼起、完好如初的古冢旁边。那些文身涂饰的野蛮人[1]之中，在可以耕种的土地上居住的那一部分，和在这儿留下遗迹的那一部分比起来，好像是用纸写字的人，同用羊皮写字的人一般。前者的记载，早就叫耕犁毁掉了，但是后者的遗迹却仍旧存在。然而他们那两种人，无论生前，也无论死后，全都不知道有不同的命运在那儿等待他们。这种情况，叫他想到，事情不朽不灭的演化，是有不能预知的因素操纵着的。

冬天又来了，把寒风、严霜、驯顺的红胸鸟和闪烁的星光[2]也都带来了。过去那一年，朵荪几乎没感觉出来季候的变化；今年，她却把她的心怀敞开，接受一切外界影响了。在克林那一方面，他这位甜美的堂妹、她的婴孩和她的仆人生活的情况，都只是他坐着读那种字特别大的书那时候，隔着板壁，听到的一些声音而已。但是到后来，他的耳朵对于宅中那一部分发出来的那种轻微声音，都听熟了，所以他听着也差不多和亲眼看见的一样。一种细微轻快、半秒钟响一下的咯哒声音，引起了朵荪在那儿摇摇篮

1 古代不列颠人，文身涂饰，罗马人叫居住在不列颠的民族 Bretanes，意即文身涂饰的人。

2 一年四季里，冬季出现的星最灿烂、最亮、最明显，像大犬座、猎户座、双子座等。故这里这样说。

的形象；一种颤咏低吟的歌声，告诉他朵苏在那儿给小孩儿唱催眠曲；一阵沙子咯吱咯吱的声音，好像磨石中间发出来的那样，就引起了赫飞或者费韦或者赛姆，脚步沉重地走过厨房里石铺地面的画图；一种小孩子似的轻快脚步，同一种尖锐的欢乐歌声，就表示阙特大爷来拜访；阙特大爷的声音忽然止住，表示他把嘴唇放到盛着淡啤酒的酒杯上；一阵忙乱声加上一阵摔门声，表示动身到市上去赶集；因为朵苏，虽然现在有钱，可以身份高一点了，却仍旧过的是一种可笑的俭朴生活，为的是要把凡是能省的钱都省给她的小女孩。

夏天有一天，克林在庭园里，紧站在客厅的窗户外面，窗户正像平时那样开着。他本来正在那儿看窗台上的盆花儿；那些花儿近来叫朵苏修理得又恢复了他母亲活着的时候那种样子了。朵苏那时正在屋里坐着，他忽然听见她轻细地尖声一喊。

"哎呀，你冷不防吓了我一跳！"她好像对一个刚进门的人说，"你这样轻轻悄悄的，我只当是你的鬼魂儿进来了。"

克林未免起了好奇心，往前走了一两步，往窗户里看去。他没想到，屋里站着的是德格·文恩，已经不是一个红土贩子了，而明显外露的，却是原先那种颜色很奇怪地变没了，而成了普通正派规矩人脸上的颜色了。同时身上是白白的衬衫前胸，素淡的花背心，带蓝点的项巾，瓶绿色的褂子。这种样子，本身原没有什么奇怪，奇怪的是，他和原先一点儿也不一样了。他身上一切的服饰，一概避免红色，连近于红色的都没有。因为一个人，一旦告老退休，脱去工作服装，他所怕的，还有比使他想起当初让他发财的事情更厉害的吗？

姚伯转到屋门那儿，进了屋子。

“我真吓了一跳！”朵荪看看这位，再看看那位，含着微笑说，“我简直不信是他自己弄白了的。好像是超自然的力量。”

“我上一个圣诞节就不干卖红土这桩营生了，”文恩说，“那得算是一种很赚钱的买卖，圣诞节的时候，我觉得我赚的钱，很够开一个养五十头牛的牛奶厂了，像我父亲那时候一样。我从前老想，我只要改行，那我就朝着那个方向走。现在我走的就是那个方向。”

“你用什么方法变白的呀，德格？”朵荪问。

“一点儿一点儿，自然就变过来了，太太。”

“你比以前好看多了。”

文恩好像有点不知所措的样子；朵荪呢，就想起来，他对于她也许还有意，而她对他说话竟这样不留心，因此脸上微微一红。克林却没看出这种情况来，只逗着笑说：

“你现在又变成了一个好好的人了，我们再拿什么来吓唬朵荪的小娃娃？”

“请坐吧，德格，在我们这儿吃了茶点再走吧。”

文恩的动作，好像要往厨房里去的样子，朵荪就一面继续做着针线活儿，一面带出一种可爱的莽撞态度来说：“你当然得在这儿坐着。你那养五十头牛的牛奶厂在什么地方啊，文恩先生？”

“在司提津——离爱得韦右面约莫有二英里，太太，就在那儿草场地开始的。我这么想来着：要是姚伯先生有的时候喜欢到我那儿去的话，他可别说我没请他。我今儿下午不能等着吃茶点了，我谢谢吧，我还有马上就得办的事哪。明天是五朔节，沙得洼那儿的人，跟您这儿几位街坊组织了一个会，要在您这所房子的栅栏外头竖一个五朔柱，因为那儿是一片很好的青草地。”文恩说到这儿，用胳膊肘往房前那块草地一指。“我刚才正跟费韦谈这件事，”他接着说，“我对他说，咱们要竖柱子，得先跟韦狄太太说一声。”

“我说不出不答应的话来，”朵荪答，“我们的产权，是连一英寸都出不了白栅栏那儿的。”

“不过一大群人，紧在您面前，围着个柱子发疯，您也许不喜欢吧？”

“我一点儿也没有反对的意思。”

一会儿文恩就走了。傍晚姚伯出去散步的时候，他一直走到费韦住的那所小房儿那儿。那正是五月里所有的那种可爱的夕阳；在广大的爱敦荒原这一个边界上，桦树都正刚刚生出新叶子：像蝴蝶的翅膀那样轻柔，像琥珀那样透明。费韦的房子旁边，从大道上缩进去一块空地，那时周围二英里以内的青年，全都聚在那儿。柱子放在地上，一头儿有一个架子支着，有些女人正在那儿用山花野草把它从上到下缠绕。“欢乐的英国”[1]那种本能，带着不同寻常的活力在这儿停留；在一年的每一季里，由历代相传而来的象征性习俗，在爱敦上面还仍旧是真情实事。实在讲起来，这样村野地方的居民所有的冲动，仍旧是异教的；在这种地方上，自然的供奉、自我的崇拜、疯狂的欢乐以及条顿人祭神仪式的残余

1 英国诗人，戏剧家等，有一种观念，认为古时的英国人，终年无所事事，但知按一年四季之节令，跳舞作乐。他们管这叫“欢乐的英国”。

（所祭的那些神都怎么叫法，现在早就没人记得了），都好像是不知怎么寿命超过了中古的信仰[1]而继续到现在。

姚伯并没上前打搅他们过节的预备，就又转身回家去了。第二天早晨，朵荪把卧室的窗帘子拉开了的时候，只见五朔柱已经在绿草地中间，矗然耸立，高入云霄了。它好像贾克的豆梗[2]一样，一夜的工夫，或者不如说是一清早的工夫，就长起来了。朵荪把窗户开开，要更仔细看一看柱子上的花圈儿和花球儿。那些花儿的清香，早已经在四周围的空气里布满了，空气既是清新洁净，所以就把它中间那些缠在柱子上的花朵所发出来的芬芳，尽量送到她的鼻子里。柱子的顶上，是一些交错的圆圈，用小花儿装饰着；在那下面，是一圈乳白色的山楂；再往下去，一圈跟着一圈，是青钟、莲香、丁香，再下面是剪春罗、水仙等等，一直到最下的一层。所有这些情况，朵荪全看到了，同时因为五朔节的行乐，就这样近在眼前，觉得很喜欢。

到了下午的时候，大家都在青草地上聚集起来了，姚伯也算高兴，从他那个屋里敞着的窗户看着他们。待了不久，朵荪从开在那个窗户下面的门里面走出，抬起头来，望着窗户里她堂兄的脸。据姚伯所看到的，自从韦狄死后，十八个月以来，朵荪从来没打扮得像今天这样漂亮；就是从她结婚以后，她也从来没打扮得这样出色。

---

1 指基督教。

2 英国童话，贾克是一个穷寡妇的儿子，头脑简单，把他母亲的牛换了一帽子豆儿。他母亲一见大怒，把那些豆儿都扔在窗户外头。第二天早晨一看，只见一棵豆梗，已经长得高入云霄。

“你今天真漂亮啊，朵荪！”他说，“是不是因为过五朔节？”

“并不完全是。”她说，跟着脸上一红，把眼光低了下去。这些细处，他并没怎么特别地看到，不过她的态度，却叫他觉得有点特别，因为她这不过是跟他说话，又何必那样呢？她把她夏天的衣服穿出来，能是为讨他的欢喜吗？

前几个礼拜，他们两个，又跟从前他们还都是小孩子的时候时常当着他母亲的面那样，在园子里一块儿工作，那时候，他又想起来这几个礼拜里她对他的情景了。假如她对他的感情，并不完全像她以前那样，只是一个亲属的，那他该怎么办？据姚伯看来，凡是这一类的可能，都是极严重的事情，叫他一想起来，差不多都心烦意乱起来。他那方面，一切近于爱情的冲动，如果在游苔莎活着的时候还有没平静下去的，现在也都早跟着她到了坟墓里去了。他对游苔莎发生的热恋，是他成年以后好久的事，不像更近童年的恋爱那样，还可以剩下足够重新燃起同样火焰的薪柴。即使他能够再发生爱情，那他那种爱情，也一定得慢慢地、很费力地才能生长起来，并且最后也得是又微弱又不健全的，像秋天孵出来的鸟儿一样。

这种新的纠葛，使他很难过，因此五点钟左右，热烈的铜乐队员来了，并且带出好像有足以把他的房子都给他吹倒了的气力演奏起来的时候，他就从后门出了屋子，上了庭园，穿过了树篱上的栅栏门，躲到人看不见他的地方去了。留在今天这样欢乐的光景前面，是他受不了的，虽然他曾经尽力想那样办。

有四个钟头的工夫，没看到他的踪影。等到他顺着原路回来，已经是暮色苍茫，露水缀到一切青绿的东西上的时候了。猛烈嘈杂的音乐已经停止了。但是因为他是从后门进来的，所以他看不见那些过五朔节的人是否都走了，他穿过朵荪住的那一部分，走到了前门那儿，才能看见。他到了那儿的时候，只见朵荪正自己一个人站在门廊里面。

她含着嗔怨的样子看着他说：“克林，刚一开始你就走啦。”

“不错。我觉得我不能参加。你当然出去参加了？”

“没有，我也没有。”

“你穿戴起来好像有目的似的。”

“不错。不过我自己不好意思去；那儿那么些人。这会儿还有一个人在那儿。”

姚伯使劲往白色的篱栅外面那片深绿色的草地上看去，只见黑乌乌的五朔柱下面，有一个朦胧的人影儿，在那儿来回地走。“那是谁？”他说。

“文恩先生。”朵荪说。

“朵绥，我想你可以请他进来坐坐。他自始至终对你很好。”

“我现在请他进来好了。”她说；于是随着一时的冲动，就起身走出了小栅栏门儿，往五朔柱下面文恩站的那儿走去。

“那儿是文恩先生吧，我想？”她问。

文恩忽然一惊，好像以先并没看见她似的——他真是一个会拿腔做势的人——答应了一声：“是。”

“你请到家里坐一坐好不好？”

“我恐怕我——”

“我已经看见你今天晚上在这儿跳舞了，你那些舞伴都是顶好的女孩子。你不肯到我家去坐一坐，是不是因为你愿意站在这儿，把刚才的快乐光景琢磨琢磨？”

“呃，有一部分是那样，”文恩带着感情外露的样子说，“不过我在这儿的主要原因是要等月亮出来。”

“好看一看月光下的五朔柱有多美丽吗？”

“不是。好找一找一个女孩子掉的一只手套。”

朵菸一听，惊得说不出话来。一个人，回家得走四五英里路，却会因为这样一种原因，在这儿等候，从这里面只能得出一种结论来：那个人一定是对于那只手套的主人，令人可惊地感到兴趣的了。

“你刚才同那个女孩子跳舞了吗，德格？”她问，问的口气，显示出来，他这种泄露，使她对于他更感觉到不小的兴趣。

“没有。”他叹了一口气说。

“那么你不到家里坐坐了？”

“今儿晚上不了吧，太太，多谢多谢。”

“我借给你一个灯笼，照着找这个女孩子的手套好不好，文恩先生？”

“哦，不用；用不着，韦狄太太。多谢多谢，一会儿月亮就上来了。”

朵菸于是又回到门廊下去了。“他来不来？”克林问，他本来就一直在门廊下等着没动。

“他今儿晚上不了。”她说，说完了，就从他身旁走过去，进了屋子了，克林跟着也进了自己的屋子。

克林走了以后，朵菸暗中摸索着上了楼，先到小孩床前听了一听，知道她睡着了，然后到窗户前面，轻轻地把白色窗帘子的一个角儿撩开，往外看去。文恩仍旧在那儿。朵苏眼看着东山上最初微微透出的光芒越来越亮，不久月亮的轮边就一下涌出，把光辉泻满山谷。德格的形体，现在在草地上清清楚楚看得见了，他正弯着身子来回地走，那显然是在那儿找那件丢失了的宝贵东西的了，他曲曲折折一左一右地走，看样子要把那块地方的每一方英寸都走遍了。

“这真可笑啦！”朵苏对自己嘟囔着说，说的音调，是打算用来表示讥讽的。“真想不到，会有这么傻的人，这样恍恍悠悠地走来走去，找一个女孩子的手套！还是一个体面的牛奶厂老板哪，而且按他现在说，还是一个有钱的人哪。多可怜！”

到了后来，文恩好像已经找到了手套了；只见他把身子站直了，把手套举到嘴唇上。跟着把它放到他胸前的口袋里——在现代的服装上，能放东西的地方，那是靠人的心房最近的了——上了山谷，取道于算计起来最直截的路，朝着草场地上他那路远的家走去。

二　朵苏在罗马古道旁的绿草地上闲行

那一次以后，一连好几天，克林老没大看见朵苏；并且他们有时碰见了，朵苏也比平素更沉默。后来克林就问她，有什么心事，让她琢磨得那样聚精会神。

“我这儿真糊涂透了，”她坦白地说，“我要了命也琢磨不出来，到底德格·文恩那样爱的那个人是谁。五朔节舞场上所有的那些女孩子，没有一个配得上他的，可是他爱的那个女孩子又一定就在舞场上。”

克林也把文恩的意中人是谁琢磨了一会儿，但是他既然对于这个问题，并不感到什么兴趣，所以他就仍旧又接着进行他的园丁工作去了。

过了一些时候，朵苏还是没有法子把这个哑谜猜破。但是有一天下午，朵苏正在楼上收拾打扮要出去散步的时候，她为了一样事，跑到楼梯口儿上叫拉齐。拉齐是一个十三岁上下的女孩子，小娃娃出门儿透气，都是她抱着的。她听见她主人叫她，就上楼来了。

“我上回刚买的那副新手套少了一只，你看见没有？”朵苏问。“跟这只是一副。”拉齐没回答。

“你怎么不回答我呀？”她的女主人说。

“俺想那一只丢啦，太太。”

“丢了？谁把它丢了？我通共就戴了一次啊！”

拉齐先露出极端难过的样子来，后来竟哭起来了。“这是俺不该——太太：五朔节那天，俺没有手套戴，俺看见你的那一副放在桌子上，俺可就想，俺借你的用一用吧。俺决不是成心毁你的东西，可是不知道怎么丢了一只。有一个人，给了俺几个钱，叫俺再去买一副给你，可是俺老没倒出工夫来去给你买。”

“那个人是谁？”

“文恩先生。”

“他知道那只手套是我的吗？”

“知道。俺告诉他来着。”

朵苏听了这番话，惊得连叱责那孩子都忘得一点儿没有了，所以那女孩子就悄悄地溜了。朵苏的身子别的部分都一点儿没动，只她的眼光转到竖五朔舞柱的那片青草地那儿。她琢磨了一会儿，跟着自言自语地说，她今天下午不出门儿了，她本来给她的小娃娃照着顶时髦的样子，把花纹斜着裁了一个可爱的方格连衣裙，那个连衣裙还没做完，她今天要快快把它做完了。至于她那样想要快快做完，而做了两个钟头以后，那件活儿却还是和原先一样，一点没有进展，那究竟是怎么回事呢？一般人，要是不懂得刚才那件事，能把她的努力从用手一方面转到用心一方面，大概都得认为令人不解吧。

第二天，朵苏照常活动，并且仍旧继续旧习惯，只带着小游苔莎一个人，在荒原上散步；那时的小游苔莎，正到了一般小孩儿不知道在世上走路该用手还是该用脚的年龄，因此手脚一齐并用而陷于痛苦的麻烦。朵荪带着那小娃娃，去到一个很静僻的地方，在青草和牧人茴香上面，叫小娃娃在那儿自己稍稍练习练习，那本是她觉得很美的事。在那上面，如果保持不住平衡，也只像一下跌倒在柔软的褥子上一样。

有一次，朵荪又在那儿做这种训练，她俯着身子，把小娃娃要经过的路上所有的小树枝、凤尾草梗和其他同样的碎杂东西都捡开了，免得小娃娃的行程，会遇到仅仅四分之一英寸高的障碍就难以越过而半路停止；正在那时候，她忽然看见，差不多紧靠她身旁，有一个人骑着一匹马走了过来，把她吓了一大跳，原来地上那种天然的茵席，把马蹄子垫得不大能听出声音来。马上不是别人，正是文恩，把帽子在空中摇摆，殷勤有礼地向她鞠躬。

"德格，你还我的手套哇。"朵荪劈头说，因为她那个人的脾气，老是不管什么情况，一下子就把心里萦回的事没头没脑地说出来。

文恩立刻下了马，把手放在胸前的口袋儿里，掏出那只手套儿来，递给了朵荪。

"谢谢你。你太好了，替我把手套这样收着。"

"你说这样的话也太好了。"

"哦，没有的话。我知道这件东西在你手里以后，我很高兴；近来大家好像越来越都谁不管谁了，所以我真没想得到你还老想着我。"

"要是你还记得我从前是怎么个样子，那你就不会想不到了。"

"哦，不错，"她急忙说，"不过像你这种脾气的人，多半是一点儿也不爱沾别人的。”

“我是怎么个脾气？”他问。

“我也不确实知道，”朵荪老实简单的样子答，“我只知道，你老做出只顾实际的样子，掩饰你的感情，只有你自己一个人待着的时候，你才露真感情。”

“啊，你怎么知道我那样？”文恩运用策略，拿话套话说。

“因为，”她说，说到这儿，正赶着小娃娃来了一个倒栽葱，朵荪就扶她去了，扶好了才接着说，“因为我知道么。”

“你不要拿一般人的情况作判断的根据，”文恩说，“可是现在我不大知道感情是什么了。我近来老是这样生意，那样买卖的，我的温柔感情都像云烟一样地消灭了。不错，我现在做着梦、睡着觉，也忘不了钱了。我一心不琢磨别的，净琢磨钱了。”

“哦，德格，你瞧你多么坏！”朵荪带着责问他的样子说，同时拿眼看着他，看的神气，恰好一半是信他的话是真的，一半是觉得他说这话来怄她。

“不错，我这种情况未免透着有些古怪。”文恩说，说的口气很温和，好像一个人明知道自己的罪恶再也克服不了，就心里坦然地听天由命起来似的。

“怎么，凭你本来那么好，现在会变成这样！”

“啊，这句话我倒很爱听，因为一个人，从前是什么样子，将来也许还会是那种样子。”文恩说到这儿，朵荪的脸一红。“不过有一件，现在比从前更难了。”文恩又接着说了一句。

“那怎么讲哪？”朵荪问。

“因为你现在比那时候阔得多了。”

“哦，没有的话——阔不了许多。我自己只留了一点儿，够我过的就得了，剩下的我全给我的小孩了，那本是应该的。”

“那我倒高兴了，”文恩温柔地说，一面从眼角里看着朵荪，“因为那样一来，咱们做朋友就比较容易了。”

朵荪又把脸一红。跟着他们两个又说了几句不算不中听的话以后，文恩就上马走了。

这番话，是在荒原上靠近罗马古道的一个山洼里说的，那本是朵荪常去的地方。我们可以说，自从她在那儿遇见文恩以后，她并没减少她到那儿去的次数，至于文恩在那儿遇见过朵荪以后，是否躲着那个地方哪，那我们看一看本年约莫两个月以后朵荪的行动，就可以很容易地猜出来了。

三　克林和他堂妹郑重的谈话

所有这个时期以内，姚伯就没有一时不或多或少地盘算他对他堂妹朵荪应尽的职分的，他不由要觉得，像朵荪那样温柔的人，要是从她那样年纪轻轻的时候起，就非得把她那种种优美动人的好处都消磨在荒凉的常青棘和凤尾草上，可真是把甜美的物质，令人可惜地作践糟蹋了。但是克林感觉到这一点的时候，却仅仅是一个经济家的态度，并没有恋爱者的心情。他对游苔莎那种热烈的爱情，已经就是他全副生命里的全副力量了，所以他那种至高无上的东西，没有余留下再献给别人的了。直到现在，他觉得，清清楚楚的办法，就是不要存一点和朵荪结婚的念头，即使为讨她欢喜，也存不得。

但是事情并不只一方面。多年以前，他母亲就对于他和朵荪存了一番心思了。这番心思，固然没有成为真正的心愿，却也得算是她所喜欢的梦想。所谓这番心思，就是想要叫他们两个，到了合适的时候，成为夫妻，如果他们两个的幸福，都不至于因为这样就受了妨害的话。这样说来，那么像姚伯对于他母亲的遗念那样尊敬的人，除了一种办法，还能有别的吗？原来天地之间，有一种不幸的事，那就是：当父母的，有的时候，会有一种怪念头，想叫他们的子女怎样怎样；本来那种怪念头，要是他们活着，跟他们谈上半个钟头，就可以满天的云雾都散开了，但是因为他们死了，于是那种怪念头，就让他们的子女崇奉到天上，认为是绝对不能违反的命令了，因而这种念头对于他们那种孝顺子女所生出来的结果，如果老两口子还活着的话，就要是他们首先不赞成的。

要是这件事只和姚伯一个人的将来有关系，那他不必怎么踌躇，就可以跟朵苏求婚。他把他死去的母亲所有的心愿了却，于他是没有损失的。但是他一想朵苏要嫁的是他现在这样一个槁木死灰的情人，他可就不敢再往那方面想了。本来现在他还能够做得来的活动，只剩了三种了：第一种就是到他母亲长眠的那个小小的坟地里去，这差不多是他每天必做的；第二种就是到埋他那游苔莎那个更远的坟圈里去，这差不多是他每晚必做的；第三种就是给好像差不多是唯一能趁自己的心愿那种职业做准备工作——给一个宣扬第十一条训诫[1]的游行讲道者做准备工作，朵苏要是嫁了一位有这种癖性的丈夫，那他很难相信她会快活。

但是他却决定去问问朵苏，叫她自己拿主意。因此，有一天傍晚，夕阳正像他母亲生前他看见过无数次那样，把房顶的长影儿远远地送到山谷里的时候，他下了楼，找朵苏去办这件事，心里还认为他这是做他应尽的职分，觉得很喜欢。

朵苏没在她的屋子里，他是在前园找到了她的。"朵苏，我很早很早就想跟你提一件与你我的前途都有关系的事了。"克林开口说。

---

1 按《旧约·出埃及记》摩西立有十诫，《新约·约翰福音》第13章第34节里，耶稣说："我赐给你们一条新诫：乃是叫你们彼此相爱，我怎样爱你们，你们也要怎样相爱。"此处所说第十一条训诫，即指这种相爱的新诫而言。

“你这就要跟我提，是不是？”朵荪急忙说，同时和克林的眼光一对，脸上一红，“不过克林，你停一会儿，先让我说好了，因为，怪得很，我也老早就有一件事要跟你谈一谈了。”

“好极了，朵荪，那你就先说吧。”

“我想没有人能听见咱们吧？”朵荪往四外看了一眼，同时把声音放低了说。“呃，你先得答应我一种要求，我才能说：要是回头我提的那件事，你不同意，你可得不要生我的气，不要骂我。成不成？”

姚伯答应了，她接着说：“我现在要跟你要个主意，因为你是我的亲人——我是说，你得算是我的保护人，是不是，克林？”

“呃，不错，我想是，是一种保护人。按着实在的情况说，我当然是个保护人。”他说，同时对于她的意向，完全莫名其妙。

“我正在这儿想要结婚，”她那时才温和地说，“不过我总得先知道，你对于这一步，确实赞成，我才能那么办。你怎么不言语啦？”

“你有些给了我个冷不防。不过，我听了这种消息，还是一样地很高兴。亲爱的朵荪，我当然不会不赞成。是谁哪？我一点也猜不出来。哦，是了，我想起来，一定是那个老医生！——我这可是无心说了他个老字，其实他并不能算很老。啊——上一次他给你瞧病的时候，我留心了！”

“不是他，不是他，”朵荪急忙说，“是文恩先生。”

克林的脸忽然沉了下来。

“你瞧，你不高兴了不是；我后悔不该提他！”她差不多暴躁起来的样子喊着说，“其实我本来就不该提他，我这不过因为他老来麻烦我，把我闹得没有办法就是了！”

克林往窗外看去，待了一会儿才答：“我也很喜欢文恩。他很诚实，同时可又很精细。再说他又很聪明，这从他能叫你喜欢他这一点上就可以看出来。不过有一样，朵荪，他实在不十分——”

“不十分体面，配不上我，是不是？我也正觉得是那样。我问了你这种话，很对不起你，我以后不再想他就是了。不过，我可要这样说：我不嫁人就罢，要嫁人，就非嫁他不可！”

“我看倒不见得非那样不可吧。”克林说，同时对于他自己那种被打断了的意思，一点儿痕迹都没露，那种意思，显而易见朵荪是并没猜出来的了。“你可以到城市里去住着，在那儿认识些人，嫁一个有上等职业的，或者那一类的人。”

“像我这样一向老是土头土脑，傻里傻气的，哪儿配过城市生活？难道你还看不出我这种乡下样子吗？”

“呃，我刚从巴黎回来的时候，倒看出来——看出一点儿来；不过现在不了。”

“那是因为你自己也变成了乡下样子了。哦，你要了我的命，我也不能在有街市的地方住。爱敦荒原固然是一个可笑的老地方，可是我可在这儿住惯了，无论到哪儿就都不痛快。”

“我也是这样。”克林说。

“那你怎么可能说，我得嫁一个城里的人？不管你怎么说，反正我自己知道：我不嫁人就罢，要嫁人就非嫁德格不可，他待我比谁待我都好，他还暗地里没让我知道帮了我许多许多的忙哪！”朵荪说到这儿差不多把小嘴都噘起来了。

“不错，他是那样，”克林带着不褒不贬的口气说，“唉，我倒是十二分愿意我能说出你嫁他这句话来。不过我可始终忘不了我母亲从前对于这件事的看法，我觉得不遵从她的意见，心里就有些过不去。咱们现在太应该把咱们能做得到的这一点事做了来尊重她了。”

“那么，很好，”朵荪叹了一口气说，“我不再提这件事好了。”

“可是你并没有义务，非服从我的心意不可。我这只是把我想的说一说就是了。”

“哦，我不能——不能在那方面作叛徒，”她惨然地说，“我本来就不应该想嫁他——我应该替咱们一家着想。支配我的，是可怕的坏冲动！”说到这儿，她的嘴唇颤动起来，她把身子转到一旁，掩饰她的眼泪。

克林一面固然叫她这种令人难解的趣味搅得烦恼起来，但是另一方面，却又觉得，这个婚姻问题，无论如何，关于他自己那方面，总是可以暂时搁起来的了，所以心里有些松通。从那天以后，一连好几天，克林常常从窗户看见朵荪郁郁不乐地在庭园里待着。他因为她选了文恩，有一点儿生她的气；跟着却又觉得自己把文恩的幸福破坏了，又觉得难过，因为他到底觉得，文恩那个人，既然他的旧篇儿揭过去了，就忠诚和坚定而言，决不在荒原上任何青年之下。总而言之，克林不知道怎么办好。

他们第二次见面的时候，朵荪突然开口说：“他现在比从前体面得多了！”

“谁呀？哦，是啦，是德格 · 文恩吧。”

“大妈原先反对他，只是因为他是个卖红土的。”

“呃，朵荪，我也许对于我母亲究竟是怎么个心意，并不知道细处。所以最好你按照你自己的心意下判断。”

“我恐怕你老要觉得这是我心里头没有大妈了。”

“没有的话，我不会那样。我要认为，那是你深深地相信，我母亲要是看见了他现在这种样子，一定要说他是你合适的丈夫。这是我的真心。你以后不必再跟我商议了，朵苏；你瞧着怎么好就怎么办得了。我决不会不满意。”

我们要猜想，朵苏一定是深深地那样相信的；因为说了这番话以后几天，克林蹓跶到他近来没到过的那一部分荒原上去的时候，他遇见了赫飞在那儿做活，赫飞就对他说：“俺很高兴，看见韦狄太太和文恩两个好像又好起来了。”

“是吗？”克林心不在焉地问。

“是；多会儿好天好日韦狄太太和小孩儿出来，多会儿文恩就必定想法子跟她见面儿。不过，姚伯先生，俺老觉得，你堂妹应该嫁你才对。本来起一个炉灶就行啦，可非起两个炉灶不可，那有多不好哇；俺觉得，只要你有意，你这阵儿还能从文恩手里把她弄过来。”

“我已经害死了两个女人了，现在再结婚，那我还有人心吗？你不要想这种事，赫飞。我认为，我有了我遭遇过的那些事，要是再到教堂里去娶太太，那真是演滑稽戏了。约伯说过：‘我已经和我的眼睛订下约法了，我为什么还想女人？’[1]”

“别这样说，克林先生，你别老认为是你把她们两个害了。你不应该说那种话。”

1　见《旧约·约伯记》第31章第1节。

“好吧，那咱们就不要再谈那个了，”姚伯说，“不过，无论怎么样，反正上帝已经在我身上留下了一个记号，叫我在情场中看着不是那么回事了。我心里只有两种想法，再没有别的了：一种是办一个夜校；一种是做一个游行讲道的。赫飞，你觉得这种想法怎么样？”

“那俺一定真心真意地去听你讲道。”

“谢谢你。那我顶欢迎啦。”

克林走下了山谷的时候，只见朵荪也从另一条小路上来了，在栅栏门前面跟他碰到一块儿。“克林，你猜一猜我要告诉你什么话？”她回过头来带着恶作剧的样子，对他说。

“我能猜出来。”他答。

她往他脸上细细地看去。“不错，你猜对了。到底是那回事了。他觉得我很可以把主意拿定了，我也是那样想。比方你没有什么不赞成的，那我们就下月二十五号办事了。”

“你觉得怎么好就怎么办得了，亲爱的。我听见你又清清楚楚地看到了你的幸福道路，只有喜欢的分儿。我们男人，因为你从前受了那样的待遇，应该尽一切的方法来补报你。”[1]

1 作者自注：作者在这儿可以说一下。这个故事原先构思的时候，本来没打算使文恩和朵荪结婚。文恩本要保留他那孤独而古怪的身份，而且要神秘地绝迹荒原，无人知其何往；朵荪则要一直寡居。但在本书按期陆续发表的时候，发生了某些情况，使作者变更了原来的意图。因此，本书结尾，可有两种方式，供读者选择。那班严厉护持艺术法则的人，可以假定，本书应有的结局，是不违能使本书结构前后一致的那一种。（此注初版所无，是后来加上去的。）

四　欢笑在布露恩恢复了旧势克林也找到了职业

预定结婚那天上午十一点钟左右，无论谁，只要从布露恩走过，就会觉出来，姚伯的住宅那儿，倒比较安静，而他顶近的邻居提摩太·费韦家里，却发出了种种表示大肆活动的声音。这里面主要的是屋里铺着沙子的地上忙忙乱乱的脚步，到处践踏得咯吱咯吱地响。房门外面，仅仅有一个人，看着好像是和人定了约会，却没想到来晚了似的，因为他急急忙忙地走到门口，拉开门闩，一点儿也不客气，就进了屋里。

里面的光景，很有些不同往日。在屋子里各处站着的是爱敦荒原上那个小团体里的几个中坚人物：里面有费韦自己，有阚特大爷，有赫飞，有克锐，还有一两位掘泥炭的。那天本来暖和，因此，那几个人身上，都理有固然，只穿着背心和衬衫，只有克锐是例外，因为他除了在自己家里，在别人家里，总是连脱一件衣服，就不由自主地要害怕。屋子中间摆着的那张坚固粗壮的橡木桌子上面，放了一块条纹花布，阚特大爷按着一头，赫飞按着另一头，同时费韦拿着一块黄东西，往布面上擦，因为使劲儿，弄得满脸油汗和褶子。

“街坊们，这是给褥套上蜂蜡呀。”刚进来的那个人问。

“不错，赛姆，”阚特大爷像一个人忙得没工夫说废话的样子，答，“俺用不用把这个角儿再抻得紧一点儿，提摩太？”

费韦回答了他，上蜡的工作又照旧很起劲儿地往前进行。“看样子这褥子一定坏不了。给谁做的？”赛姆静默了一会儿说。

“这是送今儿成家那两口子的礼物。”克锐说，只见他正无能为力的样子站在一旁，叫那样工作的伟大惊得好像怔住了。

“哦，对啦，对啦；俺还敢保真是一件贵重的礼物哪。”

“不养鹅子的人家，把鹅毛褥子看得很宝贵，是不是，费韦先生？”克锐好像对一个全知全能的人问。

“不错。”那位常青棘贩子费韦说，同时把身子站直了，把自己的前额完完全全地擦了一遍，跟着把蜂蜡递给了赫飞，赫飞就接手擦下去。“并不是他们两口子缺少这样的东西，而是因为这是他们一辈子里头一桩欢天喜地的大事，咱们很应当趁着这个机会，对他们表示一点儿好意。俺那两个姑娘出门子的时候，俺给了她们每一个人一床；俺这又攒了十二个月的鹅毛了，又够再装一床的了。街坊，俺看咱们这阵儿上的蜡已经够了吧。阚特大爷，你把褥子的正面翻过来，俺要动手往里装鹅毛啦。”

褥子面儿翻好了以后，费韦和克锐就抱过一些大纸口袋来，口袋里面装的东西都满满的，但是却轻得像氢气球一样。他们动手把口袋里的东西都倒在刚才弄好了的囊状物里。一袋一袋的鹅毛倒出来的时候，就有一撮一撮轻软的鹅绒和鹅毛，在空中飞散，越来越多，后来克锐一不小心，把一袋鹅毛满都倒在褥套儿外面了，于是屋里满空中，都是大片的鹅毛，好像一场无风下降的大雪，落到工作的人身上。

“俺从来没看见有像你这样的笨货，克锐，”阚特大爷恶狠狠地说，“看你就那么点儿机灵，你应该是一个从来没出过布露恩一步的爹爹养的才对。老子当了那些年兵，机灵俏皮了一辈子，养起儿子来，可又一点儿都用不上。要都像俺这位大少爷克锐这样儿，那俺很可以跟你们这些人一样，老在家里待着，一天门儿都不出。不过话又说回来啦，照俺个人看来，敢作敢为可又不能说是一点儿好处都没有。”

“你别这样糟蹋我们啦，爹；俺觉着俺都赶不上一个小棒槌儿大了。俺恐怕俺一直就够倒霉的啦。”

“哎，哎，克锐，你永远也不要把自己贬得这样低；你该多鼓起点儿勇气来！”费韦说。

“不错，是该多鼓起点儿勇气来，”阚特大爷使着劲儿说，好像这句话是先由他嘴里说出来的似的，“凭大家的良心说，一个人不当兵，就得娶老婆。要是也不当兵，也不娶老婆，那对得起国家吗？谢谢老天爷，俺又当过兵，又娶过老婆。既不造人，又不毁人，那太没有出息了。”

“俺从来听见枪炮就没有不害怕的时候，”克锐结结巴巴地说，“可是娶老婆的话，俺承认俺已经这儿那儿，求过许多女人了，可是都没有什么结果。不错，俺想不定哪儿，准有那么一家，本来应该找个男人当家，不管那个男人怎么样，而眼下只有女人当家。不过话又说回来啦，俺就是果真找得到那样一个人家，那恐怕也要别扭，因为街坊，你们看不出来吗，那样，这个家里就没有人管着俺爹的性子，叫他排排场场、老老成成地像个老人家啦。”

“这是早就给你安排好了的工作，孩子，”阚特大爷很俏皮地说，“我倒愿意上了年纪那种可怕，在我身上不那么厉害才好！那样，我明天一爬起来，就出去再闯一趟江湖！可是七十一岁的人啦，在家里固然算不了什么，出去闯江湖可有点儿办不了啦……唉，上次过蜡节[1]就七十一了。老天爷，俺倒愿意俺有的这些不是年龄而是金镑。”跟着老头儿叹了一口气。

“别伤心了，大爷，”费韦说，“把鹅毛再往褥套里倒一些好啦。打起精神来。你的老本儿虽然枯啦，你这个老头儿，枝叶还青绿。你还能活的岁数，足够写整本的纲鉴的。”

“他妈，俺一定要到他们那儿去，提摩太！到他们刚配成对儿的家里去，”阚特大爷又带着受了鼓励的口气，轻快地转过身去说，“俺今儿晚上一定到他们家里去，给他们唱喜歌儿，呃？你们都知道，俺的脾气向来就是这样；俺这回就做个样儿给他们看一看。俺会的那个《在丘比特园里》[2]，本是四年上大家都喜欢的；可是俺还会许多别的，也跟那个一样地好，也许还更好。你们说这个歌儿怎么样？

‘她从窗棂露丰身，
招呼她的心爱人，
“快进来吧，外面露湿雾阴阴。”’

俺这时候唱这个歌儿，他们一定很爱听！俺这阵儿一琢磨，

1 蜡节，二月二号为圣母马利亚清净节。因为那一天给祭坛上用蜡烛祝福，故名。

2 《在丘比特园里》，英国古歌，丘比特为古代神话中爱神之子，司人间情爱。歌及谱均见于哈顿的《英国歌曲集》。

俺可就想起来啦，自从上回旧历仲夏夜咱们在静女店唱了那一回《大麦垛》[1]以后，直到如今，俺的嗓子还没再唱个地地道道的好歌儿哪；别人都不大能行的事，就自己能行，要不显露显露，那多么可惜呀！”

“不错，不错，”费韦说，“好吧，把褥子弄熨帖了好啦。咱们已经装进去七十磅好鹅毛啦，俺想刚好能装这么多。俺说，咱们这阵儿弄点儿东西吃吃喝喝，不算不合适吧。克锐，你能够得着，你就把三角柜里的吃的拿出来，我去弄点儿什么喝的送一送。”

他们就一齐在他们工作的中间坐下吃起午点来，他们四围，他们上面和下面，满是鹅毛；鹅毛的原主儿，有时跑到敞着的门外面，看见它们自己那么多的旧毛在那儿，就噶噶地叫起来，好像舍不得似的。

“了不得，俺快噎死了。”费韦说，原来他从嘴里掏出一块鹅毛来，同时看见他们传递的酒盂里还有好几块。

“俺这儿早就咽了好几块了，有一块上头还带着一块不小的硬翎儿。”赛姆从一个角落上满不在乎地说。

“哟——什么——俺听着好像是车来啦？”阚特大爷嚷着说，同时急忙跳起来跑到门口去了，“你瞧，他们已经回来啦；俺没想到他们在这半点钟以内能回来。真是的，只要你打算结婚，真不费什么事。”

“不错，是不费什么事。”费韦说，好像总得补充一句，那句

1 《大麦垛》，英国民歌，为劝酒歌。今尚流行。歌词见夏泼的《英国民歌集》。

话才算完全似的。

他也站起来，和其余的人，跟在阚特大爷后面，都跑到门口。一会儿的工夫，只见一辆敞篷马车走过去了，车里坐的是文恩自己、文恩太太、姚伯和文恩的一个阔亲戚，这位亲戚是特地从蓓口来参加他们的婚礼的。那辆马车，本是文恩不顾路远不远，价钱贵不贵，特别从最近的一个市镇上雇来的；因为文恩觉得，在这番像朵苏那样一位女人做新娘的大事里，爱敦荒原上没有别的车够排场的，再说，教堂又离得太远，结婚的人不能走着去。

马车走过去的时候，那一群从屋子里跑出去的人都大声欢呼并且摆手；他们每一动，就有鹅毛、鹅绒从他们的头发上、袖子上和衣服的褶儿上飞起来；阚特大爷来回转动的时候，他那一串坠儿也在日光中欢乐地跳动。赶马车的带出高傲的样子来看着他们；他对那一对结婚的夫妻自己，就有点觉得屈尊俯就，因为命中注定得在山高皇帝远的爱敦荒原上住的人，不论贫富，除了过一种异教的生活，还能过别的生活吗？朵苏对于那一班人，却没有轻视的意思，只见她把手轻快地摆着，好像小鸟扑打翅膀一般，并且眼泪汪汪地问文恩，他们两个是否应该下车和这些友爱的街坊们说几句话。不过文恩却说，既是回头晚上他们都要到家里去，那现在就用不着和他们说话了。

这一阵兴奋过去了以后，他们那些欢呼致敬的人就又回到屋子里工作去了，一会儿的工夫，就填好了毛，缝好了缝儿。跟着费韦就把马驾起来，把那件笨而大的礼物包起来，放在大车上，赶着车送到司提津那儿文恩的住宅里去了。

姚伯在婚礼中做完了他自己义不容辞的职务[1]，同着新婚夫妇回到家里以后，可就不愿意参加晚上的宴会和跳舞了。朵荪觉得很失望。

"我倒很愿意能不打你的兴头，亲身到场，"他说，"不过我恐怕我太像那筵席上的骷髅[2]了。"

"没有的话，没有的话。"

"咱们就是不管这一层，亲爱的，我也还是愿意你能把我免了。我也知道，这样一来显得对你冷淡，不过，亲爱的朵荪，我恐怕我在人群中不会快乐——这是实情。你到了你的新家以后，我总要时时刻刻看你去的，所以我今天不到场没有什么关系。"

"这样的话，那就依着你好了。不论什么，只要于你合适，那你就做好了。"

克林回到楼上他自己住的那个屋子里的时候，心里轻松了许多，他那天一下午没做别的事，只把一篇讲道的稿子，记下一个大纲来；就是为了实行他的计划，他才回家来的，那种计划，虽然经过那么些修改，受过那么些或好或坏的批评，但是他却始终没有把它放弃；在这种计划里，唯一可以实行的，好像就是讲道这一种，他现在就要用这一篇讲稿作讲道的开端。这种计划是他自己认为对的事情，他曾把它考虑了又考虑，看不出有改变的理由，虽然他已经把他那种计划的范围缩小了许多。他的目力，在本乡本

1 指"主婚"。

2 古代埃及人宴会快完时，仆人便把一个骷髅带到宴席前，对客人喊："你们吃，你们喝，你们作乐吧！因为明天你们就死了。"见于希腊传记家蒲露塔克的《伦理杂论》。

土的空气里养了许久，越来越强起来了，不过想实行他那种大规模的教育计划，却还不够强。然而他并没有什么怨恨的：因为仍旧还有的是没什么野心的事业，要需用他所有的精力，要占用他所有的时间。

天要黑了，楼下的屋子里活动的声音也越来越显著了，只听篱栅上的栅栏门老砰砰地响。宴会举行得早，所以客人都离天黑还有老半天就都来了。姚伯从后楼梯下了楼，从不通前门的另一条小路往荒原上去了，他打算，在荒原上逛到客人散了的时候，再回来看朵荪和她丈夫到他们的新家里去，和他们告别。他的脚步不知不觉地往迷雾岗那方面走去，所取的路就是他由苏珊的孩子那儿听到新奇消息那个可怕的早晨走的那一条。

不过他没到那所小房儿那儿去，却一直地走到一个高岗上，在那上面，他能俯视游苔莎故居的全部。他正站在那儿看那渐渐暗昏的景物，一个人走上前来。克林没看清楚是谁，所以本来要一声不言语让他走过去，但是那个步行的人（他是查雷）却认出来他是克林，并且开口同克林说话。

“查雷，我好久没见你了，”姚伯说，“你常往这条路上来吗？”

“不常来，”那小伙子回答，“俺不常出那道土堤。”

“上回五朔节跳舞你没去吧？”

“没去，”查雷仍旧无精打采地说，“俺这阵儿不大理会那样的事了。”

“你很喜欢斐伊小姐，是不是？”姚伯很温和地问。因为游苔莎常跟他讲从前查雷对她那番温柔的爱慕。

“不错，很喜欢她。唉，俺愿意——”

“什么？”

“姚伯先生，俺愿意你能把她的东西给俺点儿，俺好留着做个纪念，你肯不肯哪？”

“我很愿意。我要是能把她的东西给你一样，我觉得很快乐，查雷。不过你得让我想一想，我留的她那些东西里头，什么是你想要的。你跟着我到我家里，我看一看好了。”

他们两个一块儿朝着布露恩走去。等到他们走到了房子前面的时候，天已经黑了，百叶窗也都放下来了，所以屋子里面的情况一点儿也看不见了。

“你这儿来，”克林说，“现在我走的是后门了。”

他们两个转到后面，暗中摸索着上了曲曲折折的楼梯，到了克林的起坐间。克林点起一支蜡来，查雷轻轻地跟了进去。姚伯把他的书桌搜了一回，后来拿出一个纱纸纸包来，打开以后，里面是两三绺乌黑拳曲的头发，放在纸上的时候，就和黑色的河流一样。他从那两三绺里面挑了一绺，把它包起来，递给了那小伙子。只见他满眼都是泪，把那个纸包亲了一下，揣在口袋里，很感动地向姚伯说：“你待我太好了，克林先生。”

“我送你一送吧。”克林说。跟着他们两个就在楼下的欢乐声中下了楼梯。他们要往房子前面去的时候，他们的路打一个侧面小窗前面经过。只见屋子里的蜡光，正从窗户里面射到外面的一片灌木上。那个窗户，因为有外面那一丛小树遮着，所以并没挡窗帘子，因此一个人，站在这个幽暗的角落上，能够看见招待贺客那个屋子里面的一切光景，不过因为窗上的玻璃是那种带绿色的老古董，看不十分清楚就是了。

“查雷，他们都正在那儿做什么？”克林问。“今儿晚上我的视力又有点不大好了，窗上的玻璃又不亮。”

查雷的眼睛，本来有些叫眼泪弄得模糊了，所以他先把它们擦了一擦，然后才走到紧靠窗户的地方。“文恩先生正叫克锐·阚特唱歌哪，”他回答，“克锐在椅子上扭扭捏捏的，好像听说叫他唱歌害起怕来，他爹正开口替他唱。”

“不错，我能听见那老头子的声音，”克林说，“那么他们是没跳舞了，我想。朵莯也在屋子里吗？我看蜡光前面有一个人影儿活动，样子好像是她。”

“不错，是她。看她的样子，好像很快活。她满脸通红，好像因为费韦不知道对她说了一句什么笑话，正在那儿笑。哎呀！”

“那是什么声音？”克林问。

“文恩先生的个儿太高了，他从房梁底下走过去的时候，一跳，把头磕了一下。文恩太太吓了一大跳，急忙跑过去了：这阵儿正拿手摸文恩先生的头，看磕起疙瘩来没有。这阵儿大家伙儿又都笑起来，好像没有刚才那回事似的。”

“他们那些人里面有没有注意到我不在那儿的？”克林问。

“没有，一点也没有。这阵儿他们都把酒杯举起来了，不知道在那儿给谁祝福。”

“不知道是不是给我？”

“不是给你，是给文恩先生和文恩太太，因为文恩先生正在那儿热热烈烈地演说哪。啊，瞧，文恩太太这阵儿站起来了，俺想她那大概是要去换衣服吧。”

“唉，他们都没有理会到我的，是不是，他们很应该不理会。

现在一切都是理所当然的，并且至少朵苏也快活了。他们一会儿就都要出来回家去了，咱们不要再在这儿站着了。”

他在荒原上，陪着查雷走了一段查雷回家的路，等到一刻钟以后，他一个人回到自己家里的时候，只见所有的客人，在他出去的那一会儿里，都已经走了，文恩和朵苏也收拾好了要起身。文恩牛奶厂里的伙计头儿兼打杂的，已经赶着一辆四轮敞篷马车从司提津来接他们，他们新婚的两口子，就都在那辆车上坐稳了，小游苔莎和保姆就安安稳稳地坐在车后面伸出去的那一部分。那个伙计头儿骑着马跟在车后面，好像前一个世纪里那种保镖的仆人一样，那匹年老的矮马，迈着大步，走起来腿抬得高高的，每逢走一步，蹄子就在路上像铜钹一般地磕一下。

“我们现在把你的房子完全留给你一个人了，”朵苏俯着身子对她堂兄告别的时候说，“我们刚才在这儿喧天呼地的热闹，忽然一走，你一定觉得冷清的慌吧。”

“那不算什么。”克林惨笑着说。跟着他们一行人就赶着车起身走去，在夜色里消失，克林也进了家里。和他迎面寒暄的，只有滴答的钟声，因为一个鬼魂都没留下；他的厨子、长随兼园丁克锐，在他父亲家里睡觉。姚伯就在一把空椅子上坐下，想了老半天心思。他母亲坐的那把老椅子，就在对面；今天晚上还有人在那上面坐，不过他们好像不大记得那曾经是她的椅子了。但是在克林看来，却觉得她好像就在那儿，往常如此，现在也如此。不管她在别人的记忆中怎样，反正在他的记忆中，她却老是一个高超伟大的圣人，她那种光彩，连他对游苔莎的柔情都不能掩盖。然而他却心里难过，因为在他婚筵的日子，在他心里喜乐的时候，那个母亲却未曾亲手给他戴冠冕[1]，现在事实已经证明，她的判断是正确的，她对于他是一心痛爱的。他为游苔莎打算，比为自己打算，更该听她的话。“这都是我的错，”他低声说，“哎，母亲呀，母亲！我祷告上帝，让我能再作一世人，好为您受苦，来报答您为我受的苦！”

文恩和朵荪结了婚以后那个礼拜天，雨冢上出现了一种不同寻常的光景。老远看来，只见一个人，一动不动站在古冢顶上，好像约莫两年半以前游苔莎站在那块荒凉的地方上那样。不过现在的天气，并不是寒风劲厉，而却是清朗、暖和，只有夏日的微风吹动，并且时间也不是苍茫的黄昏，而是下午的前半。那些走到雨冢附近的人，能看出来，冢顶中央钻到天空里那个直立着的人形，实在并不孤单。因为他周围，雨冢的坡儿上，有许多荒原上的男男女女，正在那儿安静闲适地欹着或者坐着。站在他们正中间的那个人，正在那儿讲道，他们正在那儿一面听他讲，一面出神拔着石南，揪着凤尾草叶子或者往古冢的坡下扔着石子儿。这是一系列道德讲演或者登山说法[2]的第一次，那一系列讲演，预备每礼拜天下午在这个地方上讲，一直讲到天气变了的时候。

雨冢那个俯视远近的高顶，被选作讲坛，有两种理由：第一，它在周围那些遥远零散的小房儿之中是一个中心；第二，那上面

---

1 《旧约·雅歌》第 3 章第 11 节：“看哪，国王所罗门，戴着他母亲在他婚筵的日子，在他心里喜乐的时候，亲手给他戴的冠冕。”

2 登山说法，耶稣所讲的道，记载在《马太福音》第 5 章到第 7 章的，叫做山上说的法。那里面第 5 章第 1 节说，耶稣看见这许多人，就上了山，自己坐下，门徒到他跟前来，他就开口教训他们……

讲道的人一到了他的岗位，从附近的地点上，就都可以看得见他，所以他到那儿，就是召集四外想要前来听讲那些闲人的一种便利信号。那位讲道的人，是光着头的，因此一阵一阵的微风，把他的头发轻轻地吹起吹落；以他的年纪来看，他那几根头发，未免有点太稀了。因为他还不到三十三岁。他眼上戴着眼罩，他脸上是一片愁思，满面皱纹；不过虽然他的体格上这些方面带着衰朽的样子，他的声音却没有毛病，沉重，悦耳，令人感动。他对他们说，他讲的道，有时关于俗务，有时关于宗教，不过总不会武断的；他讲的题目，是从各种书本里采下来的。那天下午，他讲的话就是下面的一段：

> 国王站起来去迎接她，对她鞠躬施礼，于是他又坐在宝座上，叫人搬过一个坐位来给国王的母亲，于是她就坐在国王的右边。她向国王说，我有一件小事来求你，我盼望你不要拒绝我。国王说，母亲有话尽管说，我决不会拒绝母亲。[1]

原来姚伯就把露天巡行讲演种种在道德上无可指摘的题目作了他的职业；从那天以后，他一时不断地努力于那种事业，不但在雨冢上和附近的小村庄里，用简单的话讲，也在别的地方，——

1　见《旧约·列王纪上》第 2 章第 19 节至第 20 节。

像市政公所的台阶儿上和门廊下，市集上的十字架[1]旁，通水道[2]旁，公共散步场上，码头上，桥头儿上，仓房里，罩房里，以及所有维塞斯邻近的乡村和市镇里这一类的地方，用更文雅一些的话讲。他不管道德系统和哲学体系，因为他认为一切善人的意见和行为就很够他讲的了，并且超过他所能讲的了。有的人信他，有的人不信他；有的人说，他的话都是老生常谈，有的人就抱怨他没有神学上的主义；又有的人说，他既是做别的事目力不够，那么当一个讲道的原也很好。但是不论他走到哪儿，人家都很和蔼地接待他，因为他的身世，人家都知道了。

---

1 英国习惯，往往在市集中心，竖立十字架或类似十字架之建筑物，以为标志。从前凡宣布宣战，媾和，国王之死亡及登极，工人工资之规定等等，皆于此处行之。又工人待雇及主人雇用工人者，亦以此为聚会之地。

2 用灰石筑成之人工水道，用以引远处之水。其建筑以古罗马人者为著。这种地方，为众人取水之所，所以也有许多人。

图书在版编目(CIP)数据

还乡 / (英) 托马斯・哈代著；张谷若译.
—桂林:广西师范大学出版社, 2021.3

ISBN 978-7-5598-2955-9

Ⅰ. ①还… Ⅱ. ①托… ②张… Ⅲ. ①长篇小说－英
国－近代 Ⅳ. ①I561.44

中国版本图书馆CIP数据核字(2020)第099848号

广西师范大学出版社出版发行

广西桂林市五里店路 9 号　邮政编码：541004
网址：www.bbtpress.com

出 版 人：黄轩庄

责任编辑：雷　韵

装帧设计：任　潇

内文制作：李丹华

全国新华书店经销

发行热线：010-64284815

山东韵杰文化科技有限公司印刷

开本：787mm × 1092mm　1/32

印张：19.125　字数：428千字

2021年3月第1版　2021年3月第1次印刷

定价：92.00元